# 1910년대 『매일신보』 단형서사 자료집

**감수**

**김영민**(金榮敏, Kim, Young Min)
연세대 국어국문학과 및 동 대학원 졸업. 문학박사, 문학평론가. 전북대 조교수와 미국 하버드대 옌칭연구소 객원교수, 일본 릿교대 교환 교수 역임. 현 연세대 교수. 연세학술상, 한국백상출판문화상 저작상 수상. 주요 저서로『한국문학비평논쟁사』(한길사, 1992),『한국 근대소설사』(솔, 1997),『한국 근대문학비평사』(소명출판, 1999),『한국 현대문학비평사』(소명출판, 2000),『한국 근대소설의 형성 과정』(소명출판, 2005),『한국의 근대신문과 근대소설 1 — 대한매일신보』(소명출판, 2006),『한국의 근대신문과 근대소설 2 — 한성신보』(소명출판, 2008),『문학제도 및 민족어의 형성과 한국 근대문학(1890~1945)』(소명출판, 2012),『한국의 근대신문과 근대소설 3 — 만세보』(소명출판, 2014) 등이 있다.

**배정상**(裵定祥, Bae, Jeong Sang)
연세대 문리대 국어국문학과 및 동 대학원 졸업. 문학박사. 성균관대 국어국문학과 박사후연구원 역임. 현 연세대 교수. 주요 논저로『이해조 문학 연구』(소명출판, 2015),「근대 신문 '기자/작가'의 초상」(『동방학지』171집, 2015) 등이 있다.

**교열 및 해제**

**배현자**(裵賢子, Bae, Hyun Ja)
연세대 문리대 국어국문학과 및 동 대학원 수료. 현 연세대 객원교수. 주요 논문으로「근대계몽기 한글신문의 환상적 단형서사 연구」(『국학연구론총』9집, 2012),「이상 문학의 환상성 연구」(연세대, 2016) 등이 있다.

**이혜진**(李惠眞, Lee, Hye Jin)
연세대 문리대 국어국문학과 및 동 대학원 수료. 현 연세대 강사. 주요 논문으로「1910년대 초『매일신보』의 '가정' 담론 생산과 글쓰기 특징」(『현대문학의 연구』41집, 2010),「신여성의 근대적 글쓰기 —『여자계』의 여성담론을 중심으로」(『동양학』55집, 2014) 등이 있다.

# 1910년대 『매일신보』 단형서사 자료집

**초판인쇄** 2016년 1월 20일  **초판발행** 2016년 1월 30일
**엮은이** 연세대학교 인문예술대학 국어국문학과 CK사업단
**펴낸이** 박성모  **펴낸곳** 소명출판  **출판등록** 제13-522호
**주소** 서울시 서초구 서초중앙로6길 15, 1층
**전화** 02-585-7840  **팩스** 02-585-7848  **전자우편** somyungbooks@daum.net  **홈페이지** www.somyong.co.kr

값 35,000원  ⓒ 연세대학교 인문예술대학 국어국문학과 CK사업단, 2016
ISBN 979-11-5905-045-9  93810

연세CK자료총서 01

# 1910년대
# 『매일신보』 단형서사 자료집

A COLLECTION OF THE SHORT NARRATIVES
IN *MAEILSINBO* IN 1910S

교열 및 해제_ **배현자·이혜진**
감수_ **김영민·배정상**

소명출판

## 일러두기

1. 이 책은 1910년부터 1919년까지 『매일신보』에 실린 단형서사를 모은 자료집이다.

2. 표기는 원문에 충실하되 띄어쓰기만 현대 어문규정에 맞게 고쳤다. 들여쓰기와 줄바꾸기에 오류가 있는 경우에는 바로 잡아 표기했다.

3. 자료의 표제 표기는 다음과 같다.

   ① 원 자료에 제목이 없는 경우 본문 처음의 2~3어절을 이용하여 제목으로 삼고 *로 표시했다.

   ② 저자가 밝혀져 있는 경우 저자 이름을 표기했다. 주소가 밝혀져 있으면 저자 이름 뒤에 괄호로 주소를 표기했다.

   ③ 저자 이름 아래 날짜를 표기했다. 2회 이상 연재된 자료는 연재 횟수를 함께 표기했다.

   ④ 신문에 게재란명이 있을 경우 날짜 뒤에 원문대로 표기했다.

   ⑤ 응모 작품 중 신문에 등수가 밝혀져 있는 경우 게재란명 뒤에 표기했다.

4. 자료 본문에서 사용된 부호와 기호는 다음과 같다.

   ① 본문 가운데 해독 곤란한 글자 : □

   ② 자료 본문에서 사용되는 ◀, ○, □ 나 발화자 표시에 사용된 ( ), 한자 표기시의 ( ), 글자 반복에 사용된 々, 대화문 표시에 사용된 「 」, 『 』 등은 원문을 그대로 따랐다.

5. 원문에서 해독 불가능한 글자 중 추정 복원이 가능한 경우와 명백한 인쇄상의 오류인 글자는 주석을 통해 바로잡았다.

# 1910년대『매일신보』단형서사 게재 현황 및 계몽의 방향성

배현자, 이혜진

## 1. 1910년대『매일신보(每日申報)』소재 단형서사 정리가 필요한 이유

조선 후기 서사문학이 '신문'이라는 근대적 매체와 만나면서, 서사와 논설이 결합된 '서사적 논설' 형태로 나타나기 시작한 근대 단형서사는 1900년대 여러 민간 신문이 발간되면서 활성화되었다.[1] 하지만 1910년대에 오면 민족지 역할을 하던 민간 신문들은 대부분 폐간되어 명맥이 끊기고『대한매일신보(大韓每日申報)』를 인수하여 발간되기 시작한『매일신보(每日申報)』만 남아 총독부 기관지로서의 역할을 수행하게 된다.[2] 즉 1910년대에 이르면『매일신보』만이 문예 작품 발표를 할

---

[1]  이에 대한 전개 양상은 김영민의『한국 근대소설사』(솔, 1997)에 자세하게 기술되어 있으며, 단형서사 자료들은 김영민 외편,『근대계몽기 단형 서사문학 자료전집』(소명출판, 2003)으로 묶여 있다.

[2]  1910년 8월 22일 한일병합이 이루어지지만 1905년 11월 7일 을사보호조약 때부터 사실상 일본의 통치가 시작되었다. 1907년 이완용 내각에 의해 공포된 광무신문지법은 우리 민족지

수 있는 유일한 중앙지가 된 것이다. 따라서 1910년대 단형서사의 면모를 살펴보기 위해서는 『매일신보』에 발표된 단형서사를 살펴보지 않을 수 없다.

1910년대 『매일신보』 소재 단형서사는 1900년대에 활성화되었던 단형서사의 맥을 이으면서 근대 장편소설로 전환되는 시기의 문학적 지형을 촘촘하게 그려볼 수 있는 단서들을 제공한다. '소설'이라는 명칭을 달고 있으나 아직은 계몽적 논설 형태에서 크게 벗어나지 않은 서사에서부터, 논설의 양식을 탈피하고 인물의 내면 세계를 중점적으로 표현하는 서사에 이르기까지 다양한 형태의 단형서사가 혼재되어 있다. 분량 면에서도, 1회 분량의 단형서사가 가장 많으나, 2~3회, 많게는 12회에 이르는 분량까지 길이의 형태도 다양하다. 작품 분량은 내용의 변화와도 밀접하게 관련되어 있기에 길이의 변화가 이루어지는 시기 역시 주목해서 볼 필요가 있다.

『매일신보』는, 민족지의 역할을 수행하던 이전의 민간신문들과 달리 총독부 기관지로서의 역할을 수행하였기 때문에, 이 신문에 게재된 단형서사는 기존 단형서사들과 내용면에서 다른 성향을 띠기도 한다. 특히 계몽의 방향성에서 크게 차이가 난다. 기존 단형서사에서 가장

---

를 말살시키려는 기획의 일환이었다. 1908년 2월 4일 신문지법을 개정하여 외국인이 내국에서 발행하는 신문과 외국에서 우리 동포가 발행하는 신문의 발매 금지 및 압수에 관한 조항을 추가하여 당시 영국인 베셀의 명의로 발행하던 『대한매일신보』를 폐간할 수 있는 길을 터놓는다. 1910년 8월 22일 한일병합조약을 체결한 뒤, 8월 29일에 그 조약을 공포하고, 대한제국을 조선으로 개칭하고 조선총독부를 설치한다. 8월 30일에 『대한매일신보』를 강제로 매수하여 총독부의 한글판 기관지로 만든 후 '대한'이라는 두 글자를 떼어내고 『매일신보』로 명칭을 바꾸었다. 이 외에도 명칭에 '대한'이나 '황성' 등 대한제국을 상징하는 단어가 붙은 모든 신문에 그 단어를 떼도록 하면서 폐간을 강요하였다. 차배근 외, 『우리 신문 100년』, 현암사, 2001, 81~82쪽 참고.

뚜렷하게 나타나던 민족, 자주, 애국의 계몽 화두는 사라지고, 개인들의 타락상과 도덕성을 문제시하는 서사가 주를 이룬다. 또한 그를 통해 규율과 억압의 필요성을 은연중 설파하며 식민 통치 체제의 정당성을 확보하려는 시도도 보인다.

따라서 이러한 면모를 좀 더 면밀하게 살펴야만 당시 문학의 지형도를 촘촘하게 그릴 수 있음은 물론, 서사를 통해 굴절된 민족 계몽의 방향성도 짚어볼 수 있다. 그동안 1910년대 『매일신보』 소재 단형서사에 대한 연구는 그리 많이 이루어지지 않았다. 자료 접근성의 어려움이 그 이유 중 하나일 것이다. 이번에 1910년대 『매일신보』 소재 단형서사의 원문을 입력하여 정리한 이 자료집은 이러한 어려움을 해소하고 자료를 좀 더 쉽게 볼 수 있게 함으로써 근대 시기 연구에 한층 더 이바지할 수 있을 것이다.


## 2. 단형서사 게재 현황


1910년대 『매일신보』 소재 단형서사는 모두 72편이다.[3] 단형서사가 게재된 난의 명칭은, '단편소설(短篇小說)', '응모단편소설(應募短篇小說)',

---

[3] 이희정은 『한국 근대소설의 형성과 『매일신보』』(소명출판, 2008)의 부록으로 '『매일신보』 소재 단편소설 총 목록'을 정리하였는데, 여기에는 62편이 올라 있다. 함태영은 『1910년대 소설의 역사적 의미』(소명출판, 2015)에서 『매일신보』 소재 단형서사 중 '응모단편소설 목록'을 정리하였다. 이들 자료 정리는 누락된 것이 있거나, 단형서사 중 일부분만을 대상으로 한 것이다. 본 자료집에서는 이들을 포함하고, 누락된 것들을 찾아내어 정리하였다. 전체 72편 중 한문투로 쓰여진 1편(「壯元禮」)을 제외한 71편의 원문을 입력하였다.

'현상단편소설(懸賞短篇小說)', '단편문예(短篇文藝)', '함루희학(含淚戱謔)', '넷날이약이'로 되어 있으며, 이와 함께 게재란명 없이 단형서사가 게재된 것도 있다. 이중 가장 많은 것이 '응모단편소설'로 총 72편 중 35편이 이 난명으로 되어 있다. 그 다음 '단편소설'이라는 이름으로 등재된 것이 18편으로 뒤를 잇는다. 게재란명 없이 수록된 것이 12편이다. 나머지 다른 난명으로는 각기 1~3편 정도가 등재되어 있다. 『매일신보』는 기본 4면 발행이었는데, 신년호의 경우 여러 호를 발행하여 지면을 대폭 늘리기도 하였다. 단형서사는 대부분 1, 3, 4면에 게재되었으며, 1면은 주로 기존 작가나 『매일신보』의 기자, 편집진이 쓴 단형서사가 게재되었다. 1면은 대체로 장편 연재소설이 실리는 난이었는데, 연재소설의 공백을 메우기 위해 『매일신보』의 기자나 편집진이 단형서사를 올리곤 했다.[4] 단형서사 중 가장 많은 분량을 차지하는 '응모단편소설'의 경우 1912년까지는 3면에, 그 이후에는 4면에 배치된 경우가 많다. 난명별 게재면수 및 편수 현황을 보면 다음과 같다.

게재란명별 게재면수 및 편수

| 게재란명 | 게재면 별 편수 | | 총 편수 |
| --- | --- | --- | --- |
| | 게재면 | 편수 | |
| 短篇小說 | 1면 | 4 | 18[5] |
| | 3면 | 7 | |
| | 4면 | 7 | |

---

4  1912년 7월 12일부터 16일까지 '단편소설'이라는 난명으로 4회에 걸쳐 연재된 단형서사는, 장편 연재소설 『兎의肝』이 11일에 완결되고, 17일 『雙玉淚』 연재가 시작되기 전 공백을 메우고 있다. 1914년 9월에 각각 7회와 6회씩 게재된 심천풍의 「酒(슐)」과 박청농의 「春夢(봄꿈)」은, 장편 연재소설 『비봉담』의 연재 중 휴재 공백을 메우고 있으며, 그 저간의 사정을 단형서사의 앞머리에 밝히고 있다.

| | | | |
|---|---|---|---|
| 應募短篇小說 | 3면 | 33 | 35[6] |
| | 4면 | 2 | |
| 懸賞短篇小說 | 4면 | 2 | 2 |
| 短篇文藝 | 4면 | 1 | 1 |
| 含淚戲謔 | 1면 | 3 | 3 |
| 넷날이약이 | 3면 | 1 | 1 |
| (게재란명 없음) | 1면 | 6 | 12 |
| | 2면 | 1 | |
| | 3면 | 2 | |
| | 4면 | 3 | |
| 계 | 1면 | 13 | 72 |
| | 2면 | 1 | |
| | 3면 | 43 | |
| | 4면 | 15 | |

　‘응모단편소설’이나 ‘현상단편소설’은 말 그대로 응모를 통해 독자들
이 저자로 참여했다는 것이다. ‘단편소설’이나 게재란명이 없는 서사
는 기존 작가나 편집진에 의해 게재된 경우가 많다. 하지만 ‘단편소설’
이라는 명칭의 난이라도 ‘응모단편소설’이나 ‘현상단편소설’인 경우가
있다. 응모를 통해 당선된 경우 저자명과 제목만이 아니라 주소와 당
선 등수가 표기되는데 ‘단편소설’란에도 주소와 당선 등수가 표기된 것
들이 있다. 이는 ‘단편소설’로 표기되어 있지만 응모작임을 말해주는
것이다. 각 난명별 작품과 관련된 정보 제공 현황 편수를 보면 다음과
같다.

---

5　1913년 2월 8~9일 연재된 「정」이라는 작품은 첫 회에서는 난명이 ‘응모단편소설’로 되어 있
　는데 2회에는 ‘단편소설’로 표기되었다. 여기서는 그 작품을 ‘응모단편소설’로 분류한다.
6　함태영은 『1910년대 소설의 역사적 의미』에서 『매일신보』 소재 단형서사를 36편으로 정리
　했는데, 이는 난명이 ‘단편소설’로 되어 있는 김성진의 「守錢奴(슈젼로)」를 목록에 포함시켰
　기 때문이다. 여기서는 난명대로 정리했다.

게재란명별 단형서사 관련 정보 제공 현황

| 게재란명 | 총 편수 | 구분 | 제목 | 저자 | 주소 | 등수 |
|---|---|---|---|---|---|---|
| 短篇小說 | 18 | 유 | 17 | 16 | 9 | 5 |
| | | 무 | 1 | 2 | 9 | 13 |
| 應募短篇小說 | 35 | 유 | 20 | 34 | 33 | 31 |
| | | 무 | 15 | 2 | 2 | 4 |
| 懸賞短篇小說 | 2 | 유 | 2 | 2 | 2 | 1 |
| | | 무 | 0 | 0 | 0 | 1 |
| 短篇文藝 | 1 | 유 | 1 | 1 | 0 | 0 |
| | | 무 | 0 | 0 | 1 | 1 |
| 含淚諧謔 | 3 | 유 | 3 | 3 | 0 | 0 |
| | | 무 | 0 | 0 | 3 | 3 |
| 녯날이약이 | 1 | 유 | 1 | 0 | 0 | 0 |
| | | 무 | 0 | 1 | 1 | 1 |
| (게재란명 없음) | 12 | 유 | 12 | 9 | 0 | 0 |
| | | 무 | 0 | 3 | 12 | 12 |
| 계 | 72 | 유 | 56 | 64 | 44 | 37 |
| | | 무 | 16 | 8 | 28 | 35 |

이 중 응모작임에도 불구하고 저자에 대한 정보가 주어지지 않거나, 당선 등수가 표시되지 않은 것들이 있다. 그런가 하면 다른 난명으로 되어 있음에도 저자 정보와 당선 등수가 표시된 것도 있다. 특히 1919년에 '단편소설'로 등재된 5편[7]은 모두 제목과 저자명만이 아니라 주소와 등수가 표기되어 있어 '현상단편소설'에 해당함을 알 수 있다. 더욱이 등수가 표기된 경우에는 그 확실한 증거가 된다. 이러한 표지를 근거로 응모작에 해당하는 단형서사 편수를 헤아려보면, '응모단편소설'란의 35편과 '현상단편소설'란의 2편, 그리고 '단편소설'로 표시된 것

---

7  「불힝혼 싱명」(7월 7일), 「人情」(7월 7일), 「綠陰이 무르녹을 때」(7월 14일), 「落伍者」(7월 14일), 「虛榮」(8월 11일).

중 주소와 등수가 표기된 1919년의 5편을 합하면 총 42편[8]이다. 이렇 듯 분명하게 드러난 것만 헤아려도 총 편수 72편의 58%가 넘는 편수가 독자에 의해서 쓰여진 단형서사인 것이다. 이는『매일신보』이전에 민 간신문들의 단형서사가 주로 편집진에 의해서 쓰인 것과는 달라진 현 상이다.

『매일신보』는 발행 초기부터 현상모집을 하였다. 이 신문이 처음 현 상모집을 한 것은 1910년이었는데 이때는 시(詩)만 모집 대상이었다. 1910년 12월에 '신시현상모집(新詩懸賞募集)'이라는 공고를 내고, 그해 12 월부터 1911년 2월까지 이어가다, 1911년 3월 들어 '고행시현상모집(古 行詩懸賞募集)'으로 바뀐다. 그 공고문을 보면 다음과 같다.

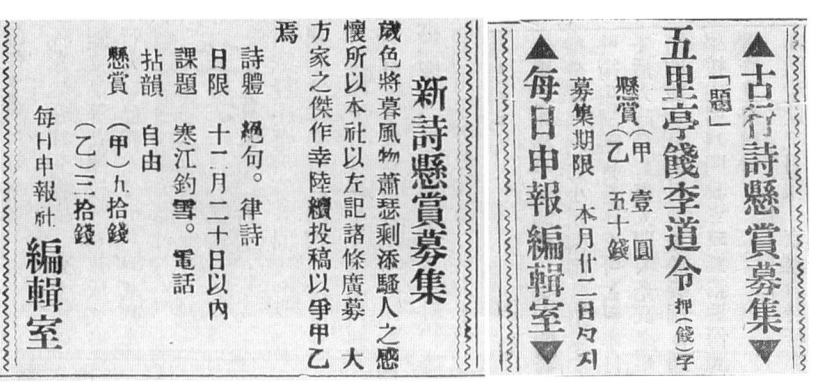

(왼쪽) '신시현상모집' 공고, 1910년 12월 13일자, 1면
(오른쪽) '고행시현상모집' 공고, 1911년 3월 8일자, 1면

---

8 '단편소설'란명으로 등수는 표기되지 않았으나 주소가 표기된 「守錢奴(슈전로)」(1912. 4.14), 「아편장이에말로(鴉引末路)」(1913.1.7), 「허황호풍슈」(1913.3.27), 「탕ᄌ의감츈(蕩 子感春)」(1914.2.7) 이 4편을 합하면 46편인 셈이다.

이 공고문을 보면 현상 등급은 '갑'과 '을'로 구분하고 각기 금전을 상으로 내걸었음을 알 수 있다. 이후 규모와 방식을 바꾸어 현상모집이 이어지는 것은 1912년에 와서이다. 1912에는 시에 국한하지 않고 '각지기문'부터 '시', '소화', '단편소설' 등으로 모집 분야를 확장하여 현상모집 공고를 대대적으로 낸다. 또한 현상은 1, 2, 3등으로 구분하여 차등적으로 신문구독권을 주는 것으로 바뀌었다. 1912년 2월 9일자 모집 공고문을 보면 다음과 같다.

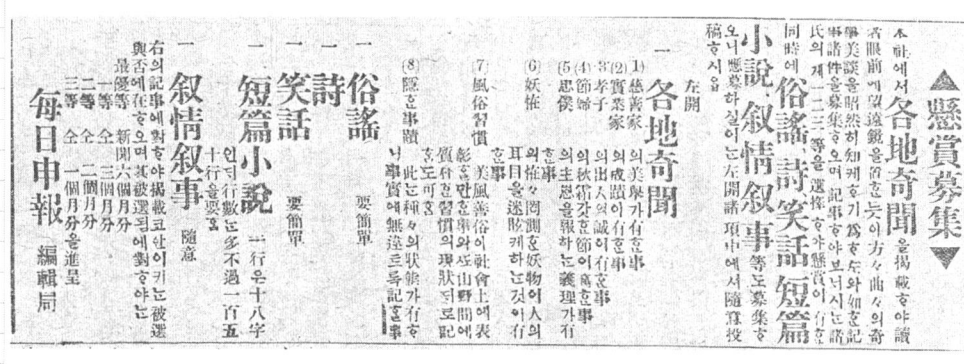

'현상모집' 공고, 1912년 2월 9일자, 1면

1912년 2월부터 시작된 현상모집 공고는 처음 1면에 나오다 4면으로 이동하여 거의 매일 실린다. 이후 좀 드물어지긴 하지만 6월까지 공고가 지속된다. 그런데 이 공고문을 보면 앞서 시이 모집 공고와는 달리 모집기한이 정해져 있지 않다. 즉 작품의 응모와 심사가 수시로 이루어진 것이다. 이 모집 공고를 통해 당선된 작품이 실리는 것은 1912년 3월 20일부터이고, 이후 1913년 2월 9일까지 당선작이 게재된다.

『매일신보』는 1910년대 현상모집을 여러 차례에 걸쳐 한다. 그 중 가장 대대적으로 현상모집 공고를 하고, 많은 당선작을 게재한 것이

1912년이다. 그래서 1910년대『매일신보』소재 단형서사 중 1912년에 발표된 편수가 가장 많다. 다음은 연도별 단형서사 편수 현황이다.

연도별 단형서사 편수

| 연도 | 1910 | 1911 | 1912 | 1913 | 1914 | 1915 | 1916 | 1917 | 1918 | 1919 | 계 |
|---|---|---|---|---|---|---|---|---|---|---|---|
| 편수 | 0 | 1 | 38 | 6 | 9 | 2 | 1 | 3 | 5 | 7 | 72 |

위 도표를 보면, 다른 연도와는 비교를 불허할 정도로 많은 편수가 1912년에 몰려 있음을 알 수 있다. 1910년대『매일신보』에 게재된 전체 72편 중 53%에 이르는 38편의 단형서사가 1912년 한 해에 게재된 것이다. 1912년은『매일신보』가 대대적으로 지면 개편을 한 해이다. 이때 활자 변화부터 기사의 성격에 따른 지면 분류가 이루어졌는데, 이와 함께 소설에 삽화를 투입하고 독자투고란 및 연예란을 고정하였다. 이는 독자를 확보하기 위한 수단이었다.[9] 1912년의 대대적인 현상 모집도 이 연장선에 해당하는 것이었다고 할 수 있다.

분명하게 응모작으로 여겨지는 42편을 제외한 30편의 단형서사 중 11편은 신년호에 쓰여진 것이다. 신년호는 다른 호에 비해 지면이 대폭 증가한다. 1910년대『매일신보』신년호의 지면을 보면 1911년 6면, 1912년 총 4호 16면, 1913년 총 5호 21면,[10] 1914년 총 9호 36면, 1915년 총 7호 28면, 1916년 총 6호 24면, 1917년 총 5호 20면, 1918년 총 5호 20면, 1919년 총 4호 16면이다. 이 지면들은 신년 경축사 등으로 채워지기도 하지만, 서사에 할당되는 비율도 증가하였다. 1910년대『매일신

---

**9**  이에 대해서는 함태영의 앞 책 191~197쪽 참고.
**10**  4호는 4면이 아닌 5면이다.

보』에 가장 처음 등장하는 단형서사는 1911년 1월 1일 신년호에 게재된 「再逢春(지봉츈)」이라는 작품인데, 이를 포함하여 각 신년호에 게재된 단형서사 현황은 다음과 같다.

신년호 소재 단형서사

| 게재일자 | 게재란명 | 저자 | 제목 | 게재면 |
|---|---|---|---|---|
| 1911.1.1 | 短篇小說 | 舞蹈生 | 再逢春(지봉츈) | 1면 |
| 1912.1.1 | 短篇小說 | | 解夢先生 | 3호의 3면(11면) |
| 1913.1.1 | | 朴容奐 | 新年의問數 신히의문슈-에- | 2호의 3면(7면) |
| 1914.1.1 | | | 나는호랑이오 | 4호의 3면 |
| 1914.1.1 | | 何夢 | 新年會의虎大將 최첨지와범대쟝 | 6호의 2면 |
| 1914.1.1 | | | 썩잘먹는우리늬외 | 7호의 4면 |
| 1914.1.1 | | 夢外生 | 虎의夢 | 7호의 4면 |
| 1915.1.1 | | 菊初 李人稙 | 月中兎 달속의토끼 | 5호의 1면 |
| 1916.1.1 | | 夢外生 | 龍夢 룡몽 | 4호의 1면 |
| 1919.1.1 | | 尹白南 | 夢金 | 3호의 1면 |
| 1919.1.1 | 녯날이약이 | | 眞珠小姐 | 3호의 3면 |

1917년과 1918년[11]을 제외한 모든 연도의 신년호에 단형서사가 게재되었다. 1914년은 4편, 1919년은 2편이 게재되어 있다. 신년 서사의 성격은 하나로 통일되지 않는다. 그 해의 상징 동물 관련 서사(「나는호랑이오」, 「新年會의虎大將 최첨지와범대쟝」, 「虎의夢」, 「月中兎달속의토끼」, 「龍夢룡몽」)가 등장하기도 하고, 해몽과 운수를 점치는 맹인들을 비판하는 서사(「解夢先生」, 「新年의問數」)가 있기도 하며, 방탕한 생활을 접고 새 삶을 산다는 내용의 서사(「再逢春(지봉츈)」)가 있으며, 번안 작품(「夢金」, 「眞珠小姐」)[12]이 등

---

11  1918년은 '말'의 해였는데, 5호 3면에 '말'에 관한 짤막한 전설을 몇 개 모아놓은 게 있긴 하다.

장하기도 한다. 저자는 아예 표기되지 않은 것이 4편이고, 7편에는 필명을 포함하여 이름이 등장한다. 이 11편 중 '夢外生'이 1914년과 1916년 각 1편씩 2편을 올린 것으로 되어 있다.

총 72편의 단형서사 중 저자명이 없는 것이 8편, 표기된 것이 64편이다. 이 64편은 48명에 의해서 쓰여졌다. 즉 복수 게재가 있는데, 적게는 1인이 2편 많게는 6편까지 복수 게재를 하였다. 이 48명 중 5인(Ky生, 夢外生, 舞蹈生, 無名氏, 何夢)은 필명임이 분명하게 보이며, 이들에 의해 쓰인 작품 수는 모두 7편에 해당한다. 72편의 저자와 게재 작품 현황을 보면 다음과 같다.

저자별 작품 게재 목록

|  | 저자 | 편수 | 제목 |
|---|---|---|---|
| 0 | (무서명) | 8 | 解夢先生, (무제), 원혼(怨魂), (무제), 나는호랑이오, 썩잘먹는우리너외, 馬上의女天使, 眞珠小姐 |
| 1 | Ky生 | 1 | 墮落學生의末路 |
| 2 | 치란 | 1 | (무제) |
| 3 | 桂東彬 | 1 | (무제) |
| 4 | 高辰昊 | 1 | 대몽각비(大夢覺非) |
| 5 | 金光淳 | 1 | 청년의 거울(靑年鑑) |
| 6 | 金東薰 | 1 | 고학싱의 셩공(苦學生의成功) |
| 7 | 金成鎭 | 6 | 破落戶(파락호), 虛榮心(허영심), 守錢奴(슈전로), 雜技者의藥良(잡기비의 량약), 乞食女의自歎(걸식녀의즈탄), 後悔(후회) |
| 8 | 金秀坤 | 2 | (무제), (무제) |
| 9 | 金泳偶 | 1 | 神聖호犧牲 |
| 10 | 金鼎鎭 | 2 | 회기(悔改), 고진감내(苦盡甘來) |
| 11 | 金鑴淑 | 1 | 련의말로(戀의末路) |

---

12 「夢金」은 일본의 「시바하마(芝濱)」라는 라쿠고를 번안한 것이고(노혜경, 「라쿠고(落語)의 한국문단 유입과 변용과정 연구―윤백남 작 두 개의 「몽금(夢金)」을 중심으로」, 『일본학연구』 제43집, 단국대 일본연구소, 2014 참고), 「眞珠小姐」는 신데렐라 이야기를 번안한 것이다.

| 12 | 金鑛憲 | 1 | 허욕심(虛慾心) |
| 13 | 金太熙 | 1 | 韓氏家餘塵한씨가여경 |
| 14 | 南泰熙 | 1 | 人情 |
| 15 | 夢外生 | 2 | 龍夢, 虎의夢 |
| 16 | 舞蹈生 | 1 | 再逢春(지봉춘) |
| 17 | 無名氏 | 1 | 苦樂 |
| 18 | 朴容泱 | 1 | 섬진요마(殲盡妖魔) |
| 19 | 朴容원 | 1 | 손쌔롯ㅎ다픠가망신을히 |
| 20 | 朴容奐 | 1 | 新年의問數시히의문슈-에- |
| 21 | 朴靑農 | 1 | 春夢(봄숨) |
| 22 | 朴致連 | 1 | (무제) |
| 23 | 徐圭鱗(璘)[13] | 2 | 아편쟝이에말로(鴉引末路), 탕주의감춘(蕩子感春) |
| 24 | 宋冀憲 | 1 | 壯元禮 |
| 25 | 辛驥夏 | 1 | 픽주의 회감(悖子의 回感) |
| 26 | 沈天風 | 1 | 酒(술) |
| 27 | 吳寅善 | 1 | 山人의感秋 |
| 28 | 柳永模 | 1 | 貴男과壽男 |
| 29 | 尹白南 | 4 | 贋造貨, 奇緣, 施酒, 夢金 |
| 30 | 李常春 | 1 | 情(졍) |
| 31 | 李碩庭 | 1 | 誘惑 |
| 32 | 李壽麟 | 1 | (무제) |
| 33 | 李益相 | 1 | 落伍者 |
| 34 | 李人稙 | 2 | 貧鮮郎의日美人, 月中兎 |
| 35 | 李重燮 | 1 | (무제) |
| 36 | 李鑛石 | 2 | (무제), (무제) |
| 37 | 李哲鐘 | 1 | (무제) |
| 38 | 李興孫 | 2 | 悔改(회기), (무제) |
| 39 | 張載文 | 1 | 綠陰이무르녹을째 |
| 40 | 趙相基 | 1 | 진남ㅇ(眞男兒) |
| 41 | 趙永萬 | 1 | 虛榮 |
| 42 | 趙鏞國 | 1 | (무제) |
| 43 | 車元淳 | 1 | (무제) |

| 44 | 千鐘煥 | 1 | 六盲悔改-盲世者의 明鑑 |
|---|---|---|---|
| 45 | 崔鶴基 | 1 | (무제) |
| 46 | 崔亨烈 | 1 | 불힝흔싱명 |
| 47 | 崔亨植 | 1 | 허황흔풍슈 |
| 48 | 何夢, 何夢生 | 2 | 新年會의虎大將 최첨지와범대쟝, 陽報 |

위 도표를 보면 '김성진'[14]이 6편을 게재했는데, 처음에는 '응모단편소설'란에 그의 서사가 실리다 '단편소설'란으로 게재란이 옮겨지면서 주소도 삭제된 것으로 보아 그에게는 '매일신보사'에서 나중에 원고청탁을 한 것으로 보인다. 『매일신보』 기자 및 편집국장을 역임하기도 한 윤백남[15]은 모두 4편의 단형서사를 게재했는데, 모두 1면에 게재되어 있다. 난명 없이 게재된 「몽금(夢金)」을 제외한 나머지 세 편은 모두 '함루희학(含淚戲謔)'이라는 난명으로 실린다. 그 외 저자들 역시 대부분 이름이 게재되어 있는데, 이는 기존 민간 발행 한글 신문의 단형서사들이 대부분 필명이나 무서명으로 발행되던 것과는 다른 지점이다. 이는 응모작들이 다수였기 때문이기도 하지만, 이미 조선총독부 기관지 역할을 하는 『매일신보』이기에 굳이 이름을 감추어 신변 보호를 해야

---

13  서규린의 이름은 '린'의 한자가 두 작품에서 다른데, 주소가 '白川郡'으로 되어 있어 동일인으로 추정할 수 있다.

14  김성진(1889~1917)은 황실의 외척으로 당시 황태자였던 순종과 동문수학한 것으로 알려져 있다. 한진일, 「근대 단편소설의 형성과정 연구」, 성균관대 박사논문, 2002, 73~74쪽 참조.

15  윤백남(1888~1954). 본명은 교중(敎重). 한일병합 이후 『매일신보』 기자로 활동하며 문필 생활을 시작, 1912년에 작가 조일재(趙一齋)와 함께 신파극단 문수성(文秀星)을 창단해 배우로도 활약하는 등 연극활동을 겸했다. 1913년 『매일신보』 편집국장을 거쳐 잡지사인 반도문예사(半島文藝社)를 세우고 월간잡지 『예원(藝苑)』을 발간했다. 1916년 이기세(李基世)와 함께 신파극단 예성좌(藝星座)를 조직했으며, 1917년 백남프로덕션을 창립해 몇 편의 영화를 제작, 감독하기도 했다.

할 필요성이 사라진 데서 연유하는 하나의 현상이라고 할 수 있다. 필명으로 썼지만 작가를 유추할 수 있는 것은 '何夢', '何夢生'인데, 이는 이상협(李相協)으로 추정된다. 『매일신보』에 연재 작품을 게시하면서 이상협은 '河夢'이라는 필명을 이름 앞에 병기하고 있다.[16]

1910년대 『매일신보』 게재 단형서사는 여러 문체가 혼재해 있다. 순한문으로 이루어진 단형서사는 없지만, 주로 한문이 쓰이고 토씨 정도만 한글을 쓴 국종한주(國從漢主)의 한문체부터, 한문체와 국문체를 섞어서 쓴 것, 한글로 쓰되 괄호 속에 한자를 병기하여 쓴 것, 그리고 순한글로만 쓴 것 등이 있다. 이 외에 한자를 쓰고 부속활자로 한글을 병기한 루비체도 보이지만 그것은 제목 정도에 한정되어 있다. 이렇게 여러 가지 문체가 보이지만 이중 순한글로 이루어진 단형서사가 압도적으로 많았다. 이것은 당시 『매일신보』가 한글을 읽는 대중을 주 독자층으로 염두에 두었음을 말해준다.

1910년대 『매일신보』의 단형서사는 초반에 주로 계몽성이 강한 작품들이 게재되다, 중반 이후에는 차츰 흥미 위주의 작품이 늘어난다.[17] 이때에도 계몽성이 사라지는 것은 아니지만 도식적인 작품의 경향에서 어느 정도 탈피하여 인물과 상황을 점차 세밀하게 묘사하는 방향으로 나아간다. 흥미성과 구체적 묘사는 서사가 단형에서 장형으로 이행

---

16 이상협은 1912년 매일신보사에 입사하여 1919년 퇴사할 때까지 발행 겸 편집인, 편집 과장 등을 역임하며 신문 편집에 깊숙히 관여한 인물이다. 그는 『눈물』이라는 작품을 1913년 7월 16일부터 1914년 1월 20일까지 연재하는데 '天外小史'라는 필명을 쓰다 '何夢 李相協'으로 바꾸어 표기한다.

17 김영민은 『한국 근대소설의 형성 과정』(소명출판, 2005)에서 1910년대 신문의 역할과 근대소설의 정착 과정을 살피면서, 『매일신보』의 발행진들이 당 신문에 소설을 게재하는 작가에게 기대했던 것이 '대중의 흥미를 사로잡을 소설'이었다는 점을 짚었다.

하는 데 중요하게 작동하는 요소이다. 1910년대 초반에는 단형서사가 주로 한 회로 이루어진 경향이 우세하고 길더라도 2~3회를 넘기지 않는 것이 다수였다면, 1914년경부터는 5~7회 많게는 12회에 이를 만큼 긴 작품도 보인다. 연재의 횟수가 늘어나는 것은 흥미 위주의 내용 변화, 구체적 묘사 기법 등과 무관하지 않다. 신년호 서사만 보아도 이런 내용의 변화를 짐작

할 수 있다. 1911년부터 1913년까지에는 주로 계몽적 의도가 강한 작품이 수록된 반면 1914년부터는 흥미성이 더 강화된 작품이 게재된다. 1914년 후반부에 공고된 '신년문예모집'의 내용을 보아도 그러한 점을 확인할 수 있다.

모집 분야는 총 10종목이고 해당 과제가 주어져 있다. 과제는 대부분 그 해의 상징 동물 관련 이야기이거나 소소한 화제로 한정된다. 특히 단편소설의 과제는 '新年의 家庭小景', 즉 새해 가정의 소소한 정경으로 극히 제한석이다. 기존에는 종목과 분량, 제출 기한 등만 세시하고 과제가 따로 주어지지 않았던 것과 상반된다.

## 3. 1910년대 『매일신보』 단형서사에 표출된 계몽의 방향성

근대 초기 '신문'이라는 매체는 '계몽'이라는 시대적 물결을 바탕으로 이루어졌다고 해도 과언이 아니다. 그리고 신문에 게재되는 '서사'는 한편으로는 독자 확보의 수단으로, 또 한편으로는 이 시대적 화두인 '계몽'의 수단으로 활용되었다. 1910년대 『매일신보』에 게재된 단형서사 역시 그 연장선에 있었다.

그런데 1910년대 이전 민간 발행 신문들과 비교해 볼 때 『매일신보』는 확연히 다른 계몽의 내용을 보여준다는 점을 주목해 보아야 한다. 이전 민간 신문들의 단형서사에서 보인 계몽의 가장 큰 화두는 '민족', '자주', '애국' 등이었다. 하지만 조선총독부의 기관지였던 『매일신보』의 단형서사에서는 이러한 지점이 탈각된다. 그 대신에 부각된 것은 개인의 도덕적 타락과 부패상을 드러내고 그것을 개선해야 한다는 것과 조선의 미개한 풍습을 일신해야 한다는 것, 그것을 수행하는 데 일본 경찰의 힘이 작동할 수 있다는 점이었다.

1910년대 『매일신보』 게재 단형서사의 인물 유형은 부정적 인물 유형이 압도적으로 많다.[18] 특히 조선인을 그릴 때 남성은 주색과 노름

---

18 긍정적으로 묘사하는 인물 유형이 없는 것은 아니다. 남편 잃고 날품이라도 팔아 자식을 뒷바라지하는 어머니의 모습을 그리면서 여성의 교육 책무를 강조하는 서사도 있다. 하지만 전체에서 차지하는 비율 중 부정적 인물 유형이 많다. 함태영은 『1910년대 소설의 역사적 의미』(소명출판, 2015)에서, 1910년대 초반 『매일신보』 소재 응모단편소설의 인물 유형을 세 유형으로 나누어 살피고 있다. 첫 번째는 악습에 빠져 몰락하는 인물들을 형상화한 유형, 두 번째는 몰락한 인물들이 회개하고 새 사람으로 거듭난다는 유형, 세 번째는 고난을 극복하고 성공하는 인물들을 그린 유형이 그것이다. 그런데 눈여겨볼 것은 이러한 유형으로 분류해도 타락한 인물을 등장시킨 작품이 압도적으로 많다는 사실이다.

에 빠지거나, 협잡질하고 사치하다 패가망신하는 인물군으로 형상화
하고, 여성은 기생이나 불륜을 저지르는 부인 등을 전면에 내세운다.
심지어 어머니를 때리고 욕하는 자식을 등장시켜 그것이 잘못된 것조
차 모르는 무지한 인물로 형상화하는 작품마저 있다. 이러한 부정적
인물 유형을 대부분 제도나 사회사적인 배경 없이 개인적 도덕의 타락
으로 그려내는 것이 『매일신보』 1910년대 단형서사에서 보이는 인물
형상화의 특징이다. 1900년대 민간 신문의 단형서사들에서도 부정적
인물군이 보이고 개인의 도덕적 타락상을 그려내긴 하지만, 신·구를
상징하는 인물들을 등장시켜 국가의 현실을 돌아보게 만드는 서사의
비율이 높았던 점과 비교할 때 『매일신보』 단형서사에 내재된 계몽의
방향성이 여실하게 드러나는 지점이다.

이와 함께 1910년대 『매일신보』에 게재된 단형서사에서 개인의 도
덕적 타락상 다음으로 천착하는 문제 중 하나는 조선 풍습을 미개한
것이자 타파해야 할 것으로 규정하는 것이다. 이 중 두드러지는 것은
꿈풀이를 포함하여 무당, 판수, 사주장이 등에게 기대는 조선인을 조
롱하는 것이다. 두 번째 단형서사인 「解夢先生」은 해몽을 하는 것이 다
속임수에 불과한 것임을 비판한다. 특히 해몽하는 주체를 '장님'으로
설정하여 앞도 못 보는 사람에게 속아 넘어가는 눈 뜬 사람들의 어리
석음을 조롱하고 있다. 이렇게 1912년 1월 1일자 단형서사에서 '해몽'
에 대해 비판적이었던 『매일신보』는 1914년 1월 1일자에 가면 신문의
두 단이 넘는 지면을 할애하여 「西洋解夢全書」라는 글을 게재한다.

여기에는 각 꿈의 소재별 해석이 낱낱이 수록되어 있다. 이를 통해
'해몽'에 대한 판단 역시 조선의 것은 어리석은 것으로, 서양의 것은 참

고할 것으로 여기는『매일신보』의 이중적 잣대를 볼 수 있다.

조선의 과거 풍습에 대한 풍자와 비판은 전대의 민간 신문에서도 자주 보였다. 이는 신문 편집진들이 주로 개화적 지식인들이었기 때문일 것이다. 그런데 이 민간 신문들과『매일신보』의 조선 풍습 비판에 차이점이 존재한다는 것을 지나쳐서는 안 된다. 이전 신문들이 조선 풍습을 비판하면서 그러한 풍습을 일신해야 한다는 점을 강조했다면, 『매일신보』는 그와 함께 그 일신하는 과정에서 경관, 혹은 경찰서의 역할을 부각시키고 있다. 일례를 보자.

대문 밧그로, 군도 소리가, 데걱々々 ᄒ며, 긔셰가 름々ᄒ, 경관이, 마루 아리 ᄭ지 드러오니, 마루 우에, 갓득 안졋던 사름은 모다 도망을 ᄒ고, 넉살 됴흔, 마누라 한아만 안져셔, 아모 풀긔가 업시, 희여진 칙보만, 보에다 흠척々々 싼다

(경관) 너 이년, 어듸 사라

(마누라) 져는 양근 룡문산에 잇슴니다

(경관) 그려면, 그것은 무슨 칙이야

마누라가, 쥬져々々 ᄒ며, 아모 디답도 못 ᄒ다

(경관) 왜 말을 못 ᄒ, 그게 무슨 칙이야

ᄒᄂ 소리를, 귀가 쌕 믹키도록, 지르니 마누라가, 그졔야, 모긔 소리만치

ᄉ쥬보는 칙이올시다

(경관) 응, ᄉ쥬々々 그년, 쩐々도 ᄒ다 이 요악ᄒ 년아, 네가 나히, ᄉ십이 넘어보이는 년이, 무슨 싱이를 못ᄒ여셔, 혹셰무민을, 데일 상칙으로 알고 빅쥬대도에, 칼 업시 남의 지산을, 탈취ᄒᄂ냐, 대범 사름이, 셰상에 날 쌔에, 일평성 일을, 발셔 뎡ᄒ 것이라 엇지 사름의 힘으로, 슈부귀다남즈를, 임의로 ᄒ리오, 이

아모리 어리셕은 것이기로, 소견이 한아도 업지, 네가 능히, 복을 ᄆ음디로, 남의게 줄 디경이면, 너는 엇지ᄒ야, 긔도로 부귀를, 엇지 못ᄒ고, 이갓치 허탄ᄒᆞᆫ 말로 사ᄅᆷ 속이기를, 싱이로 아느냐

(마누라) 과연 잘못힛슴니다, 다시는 문 밧게도, 나오지 안 ᄒ고, 집에셔 무엇이던지, 영업을 ᄒ여, 싱활홀 터이오니, 잔명을 살여주십시오

이쌔에, 리참셔 부인은, 안방 쌍창 압혜셔, 벌〻 쩔며, 경관의, 엄즁ᄒᆞᆫ 셜유를 간졉으로 듯고, 젼일에 ᄒᆞᆫ 일을, 낫〻치 후회ᄒ고, 다시는 그려ᄒᆞᆫ, 허탄ᄒᆞᆫ 말을 밋지 안이ᄒ기로, 결심ᄒ얏ᄂᆞ디, 이 부인이, 졸디에 ᄆ음이 변ᄒ기는, 경관 셜유 즁에, 너는 엇지ᄒ야, 긔도로 복을 엇어, 부쟈가, 되지 못ᄒ얏ᄂᆞ냐 ᄒᆞ는 소리에, 황연히 씨다름이러라

— 1912년 10월 6일자

이 작품은 시골에서 올라온 '마누라'가 '리참셔 부인'에게 사주를 봐준다고 수작을 하는 내용이다. '마누라'가 사주를 보고 있을 때 갑작스럽게 '경관'이 등장한다. 등장하자마자 '경관'은 첫 물음부터 욕을 하면서 '마누라'에게 호통을 치고 나무란다. 호통의 내용을 보면 '사주보는 것=혹세무민'이라는 것이다. '마누라'는 그 앞에서 벌벌 떨며 잘못했다고 빌고 목숨을 구길하는 모습을 보인다. '리참셔 부인' 역시 '경관'의 말을 들으며 깨달음에 도달한다. 이 작품에 등장하는 '경관'은 지극히 현명하며, 위엄 있는 존재로 그려지고 있는 것이다. 특히 경관이 등장하는 모습을 묘사한 인용 앞부분을 보면, 경관의 위세를 한껏 치켜세우고 있는 것을 볼 수 있다. 이 작품의 전반에서는 사주를 보고 그것을 믿는 조선민들의 어리석음을 조롱하고 후반에서는 신과 같은 '경관'을

등장시켜 그러한 어리석음을 깨닫게 하는 존재로 형상화한 것이다. 이른바 규율과 억압 체재의 전면화이다. 비단 위 작품만이 아니라 이렇듯 경관과 경찰서의 역할 강조는 이 시기 『매일신보』 단형서사 곳곳에 보인다. 몇 가지 예를 보면 다음과 같다.

① 됴흔 수가 잇네, 우리가, 누구ㅅㅅ를 다 짐작ㅎ니, 일졔히 쳥ㅎ야, 모아놋코, 일쟝 리해를 셜명ㅎ면, 필연 감화가 될 것은, 내가 쟝남홀 터이니, 동지회를 조직ㅎ야, 쥬식쟝에는, 다시 범치 말기로, 결심 동밍을 ㅎ고, 취지를, 경찰셔에 신고ㅎ야, 만약 규측을 범ㅎ는 쟈는, 쳐벌ㅎ기로, 셔약셔를 ㅎ며, 각기 영업을 힘쓰면, 못 될 일이 업겟지

　　　　　　　　　　　　　　　　　　　　　　　—1912년 8월 18일자

② 또 남ᄌ를 보고 경계ㅎ는 말이

그ᄃ는 니 말을 드러보라, 남에 ᄌ식이 되여, 공부를 힘써ㅎ야, 우으로 나라를 츙성되히 셤기고, 아리로, 부모롤 효도로 봉양ㅎ며, 쳐ᄌ를, 올흔 도리로 거느리고, 일변으로, 실업을 쟝려ㅎ야, 셩명을 샤희에, 쟈ㅅ케 ㅎ고 부모에게, 영광을 보이는 것이, 남ᄌ의 당연훈 도리어늘, 너는, 부모의 어지신 은덕을 져바리고, 쳐ᄌ의 바라는 바를, 도라보지 안이ㅎ고, 이와 갓치 야만의 힝위를 ㅎ니, 너두 응당 법률을 밧을지라, 또혼 비오 글ᄌ가 잇슬지니, 샹강과, 오륜은 듯지도 못ㅎ엿는가, 만일 오륜을 모로면, 법스에 가, 법관에게 ᄌ세히 드르라

ㅎ고, 즉시 그 남녀를 잇글고, 경찰셔로 가니, 경관이 엄중히 심사훈 후, 곳 디방법원 검스국으로, 압송ㅎ얏더라, 그 법원에셔 심문ㅎ고, 간음률에 의지ㅎ야 그 남녀를 병히, 이 기년 징역(二個年懲役)으로, 그 법원 판스가, 음셩을 도ㅅ와,

션고ㅎ는 소리에, 정신이 아득ㅎ야 쌈쟉 놀니 씨다르니, 침상일몽이라

—1912년 10월 1일자

③ 조곰만 춤엇더면, 그 안이 됴왓슬ㅆ 잠시간, 화려홈에 미혹ㅎ야, 리혼을 ㅈ청하고, 이 모양이 되엿스니, 누구를 원망ㅎ리, ㅈ작얼은 불가활(自作孽不可活)이라, 남이 붓그럽기로 사룸의 얼골을 가지고, 엇지 세상에, 살아잇스리오, 죽는 이만 ㅈ지 못ㅎ다

ㅈ탄홀식, 문 밧그로 군도 소리 나며, 졍복호 슌사가, 드러오더니, 경찰셔에셔 호츌쟝이 나왓스니, 곳 이것을, 가지고 가쟈 ㅎ며, 호츌쟝을 쥬거놀, 밧아들고 즉시 짜라가니, 쥬임 경부의 말이라

(경부) 너는, 엇지된 년이관더, 무단히 리혼호 후, 밀□를 ㅎ다가, □개녀가 되야, 풍쇽을 문란케 ㅎ며, 또는 네 일을 싱각지 안이ㅎ고, 쳥년 남녀를 유인ㅎ야, 쟝리의 젼졍을, 그릇트리는 못된 일을, 위업ㅎ는다

셔리 ㅈ흔, 호령을 ㅎ며, 임의 알고 뭇는 말에, 무엇이라고, 발명홀 길이 업는지라

(젼감) 죽을 때라, 잘못ㅎ얏습니다, 다시는 그런 일은, 안이ㅎ겟스오니, 죄를 용셔ㅎ야지이다

(경부) 임의 지은 죄는, 샹당호 벌이, 업지 못홀 깃이오, 이후로는, 기과ㅎ야 다시는, 안이훈다 ㅎ기로, 허 가샹이 넉이고, 십분 용셔ㅎ야, 십 일 구류에 쳐분을 ㅎ니, 이의가 업거던, 쳐벌쟝에 날인ㅎ라

(젼감) 헐일업셔, 인쥬를 달나 ㅎ야, 지쟝을 치고, 류치쟝으로 드러갈식, 문지방에다, 발쑤리를 차고, 업드러젓다가

정신을 차리니, 젼신에 쌈이 흘으고, 등잔불이 희미ㅎ며, 이웃집 닭은, 날식기

를 지촉하더라

— 1912년 11월 5일자

　①에서는 주색잡기에 빠졌던 '박국쟝', '최참셔', '졍시죵'이 패가망신한 친구를 거울삼아 자신들 스스로 생활을 바르게 할 방법을 강구한다. 그들은 주색장에 출입하지 않는다는 규칙을 세우고 이러한 취지를 경찰서에 신고하여, 만약 이를 어기면 벌을 받겠다고 서약한다. 바른 삶을 위하여 억압과 규율을 강제가 아닌 자발적으로 수용하겠다는 표현이다. ②는 불륜을 저지르던 남녀가 경찰서, 법원으로 끌려가는 것이 그려지고, ③에서는 밀매음녀가 경찰서에 끌려간다는 내용이 서술된다. 이들 작품에서 그려진 일은 실제가 아니라 등장인물의 꿈에 이루어지는 몽사(夢事)이다. 인물들의 꿈에서조차 경찰서와 법원이 등장하고 경관과 경부 등이 죄에 대한 형벌을 주거나, 잘못을 깨우치게 하는 존재로 등장하는 것이다. 이러한 점은 1900년대 민간 신문에 게재된 단형서사와 구별되는 지점이다. 전대 단형서사에서 꿈을 통해 현실의 잘못을 깨우친다는 내용을 그릴 경우, 몽사(夢事)에서는 대체적으로 사후 세계를 본다거나 이계(異界)가 제시되는 것이 일반적인 경향이었다. 그런데 『매일신보』의 단형서사에서는 경찰서와 경관으로 표상되는 일본 제국의 법체계가 경외로운 '이계'의 그 자리를 대신하고 있는 것이다.

　이러한 서사의 내용 변화를 통해 우리는 당대 정황을 유추할 수 있다. 응모 서사에 일본 제국의 법 체계가 자연스럽게 표현될 정도면 당시 일반인들에게 경찰서로 표상되는 일본의 억압과 규율 체계가 깊숙히 각인되고 내면화되었다고 볼 수 있다. 이런 경향을 표현한 작품은 신문에 게재됨으로써 독자로 하여금 무의식적으로 일본 정책을 수용하게 하고, 억압과 규율 체재를 더욱 공고히 하는 데 영향을 미쳤을 것이라는 점이다.[19] 이 작품들은 매일신보사 편집진들의 의도와 경향을 반영한 것이라고 할 수 있다. 1912년 10월 1일자와 10월 6일자의 서사를 쓴 차원순과 이진석의 이름 뒤에는 '本社員補'라는 표지가 함께 게재되어 있다. 즉 매일신보사와 긴밀히 연결된 인물임을 말해준다. 이러한 표지가 없다고 할지라도, 응모작들 중에서 당선작을 가리고 신문에 게재하는 것은 신문사 관계자들이기 때문에 게재된 응모작들에 신문사의 의도가 반영되어 있음을 짐작하기는 어렵지 않다. 자신들의 의도와 상반되는 작품을 당선시켜 게재할 리 없는 것이다. 이 점에서 『매일신보』로 제명을 바꾸어 출간하기 시작한 뒤 얼마 지나지 않아 현상공모를 대대적으로 한 의도를 유추해볼 수도 있다. 현상 공모를 통해 규율 체재를 긍정하고 강조한 작품을 당선작으로 게재하고, 본사원보들을 통해 그러한 맥락을 반복하여 주지시키는 방법을 활용하고 있다. 이는 편집진들이 쓴 서사를 통해 위와 같은 억압과 규율 체재를 강조하는 것보다 독자들 스스로 그러한 경향을 내면화한 것을 드러내는 것이 체재의 당위성을 더욱 효과적으로 설파할 수 있다는 점을 간파하고, 교묘하게 이용한 것이라고 할 수 있는 것이다.

『매일신보』는, 민족적 성향이 두드러진 『대한매일신보』를 1910년에 강제 매수하여 '대한'을 떼어낸 채 간행되었다. 이후 일본 패망까지

---

19  이혜진은 「1910년대 초 『매일신보』의 '가정' 담론 생산과 글쓰기 특징」(『현대문학의 연구』 41호, 한국문학연구학회, 2010.6)에서 이러한 점을 짚어내고 있다.

35년 간 발행되면서 식민지배정책을 실행하는 조선총독부의 기관지 역할을 충실히 수행한다. 1920년대 『조선일보』, 『동아일보』 등의 민간 신문이 다시 등장할 때까지, 『매일신보』는 1910년대 문학 작품을 발표할 수 있는 유일한 중앙지였다. 『매일신보』는 1910년대 초반부터 다양한 번안소설들을 연재하고, 또 연재소설들에 삽화를 게재하였으며, 최초의 근대소설이라고 일컬어지는 『무정』을 연재하는 등, 근대소설사를 논하자면 빼놓고 지나갈 수 없는 매체이다. 때문에 『매일신보』 간행 초기인 1910년대 '현상모집'이라는 형식으로 대다수 게재되었던 단형서사는 『매일신보』의 의도나 성향을 엿보게 하는 중요한 하나의 통로이다.

『매일신보』는 총독부 기관지 역할을 하였기 때문에 작품의 완결성보다는 식민지 담론 전파에 더 초점을 두고 작품을 선택하였다. 그 결과 소재도 매우 한정적이었으며, 작품도 도식적으로 흐르는 경향을 보인다. 그럼에도 1910년대 『매일신보』의 단형서사는 작품 응모를 통하여 독자 참여를 더욱 활성화시키는 역할을 하였다는 점에서 의의를 찾을 수 있다.

# 차례

1910년대『매일신보』단형서사

# 再逢春(지봉츈)

舞蹈生

1911.1.1. 短篇小說

륙간대텽[1]에 분합문[2]을 썩々 열어졋치고 두쥬[3] 찬쟝이 위치를 츠즈 이리
뎌리 노엿는디 의복을 불치불검[4]호게 닙은 부인 한아이 힝즈초마를 가든
호게 돌나씌고 안져셔 네모번듯호 대솔도마를 압헤다 노코 옥셔슬 ㅈㅈ흔
흰 쩍가리룰 어슥비슥호게 쓸며 얼골에 깃거온 빗을 씌웟스니 이는 그 집
쥬인 라씨 부인이라 라씨가 어렵지 안이호 친뎡에셔 곱게 길녀 신호군에
게로 싀집을 왓는디 싀집도 거록호 부쟈로 긔구 범졀이 남의 밋혜 들 것
이 업슴으로 남죵 녀죵에 침모[5] 차집[6]이 가쵸々々 잇셔 여률령 거힝을 쳑々
호니 라씨는 세샹에 어려온 것이 무엇인지 모로고 지니더니 신호군이 초
립동이 째부터 무단히 라씨를 소박호고 탕즈패류와 츄츅[7]을 호야 쥬스
쳥[8]로만 도라단이며 돈을 물쓰듯호니 그것만 히도 패가호기가 어렵지 안

---

1 육간대청(六間大廳). 여섯 칸이 되는 넓은 마루.
2 분합문(分閤門). 주로 대청과 방 사이 또는 대청 앞쪽에 다는 네 쪽 문. 여름에는 둘씩 접어
  들어 올려 기둥만 남고 모두 트인 공간이 된다.
3 뒤주. 쌀 따위의 곡식을 담아 두는 세간의 하나. 나무로 궤짝같이 만드는데, 네 기둥과 짧은
  발이 있으며 뚜껑의 절반 앞쪽이 문이 된다.
4 불치불검(不侈不儉). 사치하지도 검소하지도 아니하고 수수함.
5 침모(針母). 남의 집에 매여 바느질을 맡아 하고 일정한 품삯을 받는 여자.
6 차집. 예전에, 부유한 집에서 음식 장만 따위의 잡일을 맡아보던 여자. 보통의 계집 하인보
  다 높다.
7 추축(追逐). 친구끼리 서로 오가며 사귐. 남의 뒤를 쫓아 따름.
8 주사청루(酒肆靑樓). 술집, 기생집, 매음굴 따위를 통틀어 이르는 말.

이홀 터인디 우중지 화투골패에 미두몰신[9] ᄒᆞ야 남에게 푹々 잘 속으며 밤을 낫으로 숨고 단이더니 집안이 점々 령톄[10] ᄒᆞ야 뎐답 로비ᄅᆞᆯ 모조리 팔아먹고 집ᄭᅡ지 뎐당에 쎄앗긴 후에 수간두옥 셰ᄉᆞ방 구셕에 가 드러잇스나 그 버릇은 여젼히 놋치ᄅᆞᆯ 못ᄒᆞ야 한번 나아가면 삼ᄉᆞ일은 미양 지니니 싀집이라고 와 남편의 졍리ᄅᆞᆯ 손톱만치도 모로는 라씨가 업는 살님에 루더 봉스ᄅᆞᆯ ᄒᆞ노라고 그 고셩이 엇더ᄒᆞ리오 소위 남편은 싀량[11]이 잇거니 업거니 의론 한마듸 업는디 져녁도 못 짓고 방에 불도 못 켜고 라씨 홀로 동인물 모양으로 쏩으리고 누어잇스랴니 셜샹에 모진 바룸이 살만 남은 문구멍으로 우루々 드리쳐셔 갓득이나 뷘속에 오장에셔부터 ᄂᆞᆯ썰녀 쓴눈으로 밤을 싀는디 동이 틀냐말냐히셔 누가 별안간에 일각문을 덜걱々々 ᄒᆞ며

　문 열어줍시오 문 열어줍시오
라씨가 깜짝 놀나 졍신을 ᄎᆞ려 듯다가
　거 누구냐 여긔 누가 왓ᄂᆞ냐
ᄒᆞ며 간신히 나가 문을 열고 보니 엇더ᄒᆞᆫ ᄋᆞ희가 조곰아ᄒᆞᆫ 편지 한 쟝을 주며
　답쟝 얼풋 ᄒᆞ야줍시오 쌜니 단여오라고 ᄒᆞ셧습니다
라씨가 그 ᄋᆞ희 가지고 온 등불에 그 편지ᄅᆞᆯ 빗취어보니 이는 곳 ᄌᆞ긔 남편의 필격인디 이말더말 업시 단거리 비녀ᄅᆞᆯ 마져 쎄여 보ᄂᆡ라는 ᄉᆞ연뿐이러라
신호군이 이 모양으로 잡기에 몸이 달아 잡히고 팔아 업시다 못 ᄒᆞ야 라

---

9　매두몰신(埋頭沒身). 머리와 몸이 파묻혔다는 뜻으로, 일에 파묻혀 헤어나지 못함을 이르는 말.
10　영체(零替). 세력이나 살림이 줄어들어 보잘것없이 됨.
11　시량(柴糧). 땔나무와 먹을 양식을 아울러 이르는 말.

씨의 당쟝 찌르고 잇는 비녀ᄭ지 쎼아셔다 업시고 무슨 렴치라 집이라고 도라오니 쓰러져가는 일각문이 굿이 닷쳣는디 인적이 고요ᄒ지라 그중에 심슐은 의구ᄒ야 발ㅅ길로 문을 박츠며

　녀편네가 히가 한나졀이 되도록 잠이 다 무엇이야

ᄒ며 드러가 방문을 열고 보니 라씨가 아리ㅅ목 구셕에 가 졉친 듯이 도라 누어 긔함ᄒ 모양을 우두커니 셔셔 드러다보다가 뉘우치는 ᄆ음이 졸연히 나셔 두 눈에 눈물이 핑 돌며 와락 달녀드러 라씨의 팔다리롤 줌으른다 주머니구셕에 돈푼 남은 것으로 쌀을 팔아 미음을 쑤어 졍셩것 구호ᄒ 후로 녯 버릇을 다 버리고 금슬이 다시 됴화 ᄌ긔는 로동으로 버러 푼ㅅ 젼ㅅ 져축을 ᄒ야 불과 ㅅ오 년에 팔앗던 뎐답을 모조리 무른다 업싯던 긔명도 ᄎ례로 쟉만ᄒ고 고대광실 됴흔 집을 여젼히 쟉만ᄒ 후 아돌쌀을 충ㅅ이 나아 길으는디 물 ᄀᆺ흔 셰월이 언의덧 셰초[12]롤 당ᄒ니 셰찬을 ᄎ리로라고 라씨 부인이 몸소 도마를 더ᄒ고 안져 희싴이 만면ᄒ더라

---

12　세초(歲初). 한 해의 첫머리.

# 解夢先生

1912.1.1. 短篇小說

問數[13] 우—어어—으으

  여보 쟝님 간밤에 꾼 解夢 좀 ㅎ야 쥬시오 新年吉凶이 엇더ㅎ겟소

그 쟝님의 입이 비지자루 터지듯 웃더

  응 거 누구 夢事吉凶을 풀어쥬어 그리ㅎ오

ㅎ며 두 눈을 번쩍々々 고기를 쓰덱쓰덱 金砂烏竹[14] 집힝이로 長安 大道

넓은 길을 이리 쑤덕々々 뎌리 쑤덕쑤덕 불으는 사름을 次例로 짜라가셔

무릅을 도스리고 端正히 안더니 줌어니에셔 算筒[15]을 너여들고 억긔 위로

번쩍 놉히 들어 數업시 흔들며

  祝曰伏以天何言哉시며 地何言哉시리오[16] 唯神은 至靈ㅎ시니 感而遂通[17]

ㅎ야 勿秘昭示[18]ㅎ소셔 維歲次[19]明治[20]四十五年一月一日某氏의 夢事吉

---

**13** 문수(問數). 점쟁이게 길흉(吉凶)을 물음.

**14** 금사오죽(金絲烏竹)의 오류로 추정. 금사오죽(金絲烏竹)은 줄기가 가늘며 마디가 툭 불거지
고 작은 점이 박혀 있는 대나무를 말함.

**15** 산통(算筒). 맹인(盲人)이 점을 칠 때 쓰는, 산가지를 넣은 통.

**16** 육효(六爻)를 칠 때 외우는 주문(呪文)으로 하늘과 땅은 아무 말 없이 도를 행한다는 의미.

**17** 감이수통(感而遂通). 점괘에서 신(神)이 감응하여 모든 일이 통함.

**18** 물비소시(勿秘昭示). 숨기지 말고 밝히어 보이라는 뜻으로, 점쟁이가 외는 주문(呪文)의 맨
끝에 부르는 말.

**19** 이 해의 차례(次例)라는 뜻으로, 제문(祭文)의 첫머리에 쓰는 문투.

**20** 明治天皇 시대의 연호(1868~1912).

凶을 謹伏問ᄒᄂ이다 夫大人者ᄂ 與天地合其德ᄒ시고 與日月合其明ᄒ
시고 與四時合其序ᄒ시고 與鬼神合其吉凶ᄒ시ᄂ니 管輅郭璞李淳風諸葛
武侯程明道程伊川邵康節袁天綱洪啓觀列位先生은 周易六十四卦上下作卦
ᄒ 三百六十四爻之內에 合成一卦ᄒ야 休咎를 判斷ᄒ옵소셔[21]

算箸을 두 손으로 어루만지며

◀꿈을 엇더케 ᄭ셧는지 利於藥을 次第로 ᄒ옵시오

◀예 ― 나는 간밤에 꿈을 ᄭ닛가 하늘을 발로 밟고 ᄯᅡᆼ을 머리에 녀보앗소

◀허々 그 夢事 장히 됴소 발로 밟앗스니 하늘이 아러에 잇고 머리에 녓스
니 ᄯᅡᆼ이 우에 잇는 것 안이오 이는 地天泰卦가 分明ᄒ니 新年에는 万事가
通泰ᄒ야 所願成就를 ᄒ시겟소

◀여보 나는 간밤에 꿈을 ᄭ닛가 난듸업는 불이 나셔 火光이 衝天ᄒ야 뵈
입듸다

◀허々 그 夢事 장히 됴소 火光이 衝天ᄒ얏스니 火天大有卦가 分明ᄒ오 新
年에는 每事가 넉々ᄒ고 農事를 ᄒ시면 豐年을 맛나겟소

◀여보 나는 간밤에 꿈을 ᄭ닛가 바롬이 불고 우뢰를 ᄒ야 뵈입듸다

◀허々 그 夢事 장히 됴소 바롬 불고 우뢰를 ᄒ얏다 ᄒ니 바롬風 우뢰雷 風
雷益卦가 分明ᄒ 즉 新年에는 工業을 ᄒ나 商業을 ᄒ나 有益ᄒ 일만 싱
기겟소

---

21 이 한문투 문장 전체를 해석하면 다음과 같다.
기원하며 말하길, 엎드려 하늘이 무슨 말을 하며 땅이 무슨 말을 하시리오. 오직 신은 지극
히 신령하시니 감응하여 모든 일이 통하고 숨기지 말고 밝혀 보이소서. 유세차 명치 45년 1
월 1일 아무개 씨의 몽사길흉을 삼가 엎드려 묻나이다. 무릇 대인이란 자는 천지와 더불어
그 덕을 합하시고 일월과 더불어 그 밝음을 합하시고 사시와 더불어 그 차례를 합하시고 귀
신과 더불어 그 길흉을 합하시나니, 관로, 곽박, 이순풍, 제갈무후, 정명도, 정이천, 소강절,
원청강, 홍계관, 여러 선생은 주역 64괘와 상하로 지은 괘인 364효의 안에 1괘를 합성하여 길
흉을 판단하옵소서.

◀여보 나는 간밤에 하늘에서 비가 쏘다져 와보앗소

◀허々 그 夢事 甚히 乖常ᄒ오 비는 즉 물이니 하늘天 물水 天水訟卦가 되
  얏슨즉 新年에는 口舌數가 잇스니 남의 是非에 叅預치 말고 非理行動을
  極히 操心ᄒ시오

◀여보 나는 간밤에 바롬이 불고 비오는 것을 보앗소

◀허々 그 夢事 甚히 乖常ᄒ오 바롬風 물슈 水風水損卦가 되얏슨즉 만일 雜
  技판에롤 단이던지 私欺騙財롤 ᄒ랴다는 큰 손해롤 볼 것이니 放心 말으
  시오

◀여보 나는 無識ᄒ니 有識ᄒᆫ 卦辭로 解夢을 말고 俗談으로 일너주오 나는
  꿈에 별이 품ㅅ속으로 드러와 뵈입듸다

◀예 貴子롤 生ᄒ시겟소

◀여보 나는 꿈에 구름이 四方으로 퓌여 올나오는 것을 보앗소

◀예 쟝ᄉ롤 ᄒ시면 大利롤 엇으시겟소

◀나는 꿈에 큰 나모에롤 올나보앗소

◀예 몸이 놉히 되야 일홈이 四方에 喧藉ᄒ겟소

◀나는 꿈에 庭院을 精潔히 쓸어보앗소

◀예 반가온 손님이 오시겟소

◀쟝님이 여러 사롬의 解夢ᄒᄂᆫ 것을 드르니 참 靈驗ᄒ시구려 나는 꿈을
  쑤엇는듸 썩 惹端ᄉ럽고 尋常치안아 어슈션 散亂ᄒ게 쑤엇소 쟝안에 그
  ㅅ득홀 만ᄒᆫ 큰 통에다 물을 쳘々 넘게 길어 붓고 飛陋롤 걸ㅅ죽ᄒ게 풀
  어셔 朝鮮十三道男女老少롤 勿論ᄒ고 모조리 한 그룻식 퍼먹여 보앗스
  니 卜債ᄂᆫ 略少ᄒ나 仔細히 풀어주오

쟝님이 連히 손ㅅ금을 이리 집고 뎌리 집허보더니

  내가 行年四十에 解夢을 적지 안케 ᄒ야보앗셔도 이러ᄒᆫ 吉夢은 쳐음

드럿소 내 情誠ㅅ것 解說홀 것이니 虛誕히 듯지 말으시오 飛陋라 ᄒᆞᄂᆞᆫ

것은 씌롤 씻ᄂᆞᆫ 물건이라 여러 사름들이 外樣馳譽만 ᄒᆞ노라고 朝夕으로

것만 飛陋질을 부즈런히 홀 ᄯᆞ름이지 속은 닥지 못ᄒᆞ야 無非暗昧함으로

萬事에 밝지 못ᄒᆞ얏ᄂᆞᆫᄃᆡ 이졔 飛陋롤 물에 풀어 모조리 먹엿스니 新年

에ᄂᆞᆫ 여러 사름이 속에 싸혀잇던 씌를 씨ᄭᆞᆺᄒᆞ게 닥가 文明ᄒᆞᆫ 上等資格

들이 되겟소

◀그러면 쟝님도 新年브터ᄂᆞᆫ 눈ᄯᆞᆫ 놈 속이랴고 먼눈을 번ㅅ젹거리며 컴々

ᄒᆞᆫ 슈쟉을 ᄒᆞ러단이지 안니ᄒᆞ겟구려

37

# 貧鮮郎의 日美人

菊初生

1912.3.1. 短篇小說

여보々々 령감 이샹

릭일이 금음날이오구려

보아라 닉 혀가 잇느냐 ᄒ던 그런 혀로 집셰 지촉을 당홀 쩌는 물디답

ᄒ마듸 못 ᄒ니 웬일이오

집셰 못 닉기는 일반이니 뒤간이느 좀 씨끗흔 집을 어들 일일지

ᄒ며 그 남편의 얼골을 한참 물그름 쳐다보다가 고기를 폭 수구리며 (火

箸)²²화져가락으로 숫불을 뒤젹々々ᄒ는디 (長火鉢)긴 ―화로 보얀 지 우

에 구슬 갓흔 물 두 방울이 쩌러진다 맛참 창 밧게셔 (食品組合所番頭)식품

조합소반도 목소리가 들리니 션듯 이러느셔 미다지를열고 닉다보는 부

인은 나이 삼십이 되락몰락ᄒ고 얼골은 희고 볼에 살긔 업고 파사흔 일본

부인이라

식품조합소 (帳簿)쟝부를 비디들고 드러오더니 쥬인공 압헤 드러놋는다

쥬인공은 안진키와 갓흔 긴 ―담빅디를 물고 연긔를 혹 ―혹 ―닉쑴으며

아모 디답도 업시 입맛이 쓴지 입맛만 다시며 담빅디를 탁々 쩌더니 먹고

십지 안이흔 담빅를 쏘 담는다

---

22 '箸'의 오류.

(부인) 여보 그 담비 다 잡숫고 물삼ㅎ시려오 어서 물ㅎ야 보닙시다

(주인공) 우이 날다려,,,,,,,,,,,

(부) 그러면 디답홀 물만 가르쳐쥬오

언계쯤 바드러 오라ㅎ럿가

쥬인이 눈쌀을 잔ㅅ득 찌푸리고 부인을 흘금흘금 보니 부인은 도로혀 쥬
인공에게 가엽슨 마음이 ㄴ던지 쌍긋 우스며 ㄴ가더니 외상 물건갑 미루
어가기로 솜씨는 물로 식품조합반도를 살ㅅ 달러 보니고 드러와셔 화로
압헤 안젓다

두 니외가 입을 봉혼 듯이 물업시 잇는디 쥬인공은 부인의 안심시길 물을
ㅎ고 십흐ㄴ 몬져 물 닙듸기가 ㅈ미업셔셔 부인의 물 나오기만 기다리고
부인은 젼의 춤앗던 물을 오늘은 다 ㅎ랴고 잔득 벼르고 잇스면셔 쥬인공
의 물 나오기를 기다리고 잇다가 춤을셩 업는 부인이 몬져 물을 닙든다

여보 령감 이샹

내가 령감을 원망ㅎ는 것이 안이라 내 팔ㅈ 혼탄이오

날ㅈ치 (馬鹿)어림업고 날ㅈ치 팔ㅈ 사나운 년이 어더 쏘 잇겟소 령감이
니디에 잇슬 째에 얼마나 풍을 첫소 조션 잇는 사를[23]은 아모것도 모르
는 병신 ㅈ고 령감 혼ㅈ만 잘난 듯 죠션에 도라가는 날에는 벼슬은 ㅁ
음디로 홀 듯 돈을 ㅁ음디로 쓰고 지닐 듯 그런 호긔적은 소리만 ㅎ던
그 사롬이 죠션을 오더니 이 모양이란 물이오

일본 녀편네가 죠션 사롬의 마누라 되야온 사롬이 나 하나쑨 아니언마
는 경셩에 와서 고싱ㅎ는 사롬은 나 하나쑨이오구려

남편의 덕에 마챠 틱는 사롬은 물홀 것도 업거니와 머리 우에 금테를

---

23 '롬'의 오류.

두웨ㅅ식 두르고 다니는 사름의 마누라 된 사름은 좀 ㄴ소

나는 마챠도 슬코 금테도 부럽지 아니ᄒ고 돈 얼굴을 한 둘에 한 번식

ㄴ 엇어보고 살앗스면 됴케쏘

여보 큰기침 고ㄴ ᄒ고 어듸 가셔 한 둘에 이삼십 원이라도 싱기는 고용

(雇傭)도 못 엇어 ᄒ단 물이오

닉가 문 밧게 나가면 혹 닉듸 ᄋ히들이 등 뒤에셔 손싸락질을 ᄒ며 (朝

鮮人女房)요보의 오가미샹이라 ᄒ니 옷이나 잘 입고 다니며 그런 소리

를 드르면 엇더홀는지 거 ─지쏠 ᄀᆞᆺ흔 위인에 그 소리를 드를 ᄯᅢ면 얼

골이 쯧々

물을 맛치기 젼에 문 밧게셔 쥬인 보[24]르는 소리가 ㄴ니 쥬인이 그 부인의

물에 귀가 솔든 츠에 뉘 목소리인지도 모로면셔 반가와ᄒ는 모양이라

　(쥬) 누구시오 방으로 드러오시오

　(괵) 닐셰

　(쥬) 이것 쥬팔의 목소리 안인가 어셔 드러오게

ᄒ면셔 마져드리는 손과 슉친ᄒ고 다졍혼 것 ᄀᆞᆺ흔듸 손은 싀골 산둠에 사

는 사름이라 옷 입은 모양은 메가 쑥쑥 쩌러지고 얼골에는 미련이 덕

지々々ᄒ고 비 속에는 한문에[25] 갓득 든 사람이라 솜이 비쥭々々 나오는

면물에셔 흙이 우수수 쩌러지는 발로 다담이에를 드듸는 듸로 발자국이

ㄴᆞᆫ듸 부인의 마음에ᄂᆞᆫ 그린 사름이 다담이 우에 인ㄴᆞᆫ 것도 슬컨마는 남

편의 령을 좃차 방셕을 닉혀놋는다 손은 부인에게 인ㅅ도 업시 방셕ㄴ 바

다 쌀고 안쩌니 다담이 우에 담비지를 질질 흘니며

　(괵) ᄌᆞ네 돈 싱길 일 좀 ᄒ여 보려나

---

24　'부'의 오류.
25　'이'의 오류.

(쥬) 응 좃치 돈만 싱길 터이면 아모 일이라도 ᄒ겟네

(긱) 일이야 허다ᄒ지

쥬인이 벙긋 우스며 그 부인을 건너다 보니 부인이 조션물을 ᄒ지는 못ᄒ나 아라듯기는 잘 ᄒ는지라 무슨 수는 날 듯이 마음에 잠간 위로되야 쳐음에는 방셕도 니놋키를 익기던 스람이 차에 과즈를 겻드려셔 니여놋는다 쥬인은 돈 싱긴다는 물에 귀가 번젹 쎄히고 졍신이 번젹 느셔 손더러 어셔 물ᄒ라 지쵹ᄒ니 손은 쥬인에게 무슨 젹션이나 ᄒ는 듯이 익살을 핀다

(긱) ᄌ네는 셩졍이 급ᄒ여

걱졍 물게 그 일 쎄셔갈 스람 업네

(쥬) 스당치례ᄒ다가 신쥬를 긔 물여보닌다 ᄒ는 물 업나

허 々 々

(긱) 이런 것은 참 큰 수날 일일셰 슘은 보비가 잇네

(쥬) 응 무엇이란 물인가

(긱) 경샹도 례쳔 벌ㅅ지에 삼십육터 장상지디[26]가 잇는디 무학의 비결 뭇친 곳을 내가 알앗네 누구던지 뫼ㅅ즈리 구ᄒ는 사름에게 팔아셔 십만 원 밧거던 우리 두리 오만 원식 논허먹셰

이 사름 뫼ㅅ자리라 ᄒ는 것은 복인이 봉길디(福人逢吉地)이니

박복ᄒ 놈은 아모리 돈이 문터리도 그런 것 살 복이 업느니

쥬인이 고기를 셜셜 흔들며

요시 셰싱에 그런 것 파라먹으러 다니다가는 허긔지 々

(긱) 그러면 잔돈량 싱길 일이라도 ᄒ겟나

(쥬) 응 무엇

---

26 장상지지(將相之地). 풍수지리에서 장수와 재상이 나온다는 명당을 이름.

(ㄹ) 자네 군슈 한아식 여니겟나

작자는 내가 구ᄒ여 옴세

쥬인이 참다 못ᄒ야 손을 핀잔을 주니 긱은 무안ᄒ야 가고 쥬인문 우두커
니 안젓는디 부인은 살짝 도라안져셔 물 업시 이 싱각 뎌 싱각 ᄒ다가 신
셰가 가련흔 싱각이 나셔 눈을 이리 씻고 뎌리 씨스며 싸을쯕질ᄒ는 소리
가 난다

# 破落戶(파락호)

瀨石生 金宬鎭 (京城中部宮洞七一, 一○)

1912.3.20. 應募短篇小說 一等

다 찌그러진 중절모즈를 우구려 쓰고 씨가 쑥々 뜻는 삼팔쥬[27] 두루막이
에 뒤축 업는 우단 신을 끌고 종로 종각 모퉁이로 지나다가 모양이 쪽 그
와 ᄀᆞᆺ흔 사롬을 맛나 손을 잡고 인ᄉᆞ흔 후 쌍이 쩌지게 흔슘을 쉬며

「여보게 인졔는 두수 업시 꼭 죽엇네그려 논도 밧도 집도 셰간도 계집
도 아모 것도 업는 거시 되엿스니 다시는 돈 한 푼 변통ᄒᆞᆯ 수 업고 엇지
ᄒᆞ야 올탄 말인가 돈량 잇슬 째에는 살뎜이라도 버혀먹이러 들든 년들
이 인졔는 가도 보지를 안이ᄒᆞ니 이런 피를 토홀 일이 잇나」

「글셰 말일셰 친쳑 고구[28]는 이마를 씽그리고 말도 ᄒᆞ지 안이ᄒᆞ고 죽쟈
사쟈ᄒᆞ고 우리를 짜라단이던 놈들은 보고 인ᄉᆞ도 안이ᄒᆞ며 하로라도
우리를 못 보면 죽겟다 ᄒᆞ던 년들의 집에를 어졔도 멋 군데 갓더니 싸고
안이보니 이런 신셰는 살아 무엇ᄒᆞ나」

「김뎜시인가 그놈으로 ᄒᆞ여 우리가 이 디경이 되지 안이ᄒᆞ얏나 글만 읽
고 아모 것도 모르고 드러안진 우리를 쟝부가 되여 오입을 못 ᄒᆞ보면
죽어도 흔이 된다 ᄒᆞ고 부모의 돈을 훔쳐오라 ᄒᆞ야 삼패[29]니 기성이니

---

27  삼팔쥬(三八紬). 중국에서 생산되는 올이 고운 명주.
28  고구(故舊). 사귄 지 오래된 친구.
29  삼패(三牌). 조선 말기에 나누어 부르던 기생의 등급 중의 최하급.

은군즈[30]니 ᄒᆞ는 것들의 집으로 끌고 단여 필경 오늘 이 디경이 되지 안이ᄒᆞ엿나」

「나죵에나 ᄭᆡ다럿드면 이 꼴은 안이 되는 것을 인졔야 소용잇는 말인가 사롬이 죽지 안코 살면 셜치[31]ᄒᆞᆯ 날이 잇느니」

「오늘 져녁밥브터 업스니 엇지ᄒᆞ면 됴혼가 셩목슘 ᄭᆞᆫ을 수 업스니 나는 이 길로 신흥ᄉᆞ로 나아가 불목한이[32] 노릇이나 ᄒᆞ고 밥슐이나 엇어먹을가 ᄒᆞ니 즈네도 아모됴록 셩명을 엇더케 ᄒᆞ던지 보존ᄒᆞ게」

눈물을 흘니며 작별ᄒᆞ고 동쇼문 밧글 나셔 삼션평을 지나 신흥ᄉᆞ로 드러가니 슐 잘 먹고 돈 잘 쓰고 호ᄉᆞᄒᆞ고 계집 됴화ᄒᆞ던 그 사롬이라 모든 즁들이 나와 반식을 ᄒᆞ며 합장을 ᄒᆞ고

「쇼승 문안도[33]림니다 나리 어셔 힝ᄎᆞᄒᆞᆸ시오」

예젼 일 싱각ᄒᆞ고 오늘 신셰 도라보니 흉격이 메여지고 붓그러옴이 비홀 디 업것마는 억지로 참고 화평혼 얼골로

「내가 오늘 나온 것은 젼과 ᄀᆞᆺ치 놀나 ᄉᆞ온 것이 안이라 ᄒᆞᆯ 수 업셔 불목한이 노릇이나 ᄒᆞᆯ가 ᄒᆞ고 나온 것이니 여러분 대ᄉᆞ는 괄시 말고 용납ᄒᆞ시오」

「나리ᄭᅴ셔는 일샹 시럽슨 말만 ᄒᆞ시지 어셔 큰 방으로 드러가시지오 초막은 몃치나 치고 잡수실 것은 엇더케 ᄒᆞᆯ는지오」

신셩의 말슴을 시립시 들[34]으니 디옥 비챵ᄒᆞ고 붓그러위 얼골이 붉어지고 눈물이 쑥ᄉᆞ 쩌러지며

---

**30** 은군자(隱君子). 몰래 몸을 파는 여자를 속되게 이르는 말.
**31** 셜치(雪恥). 부끄러움을 씻음.
**32** 불목하니. 절에서 밥을 짓고 물을 긷는 일을 맡아서 하는 사람.
**33** '드'의 오류.
**34** '들'의 오류.

「내가 조곰도 시럽시 ㅎ는 말이 안이라 진정 그리ㅎ는 것이니 이러케 박절히 마시오」

여러 즁이 그 모양을 보니 참 졍말인 줄 알겟는지라 입을 빗죽々々ㅎ며 앗가와는 아조 짠판으로 말이 나가는디 심부름이 시작이라

「여보게 뎌긔 잇는 오지항아리 가지고 릭일 새벽에 문안 리판셔ㅅ딕에 드러가셔 된쟝 한 항아리만 엇어가지고 나오게」

「네 그리ㅎ겟슴니다」

닉쏫[35]지 안는 것만 다힝ㅎ야 디답은 ㅎ나 챵즈 속에셔 피가 끌는다 벽에 걸닌 시계가 네 번을 치닛가 벌덕 이러나 항아리를 집어 들고 문안으로 향ㅎ니 찬바롬은 뒤를 몰고 쓰거온 눈물은 압흘 가리는디 그째는 밤이면 문을 닷는 째라 문이 그져 열니지 안이ㅎ얏거늘 항아리를 엽헤 놋코 문 열기를 기다리고 안졋노라니 문이 덜컥 열니거늘 얼는 니러나 문안으로 드러셔랴 ㅎ는디 의샹은 구름 ス고 얼골은 쏫 ス흔 졂은 계집 한아이 쟝 옷을 쓰고 얼골을 반쯤 드러닉고 문안으로셔 나오며 그 사롬을 보고 반기는 듯기 입을 열고 우스니 몸은 비록 망ㅎ얏스나 ㅁ음은 여젼ㅎ지라 가든 길을 돌녀 그 계집의 뒤를 싸라가니 그 계집이 련히 도라보며 웃거늘 이 샹ㅎ고 밋칠 듯ㅎ야 굿치지 아니ㅎ고 싸라간 즉 조고마흔 긔와집으로 드러가며 쏘 한번 도라보고 웃는지라 하도 긔이ㅎ여 그 집 문간에 셧더니

「나리 드러오시라 ㅎ심니다」

쟝군의 령이나 엇은 듯이 말 한마더 뭇지도 아니ㅎ고 바로 안으로 쑥 드러가니 그 계집이 웃는 얼골로 마져 안방으로 인도ㅎ여 안진 후

「내가 과부된 지 얼마 아니 되는디 어졔 문 안 친뎡에 드러가 짓더니 밤

---

35  '쏫'의 오류.

꿈에 한 로인이 와셔 날다려 오늘 시벽에 동쇼문 열니기 젼에 가셔 문이 열니거든 얼는 ㄴ셔면 쳐음 맞ㄴ는 사름이 잇슬 것이니 그 사름과 됴흔 인연을 미즈면 빅년을 희로ᄒ리라 ᄒ기 그 꿈의 말디로 ᄒ여 우리가 맞낫스니 텬졍ᄒᆫ 연분이라 내 직산이 돈 만환이나 잇스니 아모 말슴 마시고 나와 ᄀᆺ치 사십시다」

의외에 이런 극락셰계를 오미 엇지 됴흔지 졍신이 허황ᄒ여 유공불급[36]으로 빅년가약을 미즈니 일죠에 부가옹[37]이 되엿도다

고쵸가 물너가고 질거옴이 도라오미 젼 싱각 다시 나셔 돈 업슬 졔 괄시ᄒ던 친구와 넝디ᄒ던 계집들을 모아 불목한이 노릇ᄒ든 신흥스로 셜치코져 노름을 ᄎ리고 이왕 호긔가 희복ᄒ여 흥이 도々히 노ᄂ디 삿갓 쓰고 목판 메고 가위 들고 소리를 놉혀

「엿다—」[38] 쇠 헌 쇠 엿스랴오」

외이며 신흥스 판두방[39] 압흐로 지ᄂ니 그 소리를 드름이 죵각 모통이에셔 작별ᄒ던 친구라 죵용ᄒᆫ 곳으로 은근히 불너 그동안 그리던 졍희와 오늘 호화로이 된 말을 ᄒ고 급히 하인을 불너 집으로 보니여 시 의관을 갓다가 일신히 장속을 식이고 좌즁으로 인도ᄒ며 됴흔 슐과 졍히 어엽분 계집을 다리고 질탕히 노니 ᄌ연 억긔가 웃슥々々ᄒ여져셔 지닌 고셩은 일시 익운으로 돌니고 밤낫ᄉ 런ᄒ야 긋칠 즐을 모르고 노ᄂ디 난디업는 검은 구름이 바름을 ᄯᅡ라 너르고 너른 하ᄂᆯ을 푹 덥더니 챵ᄉ디 ᄀᆺ흔 비가 쏘다지며 번기는 번쩍々々 텬동은 우루루 ᄒ여 당장 머리를 칠 듯이 야단인지라 졍신이 앗득ᄒ야 안졋던 몸이 벌썩 잡바지며 눈을 ᄯᅥ셔 숣혀보니

---

36 유공불급(唯恐不及). 오직 미치지 못할까 두려워함.
37 부가옹(富家翁). 부잣집의 늙은 주인.
38 문맥상 '」' 오식.
39 판도방(判道房). 절의 크고 넓은 방.

하늘에 별은 총々ᄒ고 동북풍이 느리질니는 동쇼문 턱에 질항아리를 엽
헤 노코 졍히 안졋거눌 머리를 극젹々々ᄒ며

　「이런 제 —그것이 꿈이드란 말인가 어셔 문이 열녀야지 된장을 엇어
　가지고 나가지 이것 얼어죽겟군」

# 虛榮心(허영심)

漱石生 金成鎭 (京城中部宮洞七一, 一〇)

1912.4.5. 應募短篇小說 三等

테격이, 썩 건쟝이 되여, 아모 힘드는 일이라도, 능히 감당홀 만훈, 헌々훈 남즈라, 눈□[40] 큼즉ᄒ여, 남보다 갑절이나 볼 듯ᄒ고, 입은 쑥 쩌져, 한 두 되 밥은, 한 번에 집어너을 듯ᄒ게 싱긴 사롬 한아이, 무슨 급훈 일이, 그리 잇눈지, 뒤에셔 누가 좃는 듯이, 활긔를 툭々 치며, 힝길을 쓸고, 급々히 가다가, 언의 조고마훈, 초가집으로 드러가더니, 치 대문간에, 발도 드려노치 안이ᄒ고, 입이 귀ᄭᆞ지 쩌여지게 우스며

「여보 마누라」

부르니, 그 쇼리가 굿치며, 닷쳣던 미다지가 열니더니, 년긔가, 근 스십훈 부인 한아이 나와셔

「오늘 무슨 깃분 일이 잇셔, 져리 됴아ᄒ시나」

(그남즈) 인졔는, 수가 낫소, 차々 리약이ᄒ려니와 지금 이 뒤에, 누가 올 터이니, 맛됴흔 술 좀 스고, 안쥬 무엇이던지, 먹도록 ᄒ여주오

(부인) 돈이 업는디, 엇더케 ᄒ나, 바느질삭 열아믄 량을, 지금 막 바다가지고, 아춤밥도 못 ᄒ엿기에, 져녁밥이나, 어셔 ᄒ랴는 돈밧게 업는디요

(그남즈) 아모 돈이라도, 쩌들지 말고, 얼는 그러케 ᄒ오, 져녁밥은, 안

---

[40] 문맥상 '은'으로 추정.

먹어도 됴아

그리 ᄒ자, 대문간에셔

「이리오너라」

쇼리가 나거눌, 황々히 신을 것고로 끌고, 나가더니, 얼골이 밧ㅅ작 말느고,

그즛말이 외양에, 닥지々々 붓흔 사룸 한아를, 안 건는방으로, 인도ᄒ다

　(쥬) 이런 루츄ᄒ 데를, 오시니, 황감홉니다

　(긱) 천만에 말슴을 ᄒ시는구려

　(쥬) 그런데, 앗가 ᄒ신 말슴은, 꼭 그러케 될가요

　(긱) 허 ― 두말 마시오, 말이 틀나나 보시오, 목버힐, 다짐이라도 두리다

쥬인이, 그 말을 듯더니, 더욱 깃분 빗이, 나타나셔, 츈풍화긔가, 얼골에

가득ᄒ다

그 집 부인은, 수낫다는 바룸에, 즈셰ᄒ 말 듯지도 못ᄒ고, 혼자 됴아셔,

져녁밥 ᄒ랴든 돈으로, 슐상을, 츠려 드려왓더라

　(쥬) 안쥬가, 아모 것도 업지만은, 슐이나 한잔 잡슈시오

　(긱) 슐은, 웬걸 이리 주시오

ᄒ면셔, 슐잔은 말 긋치기 젼에, 입에 가져 닷는다

　(쥬) 어렵지오만은, 내 어런[41] 아둘놈, 한아 잇는디, 엇더ᄒ가, 좀 보아

　　주시오

ᄒ더니, 안방으로 디이고

이이 슈동아, 이리 근너오너라

코는 지르々 흘니고, 머리는, 너풀々々ᄒ는 ᄋ희 한아이 드러오니

　(쥬) 이 어른ᄭ, 졀ᄒ여라

---

41 '런'의 오류.

ᄒ고, 다시 손님을 향ᄒ여

　ᄌ식이라고는, 이놈 한아밧게 업는딕, 쟝슈나 ᄒ고, 굼지나 안이홀가요

　(긱) 참 돗소, 얼골도 됴커니와, 데일 목쇼리가 됴흔데요, ᄯᅩ 대신 한아

　낫는걸, 딕 운수가 틔엿소, 퇴[42]엿셔

쥬인이, 썰々 우스며

　엇지 그토록, ᄇ랄 수가 잇세요

　(긱) 그것이, ᄇ라셔 되고, 구ᄒ여 될 일이오, 졔졀로, 그러케 되는 것이지

□[43]쟉 몃 마듸를 ᄒ 후에, 긱은 이러나 가고, 쥬인은, 져녁밥도 업스면셔

도, 됴아만 ᄒ다 그 부인은, 대단히, 궁굼ᄒ 모양이라

슈[44]요보시오, 말슴 좀 ᄒ시오, 무슨 수가 낫셔요

그 말 듸답은 안이ᄒ고, ᄌ긔 말만 ᄒ다

　토심[45] 보던 것, 한번 셜치를 홀 터이야, 그 안이쏜 것들, 나를 그리 업

슈히 녁이더니, 인졔도, 나는 쟝 그 모양일 줄 알엇지

　(부) 글세, 엇더케, 셜치를 ᄒ게 되엿소

　(남ᄌ) 내 그러케 되면, 세샹업는 사룸의 청이라도, 청이라고는, 안이 드

를ㅅ걸

　(부) 쏙 갑々ᄒ여 죽겟네, 말슴 좀, 시원이 ᄒ시오

　(남) 좀 알냐오, 내가 대신을 ᄒ다오

　(부) 대신이요, 언제 대신을 ᄒ셔요

　(남) 삼 년 안에는, 꼭 된다 ᄒ듸다

　(부) 대뎌, 누가 그런 쇼리를 ᄒ듸닛가

---

42　'틱'의 오류.
43　문맥상 '슈'로 추정.
44　문맥상 '슈' 불필요. 각주 5의 '슈'가 이곳에 오식된 것으로 추정.
45　토심(吐心). 남이 좋지 아니한 낯빛이나 말투로 대할 때에 일어나는 불쾌한 마음.

(남) 내가 오늘 아춤, 언의 친구를, 차자갓더니, 그 친구의 쇼개로, 용ㅎ게 맛치는 샹징이를, 인ㅅㅎ얏는디, 내 샹을 보고 삼 년 안에, 젹실히, 대신을 흔다 히

(부) 그리, 샹징이 말을 듯고, 져리 됴아ㅎ시오

(남) 쇠ㅅ쇼리가 나게, 맛친디, 두고 보아 거즛말인가, 목버힐 다짐ㅼ지 두엇소, 슈동이를, 보이고 십허, 쳥ㅎ여 왓더니, 슈동이도, 대신을 흔답듸다, 그러면, 나는 큰대감 되고, 슈동이는, 자근대감 되고 마누라는, 큰 졍경부인마님이 되고, 슈동이 쟝가드려, 며나리 엇으면, 그것은, 젹은 졍경부인마님이 되겟구러, 흐ㅅ, 하ㅅ

ㅎ며, 넛털우슘을 우스며, 꽁문이를 들엇다 노앗다 ㅎ는 통에, 방고리가, 쌔질 디경이라 부인은, 혹시 먹고 살 수나 낫나 ㅎ고, 일ㅅ것 바느질품 풀어, 밥ㅎ려든 돈량을, 닥ㅅ 긁어모아, 슐을 사다가, 손님을 디졉흔 후, 그 말을 드르니, 어히가 업는지라

(부) 아춤밥도 못 ㅎ엿는디, 져녁밥도, 또 못 ㅎ니, 이러케 ㅎ고, 엇지 사오

(남) 압다, 외샹으로 좀 엇어다 ㅎ구려

(부) 답ㅅ흔 말슴도 ㅎ시오, 이왕에 진, 외샹갑도, 달나고 야단인디, 또 누가 주어요

(남) 뎌런 죽일 놈들이 잇나, 오냐, 나 대신ㅎ는 날만 보아라

부인은 긔가 막혀, 아모 말도 안이 ㅎ고, 한편 구셕에, 슈심이 텹ㅅㅎ여 안졋는디, 그 사롬은 흥에 겨워, 밋친 듯이 납뛴다, 날마다 ㅎ던 츌입도 안이 ㅎ고, 일즉 씨든 잠도, 져녁 쌔야 씨면셔 ㅎ는 말이라

내 인졔는, 츌입 그러케, 함부루 안이홀 터이야, 나도 쟝츠, 대관(大官) 될 사롬이 창피ㅎ게, 그리 단길 수가 잇나

쏘 졈잔은 사롬이, 일즉 이러나면, 눔 보기에 안이되얏셔, 대신 될 톄면

51

에, 그리홀 수가 잇나, 느직ᄒᆞ야 이러나야지

이러ᄒᆞᆫ 마음과, 이러ᄒᆞᆫ 버릇으로, 대신 되기를, 눈이 감도록 고디를 ᄒᆞ야도, 오라는 대신 쇼식은 묘연ᄒᆞ고, 가지 말나는 셰월은, 시위를 ᄯᅥ는 살 ᄀᆞᆺ ᄒᆞ니, 그 동안에, 여간 셰간즙물과, 의복긔명은, 뎐당국 경매소로 다 나가고 대문 셜쥬에는, 방매가(放賣家)라는, 문패가, 덜컥 붓흐며, 밥은 보고 인ᄉᆞ를 ᄒᆞ게 되고 옷은, 모양을 이져ᄇᆞ리게 되엿다

년긔가 ᄎᆞᄎᆞ 만어지고, 근골이, 졈々 쇠ᄒᆞᄂᆞᆫ디, 긔한이 핍박ᄒᆞ고, 빅병이 침로ᄒᆞ되, 죵시도, 대신 되랴는 마음이, 업셔지々 안이ᄒᆞ더니, 필경은 아조, ᄉᆞ요나라 홀 디경에 이름익, 그 아들을 부르는디, 겨오 입살 가쟝자리쯤 나오는, 목소리로

이익, 자근대감아, 큰졍경부인마님 엿주어라, 큰대감, 졸셔(卒逝)ᄒᆞ신다

# 守錢奴(슈전로)

漱石生 金宬鎭 (京城中部宮洞七十一統十戸)

1912.4.14. 短篇小說

돗는 히가, 동녁에, 붉그레ᄒ게, 써오름이 부즈런ᄒ 새들이, 울며 나니, 쳔문만호(千門万戸)가, ᄎ례로 열니고, 푸루슈룸ᄒ 연긔가, 일어나는딘, 그즁에, 다 쓰러져가는 초가ᄉ집 한아에는, 사름이 한아도 업시, 뷔엿는지, 문이 꼭 닷친 딘로 잇고, 사름은 그림ᄌ도, 볼 수 업더니, 대문이, 바시ᄉ 열니며 노상 쇼년, 한아이 나와셔, 대문 셜쥬에 달닌 슈함(受函)이라 쓴, 궤문을 열고, 신문지를 쓰니여 가지고, 드러간 지 얼마 안이 되야, 그 집에셔, 동리가 쩌나가게, 야단이 난다

글셰, 이 집 망ᄒ 즈식아, 너는 쏙 망ᄒ 짓만 ᄒᄂ냐, 신문이라는 것이 다 무엇이냐, 메토리문은 안이냐

너 학교인지, 무엇인지, 단인다는 것도 사름 못 되고, 돈만 드린다고, 단이지 말나 ᄒ여도, 학교에 단이면, 즈연 돈이, 만히 난다고, 나를 속이고 단어서, 돈을 적세 니ᄇ럿ᄂ냐, 월슈금, 직갑, 붓갑, 죠희갑이니 ᄒ는 것으로, 셕 둘 동안에, 내가 오십 젼이나 주엇지, 그것도, 내가 싹것길니, 오십 젼이지, 그것이 망ᄒ 짓 안이냐, 그 돈을 오 푼 변을 노아보아라, 십 년이면, 멋빅 량이 되나

일것 학교에를, 못 단이게 ᄒ닛가, 쏘 신문지를 사셔 보아, 너는 집이 망ᄒ고, 부모 형뎨가, 족박을 차고 나셔는 것을 보아야, ᄆ움에 샹쾌ᄒ겟

늬, 너 굿흔 놈은, 진즉 죽어라, 죽어

아모라도, 그 집 정황을, 한번 보량이면, 그리흐기도, 용혹무괴[46]라, 그 집 사롬들은, 굴머죽던지, 필경은, 죽고야 말지, 그러케, 먹지도 못흐고, 쩌지도 못흐고야, 엇더케 살 수가 잇나 흐는 쇼리가, 나올 만치, 불상히 된 정황이니, 방ㅅ속은, 열놈이, 드리부는 듯이 얼골이 쓰라리게, 찬바롬이 드리밀고, 방바닥은, 치질이 나게 된, 삼척렁돌이오, 미다지와, 쟝지에는, 휴지조각을, 발느고 또 발너서, 태양광선(太陽光線)이 빗취여, 보지 못흐는, 어둠컴ㅅ혼 방 속이라, 협슈룩혼 머리에, 몬지가 케ㅅ케 안진, 탕건을 눌너 쓰고 슈염이, 희끗ㅅㅅ흐게 셴 얼골에, 셰슈도 안이흐고, 언제 적에 입은 옷인지, 솜이 비쥭비쥭 나오는, 바지져고리를 입고, 엽담비를 쑥쑥 눌너 담은, 찌그러진 담비ㅅ디를, 들엇다 노앗다 흐는, 중로인이, 그 모양으로, 평싱 긔운을 다 드려, 목이 쉬도록, 쇼리를 버럭버럭 질으며, 야단을 치는 디, 신문지 쓰너여가지고, 드러가던 쇼년은, 그 야단을 맛나, 아모 쇼리 못흐고, 웃목 구셕에, 고기를 슉이고 셧다, 그러케 한참 야단을 치는디, 대문 쇼리가, 직걱나며, 괴나리보ㅅ짐 진, 쇼년 한아이, 또 드러오더니, 보ㅅ짐은, 마루에 느러노코, 방으로 드러와, 야단치던, 로인 압헤 가셔, 절을 흐니, 로인이, 그 야단은, 중지흐고, 그 소년과 슈작이라

(로인) 너 단여왓느냐, 엇지흐여, 그리 오리되엿느냐

(쇼년) 일보든 것을, 다 보고 올나오너라고, 즈연 오리되엿슴니다

(로) 그것은 다 흐여가지고 왓느냐

(소) 올에 벼ㅅ금이, 미셕 오 원식이야요 일쳔오빅 셕은, 작전을 흐고, 그 남아지는 벼ㅅ금 좀 더 올느거던, 파는 것이, 조흘 듯흐여, 그냥 올나

**46** 용혹무괴(容或無怪). 혹시 그런 일이 있더라도 괴이할 것이 없음.

왓슴니다

(로) 잘ᄒᆞ엿다, 그러나, 광쥬셔는, 나모가 이쩌ᄭᆞ지, 한 바리도 안이 올

나오니, 웬일이냐

(소) 올나오다가, 거긔도 단녀왓슴니다 그 나모를 파닛가, 돈 쳔이나 되

는디, 돈이 그러케 만흔 것을, 갓다가 써여바릴 ᄭᅡᆰ이 업기에, 파라가

지고 오고요, 방이 치워 견디시기, 어려우실 듯ᄒᆞ여, 집호로 신과 갓치

삼은, 노파이라 ᄒᆞᄂᆞᆫ 것, 디여셧 커레를, 삼아가지고 왓슴니다, 발이 시

리시면 그것 한 커리식 신으시지오

ᄒᆞ더니, 보쏌을 쓰르고, 쳥인의 신ᄀᆞᆺ치 민든 집신을, 쓰니 노으니, 로인이

미오 조흔 모양이라

(로) 춤, 네 소견은, 나보담 낫다, ☐☐[47] 이것을 신으면, 방에 불 안이 써

여도, 발시리지 안이홀 터이지, 너는 믹ᄉᆞ가 이러케, 쓸 짓만 ᄒᆞᄂᆞᆫ디, 네

아오 놈은 망홀 짓만 ᄒᆞ니 엇더케 ᄒᆞᄂᆞ냐

(쇼) ᄯᅩ 무슨 짓을 ᄒᆞ엿나요

(로) 한 달에 돈이, 암만이나 되는, 신문을 ᄉᆞ셔 보는고나, 니가 그리, 지

금 걱졍을 ᄒᆞ고 안졋ᄂᆞᆫ 터이다

(쇼) 그것 암만ᄒᆞ여도, 큰일낫슴니다, 싀골로, 도로 나려가시지오

(로) 도젹놈들로 ᄒᆞ여, 견딜 슈가 잇셔야지

(쇼) 요ᄉᆞ이는, 노셕이 아조 업셔, 야불폐문(夜不閉門)ᄒᆞ게 되엿스니, 츠ᄎᆞ

봄도 되고, 집도 팔닐 터이오니, 곳 나려가시는 것이 좃슴니다

(로) 네 말이 올타, 그리ᄒᆞ쟈

ᄒᆞ고, 가족들은 몬져, 층쥬집으로 ᄂᆞ려보니고, ᄌᆞ긔와, 슈쟉ᄒᆞ던 쇼년과

---

47  문맥상 '올치'로 추정.

는, 늠에게 밧을 돈을, 거두어가지고 쩌나려고, 쩌러젓더라

외양으로 보기에는, 그 집이 그리, 간난ᄒ나 실상은, 몃지 안이가는 부쟈라, 닙지도 안이ᄒ고, 먹지도 안이ᄒ고, 모기로만 쥬쟝ᄒ야 돈드는 일이라고는, 전염병(傳染病) 피ᄒ듯, 십 리만큼 다라나고, 여간 빗량을 주는디 도덕심(道德心)은, 조곰도 업시, 채권쟈(債權者)라는, 권즈(權字)만 니세워, 못홀 짓 업시, 욕심것 다ᄒ여, 부익부(富益富)로 큰 지산가々 되얏스나, 정황이, 그토록 불샹ᄒ게 된 모양으로, 지너는디, 신문지 가지고 드러가던 쇼년은, 즈근아돌이오, 보ㅅ집⁴⁸ 지고 드러오던 쇼년은, 큰아돌이라, 큰아돌은 그 부친보다, 한층 더ᄒ게, 돈 안이 쓰는 것으로, 평싱 목덕을 숨은 사롬이라, 그 아오가 학교에를 단여, 학문도 비호고, 신문을 보아 지식도 널니랴 ᄒ다가, 그 부친에게, 야단을 맛나고, 감히 디답도 못 ᄒ는디, 그 형은, 셔울 살다가는, 큰일나겟다 ᄒ고, 곳 싀골로 느려가기로, 발론을 ᄒ니, 그 부친은, 큰아돌의 말은, 다 좃는 터임으로, 그 문데가 가결이 된 것이더막⁴⁹

밧을 돈량을 거두고, 집을 풀아가지고, 그 로인과, 큰아돌이 느려가는디, 거진 집에를 이르러, 큰 니ㅅ물 한아히 잇는지라, 그 니가 과히 깁지는 안이ᄒ나, 비온 끗치오, 쏘 물ㅅ결이 셰여, 긔운이 그 물과 깃지 안이ᄒ면, 건너기가 어려온 고로, 돈량식 밧고, 힝인을 긴⁵⁰너주는, 월쳔군(越川軍)이 잇것마는, 돈량 주기가 앗가와셔, 다리를 것고, 부즈(父子)가 그 니를 건너는디, 무력(無力)ᄒ, 로인의 다리라, 휘쑥ᄒ더니, 나가잡바지며, 흐르는 물을 싸라, 둥々 쩌나가는디, 그 아돌이 챵황ᄒ야, 엇지홀 줄 모로다가, 월쳔

48  '짐'의 오류.
49  '라'의 오류.
50  '건'의 오류.

군을 보고 건걸[51]혼다

（쇼년）여보, 뎌긔 써나려가시는 어룬, 좀 구ᄒ여주오

（월천군）돈 주어야 구ᄒ겟소

（쇼）얼마나 달나오

（월）빅 량만 주시오

（쇼）빅 량이야 될 말이오, 스무 량만 줄 것이니 건져주오

（월）스무 량이오, 빅 량 안이면 안 되여요

（쇼）그러면, 닷 량만 더ᄒ여, 스물닷 량만 니리다

（월）여보 이 량반, 외누리 업소

둘이 셔로 닷토며, 샹지를 ᄒ는듸, 물에 써나려가는 사룸이, 그러케 닷토는 소리를 듯고 그 아돌다려, 쇼리를 질너 ᄒ는 말이

이이, 빅 량이거든, 그만두어라

---

51　간걸(懇乞). 바람이나 용서 따위를 간절히 빎.

# 山人의 感秋

吳寅善 (京城北部舺府洞八八統九戶)
1912.4.27. 應募短篇小說 三等

가을밤 밝은 둘이, 즁텬에 놉히 써셔, 산과 들에, 은쟝식을 ᄒ야노은 듯이, 흰 빗을 되럿ᄂ듸, 그 광션(光線)이, 언의 싀골 부쟈ㅅ집 마당에셔, 걷이는, 로인의 듸머리진 머리 우에 빗취여, 윤ㅅ긔가 흐른다

달은 무심이 빗츄엇스나, 그 달빗을, ᄉᆞ랑ᄒᆞᆫ 로인은, 일평싱 지낸 일도 싱각ᄒᆞ고, 이 몸이 죽은 후에ᄂᆞᆫ, 이 집이 엇지 될 것인고, 념려ᄒᆞᄂᆞᆫ 그러ᄒᆞᆫ 싱각이, 나기 시작ᄒᆞ더니, 직물 모흐려고, 눈이 븕엇턴 그 욕심이, 다 어듸로 가고, 착ᄒᆞ고, 지혜 잇는 사롬ᄀᆞ치, 멀고 깁흔 싱각뿐이라, 뒤짐을 지고, 갓다왓다 ᄒᆞ면셔, 혼자말로

사롬이 무엇을 ᄒᆞ려고, 셰샹에 낫스며, 무엇을 ᄒᆞ고 가는고

직물은 모앗다가, 무엇에, 쓰쟈는 것인고, 의식쥬(衣食住) 셰 가지ᄂᆞᆫ, 인싱에게, 업지 못홀 것이나, 나와 ᄀᆞ치, 만셕군의 일홈을 드르면셔, 왕쟝군의 고지[52] ᄀᆞ치, 너이놋코, 쓰지 못ᄒᆞᄂᆞᆫ 것은, 아마도, 인간에 허물이오, 신명에, 죄를 지는 것이라

오냐 긔왕에, 잘못ᄒᆞᆫ 일은 홀 일 업다, 이후에나, 잘홀 도리를 ᄒᆞ자

내가 아들이, 삼 형뎨라, 셰 놈 즁에, 덕의심이 잇ᄂᆞᆫ 놈에게, 지산 젼부

---

[52] 고자(庫子). 조선 시대에, 각 고을 관아에 있는 창고의 출납을 맡아보던 구실아치.

(財産全部)를, 샹속ᄒ야 주면, 덕의심에셔, 소사나는 ᄆᆞᆷ으로, ᄌᆞ션ᄉᆞ업을, 만히 ᄒᆞᆯ 터이라 나는 ᄌᆞ션ᄉᆞ업을, ᄒᆞ고 십으나, 평ᄉᆡᆼ에, 한푼두푼의치를, ᄶᅥ러모ᄒᆞ기만 ᄒᆞ던 사ᄅᆞᆷ으로 남을 구졔ᄒᆞ여 주더리도 돈 앗가온 ᄆᆞᆷ이, 몬져 드니, 그것은, ᄆᆞᆷ에셔 소사난, ᄌᆞ션이 안이오, 나이 만코, 죽을 날이 갓가온 터에, 욕심 만헌 죄를, 벗자는 일이라, 칠십 년 지은 죄를, 하로잇홀에, 버스려 나는 것도, 어리셕은 일이 안닌[53]가 ᄒᆞ더니, 그 밤ᄉᆞ즁에, 아들 삼 형뎨를, 다 불너셰우고, 각기 그 ᄯᅳᆺ을, 말ᄒᆞ라 ᄒᆞ니, 그 아들 삼 형뎨는, 그 부친의 뭇는 ᄯᅳᆺ은 모르고, 텬진으로 디답ᄒᆞ다

(맛아들) 나는 부모가, 모ᄒᆞ신 지물을, 한푼드[54], 랑비ᄒᆞᆫ 일이 업슬 ᄲᅮᆫ 안이라, 아바지ᄭᅴ셔, 돈량 쥬시는 것을, 밧더리도, 그 돈을 쓰지 안이ᄒᆞ고, 오 푼 변으로, 빗을 노아셔, 모흔 돈이 젹지 안이홈니다

(로) 응, 아비를 담기는, 잘 달맛다

(둘지아들) 나는 년젼에, 엇더ᄒᆞᆫ 사ᄅᆞᆷ이 보패를, 한짐 잔ᄉᆞ득 지고 가다가, 무슨 ᄉᆞ졍이 잇던지, 그 보패 수효를, 셰지도 안이ᄒᆞ고, 내게 맛긴 일이 잇셧는디, 그 후에 그 사ᄅᆞᆷ이, 다시 차지러 왓거늘, 내가 그 보패를 잘 두엇다가, 한아 ᄲᅢ지 안이ᄒᆞ고, 너여준 일이 잇슴니다

(로인) 응, 나도 ᄂᆞᆷ의 보퉁이ᄉᆞ 속에 든 것, ᄯᅳ녀여 본 일도 업고 ᄂᆞᆷ의 물건을 맛핫다가 통으로 ᄶᅦ슨 일도 업셧슨즉, 너도, 이비를 안이 달문 것은 안이다

(셋지아들) 나는, 년젼에, 강릉 오디을산[55] 지니는디, 힌는 ᄶᅥ러지고, 힝

---

**53** '인'의 오류.
**54** '도'의 오류.
**55** '산을'의 글자 배열 오류.

인은 쯘어진 째라, 길 우에는, 하늘에 단 듯흔 산봉오리오, 길 아리는,
쳔 길이나 될 듯흔 구렁이라 원슈는, 외나모다리에서, 맛난다는 말이
맛노라고, 져와 평싱에 셔로 작척흐던,[56] 아모가, 맛춤 그 길로 오다가,
길 아리 써러져 쓸너니려 가다가, 나모 끗틀에, 걸녓는디 그 아리 써러
지면, 송쟝도 차질 수 업는 곳이라, 내가 그 모양을 보고, 엇지 당황흐던
지, 내 몸이 위티흔 싱각은 조곰도 업고, 그 사룸을, 구홀 ㅁ음만 잇
셔々, 쒸여니려 가셔, 그 사룸을 구흐엿는디, 하마터면 아바지 얼골을,
다시 못 뵈올 쌘흐엿습니다

(로인) 응, 나는 홀 슈 업는 일이다

졔 목슴을, 앗기지 안이흐고, 눔의 목슴을 구흐는 사룸이, 직물을 앗겨
셔, 사룸을 돕지 안이홀 리가 잇겟느냐

직산이 잇는 디로, 네게 물녀줄 터이니, 공변된[57] 눈으로, 세상을 솗혀
보와셔, 친척이던지, 눔이던지, 원슈이던지, 은인이던지, 불샹흔 졍경
의 사룸이 잇거던, 도아주어라

흐는디, 아둘 삼 형뎨는, 부친의 명을 듯고 아모 말 업시, 우둑커니 셧는
디, 둘은 셔텬에 기우러져셔, 사룸의 거림즈는, 뎐긔션ㅅ디곳치 기러지고,
찬 이슬 숩풀 ㅅ이에, 버레 우는 소리만, 그윽흐더랴

---

**56** 작척(作隻)하다. 서로 원한을 품고 원수가 되어 시기하고 미워하다. 척을 짓는다는 뜻에서
　　나온 말이다.
**57** 공변되다. 행동이나 일 처리가 사사롭거나 한쪽으로 치우치지 않고 공평하다.

# 허욕심(虛慾心)

金鎭憲 (黃海道鳳山郡萬泉面朝陽學校內)
1912.5.2. 應募短篇小說 三等

수만 쳑의 물속은, 능히 측량홀 수가, 잇지마는, 셰상에 가히 측량치 못홀
것은, 오작 한 즈가 못 되는, 사룸의 ᄆᆞ음이니, 슈쳔 돈의 큰 비라도, 그 싯
는 짐의 한뎡이 잇거니와, 오대쥬(五大洲)의, 쌍덩이를 실어도, 오히려 부
족타 ᄒᆞ는 것은, ᄯᅩ한 사룸의 욕심이라, 븍[58]풍한셜 치운 겨울과, 오륙월
쟝마비에, 하로도 궐치 안코, 압 남산 미륵 압헤, 무릅을 꿀코 졀훈 뒤에,
즁얼ㅅㅅㅎᄂᆞᆫ 사룸은, 나히 불과 스십이 될락말락훈디, 량미간에는, 여듧
팔ㅅ즈로 쥬름살이 잡히고, 눈은 가마귀ᄀᆞᆺ치, 식검은 즁에다, ᄯᅩ 깁슉이
드러가셔, 아모가 보아도, 욕심이 긋득ᄒᆞ게 된 임쥬스라, 이 사룸은 본릭,
션부형의 은덕으로, 죠반셕죽은 넘려가 업스나, 허욕이 넘우 굉쟝ᄒᆞ야,
농공샹간의, 직업은 힘쓰지 안이ᄒᆞ고, 엇더☐[59] ᄒᆞ면 공즁에셔, 항아리 ᄀᆞᆺ
흔, 금덩어리☐[60] 엇어셔 텬하 갑부가 되여볼고 ᄒᆞᄂᆞᆫ 욕심이, 일구월심[61]
에, 긋치지 안이ᄒᆞ더니, 하로는 식검은 눈을, 감엇다 썻다 ᄒᆞ며, 부쟈될 방
칙을 싱각ᄒᆞ고 잇더니, 홀연히, 쥬먹으로 칙상을 쾅 치며

올타 — 그러치 — , 뎌 남산 미륵님이, 령험ᄒᆞ셔ㅅ, 무즈훈 사룸은 치셩

---

58  '북'의 오류.
59  문맥상 '케'로 추정.
60  문맥상 '를'로 추정.
61  일구월심(日久月深). 날이 오래고 달이 깊어 간다는 뜻으로, 세월이 흐를수록 더함을 이르는 말.

을 ᄒ면, 아둘을 낫코, 병든 사름이 긔도만 ᄒ면, 완인이 되고, 기타어

천만ᄉ에 정성만 드리면, 소원을 성취혼다 ᄒ니, 내가 공연히, 익만 쓰

지 말고, 미륵님끠 가서, 치성을 드리겟다

ᄒᄂ는 계칙이, 못둑 남익, 그날브터 칠일 동안을 목욕지계ᄒ고, 믹일 시벽

에 일즉 ᄭᅵ여, 미륵압혜 가서, 졀ᄒ고 ᄒᄂ는 말이라

령험ᄒ신 미륵님은, 제 정성을 슯히샤, 소원울[62] 일워 주옵소서

제 평싱 소원은, 텬하 갑부가 원이오니, 졔 손으로 만지ᄂ는 물건은, 무엇

이든지, 황금(黃金)이 되개 ᄒ여 주옵소서

ᄒ며, 빌고々々 졀ᄒ더니, 하로ᄂ는 이른 시벽에 단잠을 치 못 자고 가서 긔

도홀 즈음에 미륵이 말을 혼다

네 정성이 지극ᄒ니 소원을 일우어 주노라

ᄒ거늘, 그 말만 드러도 깃쑴을 익의지 못ᄒ야 이러나셔 다시 졀을 ᄒ고

치하홀 ᄭᅢ에 발셔, 손바닥에 붓헛던 흙이 변ᄒ야 황금이 된지라, 구곡간

쟝의 밋쳣든 소원을, 오늘날이야 성취ᄒ니, 더욱 깃쑴을, 익의지 못ᄒ야

취혼 듯 밋친 듯, 집으로 도라올 ᄭᅢ에, 시험으로 돌 한 긔를 들어본 즉, 황

금이 완연ᄒ다, 깃분 빗이, 얼골에 ᄀ득ᄒ야, 집으로 ᄲᅱ여와셔 고ᄉ간 문

을 활작 여니, 문 걸쇠도, 황금이 되거늘

올치 슈 낫다

ᄒ고, 식젼에 갓든 쟈가 시쟝혼 줄도, 모로고, 죵일토록, 흙과 돌을 모와드

려, 이간이나 되ᄂ는넓은 고ᄉ간에, 황금을 갓득 싸어노엇더라

이ᄭᅢ에 ᄌ긔 부인은, 친뎡에 무슴 볼일이 잇셔, 어린 ᄋ희를 다리고, 갓든

즈음이라, 대문 소리가 ᄭᅵ걱ᄒ더니, 부인이 ᄋ익를 업고 들어옴익, 깃분

---

**62** '올'의 오류.

중에 마죠 나아가

(임) 여보 부인, 인졔는 소원 셩취ᄒ얏소

(부인) 무슨 소원을, 셩취ᄒ엿단 말슴이오

(임) 두말 ᄊ고, 나와 갓치 가셔, 고ㅅ간을 좀 드려다 보시오

ᄒ며, 부인의 손목을 잡어단기니, 부인과 사랑ᄒᄂᆞᆫ ᄋᆞ둘ᄭᆞ지, ᄯᅩ한 황금 부쳐가 된지라 갓득이나 크던 눈이, 둥굴이지며

(임) 허 — 허 — 이 일을 엇지ᄒ노 — 황금은 태산갓치 싸엿스나, 쳐ᄌᆞ가 다 업셔졋스니, 이 금은 쟝ᄎᆞ 무엇에다 쓰노

ᄒ며, 쳐ᄌᆞ의 싱각이 간졀ᄒᄋᆞ, 셩공ᄒ기 젼보다, 근심 걱졍은, 몃빅 비나 더ᄒ지라, 가삼을 두다리며 슯히 울시, ᄉᆞ졍 업ᄂᆞᆫ 것은 시간이라, 셕양에 빗긴 ᄒᆡ가, 임의 산머리에 넘어감익, 식젼에 기도ᄒ러 갓든 사룸이라, 나 졔는, 금녕[63]이 민드노라고, 시쟝ᄒᆫ 줄도 몰낫거니와, 지금은 ᄎᆞᄎᆞ 시쟝 ᄒᆫ 증이, 은근이 일어나셔, 혼ᄌᆞ말노

(임) ᄉᆞᄌᆞᄂᆞᆫ 불가복싱(死者不可復生)이나, 산 사룸은 먹어야 ᄒ지

ᄒ고, 부억으로 들가셔, 뒤적ᄉᆞᄉᆞ 먹을 것을 찻노라니, 손에 것칫ᄒᄂᆞᆫ 디 로, 모다 황금이 된다, 황금이 비록 조타ᄒᆫ들, 엇지 그디로야 먹을 슈가 잇 스리오, 긔가 막혀

(임) 아이고 — ᄉᆞᄉᆞᄉᆞ, 인졔는 엇지ᄒ나, 쳐ᄌᆞᄂᆞᆫ 임의 죽엇거니와, 산 사 룸인들 무잇을 막[64]어야 살시, 낫치 병불능살인이오 약능살인(病不能殺 人藥能殺人)이라는 말과 갓치, 빈한은 능히 나를 못 죽이나 황금이 도로 혀, 나를 죽이노나

ᄒ고 통곡ᄒ며, 쥬먹으로 쌍을 치다가, 놀나 ᄭᆡ치니, 일쟝춘몽이라

---

**63** '뎡'의 오류.
**64** '먹'의 오류.

# 雜技者의 藥良[65] (잡기비의 량약)

漱石靑年 金宬鎭 (京城中部宮洞七十一統十戶)
1912.5.3. 應募短篇小說 三等

「여보게, 오늘은 엇지히, 이러케들, 늣게스 진을 호나」

「늣지 안이호엿네, 어셔 좀 외여 보셰」

「외다니, 무엇을 외여, 요시 흔흔 구루마에, 셔양 텰통 실어가지고 단이 눈, 약기이모[66]를 외잔 말인가」

「참, 즈네눈, 처음이닛가, 못 아라듯네그려 명월지시(明月之詩)를, 외잔 말일세」

「명일[67]지시라니, 임슐 칠월 긔망에, 젹벽강에셔, 소동파가 외든 것 말 인가, 요시 사롬들되얏네그려, 글을 다 읽고」

「안일세, 이것은 그와눈 다른즉 리약이를 홀 것이니 듯게, 이 명월지시 눈, 열두 쟝 마흔여닯 구졀(十二章四十八勾)인디, 그중의, 즁요혼 구졀은, 공산에 달이 밝으니, 소나모에, 학이 우눈도다, 우즁에 가눈 사롬 국화 이리 슐 마신다, 오동에눈, 봉이 오고, 모란에눈 나뷔 난다, 이것이, 명 월지시라네」

「응, 화투 말일세그려, 나눈 그것, 즈미 업셔 다른 것을 홀 것 갓흐면, 나

---

도 한번 ᄒ여 보겟네」

「그러면, 이것을 ᄒ세」

ᄒ더니, 조고마ᄒ 쥬머니 한아를 쓰르고, 골픽 셜은두 짝을, 쓰너여 폭 업허노터니, 손을 썩 너미러, 이리로도 젓고, 져리로도 젓다가 손씃으로, 한 번 죽 미러노ᄒ니, 골픽짝이 좍 퍼지며, 활모양ᄀᆺ치, 반씀 둥구스름ᄒ게 되거눌, 안졋던 사름 오륙 인이, 다 각기 되는 디로, 돈을 압혜다가 싸어노코, 골픽를, 두 짝 집는 사름도 잇고, 세 짝 집는 사름도, 잇는디 골픽짝을 들고, 드려다보면셔, 되지 못ᄒ 쇼리로, 짓거리는 말이, 쳔싱 노름ㅅ군의 쇼리라

「어 — , 이것 보아라, 밥이 지럿고나」 「홍, 긔가 막혀, 지수가 옴오르듯 ᄒ엿네」 「그러냐, 써들지 마라, 다 풀어도, 내 쌍이다」 「잘 갓다 먹어라, 거지 두루막이 한아 ᄒ여준 셰음 치자」

그즁에 한 사름이, 방바닥을 탁 치며, 쇼리를 버럭 질너

「너의들, 잔말 ㅅ고, 요겻[68] 좀 보아라」

ᄒ더니, 두 손을 너미러, 그 판에, 잇는 돈을 모조리 쓰러다가, 져의 압흐로 다가노니, 그러 사름들은, 아모 말도 못ᄒ고, 눈이 멀기 안졋다

죠희조각이나, 쎠조각으로, 지물 쎄앗기를 닷토아, 법률이 금ᄒ고, 사름이 꾸짓고, 샤회에 용납지 못ᄒ고, 하늘이 지앙을, 니리는 것을, 도모지 불관ᄒ고, 남의 지물을, 공연히 억지로, 쎄아스려는 불 ᄀᆺ흔 욕심으로, 긔를 쓰고 ᄒ다가, 발각이 되면 잡히여, 열 번 경찰셔에 드러가고, 아홉 번 검ᄉ국에, 잡혀갓다가라도, 노여나오는 날이면, 쏘 다시 ᄒ여 열이면 열, 빅이면 빅, 쳔이면 쳔, 필경은 거지가 되여, 집ㅅ의 대문간으로, 도라단이면셔,

---

**68** '것'의 오류.

한 푼 두 푼 비러다가라도, 노름은 긔어히 히야, ᄆᆞ음에 샹쾌ᄒᆞ니, 이러케 남의 지물을, 쎄아스려고, 평싱에 일심졍력을, 쓰는 쟈가, 무슨 짓을 못ᄒᆞ리오, 그 결과는, 졀도(竊盜) 사긔(詐欺) 강도 ᄀᆞᆺ흔 죄도, 범ᄒᆞ기를, 용이허녁일 것은, 명확ᄒᆞ도다

그째 그 모양으로, ᄒᆞᆫ참 노름판이, 어우러졋는디, 그중에 ᄒᆞᆫ 사ᄅᆞᆷ은, 돈을 다 일코, 눈이 쓰근々々ᄒᆞ여지며, 몸이 벗젹々々 달어셔 졍신이 업시 되더니, 벌덕 이러나며

　「니 집에 가셔, 돈 가지고 올 터이니, 좀 더 ᄒᆞ여보셰」

　「얼는 단녀오게, 더ᄒᆞ다쑨인가」

그 쟈가, 집으로 도라와보니, 셰발막디 것칠 것 업는, 쓰러져가는 집, 치운 방에, 늙은 모친, 약ᄒᆞᆫ 쳐ᄌᆞ가, 긔한을 못 익여, 드러누엇고, 돈은 커녕, 팔 것이라던지, 잡힐 것도, ᄒᆞ푼ᄌᆞ리, 씨여진 셕유통 ᄒᆞᆫ아이 업는지라, 눈에 보이는 것이 업시, 긔가 탁 막히는 모양이니, 그 긔막히는 것은, 집안 졍황을 보고, 그리ᄒᆞ는 것이 안이오, 돈푼 가지고 가셔, 노름ᄒᆞᆯ 것이 업셔, 그리ᄒᆞ는 것이라

그 집이 당초에는, 지산도 요죡ᄒᆞ고, 빅ᄉᆞ가 무흠ᄒᆞ여, 복이 만흔 집이라고, 사ᄅᆞᆷ마다 일컷더니, 그 못된 ᄌᆞ식이, 과부의 외아ᄃᆞᆯ로 노름 시작을 ᄒᆞ더니, 무슨 리익이나 볼 줄 알고, 일 년 삼빅륙십 일을, 쥬야로 노름만 ᄒᆞ여 셕[69]지 안이ᄒᆞᆫ 지산을, 디 디리맛치고, 집도 업시, 남의 협호로, 도라ᄃᆞᆫ녀, 시시로, 드러가거라, 나가거라 ᄒᆞ는, 셜음을 밧으면셔도 그 버릇은 놋치 안이ᄒᆞ고, 디쳥구쥐디를, ᄒᆞ여셔라도, 남의 것 먹으랴다가, 졔 것 갓다쥬는 것으로, 이 세상에 ᄂᆞᆫ, 칙임과 직분을 삼는 쟈이라, 그 사ᄅᆞᆷ의 모친

---

**69** '젹'의 오류.

이, 처음에는, 그 아들을 꾸짓기도 ㅎ고, 을느기도 ㅎ고, 달너기도 ㅎ고,
째리기도 ㅎ나, 무가늬하라, 홀 슈 업시, 니버려두엇스나, 엇지ㅎ면, 그 버
룻을 곳치게 홀고 ㅎ고, 쥬야 고심ㅎ더니, 셰샹에 병 쳐노코는, 못 고치는
일이 업는, 신긔훈 의원이, 어듸 잇슴을 듯고, 싱각ㅎ기를

「아편인도 씃케 ㅎ는 약이 잇셔, 신효ㅎ다는 말을 드럿스니, 노름도 씃
케 ㅎ는 슈가 잇슬지 모르겟다」

ㅎ고, 그 의원을 ᄎᄌ갓다

「쳐음 뵈옵는 터에, 말슴이 안이오나 니 ᄌ식 훈아이, 노름을 ㅎ여, 집
안이 결단이 나고도, 종시도 ㅎ니, 그것 곳치게 홀 슈 잇슬가 ㅎ고 왓는
듸, 곳쳐만 쥬시면, 그런 젹션은 업겟습니다[70]

의원이, 눈을 씀젹ᄼᄼㅎ고, 훈춤 싱각ㅎ더니

「그것 어려올 것 업지오, 방문 한 쟝 니여 드릴 것이니, 약 두셔너 쳡만
쓰면, 다시는 노름을 안이ㅎ오리다」

ㅎ고, 벼루를 열고, 방문을 니여쥬니, 무슈히 칭ᄉㅎ고 도라와, 약 두 쳡을
쎳더니, 별안간에두 손이, 쥬먹을 쏙 쥐인, 조막손이가 되는지타[71]
아모라도, 그것을 보면, 쌈짝 놀날 터인듸, 함을며, 인ᄌ훈 ᄌ모의 ᄆ음이
리오, 허둥지둥 의원집으로 다시 와셔

「그 약을 쎳더니, 노름ㅎ고, 안이ㅎ는 것은 고샤ㅎ고, 두 손이 다 조막
손이가 되엿슨즉, 더것을 엇지ᄒᆡ야, 올홀가요」

의원이 허ᄼ 우스며

「그 손을, 도로 펴게 ㅎ기는, 쏘 어렵[72]지 안치오마는, 그 손을 펼 말이

70 ‘,’ 누락됨.
71 ‘라’의 오류.
72 ‘렵’의 오류.

면, 노름은 ᄒ고야 말터이니, 노름 못 ᄒ개 약 쓴 본의가, 어더 잇나뇨,

노름ᄒᄂ 놈들을, 나의 그 약 한두 첩식만, 먹엇스면 노름ᄒᄂ 놈이, 아

　조 업셔질 터이지마는」

ᄒ고, 짠소리만 ᄒ고 안겻[73]다

---

**73** '겻'의 오류.

# 乞食女의 自歎(걸식녀의 ㅈ탄)

漱石靑年

1912.6.23. 短篇小說

허트러진 머리에, 째무든 얼골, 희여진 옷에, 찌그러진 집신, 허리에는 ㅈ
루 손에는 족박 든, 늙슈구러혼 녀인 한아이, 마루 ᄭᅥᆺ 기동을, 붓들고 셔ᄼᆞ
　「찬밥 혼슐올 쥬시던지, 돈 한 푼만 봇히쥬십시오, 늙은 사름이, 여러
　날을 굴머, 견ᄃᆡ다 못ᄒᆞ야, 나왓슴니다」
ᄒᆞ는 것은, 불샹ᄒᆞ고, 측은혼 걸인이라 그 집은, 분벽이 졍결ᄒᆞ고, 샤창이
쇄락혼ᄃᆡ, 셰간즙물이라던지, 긔구범졀이 혼번 보아도, 큰 부ᄌᆞ집은 되지
못ᄒᆞ나 군식혼 걱졍 업시, 유족히 지니는 모양인ᄃᆡ, 아모리 셔ᄼᆞ, 익걸을
ᄒᆞ여도, 아모도 드른 톄도, 안이ᄒᆞ더니, 별안간 미다지를 벼락치듯, 열어
부둣드리고, ᄭᅩᆺ 갓흔 졈은 부인이, 니다보며
　「동냥은 무슨 동냥이야, 스지 멀건 스롬이, 무슨 짓을 못 ᄒᆞ여 먹고, 빌
　어먹으려 단니나, 여긔셔는, 아모 것도 안이 줄 터이니, 입에 헛바름 드
　리지 말고, 어셔 다른 데나 가셔보아」
ᄒᆞ며, ᄭᅮᆫ잔을 쥬는 것은, 그 집 쥬인 녀편네라, 어엽분 얼골, 아릿다온 틱
도에 금테 년경을, 밉시 잇게 쓰고, 시파랏케 졂은 년긔에, 이가 그리 몹
시, 샹ᄒᆞ엿던지, 입을 버리면, 이 한아식 걸녀, ᄒᆞ여 박은, 노루슈름혼 금
이가, 더욱 긔이ᄒᆞ고, 옷은 비단으로, 엇지 휘황찬란히 입엇던지, 송쟝 슈
의 입힌 것 갓고, 다셧 치나 되는, 밀화물 부리에, 권연을 박아 ᄲᅡᆨᄼ 쌜다

가, 한 번식 연긔를, 휘 닉부는 것이, 그럴 듯ㅎ며, 침도 한 방울 안이 나오
는, 기침을 련히 ㅎ여, 타구가 올나갓다 나려갓다 ㅎ며, 보석반지, 진쥬반
지 금반지, 옥반지, ㅈ만호반지를, 휘모라씬, 옥 갓흔 손으로, 향슈 닉옴
시, 화로슈 닉옴시가, 물큰ㅅㅅ 나고, 네 귀에 오식으로, 슈노흔 옥식 슈
건, 한 귀퉁이를 들고, 입 가쟝즈리를, 요리 씻고, 죠리 씻고 안져, 찌르는
듯ㅎ게, 핀잔을 탁 쥬니, 이집져집으로 단이면서, 핀잔먹기에, 졸업ㅎ 동
냥어치라, 앙탈을 ㅎ고 안이 가고 셧는디, 대문 밧게서, 인력거 박휘 소리
는 안이 나고, 다만

「씽그렁」

ㅎ는 소리만 나더니, 그 쥬인 녀편네와 모양이 근ㅅㅎ 녀인들이, 들어오
거눌 쥬인의 잉도 갓흔 입이, 버러지며, 우슴 반 말 반으로

「웨 인졔들 오나」

ㅎ는 소리가, 쏫 밧게 꾀꼬리 우는 듯ㅎ니, 아모라도, 졀더가인(絶代佳人)
이니, 경국지식(傾國之色)이니, 침어낙안지용(沈魚落鴈之容)이니, 폐월슈화
지틱(開[74]月羞花之態)니, 홀 것이오 막 말ㅎ ㅈ면, 하이칼나니, 쏙쌧느니 아
죠 싹정이로, 되엿느니 홀 만ㅎ게 된 계집들이라, 옥식 외코신, 분홍 운혜
를 마루 끗헤, 척척 버셔노코, 흰 우산, 옥식 우산을, 이 구셕 져 구셕, 턱ㅅ
세워노코 방으로 드러가 안더니, 이야기가 ㅈ즈러진다

「오날은, 무슨 죠흔 일이 잇셔, 불느셧소」

「슈 낫네, 동싱들이 안이면, 늬가 이리ㅎ겟나, 하ㅅ」

「암 그럿치오, 그러나 무슨 슈야오」

「늬가 봉이 한아를 물엇는디, 아죠 어슈룩히」

---

**74** '閉'의 오류.

「형님 봉이 물엇기로, 우리가 무슨 슈가 나오」

「니가 돈 ᄉ천 원을, 한ᄭᆫ에 먹엇네」

「아—엇더케오」

「리승지라고 ᄒᆞᄂᆞ 작쟈 한아를, 샹관ᄒᆞ엿ᄂᆞ디, 궐ᄌᆞ가, 아죠 어슈룩ᄒᆞ
데그려, 그러나, 돈은좀 먹어야 홀 터인디, 속일 슈가 업기에, 계칙 한아
를 너엿지」

「그리요, 무슨 ᄭᅬ야요」

「그 누구ᄒᆞ고 ᄭᅩᆨ ᄶᅡ고, 궐ᄌᆞ가 와셔 안졋슬 ᄶᅢ, 우루루 달녀드러, 집 세
간을 당쟝 너여노흐라고, 야단을 치라고 일넛지」

「오라 그것 되긴 된 슈야」

「대뎌 형님 ᄭᅬᄂᆞᆫ, 쟝ᄌᆞ방 졔갈랑[75]이도 당홀 수 업스닛가」

「참 궐쟈가, 일쳔 밤에 와셔 자고, 식젼에, 치 일어나기 젼에, 그 사롬이
사롬 삼ᄉ 인을, 모러가지고 와셔, 집과 세간을, 당쟝 너여놋코 나가라
고, 엇더케 야단을 치ᄂᆞᆫ지, 그ᄌᆞᆮ말로, 그리ᄒᆞ엿스닛가 그러치, 졍말 그
러케, 당홀 말이면, ᄭᅩᆨ 죽겟데」

「속으로 좀 우슈엇슬가」

「궐쟈가, 엇지 된 영문인지 몰나, 눈이 휘둥그리, 뭇데그려, 이마를 ᄶᅵᆼ
그리고 안져셔, 한슘 한번을 쉬엿지, 눈물이 좀 나왓스면, 됴켓드구면,
챵줄에, 엇의 나와야지」

「암 그러켓지, 우슙지 안습듸ᄭᅡ」

「우슙이, 만일 툭 터졋드면, 엇지홀 번 ᄒᆡᆺ셔」

「이 집을 잡힌 지가, 발셔 오린디, 변리 한 푼도 못 ᄒᆞ여주어, 본변이, 이

75 '량'의 오류.

집갑보다도, 훨셕 지니셔, 인졔는 한도 밧지를 안이ᄒ고, 집 셰간을, 다 니여노라고, 야단이니, 이런 신셰는 살어 무엇ᄒ오 ᄒ고, 몸부림을 ᄒ 는 데 좀 ᄒ얏지」

「여보 흉악도 ᄒ오, 그런 쇠는 엇의셔 낫소」

「그리ᄒ닛가, 궐쟈가 바로 션ᄉ이 나셔ᄉ, 리일 오라고 한을 ᄒ고, 리일 이란 말이 어졔인디, 집문셔를 차지라고, 돈 ᄉ쳔 원을, 션듯 갓다주데 그려 일ᄒ든 사룸, 돈 빅식 주고, 그 돈은 먹엇지」

「형님은, 형님 지됴로 그런 일이 잇거니와, 우리는 쏘 무슨 수가 나겟다 고 그리ᄒ셧소」

「그런게 안이라, 궐쟈ᄒ고 작패ᄒ야 단이는 쟈가, 둘이 잇는디, 그것도 가네못지[76]데, 오늘밤에, 녀편네 둘만 불너노라고 ᄒ얏는디, 그런 자리 에, 우리 동싱을, 안이 불늘 수 잇나, 그리 불는 것인디, 내가 돈량 싱긴 턱으로, 낮에는, 나와 ᄀ치 놀고, 밤에는 궐쟈들이, 엉거불퉁ᄒ여 올 것 이니, ᄎᄎ 돈량 쎼슬 계교를, 쏘 내셰그려」

ᄒ고, 무슨 음식을 식이랴 ᄒ고, 미다지를 열고, 하인을 불으다가, 마루 ᄯ 헤 동량어치가, 그져 슨 것을 보고, 얼골이 밝이셔

「뎌 동량어치는, 웨 이째껏 안이 가고 셧셔, 어셔 가 압만 셧셔야, 무엇 줄 ᄉ 알고, 아모 것도 안이 주어, 느져가는디, 쌜니ᄉᄉ 다른 데나 가셔 보아」

그리도, 혹시 무엇이나 좀 줄가 ᄒ고, 우두커니 셧더니, 뎨ᄉ가 아조, 빗두 루 가는지라, 홀 일 업시 다리를 질ᄉ 끌고, 대문 밧그로 나오면셔, 혼ᄌ 탄식ᄒ는 말이라

---

76  카네모치(かねもち). 부자(富者).

「오냐 알겟다, 너의들도 다 그러코 그러코나, 내 쏠을 보고, 넘어 그리 구박마라, 나도 당시에는, 아동 주졸이라도, 일홈 몰을 이가 업던 내가, 오늘 이 디경이 되얏다, 여간 너의, 되지 못훈 꾀로, 돈량이나 엇어먹은 것을, 양ㅅ주득ㅎㄴ냐, 나도 산젼슈젼, 다 격거보고, 큰돈 주근돈, 만히 만져본 내다 그 짓ㅎ고, 잘 사는 법 업더라, 나도 오늘이야, 후회[77]ㅎ니 쓸디 잇ㄴ냐, 네가 나를 그리, 핀잔을 주더라만은, 너도 그리ㅎ다가는, 네가 쏘 남의, 핀잔먹을 날이, 멀지 못ㅎ얏ㄴ니라, 선병쟈의원[78]으로, 지니본 내가 모르랴, 나도 오늘, 이 디경 될 줄 몰낫다, 너의 싱각에는, 아마 졔가 잘못히, 그러타 ㅎ리라만은, 주연 그러케 되더라, 이것이 악담이 안이라, 진졍이다」

ㅎ면셔, 다른 집 대문으로 드러간다

---

**77** '회'의 오류.

**78** 선병자의원(先病者醫員). 먼저 앓아 본 사람이 의원(醫員)이라는 뜻으로, 경험(經驗) 있는 사람이 남을 인도(引導)할 수 있다는 말.

# 오날른 얼마나[*]

1912. 7. 12~16. 4회. 短篇小說

## 1912년 7월 12일

　오날른 얼마나, 버리를 ᄒ얏길니, 이러케 졈을게 드러오ᄼ
ᄒ며, 다 ᄶ러진 헌 베초마를, 다시 졸나입고, 마죠나아가, 대문을 여는 녀
인은 소안동 별궁 뒤에 사는, 김셩녀인디, 본리 강원도 김화 지경터 사름
으로, 그 이웃 황쩌벌이라는 쟈에게, 싀집을 가셔 니외가 화뎐을 파셔, 구
명도성을 ᄒ더니, 亽오 년 젼 심훈 쟝마에, 일 년 근亽로 죽을 힘을 다 드
려, 화뎐을 붓친 죠밧에 젼무후무훈 사퇴가 나셔, 한 포귀 남亽지 안이ᄒ
고, 쳔파가 되니, 살아갈 도리가 만무ᄒ야, 남부녀디로, 셔울[79]로 올나와,
지亽골 리판셔 집에 가, 힝랑사리를 ᄒ며, 김셩녀는, 리판셔의 아달, 졋을
먹이고, 황쩌벌이는, 인력거 버리를 ᄒ다가, 별궁 뒤로 삭을셰 집 한 치를,
엇어와셔 사는디, 김셩너기, 아모쬬록 한빈 잘 살아보랴고, 亽닌 삭바느
질을, 엇어드려, 밤잠을 잘 줄 모로고, 바느질을 ᄒ는디, 황가는 슐을 됴아
ᄒ야, 열 량을 버러도, 먹어버리고, 스무 량을 버러도 먹어버리고, 셔른
량, 마흔 량 싱길 짐작이라, 김셩녀가 볼 젹마다, 셩화를 ᄒ며 말니더니,

---

그날도 히가 지도록, 안이 드러오니, 혼즈 싱각에

　오날은 얼마나 버럿는지, 쏘 엇의 가 슐을 펴먹고 잇노라고, 이써〵지,

안으[80] 드러오나보다

흐다가, 문 열나는 소리를 듯고, 나아가 문을 열어쥬며 흐는 말이라, 황쎠

벌이가 슐이 반춰흐야

　(황) 버리, 버리닥산횟지

　(김) 만히 번 돈은, 다 엇다 두엇소, 이리 쥬오, 한 푼이라도 모아야, 삭월

세를 쥬지오

　(황) 발셔 닉 비ㅅ속에다, 다 모아두엇는듸, 마누라를 엇더케 쥬어

　(김) 에그, 쏘 슐을 다 먹고, 드러온 것이로구려, 글세 엇지흐자고, 이 모

양이오, 슐도 읍식이지, 슐만 먹으면 뎨일 강산이오, 집 세돈을, 어셔 쥬

어야 닉쑈기지를, 안이흐지오

　(황) 압다, 별 걱경을 다흐노, 사롬이 얼마나, 살 셰샹이라고, 먹고 십은

슐도 못 먹고, 비지쌈을 흘니고, 인력거만 쓸어

　(김) 당신만, 비부르게, 먹고단이면 셰음이 폐이오, 소위 계집은, 집구셕

에, 굴머죽거니, 집을 닉쏘기고, 쥬져리[81]를 쓰고, 길가로 나안거니, 도

모지 샹관업단 말이오

　(황) 이것은, 계집년이, 웨 야단이야 방슈에 쓰리게, 릭일은, 버리도 안

이 되라고

　(김) 그 아오라진 버리, 만날 흐면, 소용이, 무엇이야

그리자, 문 밧게셔

---

80　'이'의 오류.

81　주저리. 일정한 양의 볏짚의 끝을 모아 엮어서 무엇을 씌울 수 있도록 만든 물건. 겨울에 꽃
　　나무나 김칫독 위에 덮어씌워 눈비를 가리며 추위를 막는 데 쓴다.

쥬인 계시오

소리가 나더니

　이 집 삭월셰돈, 니보니시오, 벌셔 한이 보름이나, 지나도록, 셰돈을 안

　이 쥬니, 남의 집을, 공히 들냐고 ㅎ시오 어셔 니보니시오

황가가, 혀를 홰々 니둘으고, 손짓을 셜네々々ㅎ며, 모긔 소리만치

　여보 나 업다고, 딕답ㅎ오

김셩녀가, 즈긔 가쟝의 쇼위를, 싱각ㅎ면, 모로는 톄 홀 터이지만으[82] 등

으로 보나, 날로 보나, 그리홀 슈가 업셔々

　사니량반이, 안이 계시니, 드러오시거던, 그디로 엿줍겟다고 엿쥬어라

그쟈가, 입맛을 쩍々, 한참 다시다가

　그리면, 밧갓량반이, 드러오시거던 릭일 안으로, 셰돈 둘반치를, 작만

　히 두라고, 말슴 ㅎ시리라, 만일 릭일도 사니량반이, 업느니, 돈 변통이

　못되얏느니 ㅎ다는, 모양 사오나온, 쇼조를 당ㅎ리라고 엿쥬어라

## 1912년 7월 13일

그쟈 간 뒤에, 황가々 넉살 죠케, 우스며

　그 사롬 셰々돈 지쵹은 되우 ㅎ네 돈만 변통되면, 어려[83]히 갓다줄나구

김셩녀기, 포달[84]을 너여

　(김) 돈 변통이, 무슨 돈 변통이란 말이오, 날마다 버리홈네 ㅎ고, 아춤

　밥만 먹으면, 나가셔 얼마를 벌던지, 모다 슐만 먹고, 군것질만 ㅎ고, 엽

---

82　'은'의 오류.
83　'련'의 오류.
84　포달. 암상이 나서 악을 쓰고 함부로 욕을 하며 대드는 일.

전 한 푼 업시 드러오며, 돈 변통을, 엇더케 ᄒ다고, 쌘ᄼ시럽게 ᄒ오,
이째ᄭ지 삭을세 물어온 것도, 너가 바느질을 쥬야불계ᄒ고 ᄒ야셔, 물
어쥬엇더니, 요ᄉ이는 째가 엇셔ᄼ, 바느질 한 가지 희가는 너가 업셔,
이째ᄭ지, 못 쥬엇는디, 변통이 무슨 변통이오

(황) 그는 그리되엿셔, 그러치만, 엇지ᄒ나, 이를 써 벌기는, 비부르게나
먹ᄌ는 것인디, 집셰 쥬자고, 먹고 십은 것을, 안이 먹을[85]까

(김) 에그 뎌 못싱긴 위인을, 셔방이라고, 더리고 살자닛가, 사롬이 속이
샹ᄒ셔, 견딀 슈가 잇나

(황) 다른 사롬은, 나다려, 다 못싱겻다고 ᄒ겟지마는, 마누라에게는, 그
리도, 너가 남즁 일식이나, 못지 안을셜

(김) 에구 우슈어라, 너가 법이 지즁ᄒ셔, 벌셔 버렷슬 것을, 그져 더리
고 사닛가, ᄌ긔가 일식으로 알고, 사는 줄로 아는 것이로구먼

(황) 그리면 엇지ᄒ나, 그렁뎌렁 한 팔십 살아보지

(김) 글셰 집 셰ᄉ돈을 엇더케 ᄒ잔 말이오, 리일 와셔, 벼락갓치 집을 너
여노으릴[86] 터인디

(황) 글셰 집 셰돈을, 엇더케 ᄒ잔 말인가, 리일 와셔, 벼락갓치 집을 너
노으랄 터인디

(김) 화나오, 남 ᄒ는 디로, 말을 염치 죠케 ᄒ고 안졋는네

(황) 안졋시 말고 셔라먼 셔시

김셩녀가, 어이가 업셔, 다시 입을 아올너 말을 안이ᄒ고, 곰ᄼ 싱각을 ᄒ
다가

(김) 여보 너가, 엇의 가셔, 돈을 쥬션ᄒ야 가지고 올 것이니, 아모 디도

---

**85** '을'의 글자 방향 오식.
**86** '랄'의 오류.

77

가지 말고, 집이나 잘 직히시오

(황) 나는 실여, 심々호디, 빈집에 혼즈 잇스라고, 쏘 그리고, 아조 다라

나 안이 오면, 엇더케 ᄒ게

김성녀가, 긔가 막혀, 쌀々 우스며

(김) 심々ᄒ기는, 무엇이, 심々ᄒ단 말이오, 다라나랴면, 벌셔 다라낫지

이째ᄭ지, 잇셧겟소, 아모 념려 말고 집을, 잠시 직히고 잇소, 내가 얼풋

단여올 것이니

(황) 그리면, 얼풋이나, 단여와야지 좀 더듸면, 나는 엇의로 갈 터이야

(김) 에구, 긔가 막혀라, 이 속을 틔오고, 내가 엇더케 사나, 그리오 걱정

말오, 얼풋 단여오리다

김성녀 간 뒤에, 져 홀로 안져, 기디리더니, 누가 문 밧게 와셔 찻는지라,

져의 쳐나 벌셔 오나 ᄒ야 얼풋 나가, 문을 열고 보니, 져의 고향에셔 ᄀᆺ치

살던, 안응삼이가, 헌 누덕이를, 룡문산 안긔 두르듯ᄒ고, 한 팔 못 쓰고,

한 다리 졀며, 드러와셔

(안) 여보게, 황셔방, 나 즘 살여쥬게

(황) 즈네 이것이, 웬일인가

(안) 내가 우연히, 병이 드러, 한 팔 한 다리를, 못 쓰게 되야, 온갖 약을

쓰다 못ᄒ야, 양약으로나, 치료를 ᄒ야 보앗스면, 죽어도 한이 업슬 듯

ᄒ야, 비러먹어, 셔울로 올나왓ᄂᆞ디, 양약을 먹자면, 불가불, 돈 십 원이

나 잇셔야 통 터인디, 내가 돈이 엇의 잇나 싱각다 못ᄒ야, 즈네를 차져

왓스니, 젹션 좀 ᄒ게

황가々, 감안히 듯더니

(황) 걱정 말게, 내 엇어쥬지, 그러나 져리 나가 잇다가, 우리 마누라가,

왓다가, 다시 나아가거던, 슬몃이 드러오게

죠곰 잇더니, 김셩녀가 드러오거눌

　(황) 그리, 돈 변통ㅎ야 가지고 왓나

　(김) 그러면, 내가 나션 터에, 변통 못 히 가지고 올까

　(황) 그러나, 내가 비가 곱하 죽겟스니, 합쥬슐이나 한잔, 사다 쥬게

　(김) 귀치안아라, 슐을 엇의 가, 사오라고, 셩가스럽게 굴까

돈 십 원을 너여쥬며

　엇소 뎌 궤 속에, 단々히 너어두오, 내가 々셔, 슐을 사가지고, 올 것이니

## 1912년 7월 14일

김씨가 슐 사러 간 뒤에, 안가가 다시 오니, 황가가 횟덥게, 그 돈 십 원을, 너여 쥬엇더라, 안가가 죽는 흉니를 너며, 그 돈을 밧아가지고, 멀즉이 나와, 헌 옷을

　활々 버셔 너버리고 가며

　시럽에아둘놈, 니가 병이 무슨 병이야, 네가 이놈 하도, 어슈룩ㅎ닛가

　속여먹엿지

김셩녀가, 슐을 사가지고 오니, 황쩌벌이가, 셔너 잔 쏠아 먹은 후에, 감안이 셩각ㅎ즉, 러일이면, 집 임즈가 세ㅅ돈은 밧으러 올 터이오 돈은 업시히 노앗스니 기세 냥난[87]ㅎ지라, 공연히 싱트집을, 시작ㅎ다

　(황) 여보게, 그러나, 돈은 엇의 가셔 엇더케 변통을 ㅎ야 왓단 말인가

　(김) 그것은 알아 무엇ㅎ랴오, 쓸 데 쓰기만 횟스면 고만이지

　(황) 나는 그 돈 츌쳐를, 단々히 좀 알아야 ㅎ겟네, 니가 이려[88]케, 어슈

---

87　양난(兩難). 이러기도 어렵고 저러기도 어려움.
88　'러'의 오류.

룩히 뵈이닛가, 녀편네가, 담뿍 넘겨다보고, 나를 돌나보랴고, 돈 핑계
ᄒ고 엇의 가 한나잘식, 잡바져 잇다가, 인졔야 드러와, 돈 츌쳐를 웨 말
못 ᄒ나 필경 그 돈 츌쳐가, 흐리터분ᄒ 모양일셰그랴

김셩녀가 긔가 막혀, 먹ᄽ히 안졋다가

(김) 뎌런 무졍지쳑[89]은, 처음 보겟네 졍 그럴 터이면, 니가 바로 말을 ᄒ
리다, 임ᄌ도 싱각이 잇지, 지금 이 젼황ᄒ 시졀에, 누가 십 원 돈을, 그
져 손쉽게 취ᄒ야 쥬겟소

(황) 올치 그러키에, 니가 의심을 ᄒ지

(김) 의심이 무슨 의심이란 말이오 니 말을 드러보오, 가삼이 답ᄽᄒ야,
돈올[90] 변통히 보자고, 대문 밧게를 나셔니, 엇의 갈 더가 잇습더닛가,
싱각다 못ᄒ야, 지ᄉ골 덕에나 가셔, ᄉ졍의 말슴을, 엿쥽는다는 것이,
언덜결에 돈만 엇어올 작졍으로, 임ᄌ가 죽어셔, 몸 감쟝[91]을 못 ᄒ얏
다고, 엿쥬엇더니, 허 ― 그것이 될 말이냐 ᄒ시고, 돈 십 원을 션뜻 쥬
시며, 어셔 가지고 가셔, 영쟝을 지니라 ᄒ십듸다

황쩌벌이가, 쌈작 놀나며

그게 무슨 소리야, 돈도 즁ᄒ거니와 빅쥬에 산 사롬을, 죽엇다고, 말을
ᄒ엿단 말인가, 그 덕에셔, 나 안이 죽은 것을 알으시면, 그게 무슨 꼴인
가, 에이 소견 업는 사롬, 니가 ᄽ셔, 바로 이실직고를 ᄒ야, 샹을 타던
지, 벌을 당ᄒ던지 ᄒ여아 ᄒ겟네

ᄒ고, 분쥬히 지ᄉ골, 리판셔 집으로 갓더라, 황가ᄯ, 졔 계집이, 리판셔의
아둘 졋을, 먹엿슬 쑨 안이라, 그 집 힝랑에셔, 살앗는 고로, 그 집 안풋을

---

**89** 무정지책(無情之責). 아무 까닭 없이 책망함. 또는 그런 책망.

**90** '올'의 오류.

**91** 감장(勘葬). 장사(葬事) 치르는 일을 마침.

업시 드나드는 터이라, 리판셔가, 츌입ᄒ고 업스닛가, 바로 안으로 드러

가, 뜰 아리에셔 리판셔 부인끠, 문안ᄒ고, 이실직고로 말을 ᄒ는디

「쇼인의 계집이, 쇼인이 죽엇다고, 긔망을 ᄒ야 엿쥬온 일, 황송무디ᄒ야,

사죄ᄎ로, 디령ᄒ얏습니다」 ᄒ 것이, 언덜결에

　쇼인의 계집이 죽어

그 다음 말을 치 다 못 ᄒ야, 인졍 만은, 리판셔 부인이, 대경소괴를 ᄒ야

　(부인) 이익, 그게 무슨 소리냐, 시쎼 ᄀᆺ흔 네 쳐가, 무슨 병에, 그러케 죽

　엇단 말이냐, 네 쳐디를, 번연히 아는 도리에, 엇더케 영쟝을, 지닌단 말

　이냐 더런, 참혹ᄒ 일이 잇나, 한참 살 나이고만 셰상을 버렷구나

황쩌벌이가, 밋쳐 발명을 ᄒ야, 말ᄒᆯ 결을 업시, 부인이, 무한 긔탄을 ᄒ며

　이익 츈셥아, 뎌 벽쟝 안에 잇는, 가방을 열고, 돈 이십 원만 너여다가,

　아기 졋아범 쥬어라

그 광경을 당ᄒ야, 황가ᄼ, 감안히 싱각ᄒᆫ즉, 졔 계집이, 거즛말ᄒ고, 엇어

온 돈을 업시고, 집셰 줄 일이, 태산ᄀᆺ치 근심이 되더니, 돈 이십 원 준다

는 말에, 엇구슈ᄒ야, 아모 말도 더 안이ᄒ고, 그 돈 이십십[92] 원을, 밧아

가지고, 져의 집으로 도라와, 졔 쳐를 향ᄒ야, 코큰 소리를 □[93]여붓친다

　(황) 져만, 돈 변통을 ᄒ야 왓나, 나는 그보다 더, 존쟝치게, 이십 원식 변

　통을 ᄒ야 왓는디

　(김) 에구, 그 돈은, 엇더케 변통을 ᄒ야 왓소, 위션 십 원은, 쌀이나 좀

　팔고 십 원은, 필목이나 좀, ᄯᅳᆫ어 으[94]시오

　(황) 압다, 난호막이는 썩 잘ᄒ네, □[95] 츌쳐나 좀 듯고, 함부루 쓰자고,

---

**92** '십'의 중복 오류.

**93** 문맥상 '니'로 추정.

**94** '오'의 오류.

**95** 문맥상 '돈'으로 추정.

81

야단법석을 히

(김) 웨 그 돈 츌쳐가, 흐리터분흔게오그려, 여보 그럴 터이면, 도로 갓
　다 쥬오, 공연히 잣칫흐면, 쳥바지입으리다

황쩌벌이가, 돈 엇어 온 소이연을 져의 쳐와, 리약이흐더라

## 1912년 7월 16일

이째 리판셔가, 출입을 흐얏다가, 안으로 분々히 드러와, 놀납갑시럽게

　(리) 여보, 황쩌벌이가, 죽엇다구려

　(부) 안이 대감게셔, 잘못 드르셧소

　(리) 잘못이 무엇이오, 졔 계집이 나를 보고, 분명히 말을 흐기에, 영장
　에 보틱 쓰라고, 돈 십 원〻지 쥬엇는디

　(부) 뎌런 망녕이 잇나, 황가〻 고디 와셔, 졔 계집 죽은 말 흐기에, 니야
　말로, 돈 이십 원〻지 쥬어, 영장을 지니라고 흐얏는디, 죽은 황가의 계
　집을 대감이 보셧다는 말숨이오, 대감이 귀신을 보셧나 보구려

　(리) 허々 뎌런 말이 잇소, 황가의 계집을, 나만 본 것이 안이라, 칠쇠를
　더리고, 교동을 갓다 오는 길인디, 그 돈을 너가 지갑에셔, 너여 쥬는 것
　을 칠쇠도 보앗소

쓸이리 셧던 칠쇠가

　마님, 쩌벌이 쳐가, 졔 셔방 죽엇다고 대감끠 엿쥬닛가, 불상흐다고 흐
　시며, 돈 십 원 쥬시는 것을, 소인이 분명히 보앗습니다

겻헤 셧던 츈셥이가, 압흐로 썩 나셔며

　(츈) 에이 여보, 정신업는 말 작〻 흐오, 아까 여기 왓던 황셔방이, 져의
　녀편네가 죽엇다닛가, 마님게셔, 나다려 벽장에, 가방 가져 오리셔〻,

돈 이십 원을 쥬셧는디

리판셔가, 우두커니 듯다가

이이 너의들 쩌들 일이 안일[96]다, 당장 알아보면 알지

즈긔 부인을 바라보며

(리) 여보 마누라, 그리홀 썻 업소, 우리 너기를 흡시다, 지금 황가의 집
에 칠쇠를 보니보아, 황가ㅅ 죽엇스면 너가 돈 오십 원을 쥬고, 황가의
계집이 죽엇스면, 마누라가 돈 오십 원을 니오

(부) 그리흡시다

츈셤이가 칠쇠를 보고

여보 우리도 너기흡시다, 임즈가 지면, 임즈가 돈 빅 량을 니고, 너가 지
면 너가 돈 빅 량 니리다

(칠) 누가 마다오, 니 갓다 오리다

칠쇠가 황가의 집 문싼에 가, 차즈니, 황가의 쳐가, 졔 셔방을 쓰러누이고,
이불을 덥흐며

여보 죽은 톄 ᄒ고 잇소, 대감 뫼시고 단이는 칠쇠 왓소

칠쇠가 드러가니, 김셩녀가 마쥬 나오며

에그 최셔방 왓소, 대감끠셔, 돈을 만히 쥬셔ㅅ, 우리 령감 엄토[97]를, 잘
ᄒ겟소

칠쇠가, ᄀ 니답은 안이ᄒ고

그러면 그럿치, 황셔방이 죽엇지, 뎌 아쥬머니가, 죽엇단 말이, 웬 말이야
ᄒ며, 한다름에 져의 딕으로 와셔, 황가 신톄는 그져 잇고, 그 계집을 본
즉, 이리이리 ᄒ던 말을 고ᄒ니, 츈셤이가, 뛰여 니다르며

---

96  문맥상 '이'로 추정.
97  엄토(掩土). 겨우 흙이나 덮어서 간신히 장사를 지냄. 또는 그 장사.

83

그게 무슨 소리야, 내가 좀 가보겟소

부인이 역시

오냐, 네가 ㅅㅅ보아라, 그게 무슨 소리냐

츈셤이가, 황가 집에 와, 닷은 문을 열나 ᄒ니, 황가ㅅ, 황ㅅ히

여보 마누라, 츈셤이가 왓소, 내가 마님끠, 마누라가 죽엇다고, 엿쥽는

것을, 츈셤이가 번연히 드럿눈디, 뎌러케 안져잇셔ㅅ, 되겟소, 어셔 두

□<sup>98</sup>누우

이불로 푹 덥허, 시톄 모양으로, 만드러 노코

마쥬 나와, 문을 열며, 아쥬머니 왓□<sup>99</sup> 마님끠셔, 돈을 만히 쥬셔ㅅ, 우

리 마누라 엄토를, 잘 ᄒ겟소

츈셤이가, 손벽을 탁ㅅ 치며

그러면 그러치, 형님이 도라갓지, □<sup>100</sup>지가 도라갓단 말이 웬 말이야

한다름에, 져의 덕으로 뛰여와

마님, 쪄벌이가, 눈이 시퍼럿케 살□<sup>101</sup>잇고, 그 계집이 죽어셔, 시톄를

이□<sup>102</sup>로, 덥허 노앗던데, 칠쇠가 긔망을 □<sup>103</sup>야, 엿쥬앗셔오

칠쇠가 디여들며

여보, 내가 긔망을 ᄒ야 엿쥬앗셔, □<sup>104</sup>즈가, 긔망을 ᄒ야 엿쥽지

리판셔가 어이가 업셔

이인 너외들 말은, 슈시슈비<sup>105</sup>를, 모□<sup>106</sup>겟다, 여보 마누라, 우리 둘

---

98 문맥상 '러'로 추정.
99 문맥상 '소'로 추정.
100 문맥상 '아'로 추정.
101 문맥상 '아'로 추정.
102 문맥상 '불'로 추정.
103 문맥상 'ᄒ'로 추정.
104 문맥상 '임'으로 추정

이 갓치 □□[107], 시원히 보고 옵시다

리판셔 닉외가, 칠쇠 츈셥을 더리고, □[108]가의 집에를 오니 황가 닉외가 누구 산□[109] 누구는 죽은 톄 홀 수가 업셔, 둘이 다, □[110]불을, 뒤집어쓰고, 죽은 톄 흐고 잇스□

(리) 허々 이것들, 닉외가, 다 죽엇□면, 에 참혹히라, 여보 마누라, 우 □[111] 둘이 닉기흔 것을, 누가 지고, 익의□다 홀 것 업시, 다 오십 원식을 닉여, □ 시톄 압혜다, 노어둡시다, 누구던□[112] 보고, 그 돈을 가지고, 파뭇어 쥬게□

황써벌이가, 벌쩍 이러나며

이리 쥬시오, 죽어셔 쓰지 말고, 살□[113]셔 쓰게오

---

105 숙시숙비(熟是熟非). 누가 옳고 누가 그름. 또는 그것을 가림.
106 문맥상 '르'로 추정.
107 문맥상 '가셔'로 추정.
108 문맥상 '황'으로 추정.
109 문맥상 '톄'로 추정.
110 문맥상 '이'로 추정.
111 문맥상 '리'로 추정.
112 문맥상 '지'로 추정.
113 문맥상 '아'로 추정.

# 진남ᄋ(眞男兒)

趙相基 (京城中部鐵物橋東谷二十統一戶 仁壽堂藥局)

1912.7.18. 募應[114] 短篇小說 三等

만산편야에 빅셜은 허터지고, 밍렬ᄒᆫ 찬바람은, 탕퓌가산[115]ᄒᆫ, 승진이 김선달을 죽여넌다, 폐의파립에, 팔쟝을 ᄭᅵ고 고기를 슈굿ᄒᆞ고 쟝안 대도 너른나너른 길에, 복판으로도 못 가고, 한편 엽흐로 비슬비슬 모졉이 거름을 거러 셔대문 편으로 ᄭᅩ리가 ᄲᅡ지게 다라나며 겻헤 사롬은 알어들을 만치, 즁얼ᄼᆞᄼᆞᄒᆞᆫ다

올치 인졔야 니가, 심펑을 폐겟다, 진즉 셤월이가, 거긔 잇ᄂᆞᆫ 줄 알엇더면 이 고셩은 안이힛슬 걸, 미샹불, 셤월이가, 사롬은 사롬이야, 나의 지니ᄂᆞᆫ 형편을 들으면, ᄶᅡᆷ쩍 놀닐걸, 안이ᄒᆞᆯ 말로, ᄯᅩ 셤월이도, 니 지몰 안이면 졔가 오늘날ᄭᅡ지, 부지를 힛나, 니가 진소위, 비 쥬고 속 빌어먹ᄂᆞᆫ 것쯤 되엿지, 니가 빅 번 죽엇다 ᄭᅵ도, 졔게 구ᄼᆞᄒᆞᆫ 수졍은 안이ᄒᆞ지 이런 싱각, 져런 싱각을 ᄒᆞ며 오다가, 원각샤 압흘 지나ᄂᆞᆫ디 「늬나누ᄼᆞᄼᆞᄼᆞ」 하는 호젹 소리를 듯더니, ᄀ 즁에도, 무슨 흥이 계워셔, 억기를 읏슥ᄼᆞᄼᆞᄒᆞ고, 고기를 ᄭᅳᆺ덕ᄼᆞᄼᆞᄒᆞ며, 참 잘 분다, 그럿치 아마 그놈이 입더볼지, 녠쟝ᄒᆞᆯ 거, 젼일에ᄂᆞᆫ, 이 압흘 지니면, 계집 사너가 압뒤에 결진을 ᄒᆞ고 「션다님 구경 좀 ᄒᆞ겟습니다」 ᄒᆞ더니, 지금은 어리친 긔 한 마리조차

---

114 '應募' 한자 배열 오류.
115 탕패가산(蕩敗家産). 집안의 재산을 모두 써서 없애 버림.

오는 것 업구나

서대문 못 미쳐, 남편으로 쓸닌 골목, 막다른 집 문턱에 가셔, 문픽를 흘끔 보더니, □글々々 우스며 「그러치 찻기는 바로 차져왓군, 불너볼 것 무엇 잇나」 흐더니, 손살갓치 대문을 지니, 중문 안을 썩 드러셔니, 분암 마루 에, 신발이 죽―노혓는디, 셔슴지 안코, 방문을 썩 열며 「평안흐오 무슨 훈가」 흐고, 방으로 들어셔니, 그 방에는, 경픠, 치란이, 명월이, 홍도, 금 션이, 옥랑이 동이, 만반 진슈를 치려 노코 「부어라 먹쟈 々々々 々々, 네 가 살면 빅 년을 살며, 니가 살면 쳔 년을 사늬, 일쳔빅 년 못 살 인싱, 안이 놀고 무엇흐늬」 흐며, 무진 흥이 나셔 놀다가, 김션달을, 흘끔々々 한 번 식 치어다보더니 「웬 량반이오」, 「웬 사롬이오」, 「남녀가 유별혼데」 김션 달 허々 나를 물[116]나들 보아, 니가 승진이 김션달일셰

그 방안에 안져 놀든 계집들이, 한아식 둘식, 슬몃々々 다라나며 「녯날 승 진이지 々금도 승진이야」, 「별꼴을 다 보겟네 어디셔 엇어먹는 거지야」, 「쥬인 언니 사요나라[117]」

그 방안에는 쥬인 셤월이쑌이라

셤월, 안즈셔요, 원 누구신지 의아훈 것이, 싱각이 얼풋 안 남니다그려

김션달이, 비록 다 죽엇지만은, 마음은 항상 전 마음이라, 독기눈을 쓰고, 쟝승갓치 셧다가, 셤월에 흐는 거동을, 한참 쩐히 보더니, 마음을 슬젹 눙 치고, 전일 웃던 넛털우슘을, 씰々 우스며, 그럿치 녕녕 나를 몰나보겟늬

셤월, 굴셰 싱각이 안이 남이다

김션달이, 얼골이 시파리지며 「졍말 몰[118]나」 흐더니, 샹에 노힌 칼을, 덤

---

116 '몰'의 오류.
117 사요나라(さよなら). 헤어질 때 하는 일본어 인사말.
118 '몰'의 오류.

셕 쥐고 셤월을 찌르랴 ᄒᆞ는데, 셤월이는 「아이고머니」 ᄒᆞ고, 폭 업드린다, 김션달이 집엇던 칼을, 도로 턱 노흐며 「셤월아 이러나거라, 너 안 찌른다」 셤월이가 졍신을 차려 이러나며 「과연 죽어 맛당함니다」

「김」 안이 너가 얼싸진 놈이다, 처음에는 속에서, 갑작이 홍두씨 갓흔, 불이 올녀 치미러셔 그럿다, 너야 잘못ᄒᆞᆯ 것 무엇 잇늬, 의호[119] 돈 잇슬 째는, 살이라도 버혀 먹일 듯이 ᄒᆞ다가, 돈 업스면, 모른다는 것이 꼭 올치, 잘 잇거라 ᄒᆞ더니, 문 밧을 나셔셔, 손살로 계동 막바지, ᄌᆞ긔 집으로 들어가며 「여보 마누라」 부르니 이 집은 다만 방 한 간, 부억 한 간 합 이 간 집이라, 방안에 잇던, 삼십 세 될냐말냐한 부인이, 어린ᄋᆞ희를 업고 「우지 마라 우지 마라, 아버지 들어오시면, 밥ᄒᆞᆯ 쥬마」 ᄒᆞ고 얼으는 차에, 밧게셔 김션달이 마누라 ᄒᆞ고 들어오는ᄃᆡ, 미쳐 부인 ᄃᆡ답ᄒᆞ기 전에, 등에 업힌 ᄋᆞ희가, 먼저 「아버지오」 김션달이 「오냐」 아희가 엄마엄마, 고만 닉려, 어서 나가 밥ᄒᆞᆯ 쥬어 비곱하

(부인) 나가셔, 엇지 좀 변통이 되얏소 김션달이, 뭇는 말은 ᄃᆡ답도 안이ᄒᆞ고 「춤 우리 마누라야, 굶으나 버스나, 칭원 한마듸를 안이ᄒᆞ고, 골 한번을 안이 닉고, 만날 츈풍이지 춤 우리 마누라야」 부인이, 마조 건너다보며 「허々 이건 시삼스럽게, 우리 마누라 타령이야, 언졔는 남이 드럿나」 김션달은, ᄯᅩ 치어다보며 「춤 정말 우리 마누라야, 뎌런 마누라를, 괄시를 힛스니, 내가 죄로 가지 안을 수가 잇나」 부인이 허々 우스며 「글세 뭇는 말은, ᄃᆡ답도 안이ᄒᆞ고, 웬 ─ 짠말만 힛싸오

(김) 오늘 나갓다, 헛거름만 ᄒᆞ고, 돈 한푼 싱기지 못힛소, 그러치만은, 산 입에 검의줄 쓸겟소, 내 무슨 노릇을 힛셔도 우리 한번 살아봅시다

---

**119** 의호(宜乎). 마땅하게.

그날부터 나셔셔, 엿쟝스도 ᄒᆞ고, 군밤쟝스 권연쟝스, 왜쩍쟝스를 ᄒᆡ셔,
초가를 헐고, 삼층 양옥에, 밤이면 풍금이오 낫이면 마챠로 출입

# 오날이나 슈가 놀가[*]

李哲鐘 (京城北部樓閣洞九十四統十一戶)

1912.7.20. 應募短篇小說 三等

오날이나 슈가 놀가, 리일이나 운이 테일가 ᄒ고, 쥬야쟝텬, 시 슈와 시 운 슈만 기디리다가, 지리ᄒ 쟝마를 당ᄒ니, 허구ᄒ 날, 죠셕을 궐ᄒ야, 여러 식구의 쥬리여 긔진흠은, 참아 눈으로, 불[120] 슈 엄눈지라, 불ㅅ등 갓흔 울화가 치미러셔, 미다지를, 드르륵 열어붓치며 「이게 무슨 비가, 이리 지리 ᄒ가, 날이나 기야 츌지입을 좀 ᄒ보지」 ᄒ며, 입맛만 다시고 안져셔, 혼쟈 중얼ㅅㅅ ᄒ는 말이라 「이게 웬일인가, 디관의 말은, 금시 발복은 못 되여도, ᄉ오월 안으로는, 부귀공명을 ᄒ리라고, 다짐까지 두엇눈디, 복인이 봉길디(福人逢吉地)란 말과 ᄀᆺ치, 니가 복이 업셔, 이 디경인가보다, 산디로 말ᄒ면, 쳥룡빅호던지, 니룡안산이 다시 두말홀 것 업시, 꼭 되엿든디, 셜마 이번에야, 무슨 ᄶᅡ닭이 잇겟지, 안이야 셜마가 사름 죽인다고, 밋고만 잇스면, 될 슈가 잇나」 ᄒ며, ᄌ문ᄌ답을 ᄒ다

이 사름은, 별사름이 안이라, 다년 릉참봉으로 잇던, 바참봉이라, 본리가 셰도 넉ㅅ ᄒ고, 문벌도 쎵ㅅ ᄒ야, 대안동 초입, 큰 소슬대문 집에셔, 남복녀죵을 부리며, 만가[121]히 ᄉ는 터이지만은, 불 갓흔 욕심에, 부귀공명을, 한번 잘ᄒ볼 작뎡으로, 유명ᄒ다는 디관은, 모다 쳥ᄒ야 ᄌ긔 집에디[122]

---

두고, 일 년이면 소오츠식 즈긔 친산을, 천묘[123]ᄒ노라고, 필경은 가산이 탕피[124]되여, 삭월셰로, 도라단이면셔도, ᄯᅩ 삭[125]년 겨을[126]에 천묘를 ᄒ고, 음덕[127]을 고디ᄒᄂᆞᆫ 중인디, 박참봉의 ᄋᆞ들은 항샹 ᄀᆞ긔 부친끠, 천묘를 말고, 당쟝 잇는 지산만, 잘 슈호홈이 올타, 누ᄉᆞ히 간ᄒ되, 듯지 안이ᄒ다가, 이 디경에 이르럿더라

(참봉) 이ᄋᆞ야, 지동 김디관을, ᄯᅩ 좀 쳥히 오너라

(ᄋᆞ들) 디관만 쳥히 오면, 무엇홈잇가 이젼 우미한 시디에는, 조샹의 음덕이니, 산소의 탓이니 ᄒ며, 만만부당한 허ᄉᆞ를, 슝샹ᄒ엿ᄉᆞ오나, 지금 이 십셰긔 시디에는, 그럿치 안슴니다, 신학문을 넉ᄉᆞ히 공부ᄒ야, 즈긔의 즈격만 잇스면, 복록이 졔졀로 오는 법이오니, 져는 오날부터, 신학문을, 비호고져 ᄒᄂᆞ니다

(참봉) 신학문, 신학문이, 다 무엇이냐 지금 신학문을 비와셔, 언졔나 써먹는단 말이냐, 잔말 ᄯᅥ고, 어셔 디관이나 불너와

아들이 할일업시, 디관을 쳥히오니

(참봉) 김디관 빌[128]셔, 륙월이 거의 다 지니는디, 아모 동정이 업구려

(디관) 령감도 망령이시오, ᄺᅢ가 되면 어련히 될나고, 이리 조급히 구시오

(참봉) 여보 조급이란 말이 웬 말이오 니 형편은, 시방 한시가 밧부오, 니일 ᄯᅩ 한번 산디를 ᄒᆡ봅시다

(디관) 뎌긔 금시 발복자리가, 한아 잇지만은, 령감 형셰로는, 갑시 과히셔

---

122 '다'의 오류.
123 천묘(遷墓). 무덤을 다른 곳으로 옮김.
124 탕패(蕩敗). 재물 따위를 다 써서 없앰. 늑탕진.
125 '작'의 오류.
126 '울'의 오류.
127 음덕(蔭德). 조상의 덕.
128 '벌'의 오류.

도뎌히 안이 되리다

(참봉) 입이 귀까지 찌어지며, 여보 그런 자리가 잇고만 보면, 한번 힝봅시다 그러나, 우리 아둘놈의, 말 좀 드러보시오, 졔가 지금부터, 신학문을 빈호겟다 ᄒ며, 나다려, 쳔묘 자조 ᄒᆞ셔 무엇ᄒᆞᄂᆞ냐 ᄒᆞ니, 이런 헐게ᄂᆞ진 ᄌ식이, 잇단 말이오, 이번에ᄂᆞᆫ, 하ᄂᆞ님 덕분에, 꼭 길디만 엇엇스면, 파슈변[129]인들, 겁날 것이 무엇 잇소

(디관) 암 여부가 잇슴닛가, 금시 발복자리만 엇게 되면, 봉분ᄒᆞ고, 도라셔ᄂᆞᆫ 길로, 수가 나ᄂᆞᆫ 일도, 비々흠닌다

참봉이 억기가, 웃슥 올나가게, 조와셔 분쥬히 나가더니, 어ᄃᆞ 가셔, 무삼 거즛말을 ᄒᆞ엿든지, 돈을 변통ᄒᆞ야 가지고 즉시 디관과, 동힝ᄒᆞ야, 쳔묘를 ᄒᆞ더라 이ᄽᅢ 봉분을 다 ᄒᆞ고 도라올시, 날이 졈으러, 디쳑을 분간키 어려운디, 독립문 압홀 당도ᄒᆞ니, 무엇이 발에 걸니거늘 심즁에 헤오디

올타 인졔야, 명당ᄌ리를, 엇엇나보다

ᄒᆞ고, 두 손으로 만져보니, 과연 큰 궤가 잇ᄂᆞᆫ지라, 다시 두말홀 것 업시, 억기에 둘너메고 오면셔

이 속에 무엇이 들엇나, 금인가, 지젼인가, 만일 금 갓흐면, 이보담 더 무거울 터인디, 필경 지젼이지, 미샹불[130] 금시 발복ᄌ리가, 업ᄂᆞ 게 안이로구나

ᄒᆞ며 속미음에, 희한흠을, 익의지 못ᄒᆞ야, ᄌᆞ긔 집으로 도라와, 아모도 몰니 혼자 여러보니, 젼후 오예지물[131]이, 가득ᄒᆞᆫ지라, 이런 졔 쓰레긔통을, 잉를 써 져왓네

---

129 파수변(派收邊). 닷새마다 이자를 물기로 하는 변돈.
130 미상불(未嘗不). 아닌 게 아니라 과연.
131 '물'의 오류. 오예지물(汚穢之物). 지저분하고 더러운 물건.

# 청년의 거울(靑年鑑)

金光淳 (京城北部觀峴三統九戶)

1912.8.10~11. 2회. 應募短篇小說 三等

## 1912년 8월 10일

어 ― 돌도 참 밝기도 ᄒ다

슬〻 부는 바름은, 벌셔 츄풍이, 완연ᄒ걸

월빅풍청[132] ᄒ고, 사름마다, 싀 졍신이 반짝 나는, 가을 텬긔라, 이런

됴흔 쌔에, 이왕 ᄌᆞᆺᄒ면, 이 골목 안이 써다라나도록, 한번‥‥‥‥ᄒ여

볼 터인딕, 흥‥‥‥‥쟝비가, 포도쳥에 갓친 셰음이로군

허‥‥‥‥이왕에 좀, 락〻히 ᄒ얏셔도 오늘밤에, 이러케 젹막히, 지닉

지는 안이ᄒ걸

에라, 닉친 거름에 ○○집에나, 좀 가눌ㅅ가, 아츰 거긔도, 갈 수 업게 되

엿지, 두머리나 안이 쥬엇스니, 갓다가는, 챵피ᄒ 쏠만 당ᄒ걸, 여긔며

긔 다 싱각ᄒ야 보아도, 모다 그 모양일셰〻그려

이리 혼ᄌ 즁얼거리며, 남부 곤당ㅅ골 너른 길로 나려가는, 아리위 쐬죄

흐르고, 나히 이십이 막 지낫슬 듯ᄒ, 쳥년은 당년에, 셰력이던지 금젼이

던지, 쟝안 돌구녁 안에, 둘ㅅ지가라면, 슬허홀 만ᄒ게 지니든, 교동 민판

---

132 월백풍청(月白風淸). 달은 빛나고 바람은 맑다는 뜻으로, 달 밝은 가을밤을 이르는 말.

셔 대감의, ㅈ데이라

그 쳥년이 젼일에, 무슴 짓거리를 ᄒ엿ᄂ지ᄂ, ㅈ셰히 알 수 업스나, 엇더튼지 그날 밤에ᄂ, 속이 미우 샹ᄒᄂ 모양이라

이리휘젹 뎌리휘젹, 곤당ㅅ골 병문으로 향ᄒ고 가더니, 왼편 골목으로셔, 억기를 마조겻고, 흔들거리며 나오ᄂ, 두 사롬은, 민씨와 친분이, 비[133]우 두텁든지 ᄂ려가쟈 올나오쟈, 셔로 싹 맛나셧ᄂ듸, 피ᄎ 형뎨간은 안이겟지만은, 힝동거지라든지, 차림ㅅㅅ이가, 세 분이 조곰도, 틀니지 안이ᄒ고, 그 셔로 맛나 인ㅅᄒᄂ 말은, 졔 어미 졔 아비, 가슴 좀 퇴여쥬어 본 놈 안이면, 도뎌히, 알아드를 수 업겟더라

(민) 어 — 박총치인가

　김발광인가, 어 요ㅅ히 ㅈ네 둘, 참 동젹이 모리롭일셰그려, 오늘밤은, 쏘 어디로, 물쓔리스ᄂ 모양인가

(김) 어 — 싸방, 오러감만일셰그려, 물쓔리스ᄂ지, 디스ᄂ지, 요ㅅ히 내 형편이 엇의 투죡이나 ᄒ여볼 슈 잇게 되엿나, 둘은 뎌러케 밝고, 오힝에 넷지ㅅㅈᄂ, 작구 나셔 견딜 슈 업셔, 슬ㅅ 나셧더니, 뎌 총치도 나와 ᄀㅊ치, 화가 나든지, 이 병문 밧게셔 맛나, ᄀㅊ치 오ᄂ 길일셰

(박) 에 민친 ㅈ식들, 총치가 다, 무엇이냐, 빅목젼[134] 비ᄂ 안이구

(민) 허ㅅㅅ 그것은 다, 실업슨 말이오 그리 박군, ㅈ네 그동안, 엇의로 눌 엇다드니, 언졔 ᄃ로 왓나, 이졔ᄂ 집에 드러가게 되엿나

(박) 여보게 말ㅅ게, 사롬 긔막히네

(김) 리약이ᄂ, 두엇다 ᄒ고, 우리들 이러케 맛나쟈, 둘은 뎌러케, 밝구 ᄒ니 엇의 가, 한잔이나 먹어야 ᄒ지 안나

---

**133** '미'의 오류.
**134** 백목전(白木廛). '면포전'을 달리 이르는 말.

(민) 됴흔 말일셰만은, 무엇을 가지고 먹는단 말인가, 인졔는 각쳐, 료리ㅅ
집에, 외상은, 영 틀녀잡바졋네

(김) 덥허놋코 가셰그려, 엇의든지, 오늘 집에셔 나올 젹에, 우리 마누라,
치마 한 치 훔쳐다가, 잡힌 것 잇네

(박) 그러면, 잘되엿네, 어셔들 가셰

그 말이 쑥 쓴치며, 세 분이 압셔[135]거니, 뒤셔거니, 엇의로 가 업셔졋는
디, 밤은 거의 열한뎜이오, 곤당골ㅅ[136] 너른 길에, 둘빗만 ㄱ득훈디, 이짜
금 여긔뎌긔셔, 삼월동풍에, 쇠쏘리 소리 ㄱㅌ혼 노릭만, 왕ㅅ 들니더라

이 근년에는, 셔울이 엇지훈야, 그러훈지, 쟝안 텬디 이 골목 뎌 골목, 경
셩드못혼 것은, 음식집 슐ㅅ집뿐인디, 그 즁에도 여러 층이라, 무슨 관이
니, 무슨 루이니 ㅎ는, 큼즉ㅅㅅ혼, 료리ㅅ집도 잇고 기외에, 너외 슐ㅅ집,
별ㅅ 약쥬가, 식쥬가, 렁면 쟝국밥 셜넝탕집, 별ㅅ 명식이 다 잇는디, 졔완
힝셰를 좀, 조촐이 가진다는 쟈들은, 골어죽어도, 무슨 루 무슨 관이라 ㅎ
는, 큼즉ㅅㅅ혼, 료리ㅅ집으로만 드러셔는 터이라

셔울 한복판 되는, 죵로 네거리에셔, 시문을 향ㅎ고, 나가려면, 료리집이
경셩드못혼디, 그 즁에, 데일 큰 료리집으로 쎡, 드러셔면, 훨ㅅ젹 넓은 데
도 잇고, 우즁충ㅎ고, 이샹스럽게 된 쳐소도 잇는디, 젼후좌우 빙 둘아, 모
다, 각방을 만드러 노코, 더우나, 치우나, 돈푼이나 잇는 량반들은, 슐 한
잔을 마시라도, 그리로 드리션다

엇던 날 밤인지, 그날은, 홍졍이 됴흐려고, 그 집 압뒤ㅅ방에, 손님이 잔쑥
드럿는디, 이 방에셔 손바닥을 짝ㅅ 치며, 슐 가져오너라, 뎌 방에셔 교ㅈ
드러라, 여긔셔 동당ㅅㅅ, 뎌긔셔 쑹덕궁ㅅㅅㅅ 불로초, 진실로, 각식 쇼

---

**135** '셔'의 글자 방향 오식.
**136** 'ㅅ골'의 글자 배열 오류.

리와, 취ᄒ야 골아진 분, 쥬뎡ᄒᄂ 분, 유시호 져의끼리 슐먹다가, 뎌강이가 씨지도록, 싸홈ᄒᄂ 분, 외상 료리 먹고 좁히ᄂ 빗, 별々 화상이 다 모혓ᄂᄃ, 그 중 언의 모퉁이방에, 노샹 젊은 친구 세 분이, 안졋스니 그분들이 원리, 그리 얌젼ᄒᆫ지, 좌석도 고요ᄒ고, 음식도 미우 담박ᄒᄃ, 서로 치어다보며, 리약이도 ᄒ고, 훈탄도 ᄒᄂ 그분들은, 별사롬이 안이라, 앗가 곤당ㅅ골셔 맛나, 리약이ᄒ던, 민지 김지 박지ᄒᄂ 분들인ᄃ, 말々씃헤, 전에 무슨 죄를 지엇든지, 인졔 ᄎᄎ, 본심이 도라오ᄂ 모양이라 (미완)

## 1912년 8월 11일 (속)

(민) 여보게, 뎌 소리 좀 드러보게, 뎌게 뎡녕, ○○의 소리 안인가, 알 만ᄒ 기셩년들은, 거반 다 온 모양인ᄃ, 한 년 와셔, 인ᄉᄒᄂ 년도 업네그려, 참 비리가 나와 못살겟군

(박) 홍, 우리가 돈푼이나, 잇슬 젹에야 져의가, 셩심코 그리홀 슈도 업고, 우리가, 참ㅅ고 잇슬 리도, 업겟지만은 홍……………

(김) 그져, 돈이 뎨일이니, 그년들이 우리게, 아양부릴 젹에, 우리ᄂ 어림 업시, 진졍으로 알고 속앗네그려, 그년들이, 우리ᄂ 고만두고, 개목아지에라도, 지젼ㅅ쟝이나 걸어셔, 져의 집으로 보ᄂ보게, 돈만 보면, 개 허구라도, 죡히………홍………긔가 막히여

(민) 그런 줄 알앗스면, 당초에 속지 안이ᄒ얏게

(박) 왕ᄉᄂ, 이무 급의어니와, 즈네들이나 내나, 인졔 쟝ᄎ, 엇지 지닌단 말인가, 아모리 ᄒ야도, 됴흔 셩각이 안이나네그려, 셩각을 ᄒ면, 내 발씃을 내가, 찍어ㅂ리고 십지만은, 도금ᄒ여셔야, 찍은들 무엇ᄒ나, 휘………

(김) 글세 말일세, 엇지ᄒ여야 됴탄 말인가

이러케, 잇디여 한참 후회를 ᄒ다가, 세 사룸의 눈이, 한 데로 모이며, 싱각이 ᄯ흔, ᄀᆺ흔 곳으로 모혀드럿ᄂᆫ디, 그 싱각은 졈々, 도라나올 슈 업ᄂᆫ, 막다른 골로만 드러가고, 얼골빗은 졈々, 노러여진다

민씨가, 슐샹을 쥬먹이 붓도록, ᄶᆨ 치며

　여보게 내가, 쳐디 쟈랑이 안이라, ᄌ네들 아ᄂᆫ 바와 ᄀᆺ치, 조샹 유업으로 루디, 공경의 반벌이 남만 못ᄒᆫ가, 직산이 남만 못ᄒᆫ가, 부모의 귀염을, 남만치 못 밧엇나, 내가 완만치만, 졍신을 좀 차렷셔도, 우흐로 량친이, 깃버ᄒ셧슬 터이오, 무슨 ᄉ업이던지, ᄌ본 업ᄂᆫ 걱정은, 업셧슬 터이니, 이 샤회에, 내 일홈이, 엇더케 놉핫슬ᄂᆫ지도 모를 것인디, 에구, 무슨 악마가 들녓던지, 쥬식쟝의 츄ᄒᆫ 오락으로, 나의, 일평싱 ᄉ업으로 알앗네그려, 그동안 방탕히 지닌 일, 지금 입에, 다시 올니기도, 더러워 못 ᄒ겟네, 그 슌々ᄒ신, 부모의 효유도 안이 듯고, 그 친졀ᄒᆫ, 친구의 권고도 반디ᄒ고, 그 밍렬ᄒᆫ, 샤회의 공박도, 우슈히 녁이고 일향, 그 모양으로 지니던 결과로, 오늘날, 부ᄆ[137]가 날로 ᄒ여, 셩화로 지니시다가, 인히 울화ᄉ병으로, 련겁허 하셰하셧스니, 텬디간에, 이런 죄인이 엇의 잇겟나, 그ᄲᆫ 안이라, 셰샹 사룸은 모다, 우리 부모가, 나로 ᄒ야 ᄌ쳐ᄒ셧다ᄂᆫ, 소문ᄭ지 나셔, 빅일지하에, 얼골도 들 슈 업ᄂᆫ 놈이, 뇌엇네그려, 지금 와셔ᄂᆫ, 직산이나 명예의 망ᄒ고, 타락ᄒᆫ 것은 오히려 둘ᄉ지일세, 폐일언ᄒ고, 아모리 싱각ᄒ야도, 죽을ᄉᄉ즈, 한 ᄌᄲᆫ일세

(김) ᄌ네 싱각도 그러ᄒᆫ가, 나ᄂᆫ ᄌ네와 ᄀᆺ치, 반벌이 됴타거나, 직산이

---

**137** '모'의 오류.

만은 사롬도 안이고, 즁류에 지니지 못ᄒᄂᆫ 쳐디로, ᄌᆞ네들과 ᄀᆞᆺ치, 타락ᄌᆞ가 되얏네그려, 그 죵말은 모다, 일은 것 ᄲᅮ니오, 엇은 것이라 홀 것은, 거즛말 슈단밧게 업네, 그케러[138] 잠시만, 나를 못 보아도, 즉[139]겟ᄂᆞ니 살겟ᄂᆞ니, 손목을 마쥬 잡고, 비러먹을지라도, ᄀᆞᆺ치 ᄇᆡᆨ 년을 살아보쟈든, 기성년들은 내 쥬머니에, 돈 업셔지닛가, 간다 보아라, 너 언제나 알앗드냐 ᄒᆞ니, 쳣지 기성도, 일흔 셰음이오, 내가 슐잔이나 사 먹이고, 옷벌식이나, ᄒᆡ 닙힐 적에ᄂᆞᆫ, 제 증조고조 한아비보다도, 더 위ᄒᆡ쥬던, 건성구리, 오입쟝이놈들 근일에ᄂᆞᆫ, 길에셔 보아도, 인ᄉᆞ도 몬져 안이 ᄒᆞ니, 오입쟝이 친구도, 일헛고, 젼일에 츄츅ᄒᆞ던[140] 친구들은, 내가 혹 차져가면, ᄌᆞ긔들 명예ᄭᅡ지 방해될가 념려ᄒᆞ야, 내ᄃᆡᄂᆞᆫ 모양이오, 비록, 그러치 안이ᄒᆞ드리도, 내 ᄆᆞ음이 스스로 붓그러워, 교졔홀 슈가 업스니, 됴흔 친구들도 다 일헛고, 집이라고 드러가면, 남녀로쇼를, 물론ᄒᆞ고 눈살도 펴지 안이ᄒᆞ니, 도로혀, 야쇽ᄒᆞ고, 겸연ᄒᆞ야 드러갈 슈 업슨즉, 가족도, 일흔 셰음이오, 직산 일허ᄇᆞ린 것은, 이무 가론이라, 혼슈 업시 여긔뎌긔 단이며, 거즛말만 졈々 늘어, 신용만, 졈々 더 일허버렷스니, 인졔ᄂᆞᆫ 아모리 싱각ᄒᆞ야도, 다시 희[141]복홀, 도리가 업구보니, 그져 인졔ᄂᆞᆫ, ᄌᆞ네 말과 ᄀᆞᆺ치, 죽을 것밧게, 남은 것은 아모 것도 업네

(박) 자네들은, 오히려 호강일세, 나 갓흔 놈은, 원리 피쳔 한푼 업ᄂᆞᆫ 놈이, 공연히, 남의 ᄇᆞᆮ님에 들어, 남과 갓치ᄒᆞ고ᄂᆞᆫ 십고, 돈은 업셔 몸은 달ᄀᆞ, 할 슈 업시 덥허놋코, 되돈변이나, 닥치는 ᄃᆡ로, 막 잡아쓰고, 지금 그렁져렁 빗이 슈쳔 원이나 되엿스니, 이를 쟝ᄎᆞ 엇지혼단 말인가, 나는, 자

---

**138** '그러케'의 글자 배열 오류.
**139** '죽'의 오류.
**140** 추축(追逐)하다. 친구끼리 서로 오가며 사귀다.
**141** '회'의 오류.

네들쳐럼 호강도 별노 못 ᄒ여보앗네, 원리 피싹지로, 기싱들도, 다 인졍을 ᄒ고 잇든 터인 고로, 그렷케 그년들이, 감도라들지도 안는 것을 공연히, 너가 몸이 다러, 알들살들이, 아모조록 한문이라도, 고 싹졍이 갓흔 년들, 좀 더 먹이랴고, 이를 썻네그려, 집이라고 들어가면 빗쟝이가 쟝ㅅ군 모히듯ᄒ니 견딜 슈 업셔, 츙쳥도로 다라낫다가 거긔셔도, 피시가 나셔[142], 일젼에 도로 올나왓는디, 더낫에는 무셔워, ᄆ옴디로 단니지도 못ᄒ고, 숩박굽길을 ᄒ여 단이네, 아모리 ᄒ여도, 그 빗을 쳥쟝[143]ᄒ올 슈는 업고, 안니 ᄒ올 슈도 업스니, 이를 엇지ᄒ나, 졔길ᄒ올 것, 나도 죽을 것밧게는, 아로[144] 것도 업네

이와 갓치 셰 사롬 싱각에, 초졈(焦点)은, 모다 죽을사ㅅ즈 ᄒ 글ㅅ즈로 만들어 모혓는디, 다시 푸러 싱각은, 영히 ᄒ올 슈 업게 되고, 셰 사롬의 노리 잇던 얼골이, 다 시ㅅ쌜긔여지며, 앙ㅅ님을 부드득 쓰다가 일졔히 이구동셩(異口同聲)으로

악

ᄒ고, 긔를 버럭 쓰더니, 일졔히 엽쥬머니 속에셔, 번젹々々ᄒ는, 쎄스톨(六穴砲)[145]을 끄니여, 손에 들엇더라

죽자 죽어, 우리 갓흔 놈들은, 죽어야야[146]지

이 소리는 셰 사롬의 마지막 말이라

---

142 피새나다. 숨기던 일이 뜻밖에 발각되다.
143 청장(淸帳). 장부(帳簿)를 청산한다는 뜻으로, 빚 따위를 깨끗이 갚음을 이르는 말.
144 '모'의 오류.
145 육혈포(六穴砲). 탄알을 재는 구멍이 여섯 개 있는 권총.
146 '야'의 중복 오류.

# 六盲悔改 盲世者의 明鑑

千鐘煥 (大邱京町二丁目五十七番)

1912.8.16~17. 2회. 應募短篇小說 三等

## 1912년 8월 16일

話說[147] 賣卜[148] 誦經[149]이 畢生 大事業이오 禳禍求福[150]이 絶世 妙手端이라 街路上 賣卜聲은 非歌非哭的 妙曲[151]이며 隍堂裡 誦經聲은 非哀非樂的 奇調로다 不見天地之廣大ᄒ니 焉知日月之光明이며 明暗을 不分ᄒ니 妍醜를 奚辨이리오 然而猶以爲災禍를 能除에 福祿[152]이 無窮ᄒ고 疾病을 能却에 壽命을 可延이라 ᄒ 즉 逐災害愈疾病은 得神術於何山인지 可憐者愚蠢이오 可讚者悔改로다 世運이 漸開에 人智가 漸熾ᄒ 二十世紀에 엇지 感覺이 잇ᄂ 人士가 업스리요 泰西列邦으로 積年[153] 遊學ᄒ 警世子라 ᄒᄂ 紳士가 渡鮮坊曲ᄒ야 人心 風俗을 一次 視察코져 ᄒ야 一處에 抵到ᄒ 즉 此處ᄂ 元來 盲人의 會議所러라 此際[154]에 六盲이 攘臂睡拳[155]으로 意氣揚々ᄒ야 所

---

147 화설(話說). 고대 소설에서 이야기를 시작할 때 쓰는 말.
148 매복(賣卜). 돈을 받고 점을 쳐 줌.
149 송경(誦經). 점치는 맹인(盲人)이 경문을 욈.
150 양화구복(禳禍求福). 재앙을 물리치고 복(福)을 구함.
151 묘곡(妙曲). 이상야릇한 곡조.
152 복록(福祿). 타고난 복과 벼슬아치의 녹봉이라는 뜻으로, 복되고 영화로운 삶을 이르는 말.
153 적년(積年). 여러 해.
154 차제(此際). 때마침 주어진 기회.
155 양비수권(攘臂睡拳). 팔을 들어올리고 주먹을 쥠.

懷歷事를 各誇陳述홀 씨에 一時壯觀은 혼ᄌ 볼 슈 업슬네라[156]

(金盲) 아 — 나는 共同便所가 엇던 것인가 ᄒ얏더니 인졔야 알앗다 하로는 죵로 네거리로 지나다가 渴症을 견듸지 못ᄒ야 冷水 한 그릇을 먹으라고 한 廛房[157]에 드러가 主人을 찻고 섯슨즉 썩은 ᄂ음식가 코를 쏘는지라 내 싱각에 아마 이 집 主人이 썩은 고기 쟝ᄉ를 ᄒ나보다 홀 즈음에 별眼間 엇던 사롭이 便所門을 왈칵 열면서 行辱悖談ᄒ여 왈 이 집은 共同便所인듸 主人이 어듸 잇스며 冷水가 어듸 잇스리오 ᄒ거늘 엇지 無顔ᄒ던지

(許盲) 아 — 여보게 아모리 보지 못ᄒ는 소경인들 그것을 廛房으로 알앗다 ᄒ즉 긔가 막힐 일ᄼ세 나도 ᄌ네와 갓치 ᄒ번 夜珠峴을 지ᄂ다가 별眼間 小便이 급ᄒ기로 혼 共同便所라고 드러가 小便을 滋味나게 볼 째에 엇던 상놈이 ᄂ 쌤을 넙다 치며 말ᄒ기를 이 집이 쌀뎐이다 ᄒ기로 怯이 나셔 밋쳐 逃走ᄒ노라고 ᄒ다가 진구령이에 빠졋네 이런 無廉이라니

(元盲) 아하 — 두 사롬이 다 잘못 알앗스니 우습지 안이ᄒ가 나는 혼 山村에셔 舌耕[158]을 ᄒ더니 ᄂ 亦是 本來에 귀로만 學文이라고 비왓시[159]

---

**156** 이 한자체로 된 부분 전체를 해석하면 다음과 같다.
화설, 매복 송경이 필생의 큰 사업이오 양화구복이 절세의 기묘한 수단이라 거리에서의 매복 소리는 노래도 곡소리도 아닌, 기묘한 곡조이며, 성황당 안에 송경소리는 슬프지도 즐겁지도 않은 기이한 곡조로다. 천지의 광대함을 보지 못하니 어찌 일월의 광명을 알겠으며 밝고 어둠을 구분하지 못하니 곱고 추함을 어찌 분별할 수 있으리오. 그러나 유독 재앙을 없앨 수 있어 복록이 무궁하다 여기고, 질병을 물리칠 수 있어 수명을 연장할 수 있다 여기니 곧 재해를 쫓고 질병을 누그러뜨림은 어넌 산에서 신술을 얻은 것인지 가련한 자의 어리석고 민첩하지 못함이오, 칭찬할 자의 뉘우쳐 고침이로다. 세상의 운수가 점점 개화하고 사람의 지식이 점점 성해진 20세기에 어찌 감각이 있는 인사가 없으리오. 서양 열방으로 여러 해 유학한 '경세자'(세상 사람을 깨우친 사람이라는 뜻)라 하는 신사가 조선마을에 건너와서 인심 풍속을 한번 시찰하고자 하여 한 곳에 이른즉 이곳은 원래 맹인의 회의소더라. 이 기회에 6명의 맹인이 팔뚝을 걷고 주먹을 쥐며 의기양양하게 품은 바의 역사를 각자 자랑하며 진술할 때에 일시장관은 혼자 볼 수 없더라.

**157** 전방(廛房). 가게.

**158** 설경(舌耕). 말을 하는 것을 직업으로 삼음.

**159** 문맥상 '지'로 추정.

101

눈으로는 字劃을 分辨홀 줄 모른지라 하로는 敏捷이란 學童이 (一)字 톄
ㅅ줄을 써달나 ᄒ기로 남의 先生이 되여 쓸 줄 모른다 홀 슈 업셔 不得已
붓디를 든즉 손이 발々 쩌는지라 그러나 不知中에 字劃이 之東之西ᄒ는
것은 아지 못ᄒ고 훈일ㅅᄌ를 이 모양으로(∣) 너려그어 써쥰즉 그 學童
이 쌀々 우셔 굴ㅇ디 우리 先生은 투젼글ㅅᄌ 가라치는 先生이니 俗諺
에 소경의 讀經도 分數가 잇지 ᄒ면셔 一齊히 退學ᄒ는지라 니가 褓짐
收拾ᄒ노라고 불이 펄젹 낫지 엇지 無識ᄒ엿던지
(文盲) ᄌ네들 여러분 엇지ᄒ야 그리 보지 못ᄒ나 소경 즁에도 홀 수 업
는 소경일셰그려 그 前에 南村 趙判書 大監이 別世하얏다는 訃告가 니게
왓기에 곳 집힝이와 담빅디를 가지고 趙判書宅으로 吊問次로 가셔 丙殯所
를 外殯所로 알고 드러가 吊哭ᄒ기 前에 가지고 갓던 집힝이와 담빅디를
그 겻헤 두고 吊哭을 맛친 후 집힝이와 담빅디를 ᄎ진즉 업는지라 다시 祭
床 우흐로 더듬々々훈 즉 맛참 槐집 압혜 집힝이와 담빅디가 노혓거늘 내
물건인 줄 알고 단々히 가지고 接賓室로 나와 안져 담빅 한 디를 滋味잇게
퓌어물고 집힝이를 집고 回程코져 홀 즈음에 쯧밧게 그 宅 下人이 담빅디
와 집힝이를 왈칵 쎄스며 말ᄒ기를 그런 吊問 두 번만 ᄒ엿더면 神主ᄭ지
盜賊질ᄒ겟다 ᄒ기로 내가 忿이 나셔 집힝이와 담빅디를 꼭 부여잡고 그
연고를 무른즉 쏘 辱ᄒ기를 이 짝쟝아 이 집힝이와 담빅디는 六監 生存時
에 가졋든 바 槐집 압혜 紀念으로 노흔 물건이라 ᄒ고 世界에 소경 盜賊도
잇나 嘲笑롤 ᄒ니 엇지 無禮훈지
(高盲) 여러분이 누¹⁶⁰삼 말을 ᄒ는지 몰낫더니 當치도 아니훈 말을 ᄒ닛
가 □귀찬타 내가 前에 □貨商店을 보더니 하로는 엇더훈 사롬이 物件 쉰

---

160 '무'의 오류.

량엇치를 사고 손바닥만흔 조희 한 쑈각을 쥬는지<sup>161</sup>라 내 싱각에 아마
手票를 써쥬나보다 ᄒ고 여보시오 外上도 分數가 잇지 初面에 웬 票는 써
쥬나요 ᄒ고 돈을 니라고 督促ᄒ즉 그 사름이 責望ᄒ기를 답답ᄒ 쟝ᄉ야
이것이 一元짜리 紙貨인디 世界上에 通用ᄒᄂ 紙錢이라고 說明ᄒ기로 그
後에야 紙貨 쓰는 줄 처음 알고 밧아두엇더니 後에 그 사름이 내가 愚昧ᄒ
소경인 줄 알고 欺人取物ᄒ 무ᄋᆷ으로 내 物件을 沒數<sup>162</sup>히 千元에 제가 ᄉ
ᄌ ᄒ기로 應諾ᄒ 후에 千元을 밧고 物件을 沒數히 그 사름에게 運送ᄒ엿
ᄂ지라 내 싱각에 물건 原價가 五百元에 不過ᄒ디 當場에 五百元의 利益을
남겻스니 깃부다고 엇기츔으로 紙錢을 計數ᄒᆯ 째에 맛참 親舊가 와서 말
ᄒ기를 이 狂症 든 소경아 丹靑求景도 分數가 잇지 白鷺紙<sup>163</sup> 쏘각을 紙貨
로 알고 바다 計數ᄒ즉 참 허리가 앏하셔 못 웃겟다 ᄒ거늘 긔가 막혀 大
聲痛哭ᄒ엿네 이런 無益ᄒ 일이라니

(成盲) 아하—□네들은 올히에 몃 살식이나 되엿나—ᄌ네들 보지만
못ᄒᄂ 病身으로 아랏더니 五官이 다 셩치 못흔 것들일세그려 무엇에 쓸
가 하로ᄂ 警察署에셔 春季大淸潔을 始作ᄒ야 물 쓀일 째에 나는 그런 줄
모로고 鐘路를 지나다가 風便에 드른즉 猝地에 소나기 오는 소리가 나ᄂ
지라 비 마질가 念慮ᄒ야 갓을 버셔들고 집힝이를 左右로 두루면셔 急히
다라날 시 맛참 巡査가 罪人인 줄 알고 詰問ᄒ길니 巡査인 줄 모로고 말ᄒ
기를 엇던 시름이 즉금 避雨ᄒ야 急흔 行次를 잡ᄂ냐 흔디 巡査가 웃고 說
諭ᄒ기를 나는 人民 衛生을 爲ᄒ야 淸潔ᄒ노라고 警察ᄒᄂ디 즉금 물 쓀이
ᄂ 소리라 ᄒ거늘 내가 國語마듸나 아는 고로 (失禮イデス) ᄒ고 衣冠을 整

---

161 문맥상 '지'로 추정.
162 몰수(沒數). 수량의 전부.
163 '백로지(白露紙)'를 지칭하는 듯.

齊ᄒᆞ며 緩步로 갈 ᄯᅢ에 맛참 큰비가 오ᄂᆞᆫ지라 나ᄂᆞᆫ 淸潔에 ᄲᅢ일ᄂᆞᆫ 물인 줄 알고 갈 ᄉᆡ 行人들이 嘲笑ᄒᆞ되 衣冠을 沒霑ᄒᆞ고 緩步로 가ᄂᆞᆫ 더런 사람이 어듸 잇스리오 ᄒᆞ거늘 내가 責망ᄒᆞ기를 大淸潔에 衣冠 沒霑ᄒᆞᄂᆞᆫ 사람은 나ᄲᅮᆫ인가 ᄒᆞ엿스니 엇지 無知ᄒᆞᆫ지 (未完)

## 1912년 8월 17일

警世子聽罷에 評曰 嗚呼世人이여 俱有兩眼之明으로도 膠守朽[164]敗之舊習ᄒᆞ고 全昧文明之新域이 尤甚於如此六盲之愚ᄒᆞ니 可勝歎哉아 決코 六盲으로 ᄒᆞ야곰 與我開明케 ᄒᆞ리라 ᄒᆞ고 隨性破格ᄒᆞ야 極力勸善ᄒᆞ니 於聞似責인 듯ᄒᆞ나 於身良藥이 是也라 警世子ㅣ 六盲을 勸善ᄒᆞ야 曰[165]

김성 ᄀᆞᆺ흔 金소경아 이럿틋 金銀時代에 義理눈이 밝앗스면 金 ᄀᆞᆺ튼 憲法 下에 네 눈이 寶비될 걸 (警蔑法人)

허무ᄒᆞ다 許소경아 져럿틋 許多事業에 智巧눈이 밝앗스면 許久ᄒᆞᆫ 歲月 中에 네 눈이 寶비될걸 (警懈業人)

원통ᄒᆞ다 元소경아 그럿틋 元來舊習에 悔改눈이 밝앗스면 元素된 道德 中에 네 눈이 寶비될걸 (警頑固人)

문견 업ᄂᆞᆫ 文소경아 져럿틋 文武忠義에 勇進눈이 밝앗스면 文明된 列國

---

164 '朽'의 오류.
165 이 부분을 해석하면 다음과 같다.

'경세자'(세상 사람을 깨우친 자라는 뜻)가 듣기를 마친 뒤 평하여 말하길, 오호라 세상 사람들이여. 밝은 두 눈을 갖추고 있고도 썩어 문드러진 구습을 고집하고 문명의 새로운 영역에 매우 몽매함이 이 여섯 맹인의 우매함과 같이 더욱 심하니 이루 탄식할 일이로다. 결코 여섯 맹인으로 하여금 나와 더불어 개명하게 하리라 하고 본성을 좇아 격식을 깨트리며 극력으로 선을 권하니 들음에 마치 꾸짖는 듯하나, 몸에는 좋은 약이 이것이라. '경세자'가 여섯 맹인을 권선(선을 권장하다)하여 말하길

中에 네 눈이 寶비될걸 (警無勇人)

고성홀ᄉ 高소경아 져럿틋 高等學問에 熱心눈이 밝앗스면 高明혼 事務
中에 네 눈이 寶비될걸 (警無識人)

성 잘닉는 成소경아 그럿틋 成敗萬事에 忍耐눈이 밝앗스면 成功된 結果
中에 네 눈이 寶비될걸 (警無功人)

六盲이 警世子의 六條勸善홀 째에 心門이 洞開ᄒ야 怳然大覺ᄒ고 感泣自悔
ᄒ야 曰

(金) 엇지 憲法을 順從치 안이ᄒ엿던고 앗ᄎ 죵리 그리ᄒ엿더면 징역군과
　　동졍식홀 번

(許) 엇지 事業을 勸勉치 안이ᄒ엿던고 앗ᄎ 죵리 그리ᄒ엿더면 거지박아
　　지에 구녁이 뚤어졋슬걸

(元) 엇지 舊習을 悔改치 안이ᄒ얏던고 앗ᄎ 죵리 그리ᄒ얏더면 썩은 니음
　　시가 쳥결이 밧불걸

(文) 엇지 忠義를 奮發치 안이ᄒ얏던고 앗ᄎ 죵리 그리ᄒ얏더면 디옥 아린
　　자리에 참예홀 번

(高) 엇지 學文을 熱心치 안이ᄒ얏던고 앗ᄎ 죵리 그리ᄒ얏더면 텬디간 쓸
　　디업는 물건이 될 번

(成) 엇지 成功을 忍耐치 안이ᄒ얏던고 앗ᄎ 죵리 그리ᄒ얏더면 랑픠라는
　　즘싱의 양ᄌ가 될 번

警世子가 六盲의 悔心이 各動ᄒ여 六事로 自責ᄒ는 것을 보고 如歌如舞如
歎히 稱讚不己ᄒ다가 六盲에게 試問ᄒ기를 俗諺에 云喪歌僧舞老人歎[166]이
라 ᄒ니 무슴 뜻이뇨 ᄒ디 六盲이 默然良久에 굴ᄋ디

---

166 「상가승무노인탄(喪歌僧舞老人歎)」 설화 참조할 것.

黑蝶布로 我衣에다 喪ᄒ세 쳣지는 先帝聖恩을 報코져 홈이오

太平曲을 我琴에다 歌ᄒ세 둘지는 新皇御極을 奉코져 홈이오

理髮機로 我頭에다 僧ᄒ세 셋지는 衛生無病을 圖코져 홈이오

義務劍을 我手에다 舞하세 넷지는 民安國强을 希코져 홈이오[167]

ᄒ거늘 警世子曰 喪歌僧舞 四字의 뜻은 昭詳히 알앗거니와 老人歎은 무슴

뜻이뇨 六盲이 갈ᄋ되 두 가지 뜻이 잇스니

一, 頑古가 不達維新之境에 無奈 天壽가 老人의 歎ᄒ 만홈이오

二, 白髮이 不復靑春之時에 難事 聖皇이 老人의 歎ᄒ 만ᄒ도다[168]

警世子曰 一 諸君들의 如夢大覺ᄒᄂ 것이 千萬感祝ᄒ기로 一封書札을 傳ᄒ

노니 이 글구書頭에 쓴 글ᄉᄌ ᄒ ᄌ식만 가로 붓쳐 읽어보고 그곳을 ᄎᄌ

가면 平生에 六盲의 罪孼[169]을 免홀 터이라 ᄒ고 作別ᄒ거늘 六盲이 깃버

ᄒ야 封書를 開見ᄒ니 하엿스되

京鄕勿論諸君이여

城郭갓치 永屹ᄒ신

(一) 大正元年聖恩으로

和於民平於國ᄒ면

町々目々太平萬世

---

**167** 이 부분을 해석하면 다음과 같다.
　검은 '접포'로 내 옷에 (담아) 삼(상례)하세, 첫째는 선황제의 성은을 보답하고자 함이오.
　태평곡을 나의 거문고로 가(연주)하세, 둘째는 새 황제의 어극(임금 자리에 오름)을 기리고
　자 함이오.
　이발기로 내 머리를 (밀어) 승(승려)하세, 셋째는 위생과 무병을 꾀하고자 함이오.
　의무검을 내 손에 (쥐어) 무(춤)하세, 넷째는 백성이 편하고 나라가 부강함을 바라고자 함이오.
**168** 이 두 가지 뜻을 해석하면 다음과 같다.
　1. 완고함이 유신(개혁되어 새로워짐)의 지경에 이르지 못함에 천수(타고난 수명)를 어찌할
　수 없으니, 노인이 탄식할 만함이오.
　2. 백발이 청춘의 때를 돌리지 못함에 황제조차 해결하기 어려우니, 노인이 탄식할 만하도다.
**169** 죄얼(罪孼). 죄악에 대한 재앙.

**每**々事之善惡으로
**日**鮮揭紙卜一ㅎ야
(二) **申**敎化於萬邦ㅎ고
**報**耳目之千里ㅎ니
**社**會中에第一일세[170]

ㅎ얏는디 웃글ㅈ만 읽어보니 京城大和町每日申報社러라 六盲이 欣然大喜
ㅎ야 或舞或歌ㅎ여 曰 이 쩨는 어느 쩨뇨 日星이 明治ㅎ신 후 天地大正ㅎ
심에 聖人이 繼出ㅎ샤 國泰民安홀 太平盛時로다 이 ㄱㅌ흔 聖代에 엇지 良醫
靈藥이 업슬소냐 녯적에 山東 六國을 掃滅ㅎ며 萬里長城을 싸하 威嚴이 天
下에 震動ㅎ던 秦始皇의 英雄으로도 童男女를 보니 三神山 不死藥을 虛되
히 求ㅎ다가 못 ㅎ여 宿草驪山에 무덤이 놉허잇고 承露盤에 이슬을 먹으
며 泰山에 封禪ㅎ고 海上에 두루 노라 虛되히 神仙을 맛나고져 ㅎ던 漢武
帝의 勢力으로도 못 ㅎ야 汾水秋風에 悔心萌動ㅎ엿거니와 슯ㅎ고도 깃겁
도다 六盲들아 우리 國民 中에 一分子 되얏스니 더듬々々 竹杖으로 京城을
올나가 大和町을 무러 每日申報社를 찾거던 速々히 드러가셔 醫國名針으
로 우리의 눈을 治療ㅎ야 昇平흔 煙月을 다시 보고 各從其道ㅎ량이면 이
안이 聖世完民인가 얼시고 됴흘시고 新聞이여 (完)

---

[170] 이 시를 해석하면 다음과 같다.
　　서울과 지방할 것 없이 모든 그대들이여,
　　성곽같이 오래도록 우뚝하신
　　대정원년의 성은으로
　　백성이 화락하고 나라가 평탄하면
　　밭두둑마다 눈에 보이는 것은 태평만세
　　매양 일의 선악을
　　일본과 조선이 신문에 게재함으로써 한가지로 분별하여
　　만방의 교화를 펴고
　　천리에 떨어진 사람들의 눈과 귀에 알리니
　　사회 가운데 제일일세.

# 잔々이 흐르눈 물소리눈*

李壽麟 (京城中部壽洞一統十六戶)

1912.8.18. 應募短篇小說 三等

잔々이 흐르눈, 물소리눈, 스롬의 비ㅅ속에, 챵만혼 더위를 씨셔브릴 듯,
쳥량혼 공긔눈, 증염을 살아질 듯, 울々창々혼, 슈목 시이에셔 미암 소리
에, 흉금이 샹활혼 곳이, 어디이뇨 ᄒ면, 동쇼문 밧 쳥암스오, 그 공긔를,
흡슈ᄒ기 위ᄒ야 나온 사롬들은, 누구냐 ᄒ면, 박국쟝, 최참셔, 졍시죵이
라, 이 셰 사롬의 가셰가 풍죡ᄒ야, ᄌ쇼로 호화에 싱쟝ᄒ야, 일호라도, 곤
난은 알지 못ᄒ고, 날마다 연구혼 일은, 다만 쥬식계에, 죵ㅅ혼 쑨이오, 싱
지ᄒ눈 도리눈 업슴이, ᄌ연 용도눈, 졈々 만어지니, 가산의 흠츅됨은 뎡혼
리치라, 젼과 비교ᄒ면, 삼분의 이눈 비거셕양풍(非去夕陽風)이라, 그러ᄒ
지만은, 삼복을 당ᄒ니, 울젹혼 심회를 견디지 못ᄒ야, 산명 슈려혼 곳으
로 쇼챵을 나갈시, 젼 ᄌᄒ면, 기싱이나 삼패나, 각기 다리고 가련만은, 얼
마쯤 경졔를 싱각ᄒ고, 졍근혼 친구와, ᄀᆺ치 나옴이라, 셰 사롬이 셔늘혼
곳에, ᄉᆺ밧로 안져, 슐샹을 ᄂᆺ코 리약이ᄒ노라니, 학문상 리치를, 희셕흠
이 안이라, 각기 쥬식쟝에셔, 지니든 력ᄉ를, 셜명ᄒ다가 친구의, 평판이
나온다

(박) ᄌ네들, 김ᄌ운이 보앗나

(최) 오리 보지 못ᄒ엿셔, 웨그리나

(뎡) 나눈 수일 젼에 맛낫지 말 못되엿데

(박) 엇더히셔

(뎡) 말ᄒ면 긔막히지, 이 염텬에, 다 힉져, 이리뎌리 얼거민, 양목 두루막
이를 닙고, 파립을쓰고, 헌 집신을 ᄭ을고 ᄯᆞᆷ을 쳘〻 흘니며 가는딕, 보고
도 몰낫더니, 그 사ᄅᆞᆷ은 나를 보고, 외면을 ᄒ고 오다가, 갓가히 오닛가,
ᄌᆞ운이데그려, 놀나셔 부르닛가, 겨오 딕답을 ᄒ기로, 길에셔 말ᄒ기,
쟝황ᄒ야 닉외 슐집으로 가셔, 슐잔이나 딕졉ᄒ고, 물어본 즉, ᄌᆞ운이
젼후 말을 ᄒ데그려

(박) 그릭 무엇이라 ᄒ더란 말인가

(뎡) 허〻 참 말ᄒ랴면, 분히 죽겟데, 앗다, 평양집 그년 안이잇나

(박) 그릭, ᄌᆞ운이 쳡 말이지

(뎡) 그년에게 밋쳐셔, 졔 집 지산을, 함ᄲᆞᆨ 다 쓰고, 쿵〻지가 되닛가, 그년
이 ᄯᅡᆫ 놈ᄒ고 빅가 마져, ᄌᆞ운이를, 외쪽지 도리듯 힉데그려

(최) 엇지히셔 그릿단 말인가

(뎡) 그년이 ᄌᆞ운이를, 쇠옴〻〻ᄒ기를, 우리가 평싱 사쟈 ᄒ얏는딕, 용도
가, 이ᄀᆞᆺ치 구간ᄒ니[171], 엇던 사람이던지, 보ᄌ기를 씨여, 한박을 톡〻
이 먹어가지고, 다시 사ᄌᆞ구 ᄒ닛가, ᄌᆞ운이도 궁ᄒᆫ 판에, 솔곳ᄒ야 그
리ᄒᆞᄌ ᄒ고, 져는 밧게셔 슬〻 베돌며, 눈치만 보다가, 아쥬 틋ᄌᆞ에,
열을 힉데그려, 그릭도 그년의 힝위는, 싱각을 못 ᄒ고, 다시 찻기만, 기
디리ᄂᆞᆫ 것 ᄀᆞᆺ데그려

(박) ᄌᆞ운이, 나물훌 것 잇나, 우리가 그 디경을 당히도, 그 모양이겟지, 별
싱각 업시, 아모든지, 혹ᄒ면 그러치

(최) 참 남이 당ᄒᆯ 것 ᄀᆞᆺ지 안이ᄒ이그려

---

**171** 구간(苟艱)하다. 몹시 구차하고 가난하다.

(박) 우리가, 본 걸로만 말히도, 한두 사룸이, 그 모양을 당힛나

(뎡) 그러쿠말구, 남말훌 것 업느니, 우리도, 이 모양으로, 악습을 ㅂ리지 못ᄒ면, 모다 ᄌ운이 쏠 되지

(최) 우리가, 이 싱각이 업셧스면, 홀 일 업지만은, 텬힝으로 조상이, 벗바로 드렷스니, 곳치지 못ᄒ나

(박) 우리, 남아지 지산이나, 보젼ᄒ야 평싱을, 안과홀 의론을 ᄒ세그려

(뎡) 사룸마다, 졍신을 차리고 보면, 되는 법이지

(박) 우리가 ᄆ옴잡아, 가도를 졍리ᄒ는 것도, 다힝ᄒ지만은, 우리와 ᄀᆞᆺ치 츄축ᄒ든 사룸들이, 필경은, 패가망신을 ᄒ고 말 것이니, 눈으로 참아, 엇지 보며, 그 잡년들이, 남의 등ㅅ골을 쏩아가지고, 희락으로 지니는 것을 엇지 보나

(최) 참 그러치, 엇지ᄒ든지, 크게 변통을 ᄒ얏스면

(뎡) 됴흔 수가 잇네, 우리가, 누구〻〻를 다 짐작ᄒ니, 일졔히 쳥ᄒ야, 모아놋코, 일쟝 리해를 셜명ᄒ면, 필연 감화가 될 것은, 내가 쟝남[172]홀 터이니, 동지회를 조직ᄒ야, 쥬식장에는, 다시 범치 말기로, 결심 동밍을 ᄒ고, 췌지를, 경찰셔에 신고ᄒ야, 만약 규측을 범ᄒ는 쟈는, 쳐벌ᄒ기로, 셔약셔를 ᄒ며, 각기 영업을 힘쓰면, 못 될 일이 업겟지

(박) ᄌ네 말이 덕당ᄒ니 그리ᄒ야보셰 ᄒ고, 즉시 쳥텹을 인쇄ᄒ야, 모월 모일에, 쟝츙단으로 희집ᄒ기로, 발텹훈 후 졔반 쥰비를, 졍졔히 ᄒ야, 쟝소로 모혀드니, 사룸 수효가 수쳔 명에, 달훈지라 림시 희[173]쟝을, 박국쟝으로 츄쳔훈 후, 기회ᄒ고, 셔긔는, 뎡시죵, 최참셔라

회쟝이, 췌지를 셜명ᄒ고, 두 셔긔가 각기 필긔를 ᄒ니, 만쟝이 일치ᄒ야,

---

172 '담'의 오류.

173 '회'의 오류.

박슈갈치ᄒᆞᄂᆞᆫ 소리에, 놀나 ᄭᆡ여본 즉

　대몽을 슈션각고(大夢誰先覺)

　평싱을 아ᄌᆞ지라(平生我自知)

# 인싱 일셰 도라가면[*]

金秀坤 (北部俊秀坊玉洞八統十三戶)

1912.8.25. 應募短篇小說 三等

인싱 일셰 도라가면, 다시 오기 어렵것만, 텬셔스시는, 슌환이 무한ㅎ야 황국단풍이, 츄졀을빗닉더니, 일조에 셔북풍이 일어나며, 빅셜이 분々ㅎ다, 엄동셜한 깁흔 밤에, 잠 못 자고, 쩔고 안진 사롬은, 별사롬이 안이라, 부즈, 쳔만인(千萬人)의 아달, 일반(溢半)이라 스스로, 탄식ㅎ야 골ᄋ디, 그 한이 이 곳흠을, 바이 아지 못ᄒ얏도다, 오늘 밤 여츠흠은, 졔 죄를 졔가 알지로다, 전일에 부형이, 싱존ㅎ야 계실 쌔에는, 의식이 풍족ㅎ야, 유의 유식ㅎ며, 빈부의 여하흠을 아지 못ㅎ고, 빈인궁긱은, 사롬으로 보지 안아, 업수히 녁여 ㅎ는 말이, 엇지ㅎ면 빙궁ᄒ고 ㅎ며, 부형과 스부의, 훈계 ᄒ시는, 금셕 곳흔 말솜을, 듯지 안코 불효막심ㅎ얏스며, 쏘흔 익우(益友)[174]를 물니치고, 손우(損友)[175]를 몰나보아 텬하 피류 방탕즈만, 츄츅ㅎ야, 쥬식잡기 셰 가지로, 싱셰 스업 장원코자, 충효신의, 지지 안케 쥬야불분, 오입홀 식

이웃집 김모의 아들, 만셩(萬成)이, 쇼학교에 입학홀 졔 김모의 경계ㅎ는 말이

　네 — 나히 발셔, 여닯살이니, 쇼학교에 입학ㅎ야, 공부를 열심ㅎ며, 교

---

174 익우(益友). 사괴어 유익함이 있는 벗.
175 손우(損友). 사귀어서 해가 되는 벗.

스의, 교훈ㅎ시는 바를, 명심ㅎ야 잇지 마라, 지금은 비록 빈한홀지라

도, 학업을 심써ㅎ면, 셔즁에 즈유만죵록(書中自有万鍾祿)이니라

ㅎ거늘 만셩이, 스스로 혜오더

실업의 아돌놈, 셔즁에 즈유만죵록이라 ㅎ니, 져는 공부가 부죡ㅎ야,

셔즁에 즈유빅쳑간인가, 사롬이 세상에 나셔, 한번 호긔잇게 노라나 보

지 쳥츈 시졀, 꽃다온 째를, 공부 즁에 늙힐소냐

무졍 세월이, 약유파라, 만셩이 하긔 휴가로, 집에셔 공부ㅎ더니, 일일은,

쇼학싱 삼소인이, 만셩을 방문ㅎ고, 목욕가기를 쳥ㅎ야, 동반ㅎ야 갓다

가, 일모 후에 도라오니, 김모의 거동보소, 대문을 굿게 닷고, 쳔호만호에,

텽이불문ㅎ다가, 소오 시간 후에, 만셩을 불너드려 쌀이치를, 눈우에 번

긔ㅈㅊ치, 번젹 들고 우뢰 ㅈㅊ흔 목쇼리로, 셔리ㅈㅊ치, 호령을을[176] ㅎ다

(김모) 이놈 —이놈아, 쟝츠 집을 망홀 놈 —이놈아 ㅎ라는 □[177]부는, 안

이ㅎ고, ㅎ지 말나는 짓만 ㅎ나냐, 학싱이라 ㅎ는 것은, 낫이면 학교에

가셔, 공부ㅎ고, 밤이면, 집에 와셔 복습ㅎ며 □[178]동셩셔 휴가시라도,

젼일에 비온 바를, 복습ㅎ야, 리긔 졸업식에, 최우등ㅎ기를, 힘쓸 것이

어눌, 삼々오오 작반ㅎ야, 목욕이니, 탁죡이니 ㅎ며, 죠츌모입에, 공부

는 안이ㅎ고 금옥 ㅈㅊ흔 시일을, 허숑ㅎ는, 너 ㅈㅊ흔 즈식은 오히려 업는

이만 ㅈㅊ지 못ㅎ다

ㅎ며, 숑아리를 치니 만셩이, 복々샤죄ㅎ야, 비는 말이

다시는, 그리ㅎ지 안이ㅎ겟습니다 즈금으로는, 촌음시경(寸陰是競)[179]

---

**176** '을'의 중복 오류.

**177** 문맥상 '공'으로 추정.

**178** 문맥상 '음'으로 추정.

**179** 촌음시경(寸陰是競). 명심보감(明心寶鑑)의 "尺璧非寶(척벽비보) 寸陰是競(촌음시경)"에서
나온 말로 '짧은 시각이라도 다투듯 소중히 함'을 이르는 말.

ㅎ오리다, 일후에, 쏘 그리ㅎ옵거던 그때에는, 죽여 주옵소셔

익걸복걸ㅎ는지라

만셩이 쏘ㅎ 헤오더

　더러ㅎ, 무도ㅎ 사롬도 쏘 잇슬까, 유의유식ㅎ야, 잘 닙히고, 잘 먹이기
는 고샤ㅎ고, 구챠ㅎ기 싹이업셔, 죠반셕죽은, 오히려 부쟈라, 삼슌에,
구식으로도, 입쌀밥 한번을, 못 엇어 먹고 어린 ㅇ히가, 말나쌔져, 쎠만
남앗스니, 의복인들 오작ㅎ리, 동포하면(冬布夏綿)은 물론이라, 부모된
ㅁ옵에, 아모리 ㅈ식일지라도, 슈픠홀 터이어눌, 금셕 갓흔 시일을, 허
송ㅎ느니, ㅎ라는 공부를 안이ㅎ느니, 너 갓흔 ㅈ식은, 오히려, 업는이
만 갓지 못ㅎ느니, 더러ㅎ 완고의, 무식ㅎ 말만 ㅎ면셔, 시々로 쩌려쥬
니, 참 셰샹에, 비ㅅ가족이 더러케, 둑거운 사롬도 쏘 잇도다

　날로 말ㅎ면, 우리 부모가, 나물ㅎ시기는, 다만 돈을 좀 만히 쓰는, 사살
이지, 더러케 ㅎ야셔야 살 수가 잇나, 무슨 변통이던지 ㅎ여야 ㅎ지
ㅎ더니, 오늘날에 니르러셔는, 어졔 일이 쑴과 갓ㅎ야, 만셩이는 발셔, 쇼
학교 즁학교, 대학교, 법률학, 정치학을, 다 우등 졸업ㅎ니, 쳔금유산이,
불여교ㅈ일ㅈ(千金遺産不如敎子一字)러라 학업이 대진ㅎ니, 과연 김모의,
말과 갓치, 셔즁에 ㅈ유만죵록으로, 명망이 일국에 진동ㅎ고, 만셩이는,
이와 갓치 되얏스니, 이는 부형이 교훈ㅎ심을, 듯지 안코, 불효막심ㅎ엿
든 죄이엿다, 가련타, 만셩이 몸이여, 후회막급이라, 쳔나자 망령

# 섬진요마(殲盡妖魔)

朴容浹 (中部磚洞十統九戶)

1912.8.29. 應募短篇小說 三等

지리흔 쟝마가, 시로 긔고, 즁턴에 밝은 둘은, 사룸의 졍신을, 샹활케 ᄒᄂ
ᄃᆡ 어듸셔, 쟝구소리가, 덩더쿵ㅅㅅㅅㅅ ᄒ면셔

　얼쑤, 얼시고, 얼시고나

ᄒᄂᆫ 집은, 어듸냐 ᄒ면, 다방ㅅ골 김부평 집에셔, 대감노리ᄒᄂᆫ 거시라,
어엽분 졂은 무당이, 군복에 젼립을 쓰고, 한참 신이 나셔, 쮜놀면셔, 김씨
대쥬를 부르는 판에, 나히 오십여 셰 된, 마누라가 드러오면셔

　이 딕에, 오늘 됴흔 일 ᄒ심니다그려

쥬인 부인이, 나오면셔

　누구신지, 쳐음 뵈옵슴니다마는, 이리 드러오십시오

(마) 이ㄱ치 딕졉ᄒ시니 감샤ᄒᆷ니다

마누라가, 드러안져, 한참 구경을 ᄒ다가, 무당이 쉬는 ᄶᅢ에, 쥬인 부인을
ᄃᆡᄒ여

　여보시오, 쥬인아씨, 내가 우연히 와셔, 됴흔 구경을 ᄒ오니, ᄆ음에 대
　단 유쾌ᄒ오마는, 셜명홀 말슴이, 잇스니, 드르실는지오

(쥬) 예, 무슨 말슴이오닛가

(마) 내가 소경력을, 대강 말ᄒ겟스니 밋친 사룸이라구나, 아시지 마시고
　아모됴록, 싱각을 ᄒ여보시오, 내가 싀집 가기 젼에, 우리 부모ᄭᅥ셔, 무

당과 판슈를, 신용ᄒ여, 얼픗ᄒ면 무당이오, 누가 쓱금ᄒ면, 판슈라, 그 집에셔, 싱쟝ᄒ여, 이문곡[180]견(耳聞目見)[181]이, 도시 그런 등ᄉ인 고로, 뢰슈에 져ᄉ셔, 싀집 온 후에, 인ᄒ야 ᄌ나 ᄊ나, 아는 거시 그 일쑨인 고로, ᄌ연 령ᄒ다는 무당과, 판슈를, 다 친근히 ᄉ귀여, 졍월로브터 셧ᄯᆯᄭᅬ지, 일 년 열두 ᄃᆞᆯ에, ᄡᆯ일 날이 업시 홈이, 그 공효가 잇스면, 지산과 ᄌ손이, 부셤ᄒᆯ 것이어늘, 엇지ᄒ야, 집안 형셰가 졈졈 일패도지(一敗塗地)[182]ᄒ야, 밥을 굶을 디경을, 당히셔도, 감각(感覺)홈이 업시, 잘되라고 히도, 왼걸이오 집만 망힛지, 소용업슨듸다, 집이 망ᄒ고 보닛간, 의식이, 잇셔야 ᄒ지오 여러 히를 젼문으로 연구ᄒᆫ 것이 그쑨이라, 싱각다 못ᄒ여, 친ᄒᆫ 무당의 집으로 단이며, 그 일을, 내가 ᄒ여보닛간, 말짱 거짓말로, 남을 속여 쎗는 것입듸다그려, 그려셔, 곰ᄉ 싱각을 ᄒ야보니, 나는 잘못ᄒ여, 이 디경이 되얏지마는, 남을 ᄯᅩ 내가 속이면, 그 죄가 텬디간에, 용납지 못ᄒᆯ지라, 다시 ᄆᆞ음을, 기과쳔션(改過遷善)ᄒ여 그것을, 샤졀ᄒ고, 비러먹어 단이며 무당이나, 판슈에, 혹 신ᄒᆞᆫ 곳이면 ᄶᅩ차가셔, 가진 셜명을 다ᄒ여, 아모됴록 속지 말고, 지산을, 랑비 말나고 근졀히 권고ᄒ야, 그 악ᄒᆫ 습관을, 버린 집이, 삼빅여 호에 일은지라, 내가 무슴 심ᄉ로, 잘될 일을, 못되도록 ᄒ겟슴닛가, 딕에셔도, 졍신을 찰이시고, 내 모양을 보십시오, 붓그럽소마는, 내가 다른 사람이 안이오, 지동 사는, 죠숭지딕이오, 알아보시면, 아시리다

무당이, 한참 듯다가

져 망ᄒᆯ 마누라가, ᄯᅩ 여긔를 왓군, 에구 무슨 심ᄉ야, 고약도 ᄒ지, 여봅

---

180 '목'의 오류.
181 이문목견(耳聞目見). 귀로 듣고 눈으로 본다는 뜻으로, 실지로 경험함을 이르는 말.
182 일패도지(一敗塗地). 싸움에 한 번 패하여 땅에 떨어진다는 뜻으로, 한 번 싸우다가 여지없이 패하여 다시 일어나지 못함.

시오, 져 마누라가, 밋쳐셔 뎌 디경을 홈니다, 남보기에는, 말쟝ᄒ지오

(마) 요년아, 너도 무슴 셩이를, 못ᄒ셔 그 못된 것을, 비와가지고 단이며, 바른말 ᄒᄂ 나를, 밋쳣다고 희, 요년아 남의 집 고만 망희라

(무) ‥‥‥‥‥‥

쥬인이, 그 말을 듯더니, 싱각을 혼다

　져 사름이, 과시 소경ᄉ가 잇셔, 그리ᄒᄂ 것이지, 무슴 혐의로, 뎌 디경을 홀나구, 나도 싱각ᄒ면, 허무밍랑은 혼 일이야, 져 사름의 말이, 감샤ᄒ고 고마와도, 곳치ᄂ 것이 올치

ᄒ고, 즉시 무당을, 쫏차보너고, 그 마누라에게, 치샤를 ᄒ니라

이 소문이 ᄎ々 전파ᄒ야 신무[183]에도 평론을 ᄒ고, 집々에셔, 의견이 샹합홈으로 ᄌ연 악습을 버리니, 부인계에셔, 죠승지 부인의, 션심을 찬셩키 위ᄒ야, 글 한구를, 지엇ᄂ딕, 비록 태아검이 업스나(雖無太河劍이나) 능히 진셰의 마귀를 멸혼다(能減塵世魔라)

---

[183] '문'의 오류.

# 고학싱의 셩공(苦學生의 成功)

金東薰 (京城中部大廟洞二十一統加一戶)

1912.9.3~4. 2회. 應募短篇小說 二等

## 1912년 9월 3일

사게(四季)의 슌환(循環)은, 텬연(天然)의 리치라, 황국단풍 죠흔 시절은 다 지니가고, 빅셜이 분々ᄒ고, 일긔가 몹시 치운 동졀이, 어언간 도라왓는 딕, 이 쌔는 졍히, 십이월 샹슌이러라, 엄동셜한 긴々 밤에, 벽샹에 걸닌 죵은, 열두 번을 쌍々 치도록, 고아원 긔슉사(孤兒院宿舍)에서, 메투리를 삼으면셔, 압헤는 셔칰을 펼쳐노코, 글 읽는 아희는, 고ᄋ원 싱도, 김일귀(金一貴)인딕, 나히 지금 십칠 셰오, 어려셔 부모를 일은, 고ᄋ(孤兒)라, 그 엽헤 슈엄이, 희긋々々ᄒ고, 나히 오십여 셰나 되여뵈이는, 늙으니는, 고ᄋ원에서, 교슈ᄒ는 김교ᄉ(金教師)라, 김교ᄉ는, 김일귀를 향ᄒ야

(김교ᄉ) 이익, 이졔는 밤도 깁헛스니 고만 자거라, 공부도 하리만치 ᄒ고 일도 하리만치 ᄒ여야 쓰지……………… 응……… 공부도 넘오 ᄒ면, 뢰(腦)가 샹혼다

김일귀는, 메투리 삼던 것을 멈츄고

(김일귀) 네 — ᄌ겟슴니다, 그런데, 션싱님쯰 엿줄 말슴이 잇셔오

(김교ᄉ) 응 무슴 말이냐, 좀 드러보ᄌ

(김일귀) 다른 말슴이 안이오라, 졔가 동경에 류학ᄒ여, 고등 학문을 비오

고져 원이옵더니, 슈삼 년간에, 메투리 삼어셔, 파라 모은 돈이, 스십여
원이온디, 이것 가졋스면, 동경 갈 려비(旅費)는, 넉々홀 터이오 즉, 하
로밧비 드러가고 십습니다, 학비는 로동을 흐여셔라도, 버러쓰면셔, 공
부를 성취흐여 가지고, 첫지는, 션셩님의 은덕을, 만분지 일이라도, 갑
고져 흐오며, 둘지는, 국민된 직분을 다흐고져 흐옵니다

김교수는, 밉시잇는 슈염을, 쓰다듬으며

(김교슈) 허々 ─ 그놈의 뜻이, 대단이 큰걸 ─, 그러나 ᄂ 역시, 네가 그리
케 공부 잘흐는 것을, 가샹히 넉여, 너를 동경으로, 류학(留學)을 보니랴
고 싱각흐엿던 것이로다········ 이익 그러면, 러일이라도 속히 써나
가거라, 학비는 너가 담당히 줄 것이니, 아므 념려 말어라

(김일귀) 션셩님게셔, 겨를 길너쥬시고, 가라쳐쥬신 은덕만 흐여도, 산히
갓스온디, 쏘 이와 갓치, 류학(留學)ᄭ지 식여쥬시오니, 은혜 망극흐외
이다········ 그러면 러일 써나겟습니다

(김교슈) 그럼········ 속키 써나거라, 그러면 러일 갈 힝쟝 쥰비ᄂ 흐고 ᄌ
거라

김일귀는, 써나갈 힝쟝 쥰비를 흐고, 그날 밤 ᄌ고, 그 잇흔날 동□[184] 으로
향흐야 써나갈 쌔에, 김교사는, 김일귀의 머리를 어루만지며, 슌々히 이
르는 말이라

(김교슈) 니가 너를 ᄌ식갓치, 디리고 잇다가, 네가 지금 류학으로, 써나게
되니, 셥々흔 것은, 물론이어니와 다만 네게 부탁홀 말은, 다른 말이 안
이라, 학성이라는 것은, 공부흐는 디 두 가지 중요흔 방법이 잇스니, 첫
지는 인닉(忍耐)오, 둘지는, 셕음(惜陰)[185]이라, 인닉(忍耐)라는 것은, 무

---

184 문맥상 '경'으로 추정.
185 셕음(惜陰). 시간을 아낌.

슨 괴로온 것을, 만날지라도, 참는 것을 일음이니, 천빅만스에, 모다 참아서, 조곰도 퇴보치 말고, 중도에 폐학을 말어라, 세상 일이, 모다 고싱이 진흐면, 락이도라오는 법이다, 쏘 셕음(惜陰)이라는 것은, 시간을 앗기는 것이니, 녯적에 대우(大禹)[186] 갓흔 니는, 성인(聖人)이되, 촌음(寸陰)[187]을 앗겼스니, 너와 갓흔 학도는, 범인(凡人)이라, 분음(分陰)[188]을 앗기지 안으면, 도뎌히 공부를, 성츄키 어려우니라, 쏘 쥬문공(朱文公)의 훈언(訓言)에 「물위금일불학이, 유릭일(勿謂今日不學而有來日)흐고, 물위금년불학이 유릭년(勿謂今年不學而有來年)흐라, 일월셔의라 셰불아연(日月逝矣歲不我延)흐니, 오호로의라 시슈지건(嗚呼老矣是誰之愆)고」라 흐엿스니, 이와 갓치, 일각이 천금갓치, 중흔 시간을, 아못조록, 헛도이 보니지 말고, 공부 잘흐여라, 홍유셕학(鴻儒碩學)이, 특별흔 지조가 잇는 사롬이 안이라, 그런 사롬도 인닉(忍耐)와, 셕음 네 글즛틀[189] 뢰슈(腦髓)에 싟여셔, 공부흔 결과이라, 그러면, 학싱이라는 것은 반다시, 이 위에 말흔 두 가지 방법을, 가지고, 공부를 흐여야, 후일의 유용지인물(有用之人物)이 될 것이오, 쏘 사회상에, 묘범덕 인물이 될 것이니 부디々々 명심흐여라 (미완)

## 1912년 9월 4일

(김일귀) 션싱님의 슌々흐신 훈유(訓諭)를, 엇지 감히 잇스오릿가, 일평싱 뢰슈에, 싟이고져 흐옵니다

---

[186] 대우(大禹). 중국 고대의 성왕(聖王)인 '우왕'을 높여 이르는 말.
[187] 촌음(寸陰). 매우 짧은 동안의 시간.
[188] 분음(分陰). 촌음보다 더 짧은 시간.
[189] '를'의 오류.

(김교스) 네 — 어셔 써나거라, 갈 길은 쥬져ㅎ여셔, 못쓰너니라

(김일귀) 네 — 써나겟슴니다

ㅎ고, 김일귀는, 김교스 써나기를, 부모슬하에, 싸[190]나는 것갓치, 눈물이 옷깃을 젹시며, 김교스는, 김일귀 써나는 것을 즈식을 일는 것갓치 섭々히 넉이더라 김일귀는, 그렁더렁, 동경에 도착훈 후 즉시 학교에 입학ㅎ 얏는디, 공부를 엇더케 잘ㅎ얏던지, 시험마다, 우등은 뎡히노앗스며, 쏘 품힝이, 본리 단졍홈으로, 학싱계(學生界)에셔, 칭찬이 랑즈ㅎ더라

대뎌 사름의 능역으로, 것잡지 못홀 것은 셰월이라, 셰월이 약류파ㅎ야, 어언간 김일귀의 나히, 이십칠 셰가 됨이, 즁학교, 대학교, 문학 리학을 모 다 우등 졸업ㅎ얏스니, 쟝ㅎ다 김일귀여, 젼일의 목뎍ㅎ던 바를, 오늘날 이르러, 거의 달ㅎ얏도다

만 리 긱디에 잇는, 김일귀는, 호을로 려관 란간에 의지ㅎ여, 즁텬에 써잇 는, 밝은 달을, 바라보며 혼즈말이라

에구 참, 김션싱님의 은혜를, 싱각ㅎ면, 참말 외々(巍々)훈 틱산 갓고, 망々(茫々)훈 대히 갓흐니, 이 은혜[191]를 엇지ㅎ면 갑홀가, 이 몸 낫키는, 부모님의 은혜[192]오, 사름되기는, 션싱님의 은혜라, 놉고 놉흔, 김션싱 님의 큰 은혜를, 엇지 니즈며, 언의 쌔나 갑홀가 아모려나, 러일 써나셔, 죠션에 나가 우리 션싱님의 은혜를, 만분지 일이라도 갑흐리라

ㅎ고, 그 잇흔날 동경 「신바시」 뎡거쟝에셔, 긔차를 타고, 죠션을 향ㅎ야 「시모노셰ㅅ끼」 ⌐지 와셔, 시모노셰ㅅ끼에셔 빈를 타고, 부산에 도착ㅎ 야, 부산셔 엇던 려관에 드러, 져녁밥을 먹고, 곤히 즈는는[193]디, 으[194]후

---

190 '써'의 오류.
191 '혜'의 오류.
192 '혜'의 오류.
193 '눈'의 즁복 오류.

십이시 가량은 되야 사룸 살니라는 소리가, 려관 뒤편으로부터, 잠결에 들니거늘, 쌈쌕 놀나 끼여 급히 려관 뒤로, 도라가 본즉, 고목나모 아리셔, 엇던 놈이, 졂은 녀학싱을 쓰러안고, 싸홈 싸호듯 ᄒᆞ는지라, 다름박질ᄒᆞ여 간즉, 그놈은, 사룸 오는 것을 보고 발셔 다라나고, 나히 십팔 세 가량이나 되어 뵈이는, 녀학싱이, 의복이 □[195]다 찌여지고, 아모 긔운이 업시, 쌍에 누어 잇거늘, 김일귀는, 녀학싱을 물그럼히 보며

(김일귀) 당신이 엇던 부인ᄉᆞ더, 이 디경이 되셧슴닛가

녀학싱은, 겨오 정신을 츠려, 이러안즈며

(녀학싱) 당신이 누구신지, 이와 갓치 곤경에 당ᄒᆞᆫ 몸을, 구안히 쥬시니, 은혜 망극ᄒᆞ오며, 나는 경성 교동리 ○○의 쌀이온더, ᄉᆞ년 전부터, 동경셔 류학ᄒᆞ다가, 지금 방학 째가 되얏기 부모를 뵈이려, 나오던 길이온더, 오날밤에 부산셔, 하륙ᄒᆞ와, 언의 려관으로 갈는지, 방황ᄒᆞ던 츳에, 엇던 길로 갈는지, 방황ᄒᆞ던 츳에, 엇던 녀인 한아이 압헤와, 마조셔며, 줌으시고 가시오 ᄒᆞ기에, 허락ᄒᆞ고, 그 녀인만 쏫츳가면, 되리라 ᄒᆞ고, 의심업시 쏫츳오다가, 뒤를 도라다 본즉, 엇던 남ᄌᆞ가, 이간거리나 써러져, 쏫차오기로, 의심 중이옵더니, 필경 이곳에 와셔는, 녀인은 그놈을 향ᄒᆞ야, 손짓 ᄒᆞᆫ번을 ᄒᆞ더니, 그놈이, 와락 달녀들며, 나를 붓잡고, 악ᄒᆞᆫ 힝위를 ᄒᆞ려고 ᄒᆞ던 츳에, 당신이 이와 ᄀᆞᆺ치, 구안히 쥬시니, 당신의 은덕은, 여신여희라 쥭기 젼, 당신을 쏫ᄎᆞ, 만분시 일이라도 보답홀가 ᄒᆞ나니다

홉익, 김일귀는, 그러치 안음을 지삼 말ᄒᆞ다가, 말지 못ᄒᆞ야 허락ᄒᆞ고, 혼려를 힝ᄒᆞᆫ 후, 부ᄉᆞ가 되얏는더, 교동리 ○○는, 가셰는 유여ᄒᆞ나, 슬하의

---

**194** '오'의 오류.
**195** 문맥상 '모'로 추정.

무남독녀러니, 김일귀의 영특홈을 집히 밋어, 가산을 모다 샹속ᄒ야, 쥬 엇ᄂᆞ디, 김일귀ᄂᆞᆫ, 일심으로 그 쟝인 ᄂᆡ외를, 섬기다가 텬명으로, 셰샹을 바린 후, 례졀을 후히 ᄒ야, 향양지디에 안쟝ᄒ고, 김교ᄉᆞ를 친부와 갓치 극진히 섬기여 가니 다 화평ᄒ고, 즈손이 만당ᄒ게 지니더라 (완)

# 원혼(怨魂)

1912.9.5~7. 3회. 應募短篇小說

## 1912년 9월 5일 (一)

작년 엄동설한을, 못 익의여, 말나죽엇던 화초는, 만발ㅎ야, 각기 아롬다

옴을 ᄌ랑ㅎ고, 탐화봉졉은, 이곳뎌곳 날아단이고, 아롬다온 새쇼리는,

봄쇼식을 젼ㅎ랴고, 쳥아히 울음 울어, 초목군싱지물이, 다 각기 즐[196]기

는데, 함경북도 길쥬군, 외로온 한 촌에서, 젹막무인 삼경야에, 졀통ㅎ게

목미여 죽는, 뎌 원혼은 허룡(許龍)의 안히, 리옥슌(李玉筍)이라(오년 젼 무신

년 일이라)

허룡은, 본리 토향의 후예나, 집이 요죡ㅎ야, 부러올 것이 업시, 호의호식

ㅎ나 일즉 엄부(嚴父)를 여의고 ᄌ모(慈母) 슬하에셔, 나히 열세 살이 되니,

이에 혼쳐를 구혼시, 맛참 그 웃말에 사는, 리긔호(李基鎬)의 ᄯᆞᆯ, 리옥슌이

와, 빅년히로의, 아롬다온 연약을 미졋스니, 옥슌이는, ᄉ족의 후예오, 더

욱 가세 풍부ᄒᆞᆫ 집에셔 자라고, 인물이 쥰슈ᄒᆞ야, 일옵에, 일홈잇는 신부

라, 그러나, 됴ᄒᆞᆫ 과실은, 쫏는 새가 만코, 어엽분 꽂에는 보치는, 나뷔가

만타는 세음으로, 옥슌이 싀집간 후, 불과 셕 둘에, 몹슬 갑놈이 허룡이를

---

**196** '즐'의 오류.

쏘여, 셔빅리 쌍으로, 도망ᄒ여 가니, 일로부터, 옥슌이ᄂ, 쓸々ᄒ고, 셔리 찬 방에 홀로 잇셔, 우으로 늙고 무력ᄒ 싀모를, 바라고, 아릭로 우둔ᄒ고, 쳘업ᄂ 노복을, 스랑ᄒ며, 허용이 도라올 동안, 열두 ᄒ를, 이틱우미, 됴ᄒᆫ 일에 더 슲ᄒ고, 구즌 일에, 피눈물은 사롬의 샹졍이지만은, 너그러온 ᄆ옴 옥슌이ᄂ, 스스로 싱각ᄒ되

　홍진비리와, 고진감릭ᄂ, 쳔리에 쩟쩟ᄒ 일이니, 엇지 내라고, 한째 즐 거옴이 업스리오

ᄒ고, 열두 ᄒ를 북풍을 의지ᄒ고, 졍대ᄒ ᄆ옴으로, 기다리고 잇더라, 열 두 ᄒ 되던 츄구월에, 허룡은, 셔빅리 압바롬이, 등을 밀던지, 옥슌의 ᄀ졀ᄒ ᄆ옴이 줄을 미고 쓸[197]엇던지, 하늘이 슲혀, 인도ᄒ얏던지, 구월 창텬에 놉히 써오던, 기럭이 쩨를 짜라, 집으로 썩 드러셔니, 그 깃붐이, 엇더ᄒ리오, 늙은 어미ᄂ 깃붐을, 익의지 못ᄒ야, 아돌의 두 손목을 잡고, 우슴쇼리로 울고, 친쳑들은 구름갓치, 닷ᄒ와 하례ᄒᄂ딕, 더구나 옥슌의 깃붐이야, 엇지 셰치 혀로, 다 말ᄒ며, 터럭붓으로 다 긔록ᄒ리오, 그러나, 일편으로ᄂ, 분통ᄒ 일이 가득ᄒ니 그 분통ᄒ 말은, 싀모의 잘못 아ᄂ 것이라, 고든 마듸에 좀이 먹고, 츙신에 참쇼 드니, 졀통ᄒ고 분원[198]ᄒ다, 이째에, 옥슌의 몸에, 몹슬 복챵병이 드러, 복부가 졈々 커셔, 슈틱(受胎)ᄒ 지, 삼ᄉ 삭 되ᄂ 빅와 갓치 된지라, 지식 업고, 미련ᄒ 싀모ᄂ, 이것을 보고 싱각ᄒ되, 쏙 옥[199]슌의 허물이라 ᄒ야, 그 젼날브터, 눈치가 다르게 구ᄂ지라, 옥슌이ᄂ, 랑군을 리별ᄒ고, 근심터니, 울다가 급긔 맛나니 더 긔가 막히고, 익타ᄂ 일이라, 이 무식ᄒ 싀모가, 허룡이 오던 날, 즉시 이러코 뎌러

---

197 '쓸'의 오류.
198 분원(忿怨). 몹시 분하여 원망함. 또는 그런 원망.
199 '옥'의 오류.

다, 옥슌의 허물을 말홈이, 허룡은 그리던 집과, 그리던 안히지만은, 또흔

잘못 알고, 이웃집에 가 잠을 자고, 열 둘 되기만 기다리니, 묽고묽은, 옥슌

의 ᄆᆞ음이, 긔가 막히고 어이업셔, 허룡이를 근쳥ᄒᆞ야 말ᄒᆞ되

　　사룸을 엇지, 그다지 몰나보시오, 나는 당신 안이 계신, 열두 히 동안에,

　　한번 이웃집에 가본 일도 업고, 한번 무샹ᄒᆞ게, 밧그로 츌입 안이흔 것

　　은, 싀어머니와, 노비가 력ᄉᆞ히, 아는 바어눌, 엇지 그갓치 야속ᄒᆞ시오

　　(허룡) 그것은 그더가, 열 둘 젼에, 발명홀 것이 안이라

ᄒᆞ고, 거졀ᄒᆞ니, 옥슌이 어이업고, 긔가 막혀, 탄식ᄒᆞ되

　　내의 밝은 ᄆᆞ음 이타고, 분원ᄒᆞ다, 져 지공무ᄉᆞ[200]ᄒᆞ게, 창텬에 밝히 소

　　슨, 일월이나, 나의 ᄆᆞ음을 밝히 알가

## 1912년 9월 6일 (二)

이와 ᄀᆞ치, 탄식ᄒᆞ다가

　　이것이 다, 나의 익타울 것이 안이라 내가, 허물이 잇스면, 쳔만 번 죽어

　　도 한이 업슬 것이오, 허물이 업스면, 발명될 날이 잇슬지니, 열두 히도,

　　기다렷거던, 한 오륙 삭을, 기다리지 못ᄒᆞ리오

ᄒᆞ고, 열ᄉᆞ둘 되기만 기다리는더, 한 둘 두 둘 지남이, 비가 졈ᄉᆞ 자라, 겻

헤ᄉᆞ사룸은, 의심을 더 먹고, 묽은 ᄆᆞ음 옥슌이도, 엇진 ᄭᆞ닭을 알 슈 업

셔, 익타우고 지니다가, 열ᄉᆞ둘이 됨이, 이샹ᄒᆞ고 공교로운 병이, 이째에

니르러, 더욱 심ᄒᆞ야 긔 믹이 한아 업시, 드러누어 알퇴, 비룻병(産兒病)과

ᄀᆞ거눌, 허룡이 더욱, 잘못 알고, 옥슌이가, 그러케 몹시 알컷만은, 드려다

---

**200** 지공무사(至公無私). 지극히 공정하여 사사로움이 없음.

보는 일도 업고, 더운 물 한 슐가락 쥬는 일 업시, 찬밥을 먹여, 목슘을 둘
아두엇더라, 이러케 알은 지, 사흘 만에, 허룡이 옥슌이 병셕에 드러가, 사
흘 굶고, 긔운 한아 업시, 쌍에 접친 듯이 누어 알는, 옥슌이다려, 위력으
로 뭇는 말이

　　그디가, 이졔도, 허물 말을 안이홀 터인다, 그디가 열두 힌, 내 집에 잇
　　는 것은, 나를 기다리고 잇는 것이, 안이라 내 집에, 지물을 탐ᄒ고, 내
　　집을 망ᄒ쥬려 혼 것이니, 그디의 허물을, 진즉 바로 말ᄒ여라

(옥) 졔의 몸에, 업는 허물은, 말홀 슈 업슴니다

(허) 그디가 그러면, 내 말을 드러보라 이 셰샹에, 허물 업는, 슈팅(受胎)가
　　잇겟나 업겟나, 디답을 ᄒ라

(옥) 허물 업는, 슈팅가 업다고는, 말ᄒ겟스오나, 졔의 몸에는, 쳔만부당혼
　　말이올시다

허룡이, 벌쩍 니러나 나오미, 옥슌이는 눈이 아득ᄒ야, 겻을 볼 슈 업고,
가슴은 투셔, 지가 되여 눌아가고, 쟝부(臟腑)는 록아, 물이 되여, 흐를 디
경이지만은 엇더혼 말로, 이것을 발명ᄒ며, 뉘다려 변호ᄒ랴 ᄒ리오, 푸
른 초목에, 불이 붓고, 한강슈에 목이 마르게, 이럭뎌럭 그날 밤을 지남이,
그 잇튼날 허룡이가, 일동니, 희산구원에 슉달혼, 늙은 부인들을 다려다
가, 산뎜 여부를, 즈셰히 무른즉, 이 지식 업는 것둘이, 알지도 못ᄒ고 아
는 듯이 그깃이 ᄋ희를 비릇는 것이라 난언ᄒ셔늘, 허룡이 그 부인들을,
보니고, 더욱 분혼 ᄆ음으로

　　네가 지금도, 말을 안히홀 터이냐

(옥) 엇지, 로슉혼 부인들ᄭ지, 나의 허물을, 단언ᄒ는디, 허물 벗기를 ᄇ
　　라오릿가만은, 나의지은 죄는, 업스니다만 죽기만 ᄇ라오

허룡이 즉시, 옥슌의 본집에, 통지ᄒ야 옥슌의 옵바, 리방츈(李芳春)을, 다

127

려다가, 이 일 조쳐를 무른즉

(방츈) 내게 무를 것 잇슴닛가, 맛당히 죽일 것이니, 쳐분디로 ᄒ오

ᄒ고, 그러케 셔리[201]알는 동싱을, 보지도 안코, 쮜여 올나가니, 허롱이

쏘 드러가 뭇ᄂᆫ디, 옥슌이는 발셔, ᄌ긔 옵바 방츈이가, 여하히 말ᄒᆫ 것을,

다 아는 즁이라 피눈물로, 옷깃을 적시여, 근졀히 쳥햐 말ᄒᄃᆡ

　　이졔 당햐, 내 입으로 말홀 말은, 업ᄉ오나, 나의 ᄉ졍을, 측은히 싱각

　　햐, 깁히 연구ᄒ시기를, ᄇ라ᄂᆞ이다 내가 열두 ᄒᆡ를, 한번도, 츌입 안

　　이ᄒᆫ 것은, 확실ᄒᆫ 일이 안이오닛가

(허) 그러셔

(옥) 그러면, 이 동닉로 말ᄒ면, 그러ᄒ게, 란잡ᄒᆫ 놈이 엇의 잇슴닛가

(허) 그ᄯᅡ위, 간샤ᄒᆫ 말은, ᄒ지도 마러라, 우물고누[202] 쳣슈로, 허물 업는

　　슈틱가, 엇지 잇단 말이냐

(옥) 졍 그러시면, 무슨 방법으로던지 나의 몸을, 수탐[203]햐 보시오

(허) 잡말 마러, 이왕 경력 만은, 여러 부인들이, 그것을 모를 터이니

## 1912년 9월 7일 (三)

(옥) 어두운 밤, 뷔인 방에, 아모 것도 업지마는, 캄〃ᄒ고 어두운 구석에,

　　무엇이나 잇다고, 의심ᄒ면, 코 놉고 눈 큰 사롬이, 이 구셕 뎌 구셕, 안

　　져보이고, 슐〃병에 령슈는, 묽은 물이지마는, 슐이라 밋고 먹으면, 취

　　즁션이 된다고, 나의 허물이 분명 업지마는, 공교ᄒ고 이샹ᄒᆫ, 나의 몸

---

201　'리'의 글자 방향 오식.
202　우물고누. 고누의 하나. '十'의 네 귀를 둥근 원으로 막고 한쪽 귀를 터놓은 판에 각각 말 두
　　개씩을 서로 먼저 가두면 이긴다. 먼저 두는 사람이 첫수에 가두지는 못한다.
203　수탐(搜探). 무엇을 알아내거나 찾기 위하여 조사하거나 엿봄.

은, 슈티홈과 방불ᄒ고, 지금 알ᄂᆞᆫ 것을 보미, 여러 부인은, 짐작ᄒ고 ᄒ
ᄂᆞᆫ 말이니, 엇지 깁히 밋ᄉᆞ오릿가

(허) 네 그러케, 진실ᄒᆞᆫ 허물은, 덥허두고, 거즛말만 변명ᄒ니, 내가 그 말
에 용이히 속을 터인다

지식 잇고, 령민ᄒᆞᆫ 사름 ᄀᆞᄐᆞ면, 이것이 병이나 안인가, 의심ᄒᆞ지마ᄂᆞᆫ, 이
무식ᄒ고, 우미ᄒᆞᆫ 허룡은, 위협으로 뭇ᄂᆞᆫ 말이

네가 그리도, 안이 말ᄒᆞᆯ 터이냐, 그러치 안이ᄒ면, 이 자리에셔, 쩌려 죽
일 터이다

(옥) 졔 몸에, 쳔만 번 형쟝이, 밋칠지라도, 업ᄂᆞᆫ 허물은, 말ᄒᆞᆯ 슈 업ᄂᆞ이다

허룡이, 니러나 나온 후, 옥슌이, 빅 가지 탄식으로 울다가, 혼미 즁에, 그
날 밤을 지니ᄂᆞᆫᄃᆡ, 아춤에 허룡이, 쏘 드러오거ᄂᆞᆯ, 옥슌이, 다 진ᄒᆞᆫ 목슘과
긔운으로 말ᄒᆞ되

이ᄯᆡ 당ᄒᆞ야, 나의 부모와, 당신ᄭᅡ지 망신을 식이고, 죽겟ᄉᆞ오나, 한 말
부탁ᄒᆞᆯ 일이 잇ᄉᆞ오니, 드르시기를, ᄇᆞ라옵니다

(허) 무슨 말이야

(옥) 졔가, 엇더케 죽던지, 오늘밤에ᄂᆞᆫ 졔 손으로 죽을 터이니, 죽은 뒤에,
졔 비를 갈너보셔ᄉᆞ, 티ᄋᆞ가 잇거든, 죽은 시신을, 쳔참만륙[204]이라도
ᄒᆞ시고 만일, 티ᄋᆞ가 업스면, 나의 허물을 벗겨 쥬옵셔, 바른 혼이 되게
ᄒᆞ야, 수옵소셔

허룡이, 무심히 듯고 나와, 밤을 자고 드러가니, 옥슌이, ᄌᆞ긔 옷고름으로
목을 미고, 밤식도록 신고ᄒᆞ야, 죽엇ᄂᆞᆫ지라 허룡이, ᄭᅡᆷ쨕 놀나 쒸어나와,
여러 사름에게 말ᄒᆞ고, 속히 리긔호의 집에, 통지ᄒᆞ고, 옥슌 유언ᄃᆡ로, 비

---

**204** 쳔참만륙(天塹萬戮). 수없이 베어 여러 동강을 내어 참혹하게 죽임.

를 갈나볼 터이니 와셔 보라 ᄒᆞ더, 리긔호는, 집안 망신만 탄식ᄒᆞ고,

옥슌의 불샹ᄒᆞᆫ 죽엄은, 싱각도 안이ᄒᆞ나, 옥슌의 모친은, ᄌᆞ모(慈母)의 싱각으로, 허룡의 집으로, 속히 너려오니, 허룡이 옥슌의 모친과, ᄌᆞ긔의 친척들을, 모와 안치고, 옥슌의 시톄를 관에 넛코, 비를 갈나보니, 복챵병에, 무슨 터ᄋᆞ가 잇스리오, 물통(水包)이, 확 터지ᄂᆞᆫ지라, 겻헤 안졋던 사롬들이, 일시에 통곡흠익, 졀통ᄒᆞ고 익통ᄒᆞ다ᄂᆞᆫ 소리에, 바롬이 일고 비가 오며, 쥬먹 씨지ᄂᆞᆫ 줄 모르고, 쌍 치ᄂᆞᆫ 소리, 란리에 포셩(鉋聲)과 ᄀᆞ치, 참담ᄒᆞᆫ 것을, 사롬은, 볼 슈 업더라

그런 즁, 옥슌의 모친은, 졀통ᄒᆞᆫ 것이 가슴을 막아, 소리 질너 울지도 못ᄒᆞ고, 긔운이 막혀, 신고ᄒᆞᄂᆞᆫ디, 허룡은 옥슌의 시톄에, 눈이 쏘쳐셔, 우는 소리라

　내가, 무엄란잡ᄒᆞ게, 셔빅리에셔 열두 ᄒᆡ 놀든 결과로, 이러ᄒᆞᆫ 일을, 당ᄒᆞ얏구나, 엇지ᄒᆞ면, 졀통치 안이ᄒᆞᆯᄶᆞ 이 몹슬 허룡을, 열두 ᄒᆡ, 기다리고 잇던 싱각을, 엇지ᄒᆞ면 됴ᄒᆞᆯᄶᆞ, 일혜 동안 몹시 알ᄂᆞᆫ디, 신병은 고샤ᄒᆞ고, 위력으로, 협박ᄒᆞ야, 업ᄂᆞᆫ 허물을 억지로 씨웟스니, 엇지ᄒᆞ면, 분통치 안이ᄒᆞᆯ가

ᄒᆞ며, 쥬야로 통곡을 ᄒᆞᄂᆞᆫ디, 수일 후에 옥슌의 모친은, 가슴을 두다리며, ᄌᆞ긔 집으로 도라가고, 허룡은, 쥬야 통곡 셕 둘 만에, 지셩으로 장ᄉᆞ를 지닌 후, 다시 췌쳐치 안이하고, 만은 ᄌᆡ물을, 물쓰듯 다 업시니, 늙은 어머니가, 셰샹을 버린 후, 남의 집으로, 걸인 모양오로 도라단이니, 이ᄂᆞᆫ 젹악ᄒᆞᆫ 앙화를, 밧ᄂᆞᆫ 것이라 엇지, 졀통치 안이ᄒᆞ리오, 참으로 가셕ᄒᆞ며, 참으로 익셕ᄒᆞ도다, 지식 업ᄂᆞᆫ 것이, 참으로 졀통ᄒᆞ도다

# 픠즈의 회감(悖子의 回感)

辛驥夏 本社員補 (南部郡新里面仕串洞一統五戸)

1912.9.25. 應募短篇小說 三等

가을날 지는 희눈, 인간의 귀쳔션악(貴賤善惡)을 가리지 안이ㅎ고, 밝은 빗을 널니 드리엿는딕, 경샹도 자인(慈仁)군, 언의 빅쟝촌, 외짜른 집 셔창에 빗쳣더라

꼬부러진 허리를, 반쯤 펴고, 파쑤리갓치 흰머리를 들고, 셔창에 의지ㅎ야, 쟝 보러 간 아돌을, 기다리다가, 셕양을 쳐어다보며, 탄식ㅎ는 로파

    니 신셰도, 져 희와 갓건만은, 엇지ㅎ야 죽지 안이ㅎ누

    우리 령감은, 날보다 팔자가 조와셔 그 몹슬 즈식의, 구박을 안이 보고, 복[205]망산에 가셔, 혼자 누엇구느

    즈식에게, 구박을 보더릭도, 령감이 사랏슬 째는, 남편이느 밋더니, 령감이 죽은 후에느, 서른 사졍홀 곳도 업구느

    구박을 밧더릭도, 어미 마음은, 어미 마음이라, 우리 치득이가, 엇의 가셔 늣노록 안이 오면, 기다리고, 넘려가 닉리 되지

ㅎ며, 기다리는 치득이는, 자인 읍닉 쟝을 보러 가는딕, 치득의 직업은, 빅졍이오, 쟝마다 파는 것은 기고기라, 미 쟝에 기다리 한아식, 의례로 사가는, 단골 량반 한아이 잇는딕, 치득이가 말을 뭇는다

---

**205** '북'의 오류.

(치) 싱원님은, 기고기에 물니시지 안이홈닛가

(싱) 닉 집이 가난흔 사롬이라, 너가 먹으랴고 쟝마다 고기를 살 슈 잇느냐

(치) 그러면, 누가 잡슈시오

(싱) 닉 어머니 되시는, 로마님이 계신디, 로인이 고기를 못 잡슈시면, 근력을 차리실 슈가 잇느냐

(치) 싱원님게서, 쟝마다 고기 살 돈은 잇슴닛가

(싱) 느흘 동안만, 집신을 삼으면, 장날의 것 살 돈은 된다

(치) 그러면 싱원님은, 그 고기를 안이 잡슈심닛가

(싱) 로마님 계시고, 어린 아들 잇고 우리 너외 잇고, 합이 네 식구인디, 딕 아씨가, 길삼을 ᄒ야 팔면, 로마님 진지 ᄒ야 드리고, 우리는, 죽도 연명ᄒ기 어려운디, 고기를 먹을 슈가 잇느냐

(치) 소인은, 싱원님 말슴을 듯고, 윈 셰음인지, 모로겟슴니다, 무슴 ᄭ닭으로, 로마님 한 분을, 그러케 위ᄒ심닛가

싱원이, 치득의 무식홈을, 임의 짐작ᄒ엿는디, 그 말 뭇는 것은, 무슨 량심이 잇는 줄로 알고, 싱원이 도로혀, 치득이다려, 말을 뭇는다

(싱) 너는, 네 부모가, 다 살아잇느냐

(치) 아비는, 십 년 전에 죽고, 칠십이 셰 된, 어미만 살앗슴니다

(싱) 너는, 쟝인(匠人)이라, 네 어미가, 고기는 잘 엇어먹을 터이나, 근력이니 됴ᄒ냐

(치) 쇼인이 먹다, 남흔 것이 잇스면 어미도 먹슴니다

싱원이 눈ㅅ살을, 잔ㅅ득 찌푸리고 듯더니, 치득이를, 물쯔름이 건너다보며

(싱) 네가 녜 어미를, 엇더케 셤기는지. 그 말을 좀 자셰히 ᄒ여라

(치) 어미가 미우면, 머리를 꺼두루고 째림니다

싱원이 깜짝 놀나셔, 얼골이 벌기지면셔

(성) 응, 어미를 때리다니, 주식이 어미를 때린다는 말을, 혹 드럿느냐

(치) 남의 말은, 못 드럿습니다만은 소인이, 어릴 째에, 소인의 아비가 소인을 안ㅅ고, 지롱을 볼 째마다, 소인다려, 너의 어머니, 머리를 쩌둘너라 째려 쥬어라, ㅎ는 고로, 어려셔부터 어미를 째렷습니다

성원이 그 말을 듯고, 고기를 수구리고 한참 싱각ㅎ더니, 다시 고기를 드러셔 치득이를 보며

(성) 네가 비우지 못훈 고로, 부모의 은혜를 모르는 것이라

네 부모가 안이면, 네 몸이 어디셔 싱겻스며, 네가 져럿케, 쟝셩훈 것은 초목갓치 비 맛고, 이슬 마져, 자란 것이 안이라, 네 부모의 휴업는, 이를 쓰이고 자라난 몸이라

그러나, 불샹훈 것은 네 어미라, 더러훈, 몹슬 주식을 두고, 늙은 사롬이 고싱을, 얼마나 ㅎ는지

ㅎ며, 눈물이 돌더니, 다시 말업시 개고기를 들고 뒤도 도라보지 안이ㅎ고 간다 치득이가, 그 성원의 말을 듯고, 성원의 모양을 보더니, 몹슬 꿈을 씨인 것ㄽ치 정신이 번쩍 나셔, 졔 집으로, 도라가셔 그 어미를 본즉, 어미가 반갑고, 어미가 불샹훈 ㅁ음쑨이라, 치득이가, 어미를 붓들고 울며, 불효ㅎ던 일을, 후회[206]ㅎ는디, 그 어미는, 주식의 후회ㅎ는 것을 보고, 그 령감이 살앗슬 째에, 치득이가 이러케, 후회ㅎ는 모양을 좀 보앗드면, 훈이 업겟다 십은 ㅁ음에, 치득이를, 마조 붓들고 운다

---

206 '회'의 오류.

# 엄동설한은 임의 다 나고*

車元淳 本社員補 (北部順化坊九曲洞七十七統九戶)

1912.10.1. 應募短篇小說 三等

엄동설한은, 임의 다 나고, 시로 온 춘절을 당ᄒᆞ야, 삼ᄉᆞ월이 도라오니, 초목군싱지물이 기유이ᄌᆞ락(草木群生之物이 皆有以自樂)홀 ᄯᆡ라

이ᄯᆡ 원골 막바지, 졍결흔 초가집에, 나히 한 이십 남짓흔, 꼿갓치 젊은 녀인 한아히, 화게 우에, 휘느러지게 만발흔 쳘쥭 진달닉를, 구경ᄒᆞ고 안졋스니, 그 녀인은, 곳 김○○의 안히라, 별안간에, 밧그로셔 대문짝, 쑤듸리는 소리가 쏙ᄾ 나거늘, 이 녀인은, 급히 나아가 반가히 손목을 잡아, 드러오는듸, 이 사롬은, 직산도 남만ᄒᆞ고, 인물도 과히 츄ᄒᆞ지 안이흔듸, 복식은 하이카라 양복에 단쟝을 집고, 그 녀인에 손을 붓들고, 드러오더니, 간은 음셩으로

(하이카라) 김쥬ᄉ 엇의 갓소

(녀인) 네 — 엇의 츌입을²⁰⁷ ᄒᆞ엿셔요

ᄒᆞ더니, 안방으로 ᄃᆞ러가, 졍결히 치여 놋코, 졍신업시, 하늘이 문어져도, 닉 셰상이라 ᄒᆞ고, 시호ᄾᄾ부지릭(時乎ᄾᄾ不再來)라, 쳥츈에 시졀이라 한번 가면, 다시 도라오지 안이ᄒᆞ고, 늙고 병들면 못 노느니, 안이 놀고 무엇ᄒᆞ리 ᄒᆞ며, 희ᄾ락ᄾᄒᆞ야, 권커니 잡거니 취토록 먹은 후, 금침을 펴고

---

**207** '을'의 오류.

누엇더니, 홀연 그 본부 김쥬스가 드러와 본즉, 그 모양이거눌, 긔가 막히여 호는 말이

(김) 일남일녀는, 하늘이 뎡호신 바어눌, 너는 본부를 비반호고, 간부를 간통호니, 텬셩만 위반홀 뿐 안이라, 법률에 범호엿슨즉, 이는 샹당혼 률을 밧울²⁰⁸ 것이오, 쏘혼 부스간에, 화락호야, 부화부슌²⁰⁹호는 것은, 인간에 대스라, 남즈는 밧게 거호고, 녀즈는 안에 거호야, 각기 직분을 직혀, 집안이 화목호여야, 가위 부인이라 호겟거눌 너 갓흔 계집은, 다리고 살 슈 업다

호고, 쏘 남즈를 보고 경계호는 말이

그더는 너 말을 드러보라, 남에 즈식이 되여, 공부를 힘써호야, 우으로 나라를 츙셩되히 셤기고, 아리로, 부모롤²¹⁰ 효도로 봉양호며, 쳐즈를, 올흔 도리로 거느리고, 일변으로, 실업을 쟝려호야, 셩명을 샤회²¹¹에, 쟈々케 호고 부모에게, 영광을 보이는 것이, 남즈의 당연혼 도리어눌, 너는, 부모의 어지신 은덕을 져바리고, 쳐즈의 바라는 바를, 도라보지 안이호고, 이와 갓치 야만의 힝위를 호니, 너도 응당 법률을 밧을지라, 쏘혼 비오²¹² 글즈가 잇슬지니, 샹강과, 오륜은 듯지도 못호엿는가, 만일 오륜을 모로면, 법스에 가, 법관에게 즈세히 드르라

호고, 즉시 그 남녀를 잇글고, 경찰셔로 가니, 경관이 엄즁히 심사혼 후, 곳 디방법원 검스국으로, 압숑호얏너라, 그 법원에서 심문호고, 간음률에 의지호야 그 남녀를 병히, 이 기년 징역(二個年懲役)으로, 그 법원 판스가,

---

208 '을'의 오류.
209 부화부슌(夫和婦順). 부부 사이가 화목함.
210 '를'의 오류.
211 '회'의 오류.
212 '온'의 오류.

음셩을 도々와, 션고ᄒᆞ는 소ᄅᆡ에, 졍신이 아득ᄒᆞ야 쌈짝 놀너 ᄭᆡ다르니, 침샹일몽이라, 젼신에 ᄯᆞᆷ이 흐르고, 심신이 산란ᄒᆞ야, 간신히, 고기를 들어보니, 삼ᄉᆞ월 긴々 히가, 아직도 남아 잇고, 쳘쥭 진달늬는 여젼히 웃는 듯ᄒᆞᆫ지라, 그 녀인이, 가만히 싱각ᄒᆞᆫ즉, 젼일에 그 본부를 속이고, 부졍히, 힝위ᄒᆞ든 일이, 돈견(豚犬)만 못ᄒᆞᆫ 줄을, 크게 ᄭᆡ다러셔

　잇고 내가, 죵릭 기과쳔션(改過遷善)을 안이ᄒᆞ고, 부졍ᄒᆞᆫ 힝위를 ᄒᆞ다는, 지금 ᄭᅮᆷ과 ᄀᆞᆺ치, 남편에게 들키는 날에는, 필경 경찰셔에 가셔, 경관에게, 엄즁ᄒᆞᆫ 취됴를 밧고, 징역ᄭᆞ지 홀 터이니, 그리ᄒᆞ는 날에는, 긔한이 되여, 방숑이 될지라도, 엇지 사롬을 ᄃᆡᄒᆞ야, 얼골을 들며, ᄯᅩᄒᆞᆫ 부모가 쥬신 몸을, 헛도히 버린 바 ― 될지라

ᄒᆞ고, 취즁에 잇는 하이칼라를 ᄭᆡ여, 몽ᄉᆞ를 들어, 일쟝 효유ᄒᆞ야, 영히 샤졀ᄒᆞᆫ 후, 그날 그 시브터, 비루ᄒᆞᆫ 힝실을 늬바리고, 기과쳔션을 ᄒᆞ야, 그 다음은 슌량(順良)ᄒᆞᆫ 부인이 되엿더라

# 머리가 희쓱々々흔<sup>*</sup>

李鎭石 (本社員補) (京城中部長通坊東谷洞八統一戶)

1912.10.2~6. 2회. 應募短篇小說 三等

## 1912년 10월 2일

머리가 희쓱々々흔, 오십이 될낙말낙흔, 로파 한아히 손에는 우산을 들고, 허리에는, 무엇을 보에다 차셔, 휘々 감엇는디, 대안동 한마루ㅅ길로, 오르락니리락흐며, 이 집 대문도 기웃, 뎌집 대문도 기웃흐다가, 그 즁 큰 대문 집으로, 살ㅈ치 드러간다

이 집은 별집이 안이라, 리참셔라 흐는 집이니, 대안동 바닥에셔, 뎨일 요부<sup>213</sup>흐고, 쏘 긔구<sup>214</sup>가 남보다 못흘 것이, 업것마는, 세상 리치가 무엇이든지, 구비흐기는, 어려운 것이라, 나히 스십이 되도록 슬하에, 혈육이 업셔, 흥샹 한슘으로 소일을 흐고, 후ㅅ를 뉘게다 젼흐리오 흐야, 눈물로 셰월을 보니는 즁이라, 수십 년 동안을 두고, 아돌 낫키를 위흐야, 산쳔에 긔도々 흐고, 긱치 대찰에, 불공도 흐며, 미륵에게 비러도 보앗스나, 밧춤니, 싱남<sup>215</sup>은 고샤흐고, 싱녀도 못 흐얏스니, 긔도라 흐는 것이 엇지 능히, 사람으로 흐야곰, 복을 밧게 흐며, ㅈ녀의 싱산을, 임의로 흐게 흐리오, 이

---

213 요부(饒富). 재산이 넉넉하고 많음.
214 기구(器具). 세간, 도구, 기계 따위를 통틀어 이르는 말.
215 생남(生男). 아들을 낳음.

것은 미신에 침혹[216]한 연고러라, 리참셔 집에셔, 미신에, 침혹혼다는 소문이, 원근에 전파된 이후로, 소위 보살이니 무당이니, 수쥬쟝이니 ᄒᆞᄂᆞᆫ 무리가, 하로도, 수삼 명식 작당ᄒᆞ야, 들낙날낙ᄒᆞ며, 이번에ᄂᆞᆫ 도익[217]만 ᄒᆞ면, 꼭 싱남홀 터이니, 아모 걱정 마읍시요 ᄒᆞᄂᆞᆫ 소리에, 리참셔ᄂᆞᆫ, 정당 혼 남ᄌᆞ로, 그러홀 리가, 만무ᄒᆞ지마는 리참셔의 부인은, 녀ᄌᆞ의 힝동을, 면치 못ᄒᆞ야, 입에 침이 말너셔, 전곡이나 필육이나, 앗가온 줄 모로고, 함부루 집어쥬닛가, 이짜위 무리ᄂᆞᆫ, 리참셔 집을 부흥이집으로 알고, 불원천리 차져오ᄂᆞᆫᄃᆡ, 앗가 드러오든 로파도, 속에 캄々혼 ᄆᆞ음이 잇셔, 드러옴이라, 마루 끗에다 우산을 걸쳐 놋코, 슈건을 니여, 짬을 씨스면셔

　어, 날도 몹시 더웁다

혼ᄌᆞ말로, 공연히 즁얼々々ᄒᆞ며

　집도 크고, 마루도, 시원도 ᄒᆞ다

ᄒᆞᄂᆞᆫᄃᆡ, 한 삼십여 셰 가량 되는, 부인이 안방 쌍창을, 드윽 열며

(부인) 어셔 온 마누라야

(마누라) 녜, 한멈은 싀골 사ᄂᆞᆫᄃᆡ, 지나다가, 다리를 좀 쉬ᄌᆞ고, 드러왓습니다

(부인) 언의 싀골

(마누라) 량근 룡문산에 잇습니다

부인이, 고기를 쯔덱々々ᄒᆞ며

(부인) 량근 룡문산에 잇셔, 그리 무슨 일로, 셔울을 왓누

(마루[218]라) 셰샹 구경이나 ᄒᆞ고, 시원혼 바롬이나, 쑈이쟈고, ᄉᆞ방으로 도라단이다가, 셔울ᄭᆞ지 왓습니다

---

216 침혹(沈惑). 무엇을 몹시 좋아하여 정신을 잃고 거기에 빠짐.
217 도액(度厄). 가정이나 개인에게 닥칠 액을 미리 막는 일. 늑액막이.
218 '누'의 오류.

(부인) 그러면, 무슨 직조가 잇는 것이지, 공연히 단길 리가 잇나, 어셔 말

히 각갑호구면

(마누라) 아씨끽셔, 그처럼, 이만 사롬을, 주셔히 무르시니, 바로 말슴호오

리다, □²¹⁹가 손금을, 대강 볼 쥬 아옵니다

(부인) 내 그져, 그럴 쥴 알앗지, 공연이야, 단길 리가 잇나

호고, 별안간, 졍이 쑥々 쩌러진다

(부인) 에그, 량근이, 예셔 아마 빅여 리나 되지, 거긔셔 ㅅ울신지, 올나왓

스니, 다리가 오작 앏흘가, 실컷 쉬여가지

(마누라) 그리호겟슴니다, 참 밧게셔도, 이왕 뒥 후호시다는 리약이는, 드

럿지만은, 지나가는 사롬을 다 이러케, 후뒤를 호시네

그 말이, 치 끚치지도 안이호야

(부인) 이왕 쉬는 동안에, 내 손금이나 좀 보앗스면

(마누라) 그리호십시오

호더니, 마루로 셩콤 올나안즈며

(마누라) 방으로, 드러갈가, 이리로 나옵시오

호며, 치마를 들셕호고, 문고리만호 안경을 느여, 귀에다 쮜이고, 밧삭 드

러안는뒤, 눈을 쩨긋호고, 부인의 손쟝심²²⁰을 이리로 보고, 뎌리로 보고,

공연히 고기도, 쯔뎍혼다, 앗가는 부인만 안졋던 마루가, 별안간 모혀드

는뒤, 사롬이 쎅々호게 도라안지니, 로파가, 너욱 신이 나셔, 싯시리는 화

샹은, 눈허리가 시어셔 볼 수 업지만은, 여러 사롬이, 모혀 안져셔, 아모

말도 못 호고, 태산굿치 위호기만 호니, 함부루 쩌드는 말이라

(마누라) 여봅시오 아씨, 이 금이, 록금이올시다, 록금이 ㅅ러케 기니짜, 부

---

**219** 문맥상 '제'로 추정.

**220** 쟝심(掌心). 손바닥이나 발바닥의 한가운데.

주득명을 ᄒ시지, 좀 분ᄒ 일이 잇슴니다, 록금이 좀 쌀넛더면, 즈손이 잇슬걸, 즈손이 아조 업슴니다 (미완)

## 1912년 10월 6일

이 말이 쑥 쩌러지닛짜, 구석々々 모혀안져, 슈군々々ᄒ는 말이
　참 용ᄒ군, 언의 ᄶᆡ 그 마누라가, 이 딕에를 왓다 갓나, 아죠 집어닉네, 참
　그러치, 부쟈야 남만 못지 안이시지만 즈손이 업셔 걱정이지 여보 슌돌
　의 어머니도, 언졔나 힝랑살님을, 면홀까 손금이나 좀 보아달나고 ᄒ오
(슌돌모) 에그, 시들스러워라, 힝랑은 그만두고, 당쟝 죠셕이나, 굶지 안이
　ᄒ얏스면 됴겟소, 나히 스십이, 다된 년이, 무슨 복에, 힝랑올 면홀 슈가
　잇겟소
ᄒ더니, 홱 도라안즈며
(슌돌모) 아씨, 져 빅젼 두 푼만, 취히 줍시오. 져도 손금 좀 보겟슴니다
(아씨) 감안히 잇거라, 나 좀 마져 보거든 보려무나
ᄒ고, 손을 닉밀며
(아씨) 그러, 슈[221]는 얼마나 홀까
(마누라) 참 슈를 안이 보앗슴니다, 이리 갓가히 옵시오
ᄒ며, 안경을 곳쳐쓰고, 한참 보더니
(마누라) 슈는 칠십스 세올시다
(부인) 에그, 즈식도 업는 사롬이, 오리 살아 무엇ᄒ게
(마누라) 별말슴을 다ᄒ심니다, 그리도, 오리 살으셔야지

---

[221] 수(壽). 생물이 살아 있는 연한.

(부인) 허리에 찬 것은, 무엇이야

(마누라) 이것은 ᄉ쥬보는 칙이올시다

(부인) 여러 가지, 지조가 잇군, 이왕 손금은 보앗스니, ᄉ쥬나 ᄯ 볼까, ᄉ
쥬는 보면, 무엇ᄒ나, ᄉ쥬본다고 업든 ᄌ식이, 싱길나구

(마누라) 쳔만의 말ᄉᆷ을 다ᄒ심니다 ᄉ쥬를 보시고, 긔도를 잘만 ᄒ면, 싱
남ᄒ시다쑨이오닛가, ᄉ쥬는, 보나마나, 위션 손금만 보와도, 록금이
넘어 길으셔, 부만 ᄒ시니, 돈쳔 쌀셤 필육통이나 드려셔, 손지 겸, 룡문
산에 긔도나 ᄒᆡ보시지오, 월젼에, 간동 박참령ᄃᆨ 아씨도, 긔도ᄒ시고,
싱남ᄒ셧는ᄃᆡ요, 일젼에, 그 ᄃᆡᆨ에를 갓더니, ᄉ십지년, 처음 싱남ᄒ신
것은, 졔의 덕이라고, 샹금을 만히, 쥬시든데요

ᄒ면셔, 보를 끌너놋코, 졍ᄒ 소반을 달나 ᄒ야, 손[222]반 우에다, 공손히
칙을 올녀노으며

아씨, 무슨 싱이나 되셧습닛가

(부인) 경진싱, 셜흔셰 살이야

(마누라) 싱신은, 언졔오닛가

(부인) ᄉ월 초닷시날

(마누라) ᄉ월 룡이라, 비는 마음더로 주닛가, 식속[223]은 ᄒ시지

ᄒ면셔, 칙쟝을 막 넘기랴는ᄃᆡ, 대문 밧그로, 군도 소리가, 데걱々々ᄒ며,
긔셰가 름々ᄒᆫ, 경관이, 마루 아리ᄭᅥ지 드러오니, 마루 우에, 갓득 안졋던
사름은 모다 도망을 ᄒ고, 넉살 됴흔, 마누라 한아만 안져셔, 아모 풀긔가
업시, 히여진 칙보만, 보에다 흠척々々 쏜다

(경관) 너 이년, 어ᄃᆡ 사라

<hr>

222 '소'의 오류.

223 식속(食粟). 먹고사는 살림의 형편.

(마누라) 져는 양근 룡문산에 잇슴니다

(경관) 그려면, 그것은 무슨 칙이야

마누라가, 쥬져ㅅㅅ호며, 아모 디답도 못 혼다

(경관) 왜 말을 못 히, 그게 무슨 칙이야

호는 소리를, 귀가 쫙 믹키도록, 지르니 마누라가, 그졔야, 모긔 소리만치
수쥬보는 칙이올시다

(경관) 응, 수쥬ㅅㅅ 그년, 쎈ㅅㅅ도 호다 이 요악호 년아, 네가 나히, 스십이
넘어보이는 년이, 무슨 싱이를 못호여셔, 혹셰무민을, 뎨일 상칙으로
알고 빅쥬대도에, 칼 업시 남의 지산을, 탈취호ᄂ냐, 대범 사롬이, 셰상
에 날 째에, 일평싱 일을, 발셔 뎡혼 것이라 엇지 사롬의 힘으로, 슈부귀
다남ᄌ를, 임의로 호리오, 이 아모리 어리셕은 것이기로, 소견이 한아
도 업지, 네가 능히, 복을 ㅁ 옴디로, 남의게 줄 디경이면, 너는 엇지호
야, 긔도로 부귀를, 엇지 못호고, 이갓치 허탄혼 말로 사롬 속이기를, 싱
이로 아느냐

(마누라) 과연 잘못힛슴니다, 다시는 문 밧게도, 나오지 안 호고, 집에서 무
엇이던지, 영업을 호여, 싱활홀 터이오니, 잔명[224]을 살여주십시오

이째에, 리참셔 부인은, 안방 쌍창 압헤셔, 벌ㅅ 썰며, 경관의, 엄즁혼 셜
유[225]를 간졉으로 듯고, 젼일에 호 일을, 낫ㅅㅅ치 후회호고, 다시는 그려호,
허탄혼 말을 밋지 안이호기로, 결심호얏ᄂ디, 이 부인이, 졸디에 ㅁ ㅇ[226]
이 변호기는, 경관 셜유 즁에, 너는 엇지호야, 긔도로 복을 엇어, 부쟈가,
되지 못호얏느냐 호는 소리에, 황연히 씨다름이러라 (완)

---

**224** 잔명(殘命). 얼마 남지 아니한 쇠잔한 목숨.
**225** 셜유(說諭). 말로 타이름.
**226** '옴'의 오류. 'ㅁ'이 소실된 것으로 보임.

# 부든 바룸 소리는*

崔鶴基 (京城南部大山林洞七九, 三)
1912.10.9. 應募短篇小說 三等

부든 바룸 소리는, 고요ᄒ고, 뜰에 져녁 빗은, 셔편 하늘로 언뜻ㅅㅅᄒ야 ᄂ려가는디, 북한산(北漢山)에, 도라가는 가마귀 소리는, 까옥ㅅㅅᄒ야, 담 ㅅ벽에셔 우는, 버러지 소리를, 화답ᄒ며 나모 팔고, 도라오는 사룸의, 말소리는 두런ㅅㅅᄒ야, 삼쳥동(三淸洞)에 흐르는, 물소리와 화답ᄒ야, 젹막ᄒ 공간(空間)을, 씨칠 만ᄒ더라, 이째에 십여 셰 가량 된 ᄋᄒ가, 다 쓰러진, 오막사리 초가집으로, 쑬네ㅅㅅ 드러가며 ᄒ는 말이, 어머니 나는, 나모를 일즉 팔고 도라왓슴니다 ᄒ니, 이 ᄋᄒ는, 별 ᄋᄒ가 안이라, 셔대문 밧(西大門外) 공덕리(孔德理)에셔, 사는 ᄋᄒ이니, 셩은 홍가오, 일홈은 복동이라, 일즉 부친을 여의고, 또 형뎨ᄌ민가 업는디, 집이 가난ᄒᄆ으로, 날마다 산에 올나, 나모ᄒ야 져ᄌ에 팔아, 모친을 봉양ᄒ더니, 일ㅅ은 모친이 불너 일으디

(모친) 슯호다 복동아, 네가 일즉 부친을 일고, 가셰 빈곤ᄒᄆ으로, 홀로 잇는 어미를, 나모ᄒ야 공양ᄒ니, 효ᄌ의 직분이어니와, 지금 열 살이, 되도록 학문을 모로니, 너의 집 리력을, 엇지 알 슈 잇스며, 젼리ᄒ던, 수만 권 셔적은, 누가 다시 보리오, 량반의 ᄌ손이 학문이 업스면, 샹사룸[227]

---

227 상(常)사람. 조선 중기 이후에 '평민'을 이르던 말.

되고, 샹사름의 즈손도, 학문이 잇스면, 량반이 되느니라, 너는 깁히 싱각ᄒ야, 오늘브터, 글공부를 ᄒ지어다

복동이 ᄆ음에, 감격ᄒ야, 디답ᄒ더

(복동) 모친의 말슴이, 지당ᄒ옵거니와, 쇼즈ㅣ(小子) 형뎨즈미 업습고 가세 빈곤ᄒ오니, 엇지 공부를 ᄒᆯ 여가ㅅㅅ 잇습닛가

(모친) 지물은 앗겨도, 필경 허여지는 것이오, 학문은 써도, 다ᄒ지 안이ᄒ며, 국가의 동량이오, 공즁의 리익이오, 몸의 영광이라, 부모 되여, 엇지 슈젼로228를 지으며, 즈식이 되야, 엇지 학문을, 힘쓰지 안이ᄒ리오, 대뎌 사름은, 지극히 묘ᄒᆫ 긔계라, 잘 닥그면 정치학 의학 농공학 광학이, 다 그 즁에셔 나오느니 기타 긔ㅅㅅ묘ㅅㅅᄒᆫ 물건이, 다 그 즁에셔 나오느니, 엇지 텬하에, 지극히 귀ᄒ고, 지극히 즁ᄒᆫ 긔계로, 공졍에 바려, 초목금슈와, 홈ᄭᅴ 썩으리오

ᄒ고, 집안 세간 등속을 팔아, 학즈를 더주랴 ᄒ더라

(복동) 모친의 말슴은, 다 감격ᄒ오나 세간 동속을 팔어, 학즈에, 보용ᄒ면 불과 긔삭을, 지나지 못ᄒ야, 즁도이폐지229ᄒᆯ 디경이니, 엇지 학문을, 비게 되오릿가

모친이, 복동의 말을 듯고, 크게 진로ᄒ여 왈

(모친) 네가, 공부ㅅ길에 나아가, 빈호기를 즐겨ᄒ면, 내 맛당히, 동너ㅅ집에, 고용 을 ᄒ아셔라도, 너의 뒤를 쥬션ᄒ랴 ᄒ다

복동이 홀일업셔, 그 이튼날, 집에 잇는 칙을, 아모거나 보이는 디로, 한아를 가지고, 리웃말에, 길션싱(吉先生)님 딕을 차져가셔, 입학ᄒ엿더라

---

**228** 수전노(守錢奴). 돈을 모을 줄만 알아 한번 손에 들어간 것은 도무지 쓰지 않는 사람을 낮잡아 이르는 말.

**229** 중도이폐지(中道而廢之). 가던 길 가운데에서 힘이 다하여 그만둠.

원리, 가져온 칰은 계몽편이라, 이째 동졉 중에, 김슈길(金壽吉)이라는, ㅇ희가 잇스니, 나히 십일 셰라, 지됴 총명호야, 밍즈 오 권을 읽으니, 미양 복동의 로둔홈과, 초학홈을 흉보며, 비웃거리더라, 복동의 모친이, 쥬야로 바느질품을 풀어 지니면셔, 복동의 학즈를, 공급호니, 이럼으로 복동이 더욱, 근ㅅ즈ㅅ호야[230], 촌음(寸陰)을 앗기고, 학업에 열심호니, 길션싱이, 지인지감[231]이 잇슴으로 흥샹, 복동의 부즈런흔 정성을, 심중에 칭숑호며, 이중히 녁이더라, 일ㅅ은 복동이가, 슈길의 총명홈을 흠션[232]호야, 혼즈말로, 호탄호되

　나도, 이목구비는 남과 ㅈ것마는, 다만, 셩질이 로둔호야, 남의 우음이 되는도다

호고, 칰샹을 밀치니, 맛춤 션싱이 안으셔로[233] 나오다가, 복동의, 호탄호는 말을 듯고, 심중에 강개히 녁여, 효유[234]호는 말이라

(션싱) 복동아, 그런 호탄호지 마려라 이졔, 최동과 김동의, 두 ㅇ희가 잇셔 쳔 길 되는, 놉흔 산 우에 오르기를, 언약호고, 각ㅅ 동셔에셔 올나갈시, 최동은, 힝력이 됴흔 고로, 몬져 올나가고, 김동은 몸이 질둔홈[235]으로, 이를 무한 써셔, 필경에 올나가셔, 최동과 함끠 셧스니, 샹쾌홈은, 션후 일반이라 너의 공부도, 이와 ㅈ치, 부즈런히 호야, 중도에 폐치 안으면, 슈길의 지됴 잇셔, 압셔ㅅ 감을 엇지 근심호며, 흠션호리오

복농이가, 이에 크게 씨닷고, 학문에 더욱 열심호더니, 세월이 여류호야,

---

**230** 근근자자(勤勤孜孜)하다. 매우 부지런하고 꾸준하다.
**231** 지인지감(知人知鑑). 사람을 잘 알아보는 능력.
**232** 흠션(欽羨). 우러러 공경하고 부러워함.
**233** '로셔'의 글자 배열 오류.
**234** 효유(曉諭). 깨달아 알아듣도록 타이름.
**235** 질둔(質鈍)하다. 몸이 뚱뚱하여 행동이 굼뜨다.

나히 이십일 세에 니르러, 안이 읽어본 글이 업스니, 일향에 큰 션비의 일흠을, 엇ㅆ스며, 젼에도 업고 뒤에도 업슬 뜻흔, 긔묘 굉장흔, 긔관을 만들어, 국가에 동량이 되야, 일가에 영화를 셰웟스니, 당금 경징시디에 니르러, 홍복동의, 모친과 ス흔 부인이, 몃이나 되며, 홍복동과 ス흔 ㅇ히가 몃이뇨, 가뎡교육을, 모르는 우부ㅅㅅ[236]는, 싱각홀지어다

**236** 우부우부(愚夫愚婦). 어리석은 남자와 어리석은 여자를 아울러 이르는 말.

# 셰월이 물네박휘 돌 듯ᄒ여*

李重燮 (平南鎭南浦橞兩機)

1912.10.16. 應募短篇小說 三等

셰월이 물네박휘 돌 듯ᄒ여, 어언간, 즁츄가졀(中秋佳節)[237] 도라오니, 격양가(擊壤歌)[238]를 불너 지은 곡식, 함포고복(含哺鼓腹)[239]ᄒ게 되엿구나, 곳ᄉ 집ᄉ이, 썩을 치고, 슐을 걸ᄋ고, 도야지를 잡아, 조상(祖上)에게, 졔ᄉ 드린 후에 삼ᄉ오ᄉ 모여안져, 일비일비부일비 취흥이 도ᄉᄒ데, 황희도 악안[240](安岳)군 사ᄂ, 김좌슈[241]ᄂ, 일간두옥[242]에 격ᄉ히 안져 탄식만 ᄒ다 이젼ᄉ를 징[243]각ᄒ니 몽즁ᄉ와 갓ᄒ구나 한챵 시졀 갓ᄒ면은 오날 갓ᄒ 날이야, 쥬육(酒肉)을 이루 다, 쳐치홀 슈 업스련만, 쥬육은, 고사 물론ᄒ고 조밥 한 그릇, 잔쓱 먹을 슈 업스니, 아이고 긔가 막히여라, 건너 득이네 집에나 좀 가볼가

---

237 중추가절(仲秋佳節). 음력 팔월 보름의 좋은 날이라는 뜻으로, '추석'을 달리 이르는 말.

238 격양가(擊壤歌). 옛날 중국(中國) 요(堯)임금 때 늙은 농부(農夫)가 땅을 치면서 천하(天下)가 태평(太平)한 것을 노래한 데서 온 말로 태평(太平)한 세월을 즐기는 노래.

239 함포고복(含哺鼓腹). 잔뜩 먹고 배를 두드린다는 뜻으로, 먹을 것이 풍족하여 즐겁게 지냄을 이르는 말.

240 '안악'의 글자 배열 오류.

241 좌수(座首). 조선 시대에, 지방의 자치 기구인 향청(鄕廳)의 우두머리. 수령권을 견제하는 기능을 담당하였다가 향원(鄕員) 인사권과 행정 실무의 일부를 맡아보았는데, 고종 32년(1895)에 향장(鄕長)으로 고치면서 유명무실한 존재가 되었다.

242 일간두옥(一間斗屋). 한 말들이 말만한 작은 집이란 뜻으로, 한 칸밖에 안 되는 작은 오막살이집을 이르는 말.

243 '싱'의 오류.

ᄒᆞ며, 헌 감투[244]에, 몬지를 터러 쓰고, 찌그렁 디통에, 독초 흔 디, 쑥 눌너 담어 썩ᄽᆞ 쌜며, 이러셜라는 즈음에, 문 밧게셔 찻는 소리가 난다

좌슈님 계심닛가

(김좌슈) 어―거 누구니오―득이냐

(쳣) 녜 집의 아부지가, 좌슈님 좀, 오시라고 ᄒᆞ셔요

(좌) 오냐 그러치 안아도, 방금 갈나고 이러셔는 길이다, 무슨 음식, 만이 ᄒᆞ엿니, 허ᄽᆞᄽᆞ

ᄒᆞ며, 그 아희를 싸라가니, 벌셔 삼수 인이 도라안져, 슐이 반츄나 되얏는 디, 쥬인이 졍답게 슈인사ᄒᆞ다

(용) 아―좌슈님, 딕에셔는, 아모것도 못 ᄒᆞ엿슬 터인디, 왜 일즉 오시지 안으셧습닛가

(좌) 마참 올나고 ᄒᆞ던 ᄎᆞ일세

(용) 자―어셔 잡슈시오, 오작 츌ᄽᆞᄒᆞ셧겟습닛가, 참 로릭(老來)[245]에, 고기 흔졈 션뜻 사잡슛기가, 쉽지 못ᄒᆞ실 터인디

(좌) 허ᄽᆞ 참말, 고기 구경흔 지, 오릿네 이것 웬걸, 이러케 만히 가져왓나 ᄒᆞ면셔, 속으로 쳔직일시(千載一時)[246]나 만는 듯이, 깁버ᄒᆞ며, 한잔두잔 쥬지반감에(酒至半酣)[247]

(좌) 참, 오늘을 당ᄒᆞ고 보니, 이왕 셰월 싱각이, 션뜻 나누만, 내가 집에셔도 혼ᄌᆞ셔, 탄식흔 말이지마는, 이젼 ᄀᆞᆺᄒᆞ며, 오늘 ᄀᆞᆺ튼 날 좀 됴켓나, 오늘 ᄀᆞᆺ흔 날은 고샤ᄒᆞ고, 평일에라도, 늘 쥬육에, 쩌셔 잇든 이 몸이,

---

244 감투. 예전에, 머리에 쓰던 의관(衣冠)의 하나.
245 노래(老來). '늘그막'을 젊잖게 이르는 말.
246 천재일시(千載一時). 천 년 동안 단 한 번 만난다는 뜻으로, 좀처럼 만나기 어려운 좋은 기회를 이르는 말.
247 주지반감(酒至半酣). 술이 반쯤 취함에 이름.

지금 와셔 이러케, 궁ᄒ게 되엿스니, 긔가 막혀 못살겟네, 그러치마는, 일변 싱각을 ᄒ면, 오늘 이 모양 된 것이, 나의 샹당ᄒ 보슈(報酬)로 알고 잇네, 글셰 이젼에, 그것 한아 될 즛을 ᄒㅅ나, 가령 고기를 먹드리도, 고기물만, 쪽 쌜어먹고 의복을 닙드리도, 쪽 비단옷으로만 닷시걸이로, 갈아닙고 ᄒ네그려, 협잡질을 ᄒ셔, 남의 돈 다 쎄아셔다가 그것 될 일을 ᄒㅅ나, 그리셔, 지금 와셔 그 죄로, 텬별(天罰)을 당ᄒ네, 벌셔 한 두어 둘 젼일셰, 고기가 대단히, 먹고 싶든 츠에, 그 누구네 개인지, 우리집, 굴쑥 겻혜셔 죽엇ᄂ 고로, 그것을 살머 먹으닛가 이젼에 소고기물만 쌀아먹든 것보다, 더 맛나데그려, 아 내 옷을 쏘 좀 보게, 이 늙은 놈이, 이 ᄍ셧 베옷을 닙고 잇구먼, 참말이지, 지금이야, 졍신이 드네, 엇더튼지 사롬은, 졍직ᄒ고 검박ᄒ 사롬이, 쟝리에 복을 밧ᄂ 법이지, 불의에ㅅ ᄒㅣ동을 ᄒ면셔, 금의옥식ᄒᆫ다ᄂ 쟈ᄂ, 쟝리에 다, 나ᄌᆺ치 죽은 개고기도, 업셔 못 먹을 줄로 싱각ᄒ네, 이졔, 후회ᄒᆫ들 쓸디 잇나, 압날이 몟칠 잇셔야지

(용) 참, 올흔 말슴 ᄒ심니다, 그럼으로 일희일비(一喜一悲)란 말이 잇슴니다그려, 이왕 령감님의 호샤야, 다시 말ᄒ, 무엇 ᄒ겟슴닛가, 아ー 우리가 늘, 령감님을 부러워셔, 더 령감님은 엇지 ᄒᆡ여셔, 더러케 팔ᄌ가 됴와, 신션 부럽지 안케 지니노 ᄒ던 지가, 엇그제 ᄀᆺ흔디, 오늘 와셔ᄂ, 령감님이 도로혀, 나를 부럽게 되엿스니, 이것을 보너리노, 셟어셔, 고싱을 좀 ᄒㅣ보와야, 늙어셔 편홀 줄로, 싱각홈니다

이런 리약이, 뎌런 리약이, 한참 ᄒ다가 부지중 ᄒㅣ가 져셔, 어두엇ᄂ지라, 김좌슈가, 이러셔며

아ー, 발셔 어두엇네, 가보야 ᄒ갓군 ᄒ고, 문을 썩 열고 나셔며

이졔ᄂ, 뵈것이 졍 츄워셔, 못 닙겟군

149

# 韓氏家餘慶 한씨가여경

金太熙 (竹山, 西一, 內十一, 三, 一)[248]
1912.10.24~27. 3회. 應募短篇小說

## 1912년 10월 24일

동풍에, 진달니꼿은, 져 혼자 봄인 듯 욱어지고, 공산에 범국시 소리는, 곡
절 업시, 구슯흔딕, 긴 한슘과, 즈진 탄식으로, 화ㅅ김에 길 가는, 한진ㅅ는,
무죄흔 마부와, 싱트집을 ᄒ면셔, 방향 업시 말을 모라, 슈원 남문 밧게, 이
르럿더라 한진ㅅ는, 본릭 경성 사롬으로, 진ㅅ는 일흠인지, 별호인지 알
수 업스되, 약년[249]부터, 호탕히 놀기만 됴화ᄒ더니, 우연이, 강릉 디방으
로, 락향ᄒ야, 청산 벽계 ᄉ이에, 정쇄흔 초옥을 짓고, 수 권의 셔젹으로,
벗을 삼아, 한산흔 유긱으로, 부산흔 셰월을, 종용히 보ᄂ고져 ᄒ것다
　그러나, 나히 ᄉ십이 갓가와 오되, 남녀 간 아돌이 업고, 다만 너외가 셔
로, 의지ᄒ고 살더니, 이 셰샹은, 쓷밧게 지란이 만음으로, 그 부인이 홀
디[250]에, 셰샹을 쩌나니, 한진ㅅᄂ, 길게 말홀 것 업시, 가슴만 답々ᄒ며,
즈긔도 살 희망이, 쩌러졋스니, 그도 졸장부는, 졸장부던 것이야, 한슘 한
마디를, 곳 긔가 막히게 쉬더니, 마부 만합이를 부른다

---

(한) 만합아, 말안쟝 지여라

(만) 엇의 힝츠ᄒ시랍시오

(한) 힝츠고, 화륜거이고, 한업시 가보겟다

(만) 어디로 가시랍시오

(한) 네가 알면, 무슨 소용이야

(만) 자견마[251] ᄒ심닛가

(한) 너는 낫잠 자고

(만) 그럼으로, 엿쥬어 보앗습지오, 쇼인이, 가실 데를 알아야, 안이홉닛가 이와 ᄀᆺ치, 싸홈 반 화푸리 겸, 슈작을 ᄒ면셔, 길을 떠나, 참 방향 업시 왓던지 슈원 남문 밧게ᄭ지 왓더라, 째는 맛참 짯듯ᄒ 봄날이라, 아모 관계 업는 쟈는 그러홀 리 업지마는, 한진ᄉ는, 보이는 것 들니는 것, 도[252]다 이샹괴이ᄒ게, 가슴이 썩ᄉ ᄒ야셔, 니마ᄉ살은, 흥샹 속담에, 져녁 굶은 무엇의 샹 ᄀᆺᄒ야, 보는 사름이, 의심스럽게 되엿것다, 그런데 별안간한 진ᄉ는, 너털우슘을, 한바탕 억지로 우스면셔, 혼ᄌ말로

내가 우슈운 쟈이로군, 쟝부가, 한째 고통이 좀 잇기로, 이것이, 무슨 짓 인고, 죽으면 죽고 살면 살고, 되야가는 디로 ᄒ지, 인력으로 엇지ᄒ나

하며

만합아, 이왕 왓스니, 화홍문으로 방화슈류졍으로, 한번 놀다 가쟈

ᄒ며, 무슨 슈나 잇는 듯키, 호긔를 별로 늬여, 슈원 남문을 막 드러가더니, 엇던 오륙 셰쯤 된 ᄋ희가, 우단식 모ᄌ를, 쓰고, 반겨름 싹독이를 신고, 뭽지 안인 얼골로, 한진ᄉ를 보더니

(ᄋ) 아바지, ᄀᆺ치 가아, 응

---

251 자견마(自牽馬). 말 탄 사람이 스스로 고삐를 잡고 몲.
252 '모'의 오류.

한진수는, 평성 못 듯던 소리라, 엇지 되엿던지, 반가워서

(한) 너 일홈이 무엇

(으) 거북이야오

(한) 나은

(으) 여섯 살이올시다

영리ㅎ고, 쏙ㅅㅎ 법이, 이젼 문즈로 량반의 즈식으로 되엿는디, 한진수
는, 렴치엄는 욕심이, 불니듯ㅎ야

(한) 만합아, 저 아기 이리, 오 응

만합이는, 무슨 신이 쏘 나던지, 억기를 웃슥ㅅㅅㅎ면서, 눈치 빠르게, 디
들더니, 맛춤 좌우에 사롬들들²⁵³, 피난을 다 곳던지, 심수 곳은 녀편네,
남의 강아지 훔쳐 초마에 싸듯, 덥셕 안어 올니며

(만) 환퇵ㅎ십시다

(한) 암으럼

둘이, 런방 슈군거리며, 엉터리업는 짓을 ㅎ야가지고, 둘이 번가러, 돌녀
안고 멋날 만에던지, 즈긔 집으로 왓더라

이 ㅇ히는, 쏘 아비 구경은, 영 못 ㅎ얏던지, 졔 집이나 졔 어미 찻는 일 업
시, 깃버 쒸며, 한진수만 짜른다, 한진수는 태산 곳흔 근심을, 싯고 나가더
니, 슈원 남문 안에다 쏘다바리고, 태산만치, 깃븜거리를, 집으로 한아름
엇어다 놋코, 아즈 팔즈가, 느러진 셰음으로 되엿스나, 한편으로 득어공
중²⁵⁴이란 싱각이, 뭇득 나는 째는, 한슘 한마듸로, 그럭뎌럭 넘기고 지너
가는디 (미완)

---

**253** '들'의 중복 오류.
**254** 득어공중(得於空中). 공중에서 얻음.

## 1912년 10월 25일

무정훈 광음에, 일 년쯤 지니여, 다시 곳은 퓌고, 새는 울 제, 슈원 가든 째가 도라왓소, 동반구에, 낫 되면 셔반구에, 밤 되는 모양으로, 한진ㅅ의 턱 업시, 됴혼 일 보돈 날브터, 슈원 남문 안 ᄋ희 일은, 부인 한아는, 한진ㅅ 곳흔 ᄋ희 날도젹 단이는 줄은, 꿈밧기오, 졍신업시, ㅅ방으로 밤낫으로, 갈팡질팡 허둥지둥ᄒ며, 거북이를 찻는듸, 이 부인도, 여러 말 홀 것 업시, 아비 업시 외로온, ᄌ식 한아를 다리고, 무한훈 셜음 가온듸, ᄌ미를 붓쳐 살든, 민씨 부인이라 아귀악신, 벽챵호 곳고, 호랑이 코ㅅ박이에, 메물 가러먹을 놈이라도 겁날 것 업다고 나뒤면셔, 이날브터, 찻기 시작을 ᄒ야, 방ㅅ곡ㅅ이, 산ㅅ물ㅅ이 촌ㅅ집ㅅ이, 슈원 일군으로브터, 경긔 일도를, 모조리 뒤지며 단이다가, 일년 만에, 강원도로 드러셔ㅅ, 공교히 강릉 한진ㅅ 집으로 드러갓더라

한진ㅅ는, 거북이를 겻혜 안치고, 텬하태평츈으로, 속이 무한, 편훈 모양으로 죠션어독본을, ㄱᄅ치며, 쓰덕이고 안졋는듸, 부인이 얼ㅅ결에 보니, 갈데업는, ᄌ긔의 그리고 찻던, 장즁보옥[255]이라 급훈 ᄆ옴에, 사뭇 뒤드러, 붓들고 둥굴 터이지마는, 그도 참을 지각이, 잇기도 ᄒ고, ᄯ 곡졀을 치 알지 못ᄒ야, 무슨 큰일이나 ᄒ고 쉬는 듯키, 휘이 ᄒ면셔, 퇴마루에, 걸터안졋스니, 한진ㅅ는 믜오 인후훈 편으로, ㄱ쟝 쎴뜻훈 일골로

(한) 편히 올나안지오, 어듸계시오

(민) 지나다가요, 다리 좀 쉬려고, 왓소이다, 그ᄋ희는, 당신 ᄋ둘인가요

(한) 그런가 보오

---

**255** 장중보옥(掌中寶玉), 손안에 있는 보배로운 구슬이란 뜻으로, 귀하고 보배롭게 여기는 존재를 비유적으로 이르는 말.

(민) 멋 살이야요

(한) 일곱 살이지오

거북이는, 무슨 글에 즈미나, 아는 듯이 도라안져셔, 치읽고 니리읽고 ᄒ
다가 슈작ᄒᄂ 소리에 쥬인이 부인을 보더니 아모 말 업시 이러나셔, 텬
연이, 부인 압헤 가 안긴다, 이 부인은, 習ᄒ던 일 반가온 마암, 뒤셕겨셔,
울어도 야단이 울고 우셔도 푸지게 우스련만은, 무슨 계칙인지, 비죽々々
ᄒ 입과, 글셩々々ᄒ 눈으로, 한진ᄉ를 본다, 한진ᄉᄂ 건너다보니 졀터
이라고, 위션 졍신이 업지만은, 그러도 요힝슈로, 한번 ᄲᅥ디여 보리라 싱
각ᄒ야, 별안간 로여

운 얼골을, 잔쪽 ᄭᅮ며가지고 안졋고, 부인은, 분ᄒ 편으로는, 그 자리에 디
드러, 스셩간 하야보고 십지만은, 일변 싱각ᄒ 즉, 엇지하얏던지, 즈긔 아
ᄃᆞᆯ을, 얼마 동안 길너쥰 것을 싱각ᄒ면, 은인이라도, 홀 만ᄒ 싱각이 나셔,
말 한마디를 ᄒ랴 ᄒ되, 잘못ᄒ면, 싸홈이 될가 렴녀ᄒ야, 쥬져々々ᄒ다
가, 간신히

(한) 무엇이야요

하며 임시체변[256]으로

(한) 거북이란 무엇이요, 이 아ᄒᆡᄂ 남셩인디, 별 우슌 말 다 듯겟군

(민) 남셩이 즈라면, 거북이 안이야요

(한) 여보 니 평싱 슈원이라고 간 일이 업소

(민) 올소이다, 슈원셔 일엇셔요

(한) 여보 아ᄃᆞᆯ을 일엇스면, 우왜 남의 공드린 것을, 싱졔를 쓰려 드오, 어
   림업시

---

**256** 임시처변(臨時處變). 갑자기 터진 일을 우선 간단하게 둘러맞추어 처리함. 임시변통(臨時變通).

(민) 공드리시기를 일너요, 낫치만 안일 뿐이지

한진ᄉ는, 하도 어이업셔ᄉ, 혼ᄌ 싱각으로

  인싱의 고락이, 참 이런가, 허 그러치마는, 졀쳐봉싱[257]이라니, 니 한번 두고보리라, 끗치 엇더케 되나

ᄒ며, 눅은 쳥을 슬젹 붓치고, 그 모ᄌ의 눈치만 보면셔, 슬젹 목침을 베고, 두러눕는다, 거북이는 엇지 되얏던지, 무한 질거운 모양으로, 아버지 어머니 ᄒ며 중간으로, 얼넝디고 도라다닌다, 한진ᄉ는, 참인지 그짓인지, 코를 고올며 한잠을 올케 ᄌ는 모양이라, 만합이는, 퇴기동[258] 엽헤, 잔쪽 쑈고리고 안져셔, 져 역시 엇지ᄒ면, 샹젼의 일이, 폐여갈가 ᄒ다가, 한진ᄉ의 ᄌ는 것을 보고, 고의츔을 츄쳑ᄉ々ᄒ며 이러시더니 (미완)

## 1912년 10월 27일

(만) 여보 진ᄉ님, 도라가시나 보오, 아모리 당신 소싱일 망뎡, 남의 ᄉ졍을 싱각ᄒ야셔, 호양구쳐[259]를 홀 도리로 싱각ᄒ시오, 여보 이 아기를, 말[260]이야 바로 말이지, 슈원 남문 밧게셔, 엇던 헐버슨 놈이, 오징이에 훔쳐넛코, 믁셔가에 갓다, 풀아먹으려는 것을, 우리 진ᄉ님이, 쎄아셔다가, 금옥ᄀ치 기르셧소

(민) 글세 그러키에, 고맙단 맛세, 엇시ᄒ라고

(만) 진ᄉ님씌셔, 그 아기를, 외눈에 부쳐로 녁이시다가, 당신 말슴을, 드르시고, 긔가 막혀셔, 도라가시나 보오

---

**257** 절처봉생(絶處逢生). 오지도 가지도 못할 막다른 판에 요행히 살길이 생김.
**258** 툇(退)기둥. 뒷간에 딸린 기둥.
**259** 호양구처(互讓區處). 서로 사양하거나 양보하여, 사물을 따로따로 구분하여 처리함.
**260** '말'의 오류.

(민) 공연히, 업친 데 덥친다고, 소동을 ᄒᆞ네

ᄒᆞ면셔, 한진ᄉᆞ를 은근히, 쑤러지게 드려다 보더니, 무슨 신출귀몰ᄒᆞᆫ 일이, 잇ᄂᆞᆫ 듯키, 손벽을 치며

(민) 아—, 이런 변 보게, 진ᄉᆞ님이라지오, 이게 얼마 만이오, 너나 ᄒᆞᆯ 것 업시 눈들도 무되지, 우리가 평양셩 닉, 민동지 집에셔, 맛나지 안이ᄒᆞ얏소, 빅쥬에 유쳐취쳐[261] ᄒᆞ고 남을 이러케 고ᄉᆡᆼ식이던 것이지, 그러닛가, 이왕지ᄉᆞ 고만둡시다 편이 썩보다 낫게 되얏소

(만) 어하 이것 보아, 나도 눈 업ᄂᆞᆫ 모양이로군, 륙칠 년 젼에, 진ᄉᆞ님 셔울셔 난봉픽호ᄒᆞ실 ᄯᅢ, 쇼인도, 쟝 따라단기ᄂᆞᆫ 고로, 촘 평양셩 닉, 민동지 덕 ᄯᆞᆯ님에게, 슈원 산다 거즛말ᄒᆞ고, 쟝가 들고, 십여 일 나마 지닉시다가, 오셧지, 이런 인졔 말슴ᄒᆞ시니 말이지, 아씨가, 그 아기씨신 걸이오

(민) 뎌것 보아, 우리 부모가, 무슨 ᄆᆞ음으로, 부지하허인[262]을, 사외라고 슴엇다가, 영々 부지거쳐[263], 무소식이닛가 나를, 긔가ᄭᅡ지 보닉랴 드럿단 말이야 그ᄯᅢ에 거북이를 쳔힝으로 나어셔 둥싯々々ᄒᆞᄂᆞᆫ 것을 둘너업고 몰닉 도망ᄒᆞ여, 슈원 산단 말을 고지듯고, 쳔신만고ᄒᆞ며, 젼々유리ᄒᆞ야, 슈원을 왓더니, 남대문 입납[264]이지, ᄒᆞᆯ 수 업셔 민쇼ᄉᆞ 힝세를 ᄒᆞ고, 남의 겻방살이를, 오륙 년 ᄒᆞᆯ ᄯᅢ에, 그 고ᄉᆡᆼ과 셜음이 엇더ᄒᆞ며, 게다가 이것을, 일엇스니 엇더케 되엿셔요

ᄒᆞ며, 란만히[265] 슈쟉ᄒᆞᄂᆞᆫ 소릐에, 우숨이 뒤셕겨 나온다, 한진ᄉᆞᄂᆞᆫ 반가워도, 졍신업시 이러나셔, 별일이 다 만치마ᄂᆞᆫ 느러지기ᄂᆞᆫ, 한이 업ᄂᆞᆫ 것

261 유처취처(有妻娶妻). 아내가 있는 사람이 또 아내를 얻음.
262 부지하허인(不知何許人). 알지 못할 어떠한 사람.
263 부지거처(不知去處). 간 곳을 모름.
264 입납(入納). 삼가 편지를 드린다는 뜻으로 봉투에 쓰는 말.
265 난만(爛漫)하다. 주고받는 의견이 충분히 많다.

이야, 비를 슬슬 문지르면셔

(한) 허々, 그러면 그러치, 사름이 미ᄉ를, 억지로 못 홀 쑨 안이라, 고통 가온디 복이 잇는 것을, 비로소, 끼닷겟군 ᄎ 소위, 졀쳐봉싱이야, 내가 그 째 평도, 만히 훈 것이지마는, 지금은 도로혀 복이 되엿지, 허々하々 부인 그러치 안소

ᄒ며, 깃분 빗이 집안에 ᄀ득ᄒ다, 리웃 사름이 보아도, 그와 ᄀᆞ치, 어슈선스럽게 되얏든 일이, 삽시간에, 언졍 리슌ᄒ게, 한량업는 복이 되여셔, 셔로 위로ᄒ고 감샤ᄒ며, 한진ᄉ 집에는, 물ᄱᅵ지 소리를 치고, 깃버ᄒ는 모양이라,

이로 보면, 이 셰샹의 고락은, 진실로 명홀 수 업는 것이로다 (완)

157

# 회기 (悔改)

金鼎鎭 (東部大廟洞第一百二十六統二戶)

1912.10.29~30. 2회. 應募短篇小說 三等

## 1912년 10월 29일

□□[266]훈 □[267]마와, 심훈 더위가, 거연히 다 지나고, 츄졀이 도라오니, 일시 츈식을 쟈랑ᄒ던, 각식 쏫은, 모다 하직을 고ᄒ고, 산과 들에 붉은 단풍은, 삼월 두견화를 압두ᄒ야,[268] 비단 쟝막을, 두른 듯혼디 겸ᄒ야, 밝고 묽은 둥근 달이, 반공즁에 불쯘 소사, 쟝안 만호가, 골고루 빗최엿ᄂᆞᆫ즁, 유독 남부시곡(南部詩谷), 엇더혼, 기성의 집 건넌방 영창에, 더 빗최엿ᄂᆞᆫ 듯, 밝기가 낫 ᄀᆞᆺᄒ야, 쳥년 탕즈의 울젹혼 회포를, 도어니더라, 이때 쥬인 기성은, 방을 졍결히 치우고, 단쟝을 일신히 ᄒ고 ᄀᆞ쟝 어엽분 틱도로 영창 문지방에 가 모로 기디여 안져셔 달을 쳐다보며

(기) 아이고, 달도 밝기도 ᄒ다, 박쥬ᄉ 나으리는, 엇지ᄒ야, 이째ᄭᆞ지 안

이 오시나

ᄒ며, 화투를 집어, 투덕 쟉란을 ᄒᄂᆞᆫ디 밧게셔

문 열어라 々 々々々

---

266 문맥상 '지리'로 추정.
267 문맥상 '쟝'으로 추정.
268 압두(壓頭)하다. 상대편을 누르고 첫째 자리를 차지하다.

ᄒ니, 기성이 화투를 집어ᄂᆡ 던지고, 분주히, 니러 나오며

예 ─ 나감니다, 박쥬ᄉ 나으리, 오늘은, 웨 이러케 늣게 오셔요, 나는 기다리다 못ᄒᆞ얏슴니다, 어셔 드러오십시오

ᄒ며, 손목을 잡어 드러오더니

(박) 아 ─ 나는, 오늘 둘도 하 밝기에, 울젹ᄒᆞᆫ 회포를, 금치 못ᄒᆞ야, 단셩샤에를 드러갓다가, 맛츰 친고를 맛나, 슐잔이나 먹고, 그럭뎌럭 좀 느젓지, 지금 몃 시나 되엿나

(기) 벌셔, 열두 시나 되엿셔요

(박) 과히, 늣지는 안엇군, 츌ᄉᄉᄒᆞᆫ더 좀 먹어야지, 료리 좀 차려오게

ᄒᄂᆞᆫ 말도, 슐이 취ᄒᆞ야, 반둥강식만 ᄒᆞ며, 지젼 몃 쟝을 너여주니, 기성이 밧어가지고, 쌩굿 웃고 도라나와, 료리를 식엿더라

박쥬ᄉ라 ᄒᄂᆞᆫ 쟈는, 남부다방ㅅ골(南部茶洞)에셔, 부요ᄒᆞ기로 몃지 안이 가던, 박○○의 외아둘인더, 그 부친은 아둘이, 쥬식에 침몰ᄒᆞ야, 멸륜패샹(滅倫敗常)[269] ᄒᆞᆷ을, ᄒᆞᆼ샹 개탄ᄒᆞ다가, 맛츰ᄂᆡ, 병이 드러 죽고, 그 모친은 외로히 며ᄂᆞ리, 김씨 부인만 다리고, 늠의 집 건넌방에가, 셰를 드러 잇고, 김씨 부인은 ᄌᆡ괴 남편이, 불량ᄒᆞᆷ을 흔탄ᄒᆞ며, 싀모를, 효셩으로 봉양ᄒᆞ고, 눈물로 셰월을 보니며, 아뭇됴록 회기ᄒᆞ기만, 하늘ᄭᆡ 긔도ᄒᄂᆞᆫ더, 이 몹슬 박가는, 아모 것도 싱각지 안이ᄒᆞ고, 다만 쥬식을, 뎨일인 줄로만, 능ᄉᆞ를 숨어, 릉라쥬의[270]와 고량진미로만 닙고 먹으며 부모와 안희는 젼연히, 도라보지 안이ᄒᆞ고, 한뎡 잇는 직산을, 물 쓰듯 ᄒᄂᆞᆫ 위인이라, 료리를 차려오니, 기성과 ᄀᆞ치, 권커니 ᄌᆞᆺ커니 일비ᄉᄉ부일비로, 권쥬가를 식이

**269** 멸륜패상(滅倫敗常). 오륜(五倫)을 없애고 오상(五常)을 깨뜨린다는 뜻으로, 예의와 도덕을 함부로 어기고 짓밟음을 이르는 말.
**270** 능라주의(綾羅紬衣). 비단옷과 명주옷을 아울러 이르는 말.

며 흥이, 도々ᄒ야

　노세々々, 졂어서 놀셰, 당명황양구비[271]도, 죽어만 지면 허ᄉ로다, 안이 놀고 무엇ᄒ리

이러ᄒᆫ, 허랑방탕ᄒᆫ 소리로, 취토록 먹은 후에, 금침에 나아갓더라, 무졍ᄒᆫ 것은 셰월이라, 그 즐겁든 밤이, 어언간 시이여, 묽고 시로온 태양이, 즁텬에 쩌올나, 영창을 쭈른 듯이 빗최이니, 째는 졍히 오졍이러라, 박쥬ᄉ가, 눈을 쩌보니 작취가 미셩(昨醉未醒)[272]ᄒ야, 졍신이 혼몽ᄒᆫ지라, 안셕에 의지ᄒ야, 먼 산을 ᄇ라보고 안졋더니, 홀연히, 문 밧그로셔, 동량을 달나 ᄒ거눌, 박쥬ᄉ가 업수히 녁이어, 니다보며 (미완)

## 1912년 10월 30일

(박) 비러먹을 놈, 무엇을 달나고, 업다 가거라

이 걸인은, 본리 쥬식에만 침몰ᄒ야, 가산을, 탕패[273]ᄒᆫ 쟈이라, 가만히 슘혀본즉 이 집은, 기성의 집이오, 남ᄌ는 탕ᄌ가 분명ᄒᆫ지라, ᄌ연히 ᄌ긔의, 지닌 일이 감동되야, 혼ᄌ 싱각ᄒ기를

　나는 임의 잘못ᄒ야, 비러먹으나, 너도 쏘ᄒᆫ, 비러먹을 날이, 멀지 안토다ᄒ고, 박쥬ᄉ를 ᄇ라보며

(걸인) 어보시오, 내 말을 드르시오, 나도 부가 ᄌ뎨로, 부모에게, 귀염도 만히 밧고, 릉라쥬의에 귀히 자라, 쇼년에 ᄒ든 ᄉ업은, 다만 주식에만, 침몰ᄒ야 유여ᄒᆫ 직물을 다 업시ᄒ고 부모의 ᄉ랑홈도, 도모지 모로고,

---

271　당명황양귀비(唐明皇楊貴妃). 당조(唐朝) 제10대 왕 이융기(李隆基)와 그의 귀비 양옥환(楊玉環)을 지칭.
272　작취미셩(昨醉未醒). 어제 마신 술이 아직 깨지 아니함.
273　탕패(蕩敗). 재물 따위를 다 써서 없앰.

효도가 무엇인지, 약훈 쳐ᄌ도, 싱각지 안이ᄒ고, ᄯ훈 샤회가 무엇인지, 국민에 ᄌ격이 무엇인지, 실업, 샹업, 농업이며, 공익심과 ᄌ선심이, 다 무엇인지 견연히 싱각지 안타가, 오늘날을 당ᄒ야, 이 디경으로, 비러먹으러 단이니, 이는 하ᄂ님이 뮈워ᄒ야, 얼어 죽고, 굶어 죽게 ᄒ심이로다, 죄를 하늘에 엇으면, 빌 바가 업다(獲罪於天無所禱) ᄒ얏스니, 엇지 살기를 ᄇ라리오만은, 잔명이 붓허잇스니, ᄇ라건더, 나으리는, 넘어 업수히 녁이지 말고, 잇슬 째에, ᄌ선심을 양성ᄒ야 빈한훈 쟈를 구졔ᄒ고, 공익ᄉ샹(公益思相)을 니여, 일반 동포의, 환난을 구졔ᄒ고, ᄯ훈 부모의, 깁기가 바다 ᄀᆺ고, 놉기가 태산 ᄀᆺ흐신, 은덕을 깁히 싱각ᄒ야, 효도로 봉양ᄒ고, 지극히 스랑ᄒᄂ, 약훈 쳐ᄌ를, 잘 거ᄂ려셔, 아못됴록 집안이, 화락ᄒ계 ᄒ고, 국민의 ᄌ격을 극진히 ᄒ야, 일흠을, 샤희[274]에 빗나게 ᄒ시오

아이고, 비곱하, 밥 한술 주시오

박쥬ᄉ가, 가만히 듯다가, ᄌ셰히 본즉 파리훈 얼골과, 람두[275]훈 의복이, 참아 볼 수가 엄ᄂ지라, 발연히 몹슬 꿈을, ᄭᅵ인 듯이, 정신이 번쩍 나셔, ᄌ긔의 ᄒᄂ 힝위를 싱각훈즉, 그 걸인과, 일호도 틀님이 업거늘, 스ᄉ로 더운 눈물이 흘너, 옷깃을 젹시며

아 —, 지공무ᄉ(至公無私)[276]ᄒ신, 하ᄂ님이여, 깁히 통쵹ᄒ옵소셔, 샹뎨의 명ᄒ신 바, 샴강오륜(三綱五倫)을 비반ᄒ고, 부모의게, 불효가 막심ᄒ고, 약훈 쳐ᄌ를 학디ᄒ야, 거의 굶어죽을 디경에, 니르럿ᅀᆸ고, ᄯ훈 국민의, ᄌ격이 무엇인지, ᄌ선심이 무엇인지, 도모지 싱각지 안코,

---

274 '회'의 오류.
275 '루'의 오류.
276 지공무사(至公無私). 지극히 공정하여 사사로움이 없음.

쥬식에만 종사ᄒᆞ야, 부모의게, 효도ᄂᆞᆫ 못 ᄒᆞᆯ지언뎡, 쥬식은 하로라도,

궐ᄒᆞ지 못홀 줄로 싱각ᄒᆞ다가, 필경은, 부친이 날로 말미암어, 세상을

하직ᄒᆞ시고 부요ᄒᆞᆫ 지산을, 탕진케 ᄒᆞ엿ᄉᆞ오니 무슴 면목으로, 이 셰샹

에, 인류를 디ᄒᆞ야 츌입ᄒᆞ며, 부모와 쳐ᄌᆞ를, 엇지 다시, 면디ᄒᆞ리오

ᄒᆞ고, 부졍ᄒᆞᆫ 힝위를 다 ᄇᆞ리고, 슌량(順良)ᄒᆞᆫ ᄆᆞ음을 씨쳐먹고, 기과쳔션

(改過遷善)ᄒᆞ야, 즉시 집으로 도라오니, 젹젹ᄒᆞᆫ 찬 방 안에, 그 모친과 안희

가, 셔로 마조안져, ᄌᆞ긔의 회기ᄒᆞ기를, 긔도ᄒᆞᄂᆞᆫ지라, 곳 부모 압혜 업다

려, 불효ᄒᆞ던 일과, 안희를 학디ᄒᆞ던 일을, 일쟝 ᄌᆞ복ᄒᆞ고, 슯히 통곡ᄒᆞ며,

그 후브터ᄂᆞᆫ 부모를, 효도로 봉양ᄒᆞ고, 안희를 례로써 디졉ᄒᆞ야, 집안이

화평케 ᄒᆞ고, 국민의 ᄌᆞ격을, 양셩키 위ᄒᆞ야, 쥬야로 공부에 열심ᄒᆞ더라

(고만)

# 대몽각비(大夢覺非)

高辰昊 (南部大平洞三十八統八戶鄭龍柚家內)

1912.10.31. 應募短篇小說 三等

일란풍화[277]ᄒ야, 만산편야[278]에, 빅화는 봄빗을 쟈랑ᄒ고, 록음방초[279]
는 쟝츠, 꼿빗을, 익의고져 ᄒ야, 푸름을 먹음엇스니 졍히, 츈삼월 호시졀
이라, 넓고 넓은 대도샹에, 힝긱의 자최는 쓴어져, 젹막ᄒᆫ디, 엇더ᄒᆫ 사롬
이, 하이칼라 양복에 머리에는, 다까쓰시[280]를 쓰고, 눈에는, 긔화경을 걸
고, 손에 스데씨[281]를 집헛ᄂᆞᆫ디, 슐이 명졍[282] 대췌ᄒ야, 비틀々々, 갈지
ㅅㅈ 거름으로 거러가니, 이 사롬은, 별사롬이 안이라, 대안동 사는, 황인
걸이라 ᄒᄂᆞᆫ 사롬인디, 이 사롬은 본디, 부가 ᄌᆞ데로, 돈 잘 쓰고 친고 됴
와ᄒᄂᆞᆫ, 무심ᄒᆫ 쟝부라, 그러나 그 셩품 가온디, 한 결뎜이 잇스니, 이는
다름이 안이라, 허랑방탕ᄒ야, 쥬식잡기로 죵ᄉᆞᅙᆢᆷ이라, 낫에는 여러 친고
로 더브러, 슐 먹기와, 화투ᄒ기오, 밤에는 쳥루에 츌입ᄒ야, 셰월을 이곳
치, 허송ᄒᄂᆞᆫ 사롬인디, 오늘도 언의, 료리ㅅ집에 가 슐잔간 먹고, 일긔가
됴ᄒ닛가, 산보ᄒ러 가는 모양이라, 졍신업시 가는 것을, 얼마나 갓던지,

---

277 일란풍화(日暖風和). 날씨가 따뜻하고 바람이 부드러움.
278 만산편야(滿山遍野). 산과 들에 가득함.
279 녹음방초(綠陰芳草). 푸르게 우거진 나무와 향기로운 풀이라는 뜻으로, 여름철의 자연경관
    을 이르는 말.
280 타카보우시(たかぼうし, 高帽子). 모자의 산이 높은 것.
281 스틱(stick)의 일본식 발음.
282 명정(酩酊). 몸을 가눌 수 없을 정도로 술에 몹시 취함.

163

한 곳을 당도ᄒ니, 태양이 임의, 셔산에 쩌러져 그러ᄒᆫ지, 둘이 동령에, 오
르지 안이ᄒ야 그러ᄒᆫ지, 날이 캄ᄼ ᄒ야, 방향을 분별치 못ᄒ겟ᄂᆫ디, 졍
신을 슈습ᄒ야 압흘 ᄇ라보니, 놉기가 하늘에, 다을 만ᄒ 텰셩이, 가로막
힌지라, 셩 압헤 니르니, 그 셩에 문이 잇고, 그 문에 현판이 잇ᄂᆫ디, 죄악
보응셩(罪惡報應城)이라 ᄒ엿더라, 문에ᄂᆫ 어두귀면지졸[283]이, 파슈를 보
ᄂᆫ디, 셩에 드러감을 쳥ᄒ니, 흔연히, 허락ᄒᄂᆫ지라, 인ᄒ야 셩에 드러가
니, 익곡지셩이 텬디를 진동ᄒ고, 악ᄒ 너음식가, 코를 쩨르더라, 한 곳에
니르니, 화염이 츙텬ᄒ 가온디, 여러 죄인이, 형벌을 밧으니, 이ᄂᆫ 살인강
도와 간음죄와, 타인을 히ᄒᆫ 죄와, 웃사ᄅᆷ에게 슌복지 안이ᄒᆫ 죄와, 쥬식
잡기 등, 쳔ᄼ만ᄼ 죄로, 경즁을 싸라, 형벌을 밧으니 남녀의, 이고ᄒᄂᆫ 소
리ᄂᆫ, 참아 볼 슈 업더라, 인ᄒ야 그 셩을 나와, 도라오ᄂᆫ디 그 겻헤, 한 길
이 잇ᄂᆫ지라, 길이 좁고 험ᄒ기ᄂᆫ ᄒ나, 도로혀, 극히 쳥걸ᄒᆫ지라 그곳을,
ᄯ 구경코져 ᄒ야, 얼마 동안을 가노라니, 안계가 홀연히 열리며, 한 광명
ᄒ, 식 텬디를 일우엇ᄂᆫ디, 그즁에 한 곤셩이 잇스니, 빗치 찬란ᄒ야, 금강
셕으로 싸은 듯ᄒ고, 셩에 십이 문이, 잇고 문 우에, 현판이 잇ᄂᆫ디, 복락
셩(福樂城)이라 ᄒ얏더라, 문마다, 위의가 엄슉ᄒ 션관이, 파슈ᄒ얏ᄂᆫ디,
드러가기를 쳥ᄒ니

(션관) 이 셩은, 셰샹에셔, 어진 일을 힝ᄒ고, 죄가 업ᄂᆫ 사ᄅᆷ이라야, 드러
　　오기를 허라ᄒ노라

(황) 그러ᄒᆯ 것 ᄀᆺ흐면, 이 셩에, 드러갈 사ᄅᆷ은 업겟도다, 셰샹에, 죄 업ᄂᆫ
　　사ᄅᆷ이, 어디 잇스리오

(션) 무슨 그러ᄒ리오, 텬품을 드레지 안이ᄒ고, 착ᄒ 일만, 힝ᄒᄂᆫ 사ᄅᆷ이

---

**283** 어두귀면지졸(魚頭鬼面之卒). 물고기 머리에 귀신 낯짝을 한 졸개들이라는 뜻으로, 어중이
　　떠중이나 지지리 못난 사람들을 낮잡아 이르는 말.

주고로, 업지 안이호고, 쏘 쳐엄에 죄를 범호얏다가, 희[284]기호야, 착호

사롬이 된 쟈도, 젹지 안이호니, 그더는 스스로 싱각호야, 죄가 업거던,

번연히 곳치여, 착호 일을 힝호고, 다시 오면 이 셩에를 들게 호리라

할일업셔, 오던 길로 도로 나올시, 별안간 실죡을 호며, 쌈짝 놀나 끼니,

남가일몽이라, 벽샹에 괘종은, 오후 십이 뎜을 보호고, 희미호 등잔은, 반

명반암호디 몸이 한 쳥루집, 미인의 겻헤, 누은지라 몽스를 싱각호니, 셰

샹 만스가, 다 뉘우치는지, 빅구파극[285]과 굿혼, 이 셰샹에셔 졍도는, 힝

치 안이호고, 부졍호 힝위를 호다가, 일죠에 셰샹을 리별호면, 몽즁에 본

바와 굿치, 무궁호 곤난을, 밧을지라, 이것을 싱각호니, 몸이 썰니고 두려

운 모음이, 싱기는지라, 인호야 졍신을 차려 의복을 입고, 집에 도라와, 닉

당에 드러가니, 나를 주익호시는, 부모님은 챵에 의지호야, 기다리시고,

어진 부인은, 등쵹을 발키고, 가군의 드러오기를 기다리는, 모양이라, 이

런 광경을 보니 비로소 붓그러운, 모음이 싱기고, 쏘호 후회호는, 모음도

싱겨, 그 후브터는 단졍호 신스가 되고, 쏘호 죄짓지 안이홀 계칙을, 간졀

히 연구호더라

284 '회'의 오류.

285 빅구파극(白駒過隙). '흰 망아지가 빨리 달리는 것을 문틈으로 본다'는 뜻으로, '인생과 세월
   의 덧없고 짧음'을 이르는 말.

# 나히 한 스십이 될낙말낙흔[*]

李興孫 (北部順化坊司宰監契躰府洞八十三統二戶)

1912.11.1. 應募短篇小說 三等

나히, 한 스십이 될낙말낙흔, 녀인 하나이, 머리에는 동고란 함지박에, 흰 보를 덥허 이고, 손에는 집힝이를 들고, 허리에는, 아모것도 업는, 비인 자루를 둘넛는디, 슈표교 북 천변길로, 오르락니리락하며, 이 집 대문도 기웃, 뎌 집 대문도 기웃ㅎ다가, 그중 문전도 반소흔, 평대문 집으로, 셔슴지 안이ㅎ고, 드러간다 이 집은, 뉘 집인고 ㅎ니, 박시죵이라 ㅎ는 사롬의 집인디, 슈표교 바닥에셔, 그중, 남의게 빌나갈 것 업시 살고, 쏘 긔구도, 남부럽지 안것마는, 나이 스십이 되도록, 슬하에 혈육이 업셔, 흥상 슬허ㅎ더니, 텬힝으로 썩둑겁이 굿흔, 아들 하나를 나아, 샹즁보옥굿치 길으는 즁, 그 ㅇ희의 모친, 김씨 부인은, 입에 침이 말나셔, 젼곡이나 필육이나, 유긔 등물을 앗가온 줄 모로고, 함부루 집어쥬고, 음식과, 과실 등쇽을 밧고아, 그 ㅇ희를 먹인다는 소문을 듯고, 각식 쟝소들이, 박시죵 집을, 부흥이집으로만 녀이어, 문이 미여지게, 딋토아 차져 들오ᄂᆞ디, 앗가 드러오는 녀인도, 캄ㅅ흔 경륜이 드러셔, 차져옴이라, 마당올 지나 마루 끗헤 가, 함지박을 니려노으면셔

(쟝소) 떡 사십시오, 썩 사시오, 맛 됴흔 동부인졀미와, 승긔썩, 시루썩, 슈슈풋썩, 송편이 다 잇소이다

혼ᄌᆞ말로, 공연히, 즁얼ㅅㅅㅎ며

집도 크고, 마루도 시원ᄒ고, 넓기도, 넓다

에그, 익기도 잘도 싱것다, 혼ᄌ 잘도 노네

아가, 썩 먹고 십지 안이ᄒ냐

ᄒ는디, 한 삼십여 셰 가량 되는, 부인이 안방 미다지를, 드르륵 열고, 마
루로 나아오더니

(부인) 어 ―, 썩쟝스인가 잘 왓네, 썩이 먹고 십든 ᄎ에, 무슨 썩이야

(쟝스) 예, 여긔 맛 됴흔 썩이, 만히 잇슴니다, 무엇을 잡수시럄닛가

부인이, 벌쩍 니러셔더니, 찬쟝 위에 잇는 즁목판 하나를 니리노코

(부인) 여긔 얼마치던지 담아놋케

(쟝스) 녜 ―

ᄒ고 담는디, 다셧, 열, 열다셧, 스물 스물다셧 시면셔, 얼마를 담엇던지,
쟝스 가지고 온, 함지박에셔, 한 졀반은 담아노코

(쟝스) 여긔 잇슴니다

(부인) 얼마치인가

(쟝스) 얼마치는 다 무엇임닛가, 쳐분디로 쥬십시오그려

ᄒ니, 부인이 니려셔더니, 마루 가온디에 잇는 뒤쥬를 드르륵 열고 쟝스
의 가져온 ᄌ루에다, 빅셜갓치, 눈이 부신 빅미를, 얼마를 부엇는지, 자루
가 붕싯ᄒ게 찬 것을 밀쳐노으면셔

(부인) 이만ᄒ면, 그 갑엇치가 되겟지

(쟝스) 녜 ―□ᄼ 홉니다, 쏘 오겟슴니다

ᄒ고, 입이 귀밋까지 ᄶ이어져, 쏜살갓치 대문으로 나아가더라

부인은 이것을, 안ᄉ방으로, 가지고 드러가, 아히도 쥬고 ᄌ긔도 먹는디,
이러케 ᄒ기를, 하로도 댓번식이니, 밋 ᄲ진 가마에, 물 붓기로, 박시죵이
암만 벌면 무엇ᄒ리오, 슯흐다 엇지 훈심치 안이ᄒ며, 원통치 안이ᄒ리오

167

하로는 일긔가 화챵호디, 안석에 의지호야 됴올다가, 부인이 ㅅ샹과 ㅈ치, 필육과, 유긔, 곡식 등물을 쥬고, 과실과 썩과, 엿 등속을 사는 즈음에, 그 남편에게 발현이 되야, 일쟝풍파가, 대긔호야 곡셩이 랑쟈호고, 필경은, 축츌을 당호야, 친졍으로 가려고, 교군을 타다가 어린 아히 우는 소리에, 몸이 소ㅅ라쳐 찌니, 침샹일몽이라, 등꼴에 쌈이 흘너 몽ㅅ[286]를 곰ㅅ 싱각호니, 다힝히 꿈이기에 망뎡이지, 싱시더면, 엇지홀고 십어 부인이 회긔호야, 죵러 이러혼 힝동을 호다가는, 몽ㅅ와 ㅈ기가, 십샹팔구라 호고, 이왕 허물을 곳치고, 경계계에 일등될 부인이 되엿더라

---

**286** 몽사(夢事). 꿈에 일어난 일.

# 손쌔릇ㅎ다 픠가망신을 히

朴容元 (西部仁達坊南征洞九十七統一戸)

1912.11.2. 應募短篇小說 三等

탑골공원, 뒤ㅅ길로셔, 썽々 ㅎ는 소리가 나며, 고무 인력거를 타고, 파나마모ᄌ[287]를 쓰고, 권연을 물고 오든 사롬이, 누구를 맛나, 인력거에 나려셔々, 슈작을 혼다

즈네 그게 무슨 경우야, 사롬을, 뎡녕히 맛츄고, 눈이 쌔지도록, 기다려도 안이 와

그리ㅎ려 혼 거시 안일세, 맛츈 사롬들이, 쎗곳々々ㅎ야, 그리 되얏네

그리면, 샹약ㅎ든 말이, 소용업게 되엿나

안이야, 시방이야 그 사롬둘과, 맛나보고, 단단히 맛치고, 즈네게로 가는 길일세

언의 쌔로, 쏘 맛치엇나

오늘 하오 두 시로, 단뎡코, 실긔 업시 샹약들 ㅎ얏네

어듸로 맛나게

압다, 그곳으로 오게그려

이번은 쏘, 허짜방 안인가

그럴 리 만무ㅎ니, 뎡녕 실긔 말게

---

암 그리 ᄒ지, ᄌ네나, ᄯ 거즛말 말게

인력거를 다시 타고, 저의 집으로, 도로 오ᄂ 사ᄅᆷ은, 죠직각이라, 두 뎜 되기를 고ᄃᆯ ᄒ여, 뎜심을 허둥지둥 먹고, 가방을 비에다 차고, 총망히 걸어가는 집은 원ㅅ골, 김쇼ᄉ 집이라, 대문이 반쯤 닷쳣슴이, 부르도 안이 ᄒ고, 썰ᄯ 흔드닛가, 나오ᄂ 사ᄅᆷ은, 앗가 맛나 슈작ᄒ던 고쥬ᄉ라

(고) 어셔 드러오게

(죠) 다들 왓나

(고) 벌셔둘 와셔, ᄌ네를 기다리네

죠직각이 드러가보니, 와 잇ᄂ 사ᄅᆷ은 리협판, 김부경, 오시죵, 졍라쥬, 남동리라, 리협판이, 죠직각을 보며

(리) 이 사ᄅᆷ, 무슨 거드림을, 그리 부리나

(죠) 두 시에 오라닛가, 인제 왓지, 발셔 왓던가

(오) 득실 맛ᄂ 사ᄅᆷ은 ᄌ연 그런 법이지

(죠) 웨들 사ᄅᆷ을 조롱들 ᄒ나 내가 무슨 득실을 맛나셔, 시 부ᄌ된 사ᄅᆷ은, 져긔 안졋네

(졍) 져 사ᄅᆷ 보게, 나를 ᄯ, 빈뎡거리나 어셔 이리 오게

(고) 앗다 군소리들 ᄒ여, 무엇 ᄒ나, 쟝비ᄂ 맛나면, 싸혼다구, 어셔 ᄒ지 ᄒ며, 골픽를 너여노코, 여러 사ᄅᆷ들이 도라안져, 각기 가방을 열고, 십 원 빅 원짜리 지화로, 부ᄌ 싸홈을 ᄒ니, 쳔 원이 왓다, 오쳔 원이 갓다 ᄒ며, 밋친놈 섬어(譫語)[288] ᄒ듯 ᄒᄂ 것이 채권쟈(債權者)ᄂ, 엽헤 잇셔, 그 사ᄅᆷ들의 소유(所有)를 ᄶᅡ라, 부동산(不動産)이나, 동산(動産)ᄭ지라도, 뎐집(典執)[289]을 ᄒ고 빗을 쥬니, 그 돈의 수를 알 수 업셔, 몃쳔만 원(幾千萬圓)에

---

[288] 섬어(譫語). 헛소리. 잠꼬대.
[289] 전집(典執). 전당을 잡히거나 잡음.

달ᄒ여, 쥬야를 불불[290]계하고, 십여 일을 하고 보니, 여섯 사ᄅ의 남은 것은, 몸ᄯ뿐이오, 엇은 사ᄅ은 채권쟈(債權者)와 건달들이라 채권쟈를 더하여 채무 긔한(期恨)을, 다 리일로 ᄒ엿슨즉 내가 々셔, 집에 잇는 사ᄅ들을 다 뵈게 말고, 그ᄃ들이, 일즉이 가속을 치고, 문을 쟝거두어야, 당장 창피하지 안이하겟소

◀고, 돈 한 푼 업스면, 곤난하겟다 하고 돈 오십 원식을, 각기 쥬고 가거눌, 여섯 사ᄅ이, 정신업시, ᄃ답도 못 하고 안젓다가

(리) 여보게, 인졔는 우리가, 동공일톄(同功一體)[291]가 안인가, 엇지 ᄒ면, 조흘가

(묘) 이 디경 될 줄 알앗스면, 그 짓을 ᄒ얏겟나, 집들을 망ᄒ랴닛가, 어렵지 안치

(뎡) 그 말ᄒ여 쓸데 잇나, 집으로 가즈 ᄒ니, 치권쟈의 욕을 보고, 집안이 난가々 되겟스니, 그리 말고, 우리 아직 돈이 남아 잇스니, 뚝셤 가셔, 비를 타고 션유ᄒ며, 슐이나 실토록, 먹은 후에, 엇지ᄒ던지 ᄒ세그려

(남) 화가 볼[292]갓치 나는디, 그 말이 젹당허이

인력거를 불너 타고, 뚝셤으로 나가, 비를 타고, 쥬효와 식물을, 만히 쥰비ᄒ여 가지고, 죵일 진취ᄒ며, 슈샹으로 가노라니, 밤이 들어, 두미월계에, 당도ᄒ여 보니, 달빗흔 낫 갓고, 물에하날이 빗쳐, 샹하가 일식이라, 취흔 즁에, 각々 흥치는 한아토 업고 다만 慉흔 희[293]포만 나셔, 마음을 진졍지 못ᄒ더니, 홀연 보니 풀은 셕벽에, 다 흰 즈로 크게 쎳[294]스되, 텬작얼은

290 '불'의 즁복 오류.
291 동공일체(同功一體). 같은 공로를 세워 같은 지위에 있음.
292 '불'의 오류.
293 '회'의 오류.
294 '쎗'의 오류.

유가위(天作孼猶可違)어니와 ㅈ작얼은 불가환(自作孼不可逭)[295]이라 ᄒᆞ엿
거눌

(남) 여보게들 져것 보나

(오) 이샹도 ᄒᆞ지, 앗가는 업더니

(묘) 우리 죄샹이, 그럿치 안이ᄒᆞᆫ가, 다시 살면, 여망이 무엇시야, 나는

---

**295** 천작얼유가위자작얼불가환(天作孼猶可違自作孼不可逭). 天災(천재)는 피할 수 있어도 자기
가 초래한 禍(화)는 피할 수 없음.

# 통안 병문 막 드러셔며[*]

趙鏞國 (中部貞善坊上麻洞三十二統六戶趙亨奎方)

1912.11.3. 應募短篇小說 二等

통안 병문[296] 막 드러셔며, 왼편으로, 하늘을 질은 듯ᄒ게, 싸은 굴독으로,
식컴은 연긔가, 무럭 나오며, 그 엽흐로셔, 긔적 소리가, 쑤々 하더니, 죵
현 마루턱이 쌋죽집 위에셔, 낫 열두 시 죵이, 마쥬 썽썽 하더라

그 소리가, 막 씃치며, 병문이 툭 터지게 남녀로쇼를, 물론ᄒ고, 쑤역々々
나오는 사름은, 연초 회샤 직공들이, 졈심 시간에, 밥 먹으러 나오는 모양
이라

그 여러 사름이, 몰켜나오는 가온디로 나흔 스십여 셰쯤 되고, 의복은 비
록, 루츄홀망뎡, 그 외화라던지, 힝동은 미우 슈々ᄒ고, 현슉ᄒ여 보이는,
부인 한 분이, 회샤 대문을 썩 나셔더니, 다 쩌러진 힝자치마를, 아무러커
나, 욱우려 쓰고 무슨 급흔 일이 잇는 듯이, 힝々히 박동을 향ᄒ고, 올나가
는디, 그 람루흔 의상은, 남의 집 더부살이 즁에도, 간난흔 집 더부살이라
ᄒ겟더라

그날은, 박동 엇던 학교에, 무슨 셩대흔 례식일이라, 문젼에, 즈동챠, 마
챠, 인력거가, 잔쯕 드리싸히고, 구경ㅅ군들은, 길이 쌕々ᄒ게 모혀 셧는
디, 문 엽헤 후록고투,[297] 놉흔 모즈에, 왼팔쑥에는 졉더 원표를 붓치고

---

**296** 병문(屛門). 골목 어귀의 길가.
**297** 프록코트(frock coat). 남자용의 서양식 예복의 하나. 보통 검은색이며 저고리 길이가 무릎

셔々, 드러가는 손님의, 쳥텹을 묘사하야, 만일 가지々 안이혼 사름은, 그
더로 너모는디, 원리 구경이라면, 스지를 못 쓰는, 죠선 사름의 습관이라,
너몰녓다가, 긔를 쓰고 또 드러밀고, 드러미릿다가, 다시 너몰니고 그 모
양이 또혼, 가관흐나, 어언간 문 보는 사름은, 땀이 쑥 빠지더라

의와 갓치, 문 보는 사름은, 구경ㅅ군들과, 목의 타셔, 악위닷톰을 ᄒ는
중, 언으 결을에, 엇더혼 걸인 방불혼, 부인 한 분의, 과즈부스럭의나, 엇
어먹으려는 듯▷, 여러 사름의 틈을, 간신히 베여집고, 학교 문으로 드러
셧는디, 여러 구경군들은, 「져 걸인이 졍신을 못 찰엿나 여지업시 너몰랴
고」의며, 비웃고 잇다 그러케, 구경군 너몰기에, 의를 쓰고 셧던 사름이,
걸인 갓흔 부인에게는, 무슨 졍셩이, 그리 대단흔지, 쳥텹은 보잔 말도 업
시, 허리를 굽흐려, 공손히 례ᄒ려, 「아 인졔 오심닛가, 시간이 막 되얏슴
니다, 여보시오, 거긔 누구 한 분 이리 와셔, 문 좀 보시오, 나는 이 부인 모
시고 식장에 인도ᄒ여 드리겟소」 이리ᄒ며 바른손을, 놉히 들고, 니리뎌
리 ᄀᄅ치며, 그 부인을 압셔 뫼시고, 드러가는디 와글々々 써들던, 구경
군들은, 별안간 고요히지며, 눈은 일졔히, 둥그러지고 입은 짝 버럿겻더
더²⁹⁸라

학교 널은 운동장에, 텰막을, 놉히 치고 스방을 포장으로, 쏵 둘너 막고,
그 안에는, 사름이 쏵 들어찻는디, 졍면과, 좌우에는, 교육가 실업가, 관리
등 각 샤회의, 국직혼 손님들이오, 뒤으로는, 학싱의 부형들이오, 졍면 한
엽혜는, 학싱의 친족과, 기타 귀부인들이오, 한가운대로, 슈빅 명 학싱들,
머리 뒤를 쏙々 맛츄어, 졍슉히 안져, 시간을 기얏리는디, 기동에 걸인 즈
명죵이, 시로 한 시를 모ᄒ며, 학교장이 식단에 올나, 긔식흠을 포고흠이,

웅장훈 군악 가온대로, 일동이 경례를 맛치고, 교장에 다시 례식 취지를, 셜명ᄒ니, 그날은즉, 그 학교 졸업 례식일이라, 례식 신셔슌, 학수 보고, 징여 슈여, 훈고, 권면 등 졀ᄎ를, ᄎ례로 진힝ᄒ고[299]ᄂᆫ대, 잇다금 울니는 군악 소리는, 사름으로 ᄒ야곰, 스스로 마음이 경슉케 ᄒ며, 샹활케 하고, 그 가운대로, 활발히 나와, 영광스러운 졸업장을 바다가는 학싱들의, 영미훈 긔샹은, 흠션훈 감정을, 일으킬 만하더라

례식의 졀ᄎ를, 거의 다 맛친 뒤에 교장이 다시 식단식 올나, 얼골에 가득 훈 깃븜을 먹음고, 허리를 굽혀, 한 번 례훈 뒤에 장황훈 연셜이 나온다

지금 태[300]식 슌셔로, 말슴ᄒ오면, 폐식을 곳 홀 터이오나, 잠시간을 비러, 쳔고에 희한ᄒ고, 긔이훈 일이오, 겸ᄒ야 본교에도 크게 광치날 만훈 ᄉ실 하나를, 만당 귀빈 졔씨에게, 소기ᄒ고져 ᄒᄂᆫ이다

앗가 여러분, 보시는 바와 ᄀᆞᆺ치, 졔일ᄒ 졸업샹과, 밋 우등, 셩근의, 두 가지 포샹을, 겸쳐 밧은 학싱은즉, 김유복이라 ᄒᄂᆫ, 학싱이온더, 그 가졍에 디훈 력ᄉᆞ는, ᄌᆞ못 놀닐 만ᄒ오이다 그 학싱의 고향은, 강원도 츈쳔이니 그 부친이 원러, 그 고을 향죡으로, 미우 요부히 지니더니, 불힝히, 여러 히 탁란훈,[301] 졍치의 빌미로, 일시 반도를 요란케 ᄒ던, 동학란의, 혹화[302]를 입어 싱명과 지산을, 일시에, 일어바리고 다만 그 부인은즉, 김유복의, 모친의 쳘혈훈 ᄌᆞ취가, 도로에, 방황홀 ᄲᅵ이라, 황양훈 촌락은, 화염이 오히려 ᄭᅳᆺ치 안코, 셤셤훈 긔질은, 가히 급훈 란리를, 면치 못홀지라, 십견구도ᄒ야, 겨오 그 근쳐 소양강가에, 다ᄉᆞ라 열열 훈 졀기와, 강기훈 회포를, 못 닉여, 두어 줄 슬푼 눈물로, 이 세샹을 리

**299** '능'의 글자 방향 오식.
**300** '례'의 오류.
**301** 탁란(濁亂)하다. 사회나 정치의 분위기가 흐리고 어지럽다.
**302** 혹화(酷禍). 매우 심한 재화(災禍).

별ᄒᆞ고, 꼿다운 혼을, 물 가운디 사르고져 ᄒᆞ얏소이다, 몸이 쟝ᄎᆞ, 물에 들고져 홀 즈음에, 맛참 그 남편의, 친구의 구흄을 닙어, 드듸여 그 사롬의, 집에셔 피신ᄒᆞ게 되얏소이다, 그리ᄒᆞᆫ 지 수 월 후에, 그 집에셔, 김유복을 나엇스니, 원리 그 부인이, 그 남편을 ᄯᅡ라, 졀을 셰우지 아니ᄒᆞ고, 구차히 도망코져 흄은, 오히려 복즁[303]에, 일 졈 희망이 잇셔, 남편의 혈쇽을, 이울가 흄이러니, 다ᄒᆡᆼ히 ᄯᅳᆺ과 ᄀᆞᆺ치, 아들을 나엇는디, 유복ᄌᆞ라 ᄒᆞ여, 인히 유복이라 명명흄이올시다, 그 아히가, 차차 ᄌᆞ람으로브터, 그 부인의, 잡은 ᄆᆞ음은 더욱 굿어지고, ᄯᅩᄒᆞᆫ 비희도 젹이 위로됨으로, 침션 방젹을 힘써, 근근히 수간두옥[304]을 엇어, 다시 가련ᄒᆞᆫ, 가졍을 일우엇더니, 화불단ᄒᆡᆼ[305]이라, 향촌에 과부, 업슈히 넉이는, 악습을 인ᄒᆞ야, 그것도 보젼치 못ᄒᆞ고, 겨우 그물을 버셔, 경셩으로, 도망ᄒᆞ여 왓는디, 하필 경셩으로 온 ᄯᅳᆺ은, 그 아들을 가라치고져 흄이나, 외로운 죵젹이 쳐엄으로, 붓치는 곳이 업셔, 몃 달 신고ᄒᆞ다가, 겨우 뉘집 ᄒᆡᆼ낭, 한 간을 엇어, 바느질품도 팔고, 심지어 남의 드난ᄭᆞ지 ᄒᆞ야, 모ᄌᆞ의 목슘을, 겨우 보젼ᄒᆞ나, 일구여둛쌀 졈졈 ᄌᆞ라는, 그 아들, 공부식힐 여디는, 도져히 업셔 어린 억기에, 엿목판을, 매여즐[306] 수밧게 업게 되엿소이다, 그러나, 그 부인은, 곤난과 슈욕에게, 조금도 굴치 안코, 드듸여 낫에는, 언의 공쟝의 직공이 되여, 약쇼ᄒᆞᆫ 슈당을 밧고, 밤에는 님의 침션을 맛히, 비를 슈리고, 잠을 못 ᄌᆞ면셔, 그 아들을, 근쳐 학당으로 보닉엿더니, 미구에 몃몃 유지의, 쥬션으로, 그 학당을 확쟝하여, 스립 쇼학교로, 변경됨으로, 그 학교 고동 쇼학 졔일학년에, 편입되여, 공부ᄒᆞ

---

303 '즁'의 오류.
304 수간두옥(數間斗屋). 몇 칸 안 되는 작은 집.
305 화불단행(禍不單行). 재앙은 번번이 겹쳐 옴.
306 '줄'의 오류.

게 되니, 비로소 문명훈 교육을, 밧는디 한거름을, 나갓소이다, 모친의 희망을, 과히 져바리지 아니홀 만훈, 지질을 품부훈, 김유복과, 일편단심이 모다 그 아들, 셩취식히기에, 칩[307]식을 잇는 그 부인의 열셩이, 탑ᄒᆞ는 곳에, 날노 나가고, 더ᄒᆞ는 것은, 김유복의 학문과, 밋 그 부인 고셩이라, 그러ᄒᆞᆷ으로 그 학교에 학년을 맛치고, 학력이 초월ᄒᆞ여, 졸업을, 기다릴 것 업시, 본교 중학과 졔일학년에, 양호훈 시험 셩젹으로 입학되여, 지금ᄭᅡ지, 만 ᄉᆞ 기년 동안의, 풍우한셔에, ᄌᆞ연 죠셕을 궐홀 젹도, 만앗스나, 일즉이 한 시간도, 흡[308]셕[309]홈이 업셧고, 겸ᄒᆞ야 학력과 품힝이, 미양 뎨일 위에, 거ᄒᆞ얏쇼이다, 그러ᄒᆞ나 그러케, 곤궁 비참훈 ᄉᆞ졍은, 븐[310]교 직원 중에도, 한아도 알지 못ᄒᆞ얏쇼이다, 다름아니라, ᄌᆞ긔 곤난홈을, 남의게 표시치 안는, 탁이훈 셩질을 가진, 김유복은, 찰하리, 남의 집 힝랑방 구셕에셔, 모지 셔로 붓들고, 슯흔 눈[311]물을 흘닐지라도, 결코 구ᄉᆞ훈 ᄉᆞ식을 뵈히지 안이홀 쑨 안이라, 학비에 관훈 비용은, 의식을 폐홀지라도, 남의게, 뒤지ᄉᆞ 안이홈이로소이다, 언의 날인지, 작년 가을인디, 본 교장이 학성 일동을 다리고, 문 밧그로 나아가, 츄긔 운동회를 셜힝ᄒᆞ더니, 엇던 가긍훈 부인 한아히, 밥을 싸가지고 운동쟝에 나와, 김유복을, 넌짓이 불너가지고, 언의 산 모롱이로, 돌아가는디, 사조 그 부인의, 눈물 씻는 형용이, 멀니 보히는 고로, ᄆᆞ옴에 미우 슈샹스러워, 가만히 그 뒤를 ᄯᅡ라가, 몸을 숨기고 삷혀본즉, 그 부인이, 김유복을, 종용훈 곳에 안치고, 두 눈에 눈물이 핑 돌며

---

**307** '침'의 오류.
**308** '흠'의 오류.
**309** 흠석(欠席). 결석.
**310** '본'의 오류.
**311** 원문에는 '눈' 뒤에 두 자 만큼의 공간이 비어 있는데 내용은 이어짐.

「어셔 좀 먹어라, 오작 비가 곱핫켓늬, 얼골이, 휠슥ᄒ햤구나 나는, 너를 니여보니고, 엇지홀 슈는 업고, 속만 타든 ᄎ, 맛츰 누가 바느질 삭을 가져왓기로, 급히 쌀을 사다가 한 그릇 지여가지고 쫏차나왓다, 어셔 먹어라, 응々, 션셩님 걱정ᄒ실나 말도 업시, 어디 ᄀᆺ다고」「그러면 어머니는, 못 잡슈셧슴니다그려, 져 혼ᄌ 엇지 먹어요」ᄒ며, 목이 메여 못 먹다가, 그 모친의 간절히 권홈을, 감격ᄒ여, 눈물을 씨스며, 겨우 좀 먹는 거동은, ᄎ아 엽혜셔, 보는 사롬으로 ᄒ야곰, 스스로 더운 눈물을 흘녀, 동정을 표홈을, 금치 못ᄒ게, 되얏소이다 그 당쟝에, 달녀드러, 그 ᄉ실을 뭇고져 ᄒ다가, 잠시 톄민³¹²을 도라보아, 그디로, 도라보아, 그디로³¹³ 도라왓스나 그날은, 운동을 파ᄒ기ᄭ지, 심ᄉ가 ᄌ연 됴치 못ᄒ야, 아모 흥치 업시, 날을 보니고, 도라왓쇼이다, 그 □³¹⁴튼날 비로소, 그 학셩을 불너, 죵용히 무러셔, 그 ᄉ실을 대강 드럿소이다, 그 말을 듯고, 곳 직원들과 의론ᄒ야, 그 학셩은, 월샤금을 면졔ᄒ고, 학비도 일톄, 학교에셔 담당ᄒ고, 그 부인ᄭ지도, 학교에셔 얼마쯤, 보조ᄒ기로 결뎡한 후, 본 교쟝에 직원 긔명과, 그 학셩을 다리고, 그 힝랑을, 차져간즉 그 부인은, 창졸히 경황홈을, 마지 아니ᄒ다가, 그 아들에게 말을 듯고, 비로소, 감격한 뜻을 먹음고, 힝랑방으로 청ᄒ여, 두어 마듸, 인ᄉ를 맛친 후 무름을 ᄭ러, ᄌ긔의 력ᄉ를, 말ᄒᄂ디, 이 우헤 밀솜한 것은, 오히려 대강□³¹⁵요, 더욱 비졀 참졀한 것은, 이로 짜른 시간에, 다 말솜홀 수 업쇼이다, 그째 그 력ᄉ를, 다 드른 뒤에, 학교에셔 결뎡한 바를 젼한즉, 그 부인은, 졀ᄃ덕, 이를 샤졀ᄒᄂ디, 그 리유는 사롬이,

---

312 '면'의 오류.
313 문맥상 '도라보아, 그디로' 문구 중복으로 추정.
314 문맥상 '이'로 추정.
315 문맥상 '이'로 추정.

셰샹에 남이, 남의 힘을 빌어 구々히, 편홈을 취홈은, 스스로 로력홈만 갓지 못ᄒ고, 더욱 아직, 어린아히로 하야곰, 벌셔 남의게, 신세를 끼치게 ᄒ면, 즈연 그 즈유가 속박될지니, 그 후의는, 결코 밧을 수 업고, 다만 니 아들을, 더욱 잘 지도ᄒ야 쥬시는 거시 무쌍ᄒ,[316] 희망이라 홈이, 우리는 다시 아모 말도 못 ᄒ고, 도라왓쇼이다, 오십 평싱에, 남의 힝랑방, 드러안져보기는, 쳐음 일이나, ᄆ음에 스스로 공경되고, 조심됨이, 다른 공회[317] 셕에셔 지나고 도로혀 그런 부인과 말슴을 졉홈이 대단히 영광스러웟사오이다 그 후에 다시 의론혼 결과로 그 학싱을 졸업ᄒ기를 기다려, 본교 포상 규측에 의ᄒ여, 외국에 류학식히기로, 결뎡ᄒ고, 규측이 잇는 이샹에는, 결코 남의계, 신세를 끼침이 아니오, 임의 엇은 권리라고, 루々히 그 부인에계, 교셥ᄒ여, 일젼에 겨우, 그 허락을 엇어 일간, 곳 발졍케 ᄒ겟스오이다, 여러분이시여, 방금 모 회샤 직공으로, 약쇼혼 금젼을 벌어, 모즈의 싱명을, 겨오 보젼ᄒ면셔, 능히 쳔고에, 아롬다온 일을 힝혼, 그 부인은, 아마 이 자리 우헤, 계신가 보오이다, 넘어 쟝황ᄒ여, 그만 긋치ᄂ이다

그 연셜을, 쑥 ᄭ치며, 만쟝이 물결ᄀᆞᆺ치 고요ᄒ든, 여러 사름의 눈이, 일시 그 부인셕샹으로, 모헛는디, 부인셕 한 구셕에, 끼여 안졋던 그 부인은, 왕ᄉ를 싱각ᄒ고, 현금을 도라봄이, 슯흔 눈물과 깃붐의 우슘이, 한데 셕기여, 고기는 졈々 슉으러지고, 얼골은 공연히 붉어, 몸둘 곳을 모르는 듯ᄒ더라

---

**316** 무쌍(無雙)하다. 서로 견줄 만한 것이 없을 정도로 뛰어나거나 심하다.
**317** '회'의 오류.

# 고무 인력거에<sup>*</sup>

金秀坤 (北部玉洞入統十三戸)
1912.11.5 應募短篇小說 三等

고무 인력거에, 남식 우산을 밧고, 십팔금 안경에, 하이카라 의복으로,
상<sup>318</sup>안 대도샹을, 쓸고 단이는 녀즈는, 누구냐 ᄒ면, 곳 남부 다방ㅅ골 사
는, 김만가(金滿家)의 별실, 젼감(全□)이라, 젼감이 처음에는, 북부 삼쳥동
사는, 허풍션(許□善) 쟝즈, 허헌(許憲)의게, 츌가ᄒ니, 그 집의 싱활 졍도는,
허풍션이가 연초쇼매샹(煙草小賣商)으로, 근々히 살아가며, 남편 되는 사
룸은, 의학교(醫學校)에셔, 공부ᄒ더라, 젼감은 빈한ᄒ 사룸의, 안히 된 것
을 혐의ᄒ야, 리혼(離婚)을 즈쳥ᄒ고, 즁미의게, 부탁ᄒ야, 부쟈 남편을 구
ᄒ야, 김만가의 쇼쳡이 되엿스니, 쇼원을 일우어, 양々즈득(揚々自得)ᄒ더
라, 김만가의 위인은, 시속에 소위 하이카라로, 부조의 유산이 넉々홈익,
미인 작쳡으로, 일숨는 사룸이라, 젼감의 아리따온 틔도를, 보고, 일시ᄒ
흥으로 작쳡ᄒ얏다가, 얼마 안이 되야, 도라보지 안이ᄒ니, 젼감이 홀일
업시, 쏘 즁미를 부탁ᄒ야, 영구쟝싱(永久長生)ᄒ, 부쟈 남편을, 구ᄒ노라
니, 이놈도 보고 뎌놈도 보다, 즈연히 필매음녀가 되여, 경찰셔의, 호츌(呼
出)이 잇슬가, 근심ᄒ며 지닉다가, 일거월심<sup>319</sup>ᄒ니, 텬증셰월에인증슈

---

**318** '쟝'의 오류.
**319** 일거월심(日去月深). 날이 오래고 달이 깊어 간다는 뜻으로, 세월이 흐를수록 더함을 이르는
말. 일구월심(日久月深).

(天增歲月人增壽)<sup>320</sup>라, 한살두살 더 먹으니 아리짜온 티도는, 날로 감흐고, 두 귀밋에는, 빅발이 성々흐니, 화로졉불리(花老蝶不來)<sup>321</sup>라, 부쟈 남편은, 안이 오고, 건달들만 왕리흐니, 먹을 것 닙을 것이, 날 곳이 업슴익, 스스로, 미개녀(媒介女)가 되야, 이 녀즈를 달니고, 뎌 남즈를 쐬이며, 가련히 지닉는 즁, 하로는 홀로 안져, 경력스를 싱각홀시, 리웃집 오희가, 신문지 한 쟝을 들고, 드려오며 돈 일 원만, 취흐야 달나 흐거눌, 돈은 업스나, 신문지나 좀 빌니여라 흐야, 그 신문을 볼시, 히망구실(蟹網具<sup>322</sup>失)<sup>323</sup>이라 뎨목흔 말을 보니 「북부 삼쳥동 사는, 허풍션의 아들, 허헌이는, 의학교에셔 공부흐야, 우등으로 졸업흐니, 의슐이 고명흐고, 의원을 기셜홈익, 별々 괴질 악창이며, 텬연뎍 병신 이외에는, 한 번 시슐흐야, 안이 낫는 병이 업다 흐야, 셰샹에, 유명혼 의스로 일홈을 엇음익, 즈연 요부흐야져셔, 어진 부인을 엇어, 금슬이 됴케 지닉는디, 초취 부인, 젼감이라 흐는 녀즈는, 잠시 구챠홈을, 혐의흐야 리혼흐고, 부쟈 김만가의, 별실이 되얏더니, 그 후로는, 밀□<sup>324</sup>음녀가 되엿다가 지금은, 노구쟝이가 되야, 셩년 남녀를 유인흐는 고로, 경찰셔에셔, 쥬목혼다더라」 흐얏거눌, 이것을 보고, 락담흐야 흐는 말이

조곰만 참엇더면, 그 안이 됴왓슬까 잠시간, 화려홈에 미혹흐야, 리혼을 즈쳥히고, 이 모양이 되엿스니, 누구를 원망흐리, 즈작얼은 불가활 (自作孼不可活)<sup>325</sup>이라, 남이 붓그럽기로 사룸의 얼골을 가지고, 엇지 셰

---

320 천증세월인증수(天增歲月人增壽). 하늘은 세월을 더하고, 사람은 나이를 더한다.
321 화로접불래(花老蝶不來). 꽃이 늙으니 나비가 오지 않는다는 뜻.
322 '俱'의 오류.
323 해망구실(蟹網俱失). 게와 그물을 모두 잃었다는 뜻으로, 이익을 꾀하다가 도리어 밑천까지 잃음을 이르는 말.
324 문맥상 '매'로 추정.
325 자작얼불가활(自作孼不可活). 자기가 저지른 재난은 피하려 하여도 피하지 못함.

샹에, 살아잇스리오, 죽는이만 ᄀᆞᆺ지 못ᄒᆞ다

ᄌᆞ탄홀식, 문 밧그로 군도 소리 나며, 졍복흔 슌사가, 드러오더니, 경찰셔에셔 호츌쟝이 나왓스니, 곳 이것을, 가지고 가쟈 ᄒᆞ며, 호츌쟝을 쥬거늘, 밧아들고 즉시 ᄯᆞ라가니, 쥬임 경부의 말이라

(경부) 너는, 엇지된 년이관디, 무단히 리혼흔 후, 밀□[326]를 ᄒᆞ다가, □[327] 개녀가 되야, 풍쇽을 문란케 ᄒᆞ며, ᄯᅩ는 네 일을 싱각지 안이ᄒᆞ고, 쳥년 남녀를 유인ᄒᆞ야, 쟝리의 젼졍을, 그릇트리는 못된 일을, 위업ᄒᆞ는다

셔리 ᄀᆞᆺ흔, 호령을 ᄒᆞ며, 임의 알고 뭇는 말에, 무엇이라고, 발명홀 길이 업는지라

(젼감) 죽을 째라, 잘못ᄒᆞ얏슴니다, 다시는 그런 일은, 안이ᄒᆞ겟스오니, 죄를 용셔ᄒᆞ야지이다

(경부) 임의 지은 죄는, 샹당흔 벌이, 업지 못홀 것이오, 이후로는, 긔과ᄒᆞ야 다시는, 안이흔다 ᄒᆞ기로, 혀 가샹이 넉이고, 십분 용셔ᄒᆞ야, 십 일 구류에 쳐분을 ᄒᆞ니, 이의[328]가 업거던, 쳐벌쟝에 날인ᄒᆞ라

(젼감) 헐일업셔, 인쥬를 달나 ᄒᆞ야, 지쟝을 치고, 류치쟝으로 드러갈식, 문 지방에다, 발쑤리를 차고, 업드러젓다가

졍신을 차리니, 젼신에 ᄯᆞᆷ이 흘으고, 등잔불이 희미흔[329]며, 이웃집 닭은, 날식기를 직촉하더라, 이러 안져, 꿈꾼 일을 싱각ᄒᆞ니, 가셰 빈한홈을 혐의ᄒᆞ야, 리혼코ᄌᆞ ᄒᆞ엿너니, 텬디신명이, 나를 위ᄒᆞ샤, 이 ᄀᆞᆺ흔 꿈을 ᄭᅮ이여, 회심ᄒᆞ라 경계ᄒᆞ심이니, 내 엇지 그러흔 고싱을, ᄌᆞ취ᄒᆞ리오, 그 후로는, ᄆᆞ음을 단졍히 가지고, 안빈ᄌᆞ락ᄒᆞ야, 평싱을 누리더라

---

**326** 문맥상 '매'로 추정.

**327** 문맥상 '미'로 추정.

**328** '의' 글자 방향 오식.

**329** 'ᄒᆞ'의 오류.

# 경셩 즁부 등디에[*]

1912.11.6. 應募短篇小說

경셩 중부 등디에, 김모라 ᄒᆞᄂᆞᆫ 사ᄅᆞᆷ이 잇스니, 본릭 가셰가 젹빈ᄒᆞ야, 싱활이 극히 곤난ᄒᆞ더니, 텬운이 순환ᄒᆞ야, 한 영업을 시작홈익, 량픠 업시 홍왕ᄒᆞ니 이 사ᄅᆞᆷ은, 텬셩도 순후ᄒᆞ거니와, 이왕 빈곤ᄒᆞᆫ 째를 싱각ᄒᆞ고, 젼ᄉᆞ푼ᄉᆞ이 져츅ᄒᆞ야, 불과 몃 ᄒᆡ 동안에, 드듸여 ᄒᆞᆫ 지산가이 되엿더니, 슯ᄒᆞ다, 인간에 복이 그ᄲᅮᆫ이던지, 텬명이 다 진ᄒᆞ엿던지, 홀연 독[330]병ᄒᆞ야, ᄒᆞᆫ 번 눕고 아지 못홈익, 편작이 난외오, 빅약이 무효ᄒᆞ야, 필경 셰샹을 리별ᄒᆞ니라, 이째 그 아ᄃᆞᆯ 한아이 잇스니, 시년이 불과 이십 닉외라, 그 부친을 안쟝ᄒᆞᆫ 후, 그 지산을 샹속ᄒᆞ야, 굿게 직히지 안코, 외도의 발을 더[331]져, 부랑픽류로 ᄶᅡᆨ을 지어, 쥬ᄉᆞ쳥두[332]로 단니면서, 쳔신만고ᄒᆞ야 모은 지산을, 구시월 모진 바ᄅᆞᆷ에, 연줄 풀 듯, 것십[333]을 시 업시 랑비ᄒᆞ든 즁, 하로ᄂᆞᆫ 시문 밧, 덕명ᄉᆞ 연극 구경 가기를, 쥬최ᄒᆞ야, 슈십의 남녀를 다리고, 셰샹이나 맛난 듯시, 압셔거니 뒤셔거니, 휘모라 가더라, 이째ᄂᆞᆫ 여름이 진ᄒᆞ고, 가을이 깁허오니, 셔리발□ 둑겁고, 기럭이ᄂᆞᆫ 남으로 날고, 봉만에 단풍은 붉엇스며, 울 밋헤 국화ᄂᆞᆫ 누두러 가고, 샹아리 실솔

[330] '득'의 오류.
[331] '던'의 오류.
[332] '루'의 오류.
[333] '집'의 오류.

은, 게으른 계집을 지촉ᄒᆞ니, 근심 잇ᄂᆞᆫ 쟈의 심사ᄂᆞᆫ 시롭고, 힝□<sup>334</sup>의 길 가기, 정히 됴ᄒᆞᆫ 째러라 완보로 힝ᄒᆞ며, 원근 경치를 구경ᄒᆞ니 모화관이 라 ᄒᆞᄂᆞᆫ 곳은, 즈러로 빈촌이더니, 영업이 발달되야, 싱활 성셕이 극히 됴 화, 가쟝 작은 다방ㅅ골이라, 칭홀 만ᄒᆞ더라, 기 중 북편 언덕에, 대문은 다 쓰러지고, 집 위ᄂᆞᆫ 쟝마에 다 썩어, 골챵이 죽ㅅ 난 우에, 싸마죵□째쑥 은, 욱어진 슈간 토담집에서, 한 사ᄅᆞᆷ이 나오ᄂᆞᆫᄃᆡ, 하이카라 머리ᄂᆞᆫ, 두 귀 를 가리엿고 식쌈□ 왜ㅅ적숨은, 힌 벽에 초비ᄒᆞᆫ 듯 쳘셕 붓고, 오을이 보 이지 안이ᄒᆞᄂᆞᆫ, 도로마고의에다, 쮜여진 메투리를, 민발에 쎄이고, 썩 나 오ᄂᆞᆫᄃᆡ, 맛치 즁병 든 사ᄅᆞᆷ 모양으로, 비슬ㅅㅅ 거러, 압ᄒᆞ로 달녀들며

여보시오, 죽게 된 사ᄅᆞᆷ, ᄒᆞᆫ째 구졔ᄒᆞ여 쥬옵쇼셔

ᄒᆞ니, 그 동힝ᄒᆞᄃᆞᆫ 사ᄅᆞᆷ들이, 슬ㅅ 피ᄒᆞ야 가ᄂᆞᆫ지라, 그 중 김모가, 말ᄒᆞ기를

그 사ᄅᆞᆷ 보아ᄒᆞ니, 필시 걸인이 분명ᄒᆞ나, 무슴 연고가, 특별ᄒᆞᆫ 모양이라

그 사ᄅᆞᆷ 디ᄒᆞ야 뭇ᄂᆞᆫ 말이

여보시오 보아ᄒᆞ니, 싱활이 곤난ᄒᆞᆫ 모양인가 보오만은, 져갓치 긔골이 쟝대ᄒᆞᆫ 터에, 로동이라도 ᄒᆞ지, 이갓치 왕릭ᄒᆞᄂᆞᆫ 사ᄅᆞᆷ에게, 구걸을 ᄒᆞ 단 말이오

그 사ᄅᆞᆷ이 말을 듯더니, 두 눈에서, 구슬 갓은 눈물이, 슐ㅅ 쩌러지며, 한 숨 ᄒᆞᆫ 번 휘이 쉬더니

얼골을 들어, 말숨ᄒᆞ기ᄂᆞᆫ, 참 붓그러오나, 이 사ᄅᆞᆷ은 본릭, 경운궁(慶雲 宮) 근쳐에 살던, 김모라 ᄒᆞᄂᆞᆫ 사ᄅᆞᆷ으□,<sup>335</sup> 문벌은 혁ㅅㅅ지 못ᄒᆞ나, 이젼 시더에, 권력과 지산이, 남부럽지 안이홀 만ᄒᆞ야, 수빅 간, 고리등 갓흔 기와집에, 안밧 샤랑이 즐비ᄒᆞ고, 남뎐북답이, 옥토(沃土) 안인 것이 업

---

334 문맥상 '인'으로 추정.
335 문맥상 '로'로 추정.

고, 남종녀죵이, 압해 그득ᄒ니, 빅 가지에 한 가지도, 부죡홀 것이 업슴

이, 평싱에 그러홀 줄 알고, 부모의 교훈과, 붕우의 권고ᄂᆞᆫ, 열병의 싸마

귀 소리로 알고, 잡류비의, 감언리셜로 ᄭᅩ이ᄂᆞᆫ 소리ᄂᆞᆫ, 문학ᄉᆞ나, 법학

ᄉᆞ의, 교유(敎諭)로 알고, 기싱 삼픠의 집을, 즁학교나, 대학교로 싱각ᄒᆞ

야, 불쳘쥬야ᄒᆞ고, 발분망식³³⁶ᄒᆞ며, 단일 ᄯᅢ에, 부모의 눈을 속여, 긔

빅 원 긔쳔 원식, 니여다가, 랑픠혼 것이, 그 슈를 혜아리기 어렵고, 층々

금젼(金錢)이, 다 진홈이, 오늘 밧, 리일 논을 헐가로 방미ᄒᆞ야, 료리집

연극쟝으로, 슈응ᄒᆞ기를, 착실혼 사ᄅᆞᆷ 은힝이나, 우편 져금ᄒᆞ듯 ᄒᆞ야,

금젼뎐답(金錢田畓)³³⁷을 다 업신 후, 집에다가 손을 디여, 빅 간 풀아,

오십 간 ᄉᆞ고, 오십 간 풀아, 이십 간 ᄉᆞ고, 이십 간 팔아, 십 간 ᄉᆞ다가

필경 그것도, 부지ᄒᆞ지 못ᄒᆞ고, ᄯᅩ 집에다, 고물샹(古物商) 니인 듯이, 가

쟝즙물³³⁸을, 혼 가지식 々 々 々 々 모다 방미ᄒᆞ야, 쇠곳이라고 ᄒᆞ면, 슐

ᄭᅡ락 세 기뿐이오, 의복은, 몸에 걸인 것뿐이라, 오늘 문어질ᄂᆞᆫ지, 리일

문어질ᄂᆞᆫ지, ᄆ³³⁹로ᄂᆞᆫ 져 집도, 셕 둘 삭월셰를 못 쥬엇더니 집 니여노

라고 셩화 독촉에, 못 견너여, 돈 량이나 구쳐홀가 ᄒᆞ야, 친ᄎᆞ됴ᄎᆞᄒᆞ던,

계집들을 길에셔 맛나본즉, 시이불견(視而不見) 도라가니, 압뒤 ᄉᆞ세 싱

각혼즉, 열 사ᄅᆞᆷ이 못 들 만혼, 큰 돌을 혼자 들어, 내 발등을 찌엿스니,

ᄌᆞ작지얼³⁴⁰이라, 남의 랏³⁴¹도 홀 것 업고, 두말엄시, ᄭᅩᆨ 죽은지라, 홀

슈 엄시, 두문불츌ᄒᆞ고, 드러안젓슴이, 이삼 일을, 졀화(絶火)ᄒᆞ나, 나ᄂᆞᆫ

---

336 발분망식(發憤忘食). 끼니까지도 잊을 정도로 어떤 일에 열중하여 노력함.
337 금전전답(金錢田畓). 돈과 논밭.
338 가장즙물(家藏汁物). 온갖 세간.
339 '모'의 오류.
340 자작지얼(自作之孽). 자기가 저지른 일로 말미암아 생긴 재앙(災殃).
341 '탓'의 오류.

내 죄어니와, 무죄혼 부모 쳐즈, 쥬림을 못 견니는 양을 보니, 눈이 컹컴
ㅎ고, 텬디가 아득ㅎ야, 지금 향방 업시, 나오는 모양이오니, 텬하에 용
납지 못홀, 이놈을, 셩각지 말으시고, 무죄혼 부모를 불샹히 녁이스, 다
쇼간 구졔ㅎ옵소셔

언파에, 눈물을 한업시 흘니며, 싸에 업더지니, 여러 사롬들, 말ㅎ기를
압다 시럽의아들놈, 졔 놈이, 무슨 돈을, 업싯다고 그□ㅎ면, 엇던 사름
이 돈량이나, 톡々이, 줄 々 알고, 그러나 어셔들 가셰 구경홀, 시간 느
져가네

ㅎ거늘, 김모가 이윽히 듯드더니, 별안간 몸이 소스러지며, 머리가 하늘
로, 올나가는 듯ㅎ고, 정신이 아득혼지라, 정신을 슈습ㅎ고, 눈을 들어, 즈
긔 몸을 슯혀보니, 비단옷과, 하이카라 구쓰 모즈가, 그 사롬의 의복과, 조
곰도 다름이 업셔보이는지라, 두말 안이ㅎ고, 돈 원이나 후히 쥬고, 즉시
일형을 작별ㅎ고, 살 닷듯이, 집으로 도라가셔, 그 모친 압혜 업듸여
쇼쟈는 본리 텬셩이 불초혼 것이 안이오라, 친구를 잘못 스괸 연고로,
션인에게 득죄ㅎ고, 어마님끠, 불효막대ㅎ오니, 이러혼 인류에 버슨 몸
이, 텬하에, 어듸 잇스오릿가, 오놀날 하느님끠오셔, 지극히 밝은 증거
를, 보이샤, 경계ㅎ심을, 씨다랏스오니, 젼스를, 용셔ㅎ옵시기를, 브라
느이다

그 모친이, 그 밀을 듯더니, 대로ㅎ야
쏘 무슨 짓을 ㅎ랴 ㅎ는지, 모로겟다 이왕 결단난 이샹에, 만류ㅎ면, 무
엇ㅎ느냐, 흉계 부리지 말고, 진쥬라도 니려가거라

김모 그 말씀 듯더니, 눈물을 흘니고, 손을 씨물어, 피를 니여 쓰되
┌342텬셩을 일코, 밋친 ㅁ음이 드러, 션친끠 득죄ㅎ고, 모친끠 불효됨을
씨다라, 기과쳔션ㅎ온 후, 어마님 여년(餘年)을, 평안히, 밧들고져 ㅎ오

며 량우틱지(良友擇之)[343]ᄒ야, 지식을 널니옵고, 샤회(社會)에, 츌두ᄒ야 사롬된 의무를, 다ᄒ고져, 결심(決心)ᄒ옵ᄂ이다」

ᄒ얏더라, 이ᄺ 그 모친은, 그졔야, 확실히 ᄶ다른 줄 알고, 그 ᄆᄋ음을, 긔특이 아라, 지극히 ᄉ랑ᄒ며, 그 아ᄃ을은, 모친을, 지셩으로 밧들미, 일동이 칭찬 안이ᄒᄂ는 지 업더라

---

342 'ㄱ' 표시가 있어야 할 자리인데 활자가 닳아진 듯.
343 양우-택지(良友擇之). 좋은 벗을 가림.

# 겨울밤 찬바롬은[*]

朴致連 (忠南大興郡居邊面新陽理)

1912.11.7~8. 2회. 應募短篇小說 三等

## 1912년 11월 7일

겨울밤 찬바롬은, 쉬지 안코 부는디, 차고 찬 뷔인 방안에, 나히 이십이, 될낙말낙훈, 꼿 ズ흔 부인이, 삼ᄉ 셰씀 된 어린 ᄋ희를 ᄭ고, 안져셔, 쟝리를 싱각ᄒ고 탄식을 ᄒ는디, 누가 보던지, 져러케 인물도, 얌젼ᄒ고, 덕ᄒᆼ 잇슬 듯훈 부인이 무ᄉᆷ 가뎡에, 불편홈이 잇셔, 져러케 탄식홀가 ᄒ노라, 그 부인이, 한슘 한번을 길게 쉬더니, 그 어린 ᄋ희가, 알아듯고 디답을 홀 것ズ치

　이이 네의 아바지, 나가신 지가, 꼭 일 년이 되얏구나, 그런데, 간 팔월에 양쥬 잇는 뎐장[344]을, 마자 일쳔오빅 원에 풀아가지시고, 평양으로, 가셧다는 쇼문이 잇더라 양쥬가 지쳐지디나 안 드러오시고, 바로 가셧고나, 다만 돈빅이라도, 쥬고 가셔도, 이러케 링방에셔는, 안이 자지, 리일은 무엇을 먹고, 무엇을 ᄲᅵ겟니, 옷ᄭ지 패물ᄭ지 모조리 뎐당을 잡혓스니, 인졔는, 잡힐 것도 업고나

ᄒ며, 눈물을 두 손으로, 변ᄎ례 ― ᄡᅵ스며, 안져 잇는디, 문 밧게셔, 나직

---

[344] 전장(田莊). 개인이 소유하는 논밭.

흔 말쇼리로

문 열으시오 々 々々々々々

하는 쇼리가, 두어 번 나닛가, 이 졂은 부인이, 귀를 기우리고, ㅈ세히 듯더니 얼풋 나아가, 슈심이 가득흔, 남ㅈ 한아를 다리고, 드러오더라, 이 사룸은, 별사룸이 안이라, 전일에는, 지산도 유여ㅎ고, 권셰도 됴흔 고로, 학문도, 힘쓰지 안으며, ㅈ긍ㅎ기를, 권셰와 지산만 잇스면, 못홀 일이 업다 ㅎ며, 미기몽미흔 말만 ㅎ며, 셔을 쟝안, 일이삼픽[345] 라던지, 은근ㅈ[346] 라던지, 모됴리 츳자단이며 이 세상에, 남ㅈ로 싱겨나셔, 쥬싴잡기 셰 가지를, 멀니ㅎ고, 졔 계집만 붓들고 잇는 쟈는, 사라셔도, 벌셔 죽은 모양이라고, 기탄업시,[347] 디인설화[348] ㅎ며, ㅈ긔 부모의 유산 만여 원을, 쥬싴잡기로 탕패ㅎ고, 양쥬 잇는, ㅈ긔묘하답, 이천여 원 가치를, 일천오빅 원에 팔아가지고, 평양 기싱, 인물 됴타는 말을 듯고, 평양을 가셔, 련희라는 기싱에게 침혹[349] ㅎ야, 불과 삼삭[350] 간에, 쳔여 원 지산을 업시며, ㅈ긔 쳐ㅈ는, 살아잇는지 굶어 죽엇는지, 모로고 지니더니, 돈냥이 쩌러지자, 련희의, 구박이 싱겼더라

한날은, 련희가 ㅎ는 말이

여보, 올나가시는 슈밧게 업슴니다 나으리가, 삼ㅅ 삭이 되도록, 져 돈

---

**345** 일패(一牌). 조선 말기에 나누어 부르던 기생의 등급 중의 최상급. 관기로서 대부분 남편이 있는 기생이었다.
　이패(二牌). 조선 말기에 나누어 부르던 기생의 등급 중의 중간급. 어느 정도 가무를 하고 은근히 매음을 하였다.
　삼패(三牌). 조선 말기에 나누어 부르던 기생의 등급 중의 최하급. 가무보다는 주로 매음을 하였다.

**346** 은군자(隱君子). 몰래 몸을 파는 여자를 속되게 이르는 말.

**347** 기탄(忌憚)없이. 어려움이나 거리낌이 없이.

**348** 대인설화(對人說話). 사람을 대하고 말하는 것.

**349** 침혹(沈惑). 무엇을 몹시 좋아하여 정신을 잃고 거기에 빠짐.

**350** 삼삭(三朔). 3개월.

준 것이, 쳔 원이 못 되겟슴니다, 그 돈 가지고, 량식을 사느니, 의복감을
사느니, 다 쓰고 릭일부터는, 량식 살 돈이 업슴니다, 나으리가 계시니
씬, 손님이 오심닛가, 손님이 오드리도, 나으리 계신더, 긱슈는 업는더,
져 아는 바에, 나으리가, 돈도 가져오실 슈도 업겟슨즉, 져도 법[351]먹어
야, 살지 안케슴닛가, 이 말슴 ᄒ기는, 미안홈니다만은, 나으리씌 돈 한
푼 업는 줄 알며, 챠비라도, 마련ᄒ야드려야, 올케슴니다만은, 돈 한푼
마련홀 슈, 엇의 잇슴닛가, 부득불 도보라도, 거러 올나가시게 ᄒ시오
ᄒ고, 다시 말도 붓치지 못ᄒ게, 링더를 혼즉, 화가 버럭 나셔

이년 삼삭 간에, 돈 쳔 원이, 젹다는 말이냐, 챠비도 못 쥬어, 그만두어
라 너 안이라도, 셔울 간다

ᄒ고, 속죵으로

내가 니려올 때, 황쥬 치월에게, 돈은 한 오빅 원밧게, 안이 쥬엇스나,
치월이는, 져년갓치, 의리부당혼 계집은 안이던걸, 황쥬 빅 리만 거러
가면, 치월이에게 챠비를 엇어가지고 가리라

ᄒ고, 즉시 쪄나, 황쥬 미아지 고기, 류십 리를 온즉, 지쳑을 단이더리도,
인력거 안이면, 못 단일 줄 알던 사롬이, 다리가 엇지 안이 앏흐리오, 길가
에 안져 쉬다가 우연이 의쥬 사롬을 맛나 리약기를 ᄒ다가, 즈긔가, 련희
에게 돈을 만이 쥬고도, 챠비 한푼 못 엇어가지고 오며, 황쥬 치월을 츳지,
챠비 엇이가지고, 가랴는 일을 말혼즉, 이 사롬도 역시, 슈쳔 원을, 련희,
치월, 이 두 년에게 쥬고도, 치월에게, 챠비 한푼 못 엇어가지고 평양 가
셔, 련희한테나, 엇어가지고 갈 싱각으로, 도보로 쪄는 길이더라, 피츳에
ᄉ졍을 통ᄒ야, 그 디경임을 씌닷고, 챵녀라는 것은 다 일반이라, 돈 줄 째

---

눈, 살이라도 베혀먹일 것갓치, 알랑거리다가도, 돈 써러지면, 다 치월이, 련희 갓흔 것을 모로고, 계집에게 침혹ㅎ엿던 것을, 뉘웃치고, 이후에는 쥬식잡기 세 가지를, 거졀ㅎ고, 졍당호 스업을 ㅎ리라 ㅎ고, 결심혼 후, 오빅오십 리를 거러오며, 밥을 빌어먹다십히 ㅎ며, 드러온 졍쥬스인디, 곳 그 부인의 남편이더라, 부인이, 눈물이 하염업시 흘으더니, 그 눈물은 다 어디가고, 반가온 마음이 나셔 (미완)

## 1912년 11월 8일

어디로셔 오시기에, 이러케 늦게 오심니까
ㅎ고, 온슌호 말로 뭇고, 졍쥬스도 여러 히 동안, 자긔 안히를, 보지 못ㅎ던 것을 허물로 알고, 공슌히 디답을 ㅎ는디, 부인은 주긔 남편이, 젼일과 갓치, 회기치 못혼 줄 알고, 쟝리를 걱졍ㅎ야, 자긔 남편을 달니는 말이
우리 지산이, 젹지 안은 것을, 다 당신이 업시ㅎ고, 지금 성활홀 방침이, 어렵게 되엿스니, 엇지ㅎ시려 ㅎ느닛가, 우리 두리는, 아즉 졂으닛가, 남의 일을 ㅎ여쥬고, 밥을 엇어먹어도 관계치 안숩니다만은, 져 아히의 쟝리를, 엇지ㅎ려 홈닛가, 지금 시디에 학문을 가라쳐 쥬어야 안 됨닛가, 이 아히기 아모리 량반의 즈식이라 ㅎ기로 공부를 못 ㅎ면 쓸 디 잇숩닛가 너가 일젼, 엇더한 소셜칙 한아를, 보앗숩니다, 그 칙이 스리에, 합당호 듯ㅎ읍되다, 사롬의 명여[352]가, 뎨일 즁하다 ㅎ고 명여를 니려면, 학문이 잇셔야 ㅎ고 즈식을 학문을, 가라쳐 쥬랴면, 그 부모도, 학문이 잇셔야 한다 ㅎ고, 명여가 뎨일 즁대함은, 엇즘니뇨[353] ㅎ디, ㅅ하야, 히

---

352 '명예(名譽)'를 지칭. 이 글에서는 '예'를 '여'로 표현한 것이 많음.
353 '엇즘니뇨'. '어찜이뇨' 즉 '어찌하여 그러한가'라는 의미.

셕흐기를, 긔인 간에 결투징송[354]과, 살샹이 싱김도, 명여로 인홈이오, 허다한 싱명 지산을 허비ᄒᆞ며, 전정을 홈도, 명여로 인홈인즉, 사름에게, 명여가 데일 귀ᄒᆞ다 ᄒᆞ엿ᄂᆞᆫ디, 당신은, 조흔 명여ᄂᆞᆫ 업고, 좃치 못한 명여만 남겻스니, 엇지ᄒᆞ려 합닛가, 이졔라도 조흔 ᄉᆞ업을 ᄒᆞ야, 좃치 못한 명여를, ᄭᅵ처바리고, 조흔 명여를 얻어야, 홀 터인디, 앗가 말슴한 것갓치 명여날 ᄉᆞ업을 ᄒᆞ려면, 학문이 업셔ᄮᆞᄂᆞᆫ, 안 될 터인즉, 디관절 학문부터 힘써보게 ᄒᆞ시오

(졍) 지력이 업시, 학문인들, 힘써볼 슈 잇ᄂᆞ요, 그것도 홀 슈 업지

(부) 불란셔국에ᄂᆞᆫ, 할 슈 업다ᄂᆞᆫ, 방언이 업다 합듸다, 사름이 결심만 잇스면 못 홀 것이 어듸 잇겟소 당신이 공부만 ᄒᆞ기 시쟉ᄒᆞ면, 늬가 남의 ᄲᅵ늬삭을 팔아셔라도, 넉ᄮᅥᆨ히 학비ᄂᆞᆫ, 담당홀 터이고, 그것도 부족ᄒᆞ면 비러먹드리도, 그 담당은 홀 터이올시다

정쥬ᄉᆞ가, 전일에 잘못한 것은, 뉘우치고, 무슴 ᄉᆞ업이던지 ᄒᆞ야, 유식쟈(遊食子)[355]에 루명을쎳고, ᄌᆞ긔 쳐ᄌᆞ를 안보ᄒᆞ려 ᄒᆞ엿던 즁에, 자긔 부인이, 그갓치 지셩으로 권고홈을 듯고

늬가 촌음을 시셕(寸陰是惜)ᄒᆞ야 학문을 셩공ᄒᆞ리라

ᄒᆞ고, 학교에 입학훈 후 낫에ᄂᆞᆫ 공부를 힘써 ᄒᆞ고, 밤이면 인력거를 ᄭᅳ러, 호구홀 방쵝을 삼으며, 전일에 호의호식ᄒᆞ던 것은, 욕으로 알고, 지금에 악의악식을, 도로혀, 신션한 싱활로 아니, 보ᄂᆞᆫ 사름마다, 정쥬ᄉᆞ의, 긔과쳔션ᄒᆞᄂᆞᆫ 용단[356]과, 그 부인의 현철한 늬죠ᄂᆞᆫ, 세샹에 듬은 일이라, 칭여[357]가 원근에, 자ᄮᅡ ᄒᆞ더라

---

354 결투쟁송(決鬪爭訟). 결판을 내기 위한 싸움과 서로 송사로 다투는 것.
355 유식자(遊食子). 놀고 먹는 사람.
356 용단(勇斷). 용기 있게 결단을 내림. 또는 그 결단.
357 칭예(稱譽). 칭찬.

# 동지돌 긴々 밤에[*]

李鎭石 (中部長通坊東谷洞入統一戶)

1912.11.9~10. 2회. 應募短篇小說 三等

## 1912년 11월 9일

동지돌 긴々 밤에, 잠을 일우지 못ᄒ고 캄々ᄒ 방 속에서, 누엇다 안졋다
ᄒ며 한숨을, 한번 쌍이 꺼지도록 쉬더니, 미다지 밋을 더듬々々ᄒ야 담
비ㅅ디를 차자가지고 담비 한 디를 시름업시 퓌ᄂ 부인은 나히 한 스십쯤
되엿더라 혼ᄌ말로

에그, 이년의 팔ᄌ야, 젼싱에 무슴 죄이 가리[358] 만하, 이 모양으로, 고
싱을 ᄒ누, 남은 나다려 말ᄒ기를, 죠션 디경에 계시고 보면, 편지라도
ᄒ실 터인디, 쇼식이 업ᄂ 것을 본즉, 외국에를 가신 것이오, 외국에를
가셧스면, 공부를 ᄒ실 터이니, 시방은, 고싱이 되드릭도, 죵당[359]은,
락이 된다 ᄒ지마ᄂ 싱ᄉ나 알아야지, 발셔, 십 년이나 되엿ᄂ디, 류학
이 무슨 류학이야, 류학을 ᄒ실 터이면, 그동안, 졸업을 힛슬 터이요, 아
직, 졸업을 못 ᄒ셧[360]다 홀지라도, 편지도 업슬까, 남의 말은 모다 나
를 디하야, 위로로 ᄒᄂ 말이지, 집에ᄂ 밥이 업ᄂ디, 무슴 ᄌ본으로, 류

---

**358** '죄가 이리'의 글자 배열 오류.
**359** 죵당(從當). 일의 마지막.
**360** '셧'의 오류.

학을 ᄒ실고, 필경, 세상에 안이
ᄒ더니, 눈물이 더벅々々 쩌러지며, 말씃을, 맛치지 못ᄒ다, 이째 종현 종
소리가 바름을 좃차, 은々이 들니며, 동창이 츳々 밝어지고, 골목々々이,
각식 쟝ᄉ 소리가, 긋치지 안이ᄒ는ᄃᆡ, 목젼에 또 근심 한 가지가 싱기니,
이는 별 근심이 안이라, 아츰밥을 짓지 못홈이오, 밥을 짓지 못ᄒ면, 복동
이가 빈손으로, 학교에를 갈 근심이라, 홀일업시, 우두커니 안져셔, 입맛
만 다시는ᄃᆡ, 아릿목 솜만 남어 잇는, 니불 속에서, 십이삼 세쯤 된 ᄋᆞ히
가, 부시々 니러나며, 눈을 썩々 부비면서

　어마니, 몃 시나 되엿슴닛가, 아마 느졋습지오, 오늘은 션싱님이, 어ᄃᆡ
　를 가신다고, 동모[361] 학도들이 일즉 학교로 모여셔, 남문 밧 뎡거쟝으
　로, 젼별[362]을 간다든데요

이 부인은, 더욱 기가 막히여, ᄒ는 말이

(부인) 아참밥도 안이 먹고, 어ᄃᆡ를 간단 말이냐, 오날은 집에 잇거라

(복등[363]) 밥은 안이 먹어도, 션싱님 젼별은 하여야 홈니다, 어머니ᄭᅥ셔는,
　아모 념려 마ᄋᆞᆸ소셔

ᄒ고, 대문으로 나아가니, 이 부인 긍마루 꼿헤서, 물쓰럼이 보다가, 정신
업시 두어 시간 동안이나, 안져잇는ᄃᆡ, 복동이가 쮜어 들어오며, 조하라
고 ᄒ는 말이

　뎡거쟝에서, 션싱님을, 젼별ᄒ고 드러오는ᄃᆡ, 슈각 다리 못미쳐, 슈ᄃᆡ[364]
　가 쩌러졋셔오, 집어가지고 본즉, 돈 오ᄇᆡᆨ 원이 잇기에, 임ᄌᆞ를 기다려
　쥬엇더니, 감ᄉᆞ하다고, 돈 십 원을 쥬기에 가지고 왓슴니다

---

361 동무. 늘 친하게 어울리는 사람.
362 전별(餞別). 잔치를 베풀어 작별한다는 뜻으로, 보내는 쪽에서 예를 차려 작별함을 이르는 말.
363 '동'의 오류.
364 수대(手帒). 손에 들고 다니는 작은 주머니.

(부인) 그게 무슴 말이냐, 돈이 왜 길에 써러졋드란 말이냐, 네의 말은, 알

　　수 업스니, 즈셔이 말흐여라

(복동) 머리 싹고, 양복 입은 사룸인디 박쥬스라고 흐여요

부인이 박쥬스 々々々 흐더니, 얼골빗이 변흐면서

　　그리 어디로 가더냐

(북365동) 웬 사룸인지, 박쥬스를 만나더니, 아 ― 오리간만일세 흐고, 정답

　　게 인스를 흐며, 슐이나 한잔식 먹즈고 창골 々목으로, 드러갓셔요

(부인) 복동아, 졍녕 그 돈을, 박쥬스가 쥬더냐, 네 말이 그러훌 뜻흐다만은

　　사룸이 빈한흐더리도,366 공지물367은, 취흐지 안이흐여야 흐느니라,

　　이 다음에는, 그러훈 일이 쏘 잇더리도, 돈을 밧지 말아라

(복동) 그리흐겟습니다

복동 모즈가, 이러케 슈작을 흐는디, 대문 밧그로, 인력거 죵소리가, 싸

르々 흐며, 키가 휘리々々흐고, 톄격이 쟝대훈 남즈가, 손에 단쟝을 들고,

싹 드러셔면셔, 마루 씃헤 안져잇는 부인을, 물그럼이 보니, 부인은 슈삽

훈368 빗으로, 이러셔 방을 향하며

　　누가 남의 집을, 막 드러오네

흐다가, 다시 도라보더니, 별안간에 눈물이 쳘々 흐르며, 아모 말도 못 흐

고, 다만 흙々 늣기々만 흐니, 복동은 무슴 일인지, 알지도 못흐고, 쏘 싸

라 우는디 그 사룸은, 별로 울지도 안이흐고, 조흔 말로 (미완)


**1912년 11월 10일**

365 '복'의 오류.

366 빈한(貧寒)하다. 살림이 가난하여 집안이 쓸쓸하다.

367 공재물(空財物). 노력의 대가로 생긴 것이 아닌, 거저 얻거나 생긴 재물.

368 수삽(羞澁)하다. 몸을 어찌하여야 좋을지 모를 정도로 수줍고 부끄럽다.

여보 울지 마오, 이게 무슴 짓이오, 그만 긋치오, 허々 글세 이게 웬일이

오 닉 말 좀 드르오

하니〻, 그졔야 울음을 긋치고, ᄒᆞᄂᆞᆫ 말이라

(부) 대톄 어디를 갓다 오셧소, 어디를 가신다고, 말슴도 못 ᄒᆞ셔요, 두 살

되엿던 복동이가, 발셔 열두 살이나 되도록, 편지 한쟝도 안이ᄒᆞ시니

ᄒᆞ면셔

복동아 너는, 왜 아바지ᄭᅴ, 졀도 안이ᄒᆞᄂᆞ냐

복동이가, 이 말을 듯고, 아바지 ᄒᆞ더니 비쥭々々 울며, 졀을 ᄒᆞ다가, 목을

놋코 울으니, 그 남ᄌᆞ가, 복동의 손을 잡아 이르키며, 복동아 울지 말아 ᄒᆞ

고, 자셔히 본즉 앗가 슈각 다리에셔 돈 가지고 임ᄌᆞ 기다리던 아ᄒᆡ라 더

욱 긔특히 녁이여셔

네가 나를 알겟느냐, 나를 자셔히 보아라

(복동) 에그 어머니, 너가 돈 차ᄌᆞ쥬던 돈 임ᄌᆞ가, 우리 아바지요

(부인) 응········ 그러 나는 공연히, 너를 의심ᄒᆞ엿구나

ᄒᆞ며, 화긔가 만당ᄒᆞ니, 어졔ᄭᅡ지 고싱이오, 오날부터 락이로다, 문젼이

렁락ᄒᆞ던,[369] 옥동 막바지, 다 쓰러져가는 일각대문[370]으로, 사롬이 들락

날락ᄒᆞ며, 와글々々ᄒᆞᄂᆞᆫ 소릭는 이 집 쥬인 박쥬ᄉᆞ가 미국을 가셔, 공부

를 잘ᄒᆞ고, 도라온 것을 치하ᄒᆞ노라고, 쩌든는 소릭라 이 집 쥬인 박쥬ᄉᆞ

는, 본릭 빈한ᄒᆞᆫ 사롬으로, 무슴 ᄌᆞ본을 가지고, 류학을 ᄒᆞ엿느냐 ᄒᆞ면, 사

직골 사는 리참봉은, 박쥬ᄉᆞ와 졀친ᄒᆞᆫ 친구인ᄃᆡ, 리참봉이, 하로는 박쥬

ᄉᆞ를 와보고, ᄒᆞᄂᆞᆫ 말이, 울젹ᄒᆞᆫᄃᆡ, 인쳔 구경이나, 잠간 ᄒᆞ고, 도라오자

ᄒᆞᄂᆞᆫ 고로, 리참봉을 싸라, 구경을 갓다가 집에 도라올 싱각을 ᄒᆞᆫ즉, 화가

---

**369** 냉락(冷落)하다. 외롭고 쓸쓸하다.

**370** 일각대문(一角大門). 대문간이 따로 없이 양쪽에 기둥을 하나씩 세워서 문짝을 단 대문.

불쑨 치밀어셔, 리참봉에게, 돈 스십 원을 취ᄒ여 가지고, 그 길로 니디<sup>371</sup> 로 건너가셔, 로동을 ᄒ며, 공부를 ᄒ다가, 구쥬<sup>372</sup>의 문명을 흡슈ᄒ기 위 ᄒ야, 미국을 건너가셔, 칠팔 년 동안을, 공부ᄒ엿스니, 기 연 십 년이 되 엿스며, 그동안 본집에, 편지 한쟝도 안이홈은, 본집에 빈한ᄒ 소식을, 자 조 드르면, 공부에 방희가 될가, 념려ᄒ야, 통신을 ᄭ엇스나, 박쥬ᄉ의 부 인 홍씨는, 박씨 집 문에 드러온 이후로, 못홀 고싱이 업시 지니다가, 별안 간, 박쥬ᄉ의 종젹을 모로니, 엇지 한심치 안이ᄒ리오, 박쥬ᄉ 나아간 이 후로, 여간 바느질품을 파라, 멋칠에 한 번식, 호구를 ᄒ고 지니며, 박쥬ᄉ 의 종젹을, 기다리다가, 십 년 만에, 부々 샹봉ᄒ고, ᄯ는 박쥬ᄉ가, 공부 를 잘혼 결과로, 쟝리의 무한혼 복록<sup>373</sup>을 누리々니, 시속에 이른바 고진 감리가, 이를 두고 이름이러라 (고만)

---

**371** 내지(內地). 외국이나 식민지에서 본국을 이르는 말. 당시 일본을 지칭.
**372** 구주(歐洲). 유럽.
**373** 복록(福祿). 타고난 복과 벼슬아치의 녹봉이라는 뜻으로, 복되고 영화로운 삶을 이르는 말.

# 련의 말로(戀의 末路)

金鎭淑 (京成北部桂洞四統九戶)
1912.11.12~14. 3회. 應募短篇小說 三等

## 1912년 11월 12일

바름 소리는 소々호고, 초목은, 령락호야,[374] 찬셔리를 원망호며, 하나ㅅ
식 둘ㅅ식, 힘업시 쩌러진다, 이째를 당호야 뉘 ― 능히, 샹츄[375]의 회포를
금호리오, 림경ᄌ라 호는, 한 녀ᄌ는, 날마다 셔리 아츰 여덟 시의, 셕양볏
세네 시면, ᄌ긔의 집, 이층 란간에 의지호야, 리왕호는 힝인들을, 정신업
시 니려다보며, 혹 학싱들이, 삼々오々 짝을 지어 지나가면, 일층 더 쥬목
호야, 숢히는 듯호더라, 이는 ᄌ긔가 ᄉ랑호는, 박디관이란, 학싱이 학교
에 단이는, 연々호 티도를, 보기 위호야, 날마다 샹학[376]호야 가는 째와,
하학[377]호야, 도라올 째를, 기다림이러라
림경ᄌ는, 루디[378] 샹업가로, 지산도 유여호고, 신용도 잇는 집 무남독녀
로, 가정교육은 물론호고, 너ᄌ 학문에, 당호야는, 부근이 다 칭찬호는 바
ㅣ라, 원리 림경ᄌ는, 풍요흔 가정에셔, 금의옥식[379]으로 싱쟝호야, 남의

---

374 영락(零落)하다. 초목의 잎이 시들어 떨어지다.
375 상추(爽秋). 상쾌한 가을.
376 상학(上學). 학교에서 그날의 공부를 시작함.
377 하학(下學). 학교에서 그날의 공부를 마침.
378 누대(累代). 여러 대.

게, 악호 소리도 안이 듯고, 또 악호 일도 안이 홈이, 고흔 살과 연호 ᄆ음은, 슌젼호 텬품의, 심신(心身)뿐이러라

지금브터 이 년 젼, 림경ᄌ의, 십팔 세 되던 ᄒ 여름에, ᄌ긔 모친과, 피셔 겸 온양 온쳔에셔, 두류홀시, 의외에 박디관과 ᄀ치, 한 려관에서 지니게 되야, 쟝지 한 겹을 격ᄒ야, 월여를 경과홈이, 우연 즁 림경ᄌ와, 박디관의 량인이, 셔로 련이ᄒᄂ, 원인을 미졋더라, 이 두 사름은 어려셔, 속굽작란 홀 째브터, ᄉ이됴케 잘 놀ᄆ, 다른 동모에게, 져희와 싀긔를 밧은 일도, 비일비ᄌᄒ던 터이라, 더욱 온쳔에셔, 이ᄀ치 지닌 후, 다 각々 집에 도라오ᄆ, 샹이<sup>380</sup>ᄒᄂ ᄆ음은, 젼일보다 일층 더ᄒ야, 집 식구의 이목을 피ᄒ야, 죵죵 샹봉코져 홈이, 데일 원ᄒ고, ᄇ라는 바라, 째에 맛츰, 림경ᄌ의 고모가 잇셔 인쳔 항구에셔 사ᄂ디, 림경ᄌ를, 친ᄯᆯᄀ치 ᄉ랑ᄒ야, 죵々 와셔, 보기도 ᄒ며 혹, 불너 ᄂ려가기도 ᄒᄂ지라, 림경ᄌᄂ, 이 긔틀을 리용ᄒ야, 공일과 경졀<sup>381</sup>마다, ᄌ긔의 고모집에, ᄂ려간다 칭탁<sup>382</sup>ᄒ고, 량인이 손을 셔로 잇글고, 여긔뎌긔 경쳐 구경도 ᄒ며, 쳡々호 졍담도, 샹환ᄒ며, ᄒ 짜름을 원망ᄒ고, 셕양 째면 도라오더라, 이ᄀ치 수 년을 지니더니, 그 고모ᄂ, 항샹 ᄉ각ᄒ되, 립<sup>383</sup>경ᄌᄂ 용모도 미인이오, 년령도 방년이라, 혹 불힝ᄒ야, 방쟈샤의 슈단에 ᄲ져, 명예를 손샹홀가 근심ᄒ야, 쥬야 쥬의ᄒᄂ 바러라

ᄌ고로, 사름의 용도 힝동은, 항샹 그 심리를, 발표ᄒ기 쉬운 것이라, 일々

---

379 금의옥식(錦衣玉食). 비단옷과 흰쌀밥이라는 뜻으로, 호화스럽고 사치스러운 생활을 이르는 말.
380 상애(相愛). 서로 사랑함.
381 경절(慶節). 온 국민이 기념하는 경사스러운 날.
382 칭탁(稱託). 사정이 어떠하다고 핑계를 댐.
383 '림'의 오류.

은 림경즈의 용식과, 힝동이, 고이홈을 보고 그 고모가 싱각ᄒ되, 요ᄉ이
는, 웬일인지, 집에 나려와도, 오리 놀지도 안이ᄒ고, 별로 전갓치, 리야기
도 안이ᄒ며 황ᄼ히 단여가는 힝동이, 전일에 비ᄒ면 가히 의심홀 바요,
또 연구도 홀 일이러라, 그러나 항샹 림경즈의, 단졍ᄒ 힝실과, 또 평일 그
집 가졍 규모로, 보더리도 셜마 부졍ᄒ 힝실이야, 잇ᄉ랴 ᄒ야, 즈긔의 의
심홈을, 도로혀, 부당히 넉엇더니, 그런 후, 류칠 일이 되던 일요일 오후
에, 하녀 츈셥이 밧그로 황ᄼ히 드러오며 ᄒ는 말이

(츈) 앗가 셔울딕, 자근아씨가 으<sup>384</sup>셧지오

(고모) 이년 밋친 소리 ᄒ지 마라, 자근아씨커녕, 아모도 안이 오셧다

(츈) 아이고 졔가 아ᄼ, 희관에셔, 자근아씨가, 이리 오시는 것을, 뎡녕 보
　앗슴니다

ᄒ고 츈셥도 고히 녀기면셔

(츈) 그런데, 자근아씨는, 엇던 학싱 양복ᄒ 소년과 갓치 갓져요

(고모) 소년과 갓치 가아, 그러 뎡녕, 셔울딕 자근아씨더냐

(츈) 네 —앗가, 츅현쪽을 향ᄒ야, 오시는 것을, 뎡녕 보앗슴니다

ᄒ는지라, 그 고모는, 츈셥을 무지즈며 그럴 리가 잇ᄉ랴 ᄒ고, 심즁에만
싱각ᄒ다 (미완)

## 1912년 11월 13일

　일젼 림경즈의, 슈샹ᄒ 힝동과, 또 지금, 츈셥의 ᄒ는 말을 들을진딕 과
　연 암흑ᄒ 가온딕 무슴 고이ᄒ 일이로다

---

384 '오'의 오류.

즉시 춘셤을 명호야, 즈긔의 츌입 의복을, 니여노라 호며, 분쥬히 단쟝을 필호고 나아가, 죽현 명거쟝을, 향호야 가면셔, 엇지 된 일인지, 춘셤의 말이 졍말이면, 엇지호여야 조흘눈지, 졍신이 산란호고, 쏘 훈편으로는 분호고 졀통훈 싱각도 난다, 어언 즁, 명거쟝에 당도호야 몸을 은신호야, 더 합실을 숣혀보니, 과연 림경즈는, 훈 청년과 갓치 안져, 무슴 리야기를 호면셔, 차 써나기를, 기다리는 모양이라, 분호고 패ㅅ심훈 마음은 그 당쟝에, 곳 림경즈를 끌고, 셔울노 가셔, 그 부모에게 말호야, 쥭이라 호던지 째리라 홀 일인디, 간신이 분심을, 억졔호야, 다시 림경즈와, 갓치 안졋는 청년의 모양을, 자셔히 숣혀보니, 용모도 비범홀 쑨 안이라, 아모리 보아도, 혁ㅅ훈 집 가졍에셔, 단졍히 싱쟝훈 청년이오 요스이 허랑방탕호야, 쥬식잡기에, 침혹훈 악소년과는, 훈번 보아도, 능히 구별홀너라, 림경즈의, 소힝으로 말호면 분호고도 이다르나, 기 즁에, 불힝 즁 다힝훈 것은, 그 청년의 위인이, 초ㅅ치 안이호야, 오히려 평일 구호는 바, 림경즈의 아람다온 비필이라, 얼마쯤, 마음에 위로되야, 가만히 집으로 도라와셔, 림경즈의 나려옴을 기다려, 종용히 경계도 호고, 쏘 그 청년의 신분도, 무러보리라 호야, 날마다 고디호더니, 일ㅅ은 맛참 림경즈가, 나려왓는지라, 종용히 뒤방으로 불너, 일젼 죽현 명거쟝에셔, 목격훈 일을, 일ㅅ히 무르미, 림경즈는 쌈짝 놀나, 얼굴이 붉으락, 푸르락호며 아모 말도 안이호며 다만 붓그럽고 두려워홀 쑨이러라 엇지 싱각호면 분호고도 쏘 훈년으로 싱각호면 가련호다 꾸짓고 일은 후에, 다시 그 청년의 신분과, 가졍을 무름이, 이도 역시, 실업계에 유명훈 박모의 아들이라, 가만히 싱각호되, 이 일을 만일, 림경즈의 부모가 알진디, 집안에, 일쟝풍파가 니러날 쑨 안이라, 림경즈는, 그 규모 잇는 가졍의, 독훈 형벌을 밧어, 언의 디경에 니를지 모를지라, 쳔ㅅ만려[385]호야도, 그 즁 데일 량칙은, 즈긔만 알고 잇다가,

그 쳥년의, 학업 맛침을 기다려, 림경즈의, 졍식 비필을 숨을진디, 도로혀 원만훈 가졍을, 작만흐리라 흐고, 림경즈를, 돌녀보너니라

이런 후 월여 되야, 림경즈의 부친과, 박디관의 부친은, 무슴 토디 등스로, 인흐야, 비샹훈 감졍을 셔로 포함흐야, 교제를, 거졀훈 스이가 되얏는디, 림경즈의 고모는, 쥬야 연구훈 결과로, 한 묘칙을 꿈여너여, 박디관의 학문과 위인을, 칭찬흐며, 그러훈 쇼년은, 두 번 엇기 어려우니, 림경즈의 비필을 숨자, 의론흠이 그 부친은, 대경소괴[386]흐야, 흐는 말이

　　박디관의, 위인으로 말흘진디, マ쟝 합당흐나, 일젼에, 셔로 시비훈 스실이, 약시スス흐니[387], 무가내[388]하올시다

흐고, 일언 거졀흐는지라, 그 고모는 림경즈의, 평싱 실망됨을, 가련히 녁이나 그 니용은, 발셜흘 슈 업셔, 홀일업시 안졋더니 이째에 맛참 최의관이라는 손이 와셔, 림경즈와 통혼흠이,[389] 그 부친은 두말업시, 쾌쾌히[390] 허락흐거늘, 그 고모는 혼인 허락이, 넘우 허랑흠을, 고히 녁여 신랑의 집이, 뉘 집이냐 무름이, 셔대문 밧게 사는, 최의관 집이라, 이 집으로 말흘진디, 원리 셰의도 잇고, 쏘 당즈도 쓕쓕흘 쑨 안이라, 작년에, 샹과 대학을 맛치고, 지금은 모 은힝 샤원이 되야, 실디 시찰추로, 영국에 유람흘, 쇼년 자격이더라, 이 말을 드름이, 신랑은 가합흐나 다만, 가련흐기는, 림경즈와 박디관의 두 스이러라 (미완)

---

**385** 천스만려(千思萬慮). 여러 가지로 생각하고 걱정함. 또는 그런 생각이나 걱정.
**386** 대경소괴(大驚小怪). 몹시 놀라서 좀 괴이쩍게 생각함.
**387** 약시(若是)하다. 이렇다.
**388** 무가내(無可奈). 도무지 융통성이 없고 고집이 세어 어찌할 수 없음.
**389** 통혼(通婚)하다. 혼인할 뜻을 전하다.
**390** 쾌쾌(快快)하다. 기분이 무척 즐겁다.

## 1912년 11월 14일

그 부친은, 희식이 만면ᄒ야, 즉시 림경ᄌ를 불너, 오날 혼ᄉ 결뎡홈을, 말홈이 림경ᄌ는 엇지ᄒ고, 별안간에, 가슴이 쩌기지며, 정신이 아득ᄒ다, 고기를 슈구리며, 묵々부답홀 ᄲᅮᆫ이라, 그날 밤은 짜른 밥[391]을, 길게 안져, 눈물과 ᄒ심으로 시우면셔, 혼ᄌ말로 한탄ᄒ기를

분ᄒ고도 졀통ᄒ다, 뎐도가, 우리 두 사ᄅᆷ의 시이를, 시긔홈인가, 만일 이 말을 박학셩이, 드를진ᄃᆡ, 나를 엇지 사ᄅᆷ으로 넉이리오, 굿게々々 미진 언약, 니가 먼져 못 직히니, 그 죄는 만스무셕[392]이어니와, 나는 일기 무용ᄒ 녀ᄌ라, 만일 날로 인ᄒ야, 쟝ᄅᆡ에 유망ᄒ, 우리 쳥년 박학셩의 젼도에, 내샹ᄒ 영향이 잇스면, 엇지ᄒ여야, 조흘ᄂ지, 이리뎌리 ᄉᆡᆼ각ᄒ되, 량ᄎᆡᆨ[393]은 다시 업다, 쳐녀의 신분으로, 부모의 말ᄉᆷ을, 거역ᄒ야, 반ᄃ도 홀 슈 업고 인졔는 눈물과 ᄒ심이 니의 벗이로다

쥬야 탄식ᄒ더니, 어언간 봄이 되여, 죽엇던 나무입흔, ᄯᅢ를 만나 다시 피여, 일시 영화를, 자랑ᄒᄂᄃᆡ, 호올로 림경ᄌ는, 깃을 일은 시가 되야, 하릴업시 최가일과, 셩혼식을 거ᄒᆼᄒ고, 즉시 최가일은, 시찰ᄎ로 영국에 향ᄒ야, 츌발ᄒ얏더라

림경ᄌ는, 항샹 탄식으로, 셰월을 보ᄂᆡ더니, 하로 아ᄎᆷ에는, 시름업시 신문을 드려다봄이, 학계의 모범 인물이라는 긔지가, 대단히 장황ᄒ기늘, 자셔히 슗혀보니, 항샹 심즁에, 밋치고 잇지 못ᄒᄂᆞᆫ, 박대관의 일쟝 력ᄉ와, ᄯᅩ 이번 시험에, 특별 우등셩으로, 졸업ᄒ야 즉시 모 회샤에 고빙[394]

---

[391] '밤'의 오류.
[392] 만사무석(萬死無惜). 만 번 죽어도 아까울 것이 없음.
[393] 양책(良策). 좋은 계책이나 뛰어난 책략.
[394] 고빙(雇聘). 학식이나 기술이 뛰어난 사람에게 어떤 일을 맡기려고 예의를 갖추어 모셔 옴.

되야, 불원간, 영국 론돈 지졈쟝으로, 츌발혼다는 긔지라 이 글을 봄이, 별 안간, 엇지홀 줄을 몰나 신문을 쥐은 치, 칙샹에 업듸려, 얼마 시이를 울다 가, 사롬 오는 자최를 듯고, 이러 안져, 눈물을 슘기고, 안식을 변홈은 다 즈긔의 심즁을, 남의게 알닐가 넘려홈이라, 피는 곳과, 우는 시는 다 림경 즈의 심회를 이르킨다

세월이 여류호야,[395] 곳은 록음으로 변호고, 록음은 단풍으로 변호며, 단 풍은 쏘 다시, 빅셜로 변호야, 이갓치 변호기를 두어 번 호더니, 최가일은, 실디 시찰을 다 맛치고 도라와셔, 림경즈를 다려다가, 신가졍을 지음이, 림경즈는, 아모 락도 업고, 항샹 바눌방셕에, 안진 것 갓치, 심신이 불편호 고, 다만 싱각나니 박대관쑨이라, 하로는 최가일이, 은힝으로 도라와 림 경즈를 향호야 호는 말이

　　러일은 공일인디, 영국 잇슬 째에, 친히 진니던, 손이 올 터이니, 무슴
　　음식을, 쥰비호라

호거늘, 그 말을 드름이, 공연히 영국이란 말만 드러도, 박디관의 싱각남 을, 금치 못홀너라, 그 이튼날 아참 후에, 샤랑에셔, 짓걸ㅅㅅ호더니, 엇던 손을 쓸고 안으로, 드러오는 모양이어늘, 림경즈는, 몸을 피호야 잇더니, 얼마 만에 최가일은, 림경즈를 불너, 그 손과 샹면호라 호는지라, 못 익의 여, 문을 열고 드러가미, 안졋던 손은 림경즈를 브라보고, 드러가는 림경 즈누, 안졋는 손을 보미, 랑인의 안광이, 일시 츙돌되는 동시에, 이 두 사 롬은, 무슴 연고인지, 이마에는 진쌈이오, 가슴에는, 두방망이지를 호는 듯, 몸을 벌ㅅ 썰며, 졍신을 아조 이른 모양으로, 다만 머리를 슉으리고, 셧더니 림경즈는, 즈긔 거동 슈샹홈이, 탄로될가 넘려호야, 즉시 밧그로,

---

395 여류(如流)하다. 물의 흐름과 같다는 뜻으로, 세월이 매우 빠름을 비유적으로 이르는 말.

나아가더라 그 손도 쏘흔, 최가일을 향ᄒ야, 이말뎌말 쓰러니여, ᄌ긔의 거동과, 용식을 곳치면서, 수십 분간 담화타가, 곳 도라가니라

그, 손으로 왓던 사롬은 누구이길니, 림경ᄌ와 셔로 보고, 그다지 놀니는고, 몰론 ᄌ긔와, 관계가 깁흔 박딕관이라, 금츈에, 최가일과 ᄀᆺ치 귀국ᄒ야, 지금은 경성 본뎜에, 취톄역[396]으로, 전임되여 잇더라, 그 이튼날 림경ᄌᄂᆫ, 간신히 틈을 엇어, 분ᄒ고 졀통ᄒ고, 쏘 붓그러온 말이나, 한번 다 훌짜 ᄒ야, 일심졍긔를 다 듸려, 박딕관을 차져가셔, 면회ᄒ기를 쳥홈익, 응당 셔로, 오릭 그리든 시이라 반갑게, 마질 줄 알앗더니, 박대관은 엄연히, 거졀ᄒ야 ᄒᄂᆫ 말이

　나는, 남의 부인된, 그디 ᄀᆺ흔 사롬과ᄂᆫ, 면회훌 필요가 업다

ᄒ고, 독흔 눈을 흘겨 써셔, 한번 림경ᄌ를, 쳐어다보더니, 밧그로 나아가ᄂᆫ지라, 림경ᄌᄂᆫ, 그 모질고 독흔 거동을 보미, 텬디가 문어지는 듯, 가슴이 니려안져, 그 자리에 업드러지면셔, 울기를 마지안이ᄒ더니, 간신히, 졍신을 차려 니러나셔, 집으로도 안이 오고, 졍쳐 업시, 어디로 가는지, 남대문 편을 향ᄒ야 황ᄼ히[397] 가더라, 이런 지 몃칠 후에, 박딕관의 샤진을 품은, 일 미인의 시톄가, 인쳔 히변에, 써밀녓다고, 소문이 각쳐에 굉쟝ᄒ더라 (고만)

396 취체역(取締役). 예전에, 주식회사의 이사(理事)를 이르던 말.
397 황황(遑遑)하다. 갈팡질팡 어쩔 줄 모르게 급하다.

# 찬바롬이 한번 니러나미<sup>*</sup>

광무디 치란 (즁부대묘동십륙통이호류<sup>398</sup>)

1912.11.15~16. 2회. 應募短篇小說 三等

## 1912년 11월 15일

찬바롬이, 한번 니러나미, 쓸々ᄒ 긔운이, 우쥬에 ᄀ득ᄒ며, 쳔슈 만지에 소々히, 써러지느니 락엽이라, 심원 젹막ᄒᄃᆡ, 바롬치는 ᄃᆡ로, 이리로 굴며 와스々 뎌리로 구르며 와스々, 언의 겨를에, 태양은, 셔산에 싸지고, 초경 이경 삼경이 지낫는ᄃᆡ, 셔리를 무릅쓰고, 쳥원을 못 익의여, 울고 가는 뎌 기럭이, 잔등을 도드구셔, 젹々히 안젓는 사롬의, 회포를 도읍는 이째에, 금지 옥엽, 두 계집 사롬이, 슈작을, 란만히 ᄒ더라

(금지) 이이 옥엽아, 우리 셔방님이, 본리, 그럿치 안턴 사롬인듸, 한번 가시더니, 다시는 소식이 업스니, 나는 이러케, 초조를 ᄒ여, 오시기를 바라다가, 다시 돌녀 싱각ᄒ면, 오지는 안트리도, 몸이나 태평ᄒ시기를, 바라지만, 그 량반온, 아조 이져바린 게야

(옥엽) 형님은, 별 우슈운 말도 ᄒ오, 참 코등이 시여, 못 듯겟네, 참 어림 반푼에치도 업소, 언졔는 싱각홀 줄, 알엇습더닛가, 물결 치는 ᄃᆡ로, 바롬

---

**398** '류'가 주소에 붙어 표기되어 있는데 저자명이 '류채란'일 가능성도 있다. 함태영은 사설 극장 광무대의 연극장에서 가무로 종사한 기생이자 전통연희 배우인 '김채란'으로 보았다(함태영, 『1910년대 소설의 역사적 의미』, 소명출판, 2015, 202쪽 참고).

부는 디로, 이 사룸ᄒ고도 죠츠, 뎌 사룸ᄒ고도 죠츠 ᄒ고, 지니는 게, 뎨일임닌다, 올라 넷날에, 춘향이가 리도령과 엇더케 ᄒ엿단 말은, 드러구려, 갓지안소, 셔울 홍살문 압혜셔 파는, 도셔 마진 쩍 갓흔 말은, 두 번도 마오, 형님은 그럴는지 몰나도, 그 량반은, 맛치 몰나

(금지) 그야 엇지 져리 쟝담을 ᄒ늬

(옥엽) 닉 말이 쎡말업시 올치

(금) 경솔도 ᄒ다

(옥) 져 웃마을 됴풍원 집 리야기도 못 드럿소

(금) 무슨 말이야

(옥) 그 집 쏠이, 싀집을 가셔, 만장**399**ᄀᆺ치 살다가, 그 지산과, 그 쳐디를 도라보지 안코, 유부녀로 긔가도 갓고, 그 외에, 누구々々 홀 것 업시, 별々 희고 곰팡쓴 일이, 만은디, 형님쯤이, 긔결ᄒ**400** ᄆᆞ음을, 먹는 심이오, 참 우슈워라

(금) 아모리 지각 업는 어린아히인들 그게 다 말이라고 ᄒ는 셰음이냐, 우리가, 비록 죠셕으로, 송구영신을 홀지라도, 팔구십ᄱᆞ지, 요 모양을 홀 터이냐, 이 노릇에 무이, 됴와 그리ᄒ늬 죽지 못히 ᄒ는 게다, 졍당ᄒ 남편을 맛나, 사룸의 직분을 다ᄒ고, 살다가 죽으면, 쩟々ᄒ 녀ᄌ의 일이오, 지금 네 말 갓치, 즈ᄌ々닉 그리ᄒ다가는, 늙기에 슐쟝ᄉ나 ᄒ여볼까, 방물쟝ᄉ나 ᄒ여볼까, 쟝ᄉ인들, ᄌ본이 잇셔야지, 마음이나 먹어보지, 아모리 어린ᄋᆞ히기로, 소견이 져러케도, 야속히 업단 말이냐

(옥) 한참 눈을, 쌈짝々々ᄒ고, 안졋다가, 여보 형님 말슴이, 졀々이 올으시오, 우리가 아모리 쳔셩으로, 이 셰샹에 낫지만은, 셕일 춘향은, 누구

---

**399** 만장(萬丈). 높이가 만 길이나 된다는 뜻으로, 아주 높거나 대단함을 이르는 말.
**400** 개결(介潔)하다. 성품이 깨끗하고 굳다.

이며 오늘날 우리는, 누구인고, 우리가 아모조록 양가, 양부가 되야, 인류의 직업으로, 오락티평ᄒ다가, 단 몃 살을 못 살지라도, 인류 중 일분ᄌ는, 일반이니, 형님 말슴은, ᄆᆞ옴에 싴여두고 나도 사룸 노릇 좀 ᄒᆞ여 보겟소 (미완)

## 1912년 11월 16일

(금) 네 말 긔특ᄒ다, 오늘날, 이 마옴을 진졍코 직히이면, 부ᄌᆞ도 압헤 잇고 금지옥엽ᄀᆞ치, 귀홈도 압헤 잇스며 이리 다 죽던지, 뎌리 다 죽던지, 인싱 ᄒᆞᆫ번 죽어지면, 혼은 날고, 빅은 살어진다 ᄒᆞ지만은, 신명이 볼지라도, 붓그럽지 안☐[401]느냐, 일긔 춘향이, 누구건뎌, 슈빅 년 ᄭᅵ친 일홈, 몰을 사룸 뉘 잇느냐

(옥) 그도 그럿소마는, 늙으신 부모와 유치ᄒᆞᆫ 자미들은, 엇지ᄒᆞ야, 조탄 말이오, 로부모 약뎨미는 굶기고 벗기나요, 그 안이 졀박ᄒᆞ오

(금) 네 말이 가샹ᄒ다, 어린 소견에, 그런 싱각을, 엇지 다 ᄒᆞ느냐, 너보다 나히도 만코, 지각이 빅 빈나, 나을 만ᄒᆞᆫ 사룸도, 오늘날 조ᄒᆞ면, 릭일을 싱각지 안코, 니 몸만 평안ᄒᆞ면, 겻헤 사룸을 모로는뎌, 네 말이 참 긔특ᄒ다, 유지ᄒᆞ면 스경셩이니,[402] 마옴만 굿게 가지면, 그 가온뎌, ᄌᆞ연이 다 잇ᄂᆞ니라

(옥) 화를 벌억 니며, 덥허노코, 마옴만 굿게 먹고 잇스면, 다 된다 ᄒᆞ니, 무엇이 된다는, 셜명이나 좀 ᄒᆞ여쥬오, 형님은, 공연히 말로만, 그리ᄒᆞ오 그려

---

**401** 문맥상 '켓'으로 추정.
**402** 유지사경셩(有志事竟成). 뜻이 있으면 일을 마침내 이룬다는 뜻.

(금) 이이, 그러키에, 이런 쌍에, 몸을 던진 사룸이, 우리 둘쑨 안이오, 별
사룸이, 거지두량403인디, 하필 우리 둘쑨이냐, 그러ᄒ기에, 찰아리 죽
을지언뎡, 인류 밧게, 츄솔ᄒ404 짓은, 안이ᄒ려면, 다 각기 졔 마음으
로, 누가 권히 못 ᄒ 일이오, 이것 뎌것, 다 불고ᄒ고 그런 길로 나가는
것도, 각기 졔 마음으로, 남이 권히 못 ᄒ 일이니라

(옥) 니가 졍말, 화를 니여 ᄒ는 말이 안이라 니 말도 그러ᄒ지 안소

(금) 인싱부득항소년405이니, 얼마 안이 되여, 빅발이 셩ᄼᄒ면, 네나 너나
뉘가 도라본 톄나 ᄒ 터이냐, 오늘날 잠시 조와, 됴봉모별406 일슴으면,
필경 그 남어지는, 니 몸만, 쳔덕이407가 되지 안늬, 구즁탑을 볼지라도,
십 년 경영 필경 된다고도 ᄒ엿더라, 아모조록, 한 나히라도, 졈어쓸 디,
조흔 사롬 조히 맛나, 녀즈의 직분으로, 평싱을 안락ᄒ면, 그 안이 좃켓
ᄂ냐

(옥) 침잠이 안졋다가, 훌젹ᄼᄼ 울면셔, 형님 말을 다시 듯고, 싱각ᄒ니
마음이 ᄼ샹ᄒ여 눈물이 졀로 나는구려

(금) 너 갓흔 어린아히, 무슴 감샹으로 눈물이 난단 말이냐, 이것은, 쳔연
덕으로, 픔부ᄒ 마음에 촉감이 되여, 나오는 눈몰408이니, 근본 글은 사
룸이 업ᄂ니라 ᄒ며, 우리도 셰샹에 나셔, 초년에 길을 째는, 금지옥엽
갓치, 길니어셔, 오늘날 나는 이팔쳥춘이오, 너는 오히려, 나보다 어린

---

403 거재두량(車載斗量). 수레에 싣고 말로 된다는 뜻으로, 물건이나 인재 따위가 많아서 그다지
　 귀하지 않음을 이르는 말.
404 추솔(麤率)하다. 거칠고 차분하지 못하다.
405 인생부득항소년(人生不得恒少年). 인생은 늘 소년일 수만 없다는 뜻.
406 조봉모별(朝逢暮別). '아침에 만나 저녁에 이별한다'는 뜻으로 만난 지 얼마 안 되어 헤어짐
　 을 말함.
407 천(賤)더기. 남에게 천대를 받는 사람이나 물건. 늑천덕꾸러기.
408 '물'의 오류.

209

아히가, 죽이 되는지, 밥이 되는지, 아즉 모로고 지닐 시더인디, 지금에
무슴 지각으로 텬연히 눈물이 흘은단 말이, 우웬 말이냐

ᄒ며, 금지가 옥엽의 손을 마조잡고, 흙々 늣겨 우는 그 소리에, 쌈짝 놀나
씨여보니, 쇠잔ᄒ 등잔불은, 쩌지락말락 거긔 노여 잇고, 옷 입은 치, ᄌ리
펴노은 밋헤, 손을 록이노라고, 폭 업듸여 잇다가, 어언간 잠간 조을다가,
쌈짝 놀나 졍신을 차리니, 일쟝 슈작이, 침샹에 한 꿈이러라 (고만이오)

# 고진감내(苦盡甘來)

金鼎鎭 (東部大廟洞一百二十六統二戶)
1912.12.26~27. 2회. 應募短篇小說 三等

## 1912년 12월 26일

링풍은 쇼슬ᄒ고,[409] 비ᄉ소리ᄂ, 쇼슬ᄒᄃ, 창 밧게 오동입은, 한 입시 두 입시 쑥쑥 ᄶ러져, 이리 구을며 우슈ᄉ, 뎌리 구을며 우슈ᄉ ᄒ야, 도인ᄉ 녀의, 비참ᄒ 회[410]포를 돕ᄂᄃ, 째ᄂ 정히, 츄 구월 망간이러라, 나히 열 오륙 셰 된, 도령 한아히 희미ᄒ, 등잔ᄉ불 밋헤 홀로 안져, 시름업시 눈물 이 흘너, 옷깃을 젹시ᄂᄃ, 한슘을 ᄶ이 ᄶ지게 쉬며 흔탄ᄒᄂ 말이라

팔ᄌ가 긔박ᄒ야,[411] 나를, 지극히 ᄉ랑ᄒ시던 부모가, 일즉이, 세상을 하직ᄒ시고, 이내 몸은 의지홀 ᄃ 업셔, 이 모양으로, 잔명을 붓쳐잇스 니, 날이 가고, 둘이 갈ᄉ록, 학ᄃᄂ 졈ᄉ 더ᄒ고, 만 리 ᄀᄒ혼 젼졍은, 조 곰도 희망이 업스니, 참 긔막힌 일이로다

이 ᄋ히ᄂ, 일직이 량친이 구몰ᄒ고,[412] ᄯ혼, 다른 형뎨가 업시, 독신으 로 외삼촌 집에 가, 붓쳐잇ᄂᄃ, 그 외슉모 되ᄂ 녀인은, 셩품이 포학ᄒ야, 흥샹 학ᄃ가 ᄌ심ᄒ고, 눈을 바로 ᄶ지 안이ᄒ며, 소 갈 ᄃ 몰 갈 ᄃ, 홀 일

---

[409] 소슬(蕭瑟)하다. 으스스하고 쓸쓸하다.
[410] '회'의 오류.
[411] 기박(奇薄)하다. 팔자, 운수 따위가 사납고 복이 없다.
[412] 구몰(俱歿 / 俱沒)하다. 부모가 모두 세상을 떠나다.

못 홀 일 다 식이다가, 조곰만, ᄆᆞ옴에 맛지 안이ᄒᆞ면

　나가거라, 보기 실타, 팔즈가 사나오닛가, 별꼴을 다 본[413]다, 진작 죽
　어라 네 신셰도 편ᄒᆞ고, 나도 됴켓다

ᄒᆞ며, 종々 구타를 ᄒᆞ고, 무수히 학ᄃᆡ를 ᄒᆞ니, 엇지 일시인들 견디리오마
는, 이 ᄋᆞ히는, 능히 견디며 능히 춤ᄉᆞ고, 셰월을 보니다가, 츠々 자라, 나
히 열여섯 살이 되엿더라, 즈연, 부모의 싱각도 나고 신셰 싱각을 ᄒᆞ니, 하
눌이 문허지고, 짱이 꺼질 뜻ᄒᆞᆫ지라, 밤이면, 젼々반측[414]ᄒᆞ야, 잠을 일우
지 못ᄒᆞ다가, 즈긔의 쟝릭 싱각을 ᄒᆞ고

　슯ᄒᆞ다, 인싱이 우연히, 셰샹에 나왓다가, 우연히 도라가는 것은, 텬디
　즈연ᄒᆞᆫ 인간공도어늘, 뎌는 부ᄒᆞ고, 나는 빈ᄒᆞ며, 뎌는 강ᄒᆞ고, 나는 약
　ᄒᆞ니 엇진 연고이고

　청츈이 한 번 가면 두 번 오지 못ᄒᆞ고 인싱이 한 번 쥭어지면 두 번 살지
　못ᄒᆞ거던 이닉 몸은 엇지ᄒᆞ야 이ᄀᆞ치 쳔ᄒᆞ고 오냐 무졍ᄒᆞᆫ 셰월을, 허송
　치 말고, 촌음을 시경ᄒᆞ야,[415] 힘써보리라, 일년지계는 진어츈이오, 일
　싱지계는, 진어청츈(一年之計ᄂᆞᆫ在於春一生之計ᄂᆞᆫ在於靑春)이라　ᄒᆞ니, 나
　폴에온의 알프쓰산을 넘어가든 용믹과, 콜엄버스의, 아부리ᄭᅡ를 발견
　ᄒᆞ든 인내로 졍신을 가다듬어, 힘써 공부를 ᄒᆞ고, 열심으로 버럿스면,
　나도 강ᄒᆞ고 나도 부ᄒᆞ리라

ᄒᆞ고, 외삼촌 집을 리별ᄒᆞ고, 뎡쳐 업시 나섯너라

슯ᄒᆞ다 외슉모의 학ᄃᆡ를 못 견디여, 이와 갓치 결심ᄒᆞ고, 나섯스나, 갈 바
를 몰나, 발길 나가는 딕로 가고보니, 동대문 외 쳥량리를 당도ᄒᆞ엿는지

---

**413** '본'의 오류.
**414** 전전반측(輾轉反側). 누워서 몸을 이리저리 뒤척이며 잠을 이루지 못함.
**415** 촌음시경(寸陰是競). 한 자 되는 구슬보다도 잠깐의 시간이 더욱 귀중하니 시간을 아낌.

라, 스면을 도라보니, 일락셔산ᄒᆞ야, 황혼을 지촉ᄒᆞ고, 인가는 즐비ᄒᆞᆫᄃᆡ, 집ㅅㅅ마다 굴쑥에셔, 져녁 연긔가, 무럭ㅅㅅ 나는지라 졍히 비희[416]ᄒᆞ다가, 멀니 바라보니, 무슴 조고마ᄒᆞᆫ 물건 한아히, 싸에 써러졋거늘, 즉시 집어보니, 지갑에 돈 오십 원이 드럿는지라, 혼ᄌᆞ 싱각에

**1912년 12월 27일 (속)**

　엇더ᄒᆞᆫ 사롬이, 써럿트럿나, 이것을 이 길로, 경찰셔에다 갓다 두면, 공평졍대ᄒᆞᆫ 법소에셔, 쥬인을 차져 쥬겟지

ᄒᆞ고, 바로 동대문을 향ᄒᆞ고 오는ᄃᆡ, 엇더ᄒᆞᆫ 사롬이, 쌍을 이리뎌리, 둘너보며 무엇을 찻는 모양이어늘, 그 거동을 보고, 불너 ᄌᆞ세히 치문[417]ᄒᆞᆫ즉, 쥬인이 분명ᄒᆞᆷ으로, 그 돈을 곳 너여쥬엇더라

이 사롬은, 츙쳥도 공쥬 사는, 사롬인ᄃᆡ 셔울로 올나왓다가, 쳥량리, 가을 경치를 구경ᄒᆞ고, 도라오는 즁, 그 지갑을 일엇는ᄃᆡ, 그 쳥렴ᄒᆞ고, 졍직ᄒᆞᆷ을 무슈히 치사ᄒᆞ고, 금화 오 원을 너여 쥬며

(최) 이것이 약쇼ᄒᆞ나, 젹음을, 혐의치 말고 밧어셔, 학비에 보용ᄒᆞ라, 사롬이라는 것은, 학문이 업스면, 우리 인류샤회에, 활동을 못 ᄒᆞ고, ᄯᅩᄒᆞᆫ 국민의 ᄌᆞ격을, 힝치 못ᄒᆞᆯ지니, 부ᄃᆡ 공부를, 힘써 ᄒᆞ야, 국가의 동량을 지으라

ᄒᆞ고, 힝ㅅ히 가니, 이 ᄋᆞ희는, 지삼 ᄉᆞ양ᄒᆞ다가, 마지못ᄒᆞ야, 밧앗스나, 한 가지 목뎍이, 별로 잇스니

　내가 남의 돈을, 공연히 밧는 것은, 일이 안이나, 내가 당초에, 이곳ᄭᆞ지

---

[416] '회'의 오류.
[417] 채문(採問). 알려지지 않은 사실이나 소식 따위를 알아내기 위하여 더듬어 찾아 물음.

온 것은, 단지 우리 외슉모의, 학디를 못 견디여, 나도 ㅈ유 싱활을 ㅎ겟

다 ㅎ고, 나옴이니, 또훈 ㅈ산이라는 것이 업슴을 인연ㅎ여, 나옴이러

니, 다힝히, 하늘이 도으샤, 오 원금이나 엇덧슨즉, 이를 가지고, 담비

장ㅅ라도 ㅎ야, 아모됴록, 근ㅅ득싱⁴¹⁸ 버러셔, 셜원⁴¹⁹을 ㅎ겟다

ㅎ고, 즉시 비오기 네거리에다, 조곰아ㅎ게, 담비 져ㅈ를 니여, 밤이면 야

학을 ㅎ면셔, 쥬야를 불분ㅎ고, 영업을 ㅎ니 ㅈ연 신용을 엇어, 금전의 거

리와, 외샹 거리가, 츠ㅅ 번셩ㅎ야, 불과 몃 히 안이 되야, 크게 ㅈ본을 엇

어, 대상업가ㅅ 되얏더라

이 ㅇ희는, 원리 텬품이, 영민훈 터이라 그 외슉모의, 독훈 혹디를 밧고도,

오히려, 착훈 ㅁ음을 가지고, 외슉모 비반훈 일을, 스스로 칙망ㅎ다가, 츈

화일란ㅎ고, 만산초목이 번셩홀 째를 당ㅎ니, 더욱 싱각이 ㄴ졀ㅎ야, 외

슉모의 집을, 츠져갓더라

그 외슉모는, 이 ㅇ희를 니여보닌 후, 별로히, 신긔훈 일은 업고, 과부가

되야 눈물로, 셰월을 보니는 즁이라, 이 ㅇ희를 보고, 크게 놀니여

(외) 네가 내 집을 쩌나셔, 이ㄱ치, 잘 되얏거던, 또훈 나를 츠져옴은, 무슴

　　곡졀인고

이 ㅇ희는, 공손히 졀ㅎ며

(아희) 황송ㅎ오나, 당초에 나를, 잘 먹이고, 잘 입혓더면, ㅈ유 싱활을 몰

　　낫슬 것을, 외슉모의 학디ㅎ신을, 분히 넉이고, 부ㅈ런히 힘써 버럿더

　　니, 오늘날, 이러케 되얏슴니다

외슉모는, 이 말을 듯고, 고기를 숙이고 얼골이, 붉어지며, 아모 말도 못

훈다 (고만)

---

**418** 근근득생(僅僅得生). 겨우겨우 살아감.

**419** 설원(雪冤). 원통한 사정을 풀어 없앰.

# 悔改(회기)

李興孫 (北部順化坊司宰監契躰府洞八十三統二戶)

1912.12.28~29. 2회. 應募短篇小說 三等

## 1912년 12월 28일

무정 셰월이 약류파라, 인싱 일셰 도라가면, 다시 오기 어렵것만, 츈하츄
동 소시졀은, 슌환이 무궁ㅎ야, 황국단풍이 츄졀을 자랑터니, 일죠일셕
에, 셔북풍이 니러나며, 빅셜이 분々ㅎ다, 엄동셜한 깁흔 밤에, 빙셜 ㄾ흔
셰ㅅ방에셔, 달々 썰고, 안젓는 사롬은, 별사롬이 안이라, 부쟈로 잘 지니
던, 유참셔의 ㅇ둘 유진사라, 스스로 탄식ㅎ는 말이

　긔한이 々 ㄾ흘 줄은, 바이 알지 못ㅎ얏도다, 젼일에 부형이, 싱존ㅎ야
계실 째에는, 의식이 풍족ㅎ야, 유의유식ㅎ며, 빈부의 여하홈을, 도모
지 모로고, 부형과 소부의 훈계ㅎ시는, 금셕 ㄾ흔 말슴을, 듯지 안코, 불
효막심ㅎ엿스며, 쏘흔 익우(益友)[420]를 물니치고, 손우(損友)[421]를 몰나
보아, 텬하 피류 방탕쟈만 사괴여, 이 몹슬 아편울[422] 먹기로, 큰 소엽
이나 삼을 듯이, 츙효신의(忠孝信義) 지々 안케 쥬야를 불분터니, 니 몸
만 망홀 쑨 안이라, 나 갓흔 사위를, 엇은 탓으로, 나무 집 고명쏠로, 이

---

**420** 익우(益友). 사귀어 유익함이 있는 벗.
**421** 손우(損友). 사귀어 해가 되는 벗.
**422** '을'의 오류.

지즁지히, ᄌ란 녀ᄌᄭᄭ지 팔아먹고, 홀아비로 도라단이니, 이 신셰를

엇지홀고

ᄒ며 락두[423]불이(落淚不已)홀 즈음에 대문 밧게서, 이리 오너라, 소리가

나더니 폐포파립[424]에, 집신감발[425]ᄒᆫ, 걸인 한아이 드러온다

이 사롬은, 유진ᄉ의 친구, 신국쟝이니 신분이던지, 힝동이던지, ᄉ업이

유진ᄉ와 한 바리에, 실을 만ᄒᆫ 인물이라, 무엇이 그리 무셔운지, 입을 싹

버리고, 슘이 턱에 차셔, 쮜여 마루로 올나와, 손을 잇글고, 방으로 드러가

더니, 별々 리약이가 나아온다

(신) 나는 별일을 다 보왓네, 엇지 무셥고도 고마온지

(유) 무엇이 그리 무셥고도, 고마온 일이란 말인가, 어셔 리약이를 ᄒ게,

드러보셰 (쏘 잇소)


## 1912년 12월 29일 (속)


(신) 다른 일이 안이라, 내가 져녁밥을 먹고, 달이 하 밝기에, 산보도 홀 겸

남대문 안, 홍살문[426]께를, 가노라닛가 웬 걸인 한아이, 길가에 죽어 누

엇는디 죠희 ᄒᆫ 쟝을, 손에다 드럿길니, 그것이 무엇인가 ᄒ야, 즉시 쎄

여 본즉, 이것이데그려

ᄒ고, 좁기 쥬머니 속에서, 죠희 헌 쟝을 닉여 쥬는시라, 유씨가 바다 보

---

**423** '루'의 오류.

**424** 폐포파립(弊袍破笠). 해어진 옷과 부서진 갓이란 뜻으로, 초라한 차림새를 비유적으로 이르
는 말.

**425** 짚신감발. 짚신을 신고 발감개를 함. 또는 그런 차림새.

**426** 홍살문(紅一門). 능(陵), 원(園), 묘(廟), 대궐, 관아(官衙) 따위의 정면에 세우는 붉은 칠을 한
문(門). 둥근기둥 두 개를 세우고 지붕 없이 붉은 살을 세워서 죽 박는다. 늑홍문(紅門)

니, 그 글에 호엿스되

　이 사름은, 이 세상에 아편 먹는 사름에게 증계(懲戒)호야, 혈셔로써 이
　사름의 힝젹(行蹟)과, 그 나죵 결과(結果)를 들어, 자셰 젹노니, 아편 먹
　는 여러분들은, 이것을 혼 번식, 명심(銘心)호야 볼지어다

　　　임모의 혈셔

이 사름이, 쳐디 쟈랑이 안이라, 여러분들 아는 바와 굿치, 죳샹 유업으로,
루디 공경의 반벌이, 남만 못혼가, 지산이 남만 못혼가, 부모의 귀염울, 남
만치 못 밧앗나, 니가 웬만치만, 졍신을 차렷셔도 우으로 량친이, 깃버호
셧슬 터이오, 무슨 스업이던지, 조본 업는 걱졍은[427], 업셧슬 터이니, 이
샤회[428]에 니 일홈이, 엇더케 놉핫슬는지도, 모를 것인디, 에그 무슨 악마
가 들엇던지, 이 몹슬 아편 먹기로 나의 일평싱, 스업을 삼아, 이 츄혼 오
락으로, 그동안 방탕히 지닌 일이, 지금 입에 다시 올니기도, 더러워, 말
못 호겟노이다, 그 순々호신, 부모의 효유도 안이 듯고, 그 친졀혼 친구의
권고도, 반디호고, 그 밍렬혼 샤회의, 공박도 우슈히 녁이고, 일향 그 모양
으로, 지니던 결과로 오늘날, 부모가 나[429]로 인호야, 셩화로 지니시다가,
인히 울화ㅅ병으로, 련겁허 하셰호셧스니, 텬디 안에, 이런 죄인이 엇의
잇스리오, 그뿐 안이라, 셰상 사름은, 모다 우리 부모가, 날로 인호야, 조
쳐호셧다는, 소문짜지 나셔, 빅일지하에, 얼골도 둘 슈 업는 놈이 되얏소
이다 지금 와셔는, 지산이나, 명예에 명호고 타락혼 것은, 오히려 둘ㅅ지
이올시다 폐일언호고, 아모리 싱각호야도, 죽을 슈밧게 업슴으로, 죽노이
다, 이 죽는 것은, 니가 죽는 것이 안이라, 하늘이 미워 녁이샤, 텬죄(天罪)

---

**427** '은'의 글자 방향 오식.
**428** '회'의 오류.
**429** '나'의 글자 방향 오식.

217

로 죽는 줄로 싱각ᄒ노이다

ᄒ엿는지라, 혈셔를 다 본 후

(유) 이것이 참 무셥기는 ᄒ지만은········

(신) 허々 쥬져홀 일 업네, 이것을 명심ᄒ야 보닛가, 우리들도, 힝젹이 々
와 달을 것 업스니, 결과는, 죽을 밧게 슈가 잇나, 나히 삼십이 되락말낙
ᄒᆫ 놈들이, 고만 죽고 만단 말인가

(유) 참말 꼭 올흔 말일세, 나도 이째ᄭᆞ[430] ᄌ탄(自歎)ᄒ고 안젓는 즁 ᄌ
ᄌ[431]네가 드러왓네만은 쟝ᄎ 엇지ᄒ쟌 말인가

ᄒ며 두 사롬이, 동지셧달 건々 밤을, 몃칠을 그 ᄌ리에 쏙[432] 안져, 셔로
토죄ᄒ고 졍셩겻, 궁리를 ᄒ더니, 희[433]기ᄒ야 다시는 아편 안이 먹기로,
하날의 밍셰ᄒ고 일졀 단연ᄒᆫ 후, 쥬야를 불[434]분ᄒ고, 로동에 죵ᄉᄒ야,
녜젼 지산을, 졈々 회복ᄒᆫ 결과로, 의식의 걱졍이 업시, 일평싱을 루리엇
더라 (고만)

---

<hr />

430 ‘이째ᄭᆞ지’의 탈자 오류.
431 ‘ᄌ’ 글자 중복 오류.
432 ‘쏙’의 글자 방향 오식.
433 ‘회’의 오류.
434 ‘불’의 오류.

# 新年의 問數 시히의 문슈 ― 에 ―

朴容奐

1913.1.1

어졔밤 부든 바롬에, 임ᄌ(壬子)는, 꿈ᄀᆺ치 보너고, 오늘 아참, 계츅(癸丑)의 원조를 마즈니, 텬긔도 명랑ᄒ고, 란일경풍(暖日輕風)이, 인온화창(氤氲和暢)ᄒ야, 일초일목(日草一木)과, 일ᄉ일물(一事一物)의, 엇던 것이던지 다 각각, ᄌ락의락(自樂之樂)이 잇거든, 훔을며 인ᄉ(人事)야, 엇지 다 말ᄒ리오마는, 그 중에 고루지 못ᄒ 것은, 인ᄉ ― 라, 엇던 집에셔는, 아들ᄯᆯ을 곱게곱게 닙혀셔, 너여놋코, 희ᄉ락ᄉᄒᄂ는 집도 잇고, 엇던 집에는, 아들ᄯᆯ이 웅게즁게[435] 잇스나 「아바지 왜, 당기도 안이 사다주고, 신도 안이 사다주어요? 뒤ㅅ집에 복동이는, 뎌러케 옷도 잘닙고, 발셔, 셰비를 왓는듸」 ᄒ며, 울며 죠르는 통에 눈ㅅ살을 펴지 못ᄒ고 잇는 집도 잇고, ᄯᅩ 엇던 집에는, 아들ᄯᆯ은 한아도 업고, 공연훈 귀 밋헤, 한줄기 눈(雪)발만 더ᄒᄂ는 것을, 슯히 혼탄ᄒᄂ는 집도, 잇셔 쳔틱만샹인 즁, 대톄 이날은, 엇던 날인지, 그다지 무셥고, 효박ᄒ던[436] 인심들이 엇지 그리 됴와셧ᄂ는지, 무론 엇던 집을 가던지, 붓드러 안쳐가며, 음식도 너이며, 인ᄉ도 졍이 쏙ᄉ 듯게 ᄒ며, ᄯᅩ는 어젹게ᄭᅵ지라도, 길에셔 맛나면, 본쳬만쳬ᄒ든 사롬이라도, 이날은 맛나기 곳 ᄒ면, 의례히

---

**435** 웅게즁게. '웅기중기'의 방언(전남).
**436** 효박(淆薄)하다. 인정이나 풍속이 어지럽고 아주 각박하다.

아! 신년 시흐에는, 소원을 셩취흐고, 부쟈가 되셧다니, 감샤흠니다

신년 시흐는, 며느님도 보시고, 사위님도 보셧다니, 감샤흐외다

신년 시흐는, 젼후 익을, 다 소멸흐셧다니, 감샤흠니다

금년에는, 어엽분 식시에게, 쟝가가고, 아들 낫다니, 감샤흐다

이와 굿치, 여러 가지로, 셔로 됴흔 인사를 흐는니, 내남직홀 것 업시 터진 입으로, 희번드를흐게 흐는, 쓸딕업는 인사지마는, 대체 셰샹 인심이, 다 이날 굿희셔는, 진실로 산무도젹[437]흐고, 도불습유[438]흐고, 야불폐문[439]흐는, 태평셩딕라 홀 만흔 아참이더라 히가 거의 오졍은 되엿는딕, 남대문 안, 칠간 안 모퉁이로브터 도젹놈 여셧 명이 쎄를 지여 나오는딕 대체, 이 도젹들은, 일월을 보지 못흐는 병신으로 눈 쓴 사롬의 진물을, 무옵딕로 속여 쎄아셔먹는 소경 부란당[440]이란 도젹이라, 목을 길게 쎄이고, 노리도 안이오, 울음도 안인 긔묘흔 곡됴로

무인수—에—

이와 굿치 한곡됴로 돌녀가며, 소리를 지르다가, 한 놈이 흐는 말이라

아! 여보게, 음력 셜에는, 집안에 가만히 안졋셔도, 시흐 신수[441]보러, 오는 손들이, 문이 미더니, 양력 셜에는 도부[442]를 나와도, 한 녀셕, 안이 걸니네그려

이째 맛참, 엇던 사롬이, 남대문으로 코끼리(象) 한 마리를, 쓰을고 드러오

---

**437** 산무도젹(山無盜賊). 산에는 도젹이 없다는 뜻.

**438** 도불습유(道不拾遺). 길에 떨어진 물건을 주위 가지지 않는다는 뜻으로, 형벌이 준엄하여 백성이 법을 범하지 아니하거나 민심이 순후함을 비유하여 이르는 말.

**439** 야불폐문(夜不閉門). 밤에 대문을 닫지 아니한다는 뜻으로, 세상이 태평하여 인심이 순박함을 이르는 말.

**440** 부란당. '불한당'의 방언(경상, 함북).

**441** 신수(身數). 한 사람의 운수.

**442** 도부(到付). 장사치가 물건을 가지고 이리저리 돌아다니며 팖.

다가, 소경들의, 모혀 섯는 것을 보고

　여보 쟝님, 뎌리 치여셔시오, 코끼리에게 치여 죽으리다

쟝님들이, 코끼리라는 일홈은, 드럿스나, 형용은 모로는 터이라, 깜짝 놀

나 코끼리를 좀 보려고, 눈을 부릅쓰나, 죠곰도 볼 수는 업는지라

　여보 코끼리 끄을고 가시는 량반!

　웨 그리오

　우리가, 뎌그번에, 창덕궁 동물원 압을 지나다가, 쟝님은 돈 밧지 안코,

　구경식인다 ᄒ기에, 드러가셔, 여러 가지로, 구경을 잘 ᄒ얏스나, 코끼

　리는 엇더케 싱겻는지, 잘 못 보앗는디, 어렵소이다마는, 잠간 좀, 만져

　나 봅시다그려

　만져 보면, 소경이 알겟소?

　암, 알다뿐이오, 동물원 구경까지 ᄒ얏단 밧게, 더 홀 말 잇소

　쟈 이리 와셔 만져 보시오

안쟝님이란 쟈가, 몬져 나와, 코끼리의 비를, 더듬어 보더니

　아! 나는, 코끼리가, 엇더케 싱긴 놈인가 ᄒ얏더니, 인졔야 알앗네, 코끼

　리는, 손도 업고 발도 업고, 벽(壁)ᄀᆞ치 싱긴 놈일셰나

김쟝님이란 쟈가 니다르며

　엇의 니가 보와야 알지

ᄒ며, 공교히, 코기리의 어금니(牙)를 만져 보더니, 허허허허 우스며

　아! 여보게, 아모리, 보지 못ᄒ는 소경인들, 이것을 벽 ᄀᆞ다 ᄒ니, 참 긔

　막힌 일일셰, 코기리는 둥글고, 끗치 쌰죽ᄒ야, 송곳ᄀᆞ치 싱긴 놈일셰

리쟝님이란 쟈는, 코기리의 코를 어루만져 보다가, 코기리가, 코를 번쩍

져드는 바롬에, 황겁ᄒ야[443] 쓰러지며

　아이구 혼낫네, 이 사롬들, 그것을 보고, 벽 ᄀᆞᄒ니, 송곳 ᄀᆞᄒ니 흔단

말인가, 등그런 기동ᄀᆞᆺ치 싱긴 놈인듸, 닙다 쎼미는 바름이 혼이 낫네

손쟝님이란 쟈는, 코기리의 다리를, 만져 보더니, 소리를 버럭 지르며

엇지면, 그다지 못 보나, 소경 중에도 홀 수 업는 소경이지, 이러케 알기

쉬운 것을 몰나보고 기동이니 송곳이니 벽이니 훈단 말인가 둥글고 키

가 커셔 맛치, 고목(古木)ᄀᆞᆺ치 싱긴 놈일셰

신쟝님이란 쟈는, 코기리의, ᄭᅩ리를 잡우 보더니

아모리, 싱각나는 디로 ᄒᆞ는 말이지마는, 분수가 잇게 말들을 ᄒᆡ야지,

코기리는, ᄭᅩᆨ 슉마ㅅ줄(繩)[444] ᄀᆞᆺ흔 즘싱일셰

최후에, 밍쟝님이란 쟈가 나오는듸, 키가 뎨일 큰 쟈라, 코기리의 귀를, 더

듬더듬 만져보더니, ᄀᆞᄌᆞᆼ 아는 톄ᄒᆞ고

대체 ᄌᆞ네들, 금년에, 몃 살식이나 되엿나, 지각 잇는 ᄋᆞ희라고는, 한아

도 업네그려, 그 무슨 가당치도 안은 말들을, 함부루 지졀거럿나,[445] 나

는 ᄌᆞ네들을 보지 못ᄒᆞ는 병신으로만 알앗더니 오관ᄭᆞ지 셩치 못훈 것

들일셰그려

다섯 소경들이, 눈을 희번덕거리며

아—그러면, 자네는, 코씨리를 엇더케 싱긴 즘싱으로 아나 응, 여보게

자셰 좀 알냐나, 코씨리는, 맛치 큰 붓치갓치 □[446]긴 놈이지, 무엇이야

코씨리 ᄭᅳ을고 가든 쟈로 말ᄒᆞ면, 코씨리나, 구경식혀 쥬고, 엇더케 공짜

로 식희 신슈나 좀 불기 ᄒᆞ고, 코씨리 구경을 식혀 준 것이러니, 손으로 만

져 보고도 몰으는 쇼경놈의, 어리셕음을 보고, 혼자말로

셰상에, 참 악훈 일도 만타, 너남직홀 것 업시, 텬디도 못 보고, 일월의

---

**443** 황겁(惶怯)하다. 겁이 나서 얼떨떨하다.

**444** 슉마(熟麻)줄. 숙마로 꼬아 만든 줄.

**445** 지졀거리다. 낮은 목소리로 자꾸 지껄이다.

**446** 문맥상 '싱'으로 추정.

명암을 분변치 못ᄒᆞ며, 미츄(美醜)를 분변치 못ᄒᆞᄂᆞᆫ, 병신에게 고혹ᄒᆞ야, 슈명복록(壽命福錄)을 비러 달나, 혹은 질병지히(疾病災害)를 쇼멸ᄒᆞ야 달나ᄒᆞ야, 은<sup>447</sup>특한<sup>448</sup> 소경과, 요사한<sup>449</sup> 무당에게, 앗가운 지물을 쎄앗기니, 그런 악착ᄒᆞᆯ 데가, 엇의 잇나, 길게 말ᄒᆞᆯ 것 업시, 소경이나 무당을, 물안당이라 ᄒᆞᆯ 것 업시, 앗가운 지물, 갓다 쥬ᄂᆞᆫ 것들이, 텬리에 버셔나ᄂᆞᆫ 도적이지 금년부터ᄂᆞᆫ, 무당 편슈를, 엄금ᄒᆞᆯ 것 업시, 붓구리 하러 ᄃᆞᆫ니ᄂᆞᆫ 것들을, 모조리 잡아갈 것이야

ᄒᆞ더니, 소경을 대ᄒᆞ야 ᄒᆞᄂᆞᆫ 말이

여보 쟝님, 신슈볼 줄 아오

여러 소경들이, 닷토아 대답을 ᄒᆞ며

아모렴 여부가 잇소, 신슈도 보고, 복도 빌어 쥬고, 병도 낫게 하고, 별의별 것 다 하지오

아―그러면, 복을 비러셔, 남 줄 지조가 잇스면, 위션 당신네들은, 벌셔 부자 장자가, 다 되엿슬 터인듸, 왜 져 모양으로 거지(乞人)들 갓소

압다나, 그 량반 볼 신슈나, 볼냐면 보앗지, 누가 그 참관ᄒᆞ뤗소,

그야말로 북슐경(北戌庚)이로군(긔ᄌᆞ식이라 변쓰는 말이라) 아모럿턴지, 눈 쓰고 너희에게, 속ᄂᆞᆫ 우리가, 공리의 버셔나ᄂᆞᆫ 도적이닛가, 더 ᄒᆞᆯ 말은 업다

ᄒᆞ며 코ᄭᅵ리를 ᄭᅳ을고 가더라

---

**447** '음'의 오류.
**448** 음특(陰慝)하다. 성질이 음흉하고 간사하다.
**449** 요사(妖邪)하다. 요망하고 간사하다.

# 아편쟝이에 말로(鴉引末路)

徐圭鱗 白川郡

1913.1.7. 短篇小說

북풍한셜 치운 졀긔, 나무마다, 이화슈불, 물빗마다 유리계라, 광하쳔간 널른 집이, 한가훈 몸이 되야, 난금슈쟝에 호강이 무비훈 사롬도, 만으려 이와, 치움을 견디지 못ㅎ야, 눈물이 방방훈[450] 쟈도 무슈ㅎ도다, 그 곤궁 훈 쟈에, 원인을 연구ㅎ면, 혹은 텬연덕 병신으로, 싱이에 길이 업셔, 스셰 고연[451]훈 즈도, 만커니와 스심을, 억졔치 못ㅎ야, 즈침즈샹ㅎ는 쟈도 무 수ㅎ도다, 일낙셔산,[452] 져문 날에 호호셩이, 익연이 나며, 쥬인 쥬인 급 훈 소리 우름을 셕겨 불으더라

(쥬인) 그 누구시오, 날이 대단이, 치운디, 언의 손님이, 와셔 찻노

(부르던 쟈) 쥬인 쥬인, 인명을, 술니소셔, 아이고 비고푸고, 치워라

(쥬인) 어디 스는, 걸인인디, 울음을 셕거 부르는고

(부르던 쟈) 비나니다, 쥬인이여, 인명 구졔ㅎ옵소셔

쥬인이 문을 열고, 걸인의 힝식을, 살펴보니, 폭폭이[453] 히여진 의복은, 촌 수 디기 어려올 만ㅎ나, 람물 드린, 상하 의복이 지나(支那)인[454]이 분명훈

---

[450] 방방(滂滂)하다. 눈물 나오는 것이 비 오듯 하다.

[451] 사세고연(事勢固然). 일의 형세가 본디 그러함.

[452] 일락서산(一樂西山). 해가 서산으로 떨어짐.

[453] 폭폭(幅幅)이. 하나로 연결하려고 같은 길이로 나누어 놓은 종이나 천 따위의 조각마다.

[454] 지나인(支那人). 중국 국적을 가진 한족, 몽골 족, 터키 족, 티베트 족, 그리고 만주족 따위를

디, 연긔가, 한 ᄉ십 되얏고, 긔골이 건쟝ᄒ나, 수쳑ᄒ기가 비홀 ᄃ 업더라

(쥬인) 엇지호 사ᄅᆷ인대, 힝식이, 뎌럿탓 되얏ᄂ뇨

(지나인) 나는 본릭 쳥국 동쥬에 살더니 상업츠로, 조션에 나아오[455] 지, 열
한 힉에, ᄌ연 운수가 비식ᄒ야,[456] 화지와 수픠에, 다수호 ᄌ물을 실픠
ᄒ고, 오늘날 이갓치 일신이, 군식ᄒ야,[457] ᄌ션가의 구졔ᄒᆷ을, 의뢰ᄒ
야, 고국에 도라갈 길을 구ᄒ노이다

(쥬인) 그대의 ᄒᄂ는 말을 듯고, 그뒤의 힝식을 슬피니, 말과 일이, 부합지 안
이ᄒ도다, 만일 그뒤의 말갓치, 상로에 실픠ᄒ얏스면, 이젼 그뒤의, 친구
도 허다홀지라, 친구의게, 보조를 쳥ᄒ여도, 오늘날 져와 갓치, 신셰가
젹막지는 안이홀 터이오, ᄯᅩ 그대의, 긔상을 보니, 얼골에 누른 긔운이,
병이 잇는가 십으니, 분명히 무슨, ᄌ작지얼[458]이 잇는가 의심ᄒ노라

그 사ᄅᆷ이, 한구이 셔셔, 쥬져ᄒ다가

(지나인) 쥬인의 명감이여, 오늘날 쥬인에게 대ᄒ야, 나의 일셩의 씻지 못
홀 죄얼을 고ᄒ리다, 나는 본릭, 샹업에 종ᄉᄒ야, 죠션 풍토에 잇슨 지,
십여 년에, 창쾌□ 칭호도 엇ᄊ더니, 불힝히, 부랑호 고국 친구에, 그릇
ᄒᄂ는 바에 꾀이여, 아편을 먹은 지, 삼ᄉ 년에, 하로 이 환 갓가히, 비용
이 들 ᄲᆫ더러 일신이 졈ᄉ 슈쳑ᄒ며, 금년에 일으러셔는, 약갑에 군졸
이 ᄌ심ᄒ야 마갑이와, 침을 ᄉ셔 가지고, ᄌ침ᄒ기를 시작ᄒ야, 미일
일 환 이샹에, 비용이 드는지라, ᄌ물이 산 갓기로, 공비가, 그리 만은
터에, 오늘날 이 디경이 되지를 안이ᄒ리오, ᄉ셰에 젼후를 싱각ᄒ고,

---

통틀어 이르는 말.

**455** '온'의 오류.

**456** 비색(否塞)하다. 운수가 꽉 막히다.

**457** 군색(窘塞)하다. 필요한 것이 없거나 모자라서 딱하고 옹색하다.

**458** 자작지얼(自作地孼). 자기가 저지른 일 때문에 생긴 재앙.

225

아편인을, 씃코자 ᄒ나 푼젼 쳑리 바이 업셔, 구걸이나ᄒ여 슈(솔 아편인
씃는 약)나 ᄉ셔 먹고 아편인을, 씃코자 ᄒᄂ이다

(주인) 불샹ᄒ도다, 그대의 형편이여 수십 년 외국에서, 실업ᄒ든 그대 몸
이, 오늘날 독약에 즁독이 되여, 더다지 표령홈[459]이, 불샹치 안이ᄒᄂ가

(지나인) ᄉ셰를 싱각ᄒᆫ즉, 우락을 즁분이면,[460] 단 오십을 못 사는 인성에,
나갓치 ᄌ샹ᄒᄂ 쟈 —, 몃ᄯ치리오

ᄒ고, 슈쳑ᄒᆫ 얼골에, 눈물이 ᄌ최업시 흐르더라

쥬인이 감안이 안져, 그 사ᄅᆷ의 형편을 인ᄒ야, 죠션인에 대ᄒᆫ, 관념(觀念)
이 싱긴다

방금에 우리 조션 동포 즁에, 힝식이 져와 갓흔 쟈가, 응당 젹지 안이ᄒ
리라, 사ᄅᆷ이 셰간에 ᄂ셔, 부모에 혈육을 온젼히, 보존ᄒ기ᄂ, 극난ᄒᆫ
일이ᄂ, 고의로 졔 졍신을 희미히 ᄒ고, 졔 육신을 손샹ᄒ며, 졔 가산을
탕피ᄒ야,[461] 경관이 극력 금지홈과, 동포가, 쥬야 권고홈을 불고ᄒ다
가, 말로에ᄂ, 뎌와 ᄀ치 개걸을 ᄌ취ᄒ니, 진실로 무ᄉᆷ 심쟝인고, 슱흐
다 무ᄉᆷ 슈단을 리용ᄒ야, 동포 즁 미혹ᄒᆫ 쟈를 구완홀고

이에, 다시 지나인을 불너, 아편인을 속히 씃코, 완젼ᄒᆫ 사ᄅᆷ이 되야, 고국
에 도라가기를 권고ᄒ고, 금화 오십 젼을 주니, 지나인은 회기ᄒ야, 아편
단인ᄒ기를 굿게 밍셰ᄒ고, 호의를 감샤ᄒᆫ 후

다른 집에 가셔, 구걸을 더 ᄒ겟ᄉ옵기 총총ᄒ오이다[462]

하직ᄒ고, 표연히[463] 가는 거동

아이고 츄어 아이고 츄이

---

**459** 표령(飄零)하다. 신세가 딱하게 되어 안착하지 못하고 이리저리 떠돌아 다니다.
**460** 우락중분(憂樂中分). 근심과 즐거움을 반으로 나눔.
**461** 탕패(蕩敗)하다. 재물 따위를 다 써서 없애다.
**462** 총총(悤悤)하다. 몹시 급하고 바쁘다.
**463** 표연(飄然)하다. 홀쩍 나타나거나 떠나는 모양이 거침없다.

# ᄉᆡ 옷 입고*

桂東彬 (京城北部壽進坊松 峴十九統加三戶內)

1913.1.9. 應募短篇小說 三等

ᄉᆡ 옷 입고, ᄉᆡ 신발 가라 신ᄉ고, 대문 밧게, 썩 나셔면, 열흘 볼름식 지나, 옷이나 밧고와, 입으러 드러오고, 져의 부모의 신부림[464]은, 담비 한 ᄃᆡ도, 안이 사다 드리면셔도, 별々 약쥬가의, 아참져녁으로, 술안쥬 신부림은, 쥬인의 말, ᄶᅥ러지기가 밧바셔, 넝큼々々 ᄒᆞᄂᆞᆫ 쟈ᄂᆞᆫ, 누구냐 ᄒᆞ면 셩은 한가요 일홈은 만동이라

집안이 망ᄒᆞᆯᄂᆞ닛가, ᄃᆞᆰ을 기르면, 게역[465]만 들고, ᄀᆡ를 기르면, 비루[466]만 먹고 자식을 기르면, 만동이 갓ᄒᆞᆫ 것이, 싱겻스니, 만동이 갓ᄒᆞ면, ᄌᆞ식 보쟈고 쟝가갈 밋친놈 업지

ᄒᆞ고, 한숨을 휘 ―, 길게 쉬이며, 안졋ᄂᆞᆫ 사ᄅᆞᆷ은, 만동의 부친이라, 이ᄣᆡ에 만동이가 드러오니

(부) 야, 오ᄂᆞᆯ은 죵용ᄒᆞ니, 리약이 좀 ᄒᆞ야 보자, 술집으로만 ᄆᆡ양 단이면, 필요가 무엇이냐

(ᄌᆞ) 아바지ᄭᅴ셔ᄂᆞᆫ, 답々ᄒᆞ오이다

(부) 웨々々 말을 ᄒᆡ라

---

464 심부름. 남의 시킴이나 부탁을 받고 그 일을 대신함.

465 계역(鷄疫). 닭의 전염병.

466 비루. 개나 말, 나귀 따위의 피부가 헐고 털이 빠지는 병.

(ᄌ) 사롬이 셰샹에 나셔, 힝셰를 ᄒ려면, 친구가 만어야 홀 터인ᄃᆡ, 슐 안
　이면, 친구를 엇지 사괴임닛가

아비가, 그 말을 드르니, 하도 긔가 막혀 한참, 물그럼이 보다가

(부) 그러면, 너ᄂᆞᆫ 친구가 만켓구나

(ᄌ) 만타뿐이오닛가

(부) 나ᄂᆞᆫ, 슐로 사괸 친구ᄂᆞᆫ, 한아도 업고, 다만 ᄯᅳᆺ으로만, 몃 사롬을 사괴
　엿스니, 네 친구와 내 친구와, 뉘 친구가 다졍ᄒᆞᆫ지, 비교를 ᄒᆞ야볼ᄭᅡ

(ᄌ) 그리ᄒᆞᆸ지오

그 아비가, 사롬 모양으로 집을 묵거, 의복을 닙히고, 붉은 물을 피모양으
로, 드문ᄯᆞᆯᄯᆞᆯ 쑤리고, 다시 초셕에다 싸셔, 만동의 등에, 걸머지우면셔

(부) 몬져 네 친고의 집을, ᄎᆞᄌᆞ가셔, 나의 ᄀᆞᄅᆞ치ᄂᆞᆫ ᄃᆡ로, 말을 ᄒᆞ여라

ᄒᆞ고, 부ᄌᆞ가 한가지로, 대문 밧게를 나셔니, ᄯᆡ가 침ᄯᆞᆷᄒᆞᆫ 밤즁이라, 만동
이 마옴에, 깁히 싱각ᄒᆞ여, 뎨일 갓가온 친고의 집을, ᄎᆞᄌᆞ가셔, 문을 쑤다
리니, 그 집 쥬인이, 만동의 목소리를 알고, 급히 나오면셔

(쥬인) ᄌᆞ네 만동인가, 한잔 먹자고 왓나

(만동) 안일셰, 다른 급ᄒᆞᆫ 일이 잇네, 내가 우리 집에셔, 남과 시비를 ᄒᆞ다
　가 슐잔 먹은 김에, 그 사롬을 쳐셔, 쥭엿네그려, 쟝젹[467]을 감초아야
　홀 터인ᄃᆡ 우리 부ᄌᆞ로는, 한가릐ᄉᆞ군[468]이, 못 되니, ᄌᆞ네가 슈고를 싱
　각지 말고, 나와 갓치 가셔, ᄀᆞ리줄이니 좀, 딩거주셰 ᄯᅡ[469]을 파고 뭇
　어바리게

쥬인)[470] 에그, 큰일 날 말도 ᄒᆞ네, 감옥셔 구경ᄒᆞ게, 어림업ᄂᆞᆫ 말 ᄯᅡ고, 어

---

467 쟝젹(戕賊). 잔인하게 해치거나 무자비하게 쳐 죽임.
468 한카래꾼. 가래질을 할 때, 한 가래에 쓰는 세 사람의 한 패.
469 'ᄯᅡ'의 오류.
470 '쥬인' 앞에 '(' 누락됨.

셔 가게

ᄒ고, 안으로 쑥 드러가며, 힝랑것<sup>471</sup>을 불너, 대문을 단々히 걸나 ᄒ니, 만동이가 도라셔며 혼ᄌ말로

　너 안이라도 친구 쏘 잇다

ᄒ면셔, 다시 한 곳을 차ᄌ가니, 그 친구가, 쏘 그 모양이라, 아비 ᄒ는 말이

　내 친구를 쏘 차ᄌ가 보ᄌ

ᄒ고, 한 집을 차ᄌ가셔, 문을 두다리니 쥬인이 나오는지라, 셔슴업시, ᄉ정을 말ᄒ니

(쥬인) 쌜니 드러오게 남의 눈에 들키리 이 깁흔 밤에, 산에를 엇지 가겟나, 우리 집 후뎡<sup>472</sup>이, 광활ᄒ니, 우리 세 사름이, ᄀ치 쌍을 파고, 그 송장을 뭇셰

ᄒ니, 만동이가 그졔야, 져의 부친 압혜셔, 부복<sup>473</sup> 청죄ᄒ고,<sup>474</sup> 익일브터 슐친구는 차ᄌ단이지 안코 실업에만 종ᄉᄒ더라

---

**471** 행랑(行廊)것. 예전에, 행랑살이를 하는 하인을 낮추어 이르던 말.
**472** 후정(後庭). 집 뒤에 있는 마당이나 뜰.
**473** 부복(俯伏). 고개를 숙이고 엎드림.
**474** 청죄(請罪)하다. 저지른 죄에 대하여 벌을 줄 것을 청하다.

# 情(정)

李常春 (京城中部校洞)

1913.2.8~9. 2회. 應募短篇小說[475]

## 1913년 2월 8일

째는, 오젼 닐곱 시라

시벽브터, 느리는 눈은, 쉬일 줄을 모로는 듯, 벌셔 쌍에는, 두 치가량이나 싸엿것마는, 멋십 쳑이나 멋빅 길이나, 싸이려는지, 두벌 쓰물[476] 굿치, 부여스름훈 하늘은, 셩을 니인 듯 밧작 응그럿는디, 이십이 될낙말낙훈, 남즈는, 눈 맛기를 됴와ᄒᆞ는 듯, 모즈 우에 소북이, 싸인 눈을 털 줄도 모르고, 것기 실흔 거름을, 억지로 것는 모양이오, 그 뒤에, 십팔 셰쯤 된 녀즈는, 힝혀나 쩌러질짜, 밧작々々 짜라간다

한참 동안을, 아모 말도 안이ᄒᆞ고, 압셔거니 뒤셔거니, 실음업시, 발만 옴기여 이리 쑵으러지고, 뎌리 쑵으러진, 산길을 삭이여, 한 고기를 당ᄒᆞ더니, 압헤 셧던 남즈는, 문득 도라셔며

　이이 송즈야, 너는 고만, 도라가거라

짜라오던 녀즈, 즉 송츈식의 누의, 송즈는, 갑작이 눈 속이 밝이지고, 눈알에 이슬을 미즈며

---

뎌 넘어 고기ᄭᅥ지만⋯⋯

남아지 말은, 목이 잠기여, 속으로는 흐얏는지, 알 슈 업스나, 입 밧게 나아오지는 안이혼다

뎌 고기ᄭᅥ지나, 가셔 보면, 무엇을 흐느냐

여긔나, 거긔나, 일반이지⋯⋯

자—어셔 도라가거라

어셔 가셔요

ᄒᆞ며, 슈건으로 가뷔엽게, 눈을 누른다 송춘식은, 목에셔 쥬먹 ᄀᆞᆺ흔 것이, 올나왓다, 나려갓다 ᄒᆞ는 것을, 억지로 참아가며

참, 어렵다—

너와 나와, 오날 작별ᄒᆞ는 것이⋯⋯

하나님이, 나려다보시는지, 도라가신, 우리 어머님이, 보시는지⋯⋯

셰상 사룸이, 아모리 슯흐니, 괴로우니 흔들, 우리 남미에셔, 더 홀 사룸이 어디 잇스랴—

어려셔, 부친을(얼골도 모로는) 싱리별ᄒᆞ고, 삼 년 젼에, 어머니를 영별[477]혼, 우리 남미가, 이 넓고 넓은 텬디에 아는 사룸도, 하나 업고, 갓가운 일가친쳑도 업시, 네가 밋는 것은, 이 오라범놈, 나 하나뿐이오, 나의 밋는 바는 누의 너 하나뿐이로구나⋯⋯

슯흐다, 괴롭다, 우리 남미가 이와 갓치 외로운 중에도, 돈이라 ᄒᆞ는 것만 잇스면 걱정이 조곰 업셔지겟다만은

ᄒᆞ며, 한숨 한 번을, 짱이 꺼지게 쉬인다 이째에, 모진 바람은, 차고 찬, 눈을 모라다가, 송자와, 송춘식의게 붓친다

---

477 영별(永別). 영원히 헤어져 다시는 만나지 못함.

숑츈식은, 송즈에게로 향ᄒᆞ야, 부는 바람을 막는 듯이 가렷스며

　그 젼에, 어머니의 말ᄉᆞᆷ을 드르면, 아바지끠셔, 가산을 탕픽ᄒᆞ신 후, 남
　의 빗을, 갑지 못ᄒᆞ야, 어디로 죵젹을 감초셧다는디, 니 나히 벌셔, 이십
　이 되도록, 부친의 ᄉᆡᆼ사존망을, 아지 못ᄒᆞ던 즁에, 너와 니가, 다시 마즈
　작별을 ᄒᆞ게 되니, 하ᄂᆞ님이, 우리 남미를 이다지도, 야속ᄒᆞ게 미워ᄒᆞ
　신단 말인고

　오날 이 고기에서, 죽기보다도, 실흔 것을 억지로 참고, 부듹이 ᄯᅥ나게
　ᄒᆞ는 것은, 무엇이냐, 가난빈ㅅ자 한아이로구나

　우리 집에, 남어 잇는 것이, 무엇이냐 가난빈자, 눈물루자, 너라는 너여
　자 나라는 나여자, 단지 글자 넷뿐이로구나

흙々 늑기여 울다가 다시 눈물을 씨스며

　우지마라, 오날이 괴롭고 슯흔, 참아 못ᄒᆞᆯ 작별을, 안이ᄒᆞ면, 구만리갓
　치 멀고 먼 젼도의, 우리 오날ᄒᆞ는 고ᄉᆡᆼ을, 엇지 면ᄒᆞ랴

슯ᄒᆞ다, 이 남미여, 이 두 사ᄅᆞᆷ의 신셰여 그 형이, 학교에 단일 젹에는, 하
로 여셧 시간쯤, 못 보아도, 여셧 ᄒᆡ나 못 본 듯이 이를 쓰던, 그 송자가, 오
늘 한번 작별ᄒᆞ면, 몃 달이 될는지, 몃 ᄒᆡ가 될는지 모로는, 길고 긴 시간
을, 엇지 견듸여, 학교에 단일 젹에, 거름을 거르면, 한 거름 한 발즈국에,
차고 찬방에, 찬 눈물을 흘니고, 안졋는 송자의 경ᄉᆞᆼ이, 눈을 가리여 참아
거름을, 못 것던, 뎌 송츈식은, 멋빅 리, 멋천 리 되는 길, 더구나 산도 셜고
물도 셜운, 외국으로, 멀니々々 가는 경우를, 당ᄒᆞ얏스니, 그 마음이 엇더
ᄒᆞ리오, 송츈식은, 그와 갓치, 원통ᄒᆞ고, 그와 갓치, 이달푼 작별을, 엇지
ᄒᆞ야 ᄒᆞ는고, 샹ᄒᆡ에 가셔 잇는, 한샹국이라 ᄒᆞ는 친구가 송츈식의 형편
을 가긍히[478] 녁이여 돈 잡을 직업 한아를, 쥬션ᄒᆞ야놋코, 속々히 건너오
라는 편지를 혼 ᄭᆡ닭이라

이익 어셔 도라가거라

송즈는, 도라셜 마음은 반졈도 업고, 목우인[479] ᄀᆞᆺ치, 못을 박은 것ᄀᆞᆺ치, 꼼작 안이ᄒᆞᆨ고, ᄶᅡᆨ 붓터 셔々, 울기만 혼다

송츈식은, 다시 소미가, 눈편으로 올나가며

이 길을, 가지 안코, 이곳에 너와 ᄀᆞᆺ치 잇셔々, 먹고살 방침만 잇스면, 구터여 이 노릇을, ᄒᆞᆨ겟ᄂᆞᄂᆞ만은, 지금 이십 셰긔는, 싱존경징ᄒᆞᆨᄂᆞᆫ 시딕라, 싱활과 직업의, 곤난홈은, 너도 아는 것이 아니냐

여긔셔는, 쳔 번 싱각ᄒᆞᆨ고, 만 번 연구ᄒᆞᆨ야도, 그 친구의 쇼개ᄒᆞᆨ야, 쥰 것만혼 직업이, 업스니, 오날 잠시 셥々혼 것으로, 인ᄒᆞᆨ야, 이 긔회를 한번 노치고 보면, 다시 엇기가, 하늘의 별ᄶᅡ기보다도, 더 어려온 것이라

싱각ᄒᆞᆨ야 보아라, 아즉 봉오리도, 밋치지 못혼 꼿(너와 나)이 모질고 굿셴 바롬을 못긔여, 한번 ᄶᅥ러지면, 누가 우리를 불샹타 ᄒᆞᆨ겟ᄂᆞᆫ냐

밧아라, 내가 오날 네 압헤셔, 밍셰ᄒᆞᆨᄂᆞᆫ 두 글ᄉᆞ즈를········분투(奮鬪) 분투········

비록, 하날이 문어지고, ᄯᅡᆼ이 ᄶᅥ져도 오날 네 압헤셔, 밍셰혼, 두 글ᄉᆞ즈는 안이 잇는다

ᄒᆞᆨ며, 두 손을 붉신 쥐고, 이를 악문다

내가, 그 ᄉᆞ업으로 더부러, 분투ᄒᆞᆨ면 셩공은 결단코, 나의게, 잇는 것이니 내가 셩공ᄒᆞᆨ고, 도라오는 날, 우리 남미가, 다시 이 고긔에셔, 반가이 맛나 오날 흘니던, 눈물을, 우슴으로, ᄡᅵ셔바리잣고나

네가 지금 도라가셔, 밤이나, 낫이나 더부러 말홀 사롬도 업고, 너의 샹ᄒᆞᆨᄂᆞᆫ 속을, 위로홀 사롬도 업시, 젹막히 지닐 싱각을 ᄒᆞᆨ면, 참아 못 가겟

<hr>

478 가긍히. 불쌍하고 가엾게.
479 목우인(木偶人). 나무로 만든 사람의 형상.

다마는, 참아라

이이 넉々이, 이삼 년만 기다려라

두 남민는, 고기를 슉이고, 불갓치 쓰겁고 피갓치, 붉은 눈물을, 얼마나 써러트럿던지, 싸인 눈에, 눈물 써러진 구녕이 군더々々 쑬니여 잇다

오라버니

왜

두 사룸이, 눈과 눈, 손과 손, 팔과 팔은 분흔 듯, 슯흔 듯 원망흐는 듯, 뉘우치는 듯 한참을 벌々 썰닌다

그리면, 안녕히 단여오십시오

오냐, 너 걱정은 조곰도 말고, 아모됴록, 몸성이 잇셔, 나 도라오기를 기다려라

편지나, 자조 흐십시오

글랑은, 념려마라, 편지는 일쥬일에 한 번은 홀 것이오, 쏘 너의, 풀칠홀 것은, 둘々이 보너줄 것이니⋯⋯⋯

아모됴록, 속히々々 성공흐시고, 속히 도라오십시오

오냐 부디 잘 잇거라

발을 돌니여, 송주는 동쪽을 향흐고, 송츈식은, 셔편을 향흐얏더라

## 1913년 2월 9일 (속)

이 남민 두 사룸의, 이 경경을, 부모가 보는지, 살어잇는 그 부친은, 어디를 가고 이 경경을, 보지 못흐며, 져승으로 간 그 어머니는, 엇지 참아 눈을 감엇느뇨

한 거름 것고, 도라보며, 두 거름 것고 도라보아, 차々 거리가, 머러지는

디로 셔로 도라보는 슈효는, 졈々 잣어진다

숑자는, 얼마ᄂ 갓는지, 다시 궁금ᄒ야 고기를 돌니여, 자긔의 오라버니,
가는 편을 바라보니, 맛참 뎌편 고ᄀ 등숑이에, 올나섯다

십 리ᄂ, 써러져 잇스니, 소리도 질너볼 슈 업고, 다만 쌩々이, 바라보기만
ᄒ고 셧는딘, 그 숑츈식이도, 고기에 올나셔면셔, 고기를 한 번 돌니々, 눈
과 눈이 마조씌엿다

숑자는, 잘 단여오라는 뜻인지, 고기를 슉이여, 졀을 한 번 ᄒ고, 숑츈식은
어셔 가라는 뜻인지, 손짓을 ᄒ 번 ᄒ다

두 그림자는, 셔로 아니 보이더라

셰월이라 ᄒᄂ 것은, 쟝단이, 본릭 업ᄂ 것이라, 사롬의 경우를 짜라, 싱각
ᄒ기에 잇ᄂ니, 아달쏠 만히 낫코, 진산이 유여ᄒ야, 이 근심 뎌 근심, 한
아도 업고 원만ᄒ 가명을, 이루어, 화평ᄒ 락을 누리는 사롬은, 일 년이 하
로 갓고, 십 년이 한 달 갓히셔, 엇지 셰월이, 이와 갓치 쌜니 가노 ᄒᄂ, 싱
각이 잇슬 것이오, 가셰ᄂ 젹빈ᄒ야, 약ᄒ 안희와, 어린 자식은 밥 달나고
조르고, 옷 달나고 보치여, 쥬야 한슘으로, 락이라 ᄒᄂ 것은, 쏨에 한 번
도, 구경치 못ᄒ고, 지니는 사롬은 이놈의 셰월이, 웨 이와 갓치 긴고, 어
셔々々 가셔, 찰아리 얼는 늙어, 죽엇스면 ᄒᄂ 사롬은, 하로가 일 년보다
더듸고, 한 달이 십 년이나, 빅 년보다도, 더욱 더듸게 싱각ᄒ음은, 인정의
쩟々ᄒ 법칙이라

젹々ᄒ고, □々ᄒ 오막사리집에셔, 무한ᄒ 고성을, 달게 녁이고, 외로이
지니던, 숑자는 삼 년 지니기를, 삼십 년이나 삼빅 년 지니는 것갓치, 싱각
ᄒ고, 릭일 하로 기달니기를, 일 년이나, 되는 것갓치, 더듸게 싱각ᄒ는 것
은, 그 젹々ᄒ음과 그 셥々ᄒ음과, 그 원통ᄒ음과, 그 조급ᄒ 마음을, 억계ᄒ야가
며, 쥬々야々로 기달니고, 기달니던, 하날갓치 맛**480**고 밋던 그 오라버니,

235

슝츈식의 리일 온다는, 뎐보를 밧은 까둙이러라

송쟈는 샹희 가셔 잇던, 그 오라버니, 송츈식에게셔 온 바, 뎐보를 보고, 쏘 보고 노앗다가, 다시 집엇다가, 깃분 빗이 얼골에 낫타낫다가, 다시 눈물을, 펑돌니다가, 쏘 스스로 위로ᄒᆞᄂᆞᆫ 듯, 눈물을 씻고, 다시 ᄒᆞ면, 싱긋 웃는다 ᄯᅢᄂᆞᆫ, 오후 열두 시라, 밤이 깁헛것만은 잠잘 줄을 이져바리고, 지금이라도, 어셔 좀, 오라버니를, 뵈왓스면 ᄒᆞᄂᆞᆫ ᄆᆞᄋᆞᆷ이, 좁고 좁은 가삼에 가득ᄒᆞ야, 누가 드러오는 듯이, 문을 열고, 너여다보다가 락담을 ᄒᆞᆫ 듯이, 다시 방문을 닷으니, 참으로 엇지ᄒᆞᆯ 줄을, 모로는 모양이라, 송쟈의, 오날 져녁에 ᄒᆞᄂᆞᆫ 거동은, 만고의 뎨일가는, 쇼셜가라도, 능히 형용ᄒᆞ야 그리지 못ᄒᆞᆯ너라 ᄯᅢᄂᆞᆫ 삼월이오, 졀긔는 느진 봄이라, 하날에는, 한 졈 구름도 업시, 파랏케 틔여 잇고, ᄯᅡᆺᄯᅳᆺ한 봄바룸은, 꼿향긔를 젼ᄒᆞᄂᆞᆫ데, 오날은 송츈식이, 고국으로 도라와, 삼 년 동안, 그리고 고디ᄒᆞ던 남미가 셔로 맛나는 날이라, 삼 년 젼에, 두 남미가 작별ᄒᆞᆯ ᄯᅢᄂᆞᆫ, 눈은 퍼붓고, 바룸은 렁렁ᄒᆞ야, 두 사룸의 고성을 더ᄒᆞ더니, 오날 맛나는 이날은, 엇지ᄒᆞ야 이ᄀᆞᆺ치, 일긔가 ᄯᅡᆺᄯᅳᆺ하고, 바룸이 향그러우뇨, 알괘[481]라, 이 남미의 형편은, 하늘이 짐작ᄒᆞᄂᆞᆫ 것이로다 꼿 한 가지를 썩[482]거, 손에 들고, 작별ᄒᆞ던 그 고기로 향ᄒᆞᄂᆞᆫ, 뎌 송즈는, 엇지ᄒᆞ야 뎌갓치, 희식이 만면ᄒᆞ얏스며, 엇지ᄒᆞ야 뎌다지, 거름이 ᄲᆞᆯ낫겟ᄂᆞ뇨, 아마도 울음을 을[483]던 고기에셔 오날은 우슴을 우슬 것이오 작별ᄒᆞ던 고기에셔 오날은 셔로 밋날 것이라 엇지 안이 그러ᄒᆞ리오

건너편 고기를, 눈도 안이 깜작이고, 바라보는데, 반갑다 자동챠를, 모라오며 슈건을 홰ᄼ 졋는, 뎌 사룸이 누구뇨, 분명ᄒᆞᆫ 송쟈의, 오라버니, 송츈

---

**480** '밋'의 오류.
**481** 알괘. 알 만한 일.
**482** '꺽'의 오류.
**483** '울'의 오류.

식이라

슌식간에 송쟈 셧는 고기에 당도ᄒ더니

오라버니……………

오………송쟈야

젹은 듯, 두 사름의 눈이, 밝이진다

그동안 얼마나 기달엇느냐

그동안 얼마나 고싱ᄒ셧습닛가

오냐, 삼 년 동안에 너의 고싱과, 나의 고싱ᄒ 것을, 엇지 여긔셔, 다 말
ᄒ 슈 잇느냐, 그것은 ᄎᄎ, 집에 가셔 ᄒ려니와……………

이 고기가, 삼 년 젼에는 그와 ᄀ치, 원슈ᄀ치 미웁더니, 오늘은, 엇지ᄒ
야 산도 웃는 것ᄀ고, 나무도 웃는 것ᄀ치, 이러케 어엿부냐

오라버니, 삼 년 전에 우리 남미가, 흘니던 눈물 자국은, 여긔 어듸 잇슬
터인듸, 오늘 우슴 자국은, 엇더케 히셔 늬여볼가요

두 남미는, 일희일비ᄒ야, 손목을 마조 잡고, ᄌ동챠를 타랴 ᄒ는듸, 나이
는 오십가량이나 된 사름이, 꼿나무 아릭에셔, 이를 잡고 안졋다가, 그 남
미의 ᄒ는 거동과, ᄒ는 말을 듯고, 눈물을 흘니며 훌젹ᄉᄉ 울다가, 소리
를 버럭 질너, 산쳔초목이, 다 슬허ᄒ는**484** 듯ᄒ, 슬음으로 우는늬**485**, 그
울음소리가, 두 남미의 귀ᄉ박휘를 울니엿더라

송츈식은, 송ᄌ의 손목을 잡은 치, 그 사름의 압흐로 나아가셔

엇더ᄒ 사름인듸, 무엇이 슬허, 이ᄀ치 우심닛가

네, 녜젼에 늬가 지닉던 일과, 오늘 너 신셰를 싱각ᄒ던 싯헤, 당신 두
분의 말슴을 드르니, 오릭 그리다가, 오늘 반갑게 맛나보는 모양 ᄀ흐미,

---

**484** '슬퍼하다'의 옛말.
**485** '듸'의 오류.

나도 감구ㅎ는[486] 싱각이, 텅즁ㅎ고,[487] 부러운 모음이 ᄀᆞ득ㅎ야, 즈연히, 愁슭음을 익의지 못ㅎ고, 우는 모양이올시다

그러면 당신도 그리고 그리되 맛나지 못ㅎ는 사롬이 잇는 것이올시다그려

어셔, 가실 길이나 가시요, 이ᄯᅥ짓 놈의 ᄉᆞ졍을, 그리 ᄌᆞ세히 드러셔, 무솜 소용이 잇스릿가

이왕, 말솜을 ㅎ던 ᄭᅳᆾ이니, 대강々々 ㅎ십시오그려

그 사롬은, 한슘 한 번을, 후ㅡ쉬더니

나의, 이 말을 드르면, 누가 나를 불샹타 ㅎ겟소

니가 본리는, 둘ㅅ지가라면, 슬짜홀 만ㅎ던 부자이엿소

ㅎ나, 그 지산으로 구챤ㅎ 사롬을, 구졔ㅎ얏스면, 몃만 명을, 살니엿슬는지 모르겟고

공々ᄉᆞ업에, 그 만은 지산을, 던졋드면, 엇더혼 큰 ᄉᆞ업을 ㅎ얏슬지, 모를 터인디, 미거혼 이놈이, ㅎᆞ샹 그ᄀᆞᆾ치 넉々홀 줄만 알고, 밤이나 낫이나, 슐이나 먹고, 계집질이나 ㅎ며, 낫이면 노름ㅎ기와, 밤이면 연극쟝에, 구경 단이노라고, 슈만금 가산을, 탕픠ㅎ고, 도로혀 남의 빗을 만히 짐이, 무엇을 ㅎ야셔, 그 빗을 갑흐릿가

홀일업시, 집을 도망ㅎ야, 이십여 년을, 이리뎌리, 빌어먹어 도라단이니 이놈의 고성ㅎ는 것은, 니가 지은 죄라, 누구를 원망ㅎ릿가만은, 쳐ᄌᆞ는 필경 다 어러 죽엇던지, 굴머 죽엇슬 터이니 이놈이 죽어 디하에 간들 그 쳐와 그 ᄌᆞ식을 무슨 면목으로 보오릿가

이 말을 드른, 츈식의 남미는, 눈이 둥그리지며, 셔로 바라보다가, 다시 그

---

**486** 감구(感舊)하다. 지난 일을 떠올리며 감회에 젖다.
**487** 탱중(撑中)하다. 마음속에 가득 차 있다.

사롬에게, 뭇는다

　그러면, ㅈ데의 셩명이 무엇임닛가

　나의 ㅈ식으로 말ㅎ면, 그때에 두 살 먹은, 아둘놈이 잇셧고, 비ㅅ속에

　한아 드러잇셧스닛가, 둘은 될 터인데……………

　그 량반이, 귀가 먹엇나 보다

　ㅈ데 셩명이, 무엇이냐, 말숨이야오

　그것은, 웨 그리 ㅈ셰히, 무르셔오

　네 졔가 ㅈ셔히, 알고만 보면, 그 아다님을, 맛나시게 ㅎ겟숩ᄂ이다

　그 아둘놈은, 아즉 일홈을, 안이 짓고 놈이라고만, 불녓ᄂ데, 정말 일홈

을 알 슈가 잇ᄂ오

　그러면, 황송홉니다만은, 함ㅅㅈᄂ 누구심닛가

　나요, 나ᄂ 송문슈올시다

　오………아바지………

송ㅈ도, 목을 안고, 느러지며

　아이고, 아바지………

송문슈ᄂ, 눈이 둥그러지며

　어, 너의가 누구냐

　닉가 너의게, 홀 말이 업고나………

알 슈 업ᄂ 것은, 세샹일이라, 삼부ㅈ가 이곳에셔, 맛날 줄을, 엇지 ᄯ흐얏

스리오, 송츈식은, 올은편에, 송ㅈᄂ 왼편에 안자, 복판에 안즌, 그 아버

니<sup>488</sup>를 이샹ㅎ게, 드려다만 본다

ㅈ동챠ᄂ, 번긔ᄀᄎ치, 동편으로 향ㅎ더라 (고만)

---

488 아버니. '아버지'의 방언.

# 허황흔 풍슈

崔亨植 (西部鑰洞)

1913.3.27. 短篇小說

때는 류칠월□[489]라, 더운 긔운이, 은々히 나타ᄂ기□[490] 몃 시 동안 ᄒᄆᆫ, 여긔져긔셔 사롬들은, 이러케 더우니, 비오겟군 ᄒᆞ며 휘 ─ 더워 쐐 더운 걸 ᄒᆞ며, 뎨각기 텬문예를 □ᄒ□라 얼마 후, 슬々흔 동풍이, 구진 비를 작만ᄒᆞ여, 맛치 길가는 사롬들의, 옷 젹시기 죠흘 만ᄒᆞ게 오더니, 차졈々々 크게 오기를 시작ᄒᆞ더라 셔울 동부 락산 아리에, 오막사리 초가쯤 되어 뵈는 집이 시일락말락ᄒᆞ게 되얏는디, 그 집 안방 아르묵에는, 나히 오십이 너물락말락흔 즁늘근이 닉외가 류칠 셰쯤 된 아희를 엽혜 안치고, 자긔들의 장리를 이 아희에게 두고 이런니 져런니 이 약이 져 약이를 주거니 밧거니 흔참 ᄒᆞᆯ 지음에 문 밧게셔 리쳘보 々々々 부르는 소리가, 들리민 ᄒᆞ던 말을 쑥 끈치고

(리) 그게 누군가 어 ─ 츈홍인가 나가네

ᄒᆞ며 나아가 ㄱ 부르든 사롬을 보고

(리) 이졔 바로 오는 길인가, 그리 너 일은 엇더케 되엿나

ᄒᆞ며 급히 그 사롬이 말을, 치 ᄒᆞᆯ 시 업시 뭇는다 그 사롬이, 기침 흔 번을 컥ᄒᆞ며 입맛을 쩍々 다시더니

---

489 문맥상 '이'로 추정.
490 문맥상 '를'로 추정.

(그 사룸) 엇더케 된 게 다 무엇인지, 집사 영감이, 이번에는 홀 수 업시, 락
　　직이라 분부ᄒ시며, 그리 이달, 요도 아니 쥬데, 져 노르슬 엇전단 말인
　　가, 홀일업시<sup>491</sup> 큰일난네그려

(리) 허々 ᄒᄂ는 슈 업지, 자네더러 말이지, 그동안 몃々 달 보아쥬신 일도,
　　참 집사님 덕턱이지 ᄒ도 여러 달이닛가 그러케 되얏네그려 허々 장남
　　ᄒ 즈식이 잇나, 인졔는 꼭 굴머 죽엇지 별수 잇나

ᄒ며 두 사룸이, 여러 가지로, 싱활 문데를 연구 겸 희결ᄒ다가, 인사를 셔
로 ᄒ며 그 사룸은, 아리 동리로 가고, 리쳘보는 가삼이, 쩌근ᄒ여 더
듬々々 들어오며 연히 마누라를 부른다

(리) 여보 마누라々々々々 지금 아리 동리 츈홍<sup>492</sup>이가 와셔, 말ᄒᄂ는 말 들
　　엇소 자셰히

(마) 녜 디강은 들엇소마는, 자셰ᄒ 물은 듯지 못ᄒ얏스니, 어셔 좀 ᄒ구려
ᄒ며 두리 다 안방으로 들어가, 다시 이약이장이 벌어진다

(리) 허어 이쌔까지, 이르러온 것도, 집사님 덕턱이지만, 지금 츈홍<sup>493</sup>이 물
　　이 이달 요도, 안 쥬고, 고만 락직(落職)이라는구려, 인졔는 큰일낫소

(만<sup>494</sup>) 그리 이달, 요도 안 쥬고, 락직이랍뎃가, 이달 요나 쥬엇스면, 또 몃
　　칠이나 지녀엿슬걸, 닉일 아침브터 엇전단 이물<sup>495</sup>요

(리) 요가 무엇시야, 번연히 들으면셔 짠젼을, 작구 ᄒᄂ는구려, 장차 엇더케
　　지니누, 닉가 몸 셩홀 젹에는, 얼마 못 되는 쌀물 무명필이라도, 그것으
　　로 지녀갓더니, 인졔는, 이것져것 ᄒᄂ는 수 업고, 꼭 죽으란 팔즈구려, 이

---

**491** 하릴없다. 달리 어떻게 할 도리가 없다.
**492** '홍'의 오류.
**493** '홍'의 오류.
**494** '마'의 오류.
**495** '몰이'의 글자 배열 오류.

신셰를 엇지ᄒ면 좃탄 말이오

(마) 글셰 말이요, 남과 갓치, 쟝남ᄒᆞᆫ 자식이나 잇스면, 하로 ᄒᆞᆫ째라도, ᄯᅳᆯ여간다 ᄒᆞ려이와, 그러치 못ᄒᆞ고, 영감은 이졔, 아주 눈이 셩치 못ᄒᆞ야져 모양이 되얏스니, 엇젼단 말이요

두 ᄂᆡ외가, 이말 뎌말 분쥬불가ᄒᆞᆷ은, 츈홍인지 무엇인지 와셔 셜샹에 가샹으로 걱정덩어리를 더 안기여 쥬고 감이러라 이 사롬은, 별사롬이 안이라, 다년 ᄃᆡ를 물니여 가며, 아리뎌 살아, 영문에 단이며, 일로 구명도싱을 ᄒᆞ여가든, 슐도 남만치 먹고 엉터리도 쫴 부리던, 유명ᄒᆞᆫ 도감포슈,[496] 리쳘보인ᄃᆡ, 우연히 안질[497]이 나 알타가, 이럭뎌럭 고만둘 줄 알고, 여전히 슐도 먹고, 젼후 희로온 짓을, 다ᄒᆞ야 그러ᄒᆞᆫ든지, 낫기는 고샤ᄒᆞ고, 날로 더ᄒᆞ야, 아죠 셩치 못ᄒᆞᆫ 눈이 됨이, 셩치 못ᄒᆞᆫ 눈으로, 영문에 번[498]들 슈 업스미, 몃 달은, 샹관의게, 여러 ᄉᆞ정을 ᄒᆞ야가며 어름々々, 건물료를 타다 먹엇스나, 영문 샹관도, 렴치가 업든지, 홀 슈 업시 락직을 식히미, 지금 시졀 ᄀᆞᆺ ᄒᆞ면, ᄂᆡ디인의게, 안마슐(按摩術)이나 ᄇᆡ화, 이것으로, 구명도싱을 하련마는, 그러치도 못ᄒᆞᆫ든 시졀이미 일로 걱정만 ᄒᆞᆷ이러라

(리) 여보 그졔 비가 오지, 실업시, 시작ᄒᆞᆫ 비가, 쫴 오ᄂᆞ구려

(마) 쫴 오고말고, 동풍에 드리쳐, 우리 셔창 아리가 다 져졋ᄂᆞᆫ걸

말이 쑥 써러지쟈마자, 문밧게셔, 들네는 소ᄅᆡ가 나더니, 문소리 나며, 웬 늙은 할미와, 졂은 부인이, 입셔거니 뒤셔거니 드로오더니, 우산을 쳑々 졉으며, 툭々 물을 써러, 마루 한 귀에 셰우면셔, 할미는 「비도 금즉이도 오네」 ᄒᆞ며, 안방 미닫이를, 열고 ᄂᆡ다보는, 쥬인 마누라를 쳐다보며, 말

---

**496** 도감포수(都監砲手). 조선 시대에 설치한 훈련도감의 포수.
**497** 안질(眼疾). '눈병'을 전문적으로 이르는 말.
**498** 번(番). 차례로 숙직이나 당직을 하는 일.

을 뭇는다

(할) 이 집이, 이시 시로 쩌나온, 리쟝님 집이오

말을 무르니, 쥬인 마누라는, 쥬져々々 흐다가 안이라 막 말을 흐랴 홀 졔
아리목에 안져, 이 궁리 뎌 궁리, 이 싱각 뎌 싱각 별々 궁리를 흐든 리쳘
보는 이 말을 듯고 얼는 졔가 시로 쩌나온 리쟝님인 쳬흐고

(리) 녜 바로 츠지셧소, 리쟝님 집이올시다

흐며, 졔 마누라를 런방 부르며, 드러오시게 흐라고, 지촉을 홈익, 쥬인 마
누라는, 웨⁴⁹⁹ 영문인지 모르고, 덩다라

(마) 어셔 드러오십시오, 엇의셔 오셧습닛가

홈익, 할미와 졂은 부인은, 마루 우흐로 올나가, 안ㅅ방으로 드러가며, 이
엉터리 업는, 리쳡⁵⁰⁰보에게, 쟝츳 문복⁵⁰¹을 홀 모양이러라

이 할미는, 동대문 밧 복차다리에 사는 유병훈, 경 잘 읽고, 굿 잘흐고, 젼
니⁵⁰²에 잘 단이며, 쇼년 쩨 돈푼이나, 쌔 업시든 부인으로, 누구를 맛나
알는다 흐면, 위싱과, 약은 고만두고, 굿흐라 흐는 할미로, 그 근쳐에 졂은
부인의, 어린 ㅇ돌이 알는 것을 보고, 령흔 판슈⁵⁰³가 잇스니, 가 문복이
나 흐여보자 흐고, 아모것도, 모로는 부인을, 다리고, 락산 밋 시로 쩌나
온, 리쟝님 집을 츠져옴인디, 리쳘보가 살 슈가 열니던지, 맛참 리쳘보 집,
문 압헤 와 뭇는다 흔 것이, 그 동리 사는, 가는귀먹은 사름에게, 이 동리
시로 쩌나온 리쟝님을 무름익, 이 사름은, 미리 심삭흐고, 올지 리쳘보가,
눈 셩치 못흐다는 지가, 몃 달이더니 벌셔 쟝님 노릇을 흐나보다 흐고, 시

---

**499** '웬'의 오류.
**500** '쳘'의 오류.
**501** 문복(問卜). 점쟁이에게 길흉(吉凶)을 물음.
**502** 전내(殿內). 신위(神位)를 모시고 기도를 올리고 길흉을 점치는 여자. 또는 그 신위.
**503** 판수. 점치는 일을 직업으로 삼는 맹인.

243

로 쩌나온 리쟝님을, 식로 난 리쟝님인줄, 알아듯고, 곳 이 집이라 ᄀᄅ침이, 이 할미와, 졃은 부인이 드러옴이러라, 웃묵에 가 둘이 안지며, 위션할미가, 아르묵에 안진, 리쳘보를 디ᄒ여, 문복ᄒᄂ 말이라

(할) 그리, 리쟝님이심닛가, 달니 온 거시 안이라, 김 씨에 상[504]남 자손이, 오륙일 젼부터 알아, 약도 여러 쳡 먹어도 안 낫고, 별짓을 다ᄒ야도, 안 낫기에 영ᄒ시단, 말을 듯고 왓스니, 잘 보아쥬시오, 나은 칠 세오, 셩은 김씨니 슈명쟝슈ᄒ고, 부귀공명 ᄒ겟나, 쏙々히 보아쥬시오

엉큼ᄒᆫ 리쳘보ᄂ, 당쟝의, 먹을 것은 업고, 졔가 잘 보고도, 리쟝님인 듯키 녜々 디답을 ᄒ며, 속ᄆ음으로, 을치 앗가 동풍이 분다 ᄒ얏ᄂᄃ, 이 녀인들이, 등이 져졋다 ᄒ니, 동편에셔 왓슬 듯ᄒ고, 어린 ᄋ희들 몸살에, 약쳡이나 먹고, 오륙일이나 지넛스미, 곳 나흘지라, 이것이 됴흔 직료로다 ᄒ고, 젼녜 엇어들은, 말낫치나 잇던□, 위션 복츠를, 밧어노코 곽박[505] 션싱, 리슌풍[506]을 부르며, 무엇이라 입속으로 웅얼々々 한춤 ᄒ다가 소위 산통[507]은 업스미, 가쟝 이력 잇ᄂ 쳬로 「산통은 무엇ᄒ나, 고만두지 말로 ᄒ지」 ᄒ며

(리) 졈쾌ᄂ 무슨 쾌인디 ᄉ시ᄂ 디ᄂ 동편이며, 셩은 김씨오, 이 ᄋ희ᄂ 멋칠 후면 낫게 ᄒᆯ 터이니, 돈 빅 량과, 무명 한 필만 들여, 일ᄒ시오, 그럿치 안오면 길치 못ᄒ리다

ᄒ미, 이 졀문 부인은, 길치 못ᄒ다말ᄂ[508]에 겁이 펼젹ᅡ셔, 영ᄒ다더ᅵ,

---

504 '쟝'의 오류.
505 곽박(郭璞). 중국 서진(西晉) 말에서 동진(東晉) 초의 학자 · 시인(276~324). 자는 경순(景純). 박학하고 시문과 점술에 뛰어나 원제에게 상서랑(尙書郞)으로 임명되었다. 322년에 중신인 왕돈(王敦)이 반란을 일으켜 관군이 패하자 살해되었다.
506 이슌풍(李順風). 판수 점쟁이의 조상으로 섬기는 맹인신(盲人神)의 하나. 주로 눈병이 났을 때에 이 신에게 빈다.
507 산통(算筒). 맹인(盲人)이 점을 칠 때 쓰는, 산가지를 넣은 통.

우리 ᄉᄂ 동편을, 알리켜 니이ᄂ지라, 이럼으로 가지고 온 돈, 얼마를 너여노코, 신ᄉ부탁 잘 읽거달나 ᄒ고, 뒷일은, ᄀᆺ치 □[509] 할미에게 부탁을 ᄒ니, 이 할미ᄂ, 이런 일에ᄂ, 전문졸업이미, 엇지 리쳘보에, 슈샹ᄒ 거동을, 짐작 못 ᄒ얏스리오만은, 한목 볼 작뎡으로, 눈감고 유공불급 딕답을, 연히 ᄒ며, 셜비에 모든 것을, 분ᄉ히 ᄒ며, 졀문 부인을 다리고 가면셔, 다시 와 엇더케 홀 싱각을, 먹더라, 이 두 사롬이 간 후, 리쳘보의 마루[510] 라ᄂ 하 어이가 업셔

(마) 여보 엇지 ᄒ자고, 그러케 엉터리를 부리며, ᄯᅩ 무명은 무엇에 쓰오

(리) 허 — 져런 소리 보와, 무명은 마ᄂ라 치마ᄒ지오

ᄒ며, 다시 긔별 잇기만 기다리더니, 얼마 후 가던 할미가 도로 옴이, 무엇이 왓다 갓다 ᄒ며, 한자 두자 ᄒ더라, 리쳘보ᄂ, 이번은 그럭져럭 할미 덕에, 돈량이나 싱겻스나, 늘 그러케 홀 슈ᄂ, 도뎌히 업슴이, 눈 셩치 못ᄒ 사롬이, 눈 셩ᄒ 사롬 속이랴면, 쟝복, 경쇠[511] 등을 작만ᄒ며 여러 ᄒᆡ를 두고, 우슈지 셩황 이우기, □[512]황을 단며, 돈량이나, 쇽여 먹다가 급기 이 셰샹을 바리고, 죽을 ᄯᆡ, 아들을 불너, 유언ᄒ는 말이라

(리) 이익 대길아, 이후 혹 경을 읽더라도, 그져 잇스면 셥ᄉ ᄒ니, 더 들리지 말고 쏙 한 냥만 드려라

말을 이르더라, 그 후 이 아들 대길은, 져의 아비ᄂ, 한 량을 셥ᄉ ᄒ니, 드리랴 ᄒ 셧을 한푼도 ᄀ런 허ᄒ더, 쓰지 안코 자긔의 운명을, 자긔가 스ᄉ

---

**508** '눈말'의 글자 배열 오류.

**509** 문맥상 '온'으로 추정.

**510** '누'의 오류.

**511** 경(磬)쇠. 점을 치는 일을 직업으로 삼는 맹인(盲人)이 경을 읽을 때 흔드는 놋 종지 모양의 작은 방울.

**512** 문맥상 '셩'으로 추정.

로 졉쳐, 노력 분발ᄒ여, 한편으로, 아비 일올 거울삼아, 유슈(有數)에 실업가ᄭ 되야, 사업의 면려ᄒ며, 더욱 자션ᄉ업에, 힘을 써셔, 눈 셩치 못ᄒᆫ 사룸이 잇스면, 시로 셜립된, 졔싱원으로 보니여, 긔업을 □게 ᄒ며, 자긔ᄂᆫ 은연즁, 아비의 죄를 쇽하며, 졍직ᄒᆫ 사룸이 되더라

# 나는 호랑이오

1914.1.1

우리는, 원리 기벽혼 이후로, 우리 시조 때브터, 이 셰샹 사롬들과, 인연이 깁헛습니다, 지금 그 리력을, 대강 말홀 것 ᄀᆞᄒᆞ면, 처음에, 이 디구 덩어리가 싱기고 일월이 낫타나며, 초목금슈와, 인간이 각각 싱겨나미, 나도 그즁에, 한번 참예ᄒᆞ야, 이 셰샹 구경을 ᄒᆞ게 되엿ᄂᆞ딘, 그째는, 셰샹에 살기가 됴와, 회마다 오곡이 풍등ᄒᆞ고, 들에도 젹이 잇슬가, 안으로, 탐학ᄒᆞ는 관리가 잇슬가, 놀고 십으면 놀고, 일ᄒᆞ고 십으면 일ᄒᆞ고, 먹고 십으면 먹고, 자고 십으면 자고, 도쳐가 션화당으로 지닐 ᄲᅮᆫ 안이라, 그째는, 초목금슈가, 모다 말을 능히 ᄒᆞ고, ᄯᅩᄂᆞᆫ 셔로 의지ᄒᆞ여, 조곰치라도, 감졍이 업시 지닛엇스며, 사롬과도, 셔로 졍이 깁히 드러, 환난샹구[513]ᄒᆞ고 이경샹됴[514]ᄒᆞ야, 한집안ᄀᆞᆺ치, 화목ᄒᆞ게 지닛엇습니다, ᄒᆞ로는, 봅[515]날을 당ᄒᆞ야, ᄯᅡᆺᄯᆞᆺ혼 일긔에 ᄉᆞ지 노곤혼 ᄭᅢ닭으로, 담비 한 ᄃᆡ를, 붓쳐 물고, 힝긔나 조곰 ᄒᆞ야 볼가 ᄒᆞ야가 이리뎌리 슈목 ᄉᆞ이로도, ᄌᆞ져 난이고, 인간쳐로도 왕리ᄒᆞᄂᆞᆫ디, 혼곳에를 다다라 보니, 엇더혼 사롬의 집, 문간에, 늙은 사롬 닌외가 안져셔, 스러져가는 듯시, 울고 잇는 고로, 무슴 셜음인지는

---

[513] 환난샹구(患難相救). 어려운 일이 생겼을 때 서로 도움.
[514] 애경샹조(哀慶相助). 슬픈 일과 경사스러운 일을 서로 도움.
[515] '봄'의 오류.

247

아지 못ᄒ나, 인정에, 그져 보고 갈 슈가 업셔셔, 담비디를 쎼여 들고, 그 로인들의, 우는 곡졀을 무러본즉, 그 로인은 얼픗[516] 디답을 ᄒ지 안코, 작고 울기만 ᄒ기로, 더욱 이상히 녁이여셔, 그 리유를 ᄌ셰히 무르닛가, 그 사ᄅᆷ은, 홀 수 업시 디답ᄒ는 모양으로, 나는 본리, 너외 두 사ᄅᆷ이, 외롭게 살던 터이러니, 다ᄒᆡᆼ히 늣게야, ᄯᅩᆯᄌ식을 ᄒ나 ᄂᆞ아셔, 지금 나히, 십륙 셰에 이르럿는디, ᄌ식 업는 사ᄅᆷ이, 사회[517]는 얌젼ᄒᆫ 사ᄅᆷ으로, 엇어셔 ᄌ미를 볼가 ᄒᆫ 노릇이, 요ᄉᆞ이로, 마가 드러셔, 너 ᄯᅩᆯ을 즘성의게, 쎼앗기게 되닛가, ᄌ연 ᄆᆞ음이 슯허셔, 울고 잇노라 ᄒ는 고로, 나는 가만히 ᄉᆡᆼ각ᄒ기를, 비록 너가, 변변치는 못ᄒ나, 산중애셔 사는 즘성 중에는, 가히 너로라고, 머리쎳ᄒ고 단일 만ᄒᆫ 쳐디인디, 엇던 무디ᄒᆫ 놈이, 우리 이웃에 잇는 로인의, 근심을 ᄭᅵ치여 주는고 ᄒ여, 다시 그 로인다려 뭇기를, 당신의 ᄯᆞᆯ님을, 쎼아스랴 ᄒ는 놈이, 엇더ᄒᆫ 놈이란 말이요, 말만 ᄒ시면, 너가 그놈의 버릇은, ᄀᆞᆯ쳐 노으리다, 그 로인은 그리도, 쾌히 말운 ᄒ지 안코, 그디의 친쳑이 되는 터이닛가, 너가 말ᄒ여도, 소용이 업슬 듯ᄒ다 ᄒ는 고로, 나는 그 말을 듯고, 대쇼ᄒ얏슴니다[518] ᄂᆞᆫ, 산중에서 대왕이라는 칭호를, 여러 즘성의게 듯고 잇는 터인디, 지공무ᄉᆞᄒᆫ[519] 왕으로셔, 엇지 친쳑이라고, ᄉᆞ정을 쓰럿가, 념려 말고 디답ᄒ라 ᄒᆞᆫ즉, 그졔야 ᄒ는 말이, 그 즘성은, 다른 즘성이 안이라, 뒤산에 잇는, 칙호랑이라 ᄒ는 고로, 그 말을 듯고, 너가 가만히 ᄉᆡᆼ각ᄒᆞᆫ즉, 그 칙호랑이는, 과연 나ᄒ고 일가는 되나, 디수를 ᄌ셰히 따져 본즉, 팔디에셔 갈니엿슨즉, 열여셧촌, 형데항이라 그러나, 나는 바독호랑인 고로, 너 파는 바독공파요, 뒤ㅅ산 칙

---

**516** 얼픗. '얼른(시간을 끌지 아니하고 바로)'의 방언(경상).
**517** 사위. 딸의 남편을 이르는 말.
**518** 대소(大笑)하다. 큰 소리를 내어 웃다.
**519** 지공무사(至公無私)하다. 지극히 공정하여 사사로움이 없다.

호랑이는, 츼공파가 분명ᄒᆞ여, 촌수도 멀고, 파도 다를 쑨 안이라, 명식이 산중지왕으로, 人정울 쓴다는 말은 홀 수 업셔셔, 그러면 진작, 너게 말을 ᄒᆞ얏드면 됴흘 것을, 웨 그초리ᄒᆞ얏ᄂᆞ냐 나물ᄒᆞ고, 그 호랑이가, 어느 날 쯤 쏘 ᄂᆞ려오겟ᄂᆞ냐 무른죽[520] 人월 팔일에, 혼인졔구를 차려가지고, 아리죠, 쟝가를 들나온다 홈으로, 나는 은근히, 속ᄆᆞ음으로, 가가대쇼ᄒᆞ얏슴니다, 우리 호랑이의 혼인이라 ᄒᆞ는 것은 원리 엄즁ᄒᆞᆫ, 텬졍규칙이, 자지ᄒᆞ야 동지셧달, 격셜이 만쟝ᄒᆞ고, 북풍이 도골홀[521] 쌔에, 쳡々ᄒᆞᆫ 산즁에셔, 어흥거리면셔, 이리 갓다 져리 갓다 ᄒᆞ는 것이, 졍ᄒᆞᆫ 규례이거늘, 쥬져넘은, 츼호랑이는 그 규칙을, 멸시ᄒᆞ고, 자의로 사롬의 집 규슈에게, 혼인이란 말이, 대단 괘人심ᄒᆞ야, 너가 쟝담ᄒᆞ고, 그 로인다려 싸님은, 쎄앗기지 안이ᄒᆞ도록, 방비를 ᄒᆞ여줄 것이니, 념려 말나고, 위로ᄒᆞ엿슴니다,[522] 그 로인은 싱각ᄒᆞ기를, 츼흔[523]랑이나 바독호랑이나, 다 ᄀᆞᆺ흔 ᄒᆞ[524]랑인 고로, 나도 동죵류의, 편을 들어, 말홀 줄 알앗다가, 의외에 너 말이, 그럿치 안이ᄒᆞ닛가 고마운 김에, 늙은너가, 허연 머리를 싸에다가 다이고, 업디여셔, 빅비치人하옵듸다, 그리ᄒᆞ고, 그 쏠쪼지 불너늬다가 졀을 식이고, 이런 은인이, 어듸 잇스오릿가 ᄒᆞ며, 쫙이 업시, 고마워ᄒᆞ는 것은, 도리여 우슈워 못 보겟습듸다, 그 후에 과연, 人월 초팔일이 되긜니, 나는 그 날 일즉이, 조반을 직쵹ᄒᆞ여 먹고, 그 로인의 집을, 차자갓슴니다, 조곰 잇더니, 과연 츼호랑이라 ᄒᆞ는 것들이, 셩군작당ᄒᆞ여셔,[525] 신령될 놈을, 씨

---

**520** '즉'의 오류.
**521** 도골(到骨)하다. 골수에 사무치다. 속에 이르렀다는 뜻에서 나온 말이다.
**522** ','의 위치 오류. 원래 자리보다 왼쪽에 기울어져 찍힘.
**523** '호'의 오류.
**524** '호'의 오류.
**525** 셩군작당(成群作黨)하다. 무리를 이루어 패거리를 만들다.

메여가지고, 나려오는되, 나는 혼ᄌ 대문ㅅ간에 쑤구리고 안ᄌ셔 눈을 부릅쓰고, ᄌ셔이 슘혀본즉, 그 로인의, ᄒ던 말과 ᄀᆺ치 칙공과 ᄌ손들인되, 속담에, 사롬들이 말ᄒ기를 「삵」이라 ᄒ는 즘싱으로, 우리와, 집안니보다는, 종ᄌ가 조곰 잘지요, 그런되 그놈들은, 아모조록 위의를 보이노라고, 져의 외척되는 「고양이」 물이ᄭᆞ지, 다리고 오다가, 너가 그 집 문 압헤 잇는 것을 보더니, 엇더케 놀너는지, 갑[526]히 인ᄉ도 못ᄒ고, 벌ᄶ 썰고 셔셔 가도 오도 못ᄒ고, 발이 모도, 붓터슴니다, 그때에 나는 본릭 큰 목소리에, 졋먹든 힘을 다ᄒ여셔, 호통 한마듸를, 보기 됴케 질으고, 이놈 너희들이, 방ᄌᆞ스럽게, 남의 집 규슈를 억릴[527]ᄒ려고, 쎼를 지여 단이나냐, 이 길로 밧비 도라가되, 만일 니 령을, 어긔는 쟈가 잇스면, 군법을 시ᄒᆡᆼᄒ겟다 ᄒ즉, 져의들은 모다, 포두셔찬[528]으로, 다 도망ᄒ엿슴니다, 그쎄의 그 집쥬인은, 셰 식구가 모도 나와셔, 고마운 인ᄉ를, 듯기 실토록 ᄒ옵듸다, 그러나 이후에, ᄯᅩ 무슨 일이 잇슬는지, 알 슈 업셔셔, 그 쥬인에게, 한 가지 계칙을 가르쳐 쥬엇슴니다, 너가 ᄒᆞᆼ샹, 그듸의 집에 잇셔셔, 그놈들의 오는 것만, 직히고 잇슬, 슈셰도 못 되고, 만일 너가 업스면, 그놈들이, ᄯᅩ 오지 말나는 법이 업스니, 이 대문 맛진 벽에다가, 니 화샹 한아를, 그리여 붓쳐두면, 혹시 그놈들이 오다[529]가도, 너가 잇는 줄 알고, 감히 드러오지 못ᄒ리라, 이럿틋 묘ᄒ 계교를, 가르쳐 쥬엇더니, 그 로인도, 그러히 녁기여 니 모양을, 그리여 붓쳣슴니다, 그리고 나는 산즁으로, 도라왓다가, 궁금ᄒ면 나도 가고, 그 로인이 니게도 오고, 자연 슉친ᄒ여져셔,[530] 범연ᄒ

---

**526** '갑'의 오류.
**527** '탈'의 오류.
**528** 포두셔찬(抱頭鼠竄). 무서워서 머리를 싸쥐고 얼른 숨음.
**529** '다'의 글자 방향 오식.
**530** 슉친(熟親)하다. 서로 오래 사귀어 사이가 아주 가깝다.

친척보다도, 졍은 더 드럿슴니다, 그 후로 그 로인의, 말을 들은즉, 칙공파 주손들이, 그 후로도 죵죵 왓다가는, 그 그림을 보고, 질겁을 희셔, 도망ᄒ 드라 ᄒᄂᆫ 말도, 드럿슴니다 그럭져럭 멋 달을 지니노라닛가 당시에 왕이 샹비를 ᄒ고, ᄉ방으로, 아름다운 식시를, 구ᄒ다가, 그 로인의 ᄯᅩᆯ이 간퇵에 ᄲᅩᆸ히여, 왕비가 되게, 되얏스나, 그 신부가, 만일 그 문밧만 나셔면 길에셔 칙공파 주손되는, 그 못된 놈들에게, 독슈[531]에 걸니기 쉬운 고로, 그 로인은, 무한 근심ᄒ다가, 하로는 너게로, 의론ᄒ러 아참에, 일즉이 왓슴니다, 셩례ᄒᆯ 날은, 머지 안이ᄒ얏ᄂᆫ디 원슈의 그놈들이, ᄯᅩ 무삼 져희를 ᄒᆯᄂᆫ지 모로겟스니, 그디가 ᄯᅩᄒᆫ 방비ᄒᆯ 계칙을, 가르쳐 달나 ᄒᄂᆫ 고로, 나는 이리 디답ᄒ얏슴니다, 그것은 죠곰도, 어렵지 안이ᄒ니, 치ᄒᆼ[532]ᄒ야 신부를 보니는 날이 되거던, 너게 알게 ᄒ면, 니가 신부를 무ᄉ히, 호송ᄒ겟노라 언약ᄒ고, 그날을 당ᄒᄆᆡ 과연 인군의 긔구라, 위의가 굉쟝ᄒ얏슴니다, 그러나 데일 긴요ᄒᆫ 신부를, 그 못된 놈에게, 만일 ᄲᅦ앗기는 디경이면, 그ᄯᆡ는 아모것도, 안이올시다 그ᄯᆡ에 나는, 신부를 ᄐᆞ운 가마 우에 니가 넙죽이 업듸여셔, ᄉ면을 슯히며 가는디, 그놈의 무리들이, 갓가이는 오지 못ᄒ고, 멀니셔만 보고 식시 놋치는 것이, 엇지 분ᄒᆞ든지 이 산 져 산에셔 야단을 치나, 이졔는 헐 수 업시, 인군에게 ᄲᅦ앗겻슴니다, 그런고로, 신부는 무ᄉ히, 궐니ᄭᅡ지 드러가셔, 왕비가 되어 안졋스나, 항샹 근심은, 그놈들이 인군의 궁뎐도, 겁니지 안코, 놀입ᄒᆞᆯ가 셥ᄒᆞ야 잇던 ᄎ에, 그ᄯᆡ의 왕도, 나는 잠시를 ᄯᅥ나지 못ᄒ게 ᄒ고, 궁셩을 직히게 ᄒᄂᆫ디, 그ᄯᆡ에 니 나히 빅여 셰 올시다, 빅발은 셩셩ᄒ고, 근력도 엄ᄉᄉᄒ여, 비록 고디광실[533]과, 금의옥식[534]에는 ᄡᅡ혀 잇스나 항샹 고향 산즁에, 잇는 니 집

---

**531** 독수(毒手). 남을 해치려는 악독한 수단을 비유적으로 이르는 말.
**532** 치행(治行). 길 떠날 채비를 함.

이, 싱각나셔, 왕에게 도라가기를 쳥흔즉, 구지 말유흐고, 인흐여 니 마음을, 위로흐노라고, 빅호대쟝을 봉[535]흐야, 궁셩 호위의 직칙을 명흐니, 나는 텬은이 망극흐여, 늙은 몸을 도라보지 안코, 쥬야로 궁셩을 슌회흐며, 호위에 종스흐기를, 몃 히 동안 흐다가, 간졀히 싱각나는 고향은, 잇줄 수가 업셔, 다시 왕에게, 히골을 비러 도라가기를 쳥흔디, 왕은 다시, 그 뜻을 말니지 못흐나, 한갓 근심되는 것은, 불량흔, 칙공파의 무리가, 음습흐여 올가 흐여, 얼골에 슈심을 낫타니는 고로, 나는 쏘흔 계교를 드리니, 빅호뎐이라 흐는 뎐각을 시로히 짓고 뎐각 젼후좌우에는, 빅익호를 그리여 붓치면, 쇼신이 업는 날이라도, 그 환을 능히 면흐오리다 왕은 그 말을 듯고, 대희흐야, 즉시 발령흐야, 빅호뎐을 불일셩지[536]흐고, 빅익호의 그림을, 모집흐여 붓치라 흐며, 나는 특별히, 졍일품 봉죠하[537]로, 고향에 도라가기를, 허락흐니, 그째에 나는, 영직을 몸에 씌고, 금에환향흐얏슴니다, 그 후로는, 나는 산슈지간에서, 편안히 셰월을 보니고 잇는 중, 하로ㄴ ㄷ, 왕의 스즈가 급히 와셔, 국가에 큰 변이 낫스니, 빅호대쟝씌셔, 와야흐겟다고, 불느러 왓기에, 무슨 일이 낫느냐 무른즉, 왕비가 부지거쳐[538]가 되어셔, 왕의 침식이, 미안흔 중이라 흐는 고로, 나도 후은을 입은 몸이라, 이 말을 듯고, 안연히 안자 잇슬 슈가 업셔, 급히 일어나, 쥬야비도[539]흐여 가보니, 과연 왕비가, 밤스이에 업셔졋다는 말을 듯고, 다시 스면의 형

---

533 고대광실(高臺廣室). 매우 크고 좋은 집.
534 금의옥식(錦衣玉食). 비단옷과 흰쌀밥이라는 뜻으로, 호화스럽고 사치스러운 생활을 이르는 말.
535 '봉'의 오류.
536 불일성지(不日成之). 어떤 일을 며칠 안으로 이룸.
537 봉조하(奉朝賀). 조선 시대에, 종이품의 관리로 사임한 사람에게 특별히 주던 벼슬. 실무는 보지 않고 의식(儀式)이 있는 경우에만 관아에 나가 참여하며 종신토록 녹봉(祿俸)을 받았다.
538 부지거처(不知去處). 간 곳을 알지 못함.
539 주야배도(晝夜倍道). 밤낮으로 보통 사람의 갑절의 길을 걸음.

적<sup>540</sup>을, 슯혀보나, 의심나는 곳은 업고, 다만 한 가지 넘겨는, 칙공파 무뢰비의, 작란인가 ᄒ여, 다시 빅호뎐에 붓친 그림을, 슯혀보니, 이를 엇지 ᄒ리오, 빅익대호를 그리여 붓치라는 것이, 늬 모양은, 그리지 안코, 셔투른 환ᄌ가, 흰 기를 그리여 모다 붓치엿스니 일은바 화호불셩<sup>541</sup>이라 이는 젹실ᄒ 칙공파의 짓인 줄을 알고 그곳으로부터, 비로소 짐작ᄒ야, 나는 즉시 칙공파의 ᄌ손들, 모혀 사는 산중으로 급히 와셔 본즉, 과연 왕비를, 다려다 노코, 방장<sup>542</sup> 여러 친척을 모아, 잔치ᄒ는 중인 고로, 나는 벽력 ᄀᆺ흔 소리를, 질으고 쒸여 드러가며, 이놈들 늬 손에, 다 죽어 보아라 ᄒ는 소리에, 그놈들은, 슐이 얼근이 취ᄒ여, 한참 흥이 도ᄼᄉ 하다가, 귀가 ᄶ여지는 듯흔 소리에, ᄶᆢᆷ작들 놀늬여, 도라다 늬 얼골을 보더니, 어ᄉ가 츌도흔 모양으로, ᄉ산분쥬ᄒ야, 졔각금 모도 다라나는디 그중에 한 놈은 그리도, 왕비를 감츄어 다리고, 가려다가 늬게 붓들녀셔, 쥬먹을 엇어맛고, 그 당쟝에 죽엇는디, 그 져음에, 왕비는 약흔 몸이, 셔로 ᄶᆡ앗노라고, 닷ᄒ는 바롬에 다리를 샹ᄒ고, 그 쟈리에셔, 긔졀ᄒ엿슴니다, 나는 엇지 홀 슈 업셔, 급히 왕비를, 등에 두루쳐 업고 왕에게 밧치니, 왕은 대희ᄒ여, 중샹을 하사ᄒ엿스나, 왕비는, 다리에 중샹을 입어, 긔거를 임의로 못ᄒ는 고로, 왕은 크게 걱졍ᄒ여, ᄉ방의 명의를 구ᄒ여, 약을 쓰나, 도모지 효험이 업고, 한 의원이 와셔 말ᄒ되, 호랑이의 졍강이 ᄲᅧ를, 고아 쓰면, 그 병이 쾌복ᄒ겟다 ᄒ는디, 그ᄶᆡ의 왕의 싱각은, 호랑이면, 은인이라 ᄒ여도 가홀 터인디, 엇지 그 ᄲᅧ를 약으로, 쓰겟다 홀 수 업셔, 다만 근심으로, 날을 보늬는 고로 나는 그 왕의 근심ᄒ는 모양을, 참아 불<sup>543</sup> 슈 업고,

---

**540** 형적(形跡). 사람이나 사물이 뒤에 남긴 흔적.
**541** 화호불셩(畵虎不成). 범을 그리려다가 강아지를 그린다는 뜻으로, 셔투른 솜씨로 어려운 특수한 일을 하려다가 도리어 잘못됨을 비유적으로 이르는 말.
**542** 방장(方壯). 바야흐로 한창임.

그 왕의게 입은 은혜도, 젹지 안이흔 고로, 니 몸은 죽드리도, 그 후은을 갑흐리라 흐야, 아모도 보지 못홀 쩨에 니의 다리 흔마듸를 잘나, 왕에게 드리니, 왕은 쌈짝 놀너기도 흐고, 쏘는 그 츙셩을 가상히 녁이여, 나의 일편단셩을 칭찬흔 후, 그 뼈를 고아, 왕비끽 드리니 왕비도, 쳑연흔 얼골로, 그 약을 마신 후 불과 슈일에, 다리의 병이, 완실히 나앗습니다, 그째의 왕은 대희흐야, 텬하에 발령흐야, 니의 츙셩을, 조목조목 써셔 발포흐고, 니 주손은, 디디로 후흔 국록을 준다는, 광탕지뎐544을 물엇습니다, 그런고로, 그 후에는, 나의 셰력이 더욱 굉쟝흐여, 니 압흘 누가 안이 두리워흐겟슴닛가, 사룸마다 나를 보면, 모도 혜를 니여 두르며 「호랑디감 호랑디감」 흐고 감히 고기를 들지 못흐엿습니다, 압흐로 오는 사룸이라도 니 목소리 한마듸면 뒤ㅅ거름으로, 썰썰 물너가지오, 그럿틋 몃 히를, 지니고 보니, 사룸은 점점 진화되여, 모단 문물이, 문명흐여지고 나의 주손들은, 퇴화되여, 점점 깁흔 산중으로 물너가니, 지금은 거의, 인간과 우리의 교졔가, 끈어지고, 교섭이 도모지 업셔셧545슴으로, 셔로 소원흐여, 사룸들은, 젼일의 우리 션셩546만 듯고, 우리를 보면, 슬금슬금 피흐여 바리고, 우리는 사룸을 보면, 감히 말을 붓쳐 보고주 못흐여졋슬 뿐 안이라, 간혹은, 우리의 몸에 위히흔 일을, 쥬고주 흐니, 의ㅅ의 소통치 못흠이, 이와 갓치 큽니다, 그러나 지금도, 감안이 사룸들의, 샤는 집을 볼 것 ㄱ흐면, 우리의 위엄과, 우리의 공덕이 그져 조고마치, 낡어 잇셔셔, 대뮤 아에 우리의 화샹을 그리여 붓친 집도 잇고 우리의 옷으로 신부의 ㅅ인교547 우

---

**543** '볼'의 오류.
**544** 광탕지전(曠蕩之典). 조선 시대, 베풀어지는 특사(特赦)나 대사(大赦)의 은전(恩典)을 이르던 말.
**545** '졋'의 오류.
**546** 션셩(先聲). 전부터 알려져 있던 명성.

에 덥허 가는 일도 잇스며 이 누구던지 티고젹 리약를 ᄒ면 호랑이 담비 먹울 졔라 ᄒ고 무엇이던지, 무셔운 사롬을 보면 「아이고 호랑디감」이라 ᄒ는 말도, 젼ᄒ여 나려옵니다, 그러나 다리병이 잇스면, 호경골[548] 찻는 디는, 우리가 참 원통ᄒ여, 말홀 슈 업소, 그는 그러ᄒ여도, 텬하에 일홈난 것은, 우리의 ᄌ손이올시다, 디구샹에 나라〻 ᄒ여 놋코 우리를 다려다가 동물원 속에, 편안히 두고, 모법적으로 여러 사롬에게, 구경식이는 것을 보아도, 가히 알 일이니, 션조의 젹덕혼 바가, 졍말 젹지 안슴니다

---

**547** 사인교(四人轎). 앞뒤에 둘씩 모두 네 사람이 메는 가마.
**548** 호경골(虎脛骨). 호랑이의 앞 정강이뼈.

# 新年會의 虎大將 최첨지와 범대쟝

何夢

1914.1.1

의외에, 망닉동이가 싱겨, 만삭이 되야 치독[549] 곳흔 비를 안은, 마누라가, 정월 ㅂ[550]름쓰지나, 좀 슈이란 말을 듯지 안코, 산양군 최첨지는, 아모리, 정월 초하로날이라도, 눈이 이러케 산에 싸인딕, 산양을 안이 나가면, 비 ㅅ속에셔, 쏘두룩 소리가 난다고 ㅎ면셔 총을 메이고 나간다 산에는, 눈이 가득ㅎ야, 길도 보이지 안이ㅎ눈딕, 큰 지슈는 업겟지만, 젹은 토씨 한 마리가, 엇어걸녀도, 노눈이보다는 낫다고, 두 눈을 밝앗케, 싸뒤집으며, ㅅ방으로 즘싱의, 발즈취를 찾눈□ 토씨는, 그림즈도 안이 보이고, 의외에 굉쟝흔 놈을 맛낫다, 호쟝군ㄠ ㄠ ㄠ

싱히 정월 초하로날, 마슈거리[551] 지슈가 툭 터졋구나, 최첨지는 엇지 됴턴지, 미리 탄환쏘지, 지엿던 총을 기우려, 호쟝군의 멱줄듸에, 견양을 디이눈딕, 호□[552]군이 눈을 꿈젹ㅎ고 압ㅎ로 오더니

「여보게 최첨지, 즈네기 졍말 날디리 아조 밥슈ㅅ가락을, 노란 말인가[553]

---

**549** 채독. 싸릿개비나 버들가지 따위의 오리를 걸어 독 모양으로 만들고 안팎으로 종이를 바른 채그릇.

**550** 문맥상 '보'로 추정.

**551** 마수걸이. 맨 처음으로 부딪는 일.

**552** 문맥상 '쟝'으로 추정.

**553** ',' 누락됨. 이 단형 서사는 모든 대화문의 끝 부분에 ',' 누락되어 있음.

「정말이고 거즛말이고, 산양군이 산양을 ㅎ는디, 무엇을, 뭇는단 말이

냐…… 이놈, 엉ㅅ둥ㅎ게, 범의 싁기가 밥슈ㅅ가락은, 다 무엇이냐

「그는 그럿치 산양을 ㅎ는데, 누가 무엇이라 말홀 것은, 업지만은, 여보

게 최첨지

「웨 그리니

「ㅈ네 마누라가, 이 달이 희산달이지

「그ㅅ진 소리는, 누가 듯ㅈ나냐

「안이 그러케 셩닉이지 말게, 하ㅅㅅ 그런데, 우리 마누라도, 비가 감영

문루,<sup>554</sup> 긔문북<sup>555</sup>ㅅ치 되얏는걸

「응, 너의 미<sup>556</sup>누라도 그리

「그리 최첨지나, 너나, 마누라가, 그 모양이 되야셔, 일을 잘 못ㅎ면, 아

조 혼ㅈ 죽을 디경은, 한가지겟지, 이 눈구녕에, 산속으로 도라단이는,

싱각을 ㅎ닛가, ㅈ네나 너나, 피차일반□<sup>557</sup>셰그려

「암 그러코말고

최첨지는, 그만 마음이 확 풀려, 호대쟝을 도로혀, 가엽시 녁이며, 총은 멀

니 집어치고, 여긔셔는, 길게 말홀 슈가 업스니, 뎌리로 가ㅈ고, 셔로 졍다

온 한 사롬 한 마리, 최첨지와 호대쟝은, 바위 아리 눈 업는 곳에, 락엽으

로, 보료 삼아 쌀고 나란히 안져 리약이라

---

554 문루(門樓). 궁문, 성문 따위의 바깥문 위에 지은 다락집.
555 '부'의 오류. 개문부(開門符). 밤에 긴급한 일을 전할 때, 임금이 도성의 정문(正門권, 4장대
문)을 여는 것을 허가하는 신부(信符). 둥글게 만들고 한 면에는 전자(篆字)로 '신부(信符)'라
쓰고, 다른 한 면에는 전자로 '신부'라 새긴 도장을 찍어서 반을 나누어 왼쪽의 것은 임금이
가지고 오른쪽의 것은 병조(兵曹)에 두었는데, 왼쪽의 것을 좌부(左符), 오른쪽의 것을 우부
(右符)라 함.
556 '마'의 오류.
557 문맥상 '일'로 추정.

257

「이이 호랑아

「여보게 나도, 쏭 먹은 나이 갑ᄌ년부터 치면, 올에 쉰한 살이니, 그러케 일홈을, 픽픽 부르고, 하디를 흐지 말고 나ᄉ덕이나 좀 입게, 닉 직함이나, 좀 불느고, 말의 말시도, 한층만 좀 놉히게그려

「앗다 그놈 되우 주져넘다, 그러면 호대쟝 요보게, ᄌ네가 지금, 먹을 것을 차지라, 이 눈 속에 나온 모양일셰그려, 비가 졍 곱흐면, 우리 집 쩍국쩟기나, 좀 줄가

「하하하 이리 보여도, 산즁에 왕이야 죽어도 ᄌ네 집 쩍국짓기는, 안 먹는다네⋯⋯⋯나 혼쟈 쥬리는 것은, 얼마던지, 참지만은, 몸도 마음ᄃ로 쓰지 못ᄒ는, 마누라 싱각을 ᄒ닛가, 어듸 굴속에 가만이 드러안졋겟던가

「참 그는 그리 그리닛가, 사룸과 즘싱은, 다를망졍, 자네와 나와는 동무 과부 ᄀᆺᄒ예그려, 그런 줄은, 모르고 죠곰 쌋딕ᄒ얏더면, 방아쇠를, 다려셔 너의 마누라, 비속에 잇는 것들을, 모다 이비 얼골도 못 보게, 유복ᄌ를, 만들 번ᄒ얏네그려, 어 ― 큰일날 번ᄒ[558]얏지

「한 방이나 두 방에, 쓰러지지는 안치만은, 셔로 싸오는 것도, 자미업는 일이지

「암 그러코말고, 그런데 잠간 가만이 잇게, 다시 싱각ᄒ닛가, 엇지 이샹스럽다

최첨지는, ᄉ방올 도라보면셔, 황황히 셔두른다

「이것 외 이리나, 여호의게 홀닌 사룸갓치 외 이리

최첨지는, 졈졈 슈각이 황란ᄒ야, 총을 겻구로 집고, 손으로 집신을 신으

---

**558** 문맥상 'ᄒ'로 추정.

면□[559]

「뎡녕 네가 닉 싱각에눈, 여호의게 홀녓셔

「자네가 밋첫나, 여호눈 누가 여호 굿단 말인가, 산즁지왕, 호대쟝□[560]
러 □[561]을 ᄒ야도, 분슈가 잇지, 여호라니 □[562]눈 말인가, 그 사롬이,
졍월 초하로날 꼭두식젼에, 웬 헛소리를, 그리 ᄒ야 날더러 쎡국쎗기
를, 쥬마더니, 자네□[563]말로 쎡국쎗기도, 못 엇어먹고 ○[564] 모양일셰
그려

「그럿스면 죳켓지만은, 엇지 마음에 이샹훈걸

「무엇이

「무엇은 무엇이야, 자네가 앗가 날더러, 우리 마누라가, 이 달이 산삭이
라고 말ᄒ얏지

「그리셔

「그것이 이샹훈지 안이훈가

「엇지셔

「밤낫 산속에만 잇눈, ᄌ네가 엇더케 우리 마누라, 비속 일을 안단 말인가

「알고말고

「엇더케 엇더케

「아―그것을 모른단 말인가, 닉가 낫에눈, 산속에 슘어 잇셔도, 밤이
면 긴나 도야지나, 송ᄋ지를 ᄎ지리, 촌에도 ᄂ려간단 말이야, 그째눈

---

**559** 문맥상 '셔'로 추정.
**560** 문맥상 '더'로 추정.
**561** 문맥상 '욕'으로 추정.
**562** 문맥상 '되'로 추정.
**563** 문맥상 '야'로 추정.
**564** 문맥상 '온'으로 추정.

주연 여러 사름의, 리약이 소리를 듯지 안이ᄒᆞ나, 그런 일은 ᄌᆞ네도 알 터인ᄃᆡ, 공연히 그리

「올치 그는 참, 니가 밋쳐 싱각지 못ᄒᆞ얏네그려

「무엇 그러케 신긔ᄒᆞ여셔, 올치 올치 ᄒᆞᆯ 것 업네, 다 레ㅅ일이닛가, 그 리약이는 고만두고, 뎌 거시키, 최쳠지

「웨 그리나

「뎌 — 오늘 져녁, 큰말 리동지 집 보리밧에셔, 우리 여러 즘싱이 모혀셔, 시히 잔치를 ᄒᆞ는ᄃᆡ, 니가 본릭, 산즁왕이오, ᄯᅩ 금년이 인년[565]이라고, 니가 아조 도슈좌[566]일셰, 그런데 최쳠지도, 산양군 싱애로, 우리와는, 인연이 젹지 안이ᄒᆞ니, 손님으로, 잔치 참례를 가면 됴켓네, 아조 그 잔치는, 썩 ᄌᆞ미잇는걸

최쳠지는, 즘싱의 잔치라는 말을, 듯더니, 어린ᄋᆞ히 경긔ᄒᆞ듯, 깜짝 놀니며

「으응················

호대쟝은, 고든 목이라, 몸동이ᄭᅥ지 돌녀, 최쳠지를 쳐다보며

「웨 그리 놀나나, 이 사름 졔쥬 한라산 팃싱인가, 거긔 잔치 참례를 간 ᄃᆡ야 누가, ᄯᅳᆮ어먹을 리 만무ᄒᆞ니, 무ᄋᆞᆷ 턱 놋코, 나와 ᄀᆞᆺ치 가쟌 말이야, 나도 사름을, 손님으로 쳥ᄒᆞ야 왓다면, 여러 즘싱의게, 위풍도 더 잇슬 것이오, 좌셕의 홍치도, 더 잇슬 것이니, 두말 말고 꼭 가셰

「글셰 나도 이 셰샹에셔는, 듯지 못ᄒᆞ던, 희귀ᄒᆞᆫ 잔치닛가, ᄒᆞᆫ번 가보고는 십흐예마는, 마누라가, 오작 기다리며 근심을 ᄒᆞᆯ나고

「그것은 각[567]졍 말게, 니 긔별을 ᄒᆞᆯ 터이니 걱정 말게

---

**565** 인년(寅年). 호랑이 해. 지지(地支)가 인(寅)으로 된 해. 갑인년(甲寅年)·병인년(丙寅年)·무인년(戊寅年) 따위를 이른다.

**566** 도수좌(徒首座). 등급이나 직위 따위에서 무리의 맨 윗자리.

**567** '걱'의 오류.

「누가 긔별ᄒ라 간단 말인가

「긔별ᄒ라 갈 놈은 여호지, 여호를 나무군 ᄋᄒ로, 변형케 ᄒ야, ᄌ네
집에 가셔, 잘 말ᄒ고 오라고 식일 터이니 아모 넘려 말게

최첨지는, 겨오 ᄆᄋᆷ을 놋고, 호대쟝과 ᄀᆺ치, 참례 가기를 언약ᄒ얏다

시간을 기다려, 호대쟝의 등을 타고, 잔치터로 뎡ᄒ 리동지의 보리밧에
당도ᄒ니 즘승이 □도 십이간지(十二干支)에 잇ᄂ 즘승뿐이오 셕ᄎ도 십
이간지 ᄎ례로 쥐, 소, 토끼, 룡, ○, 말, 양, 원슝이, 닭 기, 도야지로 느러
안졋스나, 호대쟝은 특별히 최첨지와 갓치, 샹좌에 마조안졋다, 뷔인 자
리의 ○은, 비암의 자리인디, 겨울이닛가, 일긔가 치운 ᄭᆰ으로 구멍 속
에 드러잇셔셔 안이 나왓다던가 일비이비삼비ᄉ비, 슐잔이 돌녀, 모든 즘
승이, 흥이 나셔, 별ᄼ 지됴가 다 나온다, 쥐 쑥ᄼ⁵⁶⁸」 소 「메이ᄼᄼ」 토끼
「ᄽᅦᄽᅦ」 룡은 「우루루우루루」 말 「아항이⁵⁶⁹「미이미이」 닭은 」⁵⁷⁰ᄭᅩᄭᅩᄭᅩ
ᄭᅩ」 도야지 쑬ᄼᄼᄼ⁵⁷¹」 ᄒᄂ 소리, 비홀 곳 바이 엄⁵⁷²시, 굉쟝ᄒ다

산중왕, 호대쟝은, 뎨일 질겨워 련ᄒ야 「어흥어흥」 홍치를 너며, 평성 웃
지 안턴, 호대쟝이 시히 잔치ᄂ 박쟝대소, 우슴을 긋칠 줄 모른다

한참 써드ᄂ 중에, 밧고랑에셔, 무슨 싸르르 ᄒᄂ 소리가 나더니, 길기 열
ᄌ나 되ᄂ, 비암이 나와, 손님으로 참예ᄒ 최첨지의 몸에 가, 휘휘친친 둘
니운다

「에구머니 비암이야

ᄭᆷ짝 놀ᄂ니 꿈이라, 최첨지는 황황히 일어나셔, 웃간에 녀인, 고리짝을

---

**568** '쑥ᄼ' 앞에 'ᄀ' 누락됨.
**569** '」' 누락됨.
**570** 'ᄀ'의 오류.
**571** '쑬ᄼᄼᄼ' 앞에 'ᄀ' 누락됨.
**572** '업'의 오류.

열고 부시럭부시럭, 겻장 써저진, 칙 한 권을 집어니여, 관슐불[573] 압흐로
가지고 온다 녯날 녯 째, 귀가 반쯤 써러진, 샹평통보 단 두 푼쯤 쥬고 셔
셔 죠샹부터 죠샹갓치 위ᄒᆞ던 언문 판각 히동젼셔라 ᄒᆞ얏스되

 범을 타니 걱정 근심 업셔질 꿈
 비암이 둘니니 귀남ᄌᆞ 나흘 꿈

닭의 쟝안, 황게 슈닭 두 나리로, 홰를 치며, 목쇼리 크게 니여, 목아지 길
게 느려

「ᄭᅩ끠요······· ᄭᅩ끠요·······
신년 갑인 소원성취 신년 갑인 만수여의

---

573 관솔불. 관솔(송진이 많이 엉긴, 소나무의 가지나 옹이)에 붙인 불.

# 썩 잘 먹는 우리 닉외

1914.1.1

썩이란 말만 드러도, 슈지를 쓰지 못ㅎ는 닉외가, 잇슴니다, 썩메갓치 성기고 썩을 잘 먹는다고, 썩메라는, 별명을 듯는, 남즈의게, 안반[574] ㅊ치 넙젹ㅎ고, 쏘 썩을 썩 잘 먹는다고 안반이라는 별명을 듯는 녀즈가, 셔로 성월성시, 슈쥬 기둥□[575] 합당ㅎ다고, 혼인을 ㅎ게 되얏는더 혼인날 쵸례쳥[576]에셔, 신랑 신부가, 큰 샹□[577] 밧고 안져, 신랑은 인졀미 빅 기, 신부는 인졀미 아흔아홉 기를 먹어셔, 만당 빈긱[578]을 놀니엿슴니다, 식셩이 피츳 이러ㅎ닛가, 텬뎡ㅎ 연분이라고, 셔로 금슬은, 미우 인졀미 ㅊ ㅎ야, 닉외 쌈이라고, 약에 쓰랴도 구경ㅎ 수 업슴니다, 허구ㅎ 날, 닉외가 썩을 못 먹으면, 병이 날 듯, 견딀 수가 업스닛가, 돈 만히 드리지 안코, 썩 잘 먹을 계교로, 썩쟝스를 시작ㅎ얏슴니다

갑 「여보 여보, 썩 파르오 썩 팔어[579]

부부 「녜 잠간만 기다립소, 지금 곳 만드러 드림니다

---

**574** 안반. 반죽을 하거나 떡을 칠 때에 쓰는 두껍고 넓은 나무판.
**575** 문맥상 '이'로 추정.
**576** 초례청(醮禮廳). 전통 양식의 혼례를 치르는 장소.
**577** 문맥상 '을'로 추정.
**578** 빈객(賓客). 귀한 손님.
**579** 이 단형서사에서는 대화문 뒤에 '」' 표기 없음.

을 「이것 웬일이오, 벌셔브터 썩 십 젼어치만 달나닛가, 이째ᄭ지 □[580]

　　되엿단 말이오

부부 「녜 조곰만 더 기다립소, 지금 곳 만드러 드립니다

병 「아 이것 엇□[581] 세음이야, 팟인졀미 다셧 긔 달난 지가, 벌셔 반일이

　　나 되엿는듸, 당초에 아모 소식이 업스니, 웬일이야, 썩 사라 온 손님보

　　고, 썩방아를 찟나

언의 째 손님이 오던지, 이러케 썩은 혼아도 업습니다, 썩을 겨오 만들면,

보고 견델 슈가 업스닛가, 위션 남편 썩메가 맛본다고, 혼아 집어 먹지오,

계집 안반도 하나 먹지오, 늬외가 하나만 더, 하나만 더, 모도 먹어 ᄇ린

후에, ᄯ또 만들면 ᄯ또 먹어 ᄇ리고, ᄯ또 만들면, ᄯ또 먹어 버리닛가, 돈 주고 사

랴도, 그 집 썩은 혼 긔 구경홀 슈 업시, 인졀미갓치, 셩미가 눅은 사람도

긔가 막혀, 혼바탕 욕을 ᄒ고, 그져 가는 고로, 썩쟝ᄉ 밋쳔은 얼마 안 되

야셔, 왕십리 거름 보틱임이 되고, 셔방 썩메는, ᄶᅮ어다 박은 썩메 자로ㄹ

치, 우둑커니 안졋고, 계집 안반은, 흰무리[582] 시로에 김 오르듯, 한슘만

수이는 즁에도, 썩은 참아 이져ᄇ리지 못ᄒ야

썩메 「아 — 썩 먹고 십허

안반 「아 — 썩 좀 먹엇스면

썩메 「썩 먹고 십허, 어듸 견듸겟나

안반 「썩 먹고 십허, 나도 졍말 죽을 디경이니, 무엇이라도, 뎐당을 잡혀

　　셔 썩 좀 스먹엇스면

썩메 「마누라가, 졍 그러면 늬가 진졍으로 쳥홀 일이, 한아 잇는데, 드러

---

580 문맥상 '안'으로 추정.
581 문맥상 '젼'으로 추정.
582 백설기.

주겟소

안반 「네 ―

썩메 「마누라, 비나를 잡혀셔 썩을 스먹잔 말이야

안반 「니 비나를

썩메 「니 쳥을 듯는다고 그릿스니, 잔말 말고, 어셔 니노오, 썩 먹고 십허
　　당쟝 죽겟소

안반 「그것보다, 당신 두루마기를 잡혀셔, 썩을 스먹엇스면

썩메 「그것은 무슨 소리, 고것 한아를 마져 업시면, 무슨 잔치 째, 썩도 못
　　엇어먹으라 가게

안반 「나도 비나라고, 이것 한아쑨인디 이것조ᄎ 업시면, 참 썩도 못 엇어
　　먹으라 단이게

썩메 「남편이, 두루막이 한아도 업다면 마누라 모양은 무엇이오

안반 「글세 계집이, 비나 한아도 업다면 당신 모양은 됴켓소

셔로 뎐당 잡힐 물건을, 닷홀 째에, 맛참 동리 집에셔, 졍월에 졔스 지니
고, 먹으랴고, 흰썩 인졀미를 만드럿다고, 두 가지를, 한 목판이나 가져왓
슴니다, 이 니외에는, 꿈이냐 성시냐 ᄒ면셔, 목판에셔, 쏫기도 젼에, 위션
한입을 잔쑥 쳐너코

썩메 「아 목이 메여, 아 ― 먹구멍이 믹혀 슘을 통홀 슈가 업스니, 등을 쑤
　　드려 주오

안반 「나도 목에, 썩이 믹혀셔 죽겟소 아 ―등 좀 쑤드려 주오

ᄒ면셔 니외가, 셔로 닷호아 가며, 언의 틈에, 썩 흔 목판을 다 집어 먹고,
겨오 인졀미 흔 긔가 남앗슴니다

썩메 「마누라가 늘 남편을, 위흔다고 그리ᄒ얏지

안반 「아 ― 그러코말고요, 니가 남편을 안이 위ᄒ면 누구를 위ᄒ오

떡메「응응 그러면 남아지 썩 한아는, 마누라가 위ᄒᆞᄂᆞᆫ, 나더러 먹으라겟지

안반「안이 안이, 당신이 나를 늘 사랑ᄒᆞᆫ다고, 그리ᄒᆞ얏지오

떡메「암 그러코말고

안반「그러케 나를 사랑ᄒᆞ닛가, 이 썩은 나더러 먹으라겟지

떡메「안이 안이 마누라가, 먼져 나를 위ᄒᆞ야, 이 썩을 먹으랴면, 그 다음 에ᄂᆞᆫ ᄯᅩ 너가, 마누라를 사랑ᄒᆞ야셔, 썩을 먹으라고 그리지

안반「그것은 그럿치 안소, 당신이 먼져 나를 사랑ᄒᆞ야, 썩을 먹으라지, 안이ᄒᆞ면, 나는 당신을, 위ᄒᆞ지 못ᄒᆞ겟소

인졀미 한 기를 가지고, 너외가 셔로, 닷홈질을 ᄒᆞ다가, 셔방 썩메가, 싱각 ᄒᆞ기를, 계집 안반은 근본 말 슈다ᄒᆞ야, 잠시라도, 입을 담을지 못ᄒᆞᄂᆞᆫ 줄, 짐작ᄒᆞ고 그 계교로, 승부를 결단ᄒᆞ고져「여보 마누라,[583] 이러케 닷홀 것 업시, 우리 둘 중에 누구던지, 오리도록 아모 말도, 안이ᄒᆞᄂᆞᆫ 사름이, 이 썩을 먹고, 먼져 말을 ᄒᆞᄂᆞᆫ 사름이, 지기로 너기를 ᄒᆞᆸ시다」계집 안반은, ᄯᅩᄒᆞᆫ 남편의 성질이 조급ᄒᆞ야, 잠시도 몸을, 가만두지 못ᄒᆞᄂᆞᆫ 버릇을, 아 ᄂᆞᆫ 고로, 그 계교로, 썩을 ᄲᅢ아셔 먹고져「안이 그러케 홀 것 업시, 언의 ᄶᅵ ᄯᅵ지던지, 가만히 안졋ᄂᆞᆫ 사름이, 썩을 먹고 먼져 손가락, 한아라도, ᄶᅡᆷ작 이ᄂᆞᆫ 사름이 지기로, 너기를 ᄒᆞᆸ시다」셔로 이러케 닷호다가, 필경은 말도 안이ᄒᆞ고, 몸도 ᄭᅩᆷ작ᄒᆞ지 안키로, 졔일 오리 춤ᄂᆞᆫ 사름이 썩을 먹기로, 너 기를 시작ᄒᆞ얏슴이나 한 조각, 인졀미를, 목판에 담아 놋코 셔로 썩만, 눈 이 ᄲᅮ러지도록, 드려다보며, 손가락 한아 ᄶᅡᆷ작이지 안코, 마쥬 안져, 겨우 십분 한시 두시ᄭᅡ지, 나도 슘소리 한 번 안 들니고, 머리털 한아, ᄶᅡᆷ작이지 안이ᄒᆞᆷ니다, 그ᄯᅢ 맛참, 도젹놈이 그 집에 드러, 이져녁부터, 마루구멍에

---

583 ','의 위치 오류. 원래 자리보다 왼쪽에 기울어져 찍힘.

셔, 쥬인 니외의, 자기를 기다려도 당초에, 아모 쇼리도 들니지 안코, 째째
로 대담히, 목을 니여미러, 방안에 동졍을 보아도, 닭이 울도록, 이져녁에
보던 것과 궃치, 니외가 감안히 안졋는지라, 도젹에 싱각에, 져것이 뎡녕,
무슨 탈이지 사룸은 안이라 ᄒ고, 즉시 마루로, 뛰여올나, 방으로 드러와
도, 두 사룸은**584** 니기에 질가 겁너여, 눈도 것을쩌, 보지 안이ᄒ는 모양
이라, 이에 도젹은, 더 마음을 놋코, 괴ㅅ속에 잇는, 한낫 두루마기와 한낫
은빈녀를 집어, 보쟈에 싸셔, 들너메인 후 「져 밝일탈이, 무슨 탈이야 탈
뇨는, 참 잘 만들엇는걸, 아조 산 사룸과 조곰도, 다를 것이 업단 말이야,
그런 줄은 모로고, 어림업시, 산 사룸인 줄 알고 마루 밋에셔, 밤시도록,
고싱을 ᄒ얏지 소득도 만치 안이ᄒ디, 분ᄒ야 못 견듸겟는걸, 예기 이 못
된 탈 궃ᄒ니」ᄒ며 쥬먹으로, 셔방의 머리를 한번 힘껏, 싸렷슴니다, 그
머리가, 당쟝 부러지는 듯ᄒ지만은, 쩍 한 조각을 못 먹을가, 겁이 나셔 손
가락 한아 입살 한번 꼼작ᄒ지 못ᄒ고 가만히 안졋슴니다, 이번에는, 도
젹이 쏘 계집에 입에다가, 침을 탁 비앗탓슴니다, 그리도 계집도, 쏘 쩍을
못 먹을가 겁이 나셔, 죽은 듯이 안졋스닛가, 도젹은, 다시 손더일 ㅈ둙도
업시, ㅅ방을 휘휘 도라보다가, 사룸탈 샤이에, 쩍 한 조각이 노여 잇는지
라, 급히 집어, 입에다 툭 드리쓰리며

「비가 곱하 죽을 디경이더니, 인졀미 한 조각이라도, 맛이 쩍 죠은걸
이졔는, 야단이 나며, 도젹은 보검을 지고 고만 삼십륙계

「어이구 도젹놈

「아이고머니 도젹놈

하하하하하하ㅅ

---

**584** '은'의 글자 방향 오식.

# 虎의 夢

1914.1.1

첩쳥산 깁흔 골로, 한번 셩큼셩큼, 거름을 거러, ㄴ려오며, 쥬홍 갓흔 입을
싹 버리고, 응—이르렁—으르응 ᄒ는 티도는, 무엇울 벼르는 것도 갓고,
원망ᄒ는 것도 갓지만은, 셰샹 사람이, 그 춤뜻을 몰[585]나, 공연히 겁을
ᄂ고, 에구 져 호랑이 온다, 에구 무셔워라 ᄒ니, 언졔나 가슴에, 싸인 진
담을 ᄯ러니여, 셰샹 사롬에게, 시원ᄒ게 셜원ᄒ야볼가 ᄒ야, 몃 히를 두
고, ㄴ려오며, 괴희[586]를 엇지 못ᄒ야, 쥬먹 갓흔 눈물만 쑥쑥, 비단 사롬
쑨 안이라, 모든 즘승들도, 눈결에 나를 흘긋 보면, 파리쪄 풍기듯이, 산지
ㅅ방으로 다라나기에, 볼일을 못 보아, 엇더케 싱각ᄒ면, 이 몸은 외롭고
도, 지극히 가련ᄒ 신셰가 되야, 혼ㅈ 즈탄셩으로, 한번 긴 호슙을, ᄂ여쉬
이면, 산쳔이 울니고, 위풍이 름름ᄒ야, 모다 실혀ᄒ고 두려워ᄒ나니, 엇
더케 방법과, 슈단을 잘 쓰면, 이졀져졀 다 업고, 들고 나고 츌입 시에, 친
고 벗님이, 이곳져곳에서 흔연ᄒ 긔식으로, 반갑게 환영ᄒ눈지, 에구 셜
웁고도, 원통ᄒ여라, ᄶ흔 그러나 그쑨인가, 이 원슈의 이 몸은, 다른 즘승
과 달나, 한 가지 바릴 째가 업시, 셰샹ㅅ 이 셩활졍에, 가쟝 필요ᄒ, 덕용
물이 되야 호피(虎皮)라면, 여득쳔곰[587]으로, 다 각기 닷토아 가며, 갑의

---

585 '몰'의 오류.
586 '회'의 오류.

고하는, 불계ᄒ고 스가는 즁, 각쳐 량반의 집 스랑들과, 아릿짜운, 옥가미
상[588] 집 안방에, 노혀두는 ᄯ닭으로, 실업시 가죽으로는, 팔즈 됴케, 호강
은 ᄒ나, 그러나 스롬이 왓다 갓다, 들낙날낙홀 쌔에, 보고셔는 「에구 그
것춤 산 호랑이 젹에는, 어지간도홀 ᄯᆞᆫ외라, 지독ᄒ겟군[589] ᄒ는, 그 뒤ᄯᅳᆺ
후념에 가셔는, 그 호피야말로 춤 됴쿤, 그것은 갑이, 만히 나가겟는걸, 아
이 춤 됴아라 ᄒ는 소리는, 져윽이 반가히 들니고 됴치만은 그러케 된 신
세가 무엇에 쓴단 말이오, 다만 스롬의 노리기 ᄀᆞᆺᄒᆞᆫ, ᄒᆞᆫ낫 완농물(玩弄物)
밧게 되지 못ᄒᆞᆫ즉 에구 닉 가슴이야, 기외에 기타 여러 가지는 말홀 수 업
지만은, 이 물건이 공연히, 위풍스럽고, 강표ᄒ게 된 ᄯ닭으로, 언필칭,[590]
집집에 어린ᄋ희가, 울고 쎼를 써도 의례히, 입에 나오는 말이 「에구 져
호랑이 온다, 울지 마라」 ᄒ기 ᄯᆞᆷ문에 나는 리히 업시, 실인심을 ᄒ고, 모
든 만셩 인간의, 비평과 욕셜을, 비가 부르도록 잔ᄯᆨ 먹으니, 원리 텬부ᄒᆞᆫ
괴질을, 엇더케 쳐치홀 수 업고, 즈연히 한 길쳬로, 모든 인간을 피ᄒᆞ야,
깁흔 산 그윽ᄒᆞᆫ 골, 슈목이 울밀ᄒᆞᆫ 곳을, 나의 평셩 뎡ᄒᆞᆫ 곳으로, 싱각ᄒ
고, 드립쎠 잇스나, 일 년 열두 달 삼빅륙십 일간을 가도, 조곰도 츠질 스
롬이 업시, 압뒤 젹젹ᄒᆞᆫ 불상ᄒᆞᆫ 신셰가, 되야 잇스나, 산마다 산 직흰, 후
토신령이 잇셔, 나를 슬하에 고쓰가이[591]로, 부려가며, 여러 인간 즁, 혹
부모에게, 불효ᄒ고 형뎨간에 불목ᄒ며 악의로써 친구를 스괴며 심스부
랑ᄋ로 오입계에 투신ᄒᆞ야 인간 샤회에 ᄒᆞ닛 바린 물건쯤 된 자들은, 져
져히 나의 눈, 번쩍々々ᄒᆞᆫ 광치로써, 한번 빗취여 본 후, 나의 긔묘ᄒᆞᆫ 인동

---

**587** 여득천금(如得千金). 천금을 얻은 것과 같이 마음에 흡족하게 여김.
**588** 오카미상(おかみさん). 여주인.
**589** '」' 누락됨.
**590** 언필칭(言必稱). 말을 할 때마다 이르기를.
**591** 고쓰가이(こづかい). 걸개. 거지. 비렁뱅이.

력(引動力)으로, 스스로, 산으로 호츌ᄒ야, 즁ᄒ 형벌은, 나의 비쇽이 류치쟝이라, 안이 올나오즈 ᄒ야도, 즈연히 심령샹(心靈上)으로 좃ᄎ, 일어남에, 엇지ᄒ리오, 그럼으로, 민젹법을 의지ᄒ야, 일홈을 지어 신고홀 스이도, 업시 온 텬하 인류 스이에셔는, 모다 부르기를 산즁영웅(山中英雄)이라고, 일홈을 지여, 그 후로브터, 조곰 존경ᄒ고 츄앙ᄒᄂ 형식이, 낫하나는고로, 젹이 마암에, 얼마콤 됴흔지 몰으겟스나, 완구히 동화(同化)가 못 되야, 그를 항샹 슬허ᄒ고, 근심ᄒᄂ 바이라, 뎨일 셰샹 사롬에게, 한마듸 쏘흔 셜원홀 것은, 다름안이라, 미양 혼인날이면, 신부 보교 우혜다, 나의 겁질을 쳑 덥허 놋코, 쥬당살을 졔어흔다 ᄒ야, 몃 힌를 두고, 나려오며 그와 ᄀᆺ치, 습관을 일우어, 홀경히 딕졉ᄒᄂ 것을 보면, 니 마암에, 엇지 셥셥흔지 모르겟소 하필 호랑이 겁질이, 맛이란 말이오, 그리 산즁영웅이라고, 존즁ᄒ야, 말ᄒ면셔, 그러케 업슈히 넉이는 모양을, 감안히 싱각ᄒ면, 엇더케 분흔지, 모르겟소 쏘흔 셰샹 인심이, 무졍ᄒ야, 그 못된 사롬들이, 한 ᄀᆺ 리욕만 혜아리고, 심산궁곡 깁흔 곳에다, 함졍을 파고, 나를 싱금(生擒)ᄒ야다가, 혹 죽여셔, 안젼에 리익을 보기도 ᄒ고, 쇠챵살로 만든, 쏙 류치쟝 ᄀᆺ흔 쇽에다, 잡아너코, 한 푼 두 푼 밧어가며, 만인간에 구경을, 식일 젹에 안져라, 일어셔라, 모든 짓을 ᄀ라치니 독 안에 든 쥐몸이라, 엇더케 홀 슈 업셔 쏙 지휘딕로 ᄒ노라니, 원리 셩질이 괄괄ᄒ고, 쾌활흔 용긔가, 옅빈 번 죽고 썩어, ᄒ라ᄂᆫ 딕로, 눈물만 쑥〃 흘녀가며 홀 젹에, 모든 구경군의, 놀님감이 되는 이 불샹흔 신셰를, 엇더케 ᄒ면, 됴탄 말이냐 ᄒ며, 쟝우단탄[592]으로, 날과 밤을 지닐 동시, 맛참니 별 마암이, 다 나기 시작ᄒ야, 아편이라도 먹고 십고, 양직물이라도 고만 먹고, 눈을 쌱 감고 십흐

---

**592** 장우단탄(長吁短歎). 긴 한숨과 짧은 탄식이라는 뜻으로, 매우 탄식함을 비유적으로 이르는 말.

나, 그것도 용이히 될 슈가 업고, 한슘은 시시째째로 쉬여, 깁흔산 일만 골작이로부터, 슬슬흔 바룸으로 화흥야, 불샹흔 신셰를, 무정흔 굉음 즁에셔, 훌훌히 지닉 오나, 엇지 싱각흥면, 마암을 슬젹 돌니고, 쾌연흔 긔식으로, 몸을 운동흥야 소굴(巢窟) 밧게 썩 나셔면은, 안하에 무인이오, 양양흔 긔샹과, 름름흔 팁도 위풍은, 더 볼 나위가 업셔, 어딕로 보아도, 산즁영웅이오, 슈지대왕(獸之大王)이로다, 나도 비록 산즁에 한낫 즘셩이나, 심령샹 감각과 품셩이야, 엇지 다리리오, 하도 화가 나기에, 츠졈치졈 거름을 걸어, 경셩 삼각산하 동물원(動物園)에 나가셔, 친고 동모 츠져보고, 별다른 이회(異懷)ᄂᆞ, 리약이홀 차로, 나아갈 졔, 문득 뒤로 탕—소릭가 나며 혼비빅산, 나의 몸은, 소소리쳐 놀나씨니, 동방의 일광은 요요흥고, 째 논 졍히 갑인년 졍월 원죠일 식젼 아참, 츅포(祝砲) 놋는 소릭라, 감안히 싱각흥고, 일변 눈을 써 둘너보니, 어언간 일쟝츈몽(一場春夢)

# 탕즈의 감츈(蕩子感春)

徐圭璘 (白川郡無仇面萬家洞)

1914.2.7. 短篇小說

쌔는 졍히 방츈이라, 진쳐스 오류문(晋處士五柳門)에 초록쟝 드리온 듯, 압
골에 시너물은, 시름업시 흘너가니, 와류싱심슈동요(臥柳生心水動搖)가 이
쌔를 이름이라

아지렁이 어린 곳에, 유산긱이, 려왕ᄒ다, 나히 이십이 될낙말낙ᄒᆫ, 소년
한 아이, 낙가오리 모즈[593]에, 구쓰를 되ㅅ독ᄒ게 신엇는디, 샹하 의복이
화려ᄒ야, 팔모로 보아도, 가네못지[594]와, 방불ᄒ더라 금강셕물 쑤리에,
여송연[595]을 박아, 쟝손가락에 감아쥐고, 츈풍이 무루룩은, 슈림시로 드
러가셔, 묵은 잔디로, 즈리를 삼고, 한구히 안졋다가, 건넌산을 바라보고,
싀조 한마듸가, 아오라졋다

　젹셜이 다 진토록 봅[596]소식을 몰낫더니 귀홍득의 텬공활이오, 와류싱
심슈동요라, 동즈야 잔 가득 슐 부어라, 시봄 맛게[597]

---

[593] 나카오리(なかおり)모자. 중절모자(中折帽子).

[594] 카네모찌(かねもち). 부자. 재산가.

[595] 여송연(呂宋煙). 담뱃잎을 썰지 아니하고 통째로 돌돌 말아서 만든 담배.

[596] '봄'의 오류.

[597] "(겨우내) 쌓였던 눈이 다 녹도록 봄이 온 것을 못 느끼고 있었는데 북녘으로 돌아가는 기러
기 떼는 넓은 하늘을 훨훨 마음껏 날아가고, 냇가 버드나무 실가지는 얼음에 덮였던 시냇물
의 움직임에 춘심을 갖는 걸 보니 이제 정말 봄이 완연하구나. 아이야, 새 술을 걸러라. 새 술
을 한 잔 하면서 봄맞이를 하리라."(이성준,『이야기로 풀어가는 우리시조』, 푸른사상, 2010,
132쪽 참조) 조선 후기의 시조 작가인 김수장(金壽長)의 시조를 인용한 것임.

한마듸를 맛친 후에 혼ᄌ 안져 ᄌ탄이라

　여류ᄒᆞᆫ 광음은, 능력으로, 돌니기 어려온 비라, 지나간 봄쳘이, ᄯᅩ다시
도라와셔, 너의 공으로 먹은 나히, 이십이 넘엇도다, 부모의 교훈을, 져
바리고, ᄉᆞ우의 권고를, 반듸ᄒᆞ여 가면셔 오날늘ᄭᅡ지 소위가 방탕ᄒᆞᆯ 다
름이니 가탄ᄒᆞᆯ 일이며 겸ᄒᆞ여 한졍 잇ᄂᆞᆫ 직산을 한졍 업시 써노앗스니
지금은 가셰도 젼만 과히 못ᄒᆞ여 당쟝에 부모 말년을, 예탁ᄒᆞ기 어려운
즉, 이 일을 엇지ᄒᆞ나

ᄒᆞ면셔, 무엇을 기다리ᄂᆞᆫ 것ᄀᆞᆺ치, 압길만 바라보고, 무심히 안졋ᄂᆞᆫ듸, 젹
은 듯ᄒᆞ야, 건넌산 모통이로, ᄒᆡᆼ식이 시조ᄒᆞ던 쇼년과 일반되ᄂᆞᆫ, 쇼년 한
아히, 두루막이 고름을 글너놋코, 광한루(廣寒樓) 압헤 리도령 거름으로,
이리뎌리 건일면셔, 슈림시에 당도ᄒᆞᄂᆞᆫ듸, 십팔금 시계ㅅ줄이, 일광을 좃
ᄎᆞ, 반작ᄼᄼᄒᆞ더라, 두 쇼년이 샹봉 후에, 슈작을 시작ᄒᆞᆫ다

(시조ᄒᆞ든 쇼년) 아, 김공은, 오늘 무슴 볼일이 잇셔, 이다지, 늣게 오시오

(김) 녜 실례ᄒᆞ얏슴니다, 용셔ᄒᆞ시오 우연히 느졋슴니다, 리공은, 여긔 오
　셔셔, 기다리신 지가 오라시지오

초인ᄉᆞ를 맛친 후에, 츈식을 관광ᄒᆞ야 압셔거니 뒤셔거니, 한참을 드러가
ᄂᆞᆫ듸, 좌우에 픠여 잇ᄂᆞᆫ 두견화ᄂᆞᆫ, 샹츈긱(賞春客)을, 인도ᄒᆞ더라, 압헤 가
든 리셔방이, 뒤에 오ᄂᆞᆫ 김셔방을 보고, ᄒᆞᄂᆞᆫ 말이라

(리) 김공, 우리들이 샹봉ᄒᆞᆫ 이리로, 이 산에, 이ᄮᅥ 봄구경 오기들, 아마 셰
　번지지오, 그러나 오늘날ᄭᅡ지, 셔로 써나지 안이ᄒᆞ고, 수삼 년을 지너
　오되 유일 능ᄉᆞ가, 금젼소모(金錢消耗) ᄲᅮᆫ이오구려, 당샹에 늙은 부모□,
　훈계와 걱졍이, 한두 번 안이로듸, 지금ᄭᅡ지, ᄒᆡᆼ식이 일향이와 ᄀᆞᆺᄒᆞ니,
　ᄌᆞ과ᄂᆞᆫ 부지라 ᄒᆞ야도, 나의 ᄉᆡᆼ각건듸, 실로, 가탄ᄒᆞᆫ 일이오

(김) 허ᄼ, 로형은 실로, 유지신ᄉᆞ의 한자리를, 뎜령ᄒᆞ겟소, 슈작이 뎌와 ᄀᆞᆺ

흐니, 나와는 대샹부동[598]인걸. 그러나 뎌긔 뎌 곳을 잠간 보시오 흐면셔, 단쟝을 번듯 들어, 길아리 푸여 잇는, 두견화를, 가라친다

(김) 오늘날 뎌다지, 곱고 어엿쓴든, 뎌 곳도, 명일이면 락화가 되겟구려, 사룸의 한평싱이, 일쟝츈몽이라, 광대훈 텬디간에, 부유[599] ᄀ치 잠간 와셔, 구구히, 일싱을 지니다가, 공슈로 도라가면, 그 안이 가셕흐오, 뎌 남산에 루루이 잇는, 분토들을, 무심히 볼 것 ᄀ흐면, 관계홀 일 업소만은, 감안히 싱각흐여 보시오, 우리도 죽으면, 뎌 모양 되겟지오, 그러훈 더, 안이 놀고 무엇흐오

(리) 형의 말삼을, 들어보니, 표면적으로 싱각흐면, 그러홀 듯도 흐오만은 나도 그 일에, 이삼 년, 실험(實驗)이 잇는 바에, 한마디를 흐오리다, 형의 말삼과 ᄀ치, 인싱이 츈몽과, 일반이라, 안이 놀고 무엇흐리 홀지나, 그는 락이 안이오, 무궁훈 고싱의, 쟝본이라, 만물 스이에 가쟝 귀훈 사룸에, 본의가 이쓴 되면, 무엇이 금슈보다, 귀흐다 흐겟소, 가령교육, 못 직힌 바에 외슈부훈(外受傅訓)[600]을, 바라닛가만은, 문명훈 이 시더에, 지식이 업고 보면, 인류라 홀 슈 잇소, 그러흐으로 문명은, 사룸을 일으키는, 츈풍이라는 격언이 잇소그려, 관공스립 각 학교에 입학흐야, 방탕흐든 마음을, 원슈ᄀ치 억졔흐고, 젼심치지[601] 공부흐야, 졸업을 훈 연후에, 샤회샹에 나아가셔는, 공익스업을 젼력흐고, 집에 잇셔셔는, 니 집을 다스리면, 그 안이 사룸된 직분에, 십분 일이라도, 되지 안이흐 겟소

김셔방이 한참 듯다가 공손훈 말소리로

---

598 대샹부동(大相不同). 조금도 비슷하지 않고 서로 아주 다름.
599 부유(浮遊). 공중이나 물 위에 떠다님.
600 외수부훈(外受傅訓). 8세(歲)면 바깥 스승의 가르침을 받아야 함.
601 전심치지(專心致之). 오직 한마음을 가지고 한길로만 나아감.

네 참 그럿습지오, 형의 말솜을 듯주온즉, 우미ᄒᆞ던 ᄆᆞ음에, ᄉᆡᆼ각이 나ᄂᆞᆫ 듯ᄒᆞ오이다

ᄒᆞ면셔, 리셔방에게 ᄃᆡᄒᆞ야, 것흐로 치사ᄒᆞ고, 속으로ᄂᆞᆫ 무엇을, 일은 것갓치 한구히 ᄉᆡᆼ각ᄒᆞᄂᆞᆫ 모양이라

(리) 형쟝의게 ᄃᆡᄒᆞ야, 우리 일ᄉᆡᆼ에, 당ᄒᆞᆫ 일로, 한마ᄃᆡ 말솜ᄒᆞ리니, 괴로히 녁이지 말고, 드러 쥬시오, 우리의 나히 지금, 스물한 살식이 안이오, 동원츈산(東園春山)에, 더 록음도, 셔풍츄텬(西風秋天)이면, 황엽이 되ᄂᆞ니, 언의듯 우리도, ᄇᆡᆨ발이 되고 보면 무졍ᄒᆞᆫ 셰월에, 한 일도 셩췌치 못ᄒᆞ리니, 쳣ᄌᆡᄂᆞᆫ 부모의 죄인이오, 둘ᄌᆡᄂᆞᆫ 동포의 공젹이라, 후회막급 엇지ᄒᆞ리, 대관졀 오날 이곳에셔, 우리 둘이, 젼 허물을 회ᄀᆡᄒᆞ고, 사ᄅᆞᆷ의 직분 직히기로, 계약을 뎡ᄒᆞ고, 쳥산으로 징거삼아, 년々이 봅[602]산에, 봄쏫 퓌이ᄂᆞᆫ 날을, 우리의 심셩혁명긔념일(心性革命紀念日)로 뎡ᄒᆞᆸ시다

(김) 로형 말솜이, 엇지 그리 사ᄅᆞᆷ의 ᄯᅳᆺ에 핍진ᄒᆞ오, 톄ᄌᆞ되기를 원ᄒᆞ오

ᄒᆞ면셔 두 쇼년이 죠희 한 장에 긔념셔를 만드러 가지고, 다시 일어나, 손을 잡고 작지불이면, ᄂᆡ셩군ᄌᆞ(作之不已乃成君子)[603]라ᄂᆞᆫ 말로, 셔로 권면ᄒᆞ고 분슈작별ᄒᆞᆫ 후에, 셕양을 이마에 ᄡᅴ고, 각기 훗허져 가ᄂᆞᆫᄃᆡ, 소탈ᄒᆞ고, 졍졔ᄒᆞᆫ ᄒᆡᆼ식이 현ᄃᆡ(現代) 유명ᄒᆞᆫ 독지가(篤志家)[604]와, 못지안이ᄒᆞ더라

602 '봄'의 오류.
603 작지불이 내성군자(作之不已乃成君子). 끊임없이 있는 힘을 다하면 군자가 될 수 있다.
604 독지가(篤志家). 사회사업 따위의 비영리사업이나 뜻있는 일에 특별히 마음을 써서 협력하고 도움을 주는 사람.

# 馬上의 女天使

1914.8.22~29. 5회.

## 1914년 8월 22일 (一)

올레안의 쇼녀와 ㄱㅌ혼 긔이혼 녀ㅈ의 스젹을 긔록ㅎ야 사롬을 감동케 ㅎ고져 홈이
안이라 지금의 젼징 중에 잇는 법국[605]의 부녀가 엇더케 ㅈ긔 나라를 스랑ㅎ는지
그중에 한 아름다온 젼례를 들어 쇼긔코져 홈이라

법국의 북편 디방이라 스십 년 젼 덕국[606]의게 싸홈을 진 후 피눈물을 먹
음고 덕국에 버혀쥬엇다가 이번의 젼징에 용밍혼 법국 군ㅅ가 다시 디경
안에 발을 드려노아 스십 년 젼 고국 빅셩의게 눈물로 환영을 밧은 「로 ―
레인」쥬(이달 십ㅅ일 삼면 첫머리를 보시오)의 심산궁곡[607]에 「톱레미」라 ㅎ
는 젹은 촌락이 잇스니 스빅 년 젼에 이 촌에 「,[608]쪅짝」이라 ㅎ는 농부가
「이사베라」라는 녀ㅈ와 부부가 되야 동거ㅎ얏더라
셰계에 ㄱ쟝 긔이혼 녀ㅈ 가쟝 큰 이국쟈 「짠짝」은 즉 이 일홈 업는 농부
의 쫄로 셔력 일쳔스빅십이년(티종십이년 임진)에 비로쇼 이 셰샹에 탄싱되

---

605 법국(法國). 예전에, '프랑스'를 이르던 말.
606 덕국(德國). 예전에, '독일'을 이르던 말.
607 심산궁곡(深山窮谷). 깊은 산속의 험한 골짜기.
608 문맥상 '쪅' 뒤에 ',' 와야 함.

엿더라

(쌴[609])이 나앗슬 당시 법국은 위급 존망의 째이라 이로브터 먼져 국왕 찰스 류세가 아달이 업시 일즉 죽으미 영국 왕에 드와드 삼세가 찰스왕의 싱질 되는 구실로 ㅈ긔가 법국 왕 될 권리롤 쥬쟝ㅎ다가 맛춤니 바다롤 넘어 군ㅅ롤 법국에 보니며 셔양 ㅅ긔에 유명ㅎ 「빅년젼징」이 시초 되여 젼국이 병화롤 입고 인민이 도탄에 고싱ㅎ 지 임의 류십 년이라 영국 군ㅅ는 임의 죠슈와 ㅈ치 ㅅ면으로브터 모라 드러오고 국왕 찰스 칠셰는 외로운 셔음과 ㅈ혼 한 적은 텬디에 간신히 웅거[610]ㅎ야 계교가 다ㅎ고 힘이 진ㅎ미 홀일업시 피곤흔 몸이 비인 손을 들고, 운명이 도라오기를 기다릴 쑨이라

「톱례미」촌은 풍진이 침로치 안이ㅎ야 「쌴」의 어렷슬 째는 고향에서 지니는 즁 「쯱」의 부부는 「쌴」의 아리로 아들 셋과 쏠 한아롤 두엇는 「쌴」이가 데일 귀이ㅎ던 어린 계집ㅇ히 동싱은 어려셔 세상을 써나미 쌴의 부모는 남아지 ㅈ녀나 잘 싱각ㅎ기롤 일심 츅원ㅎ얏다 젼ㅎ더라

쌴은 글을 비오지 아니ㅎ얏더라 그러나 칙 박이는 법이 발달되기 젼이라 법국에도 승려 이외에는 문쟈롤 아지 못ㅎ는 쟈가 만핫는 즁 쌴은 과연 글을 비오지 못ㅎ얏도다 그러나 당시 녀ㅈ에게 가라치는 교육을 가라침에 당ㅎ야 그 부모는 결코 게으르지 아니ㅎ얏더라 그 모친은 길삼과 침션을 가라지고 부친은 하놀에 셤기는 일 긔도ㅎ는 일 감사ㅎ는 일을 가라쳐 모친은 사롬의 일을 가라치고 부친은 하놀의 일을 가라치니 져의 집에 종교가 긔독교 됨과 져의 부친이 하놀을 두려워ㅎ는 일로 쌴은 귀족의 집 녀ㅈ보다도 더 슝고흔 교훈을 밧앗더라

---

**609** '쌴'의 오류.
**610** 웅거(雄據). 일정한 지역을 차지하여 세력을 폄.

277

셔양의 격언에 녀ᄌ의 뜻은 약ᄒ나 녀ᄌ의 졍은 텰셕보다도 단단ᄒ다 ᄒ니 ᄯ안은 이 죵류의 사름이라 ᄯ안은 춤츄는 잔치보다 교회당을 질겨홈은 그 동무의게 조롱을 밧는 바오 ᄯ안은 희로롤 경솔에 낫하니이지 안이ᄒ면 한 번 마음에 그윽히 작뎡ᄒ 일은 그 일을 힝치 안코는 견디지 못ᄒ얏더라 ᄯ안은 과연 엇더케 하늘을 이엇는가 그 부모를 ᄯ라 들에 나가 농ᄉ롤 짓다가 잠시 슈이는 틈에는 부모가 ᄯ안을 여러 번 일허바리고 고기를 둘너 ᄉ면 차ᄍ ᄯ에 업드려 긔도ᄒᄂ 사랑스러운 쟈티를 졍결ᄒ 밧 구석에셔 보앗더라

「틈<sup>611</sup>레미」촌에셔 멀지 안이ᄒ 곳 길거리에 큰 고목이 잇스니 그 가지가 활등ᄀ치 급어 ᄯ에 닷는디 슌박ᄒ 빅셩은 이롤 신령ᄒ 나무(神樹)라 부르고 그 집으로부터 슈십 보를 격ᄒ야 쇼사 흐르는 시암을 신령ᄒ 시암(神泉)이라 ᄒ야 그 나무와 시암을 공양긔도ᄒ노라 촌사름이 모다 그곳에 모혀셔 ᄯᅥ드는 즁 홀로 교회당에 차져가셔 젹젹히 셩모(聖母)의 압헤 질겁게 셔셔 졔 손으로 얼근 화관(花冠)을 밧치는 녀ᄌ는 즉 ᄯ안이러라

ᄯ안을 아는 쟈는 말ᄒ기를 ᄯ안은 평시에 말이 젹고 미우 안존<sup>612</sup>ᄒ야 붓그럼이 만코 극히 가라안젓다 ᄒ나 ᄯ안은 집안일에는 갓치여 잇지 안코 산과 들에 가츅과 말을 길러 후일쯤 이 마샹의 텬신(馬上의 天神)으로 좌우 왕리ᄒ기 위ᄒ야 미리 먹은 준비인 듯

ᄀ러나 이는 ᄯ안의 어렷슬 ᄲ에 ᄉ져이라 ᄯ안은 법국의 난리와 갓치 싱쟝되얏더라 「톱레미」촌은 죠흔 시골로 빅셩은 모다 임군의게 츙셩스러운 량민으로 ᄯ안의 한집도 그즁의 한아이라 빅셩들은 륙십 년의 셰월을 두고 나라의 참혹ᄒ 화롤 탄식ᄒ며 근쳐 디방의 비참ᄒ 경샹을 슯히 ᄒ얏더니 그

---

**611** 「톱」의 오류.
**612** 안존(安存). 얌전하고 조용하다.

비참훈 운명이 져의의 턴디에 침로ᄒᆞ야 법국의 귀족으로 영국과 싸호ᄂᆞᆫ 「쌀간데」 후쟉의 긔병디가 드러와 이 빅셩의 고향을 말곱에 어즈럽게 ᄒᆞ야 빅셩은 지산을 지고 가족을 쓸고 샤방으로 훗허지게 ᄒᆞᄂᆞᆫ 중 쨘의 집은 「늬웁챳트」라 일컷는 한 젹은 고을에 굴러갓스니 이것이 「쨘」의 십삼 십ᄉᆞ 세 째이라 만고의 력ᄉᆞᄅᆞᆯ 놀나게 훈 「올네안의 쇼녀」, 「쨘을 가라침이라」의 이샹스러운 일은 이에 그 시쵸가 싱기엇더라 스긔ᄅᆞᆯ 쓰는 샤롬이 왕ᄉᆞ히 이 쇼녀ᄅᆞᆯ 긱디의 젹은 죵이라 긔록홈은 피란 간 집주인의 보호와 간졀훈 은혜ᄅᆞᆯ 갑고져 스스로 그 집 일을 보슙혀 준 ᄭᆞ닭이라 젼ᄒᆞᄂᆞᆫ 바이라

「올레안의 쇼녀」의 긔이훈 ᄉᆞ젹은 셩셔(聖書) 이후의 긔이훈 귀신의 ᄉᆞ젹이라 쳐음에 법국과 싸홈을 이르킨 영국 왕 에드와드 삼셰ᄂᆞᆫ 벌셔 죽엇스나 젼징은 오히려 ᄭᅳᆫ이지 안이ᄒᆞᄂᆞᆫ도다 법국 황실의 외손 되ᄂᆞᆫ 구실로 졍작 졍통의 왕을 물리치고 스스로 왕위ᄅᆞᆯ ᄲᅢ앗고져 ᄌᆞ긔가 졍통이라 욱이니 이것이 어질지 못ᄒᆞ고 올치 못훈 일이 안인가

젼징이 시작된 후 벌셔 칠십여 년의 셰월을 지너여 그동안 법국 빅셩이 면토ᄅᆞᆯ 일코 지산을 ᄲᅢ앗기고 수다훈 싱명이 칼끗에 원혼 됨은 그 죄가 엇의 잇나 이것이 하늘과 사롬이 함ᄭᅴ홀 바이 안인가 츙셩스러운 「톱레미」 촌도 말곱에 침노 되여 빅셩이 도로에 방황ᄒᆞ니 이가 지공무ᄉᆞ[613]훈 하늘의 리치를 싱각ᄒᆞᄂᆞᆫ ᄯᅳᆺ잇는 션비와 이진 사롬으로 ᄒᆞ야금 하늘을 우러러 심판을 부르지질 바이 안인가 덕국의 포학은 턴디에 함ᄭᅴ 퍼져 츙셩ᄒᆞ고 슌량ᄒᆞ고 아모 허물업고 더군다나 도와쥬ᄂᆞᆫ 사롬이 업ᄂᆞᆫ 법국의 빅셩은 문을 굿게 닷고 그 집 안에셔 말홀 바이라 과연 엇더훈 일인가 져의

---

613 지공무사(至公無私). 지극히 공정하여 사사로움이 없음.

들은 구원을 기다리며 원슈 갑기를 부르지졋스리로다 고로 온쟈롤 구제
ᄒ고 포학ᄒ 쟈롤 멸망케 ᄒ다 신명은 사ᄅᆷ의게 밍셔ᄒ셧도다 빅셩들은
가쟝 포학을 뮈워ᄒᄂᆫ 신명을 불너 그 마음을 감동케 ᄒ고져 ᄒᆫ지 안이ᄒ
얏슬가 「이스라엘」은 한번 「쌔빌론」에 갓쳣스나 맛참ᄂᆡ 다시 고향에 도
라왓고 도로혀 「쌔빌론」의 망ᄒᄂᆫ 싀긔가 도라옴과 ᄀᆞᆺᄒᆫ 하ᄂᆞᆯ의 힝ᄒ신
일을 지금에도 다시 힝ᄒᆞ기롤 기다리며 빅셩은 쥬린 쟈와 목마른 쟈와 ᄀᆞᆺ
치 구원홀 신명을 고딕ᄒᆞ얏도다

## 1914년 8월 23일 (二)

사ᄅᆷ이 곤고ᄒᆞ면 하ᄂᆞᆯ을 부르지짐은 즉 교회당이라 우리ᄂᆫ 그ᄯᆡ 그 슌박
ᄒᆞ며 간졀히 나라롤 사랑ᄒᆞᄂᆫ 「쟌」의 한집안은 교회당으로 변ᄒᆞ야 어린
쟌의 젹은 심졍이 그 부친의 입으로 인ᄒᆞ야 얼마나 국가의 화란에 깁히깁
히 졉촉홀 수 잇도다
쟌이 ᄒᆞᆼ상 하ᄂᆞᆯ에 긔도ᄒᆞ다 홈은 젼회에 말ᄒᆞᆫ 바 어린ᄋᆡ히ᄂᆫ 근심이 젹은
고로 긔도홀 일도 ᄌᆞ연 젹은 고로 ᄌᆞ연 부모의 긔도ᄒᆞᄂᆫ 바롤 긔도ᄒᆞᄂᆫ
일이 만흐니 그러면 쟌의 긔도ᄂᆫ 그 부친의 긔도ᄒᆞᄂᆫ 바오 그 부친의 긔
도ᄒᆞᄂᆫ 바ᄂᆫ 국가의 덕국되ᄂᆫ 영국의 원슈롤 갑홀 긔도이오 나와 남의 곤
경을 구졔ᄒᆞ야 줍시사 ᄒᆞᄂᆫ 긔도이라
십ᄉᆞ 셰의 졍결ᄒᆞᆫ 졍신으로 마음의 졍셩을 다ᄒᆞ야 구원을 부르지ᄌᆞᄂᆫ 이
쇼녀에게 하ᄂᆞᆯ은 구원홀 쥬인된 명령(使命)을 ᄂᆞ리셧도다
이ᄂᆫ 다만 싱각이나 쟌에게 딕ᄒᆞ야ᄂᆫ 십삼ᄉᆞ 셰 ᄎᆡ에 이샹ᄒᆞᆫ 일이 보엿도
다 그 이샹ᄒᆞᆫ 일이라 ᄒᆞᄂᆫ 것은 무엇인가 엇던 여름날 쟌은 져의 집 치소
밧에 안졋더니 교회당 편으로 향ᄒᆞ야 하ᄂᆞᆯ이 별안간 갈나지고 번긔가 번

적거리는 것이 보이며 그 우로부터 소리가 잇셔 짠의 하늘을 깁히 공경ᄒ
고 밋음과 착ᄒᆞᆫ 힝실을 가상히 녁여 하늘이 은혜를 나리신다 흠을 고ᄒᆞ얏
스니 이것이 쳐음 긔이ᄒᆞᆫ 일이오 그 후 언ᄋ날 짠은 들에셔 양의 무리를
직히고 잇슬 째에 첫 번에 듯던 바와 ᄀᆞᆺ흔 소리를 듯고 셩, 카사린과 셩,
마가레드와 ᄀᆞᆺ흔 형용이 공중에 낫하남을 보앗ᄂᆞᆫ디 그 소리는 스스로 텬
ᄉ(天使)의 어룬되는 미카엘이라 말ᄒᆞ며 법국은 짠의 손으로 영국의 굴레
를 버스리라는 의미를 그윽한 음셩으로 젼ᄒᆞ미 그째 짠은 깃거운 눈물을
흘리며 하늘의 부리실 그릇으로 즈긔를 가리치신 하늘의 은혜를 갑고져
평싱 싀집가지 안코 그 직칙을 다ᄒᆞ기를 하늘에 밍셔ᄒᆞ얏더라
짠의 부친은 짠의게 하늘을 공경ᄒᆞ고 밋으라 가라치기는 ᄒᆞ얏스나 그런
일이 잇슬 줄은 싱각[614]지 못ᄒᆞᆫᄂᆞᆫ 고로 짠의 고ᄒᆞᄂᆞᆫ 말을 즈셰히 숣히지
안이ᄒᆞ얏더라
그전에 그 디방의 한 청년이 짠의게 통혼[615]ᄒᆞ야 짠의 부모가 대강 승낙
ᄒᆞ야 둔 일이 잇섯ᄂᆞᆫ디 이상ᄒᆞᆫ 일을 지닌 후에 짠의 힝동이 다름을 보고
젼장으로 쮜여갈가 두려ᄒᆞ야 벼란간 그 청년의게로 싀집을 보닉고져 ᄒᆞ
ᄂᆞᆫ 중 그 청년은 짠이 혼인ᄒᆞ라는 부모의 명령을 듯지 안이홈을 보고 거
짓 혼인 언약을 파ᄒᆞ얏다 말ᄒᆞᆫ 후 법뎡의 힘을 비러 짠을 항복케 ᄒᆞ고져
ᄒᆞ미 짠은 긔탄업시 법뎡에 나가 즈긔의게 실칙이 업슴을 일일이 변명ᄒᆞ
앗스니 승ᄉᆞ를 익일 것은 짠의 임의 안 바이니와 짠의 정신이 강고홈은
그쌔에 비로쇼 여러 사롬의 압헤셔 시험되얏더라
법국의 위급은 날로 핍박ᄒᆞ야 가며 영국 군ᄉᆞᄂᆞᆫ ᄉᆞ면으로 쳐드러 오ᄂᆞᆫ디
한 도부 한 고을식 한낫 무긔의 뎌항도 업시 쎅앗기고 「올레안」의 왕셩도

---

**614** '각'의 오류.
**615** 통혼(通婚). 혼인할 의사를 전함.

군샤와 병긔가 업시 벌거벗은 사롬 ス치 남겨 잇스니 영국은 이졔야 칠십년 만에 처음으로 목뎍을 달ᄒ게 되얏더라 최초의 목뎍은 올레안셩을 에워싸옴이니 올레안셩의 함락은 법국의 망국이나 다롤 것이 업ᄂ 것이라 올레안셩이 뎍군의 손에 써러지면 「오쌔ー크」의 깁흔 산 외에ᄂ 법국 왕의 피난쳐가 업슬 것이오 산즘싱이나 그 신하가 될 쑨이라 츙셩ᄒ「올레안」셩의 빅셩은 마쥬막ᄭ지 셩을 직히기로 작뎡ᄒ 후 그즁에셔 한 사롬의 지ᄉ롤 엇어 뎍군을 방어홀 직칙을 그 손에 맛기고 그 명령을 좃치니 빅셩들은 그 목슘을 밧치고 져의 부담홀 바보다 더 만흔 군슈젼을 니엿고 뎍군의 량식을 만드러 줄가 겁니여 셩외 수십 리의 뎐답 곡식을 쓰러치고 그 사이의 민가도 모다 뭇지른 후 그즁에셔 춍긔롤 가질 만흔 쟈ᄂ 모다 나와 디오롤 졍졔ᄒ야 싸홈을 련습ᄒ며 그 외의 여러 빅셩들은 모다 교회당에 모히여 쥬야로 하놀의 구죠롤 부르지지며 긔도ᄒ더라

✳  ✳  ✳
✳  ✳  ✳

올레안 쇼녀 짠이 하놀로부터 긔이흔 일을 본 후 삼ᄉ[616]년이 지니인 후ᄂ 엄젼히 쳐녀가 되엿슬 쌔라 그동안에 의심ᄒ던 긔이ᄒ던 일은 지각이 열녀 갈스록 졈졈 그 짐작이 나셔 긔이흔 일의 의미ᄂ 올레안셩을 구원ᄒ고 국왕을 올네임[617]셩에 즉위케 ᄒᄂ 일 됨이 의심 업스미 이에 올레안의 쇼녀 짠,은 몸을 쎗쳐 용밍히 이러셧더라

짠이 이 두 가지 놀나올 하놀이 뎡ᄒ신 직칙을 다ᄒ랴면 몸이 국왕의 어젼에 갓가히 가지 안이치 못홀 터인디 왕의 압헤 갓가히 가랴면 지ᄉ(知事)의 힘을 빌지 안이치 못ᄒ지라 그러나 짠은 가뎡의 귀흔 쏠ᄌ식으로 나

---

[616] 'ᄉ'의 오류.
[617] '안'의 오류.

라 일에 몸을 버리고져 ᄒ면 부모와 의론을 ᄒ여야 홀 터인디 부모는 ᄯᆫ의 일을 ᄌᆞ셰히 알지 못ᄒ야 긔어코 허락지 안켓슴으로 ᄯᆫ은 고향 「톱레미」촌의 동리에 잇ᄂᆞᆫ 슉부의게로 도주ᄒ야 갓더라

이 슉부 라키짜 —ᄂᆞᆫ ᄯᆫ을 미우 사랑ᄒ야 ᄯᆫ을 ᄎᆞ져올 때마다 만흔 선물을 갓다 쥬어 죡하ᄯᆯ을 깃겁게 ᄒᄂᆞᆫ 바 ᄯᆫ의게 딕ᄒ야ᄂᆞᆫ 져의 부친보다도 더 졍슉스러운 고로 ᄯᆫ은 이젼에 당ᄒᆞᆫ 긔이ᄒᆫ 일을 슉부의게 말ᄒ니 듯ᄂᆞᆫ 슉부도 말ᄒᄂᆞᆫ ᄯᆫ과 ᄒᆫ[618] 마음이라 곳 죡하ᄯᆯ의 디신으로 린읍되ᄂᆞᆫ 하 —콜루의 지ᄉᆞ 「ᄲᅡ트리유」롤 ᄎᆞ져보고 죡하ᄯᆯ의 긔이ᄒᆫ 일을 고ᄒ니 지ᄉᆞᄂᆞᆫ 반쯤 듯다가 말을 막으며 「그러ᄒᆫ 죡하ᄯᆯ은 밧비 졔 집으로 돌녀보ᄂᆞᆫ 것이 조흐리라」 ᄒ며 다시ᄂᆞᆫ 도라보지도 안이ᄒᆞᆫ지라 슉부가 할일업시 그디로 도라왓스나 쇼녀 ᄯᆫ은 오히려 락담치 안코 스스로 지ᄉᆞ의 압헤 나가니 지ᄉᆞ의 동치 안이홈이 젼과 갓ᄒ나 ᄯᆫ의 열셩은 지ᄉᆞ의 마음이 동ᄒ기ᄭᆞ지ᄂᆞᆫ 힘을 긔어히 다ᄒ야 보리라 ᄒ고 슉부와 갓치 그 고을에셔 류슉ᄒ면셔 지ᄉᆞ의게 간쳥과 교회당에셔 긔도롤 ᄒᆡᆼᄒᄂᆞᆫ 두 가지 일로 날을 보ᄂᆡ더라

이ᄯᅥ 올레안 쇼녀의 긔이ᄒᆫ 일이 졈차로 셰샹에 젼파되야 지ᄉᆞ의 마음이 동치 안이홀지라도 빅셩의 마음이 먼져 동ᄒᆡ 지ᄉᆞ도 필경 동심되야 국왕의게 ᄯᆫ의 ᄉᆞ연을 엿쥬고 올레안셩으로 보닐 여부를 질품[619]ᄒ니 부민 즁 ᄯᆫ, 쎄멧스라 ᄒᄂᆞᆫ 신ᄉᆞᄂᆞᆫ ᄯᆫ의 로쟈를 의연ᄒᄀᆡᆺ다 밍셔ᄒᆞ고 ᄲᅦᆯ트란드 쎄, 폰레지라ᄂᆞᆫ 신ᄉᆞᄂᆞᆫ ᄌᆞ긔가 로즁에 호위ᄒ기를 ᄌᆞ쳥ᄒ얏고 로레인 후쟉이라ᄂᆞᆫ 귀죡은 ᄯᆫ을 대단히 칭찬ᄒ야 국가의 큰일을 홀 인물이라고 병셕에셔 ᄯᆫ을 불너 보고 로ᄌᆞ롤 긔부ᄒᆫ 후 왕명이 나려 ᄯᆫ을 올레안셩으로

---

618 '한'의 오류.
619 질품(質稟). 해야 할 일을 상관에게 물어봄.

부르미 여러 사룸은 모다 약죠를 쥬고 짠은 부민의 한쎄와 군사의 한쎄에 호위되야 덕군의 보지 못하는 시이길로 올레안성을 향하야 쩌낫더라

## 1914년 8월 25일 (三)

「짠, 짝」이 「올레안」성에 도챡하얏슬 째에는 사룸의 힘은 임의 다하고 다만 하늘의 도음을 고디홀 째이라 국왕 챨스 륙셰는 황겁하는 신하의 간권을 좃츠 「쑈후핀」산으로 도망홀는지 츙의 잇는 쟝수의 말을 들어 죵말ㅅ지 올레안성을 직힐는지 므옴이 왕리하야 결단치 못홀 째이더라

짠이 왕궁에 불녀 드러갓슬 째는 밤이라 화려 엄슉훈 군복 관복을 입은 쟝수와 귀죡은 무수훈 홰불과 함의 쓸에 버려 셔셔 짠을 그 압흐로 불녀 닉인 후 챨쓰 왕은 짠의 령리홈을 시험하고 여러 쟝슈와 한 항렬에 드러셔셔 짠을 보는디 짠의 열 시고 밝은 직시 왕을 짐쟉하고 「니지신 대왕이여 하느님은 대왕의게 복을 젼하셧슴니다」 하느 왕은 거즛말하디 「니가 왕이 안이로라」 짠은 디답하야 왈 「안이니이다 대왕이 가쟝 존귀하신 우리의 임군이시이이다 쇼녀는 대왕과 대왕의 나라를 구하고져 온 하느님의 스쟈이올시다 쇼녀는 올레안성으로부터 왕을 구원하야 「레이무」 왕의게 왕관(王冠)을 쓰시도록 홀 명을 밧앗거늘 대왕은 무엇을 의심하시나잇가 하느님은 지금 왕을 도으시고져 하느이다」

한 긔이훈 일이라 하야 짠을 불녀 본 여러 신하들도 짠이 여러 쟝슈 가온디에서 대빈[620]에 왕을 츠져 닉이는 령민훈 총명에 마암이 감동□야 이젼보다 싱각이 젼혀 변하얏고 왕은 갓가히 짠을 물[621]녀 갓치 리약이를 하

---

[620] '빈'의 오류.
[621] '불'의 오류.

며 그 고흐는 말에 미우 귀롤 기우럿더라

「올레안」의 부민은 모다 이 쇼녀의 구호쥬(救護主)롤 말ㅎ며 「올레안」셩을 구졔ㅎ기롤 간졀히 바라나 「짠」은 고향으로 돌녀보닉지도 안이ㅎ고 국亽에 쓰지도 안이ㅎ고 다만 셩즁에 머믈러 두엇ᄂᆞᆫ디 이 동안에 쏘흔 올나올 긔한이 싱겻더라 이는 엇던 날 한 병쥴이 짠에게 딕ㅎ야 욕셜을 심히 홈에 딕ㅎ야 져와 ᄀᆞᆺ흔 욕셜은 졔가 죽을 날이 갓가옴을 스스로 말홈이라 ㅎ얏더니 과연 그 후 수일 만에 그 병졸은 짠의 말과 ᄀᆞᆺ치 강을 넌<sup>622</sup> 너가다가 강물에 ᄲᅡ져 죽으미 이 긔이흔 일을 실상 령험ㅎ다 밋ᄂᆞᆫ 「올레안」의 빅셩이 이 쇼녀의 구호쥬에 딕ㅎ야 어셔 밧비 구원ㅎ야 달나고 부르지즈는 쇼리가 왕궁을 진동ㅎ나 국왕은 본식이 비쳔흔 졂은 지어미롤 밋지 아니ㅎ고 승관(僧官)들은 꿈과 ᄀᆞᆺ흔 이샹흔 일을 학문샹으로 쓰러디여 그 허무밍랑홈을 쥬쟝ㅎ얏더라

이와 ᄀᆞᆺ치 그쟈들은 셔로의 론흔 것과 ᄀᆞᆺ치 일시는 그 구졔<sup>623</sup>쥬라 부르는 쇼녀를 업시ㅎ고져 ㅎ얏스나 죠셕에 핍박ㅎᄂᆞᆫ 위퇴흔 지화는 스스로 구졔홀 수 업고 올레안의 구졔를 말ㅎᄂᆞᆫ 쟈 한 사롬도 업ᄂᆞᆫ 즁 올레안을 구졔ㅎ겟다 말ㅎᄂᆞᆫ 쟈는 다만 이 쇼녀 한아쑨이라 임의 졀망흔 ᄭᅳᆺ에 무엇에던지 여망을 붓치고져 ㅎᄂᆞᆫ 져의들은 홀일업시 이 쇼녀를 쓰고져 ㅎᄂᆞᆫ 마음이 싱기기에 이르럿더라 이에 져의들은 엇지홀 슈 업시 먼져 이 쇼녀의 이젼 힝젹을 탐지ㅎ기로 결단ㅎ미 명을 밧은 쟈도 마지못ㅎ야 이 쇼녀의 고향되는 「돕례미」촌에 나가 그 힝실이 쳥졍(淸淨)결빅홈을 죠사흔 복명(復命)<sup>624</sup>을 드른 후 부득이 「짠」을 시험ㅎ게 되얏더라

---

**622** '건'의 오류.
**623** '세'의 오류.
**624** 복명(復命). 일을 시킨 이에게 보고함.

져의들이 짠을 쓸 째에 만일의 요힝을 바라는 것을 싱각ᄒ면 그 마음은 실로 불□625ᄒ지 안이ᄒᄂ가 져의들은 멸망된 후에라도 아모 유감이 업도록 세상 진을 다ᄒ다가 ᄒ다 못ᄒ야 짠을 쓴 것이오 그 나죵에 셩ᄉ되고 실픠될 것은 미리 긔약ᄒ 바가 본린 안이러라

## 1914년 8월 27일 (四)

올레안의 소녀는 이에 군듸의 압헤 그 형상을 낫하너엿더라 소녀는 훈작샤(勳爵士)의 갑옷과 투구에 다셧 긔의 십자가(十字架)를 붓친 칼을 차고 쏘 그 이샹ᄒ 일과 영광을 쯧ᄒ야 용밍이 텬하에 대격홀 쟈가 업던 녯날의 유명ᄒ 임군 촬쓰 마테일의 쓰던 무긔롤 보존ᄒ 뎐각에 잇는 구셰쥬(救世主) 야쇼의 화샹에 니여 「예슈, 마리아」라는 글쟈를 긔록ᄒ 빅긔(白旗)롤 쓰고 싸, 쏘, 오론이라는 용밍ᄒ 훈쟉ᄉ와 후싸, 쎄스크에레일이라는 도승이 짜르고 두 명의 뎐령샤와 두 명의 호죵626 호위되야 진머리에 낫하낫더라

거의 두 달 동안이나 녀텬샤(女天使)의 풍치를 흠모ᄒ고 갈망ᄒ던 부민 만세 소리로 짠을 마졋더라 스스로 군ᄉ를 지휘홀는지 쏘는 다만 군ᄉ의 의긔만 도아줄는지 첫 번에는 의심이 되얏스나 올레안셩이 구졔되기롤 바롬에 마암이 취ᄒ 빅셩은 이 의심을 다 졋쳐놋코 균ᄉ령관(軍司令官)의 온 권리롤 짠의게 쥬엇더라

이에 젼신은 훈쟉샤의 군복으로 두르고 그 압이마로 짜아 나린 노란 머리털, 량미간에셔 좌우로 갈나 두 억긔에ᄭ지 나풀々々, 바롬에 날리면셔

---

**625** 문맥상 '상'으로 추정.
**626** 호종(護從). 보호하며 따라감. 또는 그런 사람.

한 졀뒤가인의 쳐녀가 말 우에 놉히 안져 「푸로이」에 낫하낫슬 째에 완연히 옥경의 라팔과 고셩이 들리는 듯 쇠약혼 졍신은 회성ᄒ고 걱구러졋던 긔는 이러셔고 락심ᄒ얏던 군ᄉᄂ는 다시 무긔를 잡아 산란혼 군듸의 직각에 모힌 쟈—류쳔 인에 일으럿더라 이 깃거운 긔별을 듯고 심약혼 촬쓰 왕도 그 마음을 확실히 결단ᄒ고 다라나기롤 쥰비ᄒ던 조신들도 팟득ᄉᄉ 나마지 긔운이 싱기며 졀망 락담ᄒ얏던 쟝수 귀속들도 다시 츌진홀 쥰비롤 시작ᄒ얏더라

쌴이 텬ᄉ의 직분을 힝홈에 당ᄒ야 뎨일 먼져 일은 그 군사 즁으로 도덕과 의리가 업는 쟈를 업시ᄒ야써 덕국과 싸호고져 위션 긔도와 쟈복으로 즈긔의 직분을 수작홈을 셩명ᄒ얏더라 쌴은 그 후 영국 군사에게 격셔롤 보닉고 올치 못ᄒ고 극히 포학혼 일에 딕ᄒ야 하날의 보복을 피ᄒ랴거던 밧비 그 군사롤 나라 디경 밧으로 물리치고 그 침로혼 쌍을 모다 돌려보니라 엄즁히 요구ᄒ얏스나 영국 군사는 그 뜻을 모르고 픠ᄒ고 궁혼 나마지에 싱각다 못ᄒ야 이와 갓치 요망혼 부녀의 힘을 의탁코져 혼다고 법국 사롬의 망운을 불상히 녁이며 조롱ᄒ야 우슐 쑨이라 당시 셩을 직히는 군사의 형셰는 쥬리는 것과 싸호기에 힘을 다ᄒ며 쟝슈의 뎨일 큰 소망은 량식을 셩안으로 운반ᄒ야 드리는 것이라 쌴도 먼져 안으로 도라보는 근심을 끈코져 셩안으로 량식을 운젼ᄒ야 드리고져 힘을 쓰는딕 부하의 쟝교들은 쌴의 명령딕로 부려짐을 질겨ᄒ지 아니ᄒ야 투투히 셔쌍ᄒ며 쇽이며 비상히 그 마음을 고롭게 ᄒ엿스나 쌴은 조곰도 급히지 안코 결곡히 일을 힝ᄒ야 맛참닉 「로—아」강으로부터 두 쳑의 큰 비에 두 번 량식을 실허드려 비곱흔 빅셩의 비롤 불녓슬 째에 산쳔을 진동홀 칭송의 부르지지는 소리가 ᄉ방으로부터 쌴을 에워싸으며 그즁에도 늙으니와 어린으히 부녀즈와 병든 자들은 쌴을 텬ᄉ(天使)로 녁여 압뒤로부터 드리쎠밀며

287

셔로 닷토아 그 군복에 입맛초아 사례ᄒᆞᄂᆞ 뜻을 표ᄒᆞ더라

량식을 엇어 안 근심을 구ᄒᆞ미 ᄯᅡᆫ은 곳 덕군과 싸홈을 시작ᄒᆞ엿더라 ᄯᅡᆫ은 피츠에 피롤 흘니ᄂᆞᆫ 것을 아못됴록 피ᄒᆞ고져 다시 활촉에 격셔롤 ᄶᅵ여 덕진에 쏘아 군ᄉᆞ롤 물니치라 ᄒᆞ고 ᄯᅩ 스스로 말을 셩 아리 ᄒᆞ자[627] 머리에 나아가 소리를 놉혀 그 퇴군을 권ᄒᆞ다가 적군이 조금도 움작이지 안이홈을 보고 부하의 군ᄉᆞ에 호령을 ᄂᆞ리고 스스로 션봉이 되어 풍우ᄀᆞᆺ치 덕진으로 모라드러가 밍렬히 싸호ᄂᆞᆫ 셔음에 풍진이 전쟝을 덥허 셔로 승부롤 아지 못ᄒᆞ얏스나 이윽고 풍진이 점점 기이면서 텬디롤 진동ᄒᆞᄂᆞᆫ 승전고와 산쳔도 반기는 승전가는 법국 군ᄉᆞ의 진으로부터 이러나며 영국의 군ᄉᆞᄂᆞᆫ 슈리의 밧으로 물너갓더라 그 잇흔날 오월 데오일은 구셰쥬 그리스도의 승텬졔(昇天地)임으로 ᄯᅡᆫ은 한 군ᄉᆞ도 움작이지 안이ᄒᆞ얏고 그 잇흔날 다시 덕진을 돌격ᄒᆞ야 ᄯᅡᆫ이 스스로 덕병의 칼에 조금 상ᄒᆞ얏스나 승전은 법국 군ᄉᆞ의게로 ᄯᅩ 도라왓더라

## 1914년 8월 29일 (五)

그 다음에 이러나ᄂᆞᆫ 것이 ᄯᅡᆫ이 데일의 ᄉᆞ명(使命)을 다홀 큰 싸홈이라 이ᄶᅢ 영국 군ᄉᆞᄂᆞᆫ 물너가 「토─넬」셩을 보전ᄒᆞᄂᆞᆫ 중 영병은 희즈의 다리롤 모다 ᄯᅳᆫ코 희즈가 업ᄂᆞᆫ 곳에ᄂᆞᆫ ᄉᆡ로 못을 파고 「로    안」강으로부디 물을 더인 후 용밍이 무쌍혼 쓰랏데일 쟝군이 직히며 부하의 명쟝으로 진중을 견고케 ᄒᆞᄂᆞᆫ디 그중에 오빅 명으로 모흔 한 ᄶᅢᄂᆞᆫ 그 정예홈이 영국 군ᄉᆞ 중에 데일이라 그런데 ᄯᅡᆫ은 그 적은 군ᄉᆞ로 이 강혼 덕군의 진을 견멸케

---

[627] 해자(垓字). 적의 침입을 막기 위해 성 주위를 둘러서 판 못.

ᄒ고져 ᄒ미 부하의 졔장이 이ᄅᆯ 만류ᄒ며 구원병이 오기ᄅᆯ 기다리라 ᄒ
나 쟌은 듯지 안코 친히 거ᄂᆞᆫ는 결ᄉᆞ군을 지휘하야 압호로 나가ᄆᆡ 부하
의 졔장도 마지 못하야 이에 ᄶᅩᆺ찻더라 아참의 열 시부터 낫ᄭᅡ지 싸화 셩
을 ᄲᅢ앗지 못ᄒ미 쟌은 사다리ᄅᆯ 셩벽에 걸고 홀로 몬져 셩을 넘어 드러
가고져 ᄒ다가 뎍군의 살에 목을 마져 ᄒᆡᆽ 가온뎌에 ᄶᅥ러지며 뎍병의게
싱금되랴 홀 즈음에 간신히 호위병의게 구호되얏스나 그 상쳐ᄂᆞᆫ 극히 즁
하야 그 눈으로부터ᄂᆞᆫ 고통의 눈물이 소삿더라 그러나 쟌은 그 근시ᄒᆞᄂᆞᆫ
사ᄅᆷ의게 항샹 신명이 ᄌᆞ긔ᄅᆯ 위로ᄒᆷ을 고ᄒ며 손으로 목에 박힌 살을 ᄲᅢ
닌인 후에 그 샹쳐ᄅᆯ 벼헌겁으로 돌너ᄆᆡ이고 다시 진머리에 나셔니 샹하
고 쇠ᄒ던 군ᄉᆞ의 긔운이 갑졀이나 왕셩ᄒ며 한편 뎍군은 ᄭᅩᆨ 쏘아 쥭엿다
싱각하얏던 소녀가 다시 낫타나옴을 보고 이샹ᄒᆷ을 셔로 ᄶᅥ드러 혹은 이
것을 다른 쟌이라 ᄒ며 혹은 텬사(天使)가 법군을 위하야 싸홈이라 하야
승젼ᄒᆫ 의긔가 별안간 쇠약하야 군률이 문란ᄒᆫ 즁 홀연 법군이 압길을 막
앗다 ᄒᄂᆞᆫ 급보에 군사ᄂᆞᆫ 사면으로 도망ᄒ며 장슈 「ᄭᅮ라쎄일」은 픠ᄒᆫ
군사ᄅᆯ 것우고져 사방 비회ᄒ다가 「쟌」의 압헤 갓가히 가셔 셔로 만나ᄆᆡ
쟌은 그 쟝슈ᄅᆯ 불너 항복을 권하얏스나 듯지 안코 도망ᄒ다가 맛춤ᄂᆡ ᄒᆡ
ᄌᆫ에 ᄲᅡ져 목슘을 일코 이날 영군의 사망ᄒᆫ 슈효가 칠팔쳔에 이르럿더라
이 큰 승젼으로 인하야 올레안부의 에워싸홈은 젼혀 풀넛더라 법군은 대
승젼의 노ᄅᆡ를 부르며 도라오ᄆᆡ 부민은 쇼리를 놉히 질너 승젼군을 마지
며 회당의 죵은 복음(福音)을 젼ᄒ고져 도쳐에 진동ᄒ며 승젼츅하회ᄂᆞᆫ 도
쳐에 열니며 군인은 맛나는 사ᄅᆷ마다 싸홈ᄒ던 샹황을 말ᄒᄂᆞᆫ 한 쟝슈 한
군ᄉᆞ도 쟌의 공을 말ᄒ지 안는 쟈는 업더라 쟌이 올레안의 쇼녀라는 별명
을 밧음은 이ᄯᆡ라 그 잇흔날 오월 팔일은 안식일(安息日)임으로 부민은
교당에 모혀 올레안의 구졔ᄅᆯ 감사ᄒ며 하ᄂᆞᆯ을 찬미ᄒ며 쇼녀의 훈공을

칭송ᄒ얏더라 올레안셩의 에워싸옴이 풀니며 올레안의 쇼녀는 국왕의 즉의식(加冠式)에 참여코져 「레임」으로 급히 향ᄒ더라 짠은 지금 칭숑ᄒ는 바다 가온디 잠기고 숭비ᄒ는 놉흔 관역이 되엿건만은 마음은 항상 고향에 잇고 꿈은 항샹 부모의 슬ᄒ에셔 비회ᄒ야 그 고향을 싱각ᄒ는 마음은 죠금도 젼과 변치 안이ᄒ얏더라 그 리임으로 급히 향홈은 고향 「틈<sup>628</sup> 레미」로 급히 가게 되는 ᄭᅩᆰ이라

**628** '톰'의 오류.

# 酒(슐)

沈天風

1914.9.9~16. 7회

## 1914년 9월 9일 (一)

하늘에는 측량치 못홀 풍우가 잇고 사롬은 뜻 안이혼 우환질고가 잇는
것이라 그동안 여러 독쟈 졔씨의 큰 환영을 밧던 쇼셜 비봉담(飛鳳潭)을
짓는 죠일지 군은 우연히 신병을 엇어 신음ᄒᆞ는 바 의원의 권고로 대략
일쥬일 동안은 고요히 치료ᄒᆞ게 되여 비봉담은 부득이 일시 뎡지흠을
면치 못ᄒᆞ얏도다

그러나 그 일쥬일 동안을 계속ᄒᆞ야 아모 쇼셜도 업스면 흥샹 쇼셜을 이
독ᄒᆞ시는 독쟈 졔씨는 적이 셥々ᄒᆞ실 듯 이에 「슐」(酒)이라는 글졔로 단
편쇼셜을 지어 비봉담 쥬인의 병이 쾌차ᄒᆞ기ᄭᅡ지 이걸노쎠 여러분을
위로코져 ᄒᆞ노라

슐이라는 뎨목을 보시면 슐을 됴와ᄒᆞ시는 이나 안이 됴와ᄒᆞ시는 이나
눈을 한번 크게 쓰고 가슴을 놀닉일 만흔 가치가 잇슬 터이니 「슐[629]이
라는 물건의 긔긔묘묘흔 지조롤 ᄌᆞ셔히 구경ᄒᆞ시오

✻       ✻       ✻

---

[629] '슐' 뒤에 '」' 누락됨.

「이러혼 사룸으로 이러혼 병통이 잇는 것은 과연 이석혼 일이야」

져의 셩질을 깁히 알고 져의 지조룰 깁히 ᄌ랑ᄒᄂᆫ 한 사룸의 션비는 져의 ᄒᆼ샹 슐을 과히 마시며 품ᄒᆼ을 넘어 샹[630]가지 안이ᄒᆞ야 그와 ᄀᆺ치 됴흔 ᄌ격과 그와 ᄀᆺ치 됴흔 지됴로 압흘 향ᄒᆞ야 더욱더욱 진보ᄒᆞ기는 고사ᄒᆞ고 졈졈 사룸의 신앙을 일흐며 ᄯᅩ혼 사룸의 실혀ᄒᆞᄂᆫ 비 되는 것을 셩심으로 ᄯᅩᄂᆫ 열심으로 근심ᄒᆞ야 져룰 볼 젹마다 져룰 사랑ᄒᆞ고 앗기는 마옴이 깁흠과 한가지 져룰 위ᄒᆞ야 가이업슨 싱각과 미운 싱각도 ᄯᅩ혼 깁헛더라

「하ᄂᆞᆯ이 ᄂᆡ인 지조로 ᄯᅢ룰 맛나지 못ᄒᆞ여 공연히 마음이 ᄒᆼ샹 울불혼[631] 결과로 그 말로가 슐을 됴와ᄒᆞ고 방탕을 탐ᄒᆞ게 되는 일도 업지는 안이ᄒᆞ나 이 샤룸은 아직 하ᄂᆞᆯ이 ᄂᆡ인 지죠라고 일을 만혼 디위ᄭ지 일으지도 못ᄒᆞ고 미리 타락ᄒᆞ여 바리니 과연 싹혼 일이야」

「여보게 너가 이갓치 맛날 젹마다 자네룰 칙망만 ᄒᆞᆺ가 혹 노혀 들을난지는 몰으겟네마는 나도 결코 자네룰 뮈위ᄒᆞᄂᆫ 것은 안일셰 글셰 이 사룸아 자네도 싱각이 잇겟지 이 모양으로만 지너가면 쟝ᄎᆞ 엇지ᄒᆞ자는 말인가 자네도 압일을 좀 싱각ᄒᆞ여야지 그져 너가 졔발 비는 것이니 이번에는 졍신을 좀 차리게 일노부터 ᄌ네가 마음을 곳치고 착실혼 방면으로 힘을 쓰기만 ᄒᆞ면 나는 그보디 더 깃분 일이 업셋네 슐을 아쥬 먹지 말[632]나는 것도 안이라 조곰 죠심만 ᄒᆞ면 되네 자네는 항샹 마음이 불평 울울ᄒᆞ여[633] 셰상을 희롱으로 지너고져 ᄒᆞᄂᆫ 것이지마는 셰상 사룸은 그럿케 알아쥬

---

**630** '삼'의 오류.
**631** 울불(鬱憤)하다. 답답하여 불끈 셩이 나다.
**632** '말'의 오류.
**633** 울울(鬱鬱)하다. 마음이 상쾌하지 않고 매우 답답하다.

지 안이ᄒ고 도리여 자네롤 한 타락한 부랑쟈로 인정을 ᄒ네그려」

이ᄀᆺ치 말ᄒᄂᆫ 사ᄅᆷ은 아모됴록 져롤 깅침<sup>634</sup>으로브터 건져니여 진실로 됴흔 사ᄅᆷ이 되고져 홈이라 이 사ᄅᆷ은 참ᄆᆞ음으로 져롤 ᄉᆞ랑ᄒ고 앗기나 져의 방랑ᄒᆞ 한 ᄉᆡᆼ활은 져의 쟝ᄅᆡ의 ᄒᆡᆼ복을 스스로 ᄭᆡ트리고 필경은 앗가운 지됴롤 품고 쳥츈의 요ᄉᆞ롤 ᄒᆞ던지 그러치 아니ᄒᆞ면 뎐광<sup>635</sup>한 사ᄅᆷ이 되야 한셰상에 바린 물건으로 가쟝 ᅀᆲ흐고 가쟝 참혹한 경우에 ᄶᅢ<sup>636</sup>질 져의 운명이 이 말ᄒᄂᆫ 사ᄅᆷ의 눈에 빗ᄎᆑ여 보이ᄂᆫ 듯홈이라

져라ᄂᆫ 사ᄅᆷ은 누구인가 거짓말 일홈으로 허풍션이오

그 친졀히 권고ᄒᄂᆫ 사ᄅᆷ은 누구인가 ᄯᅩ한 거짓말 일홈으로 리쳡<sup>637</sup>지라

허풍션은 두어달 젼 일본 엇더한 잡지에 금쥬고빅문(슐을 ᄭᅳᆫᄂᆫ다고 밍셰ᄒᆞᆫ 글)을 게지한 압쳔츈랑(押川春浪)의 글도 보앗고 그 후 ᄯᅩ 엇더한 일본 잡지에 ᄯᅩ한 ᄌᆞ긔의 슐을 험ᄒᆞ게 먹던 일을 깁히 후회한 아무뎐풍(阿武天風)의 말도 보앗ᄉᆞ니 이 두 사ᄅᆷ은 모다 일본 신문 잡지계의 쥬필로 그 지명이 셰샹에 들ᄂᆞᆫ 사ᄅᆷ이라

## 1914년 9월 10일 (二)

허풍션이도 리쳡지의 간졀한 츙곡에 마음이 얼마쯤 돌니엿던지 혹 이 위 두 사ᄅᆷ의 슐을 뉘웃치ᄂᆫ 글에 져윽이 감동이 되얏넌시 붓을 잡고 고요히 안져 ᄉᆡᆼ각ᄒ니 년긔ᄂᆫ 이졔도 빅 년을 살냐면 ᄉᆞ분의 일에 지나지 못ᄒᆞᆫ 스나 지나간 십 년 동안에 지닌인 일은 태반이나 슐로 인ᄒᆞ야 실슈ᄒ고

---

**634** 갱참(坑塹). 깊고 길게 파 놓은 구덩이.
**635** 전광(癲狂). 정신(精神) 이상(異常)으로 실없이 잘 웃는 병.
**636** 'ᄶᅢ'의 오류.
**637** '쳡'의 오류.

술로 인호야 랑픽도 만히 당훈 슐력스가 력々히 눈압헤 버려 잇는 것 갓다 그러나 져는 아직 도두러두지게[638] 아모것도 히 노은 일은 한아도 업고 다만 학교 시뎌에 여러 직원들에게 지됴 잇다는 칭찬 그 후에는 학교々스 혹 잡지 신문긔쟈 등 여러 번 지닌인 경력이 잇스나 모다 일 년 동안도 능히 계쇽훈 직업이 업셔 오리면 스오 삭이오 쌀느면 이삼 삭이라 즈긔가 직업을 엇음을 다른 사롬이 겨오 알 만호면 발셔 다른 직업으로 변호야 아참에 변호고 져녁에 곳치여 쓴구룸과 갓치 도라단이는 한 부랑쟈라 그 직업을 엇을 때에는 누구던지 져의 지죠롤 앗기여 다려간 지 얼마 아니 되야 슐 멋 추례만 잘 먹으면 그 실슈로 퇴직을 면치 못호게 됨이니 져의롤 위호는 리첨치와 갓흔 사롬들은 져롤 그더로 바리여 두는 것은 됴흔 옥이 못에 파뭇침라[639] 갓다 호야 어느 째々지던지 직업을 쥬션호야 쥬나 쏘훈 스오 기월이 지나지 못호야 헌신짜[640] 갓치 버셔바리는 터이라 그러나 져도 이삼 년 전에는

「그 사롬도 나히나 츠츠 직웃호면 제 본마음이 도라오겟지 셜마 훙상 그러홀나고 언제던지 슐을 쓴을 째가 잇겟지」

호며 엇던 사롬은 허풍션을 위호야 희망을 스오 년 후에 두엇스나 져의 년긔는 발셔 반오십이라 어나 째나 져의 마음을 한번[641] 뒤집어 슐디옥 가온더에서 다시 부활(復活)홀는지

이와 갓치 지나간 즈긔의 일이 활동사진의 거림장[642] 살니듯이 마음을 요란히 호며 혹 남의 일갓치도 싱각이 나고 혹 자긔의 어진 마음을 날카로

---

**638** 도드라지다. 겉으로 드러나서 또렷하다.
**639** '과'의 오류.
**640** '짝'의 오류.
**641** '번'의 글자 방향 오식.
**642** 그림장. 그림을 그린 종잇장.

운 칼로 인정 업시 찌르는 듯도 ᄒᆞ다

압천츙[643]랑이나 아무뎐풍이나 두 사람의 금쥬 고빅자도 한모양으로 밍셔ᄒᆞ기를 「오냐 이번········ 이번에는 꼭 슐을 쓴으리라」

는 말이 씨워 잇다 허풍션은 이 말을 속으로 멧 번이나 되푸리를 ᄒᆞ다 「이번」 이번이라는 것은 언졔던지 잇는 것이니 산슐로 말ᄒᆞ면 슌환소슈(循環少數) 모양으로 한업시 돌아오는 「이번」이라 오날부터 이번이라 ᄒᆞ야도 되고 릭일부터도 이번이라 ᄒᆞ야도 되는 것이니 언으 ᄲᅢ던지 슐을 더ᄒᆞ는 ᄲᅢ에 이번만 먹고 다시는 아니 먹겟다 흠이라 그러면 이 말을 쓴 두 사람도 필경 젼일에 슐을 몃 번이나 쓴으랴 ᄒᆞ다가 실픽를 ᄒᆞ얏는지 가히 짐작ᄒᆞ리로다 이갓치 싱각ᄒᆞ다가 허풍션은 밍연히 결심ᄒᆞ기를

「오냐 니야말로 이번에는 꼭 한번 쓴어 보리라 나의 입으로 「이번」이라는 말은 다시 니이지 안이ᄒᆞ리라」

「말로만 ᄒᆞ야셔는 무슨 효력이 잇겟느냐 벽에다가 써셔 붓치여 조셕으로 보고 경계ᄒᆞ리라」

ᄒᆞ고 자긔의 밍셔를 벽상에 써붓치엿더라 「니야말노 이번에는 꼭 쓴치」이와 갓치 결심ᄒᆞᆫ 후 칠십 여일 동안이나 무사히 금쥬를 실ᄒᆡᆼᄒᆞ야 왓더라 이졔는 스스로 싱각ᄒᆞ기를 사람마다 실ᄒᆡᆼ치 못ᄒᆞ는 것을 너가 능히 ᄒᆞ얏다고 마음으로 스스로 깃버ᄒᆞ기도 ᄒᆞ얏더라 허풍션은 이동안 언으 잡지 편집ᄒᆞ는 사람이 되야 거의 삼사 삭이나 졀딕로 얌젼ᄒᆞᆫ 사람이 되야 잡지를 편집ᄒᆞᆫ 후 조곰 여가가 잇스면 다른 글도 짓고 번역도 ᄒᆞ야 열심으로 지닉온 결과 월죵이면 자긔 홀로 싱활홀 비용을 졔ᄒᆞ고도 불소ᄒᆞᆫ 금젼이 유축되야 일부러 잡화상뎜에 가셔 칙상도 시로히 사고 금침도 작만ᄒᆞ고

643 '츈'의 오류.

십여 원짜리 만년필도 사가지며 쑤러진 구쓰도 식 구쓰로 변ㅎㅑㅇ 그 샤관 혼 방에는 제법 여러 가지 물건을 치쟝ㅎㅑ앗스며 일긔칙을 만드러 날마다 일긔도 ㅎㅕㅁ 담비 한 갑 사먹는 것ㄲ지도 모다 쟝부에 긔입ㅎㅑㅇ 일 푼 척 리라도 랑비ㅎㅕㅈ 안이ㅎ니 수월[644] 젼의 반밋치광이 허풍션은 이졔 착실 ㅎㅗㄱ 얌젼혼 허풍션이가 되야 쏠 잇는 사롬은 데릴사외라도 삼고져 홀 만 ㅎ게 되엿더라 슐 쓴은 지 녁 달지 되던 둘 쵸하로늘 혼 일긔에는

> 「나의 심지는 더욱ㅅㅅ 굿세이게 되얏노라 나는 이달에도 지난달과 ㅈ
> 치 슐을 먹지 안이ㅎ기로 용람히 싸화볼 쑨이로다 나의 젼신의 피는 이
> 졔 한 방울의 슐긔운도 셕기여 잇지 안이ㅎ리로다 무엇이던지 죽기로
> 결단ㅎ면 셰샹에 안이 될 일이 무엇이며 더욱 나 ㅈ혼 긔질로 슐만 먹
> 지 안이홀 것 ㅈㅎ면 이 셰샹에 무엇이 두려우며 무엇을 일우지 못ㅎ리
> 오 오냐 용밍히 나의 결심을 직히여 보리라」

고 ㅈ필로 써셔 스스로 용긔롤 고동ㅎㅑ앗더라 오젼 다셧 시에는 반다시 긔 침ㅎㅑㅇ 우물물에 목욕ㅎ고 죠셕을 먹는 시간이던지 일ㅎ는 시간이던지 일뎡ㅎ게 뎡ㅎ고 엄격히 직히여 일 분 동안이라드[645] 억의지 안이ㅎㄴ다 샤관 쥬인 마누라는 져이끼리 평론ㅎ기롤
「아이고 뎌이는 아마 쉬 죽으려는 게야 ㅁㅇ음이 변ㅎ면 엇지 그리도 몹시 변홀가 밤낫으로 슐타령만 ㅎ던 사롬이 요스히는 슐만 보면 아조 쳔리만 리로 다러나고 싀집간 싀시 모양으로 얌젼ㅎㅑ얏스니 셰샹에 참 별일도 만어」
허풍션을 스랑ㅎ는 리쳡[646]지 무리는 은근히 깃버ㅎ며

---

**644** '월'의 오류.
**645** '도'의 오류.
**646** '쳡'의 오류.

「아모럼 그러면 그러치 그 사룸이 죵리 그 그럴 리가 잇나 하늘이 그ㅿ치 츌즁ᄒ게 니이시고 그 파락호647더로 니버려 두실 리야 잇나 일로브터 마암을 쾌히 결단ᄒ고 슐만 먹지 안이ᄒ면 이 셰상에 어늬 방면이던지 그 사룸 당홀 사룸이 어듸 잇스며 ᄯ혼 그 사룸이 못홀 일이 무엇이란 말인가」 ᄯ 엇더혼 사룸은 허풍션의 결심을 시험밧으려고 일부러 ᄎ져가셔 슐 한 잔 먹ᄌ고 비위가 썩 동ᄒ도록 쐬여 보기도 ᄒ얏스니 허풍션의 결심은 틴 산 반셕 ᄀᆺᄒ야 누구던지 감히 움작이지 못홀 듯ᄒ더라

젼일에 허풍션이가 길에 단일 째에는 아동쥬졸648ᄭ지라도 그 얼골을 아 는 쟈는 모다 「져긔 쥬졍ᄭᆫ 보아라」ᄒ며 얼골을 한 번식 더 치여다보더니 이졔는 보는 사룸들이 「아 져 사룸이 인졔 슐을 ᄭᆫ엇다지」 ᄒ며 ᄯ혼 한 번 다시 치여다본다

일노브터 쇼요649 산란ᄒ던 져의 마암은 졈졈 씨ᄉᆺᄒ고 젼일ᄒ야 이쳬650 되는 곳이 업스며 ᄯ 날마다 「텬군이 틴연이면 빅쳬죵령651」이리652는 글 을 외여 마음을 가다듬으며 민일 아참에 일어나셔는 대략 이삼십 분 동안 고요히 안져 더여셧 가지의 신문을 열람ᄒ고 그 후에는 잡지 수무룰 참작 ᄒ야 글도 지으며 혹 방문도 ᄒ야 죵일토록 근무ᄒ고 밤이라도 열한 시ᄭ 지는 쉬이지 안이ᄒ고 일을 혼다 침상에 누어 불을 ᄭ고 고요히 지나간 일을 싱각ᄒ다가 우연히 져의 도라간 모친이

「네가 슐을 ᄭᆫ치 안이ᄒ면 네 어미는 죽어도 눈을 감지 못ᄒ겟나」

---

**647** 파락호(破落戶). 행세하는 집안의 자손으로 허랑방탕(虛浪放蕩)하여 아주 결딴난 사람.
**648** 아동주졸(兒童走卒). 철없는 아이들과 어리석은 사람들을 아울러 이르는 말.
**649** 소요(騷擾). 여럿이 떠들썩하게 들고일어남. 또는 그런 술렁거림과 소란.
**650** 애체(礙滯). 걸리어서 막힘.
**651** 천군태연 백체종령(天君泰然 百體從令). 마음이 태연하면 온 지체가 따른다는 말.
**652** '라'의 오류.

ᄒ야 져의 란폭히 먹는 슐을 경계ᄒ던 일이 싱각이 남이 져는 홀연 벼기에 고기롤 슉이고 거의 소리가 날듯이 늣기여 운다

「네가 슐을 끈치 안이ᄒ면 죽어도 눈을 감지 못한다」고 말ᄒ던 모친은 ᄌ긔가 슐에 밋쳐 도라단일 ᄶ에 깁흔 한을 먹음고 임의 이 셰샹을 쩌낫더라

「아々 슐이라는 것은 무엇이냐 진실로 슐로 ᄒ야 이졔 나의 마음을 앏흐게 ᄒ는구나」

## 1914년 9월 11일 (三)

이는 ᄌ긔가 슐로 인ᄒ야 큰 실슈롤 져지르고 묘연히 셔울을 쩌나 십삼도로 도라단이며 더욱 밋친 짓을 ᄒ고 지닉일 동안에 그 어머니는 ᄌ긔로 ᄒ야 가슴을 앏흐게 ᄒ야 셰샹을 버림이 사롭의 ᄌ식이 되야 부모의 림종도 보지 못ᄒ얏스니 이 한 가지 일은 져의 일평싱의 큰 한이 되여 잇다금 그 모친을 싱각홀 ᄶ마다 져의 뉘웃침과 한 되는 ᄆ음에 거의 밋칠듯 날쒸일 듯ᄒ는 터이라 져는 일로브터 젼심으로 면려ᄒ야653 다시는 방탕ᄒ 싱활을 시작ᄒ지 안이ᄒ고 어디ᄭᆞ지던지 현직의 디위롤 계속ᄒ야 나도 이 셰상에 ᄒ 참된 사롬이 되리라 싱각ᄒ고 지닉인다

고향을 차져가 부모 분묘에 셩묘도 ᄒ여야 ᄒ겟고 동지달 쵸사흔날은 도라간 모친의 졔ᄉ날이라 이번에는 확실히 녜젼 허물을 뉘웃친 나의 ᄭᅵᆺ긋ᄒ 몸으로 졍셩스러히 졔ᄉ나 한번 지닉여 도라간 모친의 혼령이라도 위로ᄒ고 겸ᄒ야 너가 회과ᄒ 뜻을 고ᄒ리라 ᄯᅩᄂᆞᆫ 그동안 어덧다가 다시 일허바리고 어덧다가는 다시 일허바리던 상당ᄒ 디위롤 ᄯᅩ다시 어덧스니

---

653 면려(勉勵)하다. 스스로 애써 노력하거나 힘쓰다.

고향에 홀로 잇는 과부의 누의와 밋 일가집으로 양주간 어린 아오도 차져
볼 싱각이 난다

「이로브터 슐만 먹지 안이홀 것 ᄀ흐면 무슨 일이던지 용이히 될 일이라
이러훈 결심으로 힘써 분투ᄒ야 보리라」

이ᄀ치 홀로 싱각ᄒ고 홀로 말ᄒ는 허풍션은 주긔의 가슴을 두다려 ᄆ음
에 명령을 느리는듯이 경계훈다 엇지ᄒ얏던지 괴로옴을 참고 써힘[654] 일
ᄒ야 보리라 금년 중에 지은 글을 모와 다시 츌판이나 ᄒ고 이로브터 남
의 디신으로는 결단코 글을 짓지 안이ᄒ고 ᄯ훈 남의 손을 빌 것도 업시
모다 니 손으로 지으로라 주긔의 후회훈 글을 지여 도라가신 부모에게 샤
과도 ᄒ고 신슈 긔구훈 주긔의 방탕훈 긔록을 글로써 이 셰상 사룸에게
경계홈이 가ᄒ도다 싱각건디 자긔ᄀ치 방랑ᄒ고 변홈이 만흔 싱활을 경
력훈 쟈는 아마 이 셰상 문학자 중에는 다시 업스리로다 그러ᄒ고 리쳠지
와 ᄀ치 나롤 깁히 사랑ᄒ며 힘써 나롤 그른 곳으로브터 건져니여 쥬고져
ᄒ던 감ᄉ훈 사룸들은 요ᄉ이 나의 희과홈을 한업시 깃버ᄒ며 다른 사룸
을 디ᄒ야셔도 나의 부활홈을 열심으로 광포ᄒ니[655] 나의 쟝리는 니가 슐
만 다시 먹지 안이ᄒ면 더욱 밝은 광치가 보히난도다 이 여러 가지 계획
이 일시에 그 뢰롤 번거롭게 ᄒ야 엇더훈 일을 먼져 착슈홀는지 갈피롤
잡지 못ᄒ얏더라

그달 한 달 동안도 역시 져의 참된 싱활을 계속훈 결과로 월[656]말에는 젼
달보다도 더욱 넉넉훈 슈입을 어덧스니 이졔는 별로히 더 작만홀 물건도
업고 젼일에 여긔져긔 불쇼히[657] 졋던 슐갑도 거의 다 갑흔 바 되고 오히

---

654 '힘써'의 글자 배열 오류.
655 광포(廣布)하다. 세상에 널리 퍼뜨리거나 알리다.
656 '월'의 오류.
657 불소(不少)하다. 적지 아니하다.

려 남은 것이 잇셔 쥬머니에 너엇다가 칙상 사람에도 너엇다 ᄒ다가 한 절반은 은힝에 져금이나 좀 ᄒ여볼가 싱각ᄒ기도 ᄒ엿더라 또 엇던 째에 ᄂᆫ 고향에 잇ᄂᆫ 친척의 집에 선사[658] 물건도 사셔 붓치고 어린아희의 작란거리 잡지칙 그림칙들도 잇다금 사셔 보ᄂᆡ더라

어ᄂᆞ 달이던지 쵸싱ᄒᆞᆯ 째ᄂᆞᆫ 져의 사무가 젹어 져윽이 한가ᄒᆞᆫ 째이라 인천 희안 ᄀᆞᆺᄒᆞᆫ 데로 가셔 쇼챵[659]이나 ᄒ여볼가 ᄒᆞᄂᆞᆫ 싱각도 잇셧더라

이에 일으러 져의 마음은 ᄆᆰ은 물과 ᄀᆞᆺᄒᆞ야 한졈의 ᄐᆡᄭᆯ도 보이지 안이ᄒ고 젼일에 착실ᄒ지 못ᄒᆞᆫ 력ᄉᆞᄂᆞᆫ 이졔 일쟝츈몽이러라 져의 눈에 보이ᄂᆞᆫ 것과 마음에 싱각나ᄂᆞᆫ 것은 다만 압길을 향ᄒ야 힘쓰고 압길을 향ᄒ야 ᄇᆰ은 빗을 보고져 ᄒᆞᄂᆞᆫ 것뿐이러라 엇던 날 밤에ᄂᆞᆫ 한 사름의 친구가 차져 오니 이 사름도 어ᄂᆞ 신문긔쟈로 쳐음에ᄂᆞᆫ 슐을 먹어도 쥬셩[660]이 곱더니 차챠 슐이 쟝위에 빈여갈ᄉᆞ록 졈졈 쥬셩이 란폭ᄒ야 물론 글 잘 짓고 말 잘ᄒᆞᄂᆞᆫ 지ᄉᆞ로도 남의 비평은 그다지 됴치 못ᄒᆞᆫ 터이라

「ᄌᆞ네ᄂᆞᆫ 언졔던지 조곰도 먹지 안이ᄒᆞ겟다고 결심ᄒᆞᄂᆞᆫ 것이 병통이야 그리셔 필경 실픠ᄒᆞᄂᆞᆫ 것이니 가령 두셔너 달 동안 한 잔도 먹지 안이ᄒᆞ다가 한번에 흠신 먹게 되면 무슨 효력이 잇단 말인가」

ᄒᆞ며 금쥬를 반ᄃᆡᄒ고 슐을 ᄎᆞ라리 쥰졀ᄒ여 먹음이 됴타고 순순히 권고ᄒᆞᆫ다 그러나 허풍션의 마음 가온ᄃᆡ에ᄂᆞᆫ 쳘셕ᄀᆞᆺ치 졍ᄒᆞᆫ 물건이 잇셔 흔들니지 안이ᄒᆞ며 홀로 싱각으로 그 친구의 말에 ᄃᆡ ᄒᆞ야 「흥 져린 밀이 모다 나를 ᄭᅬ이ᄂᆞᆫ 것이야」 ᄒᆞ며 더욱 마음을 단々히 ᄒᆞ고 ᄭᅬ이ᄂᆞᆫ 말을 막고져 ᄒᆞᆫ다

---

**658** 선사(膳賜). 존경, 친근, 애정의 뜻을 나타내기 위하여 남에게 선물을 줌.
**659** 소창(消暢). 심심하거나 답답한 마음을 풀어 후련하게 함.
**660** 주성(酒性). 술버릇.

그 친구는 다시 주긔와 밋 몃몃 친구로 더부러 룡산 팔경원에 가서 어엿 분 계집과 아름다운 슐로 하로 동안 유쾌히 놀고 드러온 리약이를 입에 침이 업시 루루히 말훈다

허풍션은 이 말을 듯고 홀로 싱각훈기를 「이로브터는 아모조록 녜젼 슐친 구들을 굿가히 스긔지 안이훈는 것이 됴흐리로다 져런 말이 즈조 나의 귀에 드러오면 혹 나의 마음이 변홀는지도 맛치 모를 것이라」 훈며 감안이 연구훈더라 쏘 어느 날 허풍션은 뎐챠를 타고 어나 곳을 가니 슐이 고쥬 망틱가 된 한 오십여 셰 가량 된 신스가 빗틀거름과 헛구역을 훈며 뎐챠 안으로 드러와 주긔 겻혜 가 안지니 그 흉악한 슐닉암시가 허풍션의 코를 찌른다 허풍션은 주긔가 그러한 닉암시를 쮜운 지가 얼마나 되얏는지 눈살을 찡긔며 코를 싸쥐고 돌아안더라

허풍션은 그동안 로력을 과히훈 결과 슈면(睡眠)이 부죡훈고 신경이 앙분된 것을 스스로 찌닷겟더라

오릭동안 감음이 싀골 사름의 속을 틔워 곳곳히 비를 바라고 기다리는 소리 쓴치지 아니훈며 셔울 각 신문에는 한강물이 얼마가 줄엇다고 감음에 관훈 긔스를 날마다 긔지훈고 도회디의 샤름들은 즈살훈는 쟈와 밋치는 쟈의 수효가 심히 만홀 째이라

허풍션도 어느 날 져녁 째에 두통이 심훈야 칙상을 의지훈고 고요히 업디여 잇슬 째 홀연 눈에 씌우는 깃은 이웃집 담 밧게 셔너 쪽의 화쵸가 쓰거운 볏에 견디지 못훈야 스스로 시드러짐을 면치 못훈야 그 모양이 심히 참혹훈다 허풍션은 이것을 보고 ᄆ음이 공연히 심히 불쾌훈야 눈을 감고 몸을 쯔덕이고 잇다

이것져것 공연히 ᄆ음이 유쾌치 못훈야 몃 달 동안 츌입이라고는 별로히 훈지 아니훈던 터으로 홀연 단장을 끄을고 산보츠로 나아간다 져는 나아

가기 전에 아라스 유명혼 문학쟈「톨스토이」의 셋지 아들이 지은「아버지 톨쓰토이」라는 척을 보다가 나왔더니 나온 뒤에도 툴[661]쓰토이 싱각이 써나지 아니혼다「져 톨쓰토이 션싱은 즈긔 셔지에 안져 홀로 번민홈을 익의지 못홀 째 몃 번이나 류리창에 달니여 잇는 줄에 목을 미여 죽으려 ᄒ얏다니 그갓치 유명혼 학쟈라도 쏘혼 그갓치 번민홈을 면치 못ᄒ얏스니 홈을며 우리의 변변치 못혼 위인들이리오」허풍션은,[662] 몸이 괴로워 심란ᄒ던 촛 마른 화쵸롤 보고 더욱 ᄆ음이 감샹되얏스며 톨쓰토이의 젼 긔롤 보고 쏘혼 즈긔의 마음을 움작이게 ᄒ얏더라

「아 져 톨쓰토이 션싱이여 얼마나 이 세상이 불평ᄒ고 얼마나 ᄆ음이 번민ᄒ야 즈긔의 고향을 도망ᄒ야 나아갓던고 그쌔 그 션싱의 마음은 영원히 아지 못홀 이샹혼 것이 감초여 잇도다」

### 1914년 9월 12일 (四)

대져 사롬의 싱각이 산란ᄒ여질 째에는 더욱이 세상이 모다 귀치안어 일시라도 살어 잇기가 슬흔 것이오 졈졈 이러혼 싱각이 극도에 달홀스록 ᄭᆞ듥 업는 고통과 셜음이 쳡쳡[663]ᄒ야 스스로 췌혼 듯 밋친 듯ᄒ야 방향을 능히 졍ᄒ지 못ᄒ는 것이라

더군다ᅡ 두뢰가 명민혼 사롬이 이러혼 싱각이 나기 시작ᄒ면 차라리 두뢰가 흐린 사롬보다 더욱 심혼 것이니 그런고로 사롬의 이샹이 극단으로 나아가 다시 돌아오지 못ᄒ는 째에는 밋치기도 ᄒ고 심ᄒ면 자살도 ᄒ는

---

**661** '툴'의 오류.
**662** 문맥상‘,' 불필요.
**663** 쳡쳡(疊疊). 겹겹이.

것이라 잡지 편집이 항상 한산호 초성 스오일 경이라 이 틈을 타셔 허풍
션은 정신을 모하 단편소셜이나 혹 다른 글을 지려고 싱각ᄒᆞ얏스나 어졔
부터 산란호 정신은 아모리 ᄒᆞ야도 모히지 안이ᄒᆞ고 싱각는 바 글졔는 한
사ᄒᆞ고 붓잡히지 안이ᄒᆞ며 온갓 잡넘이 왕리ᄒᆞ야 잡으려 ᄒᆞ야도 잡히지
아니ᄒᆞ고 쫏치려 ᄒᆞ여도 쯧쳐지지 아니ᄒᆞ니 허풍션은 스스로 머리를 칙
상에 부듸쳐 옷갓 잡넘을 구축[664]코져 ᄒᆞ야도 되지 아니ᄒᆞᆫ다

그늘 밤에도 쏘ᄒᆞᆫ 「톨쓰토이」의 일만 싱각이 난다 그롤 싱각홀스록 정신
을 자극홈은 더욱 심ᄒᆞ야 앒흐던 머리는 이졔 터지고져 ᄒᆞ며 스스로 싱각
에도 심히 괴이ᄒᆞᆫ지라 정신업시 일어나 밧글 향ᄒᆞ고 나아간다

정신업시 거러가는 허풍션의 발길은 우연히 어늬 슐집 문 압을 지나다가
대문 우에 놉히 달니여 잇는 용슈[665]가 눈에 씌웟더라

허풍션은 얼는 싱각나기롤 슐을 먹고 취ᄒᆞ면 산란호 스상이 통일되는 효
력이 잇는 것이나 그러나 과연 정신이 통일될가 ᄒᆞ며 홀로 연구ᄒᆞᆫ다 조금
더 지나가니 션슐집 안에 여러 로동쟈가 헛밍셰지거□[666]와 잡담으로 판
을 짜며 막걸니 스발이 왓다 갓다 ᄒᆞ며 안쥬 굽는 너음시는 큰 길거리롤
진동ᄒᆞ고 구슬발 틈으로 졂은 계집이 분을 하엿케 바르고 슐구기롤 잡고
안져 샹글샹글 우스면셔 그 롱[667]동즈의 죵일 쎠가 쌔지도록 품을 팔어
엇은 돈 삼스십 젼을 인정 업시 쎠앗고져 ᄒᆞᆫ는 티도가 쏘ᄒᆞᆫ 장관이오 그
문압흐로 허언 비쎠기롤 슬슬 문지르며 긴 담비디롤 빗겨 물고 빈들거리
는 놈은 그 슐집 쥬인이오 그 계집의 셔방됨이 분명ᄒᆞ다

싱각건디 그 계집은 그 쥬인놈의 총과 칼이오 그 집에 드러가는 사롬은

---

**664** 구축(驅逐). 어떤 세력 따위를 몰아서 쫓아냄.
**665** 용수. 싸리나 대오리로 만든 둥글고 긴 통. 술이나 장을 거르는 데 쓴다.
**666** 문맥상 '리'로 추정.
**667** '로'의 오류.

그 총과 칼에 마져죽을 사냥거리라

「아⋯⋯⋯셰샹은 어이 이다지 험악훈가 쏘는 야박훈가 크면은 나라이나 적으면 이곳치 쳔훈 슐집에 이르기시지 오 셰샹은 한뎜의 도덕과 졍의눈 업고 모다 셔로 먹고 셔로 죽이는 빗쑨이로구나」

허풍션은 이곳치 탄식ᄒ며 돌쳐셔 먼져 눈에 씌우던 용슈 달닌 뇌외슐집668을 향ᄒ다가 다시 웃둑 슨다

슐집으로 드러가고져 홈은 져의 욕□669이라 몃 달 젼에눈 져의 양심보다 욕심이 강ᄒ야 욕심은 승승쟝구ᄒ얏고 그후 몃 달 동안은 양심이 강ᄒ야 욕심을 능히 압박ᄒ니 그 욕심은 몃 달 동안 와신상담670으로 억울홈을 참고 긔회만 잇스면 크게 보복을 ᄒ고 져버르눈 터에 어졔날브터 허풍션의 공스망상은 그 욕심으로 ᄒ야금 조흔 긔회를 쥬어 이졔 분연히 일어나 양심과 싸호니 두 편의 승피눈 삽시간에 달니엿더라 이곳치 양심과 욕심이 셔로 포화롤 보닉여 밍렬이 싸홀 동안에 허풍션의 발은 발셔 뇌외슐집 안마루턱지지 드러스며□「한 슌비」

ᄒ다가 말이 쏵 막히며 가슴이 두군두군 ᄒ여진다 가슴이 두군거리는 리유눈 독쟈도 능히 스스로 짐작홀듯

쥬인 마누라는 얼네발 우슘을 우스며 마쥬나와 「네 어셔 오십시오 지금 맛침 안쥬도 시로 쟝만ᄒ얏고 슐도 평양셔 을녀온 감홍로671가 잇스니 어셔 올나오시오 과하쥬도 잇쇼이다」 ᄒ며 흔슙에 직거리며 허풍셔의 얼골

---

**668** 내외(內外)술집. 접대부가 술자리에 나오지 않고 술을 순배로 파는 술집.
**669** 문맥상 '심'으로 추정.
**670** 와신상담(臥薪嘗膽). 원수를 갚거나 마음먹은 일을 이루기 위하여 온갖 어려움과 괴로움을 참고 견딤을 비유적으로 이르는 말.
**671** 감홍로(甘紅露). 지치 뿌리를 꽂고 꿀을 넣어서 밭은 평양 특산의 소주. 맛이 달고 독하며 붉은빛이 난다.

을 치여다본다

허풍선은 「아무 안주나」

썰니는 듯 속으로 잡어단이는 듯이 말ᄒᆞ고 말우 우흐로 올나 안졋더라

쳐음에는 슐상을 대ᄒᆞ야 한 잔을 먹을 째에는 스사로 마음에 무삼 큰 죄

를 짓는 듯이 겁이 나며 한 잔 두 잔 마시다가 나죵에는 큼직한 보싴이로

두어 보시기를 한입에 마시고 항ᄉᆞ히 튀여나왓더라 슐갑은 ᄉᆞ십 젼이라

문을 나와 몃 거름 가다가 「그리도 속이 갑ᄉᆞᄒᆞ니 이번에는 믹쥬롤 한잔

먹어야지」 홀로 말ᄒᆞ며 믹쥬 파는 집을 차져가서 두어 가지 양요리를 안

쥬로 먹을 째에 압헤 노혀 잇는 믹쥬 곱보는 여러 번 뷔엿더라

「흥 이졔는 넉 달 공부가 남무아미타불이로구나」

오히려 남어 잇는 져의 양심은 괴로히 가슴 가운디로 왕리ᄒᆞ며 이갓치 말

흠이라

## 1914년 9월 13일 (五)

믹쥬 몃 병을 한숨에 마셔바린 허풍선은 믹쥬집에셔 나와셔 ᄌᆞ긔 샤관으

로는 도라갈 싱각도 안이ᄒᆞ고 반더 방향으로 가다가 뎐챠로 쒸여올낫더

라 얼마 안이 되여 져는 쏠랑거리고 단이는 비달부의게 신문 두 쟝을 사

니 그 즁에 한 쟝은 쟉년 ᄌᆞ긔가 긔ᄌᆞ로 츌근ᄒᆞ던 ○○신문이라

「웅 보기도 실은 신문이로군」

ᄒᆞ며 뎨목만 보고 무릅 밋흐로 집어녀으며 다른 신문을 보고 잇스니 져에

게는 ○○신문사에 드러간 것과 사직ᄒᆞᆫ 것이 모다 져의 슯흔 싱각을 일으

켜 지나간 일이 시로히 싱각이 나며 신문 긔ᄉᆞ는 인쇄ᄒᆞᆫ 것이 아니오 ᄌᆞ

긔 슯흔 긔억이 방불ᄒᆞ다[672] 허풍선은 평양에서 엇던 신문긔쟈로 잇슬 째

305

에 졍든 계집 한아가 잇셔 즈긔룰 츠져 셔울로 와 잇히 동안이나 한가지 살다가 드듸여 두 사룸이 셔로 리별을 ᄒ지 아니치 못ᄒ게 되얏스니 이ᄯᅢ에 져는 계집에게 바린 비 됨과 ᄀᆞ치 싱각ᄒ야 더욱 슐을 몹시 먹고 지ᄂᆞ이다가 우연히 ○○신문샤에 드러가게 되얏고 ᄯᅩ 얼마 되지 아니ᄒ야 ○○신문 평안도 특파원이 되야 갓슬 ᄯᅢ에 져는 다시 젼일 동거ᄒ던 계집을 맛나 ᄆᆞ옴이 소란ᄒ야진 결과로 스스로 ○○신문긔쟈룰 사면ᄒ얏더라

뎐차 가온듸에셔는 이런 싱각 져런 싱각으로 스스로 칙망을 밧다가 어느 결을에 죵로룰 지나왓다 허풍션은 비로쇼 졍신을 차리고 뎐차에 ᄲᅱ여나려 보니 삼삼오오로 지나가는 졂은 미인은 온ᄀᆞᆺ 단장과 사치ᄒᆫ 의복에 아름다운 향긔룰 피우며 횟독어리는[673] 모양은 다시 져의 류졍을 ᄯᅳ으러ᄂᆞᆫ인다 일시는 덥허놋코 뒤룰 ᄯᆞ러 어듸ᄭᆞ지던지 ᄶᅩᆺ차가셔 자긔의 류졍을 치워보고져 ᄒ기도 ᄒ얏더라

그러나 오히려 남어 잇는 져의 양심은 능히 이룰 굿치게 ᄒ얏더라

져의 가슴은 다시 불덩이ᄀᆞᆺ치 치미러 올으는 화긔룰 익의지 못ᄒ야 죵로로부터 셔편을 향ᄒ고 얼마쯤 나려가다가 엇던 료리집으로 들어ᄀᆞᆺ는듸 그 료리집은 젼일 자긔의 단골 료리집으로 자긔의 힘써 버는 돈량은 모다 ᄀᆞᆺ다가 속공을 ᄒ던 곳임으로 문간에셔 나와 급실거리며 마져들이는 ᄲᅩ이들은 져의ᄭᅵ리 돌아보며

「아 져 쥬졍이가 한참은 슐 ᄭᅳᆫ코 들어안졋다더니 오날 ᄯᅩ 바람이 낫구나」
「그러면 그럿치 그 염병으로 먹든 슐을 그리 ᄭᅳᆫ키가 쉽겟나 작심삼일이지」
슯ᄒ다 상당ᄒᆫ 디위가 잇스며 상당한 직질과 학식이 잇는 허풍션은 다만 ᄒᆫ 가지 슐로 인ᄒ야 져 어리고 무식ᄒᆫ 료리집 ᄲᅩ이들에게ᄭᅵ지 조롱을 밧

---

**672** 방불(彷彿)하다. 흐릿하거나 어렴풋하다.
**673** 희뜩거리다. 갑자기 얼굴을 돌리며 슬쩍슬쩍 자꾸 돌아보다.

눈도다 믹쥬와 ᄀᆺ치 독ᄒᆞ지 안이ᄒᆞᆫ 슐은 발셔 먹을 마음이 업고 찻는 것
은 「우이스키」 「썍란데」라

「이익 쏘이」

「너 가셔 뎐화로 ◯◯신문샤에 김◯◯ 씨가 계신가 알어보고 계시다 ᄒᆞ거
던 너가 그리ᄒᆞᆫ다고 이리로 잠간 오시라고 ᄒᆞ여라」

허풍션은 드듸여 십여 일 젼에 ᄌᆞ긔를 유혹ᄒᆞ던 김◯◯을 신문샤로 불너
왓더라 두 사ᄅᆞᆷ이 셔ᄃᆞ로[674] ᄒᆞ고 안졋스니 져윽이 심심ᄒᆞ야 쏘다시 불너
온 것은 기성 명옥이라

「이게 무슨 ᄭᆞ닭이야 나도 슐잔이나 먹지만은 넘어 과히 먹어셔는 못쓰는
것일세」

ᄒᆞ며 도로혀 허풍션을 경계ᄒᆞᆫ다

「예씨 밋친 사ᄅᆞᆷ 한번 흠신 먹어볼 일이지 너가 일젼에 ᄌᆞ네의 금쥬반ᄃᆡ
론을 썩 올흔 말로 듯고 그 후에 오리도록 ᄉᆡᆼ각ᄒᆞᆫ 결과 ᄆᆞ음이 힐셕 변ᄒᆞ
얏네 잣말 말고 어셔 먹게 이익 명옥에[675] 슈심가나 한아 ᄒᆞ렴으나 슐도
싸르고 오리간만이니 한번 잘 놀아보잣고나[676]

기ᄼᆞ 풀어진 눈과 ᄶᆞ부라져 잘 돌지도 못ᄒᆞ는 혀로 몸을 간우지 못ᄒᆞ고
부어라 먹ᄌᆞ 부어라 먹ᄌᆞ 불여ᄉᆡᆼ젼일ᄇᆡ쥬[677]라는 말이 쏙 올흔 말이엿다
그러구러 시로 셰 시ᄭᆞ지 실컨 먹다가 겨우 일어셔 인력거롤 모라가는 곳
은 명옥의 집이라 반들도록 ᄀᆺ치 놀고 취흥을 ᄭᅴ워 ᄎᆞ미 도도ᄒᆞᆫ 흥을 젹
젹히 보니일 슈 업슴으로 인ᄒᆞ여 손목을 얼너잡고 ᄭᅩᆺ을 썩그러 감이라
슐이라는 물건의 죠화가 과연 신긔ᄒᆞ도다 몃 시간 젼ᄭᆞ지 얌잔ᄒᆞ고 참ᄒᆞ

---

**674** '로ᄃᆡ'의 글자 배열 오류.
**675** '아'의 오류.
**676** '」' 누락됨.
**677** 불여생전일배주(不如生前一杯酒). 살아생전 한 잔 술만 못하다.

며 전신에는 슯홈과 고통이 가득ㅎ던 허풍션이 얼마 먹지 안이흔 슐긔운
을 비러 이ㅈ치 활발흔 호남쟈가 되게 ㅎ얏도다

잇흔날 식전에 흔들녀 ㅆ여 눈을 ᄯᅩ<sup>678</sup>고 보는 허풍션은 압헤 안져 헛트
러져 구름ㅈ흔 머리롤 쓰다듬어 올니는 긔셩을 보고 괴이히 싱각ㅎ야 무
겁기 쳔근 ㅈ흔 머리를 겨우 들며 쌈작 놀닉인다 아즉도 어졔날 취흔 긔
운이 밋쳐 ㅆ이지 못ㅎ야 두 눈이 몽롱ㅎ며 「응 니가 엇지되야 여긔셔 잣
나」 지나간 일은 모다 꿈속 ㅈ ㅎ야 죵로에셔 뎐차에 ᄂᆞ리여 료리집으로
드러가 슐을 시작ㅎ고 김○○롤 뎐화로 불너온 싱각ᄭᅵ지는 력력ㅎ나 그
후에는 엇지ㅎ얏는지 도모지 싱각이 련속되지 아니흔다

허「이익 명옥아 어졔 니가 여긔와셔 슐을 만히 먹엇지 아마」

명「아이 듯기 실여요 무슨 슐을 그러케 잡슈신단 말이오 너가 어졔야말
　　로 참 죽을 번ㅎ엿지요」

허「엇지ㅎ여셔」

명「엇지ㅎ여셔가 다 무엇이야요 ○○관에셔 부르길니 갓더니 령감이 와
　　안지셧는디 발셔 슐이 반취나 되야 김○○ 씨롤 쳥ㅎ야 오시더니마는
　　대쳬 부어라ᄾᄾ ᄾᄾ 식벽ᄭᅵ지 잡숫다가 고쥬가 되얏셧지요 아이고 그런
　　쥬졍이 어디잇셔<sup>679</sup>

허「그러면 여긔는 엇지 왓셔」

명옥<sup>680</sup>은 허풍션을 원망ㅎ는듯 활긋 바라보며

「오시기는 엇지 오시는 것이 다 무엇이야요 료리집에셔 나올 ᄶᅢ에 구지
붓들고 ᄶᅡ러오시니 슐이 과히 취흔 어른울 무졍스러이 바리고 올 수도 업

---

678 'ᄯᅳ'의 오류.
679 ',' 누락됨.
680 '옥'의 오류.

고 그리⋯⋯지요 그쑌이라구요 우리집에 오셔셔도 쏘 슐을 디구<sup>681</sup>
스오라고 야단을 쳐서 쏘 사다가는 다 잡숫지도 안이ᄒ고 잠이 드셧지오<sup>682</sup>
기성은 평안도 사토리로 아릿다히 디답ᄒᄂᆫ디 허풍션은 다시 리별ᄒᆫ 평
양집의 일이 싱각이 난다

「이이 그러면 그 남은 슐 이리 가져오너라 희장을 좀 히야지」
남엇던 슐을 데우지도 안이ᄒ고 안쥬도 업시 한입에 다 마셔 말리니 기성
은「디져 져게 무슴 슐이야요 싹도ᄒ지」ᄒ며 눈을 흘기인다
지는 달 금음끠부터 허풍션의 쥬머니 속에 감초이여 잇던 지젼은 그즁에
팔자 조흔 놈 열 쟝이 항긔로운 기성의 쟈리밋ᄒ로 드러가고 허풍션은
츙々거리며<sup>683</sup> 기성집을 나왓더라
그 길로 향ᄒᄂᆫ 곳은 져의 스관이 안이오 갓가운 곳 경민쵸로 가셔 경민
집의 늙은 령감 ᄒᆫ 명을 다리고 희쟝슐이 얼골이 진다홍빗이 되여 스관으
로 도라갓더라

「그게 왼일이야요 령감끠셔는 몃 달 동안 한 번도 나가주무시는 일이 업
든 터임으로 간밤에는 즈졍이 지나도록 문을 열어 놋코 기다렷지요」
ᄒ며 스관 하인은 괴이히 넉이는 눈으로 바라본다 허풍션은 별안간 고향
으로 가게 되엿다고 거즛말을 됴토록 ᄒ고 즈긔 방에 잇던 문방졔구 즁에
양복 한 벌만 남기여 놋코 말금 팔어 바린다

「아 령감 물건을 경민징이에셔 급히<sup>684</sup> 팔년 대난ᄒᆫ 손히가 넘니다」
ᄒ며 화로가에 안져 믹쥬병을 쎄기에 골몰ᄒᄂᆫ 허풍션을「져이가 밋쳣나」
ᄒᄂᆫ 눈으로 바라본다

---

**681** 대구. '대고'의 북한어. 무리하게 자꾸.
**682** 'ᅟᅵ' 누락됨.
**683** 충충거리다. 발걸음을 크게 매우 재게 떼며 땅을 구르듯이 바쁘게 걷다.
**684** '히'의 글자 방향 오식.

## 1914년 9월 15일 (六)

허풍선은 드른 톄도 흐지 안이흐고 곳 샤관 쥬인과 작별흔 후 표연히[685] 나간다

　「아……뎌럿케 굿고 얌전흐던 량반이 뎌게 어인 일일가 지금것 우리 집에서 슐이라고는 입에 디이는 것도 보지 못흐얏는터」

　「흥 글셰 나도 아모리 싱각흐야도 알 수 업는 일인걸」

흐며 샤관 쥬인 니외는 나아가는 허풍선의 뒤를 바라보며 공론이 분々흐다 허풍선은 문을 나셔 인력거른[686] 타고 남대문 뎡거쟝을 향흐야 인천가는 삼등표 흔 쟝을 사가지고 밍렬흔 긔적 소리와 흔가지 져의 자최는 경성을 떠낫더라 긔챠가 영등포에 니르니 긔챠가로 「쎄루[687] 마사무네[688]」 외는 소리 지난밤 슐에 피곤흐야 고기를 느리우고 쓰덕어리며 조을던 허풍선의 귀를 울니인다

　「응 쎄루 몟병 사야지」

흐더니 일 원짜리 지폐 한 쟝을 거슬으지도 안이흐고 믹쥬 네 병을 스셔 놋코 병나팔을 불며 간다

네 병의 믹쥬를 다 마셧슬 째에 긔챠는 임의 인천 뎡거쟝에 당도흐야 인천[689] 인천」흐는 소리 요란흐다

긔지계를 한 번 길게 켜고 취안이 몽롱흐야 비틀거리며 나려오는 허풍션은 잠시 뎡거쟝에셔 방황흐다가 인력거를 모라가는 곳은 팔경원(八景園)

---

685 표현(飄然)히. 홀쩍 나타나거나 떠나는 모양이 거침없이.
686 '를'의 오류.
687 비루(ビール). 맥주.
688 마사무네(まさむね). 정종(正宗).
689 '인천' 앞에 'ᄀ' 누락됨.

이라 계집 하인들에게 붓들니여 이층 위 너른 방으로 드러가 안져 멀니 亽방을 바라보니

팔미도 넓은 바다에 츌넝거리는 물결은 멀니 희도에 걸니여 넘어가고져 ᄒᆞ는 틱양 광션을 반사ᄒᆞ야 금빗이 령롱ᄒᆞ고 좌우로 왕릭ᄒᆞ는 긔션의 웅장훈 긔상은 한셰상에 리로운 긔관을 ᄌᆞ랑ᄒᆞ는 듯ᄒᆞ며 잇다금 바다 우흐로 날어단이는 몃 쌍의 시는 이 셰상에 한가훈 지경을 홀노 뎜령훈 듯ᄒᆞ다

「어 샹쾌ᄒᆞ도다 항상 분잡훈 틔글 속에셔 되지 못훈 샤무에 분골ᄒᆞ던[690] 졍신이 이졔 비로쇼 시원ᄒᆞ여지는군」

려관 계집 하인은 올나와 공손히 안지며 무엇을 쥬문ᄒᆞ랴나냐고 뭇는다

「물론 슐부터 먹어야지 이런 죠흔 경치를 슐 □[691]이고야 무엇으로 흥을 도드리요 밧비 믹쥬 디여셧 병과 죠흔 안쥬롤 가져오고 너도 여긔 잇셔 날과 말벗이나 ᄒᆞ야보자」

하인은 샹긋 웃고 나려가더니 얼마 안이 되야 쳥구훈 슐과 안쥬롤 갓다기 압헤 버려 놋코 그 압헤 공손히 안져 한 잔을 가득이 부어 놋코

「자 잡슈시오」

이째에 다시 시작훈 슐은 희가 셔희로 싸져 업셔지고 동편에 둥근달이 몃 발이나 써오올 때ᄭᆞ지 계속ᄒᆞ야 먼져 가져온 슐 외에도 몃 병이나 더 먹고 이졔는 젼신이 슐에게 亽로잡힌 물건이 되야 ᄌᆞ긔의 ᄌᆞ유롤 일코 다만 남아잇는 졍신은 슐잔을 집어다가 입에 다이는 것쑨이오 슐맛의 엇더훈 것도 능히 판단치 못훈다

어졔 밤도 츙분히 쟈지 못ᄒᆞ고 오늘도 죵일 슐에 피곤ᄒᆞ야 다시는 쮜여나와 쥬졍훌 긔운도 업셔 그 자리에 쓰러져 누어 비셩[692]이 우레 ᄀᆞᆺᄒᆞ니 쑴

---

690 분골(奔汨)하다. 몹시 바빠서 헤어나지 못하다.
691 문맥상 '안'으로 추정.

가온디에 쏘 슐을 얼마나 먹엇는지

밝은 달은 즁텬을 지나 셔으로 만히 기우러지고 촌가에 둙 우는 소리 어지러히 들니니 때는임의 그 잇흔눌 샹오 이삼 시경이라

허풍션은 비로소 취흔 잠이 겨우 찌여 챵 밋흐로 다거안지며 멀니 시벽 경치를 바라보니 일만가지 회포가 가삼 가온디 왕리흐며 모든 경치가 어제놀 져녁째와 ∑치 상쾌흐게 보이지 아니흐고 만뢰[693]가 고요흐고 젹젹혼 깁흔 밤에 히변에 부듸치는 물쇼리가 즈긔의 심스와 한가지 산란홀 뿐이라

잠간 일어안져 원근을 바라보다가 길게 한번 탄식흐고 묵어운 머리를 슈건으로 동이고 다시 쟈리에 눕는다

그∑치 여러 시간을 곤흐게 자고 눈이 쏘[694]이는 동시에 쟈긔의 양심도 밍연히 일어나 져와 싸흠을 도돈다 이째의 잠간은 져의 양심이 강흔 세력을 엇엇도다 그 양심은 져의 뢰 가온디에셔 폭발약과 ∑치 폭발되야 슐의 힘으로 건셜흐얏던 공즁투[695]각을 모다 부숴여발이니 허풍션은 일로흐야 다시 잠을 일우지 못흐고 젼젼반측[696]흐야 견듸일 수 업는 고통을 감동혼다

벼긔가을 침로흐는 온∑ 벌닉쇼리는 자긔가 죽어 죠샹흐는[697] 쇼리와 ∑치 들니고 잇다금 쿵々거리는 물쇼리는 져승에셔 사자가 자긔를 잡으러 오는 소리인 듯 두렵기도 흐며 도라간 어머니는 다시 쟈긔 엽혜 들어나

---

**692** 비셩(鼻聲). 코고는 소리.
**693** 만뢰(萬籟). 자연계에서 나는 온갖 소리.
**694** '쓰'의 오류.
**695** '누'의 오류.
**696** 젼젼반측(輾轉反側). 누워서 몸을 이리저리 뒤척이며 잠을 이루지 못함.
**697** 조상(弔喪)하다. 조문하다.

「네가 슐을 씃치 안이ᄒ면 나는 족698어도 눈을 감지 못ᄒ다는」699 말소
리가 귀에 들니는 듯도 ᄒ다

스스로 견디고져 ᄒ야도 견디일 수 업는 고통을 참지 못ᄒ야 다시 슐의
힘을 빌어 고통을 업시ᄒ고져 ᄒ나 밤이 얼마 안이ᄒ면 밝을 터이오 려관
하인□700 임의 잠이 깁히 드럿는지라 슐을 먹으랴 ᄒ야도 엇어먹을 수
업스니 속은 더욱 각갑ᄒ다

홀 일 업시 옷을 곳쳐 입고 감안히 려관문을 나셔 히관부두로 이리뎌리
왕리ᄒ니 인젹은 고요ᄒᄃᆡ 달빗은 더욱 밝고 션창에 ᄃᆡ여잇는 쌈판 가운
데로브터 두런거리며 사롬의 말ᄒ는 소리가 들니인다 허풍션은 귀롤 기
우리고 그 두 사롬의 말을 드르며 잠시는 져의 고통을 이젓더라

갑 「여보게 ᄌ네도 나히 삼십이나 되어 가니 졍신을 좀 차려야지 슐도 더
   즁잇지 무슨 슐을 그러케 먹는단 말인가 대톄 ᄌ네 의견을 좀 드러보세701

을 「‥‥‥‥‥‥‥‥‥‥‥

갑 「우리가 ᄌ네나 니나 팔ᄌ가 긔구ᄒ야 일즉 빈운 것도 업고 부모의 유
   산도 업시 스방에 표류ᄒ야 금일 츙쳥도요 명일 경상도로 뎡훈 곳이 업
   시 도라단이다가 이곳에 일으러 다힝히 돈량이나 버럿스니 우리도 ᄒ
   상 쳔훈 싱활만 홀 슈 잇나 아모조록 부지런히 일ᄒ고 알들이 모하 이
   다음 길을 싱각ᄒ여야 홀 터인ᄃᆡ 돈량만 손에 드러오면 ᄌ네는 시각을
   머무르지 안이ᄒ고 슐집에 갓다가 보조ᄒ니 대톄 엇지ᄒ ᄌ는 싱각이
   란 말인가 말 좀 ᄒ게 속이나 시원ᄒ게

을 「‥‥‥‥‥‥‥‥‥‥‥

---

698 '죽'의 오류.
699 문맥상 '눈' 앞에 '」'와야 함.
700 문맥상 '도'로 추정.
701 '드러보세' 뒤에 '」' 누락됨. 이후 대화문에서 '」' 누락된 부분은 따로 표기하지 않음.

313

갑「우리가 손목을 셔로 잡고 고향에서 나올 째에 ᄌ네 말이 무엇이라고 ᄒ얏나 동네 사름의 치욕도 만히 밧고 세샹 사름이 모다 우리를 쳔ᄒ게 녁이니 우리가 어듸ᄭ지 힘쎠 그 치욕을 씨셔보ᄌ고 ᄌ네 입으로 말ᄒ지 안이ᄒ얏나 몃 ᄒ가 치 못 되야 져ᄀ치 마음이 변ᄒ다는 말인가 우리 두 사름은 이위 한가지 고향에서 쩌나온 이상은 죽으나 사나 셔로 헤여지지는 못홀 터이오 ᄯ오는 니가 ᄌ네다려 니가 버러노은 것ᄭ지 업시인다고 탓을 ᄒ는 것이 아니라 너나 홀 것 업시 먹고는 살어야지 아니ᄒ나」

을「‧‧‧‧‧‧‧‧‧‧‧‧‧‧‧‧‧‧‧‧‧‧‧‧‧‧‧‧‧‧‧‧‧

갑「어졔 일만 ᄒ야도 그러ᄒ니 어졔는 요힝히 군함 구경ᄒ러 셔울셔 ᄂ러 온 여러 손님 덕으로 돈 십 원이나 버럿스니 십 원 돈만 ᄒ야도 우리에게는 큰 것이라 다른 사름의 쳔 원이나 만 원보다 더욱 앗겨야 홀 터인 듸 그져 이 사름아 슐이 다 무엇이고 갈보[702]가 다 무엇이란 말인가 그 돈 십 원을 다 업시기는 고사ᄒ고 도리혀 빗을 ᄯ오 얼마나 진 모양이니」

을「과연 니가 홀 말 업네 이번만 용셔ᄒ여쥬게」

갑「용셔라는 것은 다 무엇인가 니가 ᄌ네에게 그 말을 드르려고 이리ᄒ는 것이 아니라 이담브터는 결코 슐을 입에도 더이지 말나는 말일셰」

## 1914년 9월 10일 (土)

「그ᄲᅮᆫ만 안이라 슐이라는 것은 다른 보통 음식과 ᄀ지 안이ᄒ야 처음으로 ᄒᆞᆫ두 잔만 먹어노으면 졈ᄼ 더 먹고 십흔 것이라 당쵸에 먹지 안이

---

**702** 갈보. 남자들에게 몸을 파는 여자를 속되게 이르는 말.

ㅎ는 것이 샹칙이오 쏘 즈네가 나다려 이번 호 번만 먹고 다시는 안이 먹겟다 ㅎ기를 몃 번이나 ㅎ얏나 아춤에 말ㅎ고 져녁에 쏘 다시 먹으니 사룸이 그러케 결심이 업고야 엇지ㅎ단 말인가 폐일언ㅎ고[703] 즈네는 조금 과ㅎ게 말ㅎ면 아조 홀 수 업눈 위인이라 ㅎ겟네 대더 집도 업시 이 기구녁 ㄳ흔 비속에서 지닉이눈 놈들이 슐이라는 것이 다 무엇이란 말인가」

「쏘 그러ㅎ고 슐이 취ㅎ면 계집 싱각은 의례히 나는 것이오 계집을 디 ㅎ면 슐이 업지 못홀 것이니 이 모양으로 쳔□[704]을 ㅎ야 돈량 돈원을 버러다가 그런 짓이 될 말인가 몃 쳔만 원 가진 부쟈라도 쥬식에 침혹 ㅎ면 그 집이 픠ㅎ고 몸이 망ㅎ거늘 함을며 우리 쳐디로 말홀 것도 업 지 안은가 계발 인제는 정신을 좀 추리게」

이 말이 뜻나며 잠시눈 말이 업더니 그 칙망을 밧던 사룸은 깁히 감동되야 량심의 가칙을 혹독히 밧눈 듯ㅎ며 목소리룰 놉히여

「그러면 나는 그동안 즈네의 곰아운 권고를 듯지 안이ㅎ고 스스로 몸을 바렷스니 이졔는 즈네다려 다시 홀 말도 업고 쏘흔 즈네룰 다시 디홀 면목도 업스니 나는 이걸로 즈네의 후흔 뜻을 갑겟네」

ㅎ눈 소리가 뚝 끈치며 션창문을 급히 열고 쒸여나와 번기ㄳ치 물노 쒸여 든다 시벽달은 오히려 조요ㅎ여[705] 물결을 희롱ㅎ고 물결은 쏘흔 가는 바 룸에 움작이여 잇다 금션창에 부듸치눈더 사룸 싸진 곳의 물결은 다시 둥 글게 퍼질 뿐이오 한번 드러간 사룸의 즈최눈 묘연ㅎ다

「어 ―, 나도 그디룰」

---

703 폐일언(蔽一言)하다. 이러니저러니 할 것 없이 한 마디로 휩싸서 말하다.
704 문맥상 '역'으로 추정. 천역(賤役). 천한 일. 또는 그 일을 하는 사람.
705 조요(照耀)하다. 밝게 비쳐서 빛나는 데가 있다.

ᄒᆞ며 외마듸 소리를 크게 질으며 ᄉᆞ공들의 리약이를 듯고 잇던 허풍션은
비샹ᄒᆞᆫ 셰력을 가지고 폭발ᄒᆞᆯ 긔회를 기다리고 잇던 그 량심이 한 명의
ᄉᆞ공이 물에 ᄲᅡ지ᄂᆞᆫ 바롬에 밍렬히 폭발되여 ᄌᆞ긔의 몸을 스스로 잇고 ᄯᅩ
ᄒᆞᆫ 물로 ᄲᅱ여도[706]럿더라

물에 ᄲᅡ지면 호흡을 통치 못ᄒᆞ고 물을 먹어 죽을 것은 명ᄒᆞᆫ 일이라 그러
나 허풍션은 처음으로 물에 ᄲᅡ짐이 ᄌᆞ긔의 뭄[707]이 죽엇ᄂᆞᆫ지 살엇지[708]
스스로 알지 못ᄒᆞᆫ다 처음에 물에 ᄲᅡ질 ᄯᅢ에ᄂᆞᆫ 「풍」 소리가 귀에 들니ᄂᆞᆫ 듯
ᄒᆞ더니 호흡도 조곰도 갑갑ᄒᆞ지 안코 물도 업스며 공중에 ᄯᅥ단이ᄂᆞᆫ 가벼
운 물건ᄀᆞᆺ치 바롬을 ᄯᅡ러 어느 곳을 향ᄒᆞᄂᆞᆫ지 몸이 늘어가는 듯ᄒᆞ다

ᄌᆞ긔가 물에 ᄲᅡ진 일은 분명ᄒᆞ고 ᄲᅡ진 이샹에는 죽을 것도 졍녕ᄒᆞ거늘 이
졔 ᄌᆞ긔의 모양이 심히 괴샹ᄒᆞ며 눈을 들어 ᄉᆞ방을 도라다보나 아모것도
뵈ᄂᆞᆫ 것도 업고 발에 닷ᄂᆞᆫ 것도 업스며 손에 잡히ᄂᆞᆫ 것도 업고 다만 혼혼
몽몽ᄒᆞᆯ ᄲᅮᆫ이라 스스로 싱각ᄒᆞ기를

「아마 이것이 져승으로 가ᄂᆞᆫ 길이로구나 이ᄀᆞᆺ치 죽기가 쉬웁고 편ᄒᆞᆫ 줄
은 과연 몰낫고나」

「쓴셰상의 풍랑에 ᄊᆞ히여 허덕어리ᄂᆞᆫ 여러 인싱들은 오히려 한번 죽기
를 두려워ᄒᆞ야 그 고희[709]를 ᄯᅥ나지 못ᄒᆞᄂᆞᆫ도다」

「만일 유명이 현슈ᄒᆞ지[710] 안이ᄒᆞ얏스면 너가 붓을 잡고 이 경력을 자
셔히 긔록ᄒᆞ야 셰상에 쇼기를 ᄒᆞ겟구면 나ᄂᆞᆫ 이 져승에 잇ᄂᆞᆫ 사롬이라
될 수가 잇나」

---

706 '드'의 오류.
707 '몸'의 오류.
708 '살엇ᄂᆞᆫ지'의 탈자 오류.
709 고해(苦海). 고통의 세계라는 뜻으로, 괴로움이 끝이 없는 인간 세상을 이르는 말.
710 현수(懸殊)하다. 거리가 멀어서 동떨어져 있는 상태이다.

이굿치 싱각ᄒ며 자긔의 죽음을 도리여 유쾌히 싱각혼다 얼마 동안 그 모양으로 가다가 한곳에 다다러보니 이곳은 별곳이 안이라 분명히 자긔의 고향이라 자긔의 집이며 인아친척의 집도 력력ᄒ고 압시너와 뒤산이며 마당 압헤 잇는 큰 고목나무도 의연ᄒ다

허풍션은 비로쇼 크게 고이히 넉이여 두셔를 능히 가리우지 못ᄒ고 마음이 밋친 듯 취혼 듯ᄒ더니 그곳은 홀연 환등사진의 거림쟝 갈니듯이 간 곳이 업고 다시 눈압헤 드러나는 것은 ᄌ긔의 과음을 ᄒᆼ샹 경계ᄒ던 리쳠지의 집이라 리쳠지는 평시와 죠곰도 다름이 업시 칙샹을 의지ᄒ야 셔칙을 보기에 골몰ᄒ고 ᄌ긔를 보앗는지 못 보앗는지 아모 긔식이 보이지 안이혼다

허풍션은 처음으로 리쳠지를 봄이 ᄌ긔의 슐을 다시 먹은 것이 크게 붓그러워 감히 그 얼골을 바로보지 못ᄒ다가 다시 싱각ᄒ기를 너가 임의 셰샹에 ᄹ여난 이샹은 셜마 무슨 칙망이 다시 도라올가 ᄒ고 갓가히 나아가 무슨 말을 ᄒ고져 ᄒ나 입이 ᄲᆨᄲ가ᄒ야 말이 나오지 안이ᄒ며 ᄯᅩ 다시 싱각ᄒ기를 나는 죽어 이굿치 져승길로 향ᄒ거니와 뎌 사름은 ᄯᅩ 언졔 죽어셔 이곳에 와셔 뎌러케 안져잇는고 이것져것이 모다 괴이ᄒ고 황홀ᄒ야 졍히 당황홀 째에 멀니 혼 곳을 다시 바라보니 셔편 언덕 우헤 조고마혼 슐집 ᄀᆺ혼 것이 잇셔 슐 먹는 샤름이 잇다금 드ᄂ드는 듯ᄒ다

「홍 져승에도 슐집이 잇셔 딕져 슐이라는 것은 별물건이엇나」

「너가 셰샹슐은 만히 먹엇지마는 져승슐은 쳐음이라 몃 사발 쾌히 먹어 보리라」

이굿치 마음을 졍ᄒ고 슐집을 향히 나아굴 시 처음에는 심히 갓가와 몃 거름에 갈 듯ᄒ더니 아모리 나아가도 다다를 슈가 업고 눈압헤 보이는 것이 몃 쳔 리나 되는 듯이 멀어 실로 괴이혼 싱각을 능히 검치 못ᄒ겟더라

조곰 잇더니 홀연 스방에 큰 불이 일어나며 주긔의 몸에도 쟝추 붓고져 홀 시 피ᄒ고져 ᄒ나 피홀 곳도 업고 두 다리는 ᄯᅡᆼ에다 박어 노은 듯이 움작일 슈가 업다

　「아이고 물에 ᄲᅡ져 죽은 놈이 다시 불에 타셔 죽는단 말가 과연 져승길
　도 어렵구나)[711]

ᄒ며 쇼리를 지르고 죽을 힘을 다ᄒ야 피ᄒ고져 ᄒ다가 이마를 무슨 물건에 밍렬히 브디쳐 ᄭᅡᆷ작 놀나 보니 그 불은 간데업고 손에 붓을 잡은 디로 ᄎᆘᆨ상에 의지ᄒ야 죠을다가 머리를 ᄎᆘᆨ상에 부디침이 분명ᄒ다

　「아‥‥‥‥닉가 한바탕 꿈쇽에셔 놀앗구나」 (완)

---

711 ‘」’의 오류.

# 春夢(봄쑴)

朴靑農

1914.9.17~23. 6회

## 1914년 9월 17일 (一)

본지에 련지되여 독쟈 여러분의 호평을 듯던 비봉[712]담(飛鳳潭) 쇼셜은 중간에 불힝히 져작쟈 죠일지 씨의 병을 인ㅎ야 잠시 뎡지된 후 심텬풍 씨의 걸작으로 슐(酒)이라 ㅎ는 쇼셜이 ㅈ미진진ㅎ게 긔록되여 독쟈 여러분의 호평을 역시 엇어 좀 더 나기로 고디ㅎ얏더니 작일에 완결되엿도다 쇼셜을 이독ㅎ시는 독쟈 여러분을 위ㅎ야 이번은 본인이 지조의 로둔흠을 무릅쓰고 봄쑴(春夢)이라 ㅎ는 것을 단편으로 몃칠간 긔지코져 ㅎ오니 독쟈 여러분이시여·······················

봄이 되면 정원의 긔화요초[713] 란만ㅎ야 양츈의 경치를 도을시라 져녁 이슬 붉은 쏫을 탐니는 범나븨야 각쳐로 나라드러 졔 긔운을 펴고 흔〃ㅎ게[714] 죠흘시고 여름이 되면 사량 입뒤뜰에 각식 슈목은 울울창창ㅎ야[715] 심신을 샹쾌히 ㅎ는 듯 가을이 되면 정원 락화되지만은 발근 둘과 시바롬은 지리ㅎ게 지니던 고로운 녀름을 이져바리게 ㅎ는 중 단풍은 집의 전후

---

**712** '봉'의 오류.
**713** 긔화요초(琪花瑤草). 옥같이 고운 풀에 핀 구슬같이 아름다운 꽃.
**714** 흔흔(欣欣)하다. 매우 기쁘고 만족스럽다.
**715** 울울창창(鬱鬱蒼蒼)하다. 큰 나무들이 아주 빽빽하고 푸르게 우거져 있다.

좌우로 다시 봄빗을 이루ᄂᆞᆫ 듯 겨울이 되면 눙[716]샹고절[717]은 ᄃᆡ부의 긔샹이라 사랑 압뜰에 큰 소나무ᄂᆞᆫ ᄇᆡᆨ셜 기기ᄒᆞᆫ 즁 특별히 ᄲᅱ워나 한 경치ᄅᆞᆯ 도읍ᄂᆞᆫ도다 사시 즁 경치 ᄌᆞᆺ[718]코 말근 기운이 더ᄒᆞᆯ 것 업스니 변화ᄒᆞ고 잠[719]답[720]ᄒᆞᆫ 쳐소에 이 집보다 더 훌륭ᄒᆞᆫ 고루거각이 잇슨들 엇지 별유텬디비인간[721]쳐럼 보이ᄂᆞᆫ 이런 집에 비ᄒᆞᆯ쇼냐 ᄃᆡ쳬 녯적에 말ᄒᆞ기를 물화ᄂᆞᆫ 텬보라 ᄒᆞ엿거니와 보ᄇᆡ로운 물건은 역시 복 잇ᄂᆞᆫ 사ᄅᆞᆷ이 가지ᄂᆞᆫ 법이라 그러면 이 집에 사ᄂᆞᆫ 쥬인은 누구이며 이 집 쳐쇼ᄂᆞᆫ 어ᄃᆡ인고 곳 말하면 이 집 터젼은 삼쳥동 ᄊᆞᆨ닥이오 쥬인은 김졍화라 ᄒᆞᄂᆞᆫ 사ᄅᆞᆷ인ᄃᆡ 이 김졍화ᄂᆞᆫ 일즉이 등졔ᄒᆞ야 쇼년부터 환로에 발을 드듸여 각 골 슈령을 지ᄂᆡ니 원ᄅᆡ 셩픔이 인후공검[722]ᄒᆞᆷ으로 쳐々에 숑덕비[723]요 거리々々 칭셩이 자々ᄒᆞ다가 ᄂᆡ직으로 드러와 벼살이 참판ᄭᆞ지 이른 후 시ᄃᆡ의 변쳔을 ᄯᅡ라 실업의 유익ᄒᆞᆷ을 ᄭᆡ다라 고만 벼살을 하직ᄒᆞ고 ᄃᆡᄃᆡ로 뎐ᄅᆡᄒᆞᄂᆞᆫ 루거만[724]의 ᄌᆡ산과 ᄯᅩ ᄌᆞ긔가 벼살 단일 ᄯᅢ에 버른 ᄌᆡ산을 합ᄒᆞ야 가지고 됴션에 유명ᄒᆞᆫ 각 항구에ᄂᆞᆫ 무역회사와 운송회사를 버려놋코 ᄯᅩ 한쪽으로ᄂᆞᆫ 경셩 각 은ᄒᆡᆼ소에ᄂᆞᆫ 썩 만흔 고본금과 져금을 만히 ᄒᆞ야 현시로 말ᄒᆞ면 안락태평히 지ᄂᆡᄂᆞᆫ 것이 가위 디상션이러라 그러나 하늘이 사ᄅᆞᆷ을 ᄂᆡ실 ᄯᅢ에 막[725]ᄋᆞᆷ과 ᄯᅳᆺᄀᆞᆺ치 균일히 쥬실 슈 업ᄂᆞᆫ지라 다만 이 김참판에

716 ‘오’의 오류.
717 오상고절(傲霜孤節). 서릿발이 심한 속에서도 굴하지 아니하고 외로이 지키는 절개라는 뜻으로, ‘국화(菊花)’를 이르는 말.
718 ‘좃’의 오류.
719 ‘잡’의 오류.
720 잡답(雜沓). 사람들이 많이 몰려 북적북적하고 복잡함.
721 별유천지비인간(別有天地非人間). 딴 세상이고 인간세계가 아니다. 특별히 경치가 좋거나 분위기가 뛰어난 곳.
722 인후공검(仁厚恭儉). 어질고 후덕하며, 공손하고 검소하다.
723 송덕비(頌德碑). 공덕을 기리기 위하여 세운 비.
724 누거만(累巨萬). 매우 많음. 또는 매우 많은 액수.

게 부족훈 것은 나히 스십이 되도록 슬하에 졈잔은 아들이 업고 쏘 즁년에 상쳐훈 것이 한 흠726졈이라 이째롤 당호야 모든 친구며 일가문즁은 대단히 넘려호야 상당훈 비필을 구호야 쥬랴는 즁 텬셩려질온 난즈긔727라 북촌 아모나 리씨 가에 쟝셩훈 규슈가 잇스니 화용월틱는 가히 작々훈 동산의 곳을 업슈히 녁일 듯호고 침슈와 례졀도 능히 졈잔은 부귀공명호는 남편을 셤길 만호도다 텬셩비필은 하늘이 명호야 쥬신 것임으로 우연히 혼인이 결명되야 불복일로 혼례롤 치르니 원앙식가 쌍々히 노는 듯 은연히 화락히 지니는 것이 혼인호기 젼샃지 김참판은 상비호고 슯히 지니던 무옵은 츄풍에 락엽처럼 업셔지고 다만 얼골에는 깃분 빗과 썰々 웃는 우슴쑨이더라

셰월이 여류호야 스시 즁 경치 됴코 화려훈 삼쳥동 잡728에셔 어언간 봄 쑴을 쑤면셔 압뜰의 비둙이729 련못가의 원앙식는 쥬인 닉외의 형상을 표호는 듯이 스 년간의 셰월을 지니엿□730라 혼인훈 것이 엇그젹게 굿더니 깃부고 즈미잇고 쾌락히 지니는 즁 하늘이 복 잇는 사롬을 더욱 위히쥬어 김참판 닉외간에 옥동 굿흔 아들이 싱기엿는딕 쥰슈훈 긔상과 웅장훈 긔골은 아직 갓난으히로되 쟝릭에 귀히 될 비범훈 남즈이라 김참판은 부귀복록이 남부럽지 안치만은 후츄 쟝가들기 젼에 상쳐훈 후 일뎜 혈육이 업셔 남과 굿치 못훈 듯호야 셥셥히 지니던 츠 오놀눌 후츄 쟝가를 드러 나히 스십 딩년에 옥동 굿흔 귀동즈롤 잇으니 그 깁분 무옵이야 무어라고

725 '마'의 오류.
726 '흠'의 오류.
727 천생여질난자기(天生麗質難自棄). 타고난 아름다운 자질은 스스로 버리기 어려움.
728 '집'의 오류.
729 비닭이. 비둘기의 방언.
730 문맥상 '더'로 추정.

측량홀 슈 업는 중 주긔 부인은 원리브터라도 귀히 녁이던 것이 한층 더 아름다이 뵈이는 듯ᄒ도다 김참판과 리씨 부인은 셔로 우슘으로 미일 깃겁게 지니여 김참판 닉외는 홍상 어린ᄋ희롤 두돌기고 귀히ᄒ기를

「금ᄌ동아 은ᄌ동아 금을 주면 너를 밧구며 은을 주면 너롤 밧구랴 쟝슈동이 부귀동이 넉디ᄌ치 굿세거라 무쇠ᄌ치 튼ᄯᄒ거라」

ᄒ고 일홈을 옥룡이라 지어 일편단심으로 김참판 닉외는 얼골에 깃분 빗을 씌우면셔 무ᄉ태평히 기르는 중 살ᄌ치 다라나는 셰월은 벌셔 ᄯ 삼년이 지나 귀ᄒ고 귀ᄒ게 옥룡이도 벌셔 네 살이 되미 가진 지롱과 귀훈 형상을 이로 측량홀 슈 업게 녁이는 김참판은 날마다 스랑에 다리고 나와 여러 친구에게 자랑ᄒ니 사랑에 단이는 사롬들인둘 누가 그 ᄋ희롤 귀히 아니ᄒ는 사롬이 업고 ᄯ 김참판의 팔ᄌ 됴흔 것을 찬양 아니ᄒ는 사롬이 업더라

이째 김참판의 경영ᄒ는 희[731]사와 각쳐 거릭ᄒ는 □[732]업은 작구 번셩ᄒ야짐으로 각쳐 사롬의 사롬 써달나는 쳥편지며 ᄯ는 각기 와셔 회사원이 되겟다는 둥 여러 가지로 쳥들을 ᄒ라 오니 녯젹 벼슬 공명으로만 셰도홀 째와 달나 실업을 존슝ᄒ는 째인 고로 더욱 셰도집쳐럼 각식 사롬이 들낙날낙ᄒ는도다

하로는 사랑으로 김참판은 아돌을 다리고 나가셔 주긔 친구며 모던 사롬들을 구경식이면셔 ᄒ는 말이

「여보 여러분 늙게 이 아돌 한 놈을 나앗는디 대쳐 엇던소」 ᄌ랑ᄒ는 모양으로 깃분 얼골을 ᄒ야가지고 뭇는다

모든 사롬들은 아히도 귀히 싱기엿거니와 쥬인의 뜻을 맛츄기 위ᄒ야

---

**731** '회'의 오류.
**732** 문맥상 '상'으로 추정.

각々 마음나는 디로 ᄒᆞᄂᆞᆫ 말이

「참 잘도 싱기엿슴니다 쟝리에 부귀공명이며 립신양명홀 것이 오늘날
  영감 디위보담도 일층 더ᄒᆞ리다」

ᄒᆞ거늘 이런 말을 들은 김참판은 더욱 마음에 깃부어서 옥룡이의 각식 지
룡을 보고 잇다

원리 사랑 사롬들이 만히 단이ᄂᆞᆫ디 녯젹 밍샹군[733]도 문직을 인ᄒᆞ야 닥소
리 한마듸로 살아남과 ᄀᆞ치 이 김참판 집에 가진 각식 사롬이 잇ᄂᆞᆫ 중
홍[734]뎜슈라 ᄒᆞᄂᆞᆫ 사롬은 특히 김참판과 ᄀᆞ가온 사롬으로 졈도 치ᄂᆞᆫ 체
관상도 하ᄂᆞᆫ 체ᄒᆞᄂᆞᆫ 한 로인이라 하로ᄂᆞᆫ 김참판에게 ᄒᆞᄂᆞᆫ 말이 니가 영감
관샹을 보니 얼마 안 되야 딕닉에 좀 연고가 잇슬 듯ᄒᆞ니 아모조록 미스
를 조심ᄒᆞ라 ᄒᆞ엿더라 이 호[735]뎜슈도 무슨 미릭의 일을 ᄌᆞ셔히 안 것도
안이지만은 단지 친근홈으로 김참판을 위ᄒᆞ야 쓸데업ᄂᆞᆫ 말을 혼 것이오
ᄯᅩ 참판도 싱각ᄒᆞ기를 이지즁지ᄒᆞᄂᆞᆫ 아둘이 관계치 안을가 집안 식구가
하인ᄭᆞ지 합ᄒᆞ면 수십 명이로디 졍말 식구ᄂᆞᆫ ᄌᆞᄀᆡ 알나 셰 사롬뿐인즉 혹
시 병이나 나지 안이홀가 ᄒᆞ고 념려ᄒᆞᄂᆞᆫ 즁 수삼 일을 지나 ᄉᆞ무의 총망
즁[736] 고만 이져바리엿더라

## 1914년 9월 18일 (二)

오늘날 김참판으로 말ᄒᆞ면 셩품이 인후공검ᄒᆞ야 모든 사롬에게 두텁게
ᄒᆞᄂᆞᆫ 즁 더욱 실업계에 일홈이 놉하 ᄌᆞᄀᆡ의 경영ᄒᆞᄂᆞᆫ 각식 영업은 늘로

---

733 맹상군(孟嘗君). 중국 전국 시대 제나라의 공족(公族)이며, 사군(四君)의 한 사람.
734 '홍'의 오류. 2회에 "홍뎜슈"로 나오는 것으로 보아, '홍'씨 성으로 추정.
735 '홍'의 오류.
736 총망중(悤忙中). 매우 급하고 바쁜 가운데.

진취되야 스스로 부익부가 되니 각쳐로 모던 사름들이 모혀들고 또는 왼 갓 곳으로 사름 써달나는 편지가 늘마다 답지ᄒᆞ는도다 녯젹으로 말ᄒᆞ야도 우슌공명 한아만 ᄒᆞ더리도 큰 셰도로 지니엿는디 하물며 오늘날 김참판의 디위로 당연ᄒᆞᆫ 일이 안일손가

청청ᄒᆞ고 명랑ᄒᆞᆫ 묽은 하늘에도 일뎜 흑운이 끼면 빅일쳥텬[737]에라도 벽력이 ᄂᆞ리는 일이 잇스며 긔화요초가 만발 ᄭᅩᆺ동산에라도 ᄉᆞ나운 김승[738]이 드러오면 졔아모리 ᄭᅩᆺ다옵고 보기 됴흔 명화라도 ᄶᅥ러지기 슈웁고 더러웁기 용이ᄒᆞ도다 삼청동 김참판 집으로 말ᄒᆞ면 즁년 샹쳐ᄒᆞ야 늙게 졈자는 아돌이 업셔 한갓 이것을 셜음으로 넉이다가 복 잇는 사름은 또 복이 짜른 법이라 텬셩비필로 하늘이 인뎡ᄒᆞ야 리씨 부인과 빅년의 가약을 미져 혼인ᄒᆞᆫ 지 삼ᄉᆞ 년을 지나자 귀ᄒᆞ고 귀ᄒᆞᆫ 옥동 ᄀᆞᆺ흔 아돌을 나니 그 김참판의 깁븐 ᄆᆞ음이며 또 가뎡의 화락홈이 셰상 사름사름으로 ᄒᆞ야곰 디샹션ᄀᆞᆺ치 놉고 부럽게 보이는 터이더니 별안간 무엇이 삼쳥동 김참판 집에 빅일쳥텬에 벽력이 ᄂᆞ리며 ᄭᅩᆺ밧에 불을 지르는고 하늘이 무심ᄒᆞ시던지 또는 김참관[739]의 운슈가 불길홈인지 과연이면 젼일에 김참판 집에 단이던 홍[740]뎜슈라 ᄒᆞ는 사름이 김참판을 보고 뒥에 연고가 잇슬는지 미ᄉᆞ를 조심ᄒᆞ라 홈과 ᄀᆞᆺ치 실샹은 문뎍 홍뎜슈도 미ᄉᆞ를 귀신ᄀᆞᆺ치 아는 것은 아니로되 홍뎜슈는 다만 김참판과 갓가와 뎌ᄉᆞ를 위ᄒᆞ야 주는 ᄆᆞ음으로 대강 어느 날 김참판의 얼골이 초최홈을 보고 넘려ᄒᆞ는 결과 조심ᄒᆞ라 ᄒᆞᆫ 것이언만은 이제 당ᄒᆞ야는 홍[741]뎜슈의 말ᄒᆞᆫ 관샹이 유명ᄒᆞ엿는지 또

---

737 백일청천(白日靑天). 해가 비치고 맑게 갠 푸른 하늘.
738 김생. '금수(禽獸)'의 경상북도 영일지방 사투리.
739 '판'의 오류.
740 '홍'의 오류.
741 '홍'의 오류.

눈 쓸데업시 요망슬업게 혼 말이 과연 살ㅈ치 드러마질는지 물을 게라 경기 됴흔 삼청동 집에서 날마다 옥룡이의 지롱을 보면셔 압헤 잔근심 업시 유쾌히 지니던 김참판 집이야 별안간 고요ㅎ며 차지ㄴ니 부인이오 불으ㄴ니 옥룡의 어머니 소리라 알지 못홀 게라 셰샹일이여 엇지ㅎ면 김참판 집이 얼마 동안 캄ㅅ혼 혹운 중에 가리엿는고 수년 전 김참판이 어느 싀골 슈령으로 잇슬 째에도 원리 김참판의 셩품이며 힝젹인 고로 일반 빅셩이 부모ㅈ치 넉이는 중 아리에 잇는 관속들ㅅ지라도 모도 명관으로 넉여 김참판의 익민ㅎ는 뜻을 감복지 안는 비 업더라

그중에 윤뎡셰라 ㅎ는 리방 한아이 잇스니 이 사롬으로 말ㅎ면 김참판이 심복으로 넉이던 바 벼슬이 갈니여 올나온 후라도 김참판은 이 사롬과 련락을 통ㅎ야 뎐답 샹에 거리가 잇는 터이더라 하로는 이 윤뎡셰□[^742] 편지 한 장을 싀골셔 가지고 나히 이십 안풋 되는 졂은 쳥년이 삼청동 집으로 드러오니 셩명은 최덕보라 최덕보는 싀골셔 윤뎡셰의 집에 잇셔셔 쥬인의 마옴에 들기를 위인이 쑥ㅅ혼 듯홈으로 셔울 김참판 딕으로 보니여 그 령감 시죵을 들게 ㅎ야 쟝리에 사롬을 만드러쥬ㅈ 홈이라 이째에 김참판은 최덕보를 디ㅎ야 말ㅎ기를

「너는 잠간 보기에도 위인이 쑥ㅅ혼 듯ㅎ니 오날브터 우리 집에 잇셔 미ㅅ를 진실히 홀엿다」

「녜 지낭ㅎ옵니다 쇼인으로 말ㅎ면 싀골셔 ㅅ라나 아모 것도 몰읍니다만은 쇼인은 진심갈력으로 거힝ㅎ랴 ㅎ옵니다」

이날부터 최덕보는 안팟으로 드나드러 범빅 거힝ㅎ는 것이 디단히 령리홈으로 돈거리의 젼후 심부름이며 기타 모던 슈하 거힝이 졈졈 둣터워진

[^742]: 문맥상 '의'로 추정.

325

지라 그러나 원리 최덕보는 심디가 흉악ㅎ고 상[743]리의 쇼망이 업는 놈인 고로 쥬인의 위ㅎ야 주고 신용ㅎ야 줌을 은혜로 알지 안코 날이 굴스록 은연지즁 주인 리씨 부인의 티도와 꼿다운 얼골에 심신이 쒸노는 듯 기만 갓치 못ㅎ 마음만 혼자 기르더라

셰상에 밋을 슈 업는 것은 사름의 마음이라 그런고로 녯적부터 말ㅎ기를 열 길 물속은 알되 한 길 사름의 속은 모른다 홈과 갓치 오날놀 최덕보로 말ㅎ야도 김참판은 다만 신용홀 쑨으로 그런 못된 마음먹는 것이야 엇지 알 슈 잇스리오 또 셰상에 마음놋치 못홀 것은 남녀 간의 련이(戀愛)오 녀 편네의 마음 변ㅎ는 것이라 이졔 리씨 부인으로 말ㅎ야도 됴흔 남편을 만 나 경기 좃코 화려흔 집 속에서 금의옥식에 싸이여 텬하티평으로 지니는 즁 이졔는 금쟈동이 은쟈동이로 넉이는 옥동 갓흔 아둘을 나아 밧치미 귀 ㅎ고 귀흔 몸이 남편으로 ㅎ야곰 일층 아람다히 보이는 터인즉 인간에 티 나셔 더 바랄 것이 무엇 잇스리오 못된 동풍이 불드리도 울울챵챵흔 큰 나무는 너머질 넘려가 업지만은 셤ㅅㅅ ㅎ고 약흔 나무는 죠곰 못된 바룸이 불기만 ㅎ면 고만 쓰러지는 것이라 능청스러운 최덕보가 거반 일년 가량 을 안팟으로 드나드러 범빅이 쓰러지기 쉬운 약흔 리씨 부인의 마음을 현 황케 ㅎ엿더라 이쌔에는 쟈긔에게 당흔 부귀공명과 디위는 동풍에 니 더[744]져 버린 듯이 본마음이 아조 업셔지고 다만 리씨 부인 젼신에는 마 귀 갓흔 것이 잔득 씨여 밋친 무음이 혼즈 발동된다 최덕보란 놈의 음흉 흔 싱각은 잠시도 업셔지지 못ㅎ니 샹하의 톄통이 잇셔셔 것흐로 례법은 차리나 최덕보라는 놈을 집안에 두기 쩌문에 마귀가 무션년션으로 통홈 과 갓치 삼쳥동 고요흔 곳에 흑운이 갓득 찻도다

---

**743** '쟝'의 오류.
**744** '던'의 오류.

이 속을 닛다보지 못ᄒᄂᆞᆫ 김참판은 얼골에 깃분 우슘이 여젼ᄒᆞ야 옥룡의 지룡 보기에 골몰이라 가엽도다 젼일에 명랑ᄒᆞ던 삼청동 집은 마귀가 발동이 되여 못밧에 불지르ᄂᆞᆫ 듯 변괴가 잇스리니 가엽슨 것은 귀동ᄌᆞ 옥룡이의 신셰요 ᄯᅩᄂᆞᆫ 김참판의 근심이러라

어느 날 김참판은 인쳔에 브려 노은 엇던 운송뎜에셔 급히 중대 ᄉᆞ건이 싱기엿스니 속속히 ᄂᆞ려오라ᄂᆞᆫ 뎐보롤 보고 집안일을 부인에게 부탁ᄒᆞ고 죽[745]시 인쳔으로 ᄂᆞ려갓더라 이ᄯᅢ를 당ᄒᆞ야 삼청동 김참판 집은 문젼의 하인은 ᄴᅥ들셕ᄒᆞ나 셔녁 뜰의 회화나무 그림ᄌᆞᄂᆞᆫ 우즁츙ᄒᆞ고 북챵 뒤에 오동나무ᄂᆞᆫ 그림ᄌᆞ로 북챵을 가리여 으스름 달밤에 빗쵀ᄂᆞᆫ 둘빗은 사룸으로 ᄒᆞ야곰 심ᄉᆞ롤 싱슝싱슝ᄒᆞ게 도웁ᄂᆞᆫ 듯ᄒᆞ더라

## 1914년 9월 19일 (三)

김참판은 인쳔셔 온 급ᄒᆞᆫ 뎐보롤 밧아 보고 져녁 여닮 뎜 챠롤 타고 인쳔으로 급히 ᄂᆞ려간 후 벌셔 열 뎜이 되야 벽샹에 걸닌 쾌죵은 ᄲᅢᆼᄲᅢᆼ 치ᄂᆞᆫ디 희미ᄒᆞ게 빗쵀ᄂᆞᆫ 초일헤 달빗은 은연히 방 속을 빗쵀인다 이ᄯᅢ에 리씨 부인은 옥룡이를 지이노라고 두들기면셔

「ᄌᆞ장ᄼᆞᄼᆞ 잘도 잔다 착ᄒᆞ고 귀ᄒᆞᆫ 우리 옥룡이 잘도 잔다 쟝수동아 쟝수동아」

ᄒᆞ면셔 잠을 지이ᄂᆞᆫ 즁 리씨 부인은 왼종일 가ᄉᆞ에 밧봄을 못 익이여 고단ᄒᆞ이엿던지 어언간 잠이 깁히 드러 졍신을 일엇더라 이ᄯᅢ에 리씨 부인 젼신에 누럿코 큰 구렝이가 덤비여 마음에 무셥고 놀나옴으로 소리롤 지

---

**745** '즉'의 오류.

르랴 홀[746]엿스나 마음과 쓴티로 되지 못홈으로 고만 홀 슈 업시 전신에 쌈을 흘니고 잇는 즁 옥룡이가 엄마々々 ㅎ고 잠이 씨여 우는 통에 정신을 추리니 곤히 잠이 드럿던 일기 못된 꿈이더라

이째 최덕보는 쥬인 령감이 인쳔으로 나려간 후 지휘 분부호 디로 사랑손님 거힝과 안팟 문신칙[747]을 다ㅎ고 졔 방으로 드러가셔 이리 둥굴 져리 둘[748]굴 굴다가 문득 무슨 흉악ㅎ고 음칙호 싱각이 불이듯 ㅎ엿던지 문을 열고 나와셔 안대쳥으로 향ㅎ야 드러온다 희미ㅎ던 달빗은 졈졈 야라[749]져셔 우즁츙ㅎ고 안방 안에 잠즈다 씨인 리씨 부인은 비몽ㅅ몽으로 쏘 옥룡이룰 두다리고 쏘 잠을 즈인다 최던[750]보는 아모 일 업시 안팟으로 드나들면셔 공연히 헷기침을 ㅎ고 고요호 집 안을 셜넝거리고 도라단인다 대져 세샹일이 알 수 업게라 김참판으로 ㅎ야곰 사룸이 무던홈으로 모던 사룸에게 리롭게 ㅎ야 준 결과 오늘날 최덕보로만 말ㅎ야도 당초에 즈긔가 밋고 신용ㅎ야 금일에는 뎐답 샹의 관계가 잇는 윤뎡셰의 말을 듯고 집안에 두어 친즈식쳐럼 밋더니 금일 힝동으로 보면 소위 호랑이 식기 길너 원슈되고 긔 식기 길너 뒤꿈치 물닌다는 말과 굿치 되엿도다 이째 리씨 부인은 무셔운 꿈을 쐬인 후 비몽ㅅ몽으로 잠이 들낙말낙ㅎ더니 지금은 잠이 완연히 씨이여 최덕보 셜넝거리는 발자최 쇼리에 텬셩이 슉덕 잇고 무던ㅎ던 마음이 근리 마귀에 정신을 일러[751]바림을 인ㅎ야 밋친 마음으로 혼자 정신업시 탄식ㅎ는 말이라 가엽고도 가엽도다

---

**746** '호'의 오류.
**747** 문신칙(門申飭). 예전에, 잡인이 대문으로 드나드는 것을 금하거나 드나들지 못하도록 살피던 일.
**748** '둥'의 오류.
**749** '타'의 오류.
**750** '덕'의 오류.
**751** '어'의 오류.

「디체 이런 년의 팔즈 보게 남보게는 팔즈 조흔 듯ᄒ지마는 마음디로
못 되는 니 쇽 썩는 줄이야 누가 알손가」

ᄒ고 안에서 기침을 ᄒ니 이째에 이리홀고 져리홀고 ᄒ면셔 가진각식을
쑴이면셔 셜넝거리고 쥬춤거리던 최덕보는 불문답지ᄒ고 안으로 쮜여드
러 가니 이째 달은 다 너머가셔 캄々ᄒ게 된 중 경치 좃코 명당 터젼에 잇
는 삼청동 집은 더욱 암담ᄒ게 되엿는디 깁흔 마귀에 잠이 깁히 들어 못
된 쑴을 이루는 중이러라 가엽고 불상ᄒ 것은 인지즁지ᄒ는 옥룡이의 익
운이로다

이늘 져녁에 김참판은 인천으로 급히 나려와 보니 즁디 사건은 구만 즉시
무사히 타쳡⁷⁵²되민 즉시 인쳔셔 셔울로 향ᄒ야 쩌나오는 막차롤 타고 슌
식간에 셔울에 도착ᄒ야 쟈긔 집으로 향ᄒ야 드러오니 열두 졈이 막 지나
셔산에 걸니엿던 달은 다 너머가고 하인들이며 모든 사롬이 잠이 깁히 들
어 인긔 고요ᄒ나 이곳져곳에셔 아모 지각 업는 기들은 멍멍 지즈니 아모
ᄭ닭 업시 유쾌히 ᄆ음먹던 김참판도 우연히 ᄆ음이 무셔운 듯 이샹야릇
ᄒ엿도다

김참판이 안쓸로 향ᄒ야 드러오니 이 발쟈최롤 듯고 ᄆ귀에 져져 못된 쑴
을 이루는 사롬들은 혼비빅산ᄒ야 아모 경윤 업시 구만 뒤챵으로 살금
々々 쮜여나가 몸만 피ᄒ기롤 위쥬ᄒ다

이 삼청집으로 말ᄒ면 부쟈의 집으로 셰샹에 일홈이 놉하진 바 도적이라
도 긔회만 잇스면 쮜여드러 올 것은 명ᄒ 일이라

김참판은 원리 조고마ᄒ 일을 유의치 아니ᄒ는 텬셩인 고로 혹시 좀도적
이라도 드러왓는가 ᄒ고 대강 넘겨는 ᄒ얏스되 조곰도 긔의치 안는 모양

---

**752** 타쳡(妥帖). 일 따위를 탈 없이 순조롭게 끝냄.

으로 안에를 드러가 스방[753]으로 둘너보니 즈긔 부인은 간데업고 다만 무
죄ᄒᆞ고 나히 어린 텬진의 귀ᄒᆞ고 귀ᄒᆞᆫ 옥룡이만 철짝션이 업시 잠만 자는
모양이러라 어불스 이것이 왼일인고 뒤간에라도 갓는가 ᄒᆞ고 권연[754]을
ᄯᅳ니여 붓치면서 잠시 안져 기다린다 암만 기다려도 소식이 업슴으로 마
옴에 의아ᄒᆞ야 혼즈 친히 집안을 수식ᄒᆞ야 구석ᄉᆞᆺ 뒤져보아도 부인의
그림쟈는 보이지 안는다

셰상에 밋을 수 업는 것은 녀편네의 마옴이오 약ᄒᆞᆫ 것은 부인의 마옴이라
오늘날 그 부인으로 말ᄒᆞ야도 압헤 그릴 것이 업는디 다만 마귀가 씌여
최덕보란 놈이 드러온 이리로 삼쳥동 김씨 집안에 불을 지른 것과 맛치
한가지 되얏도다

이째에 김참판은 압헤셔 심복ᄀᆞᆺ치 부리는 최덕보를 불넛스나 역시 형적
이 업는지라 더욱 의심이 드러가 즈긔 부인이 급히 무슨 볼일이 잇셔 덕
보를 다리고 어디롤 닉 가고 업는 틈을 타셔 어디를 나드리 갓단 말가 ᄒᆞ
고 혼즈 자곡지심[755]이 작구 드러가나 아모의게 말도 못ᄒᆞ고 벙어리 렁가
삼 알트시 혼자 속심으로 념려만 ᄒᆞ고 궁굴인다 어언간 밤이 다 가고
등[756]편에 힉가 소스니 곤히 즈던 옥룡이도 구만 잠이 ᄭᅵ인지라 스방을
둘너보니 어머니가 업슴으로 어린ᄋᆞ희 마옴에도 이샹스럽기로 엽헤 누
어 잇는 아버지에게 뭇기를

　「아버지 엄마 어디 가셧셔」

　「안이다 엄마는 볼일이 잇셔셔 어디 나드리 가셧다」

　「그러면 웨 나롤 안이 다리고 혼즈만 갓셔」

---

753 '방'의 오류.
754 권연(卷煙). 얇은 종이로 가늘고 길게 말아 놓은 담배.
755 자곡지심(自曲之心). 허물이 있는 사람이 스스로 고깝게 여기는 마음.
756 '동'의 오류.

ᄒᆞ면셔 입시ᄾᆞᆯ이 빗쥭ᄾᆞᄾᆞ ᄒᆞ야지면셔 울랴고 눈가에 눈물이 빙그를 도는 모양이라 이 모양을 보고 잇는 김참판은 의심이 깁히 드러가셔 분ᄒᆞ고 고이젹은 일이 심즁에 넘쳐 살덤이 쒸노는 듯ᄒᆞ야 ᄆᆞ음이 진정 못 된다

「가만잇거라 옥룡아 엄마는 어듸 갓스니 도라오기ᄭᅡ지 나ᄒᆞ고 놀쟈 그러면 긔특ᄒᆞ지」

ᄒᆞ며 옥룡이의 울랴는 것을 일일이 달니이더라

대뎌 음흉ᄒᆞᆫ 최덕보는 젼일에 쥬인 령감의 신용을 엇어 각쳐 돈거리의 길이며 모든 일을 ᄌᆞ셰히 알음으로 젼일에 졔 낭탁757을 만히 ᄒᆞ야논 즁 더욱 리씨 부인을 ᄭᅩ이여 실살 귀보비를 쓰집어니엿스리로다

리씨 부인은 김참판을 맛나 삼소 년을 금의옥식758에 져져 호강으로 유쾌히 지니다가 불힝히 요마스럽고 벼락불덩이 ᄀᆞᆺ흔 화근이 드러온 후 젼신에 마귀가 잔뜩 씨여 젼일에 아롭답고 얌젼ᄒᆞ던 ᄆᆞ음은 츄풍에 락엽쳐럼 업셔지고 못된 귀신이 잔득 씨여 약ᄒᆞᆫ 나무가 동풍에 쓰러빅이듯시 쳔부당만부당ᄒᆞᆫ 불의의 련이(戀愛)를 미지랴다가 텬도가 무심치 안는지라 그날 도라오지 안이홀 남편이 뜻밧게 쾅ᄾᆞ거리고 도러옴으로 원리는 낫분 ᄆᆞ음이 안이언마는 망지소조759ᄒᆞ야 황급히 겁을 잡어먹고 너친거름에 최덕보를 ᄯᅡ라나슨 것이라 원리 규즁쳐녀로 아는 곳이 업고 쓰러지기 쉬운 심약ᄒᆞᆫ 리씨 부인의 일이라 그만 이ᄢᅢ브터 못된 놈의 밥이 되여 엇던 디경에 이룰는지 모르겟스니 가엽도다 그러니 졔가 지은 죄ᄂᆞᆫ 빌 곳이 업스니 누구를 한탄ᄒᆞ리오

---

**757** 낭탁(囊橐). 어떤 물건을 자기의 차지로 만듦. 또는 그렇게 한 물건.
**758** 금의옥식(錦衣玉食). 비단옷과 흰쌀밥이라는 뜻으로, 호화스럽고 사치스러운 생활을 이르는 말.
**759** 망지소조(罔知所措). 너무 당황하거나 급하여 어찌할 줄을 모르고 갈팡질팡함.

## 1914년 9월 20일 (四)

김참판은 쇼년에 둥뎨ᄒ야 벼살이 참판에 이르고 지산이 루거만이 되야 삼쳥동 놉흔 터젼에서 갑뎨[760] 쳔밍의 고루거각에서 세월을 보니니 사름ᄉᄉ이 그 팔쟈 조흠을 부러워 안이ᄒᄂᆫ 사름이 업지만은 실샹 김참판으로 말ᄒ면 역시 부족ᄒᆫ 흠뎜이 잇슬 게라 일즉이 즁년 샹쳐ᄒ야 졈잔은 아달이 업ᄂᆫ 것이 한 흠뎜이 되다가 슉덕 잇고 침슈범졀이 무던ᄒ야 텬셩 비필로 넉이던 리씨 부인을 만나 쾌락히 지ᄂᆡ다가 옥룡이ᄅᆞᆯ 나으니 인졔야 남부러울 것 업시 알게 되미 ᄆᆡ일 입으로 나오ᄂᆫ 소리ᄂᆫ 깁분 소리오 뎌청에서 써드ᄂᆫ 쇼리ᄂᆫ 옥룡이 지롱이러니 세샹일이 호사다마라 꼿밧에 볼[761]지른듯시 뜻밧게 최덕보란 놈이 드러온 싯쓸으로 쌍쌍히 노던 원잉시와 짝을 지어 잇ᄂᆫ 비둘기에 한 짝 되ᄂᆫ 리씨 부인의 마ᄋᆞᆷ 변ᄒᆫ 것이야 누를 한탄ᄒ고 남보기에 팔ᄌᆞ 조흔 듯ᄒᆫ 김참판의 쳐복이 업ᄂᆫ 한 흠뎜이라 홀지로다 가엽도다 김참판의 당쟝 한 흠뎜 되ᄂᆫ 쳐궁 부족ᄒᆫ 것으로 쓸ᄃᆡ업ᄂᆫ 근심이며 옥룡이의 참 탁히 의지홀 곳 업ᄂᆫ 익운이여 참 보기에 불샹홀네라 리씨 부인은 싀골 ᄀᆞᆺ던 남편이 뜻밧게 드러오ᄂᆫ 것을 알고 구만 혼비빅산ᄒ야 겁을 잔득 집어먹고 최덕보와 ᄀᆞᆺ치 마귀가 잔득 씨여 최가의 ᄒᆞ라는 ᄃᆡ로 거힝ᄒ엿스니 죄샹은 셔령 잠시 용셔ᄒ다 홀지라도 사름이 이 리씨 부인의 간 ᄲᅡ지고 정신 일허바린 것이야 누가 가엽게 넉이고 불샹히 알아줄손냐 그날 져녁에 뒤문을 열고 최덕보ᄅᆞᆯ ᄯᅡ라 캄캄ᄒᆫ 길을 무릅쓰고 안동을 지나 죵로ᄅᆞᆯ 나셔 남문밧 어느 긱쥬집으로 하로 밤을 사이엿더라

---

**760** 갑제(甲第). 크고 넓게 아주 잘 지은 집.
**761** '불'의 오류.

사룸의 마음이라 ᄒᆞᄂᆞᆫ 것은 원리 하날이 품부ᄒᆞ실 적에ᄂᆞᆫ 착ᄒᆞᆫ 것이로되 못된 일을 ᄒᆞ게 되면 점점 사나와지나니 더져 알지 못ᄒᆞᆯ 게라 사룸의 마음이라 리씨 부인으로 말ᄒᆞ야도 누가 식인 죄가 안이언마ᄂᆞᆫ 졔 무안에 겁을 잡아먹고 ᄆᆞ음과 뜻디로 되지 못ᄒᆞ얏슴으로 젼일의 얌젼ᄒᆞ고 챡ᄒᆞ던 ᄆᆞ음은 츄월츄풍에 다 다라나고 도리혀 아모 ᄭᆞ닭 업ᄂᆞᆫ 김참판을 원망ᄒᆞᄂᆞᆫ 듯ᄒᆞ도다

이ᄯᆡ를 당ᄒᆞ야 음흉ᄒᆞᆫ 최덕보ᄂᆞᆫ 일 년 가량을 김씨 집에 잇셔셔 쥬인의 은혜를 닙으면셔 젼지의 도젹질ᄒᆞᆫ 것이 부지기수가 되고 ᄯᅩ 부인ᄭᆞ지 ᄭᅩ이여 닛스니 큰 셩공이나 ᄒᆞᆫ 듯시 리씨 부인의게 더ᄒᆞ야 ᄒᆞᄂᆞᆫ 말이

「우리가 인졔야 젼싱에 맛날 너외가 맛난 듯ᄒᆞ니 셔로 이 ᄆᆞ음을 변치 말고 검은 머리 파ᄲᅮ리 되도록 한졔[762]상을 삽시다」

「그러코말고 우리가 이왕 이러케 되엿스니 들고 나면 초통[763]군이오 메고 나면 상두군이로구려 셔로 ᄆᆞ음이나 변치 안케」

ᄒᆞ면셔 셔로 손목을 잡고 룡산으로 나아가 조고마ᄒᆞᆫ 집 한아롤 엇어놋코 여간 김씨 집에셔 가지고 나온 쳔량(財産)으로 ᄌᆞ미잇게 시로 산림ᄒᆞ랴 ᄒᆞ얏더라 그러나 엇지 하놀의 오른 도가 잇고셔야 이 두 놈년이 잘될손가

김씨 부인이 집안을 비반ᄒᆞ고 도망ᄒᆞ야 나온 후 김참판은 그 ᄉᆞ실을 혼ᄌᆞ ᄆᆞ음에 대강 리쟉ᄒᆞ얏스나 조금도 너식을 낫타니아지 안는다 아쥬 드러니여 널니 치져셔 크게 분풀이라도 ᄒᆞ얏스면 됴켓시만은 그러쟈 ᄒᆞ니 남 알기에도 큰 수치가 되겟고 숨기쟈 ᄒᆞ니 분ᄒᆞ야 견디일 슈 업도다 그러나 귀ᄒᆞ고 귀히 넉이는 옥룡이의 쟝리를 위ᄒᆞ야 스스로 다시 챡심[764]ᄒᆞ고 리

---

**762** '셰'의 오류.

**763** '롱'의 오류.

**764** 착심(着心). 마음을 다잡아 명심함.

씨 부인의 착훈 무음으로 회심되기룰 도로혀 축슈[765]흐는 모양이라

날이 갈스록 옥룡이는 어머니가 보고 십지만은 아버지가 흥상 이르기룰 엄마룰 싱각흐지 말나 흠으로 아[766]버지 보는 데는 감히 말□ 못 쓰니지만은 텬싱인류의 관계로 째〻로 무음이 소소나와 아버지에게 말흐기를

「아버지 엄마가 인졔나 도라오시나요 나는 작구 엄마가 보고 십허」

「안이다 싱각 말어라 실샹은 너의 어머니가 안이오 너의 어머니는 일즉이 죽엇다 그러흐니 조곰도 싱각 말어라」

흐면셔 김참판은 두 눈에셔 피가 쏘다지는 듯이 눈몰[767]이 도는 것을 금치 못흐야 혼자 탄식흐기룰

「셰샹에 영독흐고[768] 무셔운 것은 계집의 마음이라 졔가 무엇이 남만 못흐엿던고 엇지흐면 져러흔 어린 주식을 두고 혼자 엇지 발길이 도라셧드란 말인가[769]

흐면셔 주문주답훌 즈음에 셔산에 걸니엿던 희는 넘어가고 동녁 언덕 우으로 소사오른 달빗은 삼쳥동 놉흔 터젼 안에셔 옥룡이의 손목을 잡고 거니는 김참판의 마음을 얼마콤 위로흐야 쥬는 것 곳더라

최덕보란 놈은 김참판 집의 은혜를 비반흐고 도로혀 불싸기를 듸말듯이 리씨 부인을 쇠이여가지고 졔가 불의 욕심을 차이여 원만흔 가뎡을 만둘냐 흔들 푸른 하늘이 나려다보는 아릭에셔 엇지 잘될 슈가 잇스며 쏘 리씨 부인으로만 흐야도 량반의 집 규즁쳐녀로 깁히깁히 자라나 팔즈 죳코 긔구 죳케 김참판을 맛나 금의옥식에 싸인 즁 옥룡이의 지롱을 보면셔 인

---

**765** 축수(祝手). 두 손바닥을 마주 대고 빎.
**766** '아'의 오류.
**767** '물'의 오류.
**768** 영독(獰毒)하다. 모질고 독살스럽다.
**769** '」' 누락됨.

간에 틱난 락을 다흐다가 단지 최덕보룰 맛나 얌젼흐던 마음을 다 버리고 젼신에 마귀가 씨여 금심슈욕으로 불의 졍욕을 힝흐랴다가 마음과 뜻더로 되지 못흐야 구만 남편과 조식을 비반흐고 도망흐야 집안에셔 하인으로 부리던 놈흐고 엇더코 엇더케 살자고 흐얏스니 망칙흐고 망칙흐도다 역시 하늘의 리치가 부명흐실지면 벼락을 몬져 칠 일이로다

최덕보룰 맛나 집을 쩌나 나와셔 룡산에 집 비치흐고 슘어 산 지가 벌셔 류슈 궂흐야 셕 달이 지니엿더라 최덕보는 당초브터 셩질이 계을으고 음흉흠으로 룡산에 집 비치룰 흐엿스되 우금<sup>770</sup> 여러 달이 지나도 아모 일 흐는 것 업시 쥬야로 못된 놈들과 츄츅흐야 쥬식잡기에만 힘을 쓰니 암만 계가 김참판에게 도젹질을 만히 흐야가지고 나왓슨들 한 잇는 돈으로 한이 업게 쓰니 뒤가 쓰너질 것은 졍흔 일이라 쓸 돈 업셔지니 스스로 더욱 흉악흐야져셔 불의의 련이(戀愛)룰 미진 리씨 부인흐고도 졈졈 셤셔흐야져셔 날로 구박이 조심흐다 지금 당흐야 구박밧는 것은 도로혀 관계치 안치만은 가지고 나온 돈과 여간 지물은 다 쎠바리엿스니 오륙월 염쳔<sup>771</sup>의 미음이 식기가 안인들 엇지 먹지 안코 살이오 대뎌 리씨 부인의 팔조여 가긍흐고 가긍흐게 되엿도다 평싱 소원이 누룸지라 흠과 궂치 나면셔브터 팔조 됴케 규즁쳐녀로 조라나다가 김참판을 맛나 금의옥식으로 지니는 것을 니버리는 외에 어진 남편과 귀흔 조식을 비반흐고 음흉흐고 고약흔 놈에 반흐야 혈혈단신으로 룡산강가 다 쓰러져 가는 세 발 막더 것칠 것 업는<sup>772</sup> 초가집에셔 단비<sup>773</sup>룰 쥬리고 한숨과 눈물로 지닐 쥴이야 누

---

770 우금(于今). 지금까지.
771 염천(炎天). 몹시 더운 날씨.
772 서 발 막대 거칠 것 없다. 서 발이나 되는 긴 막대를 휘둘러도 아무것도 거치거나 걸릴 것이 없다는 뜻으로, 가난한 집안이라 세간이 아무것도 없음을 비유적으로 이르는 말.
773 단배. 입맛이 당겨 음식을 달게 많이 먹을 수 있는 배.

가 알앗스리오

쵸가집 압창문을 열고 보면 밝은 달빗에 비취여 쌀々 흘너가는 물빗은 지나간 것을 씨셔 버리고 다시 본마음을 회복케 ᄒᆞ는 듯 리씨 부인의 마귀 씨인 것을 씨셔 버리게 ᄒᆞ는 듯ᄒᆞ야 더욱 리씨 부인의 심신을 심난케 홀 쑨으로 암만 후회를 ᄒᆞ들 막급이로다

이쌔에 삼쳥동 집에셔는 김참판이 져녁밥을 먹고 옥룡이롤 다리고 사랑 산녕에셔 달구경을 ᄒᆞ러 도라단이면셔 가진 지롱을 보는 중 김참판은 쏘 혼ᄌᆞ 심중에 그전의 화가 일어나셔 혼ᄌᆞ말로 대뎌 그년 나간 지가 벌셔 셕 달이 지는는디 져도 졔 마음을 졔 마음디로 못ᄒᆞ야 못된 마음을 먹고 불고[774]히 도망ᄒᆞ엿지만은 우리 옥룡이롤 보아셔 죄는 죄어니와 아조 이즐 슈는 업는 것이야 ᄒᆞ고 옥룡을 다리고 안에 드러가니 시계는 아홉 뎜 종을 고ᄒᆞ더라

## 1914년 9월 22일 (五)

김참판이 압뒤 쓸로 옥룡이를 다리고 달구경을 ᄒᆞ다가 안으로 드러가 적막ᄒᆞᆫ 안방에셔 옥룡이를 지인 후 ᄌᆞ긔 부인 죄상을 싱각ᄒᆞ야 분ᄒᆞᆫ ᄆᆞ음을 익이지 못ᄒᆞ고 여취여광[775]ᄒᆞ여 이리 싱각 져리 싱각ᄒᆞ다가는 다만 옥룡이익 ᄉᆞ랑ᄒᆞ는 어미가 업시 어린 것이 불샹ᄒᆞ게 자랄 싱각만 스스로 ᄂᆞ셔 리씨 부인 죄샹의 분ᄒᆞᆫ 것은 졔물에 눈 녹는[776] 사라지고 도로혀 리씨 부인이 회심ᄒᆞ고 발길을 돌니쳐 드러오기만 고디ᄒᆞᆫ다 대뎌 부귀ᄒᆞ는 사룸

---

774 불고(不顧). 돌아보지 아니함.
775 여취여광(如醉如狂). 너무 기쁘거나 감격하여 미친 듯도 하고 취한 듯도 하다는 뜻으로, 이성을 잃은 상태.
776 '녹는 듯'의 탈자 오류.

은 다를 게라 무던ᄒ고 착ᄒ도다 김참판의 ᄆᆞ옴보며[777] 연[778]독ᄒ고 무
정ᄒ고 ᄆᆞ옴 변키 쉬운 리씨 부인의 일이로다

윤뎡셰라 ᄒᄂᆞ 사ᄅᆞᆷ[779]은 김참판ᄒ고 갓갑기 썩문에 것ᄒ로 쏙々히 보이
ᄂᆞ 최덕보롤 쳔거ᄒᆞ야 김참판 집에셔 사름되게 ᄒ야 쥬라고 쳔거ᄒᄆᆡ 김
참판은 첫 번 보고 첫눈에 드러 ᄌᆞ식ᄀᆞᆺ치 녁이여 안밧으로 드나들게 ᄒ고
심복으로 부리엿더니 쇽담에 이르기를 사름 되랴 ᄒ닛가 과부 집 문쇼리
부터 쎄인다 홈과 ᄀᆞᆺ치 넘불에ᄂᆞ ᄆᆞ옴이 업고 지밥에다가 ᄆᆞ옴 붓쳐 위션
김씨 집 졂은 리씨 부인의 쏫다운 얼골과 긔묘ᄒᆫ 팀도에 망측ᄒ고 못된
ᄆᆞ옴을 두어 오늘날 김씨 집안의 큰 불텡이롤 이르키엿스니 참 사름이라
ᄒᄂᆞ 것은 속과 것을 ᄌᆞ셰히 알 슈 업슬 게라 윤뎡셰로 말ᄒ면 아모 ᄭᆞ닭
업시 김참판울 위ᄒᆞ야 최덕보롤 쳔거ᄒᆞ얏지만은 오늘날 ᄉᆞ졍으로 두고
보면 멀니 잇ᄂᆞ 윤뎡[780]셰가 ᄌᆞ셰ᄒᆫ ᄉᆞ졍을 알진디 도로혀 붓그럽고 가엽
게 알 일이로다 참 사름 쳔거라 ᄒᄂᆞ 것은 어려운 일이로다 고약ᄒ고 음
흉ᄒᆫ 최덕보의 ᄒᆡᆼ동이여 쏘 쇽담에 이르기롤 쳥보에 기똥 쌈과 ᄀᆞᆺ다 홈과
맛치 ᄒ가지로 것ᄒ로 보이게ᄂᆞ 얌젼ᄒ고 무던ᄒ고 아리잠직ᄒᆫ[781] 듯ᄒ
부인이 속은 짠판이라 고딕광실 놉흔 집에셔 ᄆᆞ옴디로 태평히 지ᄂᆡᄂᆞ 것
을 젓쳐놋코 늬 집 하인의 졂은 놈을 보고 ᄆᆞ옴이 들쩌나셔 ᄭᆞᆺᄭᆞᆺᄂᆞᆫ 어
진 남편과 이지즁지ᄒᆞ던 ᄌᆞ식을 비반ᄒ고 하인 놈ᄒ고 붓터 나가셔 불의
의 졍욕을 ᄎᆞ리이고 더 잘살녀 ᄒ다가 텬도가 부심치 안이ᄒᆞ야 두 년놈이

---

777 '여'의 오류.
778 '영'의 오류.
779 '람'의 오류.
780 '뎡'의 오류.
781 아리잠직하다. 키가 크지 않아 아담하고, 몸가짐이 얌전하며, 생김생김이 어여쁜 여성을 형
   용하는 말.

가지고 나온 젼지는 다 업셔지고 용산강가에 다 쓰그러지는 초가집 속에
셔 ᄀ치 노라나던 정은 졸디에 업셔져 구박이 자심ᄒᆞ미 탄식ᄒᆞᄂᆞ니 한슘
이오 씻ᄂᆞ니 눈물이라 그 한슘은 동남풍을 젹시여 쥬고 눈물은 흘너가는
룡산강슈를 보틔 쥬는 것 ᄀ더라 못된 마음을 버리지 못ᄒᆞ는 최덕보란 놈
은 도적질ᄒᆞ야 가지고 나온 돈이 다 업셔지믹 물 업는 고기와 맛치 한가
지가 되야 자연 곤궁ᄒᆞ나 계으르고 못된 놈이라 로동이라도 ᄒᆞ자 ᄒᆞ니 모
양 흉ᄒᆞ고 마음 편ᄒᆞ게 지닉즈 ᄒᆞ니 오리동록[782]이 져혼테 싱길 리치가
업는지라 자연히 부랑픽류의 더욱 못된 놈이 되야 그짓말이나 ᄒᆞ고 남을
속이여먹기 위쥬ᄒᆞ며 졈졈 못된 일이 즈라셔는 져녁이면 공연히 밤이슬
을 맛고 늣게 도라단이다가는 좀 어슈룩ᄒᆞᆫ 가긔나 드러가기 쉬운 집이 잇
스면 고만 드러가 손쉬운 물건을 도적질ᄒᆞ야 그 잇흔날이 되면 팔거나 뎐
당 잡히여셔 여간 싱기는 돈은 슐이나 먹고 좀 남은 돈은 집안에 보틔여
리씨 부인의 싱명을 보존케 ᄒᆞ더라 그러나 하늘 리치는 졍도라 엇지 그런
놈이 오른 셰상에셔 잘 살게 마련ᄒᆞ엿스리오 말곱비가 길면 발피여짐으
로 하로는 최덕보란 놈이 엇던 곳을 지나다가 어느 가긔의 쥬인이 업는
틈을 타셔 손쉬운 물건을 집어가지고 슈상스럽게 도망ᄒᆞ는 즁 힝슌ᄒᆞ는
형ᄉ 슌사에게 발각되여 고만 경찰셔로 잡혀가셔 각식 취됴를 밧은 후 징
역 일 긔월에 쳐ᄒᆞ야 감옥셔 쳐역ᄒᆞ는 즁이더라 대뎌 졔 죄샹을 졔가 지
어 고싱ᄒᆞᄂᆞᆫ 리씨 부인이지만은 지금 당ᄒᆞ야는 하늘ᄀ치 밋는 것이 다만
최덕보뿐인디 집에셔 나간 지가 여러 날이 되도록 도라오지 안이ᄒᆞ니 최
덕보가 죄지어 감옥셔 징역ᄒᆞ는 줄은 아지 못ᄒᆞ고 다만 궁금ᄒᆞ고 잇쓰기
한량업다

---

**782** 오리동록(五釐銅綠). 반 젼짜리 녹슨 동젼이라는 뜻으로, 몹시 젹은 액수의 돈을 비유젹으로
이르는 말.

졔 고싱을 졔가 지은 리씨 부인의 죄샹으로 말ᄒ면 당연히 죄밧어 쌀 일이지만은 어리엿슬 젹브터 귀히ᄼᄼ ᄌ라던 것으로 놋코 보면 불샹ᄒ고 가긍ᄒ기 측량업다 이ᄯᆡ롤 당ᄒ야 리씨 부인은 고싱을 지닌 결과 못된 마ᄋᆷ 먹엇던 마귀의 ᄆᆞ음이 버셔지고 오른 ᄆᆞ음으로 회복됨이엿던지 그젼 못된 ᄆᆞ음 먹엇던 것을 혼ᄌ 뉘웃치기가 측량업다 그러나 한번 업친 물은 다시 주어 담기 어려움으로 후회ᄒ야도 막급이라 최덕보가 집에셔 나간 지 보름 되던 날 져녁에 달은 쵸롱ᄀᆺ치 밝고 룡산강슈의 흐르는 물결은 그젼 잘못ᄒ 것을 후회ᄒ는 리씨 부인의 ᄆᆞ음을 더욱 비창케 ᄒᆞ얏더라 이ᄯᆡ에 리씨[783] 부인은 밋을 곳 업고 의탁홀 곳이 업시 되야 일편단심으로 이 셰샹을 버리랴고 강물에 ᄲᅡ져 죽기로 작뎡ᄒ고 강가에 다ᄼ럿더라 원리 심약ᄒ고 잔졸ᄒᆫ 녀편네의 일이라 은빗ᄀᆺ치 콸ᄼ 흐르는 물결을 보니 죽자 ᄒ여도 겁이 나고 살ᄌ ᄒ니 살 수 업ᄂᆞᆫ지라 ᄲᅡ져 죽을가 말가 망상거리는 즁 도로혀 겁나기 한량업더라 그젼의 어엽부던 ᄐᆡ도 다 업셔지고 초최ᄒᆫ 얼골에 피쳐럼 쏘다지는 눈물을 흘니면셔 ᄌᆞ탄ᄒ기롤

「아차ᄼᄼ 니 죄샹이여 무엇이 남만 못ᄒ던고 니가 죽어 구텬디하에 가셔 우리 령감과 옥룡이롤 맛나드리도 무슨 얼골로 디홀 수가 잇나 잘못ᄒ고 잘못ᄒ얏다 니 죄샹이여 니가 죽은 뒤에라도 우리 령감과 옥룡이는 나의 혼빅일지라도 용셔ᄒ야 쥬기를 바라노라」

ᄒ고 밧 한아롤 물속에 집어너으랴 홀 ᄯᅢ에 맛참 리웃집 사는 녀편네가 강가에 물을 쓰러 나왓다가 본즉 난뎌업는 녀편네 사롬 한아히 달빗에 멀니 뵈이기롤 물에 ᄲᅡ지랴 ᄒᄂᆞᆫ지라 이 광경을 보고 소리를 질으미 이ᄯᆡ 리씨 부인은 ᄭᅡᆷ짝 놀나 잣바진지라 그 녀편네가 ᄌᆞ셰히 가셔 보니 근리

---

783 '씨'의 오류.

시로 쩌나와셔 리웃집 사는 최 아모의 녀편네라 쌈쌱 놀나 말ᄒ기를

「여보 이것 윈일이오 나는 쌈쌱 놀나구려 당신 집 남졍네가 나가셔 드
러오지 안은 지가 여러 날 되엿단 말은 나도 들엇거니와 그리셔 죽으랴
고 ᄒ는 것이란 말이오 사롬이 한번 죽으면 구만인데 엇지ᄒ면 그렷케
마음을 먹소」

ᄒ면셔 여러 가지로 위로ᄒ야 쥬고 죽지롤 못ᄒ게 ᄒ야 셜왕셜리에 셔로
리약이ᄒ면 자기 집으로 도라와 그날부터 죽으랴던 리씨 부인을 자기 집
에 두어 최덕보 도라오기만 날로 고디ᄒ더라 가엽고도 불샹ᄒ게 되엿도
다 살냐 ᄒ야도 밋울 곳 업고 죽으랴 ᄒ야도 죽을 수 업게 되엿스니 참 하
눌 리치의 밝음이여 당연ᄒ 일이로다

어언간 셰월이 살갓ᄒ야 슌식간에 한 달이 지나 최덕보는 감옥셔에셔 징
역을 다 치르미 고만 방숑이 되야 룡산 져의 집으로 나와 보니 리씨 부인
은 그동안 이웃집에 붓치여 잇는지라 그 주인의 위ᄒ야 준 것을 치하ᄒ고
다시 졔 집으로 모히엿더라

## 1914년 9월 23일 (六)

당초 김참판 집에셔 노라나올 째 ᄎᄒ면 한 달이나 못 보다 맛낫스니 반
갑기 측량업겠지만은 셰상에 련이(戀愛)니 졍□니 ᄒ는 것도 다 돈 잇고
비부른 후에 될 것이라 지금 당ᄒ야는 슈즁에 돈 한 푼 업셔지고 의지홀
곳 업슴으로 마음보가 음흉ᄒ 최덕보 눈에는 리씨 부인이 도로혀 윈수ᄎ
고 미웁기가 측량업스니 김승으로 비유ᄒ야 말ᄒ면 쥬린 비둘기 두 말이
가 마른 나뭇가지에 □[784]져셔 으르렁디는 것 ᄎ도다 그러나 리씨 부인은
지금 당ᄒ□[785]는 죽으□[786] ᄒ야도 죽을 슈 업고 살랴 ᄒ야도 살 슈 업슴

으로 엇절 슈 업시 각식 고싱을 ᄒᆞ면셔도 일편단심으로 밋는 것은 최덕보 쑨이라 최덕보란 놈이 죄는 져질너셔 □[787]락티평히 지닉는 김참판 집에 불싸기롤 데미러 나무 집에 화라[788]을 이르키고 리씨 부인을 못된 디경에 쌔트려 이왕 이러케 되엿거던 다시 마옴을 곳치여 기과쳔션을 ᄒᆞ엿스면 좀 용셔될는지 알 슈 업스나 비인 버릇 곳치지 못ᄒᆞ야 못된 일만 작구 힝 ᄒᆞ랴 ᄒᆞ니 본마음을 일어버리고 마귀에 씨인 리씨 부인의 죄샹이야 실로 하날이 증계ᄒᆞ심이 당연ᄒᆞᆫ 일이로다

셰월이 류수 ᄀᆞᆺᄒᆞ야 리씨 부인이 최덕보를 반ᄒᆞ야 나온 지가 벌셔 닷셧 달이 되엿도다 쳘업고 아즉 지각나지 못ᄒᆞᆫ 옥룡이는 하늘이 품부ᄒᆞ야준 모즈의 텬륜이 소사나오는 모즈의 졍을 검치 못ᄒᆞ야 아버지가 지이고 사 랑으로 나간 후는 다시 잠이 씨여 어머니 부르는 쇼릭가 쉬이지 안타가 졔 긔운에 졔가 짓쳐 잠을 들기 여러 날이 되니 이런 사졍을 격는 김참판 의 마옴이야 삼쳑이 소스라지는 듯 리씨 부인의 일□[789] 분ᄒᆞ게 넉이ᄂᆞ 한편으로는 도로혀 다만 옥룡이롤 위ᄒᆞ야 □[790]심ᄒᆞ고 드러오기롤 날로 고디ᄒᆞᆫ다

최덕보는 김씨 집 은혜롤 비반ᄒᆞ고 심약ᄒᆞ고 마옴 변키 쉬운 리씨 부인을 쏘이여 가지고 나와셔 륭[791]산강가에 집을 비치ᄒᆞ고 한셰샹을 잘 지닉랴 ᄒᆞ엿지만은 도젹질ᄒᆞ야 가지고 나온 돈 업셔지면셔부터 마음과 쯧디로

---

**784** 문맥상 '안'으로 추정.
**785** 문맥상 '야'로 추정.
**786** 문맥상 '랴'로 추정.
**787** 문맥상 '안'으로 추정.
**788** '란'의 오류.
**789** 문맥상 '을'로 추정.
**790** 문맥상 '회'로 추정.
**791** '룡'의 오류.

되지 못ᄒᆞ야 리씨 부인ᄒᆞ고 쌌듯ᄒᆞ던 정은 업셔지고 궁구ᄒᆞ고 싱각ᄒᆞᆷ은 못된 일쑨이라 그런 결과 증역ᄭᅡ지 치르럿지만은 그 후에도 기과쳔션ᄒᆞᆯ 긔망 업시 못된 버릇 긔 쥬지 못ᄒᆞ더라

하로는 리씨 부인을 한보비로 녁이엿슴인지 엇던 곳에 돈을 밧고 팔아먹으랴다가 마음먹은 ᄃᆡ로 못됨으로 즁지ᄒᆞ엿스나 ᄯᅩ다시 싱각ᄒᆞᆫ 곳이 용이ᄒᆞ게 도격ᄒᆞᆯ 곳은 삼쳥동 김참판 집쑨이러라 이때에 리씨 부인을 ᄋᆞ르기를 우리가 오늘날 가지고 나온 돈은 다 업셔지고 당쟝에 싱활ᄒᆞᆯ 도리는 업스니 좀 그른 일이라도 ᄒᆞᆯ 수밧게 업슨즉 그ᄃᆡᄂᆞᆫ 나의 식히ᄂᆞᆫ ᄃᆡ로 ᄒᆞ지어다 ᄒᆞ엿더라 이 음흉ᄒᆞᆫ 최덕보의 계교[792]ᄂᆞᆫ 다른 것이 안이라 김참판 집에ᄅᆞᆯ 다시 들어가셔 몰느게 도격질ᄒᆞ자 ᄒᆞᆷᄃᆡ 이자셔 ᄒᆞᆫ 말□[793] 리씨 부인에게 알니엿다ᄂᆞᆫ 안 드ᄅᆞᆯᄂᆞᆫ지 알 수 업슴으로 다만 것츠로 달니고 을너셔 승낙만 밧ᄂᆞᆫ 즁이라

고싱ᄒᆞᆫ 결과 마귀의 ᄆᆞ음이 ᄎᆞᄎᆞ 버셔지고 본ᄆᆞ음으로 회복이 되ᄂᆞᆫ 리씨 부인은 각식 고싱을 못 익이여 그젼 죄샹을 뉘웃치면셔 물에 ᄲᅡ져 죽기ᄭᅡ지 ᄒᆞ랴다가 살아낫지만은 지금 싱각ᄒᆞ야 미스ᄅᆞᆯ 최덕보 ᄒᆞ라는 ᄃᆡ로 아니ᄒᆞ고는 안 될 터이라 녀편네의 일임으로 무슨 일인지도 아지 못ᄒᆞ고 ᄃᆡ답ᄒᆞ기를

「무엇이란 말이오 닉에게 합당ᄒᆞᆫ 것이야 안이ᄒᆞᆯ 리가 잇겟소만은 나 ᄀᆞᆺ ᄒᆞᆫ 쓸데업ᄂᆞᆫ 녀편네가 무엇을 ᄒᆞᆫ단 말이오 그럿치만 식이ᄂᆞᆫ ᄃᆡ로ᄂᆞᆫ ᄒᆞ리다」

이 말을 엇어드러 리씨 부인을[794] 승낙을 밧은 최덕보 혼자 마음에 깃부

---

**792** 계교(計巧). 요리조리 헤아려 보고 생각해 낸 꾀.

**793** 문맥상 '을'로 추정.

**794** '의'의 오류.

기가 측량업다 그날 져녁에 리씨 부인을 데리고 셔울로 드러와 당초에 리씨 부인을 쏘이여 나올 째의 오던 길을 밧구어셔 알기 어렵고 눈에 어슈션 산란흐게 흐야 이리 쏩을 져리 쏩을 도라셔 오리 옥룡의 어머니 부르는 소티[795]와 김참판의 한슘으로 흑운 중에 싸인 삼쳥동 김참판 집 뒤문에 다다럿더라 이째에 리씨 부인이 ᄌ셰히 둘너본즉 크낙흔 부ᄌ집인ᄃ 뒤문으로 보아도 눈에 익은 듯흔지라 문득 뭇기를

「여긔가 어듸오 대뎌 엇더케 흐단 말이오」

「인졔야 말흐지만은 우리가 살던 쳥동[796] 집인ᄃ 그더가 사다두은 긴요흔 물건을 써집어셔 니랴 ᄒ오」

흐고 드러가셔 도적질홀 방법을 최덕보는 작고 식히고 잇다 이 말을 드른 리씨 부인은 깜짝 놀나 겁도 나고 쏘는 한번 죄를 져질너 이 고성을 흐는ᄃ 엇지 ᄂ 집을 ᄂ가 도적흐고 쏘는 만일 드러갓다가 우리 령감이나 ᄒ다못흐야 그젼브터 잇던 하인이라도 맛나면 엇지될고 흐야 벌벌 썰면셔 못흐겟다 발악흐얏지만 최덕보□ 으르는 것을 못 익이는 리씨 부인은 마음이 다시 변흐야 싱각흐기를 한번 죄를 지어 이러케 되앗[797]슨즉 이왕 ᄂ친 거름이라 흐고 쏘 못된 ᄆ음을 이르키이여 ᄌ긔 쓰던 긴요흔 물건을 도적질흐랴고 최덕보의 억기를 타고 담을 넘어 드러가쎠 뒤문을 열어놋코 쒸여드러 갓더라

이째에 리[798]참판 집은 리씨 부인이 나간 이후로 다셧 달 동안을 고요흐고 젹막흐게 되여 남모르는 근심이 갓득 싸인 ᄭ닭이던지 범ᄉ가 묘치 못흠으로 련일 도적이 드러와 물건을 일어버리는 외에 그 젼날 밤에도 강도

---

795 ‘릭’의 오류.
796 ‘삼쳥동’의 탈자 오류.
797 ‘얏’의 글자 방향 오식.
798 ‘김’의 오류.

수 명이 드러와 돈 수빅 원 쎄앗긴지라 이 쇼문을 드른 경찰셔에는 도적들을 잡기 위ᄒ야 삼청동 근변으로 밤이 느져지면 형ᄉ 슌사의 검의줄이 느러잇는 즁이더라 다셧 달만에 ᄯ 못된 ᄆ음을 다시 이르키여 ᄌ긔집으로 도적ᄒ랴 드러간 리씨 부인은 엇지되엿는고 그ᄯ에 집안□ 둘너보니 스무날ᄽ 넘어가는 돌은 아조 넘어가미 캄ᄼᄒ 혼돈세계를 일우어 어디가 어딘인 줄을 알지 못<sup>799</sup>ᄒ는 즁 ᄉ랑에셔는 쎠들셕ᄒ지만은 안대청은 고요ᄒ야 젹막홈이 비홀 데 업슬네라 그런디 안□은 등불이 환ᄒ게 켜여 사름이 잇는 모양이라 이ᄯ에 리씨 부인은 살금ᄼᄼ 뒤겻으로 가셔 감안히 엿보니 옥룡이가 혼ᄌ 방안에 안져 무슨 그림칙을 놋코 놀다가 무슨 발ᄌ최 쇼리가 들니엿던지 ᄉ방을 휙ᄼ 둘너보면셔 ᄒ는 말이

「무셔워 견디일 슈가 잇셔야지 아버지는 엇지ᄒ야 안이 드러오시나 어머니가 잇셧더라면 니가 이러케 혼ᄌ 잇슬 리가 잇나 엄마롤 좀 보앗스면 됴켓네 나는 엄마 얼골이 지금ᄭ지 눈에 번ᄒ걸<sup>800</sup>

ᄒ더라 이 말을 드른 리씨 부인은 못된 일을 ᄯ ᄒ랴던 마귀의 ᄆ음과 그 젼에 최덕보로 인ᄒ야 ᄌ긔의 신셰롤 망ᄒ고 어린 ᄌ식 고성식인 것을 싱각ᄒ면 그젼의 산란혼 일이 못된 ᄭᄭ문 것 ᄀ고 최덕보가 원슈 ᄀ기 비홀 데 업셔 이가 갈니게 싱각이 들엇더라 이ᄯ에 젼일브터 얌젼ᄒ고 무던ᄒ던 어진 마음이 다시 싱ᄒ야 방으로 쑥 뛰여드러 가셔 놀나지 마라 니가 어디롤 좀 ᄀ다 왓다 ᄒ엿더라 그러나 어린아희의 일이라 얼마 동안은 아라보지 못ᄒ다가 ᄭ짝 놀나더니

「아 ― 엄마 어디 갓다 오셧셔 어머니가 도라갓다고 아버지가 ᄒ시더니 그짓말일셰」

---

799 '못'의 오류.
800 ',' 누락됨.

「죽지는 안이ᄒ엿섯다」

리씨 부인은 뉘웃치는 싱각이 도시 니 죄야 어듸다가 용셔ᄒ야달나짜 인졔는 죽어도 한이 업지만은 당쟝 령감을 무슨 낫으로 보나 ᄒ면서 옥룡이룰 어루만지면셔 잇더라

이ᄯᅢ 최덕보는 이런 줄은 모르고 뒤문 밧게셔 물건 멋 기룰 도적질ᄒ야 놋코 다만 리씨 부인 나오기만 고듸ᄒ다가 슌사에게 잡히여갓스며 ᄯᅩ 슌사는 집안에 도적이 드러온 줄 알고 드러와서 ᄯᅥ들셕홀 즈음에 사랑에셔 김참판이 드러왓ᄂᆞᆫ듸 슌사룰 ᄯᅡ라 집안을 뒤지다가 ᄯᅳᆺ밧게 그젼 부인이 잇는 것을 보고 얼는 ᄒᄂᆞᆫ 말이 우리집 가속 외에는 아모도 업다 ᄒ고 슌사룰 돌니여보닛더라 무던ᄒ고 착ᄒ도다 김참판의 마음보여 그젼에는 ᄌᄀᆡ 부인이로되 지금 당ᄒ야는 도적이오 원슈가 되엿스되 그 분ᄒᆫ 마음과 고약ᄒ게 알앗던 모든 일도 다 니버리여 형ᄉ 슌□[801]가 드러왓슬 ᄯᅢ에도 무ᄉ히 보ᄂᆞᆫ고 그 후브터 부인으로 ᄒ야곰 젼일을 기과게 ᄒ엿스며 리씨 부인은 어진 남편의 ᄯᅳᆺ에 감복ᄒ야 ᄉ과ᄒ엿고 최덕보의 ᄒᆡᆼᄉ는 하늘이 미워ᄒ심으□[802] 그 후 취됴 밧은 결과 그젼의 모든 도적질ᄒᆫ 죄가 폭발되아 징역 십 년에 쳐ᄒ엿더라

이ᄯᅢ룰 당ᄒ야 잠시 익운으로 근심과 걱졍이 갓득찻던 삼쳥동 김참판 집은 이졔브터 그젼 일은 어슈산란ᄒᆫ 되ᄭᅮᆷ ᄀᆺ치 되엿고 지금브터는 다시 원□[803]ᄒᆫ 사뎡을 일우어 봄날의 깃분 ᄭᅮᆷ□[804] 일으는 모양이니 경긔 됴흔 심참판 집 압뒤ᄯᅳᆯ의 각식 슈목이라도 일층 깃분 빗□[805] 씌운 듯ᄒ더라 (完)

---

**801** 문맥상 '사'로 추정.
**802** 문맥상 '로'로 추정.
**803** 문맥상 '만'으로 추정.
**804** 문맥상 '을'로 추정.
**805** 문맥상 '을'로 추정.

# 後悔(후회)

漱石靑年

1914.12.29. 短篇小說

첩은 인도상에 허물이 깁고 샤회상에 죄가 크오니 무슨 말숨을 ᄒ오며 무
슨 면목을 드오릿가만은 누가 조금도 용셔홀 것은 안이나 샤죄치 안을 수
업스며 일이 조곰도 유익홀 것은 안이나 후회치 안을 수 업스니 일변[806]
으로 증거도 되고 일변으로 징계도 되는 연고올시다 일즉이 이 얼골을 화
용월틱[807]라 ᄒ고 이 모양을 요조졍졍타고 ᄒ얏스나 ᄆ음이 얼골과 다르
고 뜻이 모양과 ᄌᆺ지 못ᄒ야 이 허물과 이 죄를 지을 졔 스스로 이 몸 한아
를 그릇칠 샨 안이라 남의 몸 그릇친 것이 빅으로 쳔으로 계산ᄒ겟습니다
첩의 년광[808]이 겨오 십오륙에 눈압헤는 발셔 그른 길만 뵈엿습니다 봄을
당ᄒ면 긔화이초[809]가 흥을 자아닉니 졍신이 엇지 침션[810] 비홈에 잇스
며 여름이 되면 록음양류가 신긔를 표탕ᄒ니[811] ᄆ음을 엇지 글공부홈에
붓치오릿가 가을에는 비와 바룸 소리에 혼이 어지럽고 겨을에는 달과 눈
경치에 쭘을 못 일우엇스니 깁흔 규중에 드러안진 이팔쳐녀의 힝실을 이

---

806 일변(一邊). 어느 한편. 또는 한쪽 부분.
807 화용월태(花容月態). 아름다운 여인의 얼굴과 맵시를 이르는 말.
808 연광(年光). 젊은 나이.
809 기화이초(奇花異草). 진귀한 꽃과 풀.
810 침선(針線). 바느질.
811 표탕(飄蕩)하다. 정처 없이 헤매어 떠돌다.

만ᄒ면 모르겟슴닛가 공ᄌ왕손[812]을 보면 ᄒ번 더브러 희롱ᄒ고 십고 미인가랑을 보면 ᄒ번 더브러 동모 삼고 십엇ᄂᄃ 뜻잇셔도 일우기 어렵고 원ᄒᄋ도 되ᄂᄂ 일이 드물 것만 쳡의 소원은 흡죡히 셩ᄎᄒᄋ 아ᄎᄆᄂᄂ 김지의 집 져녁에ᄂᄂ 리지의 집에 놀고 어졔ᄂᄂ 장삼으로 오ᄂᄂ은 리ᄉ로 결연ᄒᄋ 찬란ᄒᆫ 릉라[813]를 츄루타고[814] 싱각ᄒ고 진슈의 셩찬을 평담ᄒᆫ 줄 알앗스니 이것도 ᄒ 가지 죄올시다 셰월이 가고 오ᄂᄂ 동안에 빅 사ᄅᆷ 쳔 사ᄅᆷ을 열력ᄒᆺ스니 그즁에 늙은이도 잇고 졂은이도 잇고 반빅도 잇고 어린이도 잇고 부귀ᄒᆫ 사ᄅᆷ도 잇고 빈쳔ᄒᆫ 사ᄅᆷ도 잇슬 것은 ᄌ연ᄒᆫ 일 안이오닛가 이든지 져든지 쳡의 얼골을 보면 우슴이 졔졀로 나고 쳡의 소리를 드르면 ᄆᆷ이 졔졀로 훗트러나 봅ᄃ다 쳡의 일빈일쇼[815]와 일동일졍[816]으로 그들의 질겁고 질겁시 안음이 되니 쳡은 혹 링담ᄒᆫ 틱도로 졍ᄒᆫ이나 잇ᄂᄂ 듯이도 ᄒᄋ보고 혹 우슈ᄒᄂᄂ 모양으로 회포나 깁흔 듯이도 ᄒᄋ보며 혹 우셔 화락ᄒᆫ 형용도 드러니기도 ᄒ고 혹 찡그려 불평ᄒᆫ 긔식도 지어니기도 ᄒ면 이러ᄒᆫ 가온ᄃ 그들의 졍이 더욱 짯듯ᄒ고 그들의 ᄆᆷ이 더욱 침혹ᄒᄋ 잇ᄂᄂ 사ᄅᆷ은 쳔량만금을 흙과 물갓치 앗기지 안코 업ᄂᄂ 사ᄅᆷ은 심녁을 허비ᄒᄋ 둥[817]취셔ᄃᄒᄋ셔라도[818] 쳡의 뜻이 깃부도록 쳡의 ᄆᆷ이 흡죡ᄒ도록 공괴ᄒ기에 유공불급[819]ᄒ니 쳡은 이 사ᄅᆷ을

812 공자왕손(公子王孫) 공(公)과 같이 높은 지위에 있는 사람의 사손과 왕의 자손이라는 뜻으로, 지체 높은 집안의 자손을 이르는 말.
813 능라(綾羅). 두꺼운 비단과 얇은 비단.
814 추루(麤陋)하다. 거칠고 촌스럽다.
815 일빈일소(一嚬一笑). 한 번 찡그리고 한 번 웃는다는 뜻으로, 성내기도 하고 기뻐하기도 하는 감정이나 표정의 변화를 이르는 말.
816 일동일정(一動一靜). 하나하나의 동정. 또는 모든 동작.
817 '둥'의 오류.
818 동취서대(東取西貸)하다. 여러 곳에서 빚을 지다.
819 유공불급(唯恐不及). 오직 미치지 못할까 두려워함.

보면 졍이 이 사룸에게만 잇는 듯이 말을 엿과 꿀갓치 ᄒ며 져 사룸을 보면 졍이 져 사룸에게만 잇는 듯이 밍셔가 산과 바다 갓흐니 이것을 진졍으로 알고 평성 감고롤 함씌홀 줄로 밋고 일신슈셩을 갓치홀 줄로 아러 속에 잇는 말은 다 토ᄒ고 집에 잇는 ᄌᆡ산은 다 쥬고져 ᄒ니 그 속는 것이 우습고 이 속히는 것이 ᄌᆞ미스러워 오날도 이리ᄒ고 리일도 이리ᄒ되 알고도 모르는 쳬인지 모르고 모르는 쳬인지 장부라고 ᄌᆞ칭ᄒ는 남ᄌᆞ들의 어림업기가 이러합듸다 늙그니로 말ᄒ면 가ᄉᆞ를 졍리ᄒ고 ᄌᆞ손을 교육홀 째 무슨 지각을 쥬야로 이런 데 죵ᄉᆞᄒ니 모범될 것이 무엇이며 졂으니로 말ᄒ면 부모를 봉양ᄒ고 학업을 닥글 쎠 무슨 심지로 믹일 여긔다 침혹ᄒ니 유익홀 것이 무엇이오닛가 부귀ᄒᆞᆫ 사룸으로 말ᄒ오면 곤궁ᄒᆞᆫ 친척이 구조를 간쳥ᄒ던지 빈한ᄒᆞᆫ 고구<sup>820</sup>[820]가 젼량을 익걸ᄒ면 징늬고 화늬여 시힝치 안이ᄒ되 이런 데는 엇지 그리 협흡활달ᄒ며 빈쳔ᄒᆞᆫ 사룸으로 말ᄒ오면 찬바롬은 방에 드리불고 쓴연긔는 부억에 ᄭᆫ첫는듸 무슨 흥취로 발길이 이런 데 이름닛가 그즁에 더욱 가통ᄒᆞᆫ 것은 돈량이나 엇어 쓰고 슐잔이나 엇어 먹기에 졍신이 팔녀 요량이 아즉 미졍ᄒᆞᆫ 돈량이나 잇는 집 ᄌᆞ뎨들을 유인ᄒ여 이 못된 구렁텅이에 집어넛코 망ᄒ도록 픠ᄒ도록 열심고독ᄒ니 이런 것들을 위션 벼락 ᄀᆞ흔 방방<sup>821</sup>[821]으로 한번 짓두다릴 일이올시다 졍대치 못ᄒᆞᆫ 쳡이 이런 졍대ᄒᆞᆫ 말을 ᄒ오니 요ᄉᆞᄒ다는 비평을 면키 어렵습니다마는 쳡을 보시지 말고 말만 취ᄒ실 일이올시다 견실치 못ᄒ기는 남ᄌᆞ도 그런데 흠을며 녀ᄌᆞ며 평범<sup>822</sup>[822]ᄒᆞᆫ 녀ᄌᆞ도 그런데 흠을며 쳡들 ᄀᆞ흔 녀ᄌᆞ오릿가 이런 녀ᄌᆞ의 언어와 힝동을 참으로 밋는 사룸을

---

**820** 고구(姑舅). '시부모'를 예스럽게 이르는 말.
**821** '망'의 오류.
**822** '범'의 오류.

정신이 잇다고 히야 올슴닛가 업다고 히야 올슴닛가 이런 녀즈들은 쏘흔 그럿케 요흐고 간교흐지 안이홀 수도 업는 것이 그러히야 찻는 사롭이 만코 성기는 금젼이 만흐니 이것은 당힝홀 스무오 직업이라고도 말흐겟슴니다

이러케 유쾌히 지니다가 한 호화로온 남즈를 맛나 빅 년 ▽치 살기를 언약흐니 이날부터는 마ㅅ님의 칭호를 밧앗슴니다 집도 졍흐고 즙물도 작만흐며 침모도 두고 죵도 구흐여 살님이 즈미스럽고 침식이 편안힛슴니다 그러흐온디 쌱업시 인식흐여지고 무셥게 규모를 부려 입는 것도 검소흐도록 먹는 것도 간략흐도록 흐니 이리홀수록 남편의 귀이흐는 졍이 깁허갑듸다 실샹 인식과 규묘가 그런 것이 안이니 신년 샹원 한식 삼질 단오 류두 칠셕 츄셕 구일 년말의 가진 명목과 부모의 싱일 친쳑의 혼인 일가의 초샹 고구의 환갑 가진 핑계로 지산을 이러케 도을녀니고 이는 이런 픠물을 가졋더라 져는 져런 의복을 입엇는디 너가 됴와흐는 것은 안이나 남은 잇는디 나는 업스면 남편의 낫이 쌕길 터이니 작만히야 흐겟다 흐여 금젼을 져러케도 츄어니이며 오날은 아모 집 잔치인디 아모 동모가 쳥흐고 릭일은 아모 졀에셔 지를 흐는디 아모 동모와 언약흐엿다 흐여 츌입이 쓴칠 째가 업스며 큰마누라를 보면 엇지 그리 투박흐고 거만흔지 보기에 가증흐고 젹아둘을 보면 엇지 그리 완만흐고 불슌흔지 말흐기도 실혀 일동일졍을 무심히 지니지 안고 츄모멱즈[823] 흐여 업는 흉도 지어니여 집안에 풍파가 기일 날이 업스니 쳡들의 텬셩은 열이면 열 빅이면 빅이 다 이러홈니다

화조월셕[824]에 이리 닷고 져리 다러 이 사롭과 롱탕흐고 져 사롭과 희학

823 취모멱자(吹毛覓疵). 억지로 남의 작은 허물을 들추어냄을 비유적으로 이르는 말.
824 화조월석(花朝月夕). 경치가 좋은 시절을 이르는 말.

흐든 몸이 별안간 한 집안 속에만 드러안져 한 사름만 구경ᄒᆞ오니 울울도 ᄒᆞ고 적적도 ᄒᆞ여 인졔는 다른 풍류남아 한번 보기가 소원이라 쥬ᄉᆞ야탁[825]으로 지금 ᄉᆞ는 남편과는 허여질 궁리를 ᄒᆞ고 공연히 낫가족을 펴지 안코 말은 도모지 화평ᄒᆞ게 안이ᄒᆞ니 남편되는 이는 엇지ᄒᆞᆫ 연유도 모르고 둘니기도 ᄒᆞ고 위로도 ᄒᆞ고 우슴의 말로 희롱도 ᄒᆞ고 진귀ᄒᆞᆫ 물건으로 션ᄉᆞ도 ᄒᆞ나 가고 십흔 마흔 마음이 살 갓흐니 조곰인들 엇지 따뜻ᄒᆞᆫ 정이 잇ᄉᆞ오릿가 이리ᄒᆞ도 안 되고 져리ᄒᆞ도 안 되니 홀 슈 업시 나종에는 남편되는 이도 역졍너여 말을 ᄒᆞ면 이것을 긔회 삼아 인연을 ᄯᅳᆫ습니다 입으로 어름 ᄀᆞᆺᄒᆞᆫ 지죠와 셔리 ᄀᆞᆺᄒᆞᆫ 졀긔가 다 이러ᄒᆞᆷ니다 어엽분 소문이 이왕 놉핫ᄂᆞᆫ 고로 한번 보기를 원ᄒᆞᄂᆞᆫ 사름이 구름ᄀᆞᆺ치 모여드니 사름 중에 외모 형셰 문벌 위인을 가려 빅년가약을 ᄯᅩ 미즈니 이 사름에게도 이젼 룡란ᄒᆞᆫ 슈단을 한번 못 ᄡᅥ보겟슴닛가 한 번 이리ᄒᆞ고 두 번 이리홀 ᄶᅢ 평싱에 이러케만 지니고 장쳔에 이러케만 지닐 줄 아럿더니 셰월이 무졍ᄒᆞ고 인심이 변긔ᄒᆞ여 지금은 어리에친 긔도 도라보지 안코 흙에 뭇쳣든 동젼 한 푼 볼 수 업스니 죄가 그러커던 벌이 이러치 안을 슈 잇슴닛가 이왕에 졍답든 친쳑이나 구고를 ᄎᆞ져가면 관곡ᄒᆞ든 졍분이 엇지 그리 렁박ᄒᆞᆫ지 한가지로 말도 잘 안이ᄒᆞ고 다 다른 시져에 식은 밥 한 그릇으로 한 구셕에 갓다 노니 푸디졉[826]이 ᄉᆞ러ᄒᆞ고 치운 날에 둑거운 의복을 엇기 어려오며 더운 늘에 얄본 의복을 구경ᄒᆞ기 쉽지 못ᄒᆞ니 이 신셰가 이러케 될 줄 꿈에나 싱각ᄒᆞ엿ᄉᆞ오릿가 그러ᄒᆞ오니 오날 후회치 안을 수 업스며 사죄치 안을 슈 업슴니다

홀 말슴이 쳡쳡ᄒᆞᆯ것만은 너모 장황ᄒᆞ오면 듯기에 지리ᄒᆞ실 듯ᄒᆞ여 대강

---

**825** 주사야탁(晝思夜度). 밤낮으로 깊이 생각하고 헤아림.
**826** '졉'의 오류.

ᄒ고 긋치오니 첩으로 증거 삼고 증계ᄒ여 이런 길을 피ᄒ여 군ᄌ가 되며 이런 죄를 짓지 말고 슉녀가 되면 엇지 다힝치 안켓슴닛가 늙은 목소리로 노리나 ᄒ번 ᄒ야보겟슴니다 아미타불.

검은고 니려놋코 줄 골나 ᄒ번 타니 그 소리 안 늙엇네 엇지히 이닉 얼골은 이토록 늙어 ―

사창을 열쓰리고 츄연히 안젓스니 반갑다 쳥풍명월[827] 의구컨만 인심 물졍은 죠변셕기[828]

만텬하 신ᄉ 슉녀들아 이닉 말 흘후후 듯지 마소 ᄒ번 가면 못 오느니 가는 쳥츈 휘여잡고 각기 ᄉ업 셩취ᄒ게 (완)

---

**827** 청풍명월(淸風明月). 맑은 바람과 밝은 달.

**828** 조변석개(朝變夕改). 아침저녁으로 뜯어고친다는 뜻으로, 계획이나 결정 따위를 일관성이 없이 자주 고침을 이르는 말.

달 속 의 토 끼

# 月中兎

菊初 李人稙

1915.1.1

밤은 졔셕(除夕)[829]이오 달은 망월(望月)이라 밤이 졈졈 깁허가고 달은 더
옥 명랑혼디 아직 갑인년인지 발셔 을묘년인지 신구셰를 판단치 못ᄒᆞ는
곳에 져울츄롤 둘어노은 것ᄀᆞ치 달이 즁텬(中天)에 둘넛는디 묽고 차고 희
고 조촐혼 빗이 인간의 신년 힝복 쑴을 꾸는 벼기ㅅ가 창밧게 빗쵯엿더라
창랑슈ᄀᆞ치 묽은 ᄆᆞ음을 가진 사롬이 잇슬진디 쑴이 신령ᄒᆞ렷만은 셰샹
사롬은 욕심덩어리라 진루(塵累)에 가린 심령(心靈) 묽은 쑴을 엇지 못ᄒᆞ
고 실샹 업고 쥬착 업고 희미ᄒᆞ고 어둔 쑴을 만히 쑨다

인간심리비밀장(人間心理秘密藏)이 형々식々(形々色々)으로 반샤(反射)되야
너리빗쵸는 달빗에 마쥬 올니 빗쵸는디 달은 신셩(神聖)혼 것이라 인간의
진위션악(眞僞善惡)을 샤진(寫眞) 빅이듯이 낫낫치 빅이면셔 셔텬(西天)에
로 기우러지는디 그 속에 검으슈름혼 것은 계슈나무 그림ᄌᆞ요 그 나무 밋
헤셔 오라가락ᄒᆞ는 것은 옥토끼가 시벽하날 차바롬에 방풍ᄒᆞ는 텀[830]옷
을 입고 약방아를 쩻는 것이라

셰샹 사롬들은 날만 시 ― 면 을묘년 토끼 환영(歡迎)을 홀 터인디 그 환영
밧을 옥토끼가 감응(感應)이 되얏던지 셰상을 굽어보다가 혼ᄌᆞ말로 셰샹

---

829 졔셕(除夕). 섣달 그믐날 밤.
830 '털'의 오류.

걱정이라

　안이보면 심샹ᄒ려니와 보면 답답혼 일이라

　인간질고(疾苦)를 구ᄒ려고 약방아를 찌엿스나 도덕부픽(道德腐敗)혼 져런 병은 무슨 약을 쎠야 됴흘런지

　황뎨(黃帝)와 신농(神農)씨[831]가 의약(醫藥)을 알앗스나 육뎨[832](肉體)병만 곳첫지 심령(心靈)의 깁흔 병은 못 다스렷고나

　도젹놈을 보거든 청심환(淸心丸)을 멕이고 쇼인을 보거든 군ᄌ탕(君子湯)을 쓸 일이라 그러나 약방문은 됴컷만은 약지료가 부실ᄒ야 효험보기 어렵도다

　대뎨 병 만흔 것은 인간인디 몸 압흔 것만 병이 안이라 병신도 병이오 팔ㅅᄌ사나운 것도 병이오 가난혼 것도 병이라 어디 병인(病人) ᄒᄂ 보앗스면 진찰 좀 ᄒ여보게

ᄒ면셔 두 눈을 동구럿케 쓰고 멀―고 머흔 디구상(地球上)을 이리져리 둘러보ᄂᄂ디 맛참 압 못 보는 판슈가 셧달 금음날 쎡을 만히 먹고 비탈이 나셔 시벽에 급히 한데 뒤싼을 차져가느라고 집펑이를 쑥ㅅㅅ 쑤다리며 발로 더듬ㅅㅅ 발바가다가 어름에 밋기러져셔 벌쩍 나잣바지며 머리는 찌여지고 허리에는 담이 들어 쏨짝을 못ᄒ는디 비는 압흐고 뒤는 급ᄒ고 찬바롬은 드리치고 어름 우에셔 몸은 치긋어오르는 것 ᄀᆺ혼지라 판수가 압흔 숭에 사시나무 쩔듯 덜ㅅ 쩔고 이놀 짝ㅅ 맛치며 사롬 살려 달나고 쇼리ㅅㅅ 지르ᄂ 그 소리 들리는 곳은 짜뜻혼 이불속에 시벽녁 단잠 씨는 귀라 무슨 소리인지 자셰히 듯느라고 얼는 쮜여나가는 사롬이 업는디 그

**831** 신농씨(神農氏). 중국 고대 전설상의 제왕. 삼황(三皇)의 한 사람으로, 농업 · 의료 · 악사(樂師)의 신, 주조(鑄造)와 양조(釀造)의 신이며, 또 역(易)의 신, 상업의 신이라고도 한다.
**832** '톄'의 오류.

동안 판슈의 무궁호 고황(苦況)이라

옥토씨가 두 긔 쏭긋ᄒ고 가만히 듯다가

　(토) 오냐 그 병 진찰(診察) 다ᄒ엿다 눈먼 것은 젼싱 죄라 악ᄒ 마음으로 남의 눈을 만히 속혀셔 남의 눈에서 피눈물이 써러지게 호 죄롤 밧노라고 져 병신이 되얏고나

　비탈난 것은 ᄎ싱(此生)의 허물이라 어진 말을 듯거던 황률[833] 먹듯이 씹고 씹어서 마음에 먹어두면 유익ᄒ렷마는 ᄌ셰히 듯지 안이ᄒ고 통으로 쑬쩍 싱키는 고로 그 허물을 증게ᄒ느라고 비탈이 ᄌ쥬 나는 것이 오 너머져서 몸을 닷친 것도 ᄎ싱 허물이라 남을 너멋드리고 제 욕심을 치우려는 마음이 잇스면 져런 고싱을 ᄒ는 것이로고나

불상ᄒ니 약방문 한아 너여주어볼가 ᄒ더니 태평양(太平洋)ᄀ치 먹을 갈고 희망봉 갓흔 붓을 들고 넙고 너른 하ᄂᆞᆯ에 구름ᄀ치 썻더라

　리싱슈복환(來生受福丸)

　　뉘ᄉ불회

　　고칠긔

　　어질인

　　ᄉ랑이

　　부지런ᄒᆞᆯ근

　　검소ᄒᆞᆯ검

　　　　무시복(無時服)

그 약방문 글시는 하ᄂᆞᆯ에 가득ᄒ고 옥톡기는 말업시 다시 약방아를 찟는디 달은 셰샹 육안(肉眼)이 그 글시를 몰나볼가 념녀ᄒ는 것ᄀ치 밝은 빗을 허공에 드럿더라

---

[833] 황률(黃栗). 황밤. 말려서 껍질과 보늬를 벗긴 밤.

# 苦樂

無名氏
1915.1.14. 短篇小說

살을 에이고 뼈를 부시는 듯한 쓸쓸호 북풍은 눈쌀과 셕겨 부는디 샤직동 막바지 삼간초옥이 다 쓸어져가는 집에 장우단탄(長吁短歎)[834]으로 신셰 롤 탄식ᄒ는 사름은 곳 리틱인(李泰仁)이 마마님이라 에구 셰샹이 긔구(崎嶇)호가[835] 니 신셰가 긔구호가 치우나 치운 날 밥 한 슐 물 한 그릇 구경 홀 슈 업스니 어린 ᄌ식과 병든 남편이 장츠 아ᄉ「餓死」를 못 면ᄒ겟구나 그리도 날이 시면 명일이니 아버님 사당에 슐 한 잔 썩국 한 그릇인들 무 슨 지조로 올니는 슈가 잇나 아셔라 이 셰샹 살면 지리 고싱이오 한번 죽 어 이줄 져줄 모르면 고만이지 ᄒ면셔 다 쩌러진 초마ᄌ락을 드러 두 눈 에 하염업시 흐르는 눈물을 이리져리 씨스면 다시 싱각ᄒ다가 아무 발ᄌ 취 소리도 업시 삽푼ᄉᄉ 나아가 일각대문을 가마니 열고 나가는 광경은 아마 어느 우물에 몸을 던지든지 그러치 안흐면 놉흔 나무가지에 목이라 도 밀일 모양이라 이때에 리틱인은 여러 달 신병으로 병셕에 누어 약 한 쳡 미음 한 그릇 못 먹고 다만 명지쟝단(命之長短)으로 다힝이 살면 살고 죽으면 죽나보다 ᄒ고 텬명만 기다리고 잇노라 달이 가는지 힉가 가는지 모르고 신음만 ᄒ는디 하로져녁에는 이곳져곳에 등불이 랑ᄌ호고 ᄉ방

---

**834** 장우단탄(長吁短歎). 긴 한숨과 짧은 탄식이라는 뜻으로, 탄식하여 마지아니함을 이르는 말.
**835** 긔구(崎嶇)하다. 세상살이가 순탄하지 못하고 가탈이 많다.

에셔 덕치는 소리 기 짓는 소리가 들니는지라 가마니 쳥[836]신을 슈습ᄒ야 ᄌ긔가 병셕에 누은 날ᄌ를 헤아리니 이메 셕 달이 되얏는디 이째는 졍히 일 년의 마지막 가는 셧달 금음날이라 혼ᄌ말로「어허 발셔 금음이로구나 니가 이 모양이 되얏스니 약ᄒ 안히와 어린 ᄌ식들을 무슨 슈로 밥이나 먹일 수가 잇나 리일이면 소□[837] 명졀인디 부모 사당엔들 무슨 수로 썩국 한 그릇이나 올닐 수가 잇단 말이냐 하날은 록 업는 사름을 니이지 안코 쌍은 일홈 업는 풀을 니이지 안컨만은 이놈의 신셰는 엇지 이리 궁곤한고 ─ 갑오년 이날로 허셔는 큰 원수야 우리 집이 한참 흥왕홀 째에는 어늬 바람이 드려부는지 니려부는지 아버님은 병조판셔로 게시고 조부님은 기로쇼[838]에 다[839]이실 째만 ᄒ야도 집안이 벅신ㅅㅅᄒ야 하루에 문긱이 수쳔이오 명쥬옷 당목것은 눈에 비이지도 안코 돈쳔 돈빅은 돈 갓지 안트니 일ᄌ 조부님 작고ᄒ시고 뒤밋쳐 아버님 상ᄉ나시며 원수의 갑오년이 당ᄒ야 니가 틱인골에 쩌러진 이후로는 문 압혜 어리친 기식기 한 머리 업고 노랑 쇠쳔 한푼 만ᄌ볼 슈 업스니 어늬 일가 간에게 말홀 쇼[840]가 잇나 어늬 친구에게 챵피ᄒ게 말홀 슈가 잇나 속졀업시 쳐ᄌ로 더부러 굴머 죽겟구나)[841] 한참 이리ᄒ다가 목이 마르든지 (여보 부인 물 한 그릇만 쥬오) ᄒ즉 아무 디답이 업는지라 다시 (여보 여보) 거듭 두어 번을 불너도 인히 디답이 업다 가마니 싱각ᄒ즉 악가ᄭ지 방쇽에서 혼ᄌ 구슐허ᄒ는 소리가 나드니 지금 곳 잘니는 업고 혹 뒤간에나 간나보다 ᄒ야 다

836 '졍'의 오류.
837 문맥상 '위'로 추정.
838 기로소(耆老所). 조선 시대에, 70세가 넘는 정이품 이상의 문관들을 예우하기 위하여 설치한 기구.
839 '단'의 오류.
840 '슈'의 오류.
841 '」'의 오류.

시 련겁허 불러도 디답이 업는지라 의심이 나셔 한참 싱각ᄒ다가 황연히 ᄭᆡ다르니 악가 부인이 방속에셔 늙기는 쇼틱[842]가 나고 뒤미쳐 디문 소리가 나드니 박그로 나갓스니 분명코 기한을 못 견디여 이 세상이 실타ᄒ고 아마 ᄌᆞ쳐를 ᄒ고즈 홈이로구나 리틱인이 잇든 병이 업셔지고 업든 정신이 시로 나셔 불이나케 문을 열고 압 골목 우물로 좃ᄎ가 본즉 사롬의 ᄌᆞ최가 업는디 눈결에 흘긋 인왕산(仁旺山) 마루턱을 바라본즉 캄쓰혼 중에 흰 그림ᄌᆞ가 얼는ᄊᄊᄒ는지라 한다름에 좃ᄎ가 보니 ᄌᆞ긔 부인이 발셔 놉흔 쇼나무 가지에 목을 미고 슙넘어가는 쇼리만 꿀걱ᄊᄊ 나는지라 리틱인이 텬디가 암암ᄒ고 눈압히 캄쓰ᄒ야 불문곡직[843]ᄒ고 쥬머니 속에셔 칼을 ᄯᅵ너여 목미인 슈건을 ᄯᅳᆫ코 ᄌᆞ긔 부인을 휘두루쳐 업고 집으로 도라와셔 슓혀본즉 아즉 다ᄒᆡᆼ히 슙은 ᄯᅳᆫ치지 안흔지라 이에 일변 슈죡을 쥬무르며 빅비탕을 마시고 한참 법셕을 ᄒ노라니 그계야 부인이 부시시 ᄭᆡ어나더니만은 ᄭᅡᆷ짝 놀닉이며 「에이구 니가 이게 윈일이야」 한마듸 쇼리를 치더니만 다시 말을 못ᄒ고 흙ᄊ 늣기기만 ᄒ는지라 틱인이 됴흔 말로 위로ᄒ야 굴오디 「여보 부인 하눌이 문허져도 소사놀 구멍이 잇고 고진감닉라는 말이 잇는디 ᄆᆞ음을 그다지 편협ᄒ게 가지고 ᄌᆞ쳐를 ᄒ단 말이오 웅 기왕 이리 되얏스니 얼마만 더 고싱을 참으오」 ᄒ는 ᄎᆡ에 쥐가 작란을 치다가 등잔이 달싹 업허지면셔 불이 ᄭᅥ지는지라 리틱인이 「어허 몹쓸 놈의 쥐도 잇다」 ᄒ면셔 셕양을 다시 ᄎᆞ져다가 불을 켜 놋코 본즉 무슨 됴희죠각이 양ᄉᆞᆺ온 쥐가 식이여먹은 쟈최가 잇는 치 등잔 밋헤 잇거늘 무심히 집어본즉 그곳 ᄌᆞ긔 션친이 병조판셔로 잇슬 ᄯᆡ에 돈 오만 량을 다방골 김셔리의 집에다 막기고 림종시에 정신이 현황ᄒ야 말을 못 ᄒ고 그

---

[842] '리'의 오류.
[843] 불문곡직(不問曲直). 옳고 그름을 따지지 아니함.

357

디로 어늬 샹즈 속에 삼 년 동안을 드러잇슨 것이러니 맛참 쥐가 작란을 ᄒ노라 물고 가다가 등잔 업지러지는 셔슬에 놋코 간 것이라 혼쟈말로 「어허 하늘이 사롬을 아조 죽이지는 안는 게로구나」 ᄒ고 즈긔 부인다려 문 압헤 □⁸⁴⁴간 단여올 터이니 안심ᄒ고 잇스라 ᄒ고 그길로 곳 다방골 김셔리를 ᄎᆞ져가셔 인ᄉᆞ를 맛친 후 그간 즈긔 지니던 ᄉᆞ졍을 말ᄒ고 문권을 너여노으면셔 지금 얼마간이라도 주기를 청ᄒᆞᆫ즉 김셔리는 장안 안에 유명ᄒᆞᆫ 부호라 즉시 쾌연히 허락ᄒᆞᆫ지라 이에 불시로 삭군 오십여 명을 사셔 위션 오쳔 량을 지어가지고 즈긔 집으로 도라온즉 즈긔 부인이 머리에 슈건을 쓰고 쩍과 고기를 만히 갓초아, 즈긔 압헤 너여놋는지라 일변은 반갑고 일변은 괴상ᄒᆞ여 「여보 부인 이게 다 어디셔 난게요」 ᄒ고 무른즉 부인이 붓그러운 빗이 낫타나면셔 말을 안이ᄒᆞ랴다가 강잉⁸⁴⁵ᄒᆞ야 말을 ᄒᆞ랴홀 즈음에 부인의 슈건 쓴 머리를 슯혀본즉 금시에 삭발을 ᄒᆞ얏거늘 쌈짝 □⁸⁴⁶너여 다시 무러 ᄀᆞᆯᄋᆞ디 「아―이게 무슨 짓이오」 ᄒᆞᆫ즉 부인도 역시 놀닉이며 말ᄒ되 「그런 것이 안이올시다 령감이 여러 달 병셕에 누어게시되 약 ᄒᆞᆫ 쳡 진지 ᄒᆞᆫ 그릇 못 잡숫고 어린 즈식은 비곱하 우는 경샹이 하도 불샹히셔 허다못히셔 머리를 베혀 돈 녁 량을 엇어다가 아바님 졔쳥에 진지도 지어올니고 남아지로는 대강 이리ᄒᆞᆫ 것이오」 ᄒᆞᆫ 츠에 문 압헤셔 에기야 듸기야 ᄒᆞᆫ 소리가 나쟈 돈짐이 수십 짐이 쑤역쑤역 드러오는지라 부인이 엇진 영문인지 모르고 그 리유를 남편의게 무른즉 리티인이 일쟝 젼후 리약이를 다 ᄒᆞᆫ는지라 부인과 리티인이 환텬희디(歡天喜地)⁸⁴⁷ᄒᆞ야 리티인은 노릭를 부르고 부인은 츔을 츄고 아리목에셔 울든

---

**844** 문맥상 '잠'으로 추졍.

**845** 강잉(强仍). 억지로 참음. 또는 마지못하여 그대로 함.

**846** 문맥상 '놀'로 추졍.

**847** 환천희지(歡天喜地). 하늘도 즐거워하고 땅도 기뻐한다는 뜻으로, 아주 즐거워하고 기뻐함

ᄋ희ᄂ 벙글벙글 우슴을 우셔 상가승무히ᄋ쇼(喪家僧舞孩兒笑)라ᄂ 일장

연극을 연츌(演出)ᄒ얏더라「848

을 이르는 말.
848 문맥상 '「' 불필요.

## 룡 꿈
# 龍夢

夢外生

1916.1.1

셰간에셔 사물마다 항상 일으는 말에 룡의 리약이도 잇고 룡에 디흔 긔담 거리도 만흐며 쪼는 입々마다 룡―룡 흐지마는 실상 룡이라고는 보지 못 흐고 한갓 입으로 젼흐는 것과 굿도다 나는 항상 룡이란 말에 디흐야 일 싱에 한번 보고져 흐던 셩심으로 룡의 엇더흔 것을 알고져 뜻흐엿던 바 언의 째를 물론흐고 눈에 익도록 룡이라고 본 것은 다만

□[849]그림쓴에 지나치 못흐엿스니 엇지 나의 유감이 안이라 흐리오마는 비단 나의 유감이라 이 셰샹 사롬 가온디에는 모다 나의 그림 본 거와 굿 흔 유감이 싸혀잇슴□[850] 짐작흐겟도다 평쇼부터 룡 한번 보기룰 쇠흐고 진졍의 마음으로 바라오던 바 대져 사롬의 감각은 그 령톄의 지각을 짜라 슈시로 변쳔흠이어니와 무론 무엇이던지 그 극에 달흐도록 희망흐고 이 룰 쓰면 필경에는 졍신상 감각으로 하로밤 꿈에 인상되는 슈도 잇지마는 원걸

□꿈□라도 룡□[851]라고는 꾸이지 못흐야 졈々 싱각홀ㅅ록 졍신에 미신 만 더흐는 듯도 흐도다 칙상을 의지흐야 감안히 싱각흐고 보니 아―참

---

**849** 이 단형서사는 문단을 시작할 때 '□' 기호를 활용.
**850** 문맥상 '을'로 추정.
**851** 문맥상 '이'로 추정.

신긔ᄒ고 괴이ᄒ 일도 만토다 이 몸이 어디인지 몸이 날녀 표연히<sup>852</sup> 간

길은 그 일홈은 긔억ᄒ 슈 업스나 짐즛 언의 중ᄉ쳡ᄉᄒ 길로 ᄉ위룰 돌

나보니 봉만<sup>853</sup>이 의ᄉ중ᄉᄒ 산언덕은 죠곰도 틈이 업시 돌나 막엇고 슈

림이 울챵ᄒ야 그 푸른빗 묽은 경은 대ᄌ연의 푸른 하날과 졉ᄒ얏고 그

가으로는 일면 푸른 쟝을 나라니 펴 노은 듯 잔ᄉᄒ 산곡 계류셩은 쳔류

불식<sup>854</sup>코 ᄌ챵ᄌ화<sup>855</sup>로

□별텬□<sup>856</sup>의 환락경<sup>857</sup>을 읍죠리는 듯ᄒ고 션려ᄒ<sup>858</sup> 날빗은 삼ᄉᄒ

나무 ᄉ이로 뚤코 빗쵀여 셔눌ᄒ 바롬이 불젹마다 락엽셩은 더욱 감샹에

감샹을 죠발ᄒ더라 이 몸은 실로 ᄌ연에 씰녀 일보이보로 졈ᄉ 나아갈 졔

산슈도 명미ᄒ고 풍경도 졀가ᄒ다 실로 근심 잇는 ᄉ롬으로 ᄒ야곰 시

취<sup>859</sup> 음영<sup>860</sup>의 일흥을 도읍는 이 셰샹 별유텬디비인간<sup>861</sup>이오 ᄉ롬의

ᄌ최는 젼혀 ᄯ허진 셰간 션경이라 홀 만ᄒ디 만일

□신션이 잇스면 엇지 룡이 업스랴 ᄒ는 셩각과 ᄌ신력으로 나아간다 스

스로 웃고 스스로 질겨ᄒ며 엇더케 셩각ᄒ면 고젹답ᄉ도 ᄀᆺ치 환심으로

비룰 불니고 풍경에 흥이 취ᄒ야 나아가니 산중에 거쳐ᄒ다는 즘승들은

모다 모혀드는디 그 터를 볼진디 푸른 하날로 텬막을 삼고 좌우 슈림으로

쟝막이 되고 금잔디 바닥으로 ᄌ리를 삼아 각긔 셕츠룰 ᄌ려 모혀 안질

---

852 표연(飄然)히. 훌쩍 나타나거나 떠나는 모양이 거침없이.

853 봉만(峯巒). 꼭대기가 뾰족뾰족하게 솟은 산봉우리.

854 천류불식(川流不息). 냇물은 흘러 쉬지 않는다.

855 자창자화(自唱自和). 자기가 노래하고 자기가 화답함.

856 문맥상 '디'로 추정.

857 환락경(歡樂境). 아주 즐거운 경지.

858 선려(鮮麗)하다. 산뜻하고 아름답다.

859 시취(詩趣). 시적인 정취.

860 음영(吟詠). 시가(詩歌) 따위를 읊음.

861 별유천지비인간(別有天地非人間). 인간 세상이 아닌 또 다른 신선 세계.

즈음 이로 셩길 슈 업는 짐싱들이 와글ㅅㅅ 써들어가며 담쇼ㅈ약ㅎ야[862] 엇더케 보면 이샹ㅎ 짐싱나라로 화ㅎ 듯ㅎ더라

□이 몸도 엇진 곡졀을 몰나 알어본즉 토싱원이 쥬인되야 여러 동빈를 불너 한 잔 슐로 셔로 권ㅎ며 마지막 셥ㅅㅎ 인ㅅ를 ㅎ고 져 대졍ㅅ년 금음 밋헤 일대 잔치를 베푼 모양이라 나도 이 모양을 보고는 멀니 잇셔 광경을 목도ㅎ는디 인간에셔는 보지도 못ㅎ 산진과물과 맛보지 못ㅎ 음식이 바닥에 널녀 잇셔 각기 ㅊ지ㅎ고 먹기에 당ㅎ야 일변 권쥬가가 놉흔 곳에 슐잔이 왓다 긋다 ㅎ더니 거미구에[863] 취흥 도ㅅ[864] 중에셔 토션싱의 작별 인ㅅ가 잇슨 뒤 ㅊ례로 답ㅅ를 슐ㅎ고는 여흥에 드러 한참 법셕으로 유쾌히 질길 즈음 이 몸은 졍신이 팔녀 이윽히 볼졔야 청하날은

□검은 구름이 덥혀오고 텬디가 막ㅅㅎ야 비방울이 죠곰식 나리더니 홀연히 번기를 치며 일셩벽력이 나리는 곳에 텬디를 뒤노히며 청룡황룡이 셔로 굼틀거려 흑운을 박ㅊ고 여의쥬를 희롱ㅎ는 셔슬에 몸을 번드치여[865] 홀연 씨고 보니 남가일몽······ 즉 대졍오년 일월 원죠일 ㅇ참이라 집ㅅ마다 굴둑에는 장국 끌이는 연긔와 님식가 촉비ㅎ고 양츈이 발셩ㅎ야 동텬에 욱일이 션명히 올으는 동시 가ㅅ호ㅅ에 욱일긔는 바람에 흔날이고 물식이 시로아 울긋붉긋 셰비군의 왕릭ㅎ는 광경이 참으로 신년 시희의 죠흔 긔샹을 보겟더라 셰ㅎ비[866]오 셰비ㅎ오 여러분씌 셰비ㅎ오

---

**862** 담소자약(談笑自若)하다. 근심이나 놀라운 일을 당하였을 때도 보통 때와 같이 웃고 이야기하다.
**863** 거미구에. 시간상으로 있은 지 얼마 안 되어.
**864** 도도(滔滔). 벅찬 감정이나 주흥 따위를 막을 길이 없음.
**865** 번드치다. 물건을 한 번에 뒤집다.
**866** '비ㅎ'의 글자 배열 오류.

# 貴男과 壽男

柳永模 (京城需昌洞四番地)

1917.1.23. 懸賞短篇小說

(二篇을 選ᄒ고 此選은 賞金 二圓을 進呈ᄒ기로 ᄒ얏슴 選者)

성북동 겨울날이라 동구 갓가히 닛가 잔듸밧혜셔는 두어 샤롬이 짓걸짓걸ᄒ면셔 누어 말닌 필육을 거더 기는 즁이오 북악산 덜미 보토셔고 기[867]에는 전역히가 잠겨 너머가고 동북쪽 긴 산등으로셔는 찬바롬이 부러 너머오는디 마른 참나무 입은 와수ᄼ 회쵸리만 나문 다른 나무들은 가지만 흔들ᄼᄼ 닉 건너편 언덕 셩 밋헤 솔습흔 쇠아ᄼ 잇다금 멷 마리식 날녀 오는 참시들은 찍찍찍 집ᄼ에 져녁연기는 훌젹 나와셔 곳 헤여지고 훌젹 나와션 곳 헤여지고 ─쓸ᄼ허기도 일울 데 업고 죠잔ᄒ기[868]도 그 지업더라

산기슬게 잇는 퇴락흔 한젹은 집 속으로셔 녀인의 곡셩이 들닌다 잇다금 우름 셕긴 말 「귀남아 어듸 간니! 으ᄼᄼ⋯⋯⋯귀남아」 그 집 쓸 안에셔는 셜흔 대여셧 씀 된 사나희가 싯커머케 거른 널죠각 먼지 커케 씨인 헌겁 반이나 썩어진 집쥬저리[869] ᄀ흔 것들을 모다 찌져발겨 마당 한 가온디다 모라노코 불을 쏙 지르니 누리지릿흔 닙시 직틔 불길이 활ᄼᄼ

---

867 보토(補土)고개. 성북구 성북동 구준봉 뒤쪽에 있는 고개. 풍수지리설에 따라 약한 기운을 보충하기 위하여 해마다 흙을 보태고 떼를 입혔던 데서 유래됨.
868 조잔(凋殘)하다. 빼빼 말라서 쇠잔하다.
869 짚주저리. 볏짚으로 우산처럼 만들어서 터주나 업의항 따위를 덮는 물건.

삽시간에 다 타고 남은 것은 셔너 옴큼 되는 직 집신발로 남은 불쏭을 부벼 쪄바리는디 쌍바닥에 드러나는 것 — 구멍 뚤닌 엽젼 셔 푼

곡셩을 듯고 셩 아릿집 벙이 한머니가 왓다 「아 웨인일이요 긋틴나 일엇나 보구려 어이가 엽셔라⋯⋯⋯언제 그럿셔?」 사나히 「아주머니 올너 오심닛가 지금 얼마 안 되엿슴니다⋯⋯⋯인졔는 당히논 일인즉 졔가 문안을 드러갓다 와야 엇더케 ㅎ겟논디 져 사롬은 혼즈 져러케 을<sup>870</sup>기만 ㅎ고」 「넘녀 말고 어셔 엇더케 갓다 오구려 셰샹에 참 어셔 갓다가 오 집에는 너가 잇슬 것이니」 ㅎ고 방으로 드러가셔 「여보 귀남 어머니 그러케 울기만 ㅎ면 엇더케 ㅎ오 긋트나 그릿구려 죽은 아히 엽흐로 가 드려다보고는 자긔도 흙々 늣겨 울면셔 「아이고 앗차러워⋯⋯⋯」 한 팔 쇼미로는 눈물을 씨스며 한 손으론 쑤푸리고 우는 익어머니룰 붓잡어 니르키면셔 「여보 그만 진졍을 ㅎ오 자식이 안이가 죽엇지 기왕 죽은 걸 싱각만 ㅎ면 무엇ㅎ오 여보 그만 인졔 그만 자⋯⋯⋯」 아히어머니가 겨우 니러 안져 목이 메인 쇼리로 「글셰 져거시 남의 자식쳐럼 빈나 곱흐지 안타가 죽엇스면 원동<sup>871</sup>ㅎ기나 덜ㅎ겟셔요 어려셔는 졋이 업셔 곰쥬리고 이날 이써꼬지 비곱하ㅎ던 싱각을 ㅎ면」 ㅎ고 가슴이 막혀 말을 못 ㅎ고 울다가 니여 ㅎ는 말 「엇그젹게도 져의 아버지를 보고 「나 낫거던 밥 만히 먹게 히주」 ㅎ엿담니다 그릿케도 만히 사는 것을 웨 티낫다가 담뿍 다셧 살을 살고 죽어 글셰 이달 쵸샤흘날이올시다 그날 아츰에 찬밥 좀 쪄먹고는 왼종일 잇다가 그냥 굴머 잣슴니다그려 그날 칩긴들 좀 치웟슴닛가그리 감기가 드럿든 것이야요 몸이 불다듯ㅎ고 그런들 무엇 쓰々ㅎ게 히먹일 것이나 변々ㅎ닛가 약을 마음디로 써보겟슴닛가 열흘 동안에 약 셰 쳡 쎠

870 '울'의 오류.
871 '통'의 오류.

보앗담니다 쏘 인졔 싱각호면 졔일 분혼 것이 쏘 잇셔요 그년! 저 너문골 무당년요 바로 그젹게임니다 엇더케 알고 와셔는 「이거 싱쟈식 죽이겟다고 무슨 쓴것이 붓헛스니 대감이 눈을 쎳느니」 호기에 「글셰 쓴것이니 대감이니 이런 살님에 눈쓰는 건 다 무어요 약 한 쳡 잘 써볼 슈 업는디」 호닛가 펄쩍 더 쮜면셔 「약이 다 무어요 약 쓸 병이 다 싸로 잇지 만혼게 졍셩이 안이오 돈 한 쟝만 써쓰면 관계찬을 것을 죽는 쟈식 한아 살녀닐 것을 저러케 쌱—잡엇쯰니 닌들 엇더케 호겟소 모르오 나는 가오」 호고 곳슴니다그려 아니—그리고 쏘 나가다가 저 윗목 궤 우에 언저 노앗던 요젼에 아쥬머니씌셔 곳다쥬신 칙을 엇더케 보고는 쏘 도라셔셔 호는 말이 「다 져런 것을 집안에다 두엇스닛가 편안홀 리가 잇나 집에셔도 천쟉호오 아수! 집안 망혼다오!」 막 잘나 말을 호고 감니다그려—그리 인졔 어[872]쥬머니씌 붓그러운 말숨이지 그예[873] 야리셕은 짓을 쏘 한아 힛슴니다 엇젼녁에 그만 칙을 곳다가 아궁지에 너어 터지롤 안엇겟슴닛가 춤 어리셕지오—그릿는디 그 밤 그 잇흗날 바로 어젹게 낫ᄯ지 졈々 더히가지오 보다 못호야 아이아버지더러 그런 말을 힛더니 쳐음에는 「별쇼리혼다」고 호더니만 나죵에는 춤 답々혼 기식으로 어듸롤 느가셔 밤드러셔야 드러왓는데 「저 아리 쥐리계[874]에 가셔 간신히 월수 오십 량을 어더왓다」고 홈니다그려 그리셔 오날 ᄋ춤에 마지막 한이ᄂ 업게 혼다고 그년혼테 곳다쥬지를 안엇슴닛가 그리 무얼 엇셔구々々々 ᄒ고는 왓지오 그저 저 구셕에 느물 부스럭이 밥죄기가 잇슴니다 아이구 분호여! 그리고 와보닛가 벌셔 다 글넛셔요‥‥‥‥」 말을 쓴치고는 두 눈에 눈물이 펑々 쏘다진다

---

872 '아'의 오류.
873 그예. 마지막에 가셔는 기어이.
874 쥐리계(取利契). 이자를 얻기 위한 계.

쌀막々々훈 말더잇구를 「응………」 「그리………그리셔?」 「저런!」
호고 쟈쵸지죵 말을 듯고 잇던 병이 한머니의 말 「글셰 그게 다 쓸디업는
짓이지오 귀신이 사룸을 엇지요 미신이지요 하나님끠셔 미워호시는 일
이지오 인졔부터는 예슈룰 밋고 하나님만 의지합시다 자식도 하느님이
쥬셔야지오 어듸 사람의 임의로 호나요」
「글셰올시다 아쥬머니끠셔는 언졔던지 그러케 말삼호시는 거슬 저히들
이 미혹히셔 아니 드럿지오 인졔는 아니 속슴니다 그리게 아범도 하―분
호야셔 앗가 ♀희가 슙지자 곳 니러나셔 「네가 견듸나 니가 못 견듸나 히
보쟈」고 터쥬,[875] 걸닙,[876] 대감을 모도 쪠여다가 불을 살녓담니다………
「진작 예슈나 미들걸 그럿다구」………호면셔」

二

만 륙 년이 지닌 뒤 역시 겨울이라 그동안에는 셩북동 집을 쪄나 문안
연못골로 드러와셔 엇던 셔양 사람의 쇼유헌 조션집을 어더 들고 셔양 사
람의 집으로 다니면셔 일을 호야주고 근々히 살어가며 귀눔이 죽던 다음
쏠에 난 아들이 지금 일곱 살인데 일홈은 슈남이라 호고 니외가 다 교회
에도 잘 다니더라

그러나 덧업다! 셰샹일이………「죽음」이 쏘 이 집안에 수남이는 귀
남이 자랄 쪅과 달너 어려셔는 졋도 흔히 먹엇고 살님이 넉々호지는 못히
스되 굼찌는 안코 지너셔 그랫던지 쟌병 업시 잘 쟈라오더니 히로는 아침
먹고 나셔 비가 압흐다고는 누어셔 죵일 알터니 밤드러셔 갑자기 바람이
나면셔 죽는 모골을 호는지라 졔즁원 의사룰 쳥호여다가 급훈 티로 여간

---

**875** 터쥬(主). 집터를 지키는 지신(地神). 또는 그 자리. 가마니 같은 것 안에 베 석 자와 짚신 따
위를 넣어서 달아 두고 위한다.
**876** 걸립(乞粒). 무속에서 모시는 급이 낮은 신의 하나. 대청 처마나 어귀에 모신다.

약을 쓰고는 피여낫는데 그 밤에는 근쳐에 잇는 교우와 교회직분 둘신지 와서 「병 낫게 해달나고」 긔도도 ᄒ고 밋기만 ᄒ면 낫는다고」 위로 삼어 예언들도 ᄒ고 찬미들도 ᄒ고는 허여저 간 뒤에 아히는 잠도 좀 쟈고 그러져럭ᄒ야 그 잇흔날이 되얏는데 그날도 온죵일 알코 쏘 그 밤에 다시 바람이 나기를 시작ᄒ야 밤중것 손썻발썻 입미는 쌍긋 눈동쟈는 공중 걸녀 말거코 몸이 실눅실눅 별짓을 다허더니 자정이 지느 시로 한 졈? 두 졈쯤 되야 횟슥ᄒ니 푸르던 얼골에 붉은 기가 좀 돌고 눈도 바로잡히더니 잠간 불을 도라보다가 어머니 얼골을 알고 「어머니 물 좀 주」 「오냐 수남 아 물 먹어라」 화로에 노앗던 슉렁[877] 그릇을 집어 니려노코 슛갈로 물을 써다가 입에 대여 쥬면셔 ᄒ는 말이라 두서너 슛갈 바더먹은 뒤에 물도 그만 실은지 입을 다문다 아히어머니는 슛갈을 치우고 「수남아 어듸가 압흐냐」 「아니」 ᄒ고 드려다보는 어머니 얼골을 쏙바로 한짬[878] 치여다보고 잇더니 힘업는 말로 「어머니 사롬이 쥭으면 하날로 간다지오 하날에는 아버지가 게시다는데 왜 어머니는 업느요 난 어머니가 날 더⋯⋯⋯」 엇지흠인지 말소리가 차々 젹어지다가 ᄶᆞ해 말은 마무르지를 못허고 눈은 반々히 쓰고 치여다보던 그대로⋯⋯ 얼골이 횟슥 모지름[879]을 한번 붓셕 쓰더니 이를 악무러 버린다 아히어머니는 뜬 치로 구더 가는 아히의 눈쩌플을 오른손으로 씨러느리면셔 왼손으로 치맛쟈락을 들어 쏘다져 느오는 눈물을 씻코 다시 들여다보면셔 「수남아 너도 그만 간니⋯⋯어머니도⋯⋯내버리고⋯ᄒ으々⋯⋯흑⋯⋯」 그만 어푸러지며 「⋯⋯하⋯⋯날에⋯⋯게신⋯⋯아⋯바지어⋯⋯어

---

**877** 슉렁(熟冷). 숭늉.
**878** '참'의 오류.
**879** 모질음. 고통을 견디어 내려고 모질게 쓰는 힘.

린 수남의 령혼을⋯⋯⋯바드십쇼셔⋯⋯⋯아⋯멘⋯⋯아멘 흑!!
⋯⋯<u>으흐흑</u>⋯⋯⋯<u>으흐흑</u>⋯⋯⋯」

　죵일 일에 고단흔 몸을 익이지 못ᄒ야 앗가 ᄌ정 지난 후에 누어셔 잠
이 들어 지금것 무슨 무셔운 꿈을 ᄭᅮ던 남편은 이 늑기여 우는 쇼리에 놀
나 ᄭᅵ여보니 이 광경이라 벌덕 니러ᄂᆞ 아히를 한번 드려다보고 안히를 붓
드러 니르키며 「여보 이러ᄂᆞ우 엇저우 진졍을 허우 벌셔 우리⋯⋯⋯죄
가⋯⋯만허 그런 걸!」 자기도 자기 ᄒᆞ는 말에 늑기여 「죄? 죄? 죄지
⋯⋯ 너 나 헐 거 업시 이 셰샹 놈들은 다 죄지⋯⋯」 혼자말로 흔
다 이때에 안히도 졍신을 차려 이러ᄂᆞ셔 남편만 바라보고 잠자코 안졋스
니 고요ᄒᆞ기도 유다르게 고요한 밤인듯⋯⋯두 사람밧게 셰샹에 아모것
도 업는 것 십게⋯⋯먼 곳으로셔 닭의 우름이 그 고요함을 ᄭᅵ치더라
남편이 니러스더니 밧그로 나가랴 흔다 안히의 말 「시방 어듸를 가실요
밝을락은 아직도 멀엇는듸 인졔 첫닭이 울엇는데⋯날이나 식야 엇더케
허지오⋯⋯」 「아니 좀 나가야⋯⋯트⋯⋯트⋯⋯」 무엇이
가삼에서 터져 나오는 듯 못 견듸여 ᄲᅱ여나가더라

　한 시각쯤 되야 드러왓는데⋯⋯ 열고 드러오는 문바람에 슐님시가
물큰⋯⋯ 그러나 얼골은 보니 별로 취헌 듯도 십지 안타 「여보 윈일
요 이런 ᄯᅢ 죠심 아니ᄒᆞ면 마귀 시험 듯넌다 약쥬를 □[880]셧구려! 화나신
다고 그러션 안 됩니다 ᄭᅥ득이ᄂᆞ 죄 만흔 우리가 죄에 죄를 더 계션」「죄
를 더 지어? 닉가? 슐 먹는 게 죄야? 헌다ᄒᆞ는 량반들도 슐만 잘 먹데 다
거즛말야 밋는다는 사람들 하는 소리가 그져 우리 거튼 놈이 지ᄂᆞ쳐 고지
식ᄒᆞ지 무어 하ᄂᆞ님이 복을 주어? 예슈가 어린닐 사랑ᄒᆡ? 압셧 놈 쩍에 무

---

당 돈 준 것을 미신이라고 ᄒᆞ면 슈남이를 하ᄂᆞ님끠 밧친다고 젓세례 밧은 것과 병 낫게 히달나고 긔도ᄒᆞ는 것도 다 미신이야 다 괘니 그리지⋯⋯ 괘니 그리⋯⋯」「어이구 웨 저리시나 요ᄉᆞ이 셩경을 잘 안이 보시더니?」「셩경! 우리 ᄀᆞᆺ흔 놈이 셩경을 볼 시나 잇나 셔양집에셔 엇어먹는 것들 ― 쏀이, 곡샹,[881] 아마 ― 그것들 다 밋는다고는 ᄒᆞ지 셩젼 셩경을 보아? 레비롤 졔법 시간 치워 보아보게? 쥬일날은 더 밥부지 안쿠? 쏘 엇던 목ᄉᆞ는 그 부리는 사ᄅᆞᆷ들이 심부름ᄒᆞ는데 돈 쎄먹는다고 「죠션 하인 놈들은 민 도젹놈들이라」고 ᄒᆞ더리데 당신네가 도젹놈을 민들면셔 오죽ᄒᆞ야 져의 종노릇을 헐나고 그 사ᄅᆞᆷ들도 먹어야 살지 옷은 씨ᄉᆞᆺ이 입으랴면셔 셩경 보고 레비볼 틈도 못 나게 일을 식히면셔럼 다셔여셧 식구 민달닌 사ᄅᆞᆷ들에게 칠팔 원 돈을 가지고 살님을 ᄒᆞ라니 그들이 돈을 안 쎄먹고 무얼히! 다 그만두오 예수 밋는 것도 다 졔 돈 잇고셔 허는 말야⋯⋯」

여보 그런 ᄉᆞ졍이야 닌들 모루? 그럿치만은 목ᄉᆞ 장로 그들도 다 사ᄅᆞᆷ인가 잘못ᄒᆞ지오 우리가 그 잘못ᄒᆞ게야 볼 것 무엇 잇소 그들도 치 「사ᄅᆞᆷ이란 반드시 죽는다」는 것을 몰나셔 그런걸요 나는 인졔는 세샹에 아모 무셔운 것도 누구 부러울 것도 누구 미울 것도 다 업고 모든 것이 다 불샹ᄒᆞ기만 ᄒᆞ오 ― 목ᄉᆞ나 쟝로나 밋는 이나 밋지 안이ᄒᆞ는 이나 귀흔 이나 부자나 가난흔 이나 사ᄅᆞᆷ이나 즘승이나 ― 나도 인졔부터는 옷이나 밥이나 돈이나 평안이나 병낫기나 ― 일체 모든 세샹살이에 붓흔 것 ― 위ᄒᆞ여셔는 긔도 안이ᄒᆞ겟소 미신이지요 즁언부언ᄒᆞ는 이방 사ᄅᆞᆷ들이나 홀 욕심 긔도지오 졍욕으로 비는 것 ― 하ᄂᆞ님이 안 드러주시지오 그리게 예수끠셔 욕심에 붓흔 긔도는 ᄒᆞ지 말나고 주긔도문을 가르쳐 주시지 안이ᄒᆞ

---

881 곡샹(穀商). 곡물을 매매하는 장수.

셧나요? 살구 죽구 리롭구 히로운 것을 버셔나셔 씨끗ᄒ고 거룩ᄒ 신령ᄒ 나라를 구ᄒᄂ 것이 참 밋음이지요 다른 긔도는 져 무두룩ᄒᄋ[882] 미신으로 욕심을 구ᄒᄂ 것이 안인가요? 나도 오늘 식벽에야 이런 것을 씨다랏셔요 죽는 것을 슯허ᄒ 것은 무엇 잇나요………」 남편이 밧게 나간 동안에 츳져보던 성경 마티복음 六장을 편 치로 압혜 놋코 앗가와 달녀 마음이 아조 가라안고 깁흠도 안이오 슯흠도 안인 한 이샹ᄒ 얼골빗을 가지고 미우 진중ᄒ 티도로 ᄒᄂ 말이라 종용이 듯고 잇던 남편도 무슨 늑기임이 잇던지 압흐로 나안즈며 「엇의 성경 좀 봅시다」 안희의 집어주는 성경(편대로)을 밧어들며 첫눈에 씌는 구졀 — 마티 六장 五졀 — 부타 소리 업시 느리보더니 九졀에 「그런고로 이러케 긔도ᄒ라」부터는 소리를 너여 읽어 六졀ᄭ지 다 보고 「그러 이 세상 것이란 걱정ᄒᆫ터야 쓸데업고 욕심만 부려도 안 되는 것이야 ᄂ도 직금 니 욕심으로 화푸리를 ᄒ고 술을 먹엇셔야 시원ᄒ게 무엇 잇ᄂ 죽는 것도 그럿치 언졔ᄭ지던지 살 것으로만 아ᄂ 것도 욕심이지 미신이야 — 하날ᄂ야? 하늘ᄂ라? 즈식? 낫다 죽어? 오리 살다 죽어? 일반이지」 천쥬교당 아참 여섯 시 종소리가 울녀오더라 어제 지든 희는 오늘도 도다오르려 홈이러라 — 동텬이 환ᄒ여짐이여

남편은 밧그로 ᄂ가고 안희는 헌 옷가지를 즈져니고 슈남이는 밤낫업시 아죠 쟈더라 (끗)

(줄 수ᄂ 흰덩에 만히 넘쳣스ᄂ 그즁에 데일 ᄂ은 듯ᄒ아 뽑앗다)

882 무두룩하다. 쌓인 물건들이나 돋아난 것들이 보기 좋을 정도로 불룩하다.

# 神聖흔 犧牲

金泳偶 (開城松都面京町三一一)
1917.1.24. 懸賞短篇小說 選外佳作

一

권조「倦鳥」는 고림「故林」에 도라오고 호졉은 봄[883]들에 노는도다 이 갓 흔 미물의 그쮜 질거움보다 더 질거운 것은 스랑ㅎ는 ㅈ긔 쏠이 먼 고향을 쩌나 오리동안 학희를 베졋다가 한번 휴가를 당ㅎ야 ㅈ긔 집에 도라옴이라 집을 쩌날 쩌 나와 키가 ㄱㅈ흔 복슝아나무는 임의 열민를 미져 가지는 놉히 츈여깃을 지느고 고향을 사양홀 졔 아직 쳐녀로 잇던 꾕이가 발셔 식기를 쳐 ㅈ손을 거느리고 무릅에 오르는도다 보는 쟈 듯는 쟈 다 변ㅎ고 곳치엿스느 그러느 변치 안은 것은 사롬의 스랑이라 아ㅅ 이 스랑에 노는 쟈는 횡복홈인 뎌 애경은 이졔 이 락을 밧는도다 집에는 쏠의 도라온 뒤로 분주이 되얏다 스랑ㅎ는 쏠의 도라옴을 츅코져 쥬인은 스스로 성션을 희빈[884]에 구ㅎ며 어린ㅇ히들은 누의 치마를 붓들고 놋치 안이혼다 이곳은 즉 부산셔 삼십리를 격흔 촌이라 삼면으로 청암절벽[885]이 병풍을 두르고 압흐로 요ㅅ히 죠선히협을 넘어 구름 쇽에 소슨 디마도와 디ㅎ얏다 호구 이삼빅 호 가령인디 애경의 집은 상당흔 지산도 잇고 쏘 열심의

---

883 '봄'의 오류.
884 해빈(海濱). 바닷가.
885 층암절벽(層巖絶壁). 몹시 험한 바위가 겹겹으로 쌓인 낭떠러지.

텬주교 신ᄌ라 에경의 방에는 파초챵 아러 칙샹을 노코 그 우희 셩셔 녀학교 ᄉ과셔를 그려ᄒ게 싸앗다 에경은 죠셕긔도 외에는 이 방에 잇지 안는다 혹 모친의 바느질을 돕기도 ᄒ며 혹 부친의 병으로 잇슬 ᄯㅔ에는 적은 나이칭겜[886]이 되여 단됴ᄒᆫ 일ᄉ의 싱활에 무궁ᄒᆫ 취미를 붓첫다 경셩셔 볼 ᄯㅐ 무심ᄒᆞᆮ든 김영식의 눈은 긔우렷다

김영식은 본시 경셩 사롬으로 텬주교 젼도사로 에경과 ᄀᆞᆺᄒᆫ 교회에 속ᄒᆞ야 모든 신도의 신님도 두터웁고 여러 교샤의 사랑도 깁다 지금은 다만 로모쑨이나 져는 만신의 사랑을 들어 그 외로온 모친을 셤긴다 모친은 실로 아들로 말미암아 살며 아들은 실로 모친을 말미암아 산다 그런고로 모친은 영식이가 신학교를 졸업ᄒᆞ고 곳 다시 사무에 나아가 안식홀 여가 업셔 졈ᄉ 말느가는 것을 볼 ᄯㅐ에 졍의 더운 피가 엉켜 그 가삼을 압푸게 ᄒᆞᆯ얏다 ᄯㅗᄒᆫ 져를 사랑ᄒᆞᆫ 교사들도 져의 건강을 념녀ᄒᆞ야 져를 보양 겸하기 젼도를 위ᄒᆞ야 드듸여 에경의 집에 머무게 되얏다

二

칠월 초싱 남으로 맛는 두 사롬은 팔월 쵸싱에 발셔 셔로 샹약ᄒᆞᆫ 졍인이 되엿다 두 샤롬은 이졔 미일 연인롤 ᄭᅮᆷᄭᅮ엇다 저들은 아무것도 싱각지 안코 다만 ᄌᆞ긔의 ᄉ랑을 우쥬로 삼고 그 가온더셔 시와 ᄀᆞᆺᄒᆫ 싱활을 ᄒᆞᆯ얏다 아ᄉ 져들은 엇더케 그날을 보니엿슬가? 미일? 셕양이 셔산에 ᄯㅓ러지고 민바다에 어션이 한아둘식 희미ᄒᆞ게 될 ᄯㅐ 로숑이 취록을 ᄯㅢ여 쳥연ᄒᆞᆫ 물가에 빗치이는더 셔로 안쟈 말이 다ᄒᆞ고 깃봄이 극ᄒᆞ야 말업시 쳐량ᄒᆞᆫ 싱각을 이르키는 ᄯㅐ도 잇스리로다

三

---

**886** 나이팅게일. 영국의 간호사(1820~1910).

아々 슯흐다 이 뜻々지 안은 셰샹은 결코 뎌 두 사롬의 압혜 힝복의 신을 언졔쓰지던지 허락지 안이ㅎ눈 것이라 십월 즁슌 안식이 푸르고 모양이 쵸최혼 한 쳥년이 런와로 싸흔 담속에 놉히 돌로 지은 경셩 모 신학교 응집실에셔 엇더혼 녀학싱을 쳥ㅎ눈 샤롬이 잇셧다 나올 졔눈 얼골에 희식이 찻더니 드러갈 째눈 만안이 다만 눈물쑨인 아롭드온 녀학싱이 잇셧다 아 영식은 에경과 졍을 쓴엇다 젼번 밍셔롤 단절ㅎ얏다 무슨 연고로 단졀ㅎ얏눈가? 져눈 모친이 병에 고싱홀 졔 연이의 락즁에셔 꿈쑤엇쇼 모친이 죽을 째 져눈 연々혼 인졍으로 ㅎ야곰 도라올 시기를 이져 외로온 로모의 림죵시에 져눈 업셧소 져눈 젼도롤 위ㅎ야 갓쇼 그러나 져눈 연이의 연못에 싸져셔 여름이 감을 몰낫소 져눈 그 집의 머물너 그 집의 사랑ㅎ눈 쏠을 연이란 굴 속에 인도ㅎ얏쇼 젼도사의 신님을 판 쟈눈 누구? 쳥빅한 녀즈롤 연이 마굴에 싸지게 혼 쟈눈 누구? 져눈 곳 에경과 그젼 약속을 단절ㅎ얏쇼 다 싀골노 에경의 부친의게 진사ㅎ얏소 져눈 이뫼 삼일을 음식을 쓴코 하날끠 샤죄ㅎ얏소 져눈 지금 교샤와 모든 교회원의 집을 돌아 그 죄를 회기ㅎ얏쇼 자쳑ㅎ야 그 지위롤 사양ㅎ얏소 져눈 사홀 째 사ㅎ야써 그 무거운 짐을 버셧쇼 져눈 그 뒤로 권々징々혼 진의미의 싱활에 드럿소 그러나 져눈 나날이 침륜ㅎ얏쇼 이 무슨 연고인가? 져무러 가눈 가을바람 바다 우에 만즁의 슈은이 덥혓다 조고마혼 비 한 쳑이 물결에 싸라 흐르눈뒤 그 비 속에 신 훈 쌍과 셩경 훈 권이 잇고 츅 속에 비단찌박에 빅합화 훈 송이롤 슈노코 훈편 엽에 영어의 가피타[887] — 로쎠 K[888] 케즈A와[889] 이에즈가 싁여 잇다 아々 이 쥬인은 누군고? 만장의 물결이 깁

---

[887] 캐피틀(capital), 대문자(大文字).
[888] 'K'의 글자 방향 오식.
[889] '와A'의 글자 배열 오류.

허 그 비[890]밀을 말흐지 안난도다

---

**890** '비'의 오류.

# 墮落學生의 末路

Ky生

1917.2.2. 短篇小說

ㅅ면에 싸인 눈은 빅셜긔 켜를 올닌 듯ㅎ고 북악을 넘어오는 찬바람은 살을 어여니이는 져녁벗[891] 쩌러질 쌔에 가온디 다방골 엇던 큼직훈 집 문압헤 싹쓴 머리는 졔털 □[892]바위[893]가 되고 뒤축 쩍으러신[894] 구쓰는 스립파 삼아 신은 나히 이십일 셰쯤 된 청년 하나히 쩔리는 목쇼리를 겨우 진졍ㅎ고

　이리오너라⋯⋯⋯ㅅㅅㅅㅅ

두어 번 부르니 안에셔 계집 하인이 나오며 흘금 보더니

　하인 「웃지 오셧셔요」

　청년 「셔방님 좀 나오시라구」

계집 하인은 뒤도 ㅅ라보지 안코 드러가더니

　하인 「어졔 져녁쎄 왓든 이가 쏘 왓슴니다[895]

쥬인은 혼ㅈ말로 쏘 무어를 달니러 왓누 ㅎ며 나온다

---

891 '빗'의 오류.
892 문맥상 '남'으로 추정.
893 남바위. 추위를 막기 위하여 머리에 쓰는 쓰개. 겉의 아래 가장자리에 털가죽을 둘러 붙였고 앞은 이마를 덮고 뒤는 목과 등을 덮는다.
894 '진'의 오류.
895 '」' 누락됨.

쥬인 「용셕인가 웃지 왓나」

청년 「날마다 이런 말ᄒ기는 염쳬업지만 오날도 엿히즈 —」[896] 입으로·
·······제일 치워셔········돈 이십 젼만········」

주인은 입맛을 쩍쩍 다시더니 지갑에서 십 젼 한 푼을 쥬면서

「앗네 가지고 가셔 쟝국밥이나 혼 그릇 샤 먹게」

청년은 감지덕지혼 모양으로 밧아 가지고 나왔다

대뎌 이 쳥년은 누구인고 진쥬 읍니에 유명혼 지산가 권참봉 지졍「在正」
의 아둘 용셕「容錫」이라 권참봉이 나히 스십이 넘어셔 만득으로 용셕을
낫코 몃 히 후에 이 셰상을 하직홈이 그 홀로된 부인은 다만 이 어린 용셕
이를 의탁ᄒ고 인지즁지ᄒ야 열한 살 되던 히에 그곳 보통학교에 입학식
여 졸업혼 후 동리 사는 셔진ᄉ의 ᄯ롤과 혼인을 지넛는디 장인 되는 셔진
ᄉ는 용셕이가 남의 귀동으로 ᄌ라셔 언어 힝동이 너무 망민홀 ᄲᅳᆫ더러 능
히 한 집을 유지ᄒ기 부죡홈으로 용셕의 모친과 샹의혼 후 경성 언의 실
업학교에 입학ᄒ게 ᄒ니 째에 나히 십팔이라 가졍지학이 업고 더구나 쳐
음으로 셔울 ᄀᆺ혼 번화혼 곳을 보니 이문목견이 모다 현황찬란혼 것뿐이
라 요양미뎡[897]혼 용셕의 ᄆᆞ음에 칙상을 더ᄒ면 조름뿐이오 쥬샤쳥루[898]
의 리약이는 용긔가 졀로 나니 둘ᄉ이 보니는 학비는 오기가 무셥게 간곳
업고 ᄌ긔 모친의게 가진 핑계로 몃십 환식을 올녀다 식주가 연극장에 쇼
비ᄒ니 이러혼 타락학ᄉᆼ이 무엇을 셩공ᄒ리오 학년 시험에는 번ᄉ히 락
졔가 되다가 필경 퇴학ᄭᅩ지 당ᄒ고도 방탕홈은 날로 심ᄒ야 ᄌ긔 모친에
게 편지ᄒ기롤 졸업 후 언의 방면으로 취직될지 모르니 가옥 뎐답을 몰슈

---

**896** 문맥상 ',' 불필요.

**897** 요양미정(擾攘未定). 정신이 어질어질하여 결정하지 못함.

**898** 주사청루(酒肆靑樓). 술집, 기생집, 매음굴 따위를 통틀어 이르는 말.

방민]<sup>899</sup> 호야 셔울로 이스홈이 됴타호니 다만 스랑홀 줄만 아는 그 모친은
불시에 헐가로 방민호야 일천칠빅 원을 올녀붓치고 즈긔는 뒤밋쳐오기
로 호얏는디 용셕은 즉시 그 돈으로 이왕부터 죽쟈 스쟈 호던 엇던 미음
녀와 집을 산다 셰간을 드린다 호야 거의 졀반이나 업시고 느리골 근쳐에
집 한아를 삼빅 원에 스셔 모친과 안히롤 두고 몃 달간 지니니 쓸 돈은 츠
츠 업셔지고 불니듯 호는 것은 허욕쑨이라 맛춤 근일 경셩 닉에 외상 밥
츅니고 단이는 즁셕이니 금광이니 호는 쇼긔군의 쇠에 싸져 평안도 희쳔
등디에 무연 탄광 한아를 발견호얏는디 허가만 나면 곳 모회사에 몃만 원
밧기는 여반쟝이라 홈이 당쟝에 큰수나 날 줄 알고 모친을 쇠여 진쥬 일
가집으로 보니고 안히는 쳐가로 보닌 후에 드럿든 집을 되는디로 팔아셔
잡혓던 문셔를 찻고 보니 불과 빅여 원이라 즉시 그갸를 쥬어 광업쳥원을
호게 호얏더니 이 쟈는 밧는 길로 줄힝낭을 부른지라 용셕은 긔가 막혀
고향으로 가즈 호니 편토쳑디 간곳업고 쳐가로 가려 호나 형셰가 말 안이
라 긔왕스를 후회호들 어이호리오 동가식셔가슉<sup>900</sup>으로 하로 잇흘 지니
노라니 의복은 람루호고 긔한을 난감이라 여형약뎨<sup>901</sup> 호고 연이약지 호
던 남녀친구들은 눈에 씌일가 겁을 닉고 츙고호던 학우들은 익<sup>902</sup> 셕홈을
마지안이호는디 오늘 챠져간 사름은 즉 젼일에 손목 잡고 말니던 동챵싱
한국진「韓國鎭」이라 십 젼 한 푼을 엇어 쥬린 창즈는 메웟스나 오늘밤은
장챠 뉘집 신셰롤 지울고

---

899 방매(放賣). 물건을 내놓고 팖.
900 동가식서가숙(東家食西家宿). 동쪽집에서 먹고 서쪽집에서 잔다는 뜻으로, 자기의 잇속을
   차리기 위해 지조 없이 이리저리 빌붙음을 가리키는 말.
901 여형약제(如兄若弟). 친하기가 형제와 같음.
902 '익'의 오류.

# 陽報

何夢生
1918.6.25

몸이 셩치 못ᄒᆞ야 자죠 「무궁화」를 궐ᄒᆞ야 익독자 여러분의 후ᄒᆞᆫ 듯[903]을 져바리기 미안ᄒᆞ야 이전에 번역ᄒᆞ얏던 단편쇼셜 한 편으로 몃 분이나 최망을 막고져 ᄒᆞ노라

례식이 맛치고 신랑 신부는 지금 교회로부터 가졔 도라와셔 이로부터 잔치가 시작될 터인디 그 젼에 잠시 슈이고 잇슬 쩌이다 엇지[904] 꿈결 갓구려 너무 닉 분복에는 과ᄒᆞ닛가 나는 녯날리약이갓치 신부가 온데업시 사라져바리지나 안이ᄒᆞᆯ는지 도리혀 근심이 젹지 안쿠려」 ᄒᆞ고 신랑은 신부의 손을 잡아보앗다. 졂고도 어엽분 신부는 방긋이 우스며 「녯날리약이는 무슨 녯날리약이야요 나는 어졔날까지는 「메루돈」 남쟉의 부인으로 잇셧지만은 오늘부터는 「토―루」 부인이 되얏ᄂᆞᆫ데」 ᄒᆞ고 깃거움을 스사로 익이지 못ᄒᆞᄂᆞᆫ 듯ᄒᆞ다.

「푸레더릭, 토―루」ᄂᆞᆫ 실샹 꿈속에 꿈을 ᄭᅮ는 듯ᄒᆞ다. 어졔까지는 엇던 회사에 박봉의 고용으로 지니던 몸이 오늘은 몃십만이라는 큰 지산을 가진 부쟈가 되얏슬 ᄲᅮᆫ인가 졂고도 어엽분 남쟉부인과 혼인을 지니이게 되야 그 변화가 너무 속ᄒᆞ닛가 졔 싱각에도 이것이 참말 갓지 안이ᄒᆞ다.

---

903 '뜻'의 오류.
904 '엇지' 앞에 'ᄆ' 누락됨.

언으날 「토―루」가 불국 파리 셩의 「산도놀」 거리로 지나갈 쩌에 한 치의 마챠가 즈긔 압혜 머므르며 그 속에셔 졂은 귀부인 한아히 얼골을 너여밀고 그 마챠에 올라타라고 손짓으로 부른다. 별일도 만타 ᄒᆞ고 한참 쥬져ᄒᆞ얏스나 겁흐 여러 번 간졀히 부르는 고로 나죵에는 사양홀 슈 업시 그 귀부인의 겻혜 올라탓다. 그런즉 귀부인은 졍슉스러운 쇼리로 「유고 ᄒᆞ시다905는 답쟝은 바다 뵈왓습니다만은 리일 져녁 연회에는 셰샹 업셔 도 「906쏙 오셔야 홉니다」 혼다. 「토―루」는 더구나 이상ᄒᆞ게 역여 「실 레이올시다만은 나는 부인을 알지 못ᄒᆞ는 사롬이올시다 혹시 잘못 보시 고………」 ᄒᆞ고 딕답을 혼즉 귀부인도 그졔야 쌔다른 듯이 「어이그 이 를 엇지ᄒᆞ나 아조 쏙 ᄌᆞᆺᄒᆞ실길러 다른 어른이실 줄은 젼혀 싱각지 못ᄒᆞ고 ………용셔ᄒᆞ야 쥬십시오」

그동안에 마챠는 엇던 커다란 집 압혜 이르럿다. 「토―루」는 거긔셔 작별을 ᄒᆞ고 도라가랴 ᄒᆞ얏스나 귀부인은 이를 허락지 안이혼다 「차라도 한잔 드리겟습니다」 ᄒᆞ고 거의 억지로 쓸고 드러가셔 극진히 졍슉ᄒᆞ게 딕 졉을 ᄒᆞ얏다. 이것이 인연이 되야 그 뒤부터 「토―루」는 하로가 멀다ᄒᆞ 고 귀부인의 집에 쳥딕를 밧아 단이는디 이 동안에 귀부인은 영국에셔도 열 손가락에 쏘불 만콤 진산 만흔 귀족 「메루돈」 남작의 부인으로 이삼 년 젼에 남쟉이 죽엇는디 남편이 비상히 만흔 진산을 씨쳐주엇슴으로 호화 로히 셰월을 보너이는 사롬인 줄로 알앗다.

진산이 만흔 데다가 아직 나히 졂고 진터가 어엽부닛가 통혼907ᄒᆞ는 귀 공ᄌᆞ들이 묵거지르는 듯이 만히 잇지만은 남쟉부인은 무슨 ᄭᆞ닭인지 모

---

905 유고(有故)하다. 특별한 사정이나 사고가 있다.
906 문맥상 「' 불필요.
907 통혼(通婚). 혼인할 의사를 전함.

조리 거절ᄒ고 「토―루」의게만 익졍을 쏘다 나죵에는 녀즈의 편에셔 먼져 말을 니여 혼인을 이루게 된 것이다. 「토―루」 즈긔의 쳐디가 쳔ᄒ고 버리가 변ᄉ치 못ᄒᆫ 일이던지 쏘는 즈긔가 이러ᄒᆫ 미인의게 ᄉ모를 밧을 만콤 위인이 잘나지 못ᄒᆫ 줄도 익히 아는 고로 이갓치 의외의 복력을 엇을 일을 쑴이나 안인가 ᄒ고 이샹히 싱각ᄒᆫ는 것도 당연ᄒᆫ 일이다.

신부는 만면희싁으로 신랑의 얼골을 드려다보며 「여보셰오 니가 쟈미 잇는 리약이를 홀 터이니 즈셰히 드르셰요 네 ―」 ᄒ고 어엽브게 우스면셔 「녯날에 한곳에 한 쳐녀가 잇셧습니다그려」 「역시 녯날리약이구려」 ᄒ고 신랑은 신부의 손을 더욱이 꼭 잡앗다.

「글셰 니 말만 드르시라닛가……그 져[908]녀의 부모는 본리는 상당히 지니던 사룸인디 즁간에 여러 가지 불ᄒᆡᆼᄒᆫ 일이 뒤를 싸라 싱겨셔 졈ᄉ 집안은 구챠ᄒ야지고 부모도 고싱 즁에 셰상을 버린 뒤에 불상ᄒᆫ 계집으ᄒᆡ는 의지홀 곳이 바이업는 고으가 되얏습니다. 만일 이것이 녯날리약이 갓흐면 그쩌에 누구던지 착ᄒᆫ 사룸이 낫하나셔 그 계집아히를 구계ᄒ야 줄 것이지만은 실상 이 셰상에셔는 그러케 입에 마진 쩍으로 일이 될 수가 잇슴닛가 계집으ᄒᆡ는 셰집 민 쏙다이 칭 컴ᄉᄒ고 허러진 방 속에셔 일 푼 일 리의 뎌츅도 업는 혼즈몸이 되얏습니다. 이삼 일 동안은 셜음 속에셔 곱흔 줄도 치운 줄도 모르고 지니엿지만은 긔한은 졈ᄉ 몸에 핍박ᄒ야 견듸일 수가 업시 되닛가 지극히 붓그러웁지만은 홀 일 업시 비렁질을 나가랴고 마음을 결단ᄒ고 날이 져물기를 기다려셔 어머니의 입던 웃옷을 뒤집어 써셔 얼골을 가리우고 로파 모양으로 몸을 츄루ᄒ게 ᄒᆫ 뒤에 엇던 길모퉁이에 나가셧습니다」

---

908 '쳐'의 오류.

「그쩨에 무셔웁던 것과 붓그러웁던 것은 계집ᄋ희가 지금도 이져바릴 슈가 업슴니다. 멋 번을 주져ᄯᄯᄒ다가 마음을 단ᄯ히 먹고 지나가는 사룸의게 향ᄒ야 아모 말도 업시 두 손을 너여미럿슬 쩨에 비로소 씨다른 일은 그 손이 주름살이 업는 졂은 사룸의 손이던 일이올시다. 그리셔 뒤집어쓴 웃옷 쟈락으로 두 손을 싸가지고 너여미럿소이다만은 그 손에다가 돈을 던져쥬는 사람은 한아도 업슴니다. 그날 밤에는 비가 오고 날이 치워셔 길에 단이는 샤룸도 젹엇는디 나죵에 계집ᄋ희가 손을 너여미른 데는 한 졂은 남즈이야요 그런즉 그 졂은 남즈는 거름을 멈츄고 셔셔 호쥬머니에 손을 넛코 돈을 집어니이랴 ᄒ는 쩨에 한 명의 순사가 나셔더니 계집ᄋ희의 억기를 벗셕 잡으며 「금법을 모르고 무슨 비렁질이야 일러줄 일이 잇스니 이리 좀 오너라」 ᄒ고 꾸지지면셔 잡아가랴 ᄒ얏슴니다」

「그런즉 그 졂은 사룸은 순사의게 향ᄒ야 「이 로과[909]는 너가 아는 사룸인디 결코 빌어먹는 사람은 안이니 나의게 맛겨주시오」 ᄒ고 가로맛하가지고 벌ᄯ 쩌는 계집ᄋ희의게 향ᄒ야 「쟈―아지머니 어셔 가십시다 이런 데셔 어졍거려셔 엇더케 ᄒ단 말슴이오」 ᄒ고 순사의 눈에 즈셰히 보이지 안이홀 만큼 드러가셔는 오십 젼즈리 은젼을 너여주며 「만치 안은 것이나마 맛침 이밧게 업스니 자―치운 밤에 오리 잇슬 것이 안이라 속히 집으로 가지 년로ᄒ 쳐디에 가엽셔라」 ᄒ고 졍슉스러웁게 일러쥬며 갓슴니다」

「지금 와셔야 무엇을 숨기겟슴닛가 비렁질ᄒ던 계집ᄋ희는 나이오 그 졍슉ᄒ고 인즈ᄒ던 졂은 남즈는 지금 여긔 안지신 신랑이야요 나는 참말이지 그 뒤부터 잠시도 이 신랑의 얼골을 이져바린 일이 업셧슴니다」

---

909 '꽈'의 오류.

「토一루」는 마옴에 깁히 놀나셔 「졍말 그런 일이 잇셧단 말이오」

「녜一다만 한 번 비렁질을 ㅎ얏슴니다 은혜를 밧기는 다만 이 신랑님 의게쑨이올시다. 니 목슘이 구죠되기는 안이오 목슘보다도 더 즁ᄒ 것이 구조되기는 젼혀 이 신랑의 덕틱이올시다 그 은혜를 밧던 잇흔날 아참에 니 신셰를 불상히 녁이는 한 사롬의 로파가 엇던 지봉소에 버리구멍을 쥬션ᄒ야 쥬어셔 나는 거기셔 고용 노릇을 ᄒ게 되얏슴니다. 그러셔 챠챠로 주인의 마옴에 드러셔 편안히 지니이는디 쥬인의 단골손님 즁에 「메루돈」 남작이라는 영국의 귀죡이 잇셔 언으날 가ᄉ에 오셧다가 니가 그 눈에 쓰여셔 나의 신상을 무러보시더니 안희가 되야달라고 쥬인을 즁미로 셰우고 간절히 부탁을 ᄒ셧슴니다 남작은 벌셔 륙십이 넘고 미우 쇠약ᄒ 로인인 고로 나는 롱담으로 싱각ᄒ고 거졀의 디답을 ᄒ얏스나 남작은 「즈긔는 아모 부족ᄒ 것이 업는 쳐디이나 이러케 늙은 쳐디에 안희도 업고 즈식도 업고 친척은 만히 잇셔도 모다 즈긔 지산을 쎄아셔 먹으랴 ᄒ고 진졍으로 즈긔를 도아쥬는 사롬이 업는디 즈긔가 지금 바라는 것은 졍숙스러웁게 진졍으로 니 몸의 일을 보아달라 ᄒ는 것이오 안희라 ᄒ는 것은 다만 일홈쑨이라도 샹관업슬 것이다」 ᄒ고 간졀히 말슴을 ᄒ심니다」

「실상은 그날 져녁부터 니 마옴에는 다만 이 신랑님을 사모ᄒ고 잇셧지만은 이 신랑님은 그날 다만 한 번 뵈왓슬 쑨이오 또 언으 쎠이나 만나 뵈올 수가 잇슬는지도 알 수두 업고 쥬인이라덩지 동무들이 모도 진졍으로 권ᄒ기에 죵니에는 남작의 말디로 좃기로 결단ᄒ얏슴니다그려 사연이 그러케 되야셔 셰상에도 불샹ᄒ 고으의 신셰이던 이 몸이 영국에셔도 유명ᄒ 귀죡의 부인으로 남의 경디를 밧게 되얏슴니다 화려ᄒ 마챠를 타고 반년 젼 비오고 어두웁던 밤에 비렁질을 ᄒ던 그 길로 지나갈 쎠에 이 신랑님의 은혜를 싱각지 안이홀 쎠가 업셧슴니다」

「팔즈 됴흔 이는 「메루돈」 남작이오 그러흔 신부를 안락흔 호강을 식히면셔 그 사랑을 밧앗스니」 ㅎ고 「토—루」는 탄식ㅎ얏다.

「남쟉은 실로 다복ㅎ신 어른이지오 나는 될 수 잇는 디로 셩력을 다ㅎ야셔 남쟉을 깃거우시게 ㅎ야드리닛가 남쟉은 다만 하로라도 나의게 쟝가드신 것을 후회ㅎ신 일은 업셧슴니다. 그리고 셰샹을 버리실 쩌에 다수흔 직산을 나의게 찌쳐주셧는디 나는 이 직산은 이 신랑님의 물건을 맛흔 것으로 싱각ㅎ고 이 신랑님이 안이면 다시 혼인을 안이ㅎ랴고 마음에 밍셔를 ㅎ얏슴니다. 그리셔 그 뒤부터 나는 신랑님을 찻기에만 힘을 썻910슴니다 일홈도 알지 못ㅎ는 사름을 찻노랏가 그동안에 몃 번을 실망ㅎ얏는지 알 수 업셔요」

「그날 이 신랑님을 챠졋슬 쩌의 깃거움은 참 엇더케 말홀 수가 업셧셔요 그쩌에 엿쥰 말슴은 챠々 친々 ㅎ야질 언턱거리롤 만드노라고 그 당쟝에셔 쑤며디인 거즛말이야오 혹시 이 신랑님이 부인이 계시지나 안이흔가 ㅎ고 얼마나 근심을 ㅎ얏는지………. 만일 부인이 계셧더면 평싱에 이 녯눌리약이롤 들녀드릴 수가 업셧겟지오」 (끗)

---

910 '썻'의 오류.

# 贋造貨

1918.10.25～11.2. 6회. 舍淚戲譜

## 1918년 10월 25일 (一)

기성 강샹월『江上月』은 나히 열아홉 살이오 얼골이 어엿부어셔 수빅 명
기성 중에도 니로라 닷투어볼 인물은 몃치 업사외다 그러호 ᄭᅡ닭에 식항
色巷』[911]으로 도라단이며 어식『漁色』으로 일을 삼으는 졀문 사나히들은
탐을 너이지 안임이 업건마는 근지[912]를 모르는 손임에게는 여간ᄒᆞ야셔
는 말을 슌ᄒᆞ게 듯지 안는다는디 ― 이것이 모도 수단이외다 ― 그 중에도
헐기 ᄲᅡ진 사나히는 열곱이 나셔 날마닥 기성집으로 사진을 ᄒᆞ야 듯기 시
른 돈 쟈랑을 느러노코 먹기 시른 료리상을 션々ᄒᆞ게 차려옵니다 친ᄒᆞᆫ 친
구 당고ᄒᆞᆫ 데는 빅지 한 권을 앗기는 궐쟈가 ―.
강상월의 지니온 력사를 간략히 말ᄒᆞ면 ― 놀나지 마십시오 ― 부쟈집 쳥
년자질 싯깃 씨이보기를 두어 번 ᄒᆞ엿고 한 달 동안쯤 마ᄽᅵ님 누릇ᄒᆞ야
기와집 수십 간과 의리의리ᄒᆞᆫ 세간집물을 오붓ᄒᆞ게 먹엇다던가 입도 꿩
□[913]히 크려니와 챵쟈도 어지간ᄒᆞ외다.

---

**911** '色巷' 앞에 '『' 누락됨.
**912** 근지(根地). 자라 온 환경과 경력을 아울러 이르는 말.
**913** 문맥상 '쟝'으로 추정.

그리도 이러혼 굉□<sup>914</sup>호고 넉손 좃코 염체업고 아리싸운 강상월이도 한 가지 험<sup>915</sup>졀은 잇다고 호길네 궁금증이 치미러셔 어나 외입장이에게 막걸니 두 잔으로 졸으고 졸나셔 무러본 즉 귀에다 입□<sup>916</sup> 디이고 가르키여 쥬는 말이.

『시파르게 졀문 것이 두 무릅이 찬돌 갓히 —』

에그 한아님 마압시오

하로는 느진 봄 시름업시 오는 비가 길에 먼지 안이 이러날 만큼 소리 업시 부슬々々 오는디 져녁밥을 먹은 뒤에 경디를 압혜 놋코 — 뒤에 놋코 볼 사람은 업지만은 — 단장을 맛친 뒤에

기싱<sup>917</sup> 아씨 뫼시러 왓슴니다』호는 인력거군 오기만 기디리고 잇다 그러나 이날은 지수가 업셧는지 한 놈도 오지 안는다 어언간 열두 시가 갓가히 되미 자리를 펴고 그 우에 누어셔 익미혼 칼표만 잡은 참에 셔네 기를 쎠려누이며 머리속에 오락가락호는 싱각은 그에게 머리맛까지 싸져셔 허덕지덕호는 쟝쥬사 싱각이외다 츄슈가 칠팔쳔 셕이나 되고 노인 돈이 오□<sup>918</sup>만 원 가량이나 잇다 호니 엇지호면 그 돈을 비탈 업시 먹어볼가 지나간 겨울에 모물<sup>919</sup>은 힘 안이 들이고 어더 입엇고 어느 날 밤 진고기 산보호얏슬 쎠도 보셕 반지 한 기와 우데마찌<sup>920</sup> 금시계 한 기를 청구도 안이호엿건만 무슨 넉이 낫던지 계출물에 사쥬어셔 히롭지는 안이호

---

914 문맥상 '쟝'으로 추정.
915 '흠'의 오류.
916 문맥상 '을'로 추정.
917 '기싱' 앞에 '『' 누락됨. 이후 대화문에서 '『', '』' 누락된 부분은 따로 표기하지 않음. 단, 대화문 앞에 '『' 누락된 부분은 원문 그대로 들여쓰기를 함.
918 문맥상 '륙'으로 추정.
919 모물(毛物). 털로 만든 물건.
920 우데마끼(うでどけい). 손목시계.

엿스나 신에는 붓지 안엇다 오날밤 갓흔 비 오시는 날에는 손님이 업슬 줄 짐작ᄒ고 필연코 오련마는 — ᄒ는 싱각이엿슴니다 이리져리 싱각 끗헤 시름업시 부르는 노러가.

　산이 놉하 못 오는가 물이 깁허 못 오는가 산이 놉하 —.

ᄒ고 병풍 장단을 쌍々 치면서 마듸마듸 졍이 붓게 아스러저 넘어가는듸 문□[921] 우에 노이어 잇는 좌종이 열두 시를 동々 치자 듸문 박에는 장주사가 어느 결에 왓던지 은은히 쩌나오는 이 노릭소릭를 듯고 두 억기를 웃슥ᄒ며

　에그 그 소리야 사람 죽인다 올치 니가 한동안 밧□[922] 쓴□[923]더니 그리
□ 가삼이 두군두군ᄒ며 응덩이가 스믈스믈ᄒ다

　이리 오나라 —』는 졔처두고 『이이 문 여러라 ᄒ얏슴니다

장주사 드러오는 것을 보고 강상월은 벌쩍 이러안지며 흴끗 장주사 얼골을 치어다보더니 쪼 무슨 계교가 별안간 낫는지 도로 몸을 힘업시 자리 우에 던지며 등□[924] 지고 살짝 도라누은다 인사 한마듸 업시 —.

　이이 이것 웨 이러늬 사람이 오거든 인사ᄂ ᄒ여지 이이 니가 네게 부[925]슨 잘못ᄒ 일잇늬 응』『싱각히 보구료』

『암만 싱각 안이라 익은각을 히도 조곰도 죄는 업는걸 올 —치 한동안 안이 와보앗다고 그리늬』『알면셔 왜 남의 속만 틱이고 잇는가』

『이이 그럼 고만 우리 사회ᄒ버리지[926]』

---

921 문맥상 '갑'으로 추정.
922 문맥상 '을'로 추정.
923 문맥상 '엇'으로 추정.
924 문맥상 '을'로 추정.
925 '무'의 오류.
926 사화(私和)하다. 원수였던 사이가 원한을 풀고 서로 화평하게 지내다.

ᄒ며 장주사의 손이 강상월의 허리 갓가히 갓슴니다.
『손 치어 이것 왜 이러노』 쎅 ― 소릭를 지른다

장주사는 손을 움씰ᄒ며 어이가 업셔 니려다보ᄂᆞᆫ더 니밀엇던 손을 주체
ᄒᆞᆯ 수가 업스닛까 어식ᄒᆞᆫ 것을 면ᄒᆞᄂᆞ라고 가렵지 안인 턱 밋을 복복 극
ᄂᆞᆫ다.

## 1918년 10월 26일 (二)

『이익 그럴 것이 안이라 니 말 좀 드러 어셔 이러나게 오날은 놀고 십허셔
온 것이 안이고 작별[927]ᄒᆞ러 왓네』

비트러져셔 누어 잇든 강상월은 작별이라는 말에 쌈짝 놀나셔 벌썩 이러
안젓슴니다

『작별[928]?』

』[929]그러 작별ᄒᆞ러 왓셔』

『작별이라니 왜 어더 가는가』

『아니 영々 작별이라는 말일세』ᄒᆞᄂᆞᆫ 쟝쥬스의 얼골에 진졍이 낫하ᄂᆞᆫ다

강상월은 무삼 곡졀인 줄을 알지 못ᄒᆞ야 아모 말도 ᄒᆞ지 못ᄒᆞ고 얼쌔진
사롬갓치 장쥬스의 얼골만 치어다보고 잇슴니다

『안인 밤중에 홍두씨 니미듯 별안간에 작별이라면 이상ᄒᆞ게 역이겟지만
은 쟈네도 자네려니와 작별ᄒᆞ러 온 니 마음이야 엇더ᄒᆞ겟나 나는 오날부
터는 집도 업는 신세가 되엿네 자네와 나와 쟈별ᄒᆞ게[930] 지닌 지가 거의

---

927 '별'의 오류.
928 '별'의 오류.
929 '『'의 오류.
930 자별(自別)하다. 친분이 남보다 특별하다.

삼 년이나 되엿는디 쟈네게야 무슨 돈이라 그리 쓴 것이 잇나만는 이럭져 럭 집의 돈 수만 원을 축을 니이고 더구나 이삼일 전에 화투인가 무엇인 가 ᄒ다가 이만여 원을 몰수히 올니여 바렷더니 아버지끠셔 화를 잔뜩 니 시고 죽이나니 살니느니 ᄒ시더니 너 갓흔 놈은 닌 눈에 씌우지 말나고 여간ᄒ셔야지 암만 이걸복걸ᄒ흔들 쓸데 잇나 홀 수 업시 쫏기어 나왓스니 죽지 살 수 잇나 나올 쩌에도 어머니끠셔 돈 오십 원을 슬그머니 호쥬머 니 속에다 느어 주시면셔 락루[931]᠁지 ᄒ시는 것을 뵈오니 ᄌ식된 닌 마 음엔들 무슨 됴홀 것이 잇겟나』쟝쥬ᄉ는 눈물이 글셩々々 ᄒ야지며 한슘 을 후유 쉬이더니 호쥬머니로셔 돈 오십 원을 너어노으며

『자아 이 돈 오십 원은 약소ᄒ나마 전날의 멋쳔 원인 줄 알고 졍으로 바더 주게 무엇에 보틱셔 쓰던지 머리 기름이나 ᄉ셔 쓰도록 ᄒ게』이쩌᠁지 아모 말 업시 듯고 잇던 강상월은 숀에 들고 잇던 권연을 지쩌리에 쏙쏙 비々어 던지며

『아ㅡ니 그러키로 나와 작별홀 ᄭ닭이야 무엇 잇노』

『이 사롬아 영々 작별이란 것은 죽어바린단 말일셰』

『죽는단 말이 왼 말인가 죽는 게 다 무엇인고』

『닌들 여간히셔야 죽을 결심을 ᄒ겟나 꼭 죽어야만 ᄒ지 사름의 ᄌ식 되 야셔 부모에게 쫏기여나고 셰상에 무슨 슉괴로 얼골을 들고 단인단 말인 가 이번 일도 소문이 벌셔 파다히 나셔 길에 나ᄉ면 아는 사롬 모르는 사 롬 홀 것 업시 뒤숀ᄭ락질 ᄒ는 것 보기도 실코 인졔야 숀에 돈 한 푼 만쳐 볼 수 업겟스니 너ᄒ고도 다시 놀아볼 수 잇늬 죽어야 맛당ᄒ지』

강상월의 속마음은 엇지 되엿든지 외면치례라도 무어라 한마듸 위로 안

___
**931** 낙루(落淚). 눈물을 흘림. 또는 그 눈물.

이훌 수 업는 경우가 되엿습니다

『나는 오날ᄭ지라도 나으리가 그러신 줄 참 몰낫소 에그 그리지 마오 사
롬을 속여도 분수가 잇지』

『니가 무얼 속여』

『속인 것 안이면 무어야 몸은 둘이지만 마음은 한아인 동 죽을 ᄊ는 한날
한시에 죽쟈는 동 사롬의 정만 잔득 드려노코 오늘 와셔는 나는 이리ᄊᄊ
히 죽으니 너는 잘 잇거라 그게 다 무슨 슈작이야 에그 분히 나는 속은 게
결통ᄒ오』『아―니 그야 무슨 니 가정이 업셔젓다던지 너를 속인 것이
안이라 나는 이왕 부모에게 죄를 짓고 죽거니와 너야 무엇이 부죡ᄒ야 죽
눈단 말인가 더구나 이십 안 결문 몸으로 장릭에 엇더ᄒ 영화를 볼는지도
모르는 것을 니가 무삼 염치 ―』

『그만두어요 듯기 실소 갓치 죽쟈고 말 한마듸도 안이ᄒ단 말이오』

『말만 히 보면 무얼 히』

『아아 그리면 나으리는 니가 빈들ᄊᄊ[932]ᄒ고 살고 잇슬 줄 알앗구려 아
셔 그리지 마시우 나으리가 죽으면 닌들 무슨 쟈미로 살고 잇겟소 나도
죽을 터야』

## 1918년 10월 29일 (三)

장주사는 고기를 슉이고 아모 말도 업시 입맛만 쩍ᄊ 다시며 두 억기를
츅 느러트리고 한숨을 길게 쉬이더니

『나는 가삼이 쎠지근 ᄒ야 무어라 말ᄒ 수 업네 자네가 나와 함께 죽겟다

---

932 빈들빈들. 게으름을 피우며 부ᄭ러운 줄 모르고 뻔뻔스럽게 놀기만 하는 모양.

389

눈 말만 러도<sup>933</sup> 이 세상에 아모 원통호 일이 업네 니야 진정 말이지 무슨 염치로 자네보고 죽자고야 홀 수 잇노 자네 입에셔 그 말 쩌러지기만 기다렷더니 ─ 인제야 니 원을 풀엇네 죽어셔 저세상에 간들 자네 정이야 이즐 일이 잇겟노 ─ 자아 그리면 두말홀 것 업시 나고 함쎄 지금 곳 룡산『龍山』으로 나아가셔 강물에 바<sup>934</sup>저 죽세그려 청춘 홍안<sup>935</sup>에 죽어 바리나 칠팔십 빅발이 되여셔 죽으노 한번 죽기노 미일반이 안인가 이 세상에서 부부가 못 되엿스니 리셰에노 빅 년을 누리고 살아보셰그려』

호며 손수건으로 눈물을 씻는다.

강상월은 나가는 말길에 죽겟다고는 히노앗스노 물론 죽을 싱각은 손톱만치도 업다 그러노 벼란간 죽지 말자고도 홀 수 업고 앗가 혼 말은 거짓말이라고야 더구나 홀 수 업다 인제 와셔는 죽자는 말도 못 호고 안이 죽자는 말도 못 호고 등꼿이 꼿々호야지며 죽을 싱각에 긔가 막힌 것이 안이라 엇지호면 감쪽갓치 버셔날가 호는 싱각에 식은쌈을 흘니고 잇스외다

쟝쥬스는 부등々々 이러스며

『자아 어셔 나아가셰』 혼다

『이왕 죽기로 작뎡되엿는데 무얼 그리 급호게 구시우』

『아 ─ 니 그럿치 안어이 ─ 시간이 갈스록 죽을 싱각이 헤물거질가 겁일셰 ─ 두말 말고 어셔 ─ 나아가셰 ─ 거짓말은 안인가』

쟝쥬스는 눈을 쪽바로 쓰고 억기로 숨을 쉬이며 급々히 치쳐 뭇는다 거짓말이라면 무삼 광경이 이러날는지도 모르는 긔식을 치이고 강상월이는 홀 수 업시

---

933 '드러도'의 탈자 오류.
934 '쌔'의 오류.
935 홍안(紅顔). 붉은 얼굴이라는 뜻으로, 젊어서 혈색이 좋은 얼굴을 이르는 말.

『이러케 사룸을 못 밋ᄂ』

ᄒ면셔도 가삼속은 황당ᄒ다

『그리면 무얼 쥬져ᄒᄂ』

ᄒ며 손목을 잡아 이르키니 강상월이는 할일업시 ᄭ으을니어 나간다 속마
음에ᄂ 앗다 엇지ᄒᆯ 수 잇ᄂ 가는 곳ᄭ지 가면 엇더케던지 모면ᄒᆯ 방칙이
나셔겟지 ᄒ고 턴연ᄒᆫ 괴식을 억지로 얼골에 씌우며

 쥭으러 가는 것이 옷[936]은 가러입어 무얼 ᄒᆯ고 이듸로 갑시다』

ᄒ고 마당으로 나려슨다 이ᄲ에 건너방 미닫이룰 열고 기싱모가 고기만
니밀면셔

『아가 어듸 가노』

『어데 가는 것은 알어 무얼ᄒ오』

ᄒ며 퉁명스럽게 메다빗친다 만ᄼᄒ 게 어머니로구나.

여긔ᄂ 신룡산 죵뎜인데 어듸로 갈ᄂ오』

『시로 노은 다리로 가셰 거긔ᄂ 물도 깁다니 이왕 죽으면 한시름에 죽어
바리여지』

하날에ᄂ 벼을 한아도 뵈이지 안이ᄒ고 이슬비ᄂ 솔ᄼ 오시ᄂ듸 한강교
압헤 셔ᄼ 잇ᄂ 뎐등불은 ᄭᆷ속갓치 몽로[937]히 빗ᄎ어 잇다.

여늬 ᄲ 갓ᄒ면 지척을 분간치 못ᄒᄂ 캉캄ᄒᆫ 밤[938]에 힝인죳차 ᄭᆫ어진
이러ᄒᆫ 외진 곳에 아모리 사나히와 동힝이라 홀지리도 심약ᄒᆫ 녀자로야
엇지 무셔운 싱각이 업스리오마는 이날 밤 강상월은 무셔운 싱각은 어듸
로 가버리고 엇지ᄒ면 됴홀가 ᄒᄂ 싱각에 발이 엇더케 노이는 줄도 모르

---

**936** '옷'의 오류.

**937** '롱'의 오류.

**938** '밤'의 글자 방향 오식.

고 정신업시 짜라감니다

이 두 사람은 각기 별다른 마음을 가삼에 품고 묵々히 텰교 한가운데쯤 가더니 장주스는 문득 강샹월의 손을 잡고

『이이 강샹월아 졔**939**샹 스룸의 인연이란 진정코 알 수 업는 것이로구나 세샹에 허구만은 사룸 중에 너와 나와 맛나는 것도 인연이런이와 죽게々지 졍이 들엇스니 삼싱긔연**940**이란 말과 갓치 우리가 아마 젼싱에도 무슨 인연이 잇셧나 보다 꼿 갓흔 너를 죽일 싱각ᄒ니 익쳐러워 못 견디겟다마는 차마 너를 혼쟈 이 셰샹에 남겨두고야 죽은들 닉 눈이 감기겟늬 ― 너도 운슈요 나도 운슈로구나 쟈아 강샹월아 니가 먼져 ᄲ질 것이니 곳 뒤ᄶ로차셔 응』

ᄒ며 강샹월의 디답이 나오기도 젼예 벌셔 란간에 다리를 걸치고 휙 너머ᄶ러진다

풍덩 ― ᄒᄂ는 물소리가 고요혼 공긔를 ᄶ트리여 강샹월의 고막을 친다 강샹월은

에그머니』

ᄒ고 몸소리를 쳣슴니다

## 1918년 10월 30일 (四)

강샹월은 졍신이 아득ᄒ며 진쌈이 등을 젹시니 이른 봄 품에 드는 바람에 쌈이 마르느라고 더욱 션쑥々々ᄒ다

강샹월은 무셔운 무엇이 등 뒤에 쏫차오는 드시 졍신업시 멧 거름을 다름

---

**939** '셰'의 오류.
**940** 삼생기연(三生奇緣). 삼생을 두고 끊어지지 않을 기이(奇異)한 인연(因緣).

질ᄒᆞ야 가드니 무슨 성각이 낫는지 도로 장주사와 함끠 셔셔 잇던 곳으로 와셔 강물을 나려다보며

『여보 나으리 나는 진정 죽기 실소 나으리는 죽어도 원통ᄒᆞᆫ 마음이 업거니와 나야 무엇이 부족ᄒᆞ셔 죽는단말가 쳐음부터 죽을 성각은 죠곰도 엄셧건만 말이 오다가다 그리 되엿구려 도라간 귀신이라도 여보 나으리 원망이ᄂ 마오』

ᄒᆞ고 다시 몸을 돌니키어 허둥지둥 다름질ᄒᆞ며 잇고 업고 간에 덥허노코

『인력거 — 인력거 —』ᄒᆞ고 불녓습니다

날카로운 목소리가 야음에 흔들닌다

● ● ● ●
● ● ● ●

『에그 어무이 갈분의[941]라도 좀 쑤어쥬오 등이 오슬ㅅㅅ히셔 못 견듸겟소』

집에 도라온 강상월이는 한편으로는 죽을 곤경을[942] 면ᄒᆞ엿스니 시원ᄒᆞ지만은 쏘 한편으로 성각ᄒᆞ면 엇지 되엿든지 사름 한아 죽는 경상을 눈으로 보앗고 더구나 그 죽엄이야말로 그 원인을 차져보면 거의 쟈긔가 사름 한아 죽인 것과 죠곰도 다름이 업고 져간 암만 깁흔 정은 업셧다손 치드리도 이삼 년 동안을 련속ᄒᆞ야 관계가 잇셧스니 미운 정 고흔 정 ᄒᆞᆯ 것 업시 젼혀 정이 업다고야 ᄒᆞᆯ 슈 업다

강상월은 십촉 뎐등불 밋헤셔 이리 공성 져리 공상 몸을 뉘져거리며 잠을 이루지 못ᄒᆞᆫ다 동니 어나 집에셔 닭이 길게 식벽을 우러 고ᄒᆞ고 좌종은 발셔 네 시 갓가히 됨울 가르친다 이쩌에 별안간 문박게셔

『문 좀 여러 주게 여보게 간난어미 문 좀 여러』ᄒᆞᆫ는 목소리 나드니 문을

---

**941** 갈분의이(葛粉薏苡). 갈분은 묽게 쑤어 생강즙과 설탕, 꿀 따위를 탄 음식.

**942** '을'의 글자 방향 오식.

덜걱々々 흔들며

『여보게 문 여러』

ᄒ고 지차 소리를 지른다

간난어미는 입속으로 중얼々々ᄒ며 퉁명시럽게 힝랑방 문을 여러부치고 나오더니 문을 쩌기고[943] 너어다보며

『누구세요 이 시벽에 에그머니 박참위 영감일세 웬일이세요』

『안되엿네 단잠을 ᄭᅵ셔』

ᄒ며 뭇는 말에는 동이닷지 안이ᄒ는 졔 인사만 히 바리고 황황히 안으로 드러간다

뒤에셔 간난어미는 혼자말로『앗다 그 양반 꽁문이에 불붓텃ᄂ』

이 박참위라 ᄒ는 사람은 장주사 집에 갓가히 단이는 사람으로 강상월이와 장주사의 뒤퍼는 모다 이 사람이 살펴어보는 터이라

『아 지금이 이게 멧 시인데 잠을 안이 자고 잇ᄂ』

『노름에 단여와셔 엇지 곤ᄒ엿던지 웃[944]도 벗지 안코 ᄭᅵ러진 치로 한잠 자고 낫더니 원수에 잠이 와야지 그러나 영감은 이 시벽에 왼일인가 쏘 어듸 가셔 무슨 죄를 짓고 오는가요』

『죄ᄂ 짓고 단이면 제법이게 쟝쥬ᄉ 챠지러 단이느라고 이 야단일세 ― 쟝쥬ᄉ 안이 왓던가』

『아―니』

『허々 그게 왼일잇구』

왜 무슨 일이 낫소』

티연히 이러케 시침을 쑥 ᄶᅦ이고 말은 ᄒᄂ 가삼속은 두군々々 방미이질

---

**943** 뻐개다. 크고 단단한 물건을 두 쪽으로 가르다.
**944** '옷'의 오류.

혼다

　허々 참 이상혼 일이군 쟝쥬亽가 일전에 집의 돈 이만여 원을 축을 너고 쫏기어낫지 —』

『네 —』

『아 자네 그 말 드럿늣』

『아 —니 글셰 이야기만 ᄒ시우』

『다져녁쩌에야 그 말을 드럿네그려 니 싱각에는 갈 데 잇늣 필연코 니 집에 올 쯧ᄒ길네 좀 기디려 보다가 정 안이오면 차져 나슬가 ᄒ고 집에서 져녁을 먹을 쩌에 반주 두셰 잔을 먹엇더니 고만 어느 결에 잠이 드럿네그려 박참위는 홀곳々々 강상월의 얼골빗만 삷히면셔 이야기를 계속혼다

## 1918년 10월 31일 (五)

『비몽사몽간에 쟝쥬사가 머리맛헤 와셔 셧는디 힐긋 치여다본즉 젼신에 눈 물이 쑥々 흐르고 이마가 씨져셔 검붉근 피가 톡 불거진 한편 눈을 덥허 흘너 잇는디 —에그 그 눈이야 지금 싱각ᄒ야도 몸이 썰니네 —그리셔 나는 엇지 놀낫는지 자네 이게 윈일인가 ᄒ고 소리를 버럭 칠[945]넛네그려 —』 ᄒ며 박참위는 아릿목으로 밧삭 다거안는다.

강상월의 일골빗은 졈々 변ᄒ야 창빅식이 되고 입살은 실눅々々 씽기여셔 무에라 말을 ᄒ랴면셔도 혀가 잘 도라가지 안이ᄒ는 모양일다 박참위는 이 경상[946]을 힐긋 보고 더욱 목소리를 나직이 ᄒ야 이야기를 계속혼다 『한쪽 눈으로 나를 몹시 노려보면셔 력々ᄒ게 말을 ᄒ는디

---

**945** '질'의 오류.
**946** 경상(景狀). 좋지 못한 몰골.

『나는 강상월이 년호테 속아서 이러케 원통호게 죽엇는디 자네는 잠만 자고 잇스니 야속도 호여이 너가 그년호테 속은 게 분히 아모커나 너가 그년은 말니여 죽일 터이지만은 자네도 좀 성가심을 밧어야 호네 호길니 너야 무삼 곡졀인 줄 알아야 디답을 호지 안이호겟나 디체 이』[947] 웬 곡졀 인 호고 치쳐 무르랴 홀 즈음에 차듸찬 손을 쑥 너미러셔 나의 얼골을 너 려 쓰다듬는디 엇지 놀낫던지 억 소리를 지르고 너가 너 소리에 쌈짝 놀 너셔 씨어보니 꿈일셰그려 하도 이상호고 무셔운 꿈을 쑤엇스니 더구나 잠이 오느 고시랑고시랑호다 쏘 어렴풋호게 잠이 들면 왼[948]연히 쏘 장주 사가 머리맛헤 스네그려 그러셔 ―』

 에그 영감 고만두시고 사람 좀 살니시우

강상월이는 와락 달녀드러 박참위의 팔울 붓들고

『엇지호면 좃소』

『아 ―니 무슨 ᄭᆞ닭이 잇나? 살니고 죽이고 간에 이야기를 드러야 알지 ―쩔고만 잇스면 알 수 잇나』

『장주사 나으리는 너가 죽엿소』

박참위는 펄쩍 뛰며

『죽이다니』

『너가 죽인 빈ᄂᆞ 다름업시 되엿소』

호고 지난 사연울 낫낫히 말훈 뒤에

『자아 이럿게 되엿스니 인제는 엇터케 허오 그 원혼이 밤마다 머리맛헤 스 게 되면 나는 말녀 죽엇지 별수 잇소 좀 살녀주시우 엇지호면 좃탄 말가』

 허々 그것참 큰일 낫네 져를 엇지혼단 말인가 ―자네 쩜문에 아모 죄 업

---

[947] 문맥상 ‘」’ 불필요.
[948] ‘왼’의 오류.

는 나(ㅅ지 짜라 경이니 이게 무슨 비러먹을 일이란 말인가 ─ 꼭 당힛지 별수 잇ㄴ』

『여보 영감 그리지 말고 사람 좀 살니우』

『글세 닌들 별수 잇ㄴ ─ 꼭 한 수가 잇긴 잇지마는 자네가 그것을 드러먹을눈지 알 수 업네』

『죽나니보다 더훈 일이 어딕 잇단 말슴이오 어셔 말슴ᄒ오』

『나도 남한테 드른 말일세마는 녀인네에게ᄂᆫ 목슴 다음에ᄂᆫ 머리털갓치 중훈 게 업다데 ─ 머리쪽 밋을 밧삭 비어서 죽은 사롬 무덤에 함께 파뭇고 경을 닑으면 원혼이 풀닌다데마는』

『머리를 싹거』

ᄒ며 강상월은 잠시 동안을 신음ᄒ더니

『머리 안이라 더훈 것이라도 싹지 별수 잇소 ─ 그리면 닉 머리치를 비어셔 드릴 것이니 좀 그리히주시우』

ᄒ며 건넌방으로 가셔 한참 동안을 잇더니 손아람으로 한 줌이ᄂᆫ 머리털을 비여가지고 머리ᄂᆫ 수건으로 싸믜이고 왓다

박참위가 강상월의 버여온 머리털을 손에 들더니 큰 기침을 니쳐 두세 번 ᄒ고 마루로 썩 나스며 크게 소리를 질너

『이리 드러오게』

ᄒ다 강상월은 슈상히 녀이어

『거 누구요』 ᄒ고 뭇는다

『앗다 드러오면 알지 몰을 사롬은 안이야』

박갓문소리가 찌걱 나며 져벅々々 발자취 소리가 나드니 거침업시 마루 우로 올나스며 방안으로 고기만 쓱 드리민다 『에그머니 쟝쥬스 ─』

ᄒ며 강상월은 긔식ᄒ야 잠바졋다.

## 1918년 11월 2일 (六)

●     ●     ●     ●

  ●     ●     ●     ●

죽엇든 사롬이 눈압헤 안젓다

박참위는 손에 들고 잇던 강상월의 머리털 한 모슙을 쟝쥬ㅅ에게 젼ㅎ면셔 이것은 자네한테로 가는 것일셰 더々로 젼홀 문건은 못 되네마는 이야기 거리는 착실히 되네 그나 그쑨인가 모든 졍을 쏘다붓고 수쳔금을 드린 결과가 머리털 한 줌일셰그려 허々 —』

이년아』 ㅎ며 박참위는 다시 목소리를 거칠게 ㅎ야 강상월을 부른다 강상월은 하도 긔가 막히여 쑴인가 싱시인가 잠시 동안은 헤아릴 힘도 업시 눈도 쌈작이지 안이ㅎ고 쟝주ㅅ의 얼골만 구녕이 쑤러지도록 치어다보고 잇는디 머릿속에는 — 돈 오십 원 — 부자집 독자 — 화투 노름에 돈 이만 원을 이러 — 집에셔 쏫기여 낫다고 죽어 — 인졔야 다시 죠리를 치려셔 싱각히보니 모도가 자긔를 속인 것이오 사롬의 속을 쏩아 보랴 혼 것이로구나 강상월은 열아홉 살 먹은 오늘날ᄭ지 남한테 이처럼 속아본 일도 업거니와 더구나 심즁에 자긔 말 한 마디면 아모리 어려운 쳥이라도 유공불□[949]ㅎ게 응홀 것이오 아모리 노ㅎ얏드리도 넙젹다리 한 번만 꽉 집어쏫고 코 밋헤다가 머릿기름 닙싯만 한 번 풍기어 주면 오륙월 염텬[950]에 눈 녹아 바리듯 노염이 업셔지는 어리셕고 헐기 쌔진 사나희한테 감쪽갓치 속아 넘어간 싱각을 ㅎ면 붓그러운 싱각은 어디 가고 분ㅎ고 졀통ㅎ야 도리여 악이 치밧친다

---

**949** 문맥상 '급'으로 추정. 유공불급(唯恐不及). 오직 미치지 못할까 두려워함.
**950** 염천(炎天). 몹시 더운 날씨.

강상월은 분통이 치밧치어셔

씨근々々 억기로 숨만 쉬이고 잇다 강상월이가 분ᄒ야 납쮤사록 박참위
ᄂ 더욱 링소를 말지 안이ᄒ며

『이년아 왜 오는 복[951]을 톡 차버리늬

이년이니 져년이니 늬가 뒥네 집 종노릇을 힛단말가 왜 이년이라 ᄒ노』
 아 너 갓흔 것은 이년도 과ᄒ다』

『앗게 그리는 말게』ᄒ고 비로소 장주사가 입을 연다『앗다 그릭 장주사
의 쳥으로 이년이라는 년 짜는 쎄 버리고 여보 기싱 아씨 허々 여보게 왜
오는 복을 차니 버리고 머리ᄊ지 깍거 ― 장주사가 집은 왜 쏘기여나며 둘
도 업ᄂ 목슘을 그럿케 헛되게 버릴 줄 알엇든가 장주사가 이번에 너를
쎄어 드릴러인듸 너의 졍이 진졍인가 속 좀 아라보자고 젹지 안인 돈을
드리면셔 룡산다리 밋헤 비사공 열아문을 사셔 강물 밋헤 그물을 펼쳐 믿
고 풍덩 ᄒ고 ᄲ지면 얼는 건지기로 짜고 잇든 일이란다 이것아 너도 함
쎄 풍덩 ᄲ졋드면 얼는 건져 올녀셔 쥰비히 잇든 옷을 가라입히고 지금쯤
은 벌셔 동막 장주사 뒥 졀문 마마님이 되여셔 꼿 갓흔 시종 게집들이 들
낙날낙ᄒ고 너는 물만 톡々 투기고 안졋슬걸 에그 요 모양 좃타 에그 요
방졍이야 ― 흰 수건으로 머리 싸민인 쪼락션이 ᄒ고 셜마진 평양 게집 갓
고나 죽기 실커든 왜 죽기 실타는 말을 못ᄒ늬 누가 억지로 죽자듸 차라
리 죽기 실타고ᄂ ᄒ엿스면 졍직이ᄂ ᄒ다고 칭찬이ᄂ 허지 입에 붓튼 소
리로 금방 죽으려 간다는 사람ᄊ지라도 속혀먹어야 직셩이 풀니겟더냐
에그 참혹도 ᄒ다 여보게 쟝주ᄉ 왜 감안히 안졋나』

『말은 히 무얼 ᄒ나 말ᄒ자면 욕이 나올 터이니 고만두는 게 올치』

---

**951** '복'의 오류.

『앗다 이 사롬 셩인일셰』

강상월은 눈쌀리를 실쑥ᄒ게 쓰고 박참위 얼골만 노려보며 압니로 입살을 쏙 무러 눌느고 잇더니 악이 치미러셔 졍히 견딜 수 업는 디경에 이르럿다

여보 박참위나 장쥬스 그네들도 사나히거던 사나히답게 일을 ᄒ지 그게 다 무엇이야 장주사 안이면 못 사는 비 안이고 장주사 외에 서방 업슬가 걱졍되는 것도 안이아 웨 이리 비를 알코 단이우 사람 속히는 것은 긔셩의 특쟝⁹⁵²인데 그쯤 알구려 기셩의 속을 쏨나니 진졍이니 것졍이니 ᄒ고 쩌드는 것들이 헐기 쌔진 놈들이지 그러케 죽으랴면 묵슘이 열아문이 되여도 부지를 못홀걸 이거 왜 이리 머리를 좀 식혀가지고 오오 나는 사람 잘 속히는 긔셩이아 사롬은 고스하고 귀신이라도 속혀 볼걸 ─ 암만 노형네들은 긔고만쟝ᄒ여도 그리도 머리가 좀 덜 식엇소 ─ 이것을 좀 보아』

ᄒ며 머리에 쓴 수건을 버셔바린다 두 스롬은 일제히 강상월의 머리를 치여다본즉 쪽은 풀어셔 트러언져 잇고 머리를 싹근 흔젹은 죠곰도 업다

『노형네들 가지고 잇는 것은 다리쏙지⁹⁵³ 버여 온 것이오』

ᄒ고 링소ᄒ다

이번에는 두 사람의 얼골이 참혹ᄒ게 변ᄒ엿다

여보게 장쥬사 어제 그 돈 엇진나 ─ 잘힛네 이이 강상월아 너 그 돈 먹고 잘 식어라 마지막 돈일다 그럿치만 그 돈 오십 원 쓰고 쌀간 바지져구리에 바구니 쓰고 단일 일이 싹ᄒ지 너의 심보가 엇덜는지 몰나셔 모두 사주젼⁹⁵⁴만 골나 왓셔 그런 줄이ᄂ 알러라』

---

**952** 특쟝(特長). 특별히 뛰어난 장점.
**953** 다리쏙지. 여자 머리에 드리는 다리를 잡아맨 꼭지.
**954** 사주전(私鑄錢). 개인이 사사로이 돈을 주조함. 또는 그 돈.

『여보 어무이』

　와야』

『그 돈 오십 원 이리 쥬시』

기싱모가 방문 박게셔 슈건에 싸셔 두엇든 오십 원을 드리민다

『쟈아 어셔 가지고 가오 사주전이 안이라도 더러워셔 밧기 시른데 ― 어
셔 가지고 가오』

박참위는 흐터진 잔전을 글거 모으며

　흥 요게 왜 사쥬전이야 요사이는 요런 사전도 잇든가『혹』부러 귀에 더
여보니스 잉 ― 소리만 잘 나는걸 몰느고 사전 바든 사롬은 죄가 업셔도
사전인 줄 알고 쓴 사롬은 징역감이라지 쟝쥬사가 돈 오십 원에 징역홀
줄 알엇늬 침 넘어가지 에그 후회막급이야』흐고 비웃는다

이번에는 강상월의 얼골이 셰 번지 참혹흐게 변흐엿다

두 사롬은 흐터진 돈을 글거모아 호쥬머니에 집어느코

『쟈아 우리는 인계 가셰 볼일을 다 보앗스니짜』흐며 인사도 업시 박그로
나아가 바리엇다 왼밤을 폭풍우가 모라친 이튼날 아침 갓다 그러느 강샹
월은 돈을 모다 속아 쎼앗긴 것이 쩌림칙흐야 눈을 잔쑥 쩌푸리고 잇는디
기싱모가

『아가 걱정홀 것 업다 혹시 속지느 안느 히셔 이십 원 가량은 짜로 쎼두엇다』

강상월은 이 말을 듯고야 비로소 빙그레 우셧다

아々 셰상에는 고약흐고 무셔운 것이 두 가지 잇사외다 ― 돈흐고 ― 게집
흐고『쯧』

# 奇緣

尹白南

1918.11.3~14. 12회.[955] 含淚戲譯

## 1918년 11월 3일 (一)

바람은 지동치듯 뎐션줄을 잉々 울니며 지나가고 헐눌니는 빅셜은 셔로 얼크러져 써러져셔 가로에 단이는 사름의 발자취를 삽시간에 덥허 뭇는다 수오일 지너면 식히가 도라오는 셧달 스무엿식 날 밤이올시다 바람이 혹독지 안코 눈이나 이쳐럼 퍼붓지 안이ᄒᆞ면 과셰[956] 쥰비ᄒᆞ느라고 분주히 도라단이는 사름도 잇겟고 과셰거리를 어드러 종々거름을 치고 단이는 사름도 잇겟지마는 눈코를 뜰 수 업는 눈바람에는 밤도 그리 늣지 안이ᄒᆞ엿건만 힝인이 끈어지고 멀니 들니는 『야찌이모[957] ―이모―』 ᄒᆞ는 소릐는 아득ᄒᆞᆫ 고을 속에셔 나오는 소릐ᄀᆞᆺ치 들니외다

김옥상뎜金玉商店』[958] 뎜동 긔남『奇男』이는 지우산[959]을 숙여 밧치고 나막신 굽에 드러박히는 눈을 탁탁 굴너 쎄이면셔 종묘 압을 지나 죵로를 향ᄒᆞ고 반다름질 ᄒᆞ여간다

---

955 10회와 12회는 호수 표기 오류.

956 과세(過歲). 설을 쇰.

957 야끼이모(やきいも). 군고구마.

958 '金玉商店' 앞에 '『' 누락됨.

959 지우산(紙雨傘). 대오리로 만든 살에 기름 먹인 종이를 발라 만든 우산.

긔남의 눈에는 주인의 야단치는 경상이 완연히 보인다 외상갑 바드러 네 시에 상뎜을 나와셔 아홉 시가 넘은 지금짜[960]지 놀아바리엇스니 무에라 핑계를 더일 말거리도 업고 암만 핑계를 흔들 고지드를가도 십지 안타 셩품 급흔 주인이 오쟉이나 화를 니엿슬가 그 상뎜에 니가 고용되여 간 지 수년이나 되는 오날까지에 바든 은혜도 틱산 갓거니와 호령 바든 일도 한두 번이 안이엇셧다 그러흐나 셰음[961] 바드러 단이다가 희망젹게[962] 늣도록 놀고 단인 일은 업셧는디 오날은 무삼 마가 드럿던지 셰음을 밧어가지고 도라오는 길에 동무의 집에 들넛더니 마참 그의 어머니 륙순잔치 날이라 손님이 안박게 가득흐길네 곳 도라오랴 흐엿더니 져녁이나 먹고 가라고 한스로 붓드러 드리어셔 홀 수 업시 뜰아릿방에셔 장긔 몃 판을 두고 져녁밥을 먹은 뒤에 곳 도랴오랴 흐얏더니 눈바롬이 치기 시작흐야 나슬 수가 업는 중 이썻느 거들가 져썻느 흐고 끈치기를 기다리다가 할 슈 업시 지우산을 비러밧고 나왓다 아ㅅ 그리느져리느 어셔 가야 흐겟다— 이러흔 싱각을 머리 속에 그라우면셔 지우산을 밧삭 니리 숙이고 안동에 잇는 금옥상뎜으로 쌜니 도라오는 길이외다

긔남이는 조곱이라도 쌜니 도라갈 싱각으로 파됴교를 건너셔ㅅ 창덕궁을 바라보고 가다가 루동궁 골목으로 드러셨다

큰길에도 힝인이 끈어졋스니 더구나 이러흔 골목이야 더 홀 말 업다 눈에 뵈이는 것은 다만 묽은 눈뿐이오 귀에 들니는 것은 꿈속갓치 써드러오는 다드미 소리일다

긔남이가 루동궁 담을 찌고 오른편으로 통흐는 골목에 한 거름을 드려놋

---

960 '짜'의 오류.
961 셰음(細音). '셈'을 한자를 빌려서 쓴 말.
962 해망쩍다. 영리하지 못하고 아둔하다.

챠 무엇이 우산 압흘 탁 막고 슨다 긔남이는 깜짝 놀나 우산을 비키고 보니 킈가 륙 척이느 되는 검은 옷 입은 사람 한아이 눈압헤 셧다

나죽은 ᄒ느 힘 잇는 목소리로

『아, 이놈아 정신을 좀 차리고 단여 우산을 사람 얼골에다 치밧친단 말이냐 이놈아』

ᄒ며 주걱 갓흔 손으로 긔남의 뺨을 정신이 앗득ᄒ도록 후려치고 다리 한아가 얼씬ᄒ드니 긔남의 몸은 벌셔 눈 우에 동그러졋다 긔남이는 삽시간의 일이라 소리 한마디도 지르지 못ᄒ엿다.

검은 옷 입은 놈은 동그러진 긔남에게 달녀드러 한 손으로 긔남의 입을 막고 한 손으로 긔남의 호주머니를 뒤저 가지고 교동편을 향ᄒ고 바람갓치 다라나 바리엇다

긔남은 놀남에 질녀셔 잠시 동안을 벙ᄉ히 잇더니 『에그』ᄒ고 두 손으로 호주머니를 뒤져본다 셰음 바든 돈 빅 원을 집어너은 봉투도 업셔지고 잔돈 너온 지갑도 간데업다 아ᄉ 긔남이는 두 번지 정신이 앗득ᄒ엿다 —

『도적이아 —이놈아 여보 —』ᄒ고 뒤를 쫏차 다름질ᄒ느 그 놈은 벌셔 부지거쳐로 다라나바린 것을 어디로 향ᄒ고 누구를 쏘차가리 긔남이는 밋친 사람 모양으로 다름질ᄒ야 어나결에 교동병문에 이르럿사위다

### 1918년 11월 4일 (二)

긔남이는 안동과는 얼토당치안인 방향으로 정신업시 다름질ᄒ여 간다 늣도록 히망겁게 노을고 단인 것도 젹지 안이ᄒ 허물인더 더구나 돈 빅 원ᄭ지 이러바리엇슨즉 무삼 낫을 들고 상뎜으로 도라갈가 엇더ᄒ 칙망을 듯고 엇더ᄒ 벌을 당홀지라도 쏘기어나지느 안이ᄒ엿스면 됴흐련만

은 셩품 급흔 쥬인이 화나는 김에 쏘치어너이면 늘근 어머니씌셔는 곡졀
은 자셰히 헤아리지 못ᄒ시고 눈물로 날을 보니시리니 장차 이를 엇지ᄒ
고―이러ᄒ 싱각이 바람치듯 뇌 속을 뒤흔든다

긔남이는 쳥년 회관 압헤 이르러셔야 비로소 졍신이 조곱 나는 동시에 자
긔가 지향 업시 다름질ᄒ 일이 스스로 부쓰럽고 도젹을 잡으랴 ᄒ는 희망
이 아직 심중을 쩌나지 안이ᄒ얏슬 쩌에는 다만 그 마음 한줄기에 왼 졍력
이 쏠니어드른 ᄭ닭으로 다리팔에도 여늬 쩌보다도 굿셰인 힘이 쎄치어
잇섯더니 자긔의 무모ᄒ흠을 ᄭ닷고 다시 차져볼 희망이 단졀되미 이졔ᄭ
쩌쎄치여 잇든 힘이 탁 푸러져셔 사지의 믹이 풀니고 눈압이 캉캄ᄒ야진다

긔남이는 쳥년 회관 졍문 돌기둥에 너머질 ᄯ흔 몸을 의지ᄒ고 기인 한숨
을 쉬이며 눈을 감는다 어나 틈에 눈발은 거치고 검은 구름이 차ᄾ 사라
지며 한두 긔 벼을이 구름 스이로 너어다본다 긔남이는 여러 가지로 싱각
ᄒ엿다 어디가셔 든**963**을 구쳐ᄒ야 가지고 샹뎜으로 도라갓스면 다만 나
의 가삼만 쓰릴 뿐이오 다른 탈은 업겟지만 샹뎜ᄶᆡ로 잇는 몸으로 빅
원은 고사ᄒ고 십 원 돈도 돌닌다고는 장담ᄒ 수 업다 더구나 이 밤중에
어디 가셔 이런 사졍을 말ᄒ리 빅계무칙**964**일다

긔남이는 졍직ᄒ고 온슌ᄒ야 도로혀 도량이 너그럽지 못ᄒ고 무력ᄒ데 가
ᄭ운 ᄋ희라 어늬 사롬이 례사로 아는 일도 긔남으로 보면 어려운 일도 만
코 보통으로 아는 일도 긔남에게는 심샹ᄒ 일로 싱각되지 안는 일도 만타
이러ᄒ 사롬의 큰 결뎜은 융통셩이 업는 일이외다

그른 일은 어디ᄭ지라도 그르고 올은 일은 어디ᄭ지라도 올으다 ᄒ야 져
간에 아모 다른 사졍은 용납지 못ᄒ는 셩결이다

---

**963** '돈'의 오류.
**964** 백계무책(百計無策). 어려운 일을 당하여 온갖 계교를 다 써도 해결할 방도를 찾지 못함.

이러훈 고직훈 긔남이는 싱각다 못후야 별로 아모 뜻도 업시 신룡산으로 나아가는 뎐차에 올나탓다

긔남이는 다힝히 회수권을 가지고 잇섯슴으로 표 한 장을 차장에게 주고 자리 한구셕에 몸을 기운 업시 던지어 걸어안지며 싱각에 넘치는 근심을 가삼에 품고 눈에 져진 옷깃에 턱을 파뭇고 안저 잇다

　　●　　　　●　　　　●
　　　●　　　　●　　　　●

『신룡산 종뎜이오』

후는 차장 소리에 쌈짝 놀나 정신을 차려보니 어나결에 신룡산 종뎜에 와셔 잇다.

긔남이는 뎐챠를 나려서 발길이 우연히 텰교로 향후야 간다.

너가 무삼 까닭으로 이 신룡산으로 나왓는고 저 건너 구룡산에는 늘근 어머니쎄셔 홀로 어린 쌀 한아를 압해 안치시고 무삼 이야기를 후시고 게실가 너가 이러훈 근심에 써여 잇는 줄이야 물론 아실 비 업스니 필연코 도라오는 월죵에 너가 월급을 바다 가지고 집으로 나아가는 날짜를 손을 쏩아 기더리실 것이라

너가 종로에셔 뎐챠를 탓슬 쎄에는 필연코 부지불식<sup>965</sup> 중에도 어머니를 맛나 뵈올 싱각이엇셧나 보다마는 셩인 갓흔 눈물 만은 어머니 귀에 이러훈 근심을 이야기후야 그리지 인이후아도 아바지 도라가신 후도는 더구나 셰샹만사를 눈물로 희셕후는 어머니 가삼을 차마 엇지 놀납게 홀 수 잇는 이러훈 싱각을 후며 긔남이는 어언간 텰교 가운데에 이르럿다 눈바람은 몹시 처부럿것만 아직도 강물은 얼지 안이후고 먹물을 가라부은 것

---

965 부지불식(不知不識). 생각하지도 못하고 알지도 못함.

갓치 검은 물결은 유々ᄒ게 흘너 잇다

긔남이ᄂᆞᆫ 란간에 의지ᄒᆞ야 암만 싱각ᄒᆞ야 보아도 칙임을 모면ᄒᆞᆯ 도리ᄂᆞᆫ 업다 일즉이나 도라갓드면 됴흘 것을 이리 싱각 져리 싱각ᄒᆞ노라고 졈々 밤이 깁허 가셔 인졔ᄂᆞᆫ 도져히 그냥 도라갈 수ᄂᆞᆫ 업다

도라갈 수 업스면 더구나 돈을 횡령ᄒᆞ여 써바리엇다는 혐의를 면치 못ᄒᆞ겟다 너가 그 혐의를 바더 상뎜을 쏘기어나면 어머니꾀셔ᄂᆞᆫ 물론 긔식ᄒᆞ야[966] 놀나실 일이라

이리ᄒᆡ도 부모에게 근심을 끼침이오 져리ᄒᆡ도 불효ᄂᆞᆫ 면치 못ᄒᆞᆫ다 이러ᄒᆞᆫ 좁은 싱각으로 에라 나는 찰라리

긔남이ᄂᆞᆫ 다시 강물을 너려다보앗다

늙은 어머니에게ᄂᆞᆫ 인쳔세관에 고용되야 잇는 아우 일남이가 나를 더신ᄒᆞ야 봉양ᄒᆞ리라 ─아々 어머니 ─나는 불효의 죄와 망은의 죄칙을 입고 ─ 쓰거운 눈물이 두 쌤을 흐르ᄂᆞᆫ디 씨슬 싱각도 안이ᄒᆞ고 망연히 셔々 잇다

## 1918년 11월 5일 (三)

긔남이가 강물을 너려다보며 묵々히 셔々 잇는 써부터 수오 간을 격훈 텰교 기동에 몸을 감츄고 긔남의 일거일동을 엿보아 삷히고 잇는 늘근 사람 한아이 잇셧다 긔남이ᄂᆞᆫ 자긔 등 뒤에 엿보는 사람이 잇는 줄은 죠곰도 알지 못ᄒᆞ고 란간 우에 두 손을 언지고 그 손등 우에 이마를 더이고 잠시 동안을 톄읍[967]ᄒᆞ더니 문득 반신을 솟치어 강물에 쌔지랴 ᄒᆞᆫ다 거의 반신이 란간 박그로 넘어갈 즈음에 엿보고 잇던 사람은 비호갓치 달녀들어 쏭

---

966 기색(氣塞)하다. 심한 흥분이나 충격으로 호흡이 일시적으로 멎다.
967 체읍(涕泣). 눈물을 흘리며 슬피 욺.

407

문이를 훔쳐잡고 전력을 써서 뒤으로 쓰러졔친다

아々 한거름이 느졋드면 긔남이는 이 셰샹 사람이 안이엇스리라.

『손 손을 노와쥬세요』

『손을 노와줄 테면 처음부터 붓잡지를 안치 이 사람아』

『누구는 죽기가 죠와셔 이럼닛가 모른 텩ᄒ고 지나가십시요』

『예씨 이 밋친 사람아 일쎤 죽는 것을 붓드러셔 살녀 쥬닛가 고맙단 말 한 마더 업시 모른 텩ᄒ고 가라고 이 사람아 닉 눈에 씌우기가 불찰이지 누구‥‥‥‥』

ᄒ며 긔남의 얼골을 들여다보고

『아즉 졀문 아희로구나 아 이놈아 륙칠십에 병이 드러 죽어도 원통ᄒ데 싀파라케 졀문 놈이 이 짓을 헌단 말이냐 이놈아 밋쳣고나』

『그런게 안이라 죽어야만 홀 일이 잇서々 그리는 것이니 아모 말도 말고 죽여쥬시요』

『앗다 이놈아 너가 무슨 그런 지죠가 잇늬 이놈아 사람을 살녓다 죽엿다 진고기 마루탁이 요슐징인 줄 알앗더냐 네 일홈이 무어냐』

『긔남이올시다』

『량친은 계시냐』

『아버지쎠셔는 수년 젼에 도라가시고 늘그신 어머니 한 분만 게심니다』

늘근 사람은 아모 말 업시 힌침 동안을 긔남의 얼골만 바라보고 잇더니 코를 흘쩍 드리마시고 쥬먹으로 코슷을 쓱々 비々면셔 목소리를 나즉히 ᄒ야

『사람치고야 졔 목숨 앗기지 안는 이 어더 잇겟늬 넌들 한두 살 먹은 ᄋ희 안이고 오즉ᄒ야 죽으랴 ᄒ것늬마는 이이 싱각ᄒ 보아라 늘그신 어머니 가 늬가 죽엇다면 엇더실 ᄯᆺᄒ냐 압길이 멀지 안이혼 어머니를 싱각ᄒ여

지 이놈아』

긔남이눈 이 말을 듯더니 펄셕 쥬저안저서 늣기어가며 톄읍훈다 의리와 인졍 두 스이에 보찌이눈 가삼을 찌어안쏘

이 늘근 사람의 두 쎔에도 쓰거운 눈물 멧 줄기가 흐른다 자긔의 마음으로 긔남의 어머니 졍샹을 미러 싱각ᄒ야 우는 것이다

밤은 고요히 깁허가고 한 줄기 검은 강물도 소리 업시 흐르눈더 다만 이 젹막을 찌트림은 두 사람의 톄읍 소릭일다

『더관졀 왜 죽으랴ᄒ늬 응』

『. . . . . . . . . . . . . . .』

『어셔 말이나 좀 히라 닌들 아모 슈눈 업눈 놈이다만 쏘 그릭도 무슨 됴훈 도리가 나슬눈지 아느냐』

긔남이눈 손등으로 눈물을 씨스며 이날 밤 자긔의 당훈 바와 자긔의 죽으랴 결심훈 연유를 디강々々 이약이ᄒ여 맛치고 다시 톄읍ᄒ기를 시작훈다

『이이 그럼 돈 빅 원만 잇스면 일이 다 피우눈구나 하샹⁹⁶⁸ 돈 빅 원이 무에란 말이냐』

ᄒ면셔도 자긔가 돈 일 원에 등이 달어셔 마누라의 쵸마를 벗기엇든 싱각이 졔졀로 난다

## 1918년 11월 6일 (四)

이 늘근 사롬은 호쥬머니로셔 다 쩌러진 지갑을 쓰니여 들고 긔남과 지갑을 격금으로 드리다보며 잠시 동안을 망상거리더니⁹⁶⁹ 『에라 이 돈은 닉

---

968 하상(何嘗). 근본부터 캐어 본다면.
969 망설거리다. 이리저리 생각만 자꾸 하고 태도를 결정하지 못하다.

몸에 붓지 안는 돈이로구나 이익 긔남아 엣다 여긔 돈 빅 원이 잇스니 가지고 가거라 사롬이 살고 보아야지』

『천만에 그만두십시오 오늘 쳐음 맛나뵈는 어른한테 무슨 염치로 ―』

『아 ― 니 니가 너다려 됴롱ᄒᆞ는 줄 아느냐 올치 니가 동저고리 바람으로 옷 꼴이 요 모양이니ᄭᅥ 어듸셔 도젹질이나 ᄒᆞᆫ 것인 줄 아느냐 그것도 괴이치 안인 싱각이다만는 그 돈이 다른 돈이 안이라 ᄯᅡᆯ자식 한아 잇는 것이 몸을 팔은 픠눈물 나는 돈이다 니가 이 밤에 이곳을 지나게 된 것도 범연ᄒᆞᆫ 일이 안이다 엇지ᄒᆞᆯ 수 잇닉 돈은 너에게 쓰라는 돈인가보다 쟈아 별말 말고 가지고 가거라』

『아이고 그런 돈이면 더구나 밧지는 못ᄒᆞ겟슴니다』

『이익 나는 셩품이 급ᄒᆞᆫ 놈이다 두 번도 말 안이ᄒᆞ는 사롬이아 아 안이 바들 터이냐 예 ― 기 이 갑갑ᄒᆞᆫ 녀셕아』

ᄒᆞ고 지갑에 돈이 드른 치 긔남의 얼골을 향ᄒᆞ야 너어던지고 뒤도 도라보는 일 업시 로량진을 향ᄒᆞ야 다름질ᄒᆞ야 간다

●　　　●　　　●

●　　　●　　　●

이 늘근 사람은 박외장이라 이르는 사람인듸 수십 년 전에는 교동 대빈궁 근쳐에 수십 간 긔와집을 지니고 싀골에 뎐토가 젹지 안이ᄒᆞ야 일 년 계량을 능족히 ᄒᆞ고 발이 널고 수단이 능션ᄒᆞ야 이럭져럭 젹지 안인 금젼이 싱기는 까닭에 가진 외입을 다 히 보고 아릭듼셔 박외쟝이라 ᄒᆞ면 모르는 사람이 업시 일홈 잇든 터이라 그러ᄒᆞᆫ 원리 셩질이 쾌활ᄒᆞ야 금젼에 담박ᄒᆞ고[970] 남의 인ᄉ 사졍을 가려운 데 글거주듯 쑤러지게 알어주고 힘

---

[970] 담백(淡白)하다. 욕심이 없고 마음이 깨끗하다.

가는 디로는 친구의 어려운 것도 피워주는 까닭에 지산이 주러는 들지언 뎡 느러 가지는 못ᄒ엿스외다

박외장이 스십 살 먹든 히에 일로전징[971]이 끚을 맛침이 셰티가 별안간 뒤박구여지고 따라서 인심이 효박ᄒ야[972] 가고 소위 권도로 이리져리ᄒ야 드러오든 돈줄도 업셔지니 자긔의 짬을 흘니어서 싱기는 돈박개는 길 다른 금전이라고는 한 푼도 드러오는 일이 업다 그러ᄒ다고 이제□ 물쓰 듯 ᄒ든 솜씨를 벼란간 쥬리기는 어려운 일이고 부드러운 옷을 입고 단이 든 사람이 무겁고 툭々ᄒ 무명옷을 입기도 또ᄒ 쉬운 일이 안일다 여간 남어 잇는 지산은 곳감 쎄어 먹듯 날날이 쥬러가고 싀골 잇는 뎐토가 남 의 손에 넘어가기 시작ᄒ드니 이삼 년이 못 되여 삭을셰집으로 도라단이 게 되고 그도 부지홀 수 업셔々 로량진에 잇는 어늬 친구의 주션으로 다 씨러져 가는 쵸가 셰네 간 집을 어더셔 그곳으로 반이[973]ᄒ 뒤로는 졈々 가셰가 곤난ᄒ여 갈 샌이라 원리 돈을 잘 쓰든 사람이 이러ᄒ 곤난을 당 ᄒ니 여늬 사람보담 심화가 더 나셔 날마다 업는 돈에 술만 먹고 단이고 여간 모기돈이 싱기면 도박판으로 도라단이어 건질 수 업는 난봉이 되엿 는디 월죵에 싱기는 돈이라고는 남디문 박 창기집으로 도라단이며 졂어 쓸 쩌에 비흔 노리를 가르키어 한 집에셔 몟 원식 밧는 돈샌이라

사롭의 신세라 ᄒ는 것은 이상ᄒ 것이다 이 박외장도 졂어셔 노리를 비홀 쩌에 엇지 일후에 이것으로 목숨을 보죤홈을 긔어ᄒ얏스리야

하로는 박외장이 집을 나간 지 사흘 만에 밤이 이식히셔 동저고리 바람으 로 집에 도라오는 길로

---

[971] 일로전쟁(日露戰爭). 1904년에 한반도와 만주에 대한 지배권을 둘러싸고 러시아와 일본 사 이에 일어난 전쟁.
[972] 효박(淆薄)하다. 인정이나 풍속이 어지럽고 아주 각박하다.
[973] 반이(搬移). 짐을 날라 이사함. 또는 세간을 운반하여 집을 옮김.

411

『여보 마누라 집에 돈 한 푼 업지』『돈이 무슨 돈이란 말이오 임쟈가 버러다 쥬지 안으면 무슨 돈이 잇단 말이오 집에 쌀 한 톨도 업는 것을 보고 나간 사롬이 사흘이나 잇다가 드러와셔 오는 길로 돈이 잇느냐 ᄒ니 엇지그리 사롬이 무정ᄒ오』

『업스면 업다지 무슨 잔소리야』

『엇지히 잔소리가 안이 나간단 말이오』

『듯기 스려』

『여보 굼쬬 먹든 간에 마음이ᄂ 편ᄒ여아지 그러케 여러 날을 나가 잇셔도 어린 쌀쟈식 싱각도 안이 난단 말이오 — 유슌이가 —』ᄒ며 참고 々々 잇든 셔름이 일시에 탁 터져서 흑々 늣기어 가며 눈물이 비오듯 옷깃을 적신다

## 1918년 11월 7일 (五)

『유슌이가 엇지힛단 말이야』

『유슌이가 어졔 죵일토록 아바지 안이 오신다고 울고 잇더니 져녁 쩌 니가 이웃집 팟을 가라주러 간 스이에 어듸로 나가 바리고 밤에도 드러오지 안엇스니 어듸로 갓단 말이오』

『가면 고년이 어듸로 기 동늬 뉘가 대불고 문안에ᄂ 드러삿는 게지』

『쩐ᄒ게 아는 터에 누가 대불고 간단 말이오 말도 안이ᄒ고
　그러도[974] 어듸를 갓길네 안이 오지 가면 몟빅 리ᄂ 갈고 드러오겟지』

『앗다 시원ᄒ 소리 ᄒ지도 마오』

---

**974** '그러도' 앞에 '『' 누락됨. 이후 대화문에서 '『, 』' 누락된 부분은 따로 표기하지 않음. 단, 대화문 앞에 '『' 누락된 부분은 원문 그대로 들여쓰기를 함.

『여보 그따위 소리는 구만두고 이건 웬 것이오』

『삭바느질 맛흔 것이라우』

『으 ─ ○』

호고 박외장은 잠시 동안을 반지고리 우에 올니어노은 삼팔 두루막건을
이윽히 바라보고 잇더니

『언제 가저가기로 힛소』

『양력 금음 안으로 가저가야 호다우

『여보 그리면 됴흔 일이 잇소 그 두루막 좀 한 잇흘만 빌녀주구료』

 여보 사람 죽을 소리를 왜 호우 아모리 죽게 된들 남의 물건을 먹어 바린
단 말이오』

 누가 먹어 버린다ᄂ 이 사람아 잇흘만 빌니면 멧 곱장이가 될 터이니까
말이지』

 그따위 소리 호지도 마우 임자흔테는 속기도 한두 번이 안이구려

이 치운 쎄에 압□[975] 가릴 쵸마 한아 업시 포더 쏘각으로 압흘 가리고 단
이게 된 것도 누구 짓이란 말이오 ᄌ[976]식이라고 쌀ᄌ식 한아 잇는 것을
하로 한쎄도 비부르게 먹이지 못호면셔 무슨 긔운에 노름판으로만 도라
단인단 말이우』

『잔소리 말고 좀 빌녀』

『남의 것을 엇더케 빌닌단 말이오

『글셰 잇흘[977]만 달난 말이야』

호고 부등가리[978] 갓흔 손으로 두루막을 잡어다린다

---

975 문맥상 '흘'로 추정.
976 'ᄌ'의 오류.
977 '흘'의 오류.
978 부등가리. 아궁이의 불을 담아내어 옮길 때 부삽 대신에 쓰는 도구.

『여보이 이게 왼 짓이오』

ᄒ며 마죠 달녀드러 두루막 한싯을 홀쳐[979] 잡는다

『노아』

『여보 이것 찌져지우』

『그러기에 노란 말이야』

ᄒ며 힘을 드려 확 잡어치친다

이씨 거적문 박게셔

『박외장 기시우』

ᄒ고 찻는 소리가 난다

『여보 박게 누구 왓나보오』

『누구요 박게 누구 왓소』

『네 — 남문 박 셩일이 왓소이다』

박외□[980]은 마루로 나스면셔

『이 밤즁에 이게 왼일이인가 이리 드러오게』 ᄒ다

『여보 남붓그럽소 드러오길 어듸로 드러오라우』

『보면 엇디 우리 집 빈한ᄒᆫ 줄 모르는 터 안이고』

『어셔 이리 드러오게』

『곳 가야ᄒ겟습니다』

『앗다 이리 드러와 츄어셔 못견듸네 마누라·ᄒ고 못보는 터 안이고 어셔
드러와』

셩일이라 ᄒᆞ는 사람은 사양타 못ᄒᆞ야 안으로 드러온다

『그런데 무슨 일인가』

---

979 홀치다. 세게 후리다.
980 문맥상 '장'으로 추정.

유슌의 일 써문에 나왓슴니다』

유슌이라는 말에 박외장 마누라는 포디 조각으로 압흘 두른 디로 마루로 쮜어나오면셔

그러 유슌이가 어디 잇셔요 아니 말 좀 드러보세요 자식이라고는 그년 한아박게 업는 터에 그년이 쏘 이비 어미한테는 엇지 그리 씀쯕ᄒ게 구는지 영감은 져 모양을 ᄒ고 단여도 그년한테 마음을 붓치고 잇는디 그것이 집을 쮜어나갓스니 엇다가 마음을 붓치나요 집을 나간 지 사흘이나 되어셔 영감이 드러왓길네 유슌이 이야기를 ᄒ얏더니 코디답만 ᄒ고 돈에 눈이 벌기셔 품삭 맛흔 남의 옷까지 쎄셔가랴 ᄒ니 이를 엇지ᄒ면 됴와요 붓그러셔 남한테 말도 못ᄒ겟슴니다』

『앗다 이건 게집이 나셔셔 웬 잔소리야 픽도 죵잘딘다 — 여보게 셩일이 그러 유슌이가 어듸 잇나』

홍셔방네게 드러와 잇셔요 — 몸을 팔쩌시니 돈 빅 원만 달나고 울고 □[981]젓슴니다그려 주인이 암만 타일너도 말을 드러야지요 — 그러셔 홍셔방이 홀 수 업시 박외장을 불너와□[982] ᄒ겟다고 히셔 나왓슴니다』

## 1918년 11월 8일 (六)

『글셰 이것아 아모 말도 업시 쮜어 드러오니 어미는 엇더케 ᄒ라고 그리늬』
박외장도 본시 악흔 사룸은 안일 쑨 안이라 사람의 본심은 누구던지 착흔 것이다 집에 잇슬 동안에는 그다지 싱각이 안이 되더니 집□[983] 쩌나셔

---

**981** 문맥상 '안'으로 추정.
**982** 문맥상 '야'로 추정.
**983** 문맥상 '을'로 추정.

415

맛나보니 측은ᄒᆞᆫ 마음이 쇼사난다 유순이ᄂᆞᆫ 방 한구셕에 도사리고 안저서 눈물만 흘니고 잇다 이 집 주인 홍셔방이 박외쟝의 말을 가로맛하 가지고

『여보게 구만두게 어린 것이 그런 것을 ᄭᅮ지즈면 무얼ᄒᆞ나 너가 자네 갓ᄒᆞ면 자식ᄒᆞᆫ테라도 붓그□[984]워셔 못 견딜 일일세 너 말을 좀 드러보게 그젹게 밤 이식ᄒᆡ셔 유슌이가 집에 왓길네 밤즁에 웬일이냐고 무러본즉 늑기어 가며 울기만 ᄒᆞ고 디답을 안이ᄒᆞ더니 두셰 번 치쳐 무러보니까 여보게 자네에게 이런 ᄯᅡᆯ이 잇슬 줄은 몰낫네 유슌이 말을 듯고 너가 다 울엇네 셰말[985]은 되여오고 빗쟝이는 날마다 집에 와셔 란리 한판을 치르고 가는데 아바지ᄭᅴ셔는 무슨 마가 드르셧는지 박그로만 나도라단이시다가 몟칠 만에 집이라고 드러오시면 이미ᄒᆞ고 불상□[986]신 어머니만 들복ᄭᅳ시며 삼쳑[987]링돌[988]에 덜々 떨고 안져 게신 어머니의 단볼 쵸마를 벗기어 가시는 둥 못ᄒᆞᆯ 참혹ᄒᆞᆫ 일을 다 ᄒᆞ시는데 아바지ᄭᅴ셔도 오작이나 화가 나셔야 그리ᄒᆞ고 단이시겟슴닛ᄭᅡ 그럿치만 불상ᄒᆞᆫ 어머니ᄭᅴ셔는 잔비를 주리시고 밤낫업시 동너집 품파리에 피골이 상졉ᄒᆞ도록 고싱ᄒᆞ시는 것□ 뵈오니 어린 속에도 가슴□[989] 어여 너는 듯ᄒᆞ다고 눈물을 훌니네그려 여늬 계집아ᄒᆡ 갓ᄒᆞ면 아즉 나히 열네 살에 부모나 졸늘 줄 알 쩌인데 어른도 ᄒᆞ지 못ᄒᆞᆯ 말을 ᄒᆞ니 엇지 불상ᄒᆞ고 긔특ᄒᆞᆫ지 마누라와 함ᄭᅴ 아모 말두 못ᄒᆞ고 갓치 울잇네

---

**984** 문맥상 '려'로 추정.

**985** 세말(歲末). 한 해가 끝날 무렵.

**986** 문맥상 'ᄒᆞ'로 추정.

**987** '쳥'의 오류.

**988** 삼쳥냉돌(三廳冷突). 금군(禁軍)의 삼청은 불을 때지 않아서 차다는 뜻으로, 몹시 찬 방을 이르는 말.

**989** 문맥상 '을'로 추정.

눈물이 글성々々 ᄒ며 홍셔방은 이야기를 계속ᄒᆫ다

어제 밤에도 아바지씌셔 나가신 지 잇흘이 되여도 드러오시지는 안이ᄒ고 집에 쌀 한 톨도 업서셔 져녁을 쓰리지도 못□[990]엿는디 쌀자식 모르게 눈물지으시는 것을 뵈오니 달녀드러 어머니 가삼에 이 몸을 실니고 한□[991] 울고 십헛스ᄂ 그리ᄒ면 더구나 어머니씌셔 슯허ᄒ실가 ᄒ야 억졔로 우름을 참꼬 잇셧는디 너가 게집으로 틱어나지 안이ᄒ고 사나히가 되엿드면 무슨 일을 ᄒᆡ셔라도 어머니 아버지 봉양을 힘□히볼 것을 ᄒ고 싱각다 못ᄒ야 이 몸은 비록 챵기가 될지라도 불상ᄒᆫ 어머니 한 분 한ᄶᅥ라도 몸이나 편ᄒ시게 홀가 ᄒ야 그젼부터 딕에는 아바지 심바람으로 몟 본 와보은 일이 잇습길네 차져와사오니 돈 빅 원만 어머니를 갓다 드리게 ᄒ여 주시고 이 몸은 챵기로 ᄒ시던지 다른 데에 부리시던지 ᄒ라고 — ᄒ네 그려 텬하 난봉 자네에게 이런 효녀가 틱여날 쥴이야 참 몰낫네』

ᄒ며 박외쟝을 바라보니 박외쟝은 어나결에 고기를 숙이고 눈물을 흘니며 안져 잇다

여보게 홍셔방 나는 죽어야 맛당ᄒᆫ 놈일셰 인졔야 나도 ᄭᅮᆷ이 ᄭᅵᆷ엇네』

잘 싱각힛네 쌀자식을 보아도 그럴 슈가 잇ᄂ』

아가 유순아』

ᄒ녀 박외쟝은 와라 달녀드러 유순□[992] 훌쳐 잡고 그 손등에 ᄯᅳ거운 눈물을 쑥々 ᄶᅥ러트린다

유순이는 소리를 질너 우름 운다

아아 세상에 굿세인 힘 잇는 것은 인졍쑨일다

990 문맥상 'ᄒ'로 추정.
991 문맥상 'ᄶ'으로 추정.
992 문맥상 '을'로 추정.

이날 밤에 박외장과 홍셔방은 유순다려 도로 집으로 가기를 만단[993]으로 타일넛스나 죵니 듯지 안이홈으로 홍셔방의 의견을 짜러셔 돈 빅 원은 박외□[994]이 가져가고 그 디신 유순을 잇히 동안 홍셔방 집에 두기로 ㅎ얏ᄂ딕 박외장이 마음을 잡어셔 잇히 후에 유순을 차져가면 됴흐련이와 만약 그러치 못ㅎ면 유순을 창기로 박겟다고 셔로 계약을 믹젓다

    •    •    •    •
       •    •    •

텰교 우에셔 긔남의 죽으랴 ㅎ는 것□[995] 구완ㅎ야 돈 빅 원을 던지고 간 것이 즉 이 유순의 몸을 파른 돈이엇셧다

## 1918년 11월 9일 (七)

긔남은 박외장이 너어던진 지갑을 열어 본즉 돈 빅 원이 들어 잇다 곳 뒤를 쏘치어가셔 젼ㅎ랴 ㅎ얏스나 벌셔 다리를 건너가 바리어셔 어디로 갓ᄂ지 알 슈 업게 되엿다
긔남은 할 수 업시 그 돈 빅 원을 가지고 다시 동딕문힝 뎐차에 몸을 실니엇다
안동 네거리 김옥샹뎜에셔는 빈지[996]를 드리고 뎜원 이삼 인이 하로 엽헤 모혀 인져셔 수ᄃ거리며 긔남의 이야기를 ㅎ고 잇다
이ᄯ에 긔남은 샹뎜 압흐로 왓다 갓다 ㅎ며 겸연쩍은 마음에 드러가기를 쥬져ㅎ다가 맛참니 마음을 돌니어 빈지 틈으로 드리다 보며 음셩을 나즉

---

**993** 만단(萬端). 여러 가지나 온갖.
**994** 문맥상 '장'으로 추정.
**995** 문맥상 '을'로 추정.
**996** 빈지. 한 짝씩 끼웠다 떼었다 할 수 있게 만든 문.

히 ㅎ야『문 좀 여러 주셰요 긔남이올시다』ㅎ엿다

에그 긔남이 왓다』

ㅎ며 화로가에 안져 잇든 뎜원들이 일시에 벌쩍 이러슨다

그즁에 한 사람이 빈지에 달닌 조고마흔 쪽문을 열어졔치니 긔남은 음식

을 숨어 먹다 들킨 놈갓치 어식흔 긔식을 얼골에 씌우고 드러온다

대관졀 웬일이냐』

셰 사람이 일시에 쭉갓흔 말로 무럿다

네 ─어듸 좀 져 ─도라왓셰요』

ㅎ고 말끗을 희미ㅎ게 어물거리엇다

한 사람은 쥬인방으로 쒸어 드러갓다

아 이 사람아 웨이리 황망ㅎ게 쒸어 드러오느 장지느 좀 닷게 바람 드러

오네』

『네 네』

ㅎ며 한 손으로 장지를 닷으며

『왓셰요』흔다

『무에 와』

『긔남이 한 놈이 인제 왓셰요』

『그럼 긔남이가 왓다고 말ㅎ지 덥허놋코 왓다 ㅎ니 무에 왓는 줄 알 수 잇

느 이리 좀 불너오게』

그 뎜원은 박그로 나오면셔 긔남을 부른다

『이이 긔남아 부르신다 드러가 뵈아라』

긔남은 도소에 드러가는 양갓치 풀이 죽어셔 드러간다

김옥샹뎜 쥬인 김홍션은 긔남의 얼골을 이윽히 치어다보더니

『져놈이 얼골이 엇지히 져 모양이 되어 왓느 거긔 안져라』

419

『그런데 너는 지금이 멧 시나 된 줄 알고 단이느냐 응 이놈아 네 시에 나
간 놈이 쟈정이나 되어셔 드러오니 이졔것 어디로 도라단니엇단 말이냐
이놈아 글셰 심바람 가셔 히찰997을 부려도 분슈가 잇지』

긔남은 아모 디답도 못ᄒ고 식은쌈만 흘닌다

돈은 바덧느냐』

네』

『졍녕 바덧셔 빅 원을 바덧느냐 말이야』

『네 바더앗슴니다』

『응 ─』

ᄒ며 쥬인은 눈을 호동그러케 쓰고 쏘 한 번 『응 ─』소리를 지른다

『그럼 어셔 돈을 니어노아라』

ᄒ며 한 즈리를 닥아 안는다 긔남은 한 자리를 물너가며 돈 빅 원을 쥬인
압흐로 미러 노은다 쥬인은 돈을 집어 자셔히 시어 보더니 그 돈을 손에
들고 주걱쎡으로 산쩌짓을 ᄒ며

아아 이놈아 이 밤에 당장 나가거라』

ᄒ고 소리를 버럭 지른다

쳥텬에 벽력 소리일다

긔남이는 돈만 가지고 드러가면 셜마 쏘치어닉기야 홀가 ᄒ야 불안ᄒ고
부끄러운 가운듸에도 젹이 위로되는 바이더니 인졔는 돈 가지고 온 것도
허디998에 도라가쏘나 긔남은 잘못 알아듯지나 안이ᄒ엿나 ᄒ고 다시 두
번지 말 나오기만 기다린다

아 이놈아 닉가 너를 밥 먹이고 월급 주어가며 집에 둘□ 널다려 도적질

_____

**997** 해찰. 일에는 마음을 두지 아니하고 쓸데없이 다른 짓을 함.
**998** 헛짓. 헛되거나 쓸모없는 짓.

호라고 가르키되 이놈 너 어디셔 이 돈을 가지고 왓늬 응』

『…………』

『올—치 너가 아모것도 모르는 줄 아는구나 다른 일 갓흐면 모른 톄를 흐 겟다만 이 일은 그럿치 안어』

## 1918년 11월 10일 (八)

늬가 셰음 밧은 돈 빅 원은 벌셔 늬 숀에 드러와 잇는데 이놈아 이 돈 빅 원은 쏘 □돈이란 말이냐』

호며 칙상 우에 노아 잇는 조고마흔 금고에셔 돈 빅 원을 집어 너인다

긔남은 엇지흔 영문 모르고 어한이 벙々호야 안져 잇다

너 이놈 돈 밧어 가지고 오다가 어늬 동무의 집에 들넛셧지—늬가 일상 돈 밧으러 단일 써에는 일직 드러오라고 흔 것은 요수이는 더구나 셰말이 되여셔 도젹이 만타고 흐길네 그린 것인듸 동무한테 붓들니어셔 져녁밥 까지 먹엇다드구나—아 이놈아 그게 무슨 희찰이야 그러고 늬가 놀다가 간 뒤에 쟝긔판 밋헤 무슨 봉지가 잇길네 집어셔 본즉 돈 빅 원이 드러 잇 고 봉투 것헤는 김옥상뎜이라고 쏘무인이 찍혀 잇는 것 분[999]즉 말흘 것 업시 긔남이가 써러트리고 간 것이 분명호길네 가지고 왓습니다 흐고 너 의 동무가 일부러 왓더구나 이놈아 좀 졍신을 차리고 단여야시 자아 그리 고 보니 이 돈 빅 원은 어디셔 가지고 온 것이냐 응 늬가 돈 빅 원이 잇슬 수도 업고 너를 보고 누가 돈 빅 원을 취흐여 줄 일은 더구나 업슬 것인듸 —이 돈 빅 원은 어디셔 낫늬 응 이놈 길에셔 쌔트린 줄만 알고 집에 도라

---

[999] '본'의 오류.

421

오면 꾸지람 드를 싱각에 어디 가셔 못된 버릇을 흔 것이지 별 수 잇늬 응 어셔 바른디로 말이나 좀 흐라』

긔남이는 쥬인의 말을 듯더니 얼골빗이 챵빅식으로 변호며 눈물을 쑥ㅅ 흘닌다

이놈아 왜 눈물을 흘니고 안졋늬 다 자란 놈이』

그런 것이 안이에오 동무 집을 나와셔 그 길로………』

그 길로 엇지히』

『그 길로 곳 도라오랴고 루동궁 골목으로 드러셧지오』

『그리셔』

『눈바람이 치모라셔 우산으로 □흘 가리고 오는디 □놈이 압길을 탁 막어스더니 덥허노코 나를 쩌려 누이고 덤비□1000드러셔 호주머니를 뒤저 가지고 다라낫슴다그려 ― 나야 어듸 돈 빅 원을 동무 집에 쩌□1001트린 줄 알앗느요 니 지□1002과 함끠 쎄앗긴 줄로만 싱각횟지오』

응 그리셔』

호며 이번에는 쥬인이 벙벙히 안져 듯기만 혼다

긔남이는 그 길로 반씀 밋쳐셔 신룡산으로 나아간 일과 텰교에셔 강물로 쩌러져 죽으랴 홀 즈음에 어나 늘근 사롬이 달녀드러 극기야에 돈 빅 원을 던지어 주고 간 리력을 낫낫히 말흐얏다

긔남은 어머니를 두고 죽으랴 흐엿든 念은 싱각이 다시 긔삼쇽에 쇼사나며 그 늘근 사롬의 은혜를 더구나 깁히 감동호는 동시에 그 늘근 사롬이 빈한흔 가운디에도 인명을 구호랴고 귀중호고 피눈물 나는 돈을 니어던

---

**1000** 문맥상 '어'로 추정.
**1001** 문맥상 '러'로 추정.
**1002** 문맥상 '갑'으로 추정.

지고 간 정샹을 미러 싱각ᄒ니 것잡을 슈 업ᄂ 눈물이 흐른다

주인이 긔남의 이야기를 듯더니

　아 그러 그 늘근이가 누구란 말이냐

『일홈 무러볼 사이ᄂ 어듸 잇셧ᄂ요』

『아 이것아 네에게는 직셩 은인이 안이냐 그 량반의 일흠도 모르면 엇지 ᄒ단 말이냐』

ᄒ며 잠시 동안을 『응 ― 응 ― 』 ᄒ고 코만 울니고 안졋더니 눈물이 글셩々々 ᄒ야지며

　허々 셰상에는 그런 셩인 갓흔 마음 □[1003]진 스람이 남어 잇단 말이야 허々 참 드믄 일이다 ― 아 이놈아 글셰 그런 사롬□[1004] 일흠□ 무러두지 안엇스니 엇지ᄒ단 말이냐 은혜를 허야지[1005] 어듸 사는 샤롬인 줄도 모른단 말이냐』

　살기는 로둘 사는 사롬 갓흔듸 한아 □[1006]쓴 드른 말에 그 돈 빅 원은 쌀 쟈식 몸 파른 돈이리요』

쥬인은 쌈작 놀나며

　아 더구나 쌀 파른 돈이야』

□[1007]며 잠시 무엇 싱각ᄒ고 잇더니 벌덕 이러셔셔 벽에 걸닌 두루막과 외투를 쎄□[1008] 입고 돈 이 빅 원을 회즁에 집어 느더니

　아 참 셰상에 한아님 ᄀᆞᆺ흔 사롬일다 자아 나ᄒ고 함끠 나가쟈 ᄒ며 압흘

---

[1003] 문맥상 '가'로 추정.
[1004] 문맥상 '의'로 추정.
[1005] '갑허야지'의 탈자 오류.
[1006] 문맥상 '얼'로 추정.
[1007] 문맥상 'ᄒ'로 추정.
[1008] 문맥상 '어'로 추정.

셔셔 상뎜 마루로 나슨다
늘근 사롬의 히유한 착혼 힝동에 감동을 깁히 밧는 동시에 긔남에게 디한
노염은 제졀로 사라져 바리엇다

## 1918년 11월 11일 (九)

상뎜 주인 김흥션은 긔남을 다리고 남문 박으로 향흐고 뎜원 한 사롬은
병목졍으로 보니엿다 쌀을 파른 돈이라 흐는 것을 더업는 빙거[1009]를 삼
아 남문 박과 병목뎡의 각 창기 집을 방문흐야 그날 밤에 시로히 팔니어
드러온 게집을 됴사코자 흐는 것이라 남문 박 슌챵조합을 방문혼 두 사롬
은 밤이 깁흔 까닭에 사무원을 맛나 보지 못흐고 다만 당직흐고 잇는 사
롬에게 무러보앗스나 그 사롬의 말은 오날 밤에 팔닌 게집이면 아즉 허가
도 엇지 못흐얏슬 것인디 더구나 조합에셔야 알 슈가 잇느냐 흐고 한참
동안을 싱각흐고 잇더니
『나히는 멧 살이나 되엿답더이까』
흐고 뭇는다
『글셰 나히도 자셰히는 모르나 아마 열오륙 셰에 지너지 못홀 쯧홈니다
게집아히라는 말이니까요』
『게집아히 ── 올 ─ 치 여보 그리면 그 게집아히의 본집이 로들이랍듸까』
김흥션과 긔남 두 사롬은 로들이 본집이라는 말에 눈이 번쩍 씌어서 『네
로들셔 드러온 것은 분명히요』
『네 ─ 그리면 너가 오늘 누구흔테 드른 법 허오 져 ─ 봉리졍에 홍명구라

---

**1009** 빙거(憑據). 사실을 증명할 근거를 댐. 또는 그 근거.

ㅎ눈 식쥬가 영업ㅎ눈 사롬이 잇눈데 그 집에 로둘셔 열네 살 먹은 계집 아히가 드러와셔 잇단 말은 드럿쇼』

『그리면 그 홍명구 씨의 집은 어더쯤 됨닛ʃ』

『번디슈눈 자셔히 알지 못ㅎ옵니다마눈 짐빗 네거리에셔 인력거군흔테만 무러보아도 곳 가르키어 쥽니다』

두 사롬은 급혼 마음에 치하 한마디 변변히 못ㅎ고 진빗 네거리로 나와셔 인력거군흔테 무러본즉 과연 자셰히 가르키어 쥬눈지라

봉리정 어나 골목으로 챠즘々々 차져 드러가니 캉캄혼 밤에 달덩이 ㅈㅎ혼 뎐등불이 죠고마혼 쵸가집 쵸마 슷헤 달어셔 잇눈디 뎐등에눈 붉은 글시로 치희라 써셔 잇다 문패를 샹고[1010]ㅎ야 본죽 과연 그 집이 홍명구의 집이엇다

이러혼 곳에 와보지 못ㅎ엿든 두 사람이라 집은 차져 놋코도 잡[1011]시 동안을 쥬져ㅎ다가 극기야에 김홍선이가 대문싼 안으로 드러스며

『이리 오너라』ㅎ고 불넛다

식쥬가 집에 와셔 점잔혼 목소리로 이리 오나라 ㅎ고 부르는 사람은 아마 지금 사람으로는 흔치 안은 일이다.

안에셔눈

『누구야 이리 오나라 하눈 게 여보 누구신지 드러오셰요』

ㅎ눈 녀인의 목소리 난다

김홍선과 긔남은 안으로 드러갓다 치희라 ㅎ눈 계집은 술 먹으러 온 손님인 줄로만 알고

『을[1012]나오십시요』

---

**1010** 상고(相考). 서로 견주어 고찰함.
**1011** '잠'의 오류.

ᄒ며 교틱를 부리여 웃는다 김홍션은 황당ᄒ셔

『안이에오 술 먹으랴 온 사람이 안이올시다 이 딕 쥬인 좀 뵈러 왓소 주인 계시오』

『네 ― 그러세요』 ᄒ며 안방으로 드러가더니

『나가보셰요 누가 쥬인을 찻슴니다 나는 슐 자시러 오신 손님인 줄 알앗지』

쥬인 홍명구는 젼에 보지 못ᄒ 사람이 즈긔를 더구나 깁흔 밤즁에 차져온 곡졀을 알 수 업는 ᄶᅡ닭에 얼마쯤 수상히는 역이엿스나 디관졀 이야기를 드러보아야 ᄒᆞᆯ 일인 고로 쁠¹⁰¹³아릿방으로 안니ᄒᆞ야 드리엇다.

## 1918년 11월 12일 (九¹⁰¹⁴)

김홍션은 홍명구와 쵸면 인사를 맛친 뒤에 비로소 원목덕 이야기로 드러 슨다

『오늘 밤에 로들셔 살고 잇던 계집아히 한아를 돈 빅 원을 몸갑으로 치르고 딕에 두신 일이 잇슴닛까

『네 그런 일이 잇슴니다』

올치 인졔는 차졋구나』

ᄒ며 김홍션은 긔남을 도라다본다

무얼 차졋셰요』 ᄒ며 홍 셔방은 수상히 역이는 모양일다

안이에오 이것은 우리 이야기올시다』

『그런데 그 돈은 누가 가지고 갓나요 그 아바지가 가지고 갓나요』

---

**1012** '올'의 오류.
**1013** '쁠'의 글자 방향 오식.
**1014** '十'의 오류.

네 ─』

늘근이신가요』

늘근이라고는 헐 것 업셔도 스십 여셰 되엿지요』

동저고리 바롬으로 가셧습니꺄』

자셰도 아시오 그럿소』

올타 그럼 별수 업시 그 량반일다』

ᄒ며 ᄯᅩ 한번 긔남을 도라다본다.

홍명구는 웬 곡졀을 모르고

『박외쟝이 엇지 힛나요』 ᄒᆫ다

『안이오 그런 게 안이라요 너의 이야기를 좀 드러보십시오 여긔 안져 잇

는 아희는 긔남이라고 ᄒᆞᆫ 놈인터………』

ᄒᆞ고 긔남이가 돈 빅 원을 동무의 집에 ᄯᅥ러트리고 도적에게 ᄲᅢ앗긴 쥴

오희ᄒᆞ야 강물에 ᄲᅡ져 죽으랴 ᄒᆞᆫ 일과 어나 늘근 사람이 돈 빅 원을 너어

던지고 간 일을 낫낫히 이야기ᄒᆞᆫ 뒤에

그런 한아님 갓흔 량반이 어더 잇슴니꺄 이놈에게는 지셩 은인이지요 그

러나 일홈이나 알아야 그 은혜를 갑흘 것 안임니꺄 겨우 안다는 게 ᄲᅡᆯ을

판른 돈이라는 것 ᄲᅮᆫ이올시다 그리셔 이놈을 데불고 슌창죠합으로 나와

셔 무러본 결과에 노형 덕을 차져온 것인터 지금 말슴을 드러보니 별[1015]

수 업는 그 량반의 ᄶᅡ님이올시다그려』

『나는 웬 곡졀을 몰낫슴니다그려 그 량반은 박외쟝이라 ᄒᆞᆫ는 사람인터

그 젼에는 남부럽지 안케 지너다가 셰티가 졈々 변ᄒᆞ여 가며 가산이 탕퍼

ᄒᆞ여 지금은 헐수할수업는 지경이 되엿는터 참 사람이야 더 헐 말 업는

착헌 사람이지요 족히 그런 일홀 사람이지요』

『자아 그런데 그 짜님이 지금 잇슴니가』

『네—』

『그러면 도로 물녀쥬실 수 업슬가요 다른 뜻이 안이라 은혜를 갑는 디는 첫지 짜님을 데부러다 드리고 차ᄎ 엇더케 히셔라도 좀 견듸어 가시도록 ᄒ여 드리는 게 조흘 뜻흠니다』

『거러케만 히 주시면 박외장 니외야 춤을 츄고 됴와ᄒ겟지오 유슌—지금 집에 와서 잇는 게집아히의 일홈이올시다—그 이도 효녀라고 홀 수 잇지오 겨우 열네 살 먹은 아히가 어머니 고싱ᄒ시는 것을 차마 눈으로 뵈일 슈 업다고 제 싱각으로 니 집을 차져와셔 몸을 팔겟다 ᄒ길네 박외장을 불너다 노코……』

ᄒ며 잇히 동안은 챵기로 박지 안이ᄒ고 물녀가기를 기다릴 싱각으로 잇셧다는 말을 ᄒ며

『셰상에 박외장갓히 착흔 사롬도 업거니와 노형네 둘갓히 의리를 직히는 사롬도 드믄 일이외다』

『천만외의 말슴이올시다 그러면 돈 빅 원을 드릴 것이니 유슌이라는 아히는 너가 데불고 가도록 히쥽시오』

『이이 긔남아 너 병문에 나가셔 인력거 셰 치만 불너오너라』

긔남을 박그로 니어보닌 뒤에 유슌을 불너나리어셔 처음보는 터이라도 반가운 정으로 상면ᄒ고 주인 홍명구가 김홍[1016]션의 고마운 뜻을 전ᄒ 민 유슌은 눈물을 흘니며 깁버흔다

---

**1016** '홍'의 오류.

## 1918년 11월 13일 (十一)

유슌을 압셰우고 김홍션 긔남의 차례로 셰 인력거가 등 뒤를 모라치는 밧 남산 니리다지 바룸을 타고 나는 듯 다라는다 룡산 런병장 넓은 벌판 엽 흐로 셰 등불이 소리 업시 물 흐르듯 삼각거리를 오른편으로 써거져 넓은 한쥴기 길□ 텰교 다리에 이르럿다

셰 사룸은 각기 별다른 깃븜을 가삼속에 셔리우고 살을 어이는 듯한 강바 람에 옷깃에 턱을 파뭇고 잇다

긔남은 멧 시간 젼에 이곳에셔 죽으랴 하던 나로다 사람의 운명은 진실로 알지 못홀 것이라 멧 시간 젼 실망도 이졔는 양々한 봄바람이 가삼을 녹이는고나 하고 깁흔 감기가 머리속을 왕림하여 잇고……

유슌이는 쑴속 갓혼 감상으로 지금 지나가는 이 강물 우를 졸연히[1017]는 건너가 보지 못홀 줄 알엇더니…… 쓰거운 몹쓸 볏헤 푸른 입시 말너지 고 쏫송아리 식을 일엇든 니 몸이 티탕[1018] 츈풍 다시 맛나 말는 입시 기 운 폐고 곳송아리 고기 드름과 갓혼 지금의 이 몸이로구나 어머니의 깁버 하시는 얼골 눈압에 완연하고 아바지에 놀나시는 거동 ― 아々 참 쑴속 갓 혼 일이로다 하는 싱각에 가삼이 두군거리며 얼골이 홧々하야 간얄힌 두 손으로 얼골을 씨다듬는디 텰교 압 뎐등불의 유슌의 타도를 삷혀보니 텬 셩이 어여쑨 아히라 다소 슈식이 씨임도 쏘흔 버리지 못홀 자티러니 이에 심즁에 깁붐이 잇는 바에야 더구나……… 그리고 홍[1019]명구의 호의 로 집에 잇든 고흔 옷 한 볼을 가러입히엇는 까닭에 유슌의 자티는 일층

---

1017 졸연(猝然)히. 까다롭거나 힘들지 않고 쉽게.
1018 태탕(駘蕩). 봄날의 바람이나 날씨가 화창함.
1019 '홍'의 오류.

사랑닯다 ― 인력거는 벌셔 다리를 건너 오른편으로 수도부의 굉장훈 건
물을 바라보며 속력을 너여 다름질훈다.

●　　　●　　　●　　　●

　　　●　　　●　　　●

『그게 다 무슨 말이오 얼토당치안인 말은 하시지도 마우 그리 우리 형편
이 사룸 구죠히 주게 싱겻쇼 남한테 비럭질[1020] 히셔 겨우 연명을 히 가는
터인데 글셰 남을 구제ᄒ엿다 히도 분수가 잇지 돈을 빅 원을 ― 빅 원이
면 얼마요 ― 오쳔 량이구려 누가 고지듯는단 말이오』
『듯고 안 듯고 간에 쥬어 버린 것을 엇더케 ᄒ란 말이야』
『듯기 실소 여보 오늘이 몃칠인 줄 아시우 빗장이 등살 디는 것은 고만두
고 먹을 쌀 한 톨이 잇소 쎡일 나무 한 기피 잇소 엇지쟈고 이러우 썬 ―
ᄒ지 그 돈 가지고 쏘 노름인가 무언가 히 버린 게지』
『아々 마루라 니 말 좀 드러 셰상에 인명 갓치 즁훈 게 업는디 사룸이 죽
는 데야 돈이 다 무어란 말이오 그야 닌들 집안 형편을 모른 것은 안이지
마는 글셰 이 답답훈 사룸아 눈압헤셔 사룸이 죽는 데야 엇더케 헌단 말
이오 사룸에게 덕을 피워두면 다 언제든지 자긔에게 도라오는 법이야 그
리지 마오』
『앗다 별소리를 다 듯겟쇼 덕이 도라오기 젼에 말너죽는 것은 엇지ᄒ고
속담에도 니 발등 불 먼져 끈다는 게 안이오 웨 사룸 속을 이리 틱우』
『앗다 여보 쌀자식이 몸을 팔지 안은 줄노 싱각ᄒ구려 언제 이 셰말이 닥
쳐셔 돈 빅 원이 싱길 줄 알앗단 말이오』
『에그 그리도 나는 싱각홀슈록 졀통히셔 못 견디겟쇼 그게 엇던 돈이란

---

**1020** 비럭질. 남에게 구걸하는 짓을 낮잡아 이르는 말.

말이오 쌀ㅈ식이 그 사람 주라고 몸 팔은 쥴 아시우 쌀ㅈ식의 속도 좀 알아주고 밧어 주어야지』

글셰 닌들 그런 졍리를 모르는 것은 안이야 에그 참 갑ㅅ히 못 견디겟네』

『갑ㅅ 흐거던 가셔 그 돈 차져 가지오구려』

『남대문입납[1021]으로 어디가셔 차져 쏘 집은 알고 모르고 간에 그럴 수도 업거니와 졔발 덕분에 고만 좀 두우

『돈 빅 원이 얼마라고 고만둔단 말이우』

『에 — 참 쳔성에 계집이로군』 ᄒ며 혀를 쓸ㅅ 차며 희미ᄒ 등불 아리에셔 닉외가 말닷홈에 정신이 업다

**1918년 11월 14일 (十三[1022])**

유슌이와 긔남을 담 모통이에 셰워 노코 김흥션만 홀로 박외쟝 집 문간에 이르럿슬 ᄯᅦ는 맛침 박외장 닉외가 한참 말닷홈ᄒ고 잇슬 ᄯᅢ이엇셧다 김흥션은 담 박게셔 닉외의 말닷홈ᄒᄂ 것을 듯고 홀로 우슴을 금치 못ᄒ며 더욱 박외쟝의 착ᄒ 마음을 감복ᄒ엿다

『이리 오너라』

『이 밤즁에 누가 쏘 왓나 듯지 못ᄒ든 목소린데 쏘 누가 셔울셔 오지나 안이ᄒ엿나』

『이리 오너라』

『네 — 나가오』

---

**1021** 남대문입납(南大門入納). 주소를 알 수 없는 편지 또는 주소나 이름을 모르고 집을 찾는 일을 비유적으로 이르는 말.

**1022** '十二'의 오류.

ᄒ며 박외장은 나막신을 썰걱거리며 문박그로 나왓다

누구신가요』

『네 — 나는 김홍션이라 ᄒ는 사람인디 좀 쥬인쟝을 맛나 뵈고 홀 이약이
가 잇셔〃 왓슴니다 나는 문안 안동셔 유기뎐을 ᄒ고 잇는 사람이올시다』

『무슨 일인 줄은 모름니다만은 멀니 오셧는데 안지실 데가 만〃치 안어셔
불안홈니다』

관계치 안슴니다』

아 — 니 이리 좀 드러오십시오 마루에라도 걸터안지십시오』

김홍션은 사양치 안코 안으로 드러가셔 마루 긋헤 거러안졋다

무슨 일이신가요』

네 다른 게 안이라요 가〃에 두고 부리는 아히 한 놈이 잇는디요』

ᄒ고 긔남이가 돈을 바드러 나가셔 동무의 짐[1023]에 돈을 싸트리고 도라
오다가 도젹을 맛나 함끠 그 돈ᄭ지 이러바린 줄 오히ᄒ고 좁은 싱각에
죽으랴 ᄒ얏든 이야기를 더강〃〃 말ᄒ고

『더톄 노형 갓흔 한아님 갓흔 량반은 이 세상에 둘도 업슬 것이올시다 나
는 노형의 은덕으로 긔남이 한 놈 목슴이 살어온 것도 깃분 일이어니와
그보담도 노형 갓흔 량반이 이 세상에 아즉도 남어 잇는 것을 아른 것이
더 깃분 일이올시다 자아 이 돈 빅 원은 긔남이가 써러트린 돈이 도라온
바에아 바들 필요가 업슨즉 이 돈은 바드십시오』

ᄒ며 돈 빅 원을 니여논다

방 안에셔는 박외장 마누라가 귀가 번젹 씌우고 응덩이가 들먹〃〃ᄒ다

『안 — 이올시다 텬만에 한번 니어논 돈을 바들 것은 업셰요 원리 그 돈은

---

**1023** '집'의 오류.

니 몸에 붓지 안인 돈이길니 그리된 것이닛가 그 긔남이라 ᄒᄂᆞᆫ 아희에게
도로 쥬십시요』

『쳔만에 그러실 까닭은 업습니다 이 돈은 바드셔야지요 더구나 이 돈은
귀한 짜님이 몸을 파른 돈인데‥‥‥‥‥네—다—암니다‥‥‥‥‥
바더두십시요』

방 안에서 박외쟝의 마누라는 참다못ᄒᆞ야『여보 손님씌셔 그쳐럼 말슴ᄒᆞ
시ᄂᆞᆫ디 바더두구려』ᄒᆞᆫ다

박외쟝은 안이 나오는 기침을『에헴 에헴』ᄒᆞᆫ다

자아 이 돈은 바드시고‥‥‥ 그리면 셔로 돈으로는 셰음이 업셔졋거이
와 인졔는 ᄯᅩ 한 가지 남은 것이 잇습니다 긔남이가 바든 은혜를 갑허야
홀 것이올시다 돈으로 드린다는 것도 인사가 안이어셔 이리 싱각 져리 싱
각ᄒᆞ다가 죠와ᄒᆞ실 션물 한아를 가지고 왓습니다』

방 안에서는 ᄯᅩ 한 번 귀가 번쩍 씌운다 김흥션은 박그로 속히 나아가드
니 일 분도 못 되야 도로 안ᄯᅳᆯ노 드러오며

『아가씨 한 분 드러감니다』ᄒᆞᆫ다 박외장은 안방 창지로셔 빗최이는 불빗
헤 얼ᄯᅳᆫ 보니 웬 어엿분 게집아희가 마루를 향ᄒᆞ고 드러온다

『누구오니까』

『자셔히 보세요』김흥션이가 엽헤셔 말ᄒᆞᆫ다

다시 한번 치어다보니 갈데업는 유슌일다

아이고 유슌아 이게 웬일이냐』

유슌이란 소리에 마누라는 포더로 압흘 가린 디로 정신업시 ᄶᅱ어나와셔
유슌을 ᄶᅵ어안으며

『아이고 이게 웬일이냐 ᄭᅮᆷ이 안이면 죳켓다』

유슌은 깃분 눈물을 흘니며 아모 말도 못ᄒᆞ고 잇다

니외의 깃븜은 다시 말홀 것 업거니와 정직흔 사롬은 하날이 도읍고 덕을 베품이 엇지 타인만을 위홈이리오 ᄒᆞᄂᆞᆫ 말이 이에 닷ᄒᆞ지 못홀 진리가 되엿다

· · · ·
· · · ·

안동셔 멀지 안인 뎐동에 죠곰마흔 지봉소를 시로 니인 젊은 꼿갓흔 니외가 잇셧다 이ᄂᆞᆫ 긔남과 유슌의 두 사람일다 (完)

# 施酒

1918.11.15~21. 7회. 含淚戲譜

## 1918년 11월 15일 (一)

삼청동 홍여문 안 막바지에 안방 벽 한아가 격상이 된 다 씨러져가는 쵸가 아리웃집이 잇다 웃집에는 오십여 세 된 중로 홀아비 양첨지가 살고 잇고 아리집에는 별명이 주먹슐이라 흐는 삼십여 세 된 젊은 홀아비가 살고 잇다

동병쟈 샹련이라고 이 두 홀아비는 다른 친구보담도 특별히 쟈별흐게 지니는 터인디 양첨지는 낫에는 낙시디를 걸터메이고 쑥셤으로 물고기 잡으로 머나먼 길을 경강이 나귀에 치쥭질흐며 일참을 흐고 밤이며는 쥬먹슐을 집으로 청흐야노코 쟝이야 군이야에 등불을 달닌다

쥬먹슐은 아침이면 다섯 시 반 긔덕소리 나기 전에 동아연쵸회사에 사진흐느라고[1024] 잠 덜 씨인 눈을 헤번득이며 테메인 쑥비기에 차듸찬 죠밥덩이를 느어가지고 술국집으로 위션 먼져 수진흐는디 연쵸회사에 수진흔다 흐면 갈는 양복에 금테 안경을 코등에 언고 노란 깃도 단화를 쎄각ㅅㅅ 울니면셔 사무실 안락의쟈에 몸을 파뭇고 압헤 싸인 셔류에 수정도

---

[1024] 사진(仕進)하다. 벼슬아치가 규정된 시간에 근무지로 출근하다.

쟝만 쫙々 치고 잇는 줄 짐작ᄒ겟지만은 그 실상을 파고 보면 연쵸 너으 는 목궤를 짜느라고 더퍽질ᄒ기에 잔허리가 시근々々ᄒ다는디 일급을 무 러본즉 ─ 겨우 오십 전…… 이 사롬의 본일홈은 피일근이라 ᄒ는디 동 니는 물론ᄒ고 아릭디에 나려가도 본일홈 일근이라고 부르는 사롬은 업 고 쥬먹슐이라 부르는 게 쉬웁게 알게쓈 되엿다

엇지ᄒ여 주먹슐인고……

하로는 피일근이 슐은 먹고 십허 견딜 수 업는디 거꾸로 드러니 흔들어도 호주머니에서 피쳔 더 푼 써러질 것 업고 여간 단골 슐집에도 외상갑이 챠챠 □□간즉 슐 한잔 신용도 업셔져셔 션금이 안이면 외상으로는 무가 니하[1025]일다 그러타고 비속에 게신 슐비위가 좀 사졍이느 보와쥬엇스면 됴흐련만 산젹 굽는 님시가 코를 콕콕 찌르니 비쑵 아리 게시든 슐비위가 목졋꺼지 치미러셔 헛침으로만 방어를 ᄒ랴니 좀톄를 ᄒ야셔는 말을 안이 듯는다 견듸다 못ᄒ야 피일근은 아모것도 들지 안인 헷쥬먹을 잔돈 이느 쥐인 드시 팔을 반쯤 꾸푸리어들고 거침업시 썩 드러스며 죠곰도 셔 슴지 안코

『여보 곱빅이로 한 잔 부우』

ᄒ엿다 슐국이 든 사름은 일근의 거동을 흘끈 보니 돈푼이느 쥬먹에 드른 모양이라

『그러시우』

ᄒ고 의심 업시 부어쥬엇다

일근이는 곱빅이 한 잔을 먹고 보니 차마 그냥 도라슬 슈 업다

『쏘 한 잔 부우』

---

**1025** 무가내하(無可奈何). 달리 어찌할 수 없음.

술집 주인은 셔네 잔 갑은 가졋겟지 ᄒ고 ᄯᅩ 한 잔을 부어쥬엇다 곱비기 두 잔을 슘 쉬일 시 업시 드러마신 뒤에

『으一이 인제 겨우 목이 촉々 ᄒ진다마는 오늘은 고만 먹어야 ᄒ겟군一 여보 주인 슐갑은 함ᄭᅴ 셰음홉시다』

무어오[1026] 이건 무슨 소리요 안되이『[1027] 오 돈너시우』

『업는 돈을 엇더케 너어』

『아 그 쥬먹에 드른 돈 좀 니구려』

『주먹? 아 이 쥬먹 이 주먹에 무에 드럿나 이것 보구려』

ᄒ고 주먹을 펴셔 보이는디 돈은 거림자도 업고 연쵸회사 문감[1028] 목퍼 한아일다……

그후부터 주먹슐이라는 영광시러운 별명이 낫다

이러ᄒᆫ ᄭᅡ닭에 여간 오십 젼 밧는 일급은 슐갑에도 모자라는 터이니 져축ᄒᆫ 지산이라고는 귀쩌러진 징긔비[1029]와 셕유궤농장ᄲᅮᆫ일다 이십여 셰에 상쳐ᄒ고 삼십여 셰 되는 오날々ᄭᅡ지 계집 한아 못 엇는 것도 이상ᄒᆫ ᄭᅡ닭은 조금도 업다.

## 1918년 11월 16일 (二)

하로는 밤이 이식ᄒ야 쥬먹슐 피셔방이 슐이 얼근ᄒ게 취ᄒᆫ김에 수심 □[1030]를 부르면셔 두 눈은 쏙바로 압길을 보며 가도 원수에 두 다리가 헛

---

**1026** '무어오' 앞에 '『' 누락됨. 이후 대화문에서 '『' 누락된 부분은 따로 표기하지 않고 원문 그대로 들여쓰기를 함.
**1027** 문맥상 '『' 불필요. 문장 앞에 누락된 '『'가 이곳에 오식된 것으로 추정.
**1028** 문감(門鑑). 궁궐, 병영 따위의 문에 드나드는 것을 허락하여 주던 표.
**1029** 쟁개비. 무쇠나 양은 따위로 만든 작은 냄비.

노여서 이리 빗척 져리 빗척 ᄒ면셔도 제집은 잇지 안코 차자왓스ᄂ 쟈긔 거림쟈 아울나 두 식구 사는 홀아비 신셰이라 등볼[1031]을 밝키고 기다리 는 사롬도 업고 마져드리는 사롬도 업다 더듬거리며 방안으로 드러가셔 등불을 켜노코 보니 아침에 나갈 쩌에 이불도 안이 키키고 나간 것이 고 실어니 펴어잇다 주먹슐이 혼자말로

『요것이 만년자리로구나』

ᄒ며 쟈리 쇽으로 기어드러간다 한참 동안은 무에라 중얼々々 셕가리를 마죠 치어다보며 잔소리를 ᄒ고 잇드니 어나결에 정신이 몽롱ᄒ야 화셔 국으로 만유ᄒ러 간다

잠결에 어렴풋ᄒ게 어나 녀인네의 목소리로

『문 좀 여러쥬셰요』

ᄒ는 쇼리 들닌다

주먹슐이 잠이 씨셔 다시 그 목쇼리 나기만 기다리고 고기를 반씀 들고 잇스러니

문 좀 여러쥬셰요』

아리짜운 녀인의 목쇼리가 분명ᄒ다 쥬먹슐 피셔방은 번기ᄀ치 뇌슉을 지니는 싱각에 이 밤중에 나를 차질 녀인도 업거니와 오늘날ᄶ지 알고 지 니는 녀인네 중에는 져와 ᄀ치 고흔 목소리를 가진 사롬은 업ᄂ건……… 아―니 그리도 ᄯᅩ 알 수 업다 계집이란 요스스러운 것이닛가 평시 목쇼 리와 츌입건 목소리를 갈녀셔 쓰는 게지……ᄒ며 아즉 디답도 못 ᄒ고 잇ᄂ디 ᄯᅩ 박게셔는

문 좀 어셔 열어쥬셰요』ᄒ다 쥬먹슐이 혼자말로

---

1030 문맥상 '가'로 추정.
1031 '불'의 오류.

엇지 되얏던지 나가나 보자』

ᄒ며 이불을 졔치고 이러서々 박그로 나오랴 홀 즈음에

『거 누구요』

ᄒᄂ 사나히의 목소리 난다

쥬먹슐이 눈이 호동그러지며

『이이 이게 웬 놈이냐』

ᄒ고 고기를 쑥 쎄인다

『얼는 좀 여러쥬셰요』

『우리 집에 누가 왓소?』

ᄒ며 나오는 소리를 드르니 갈 데 업는 엽집 양쳠지일다

쥬먹슐의 거동이야⋯⋯⋯⋯문고리에 손을 더이고 입을 짝 버린 치 슘
도 못 쉬고 셔셔 잇다

『하필 엽집으로 올 것 무엇인고 차질 사람이 업셔々 늘근이를 차져』

ᄒ며 자리 속으로 다시 기어드러가드니 이불을 머리 우々지 덥허쓴다 게
집 목소리에 먹엇던 슐이 다 씨엇다

이불 안이라 텰판을 덥고 잇슬지라도 마음々지야 덥흘 수 잇나 눈은 졈々
말동々々ᄒ야지고 귀는 여늬 씨보담 더 발거져셔 엽집에셔 벗석 소리만
나도 요게 무슨 소린가 ᄒ고 귀를 기우린다

엽집 양쳠지는 게집을 방안에 드려안치고 무에라 궁셩거리며 이야기ᄒᆫ
다 이싸금 잇다가 게집에 목소리로 『아이고 시려요』ᄒ기도 ᄒ고 어리광
더피어 간드러지게 웃기도 ᄒ다

쥬먹슐이 피셔방은 공연히 몸이 썰니고 가삼이 두군거린다 쏘 엽집의 이
야기 소리가 들닌다

실려요 나는 안 갈테야』

아이 아셔요 아이 웅』[1032]

ᄒᆞᄂᆞᆫ 소리가 난다

쥬먹술이 피셔방은 가삼쇽을 바늘 긋으로 콕콕 찌르[1033]ᄂᆞᆫ 갓ᄒᆞ여 몸쇼
리를 치며 참다못ᄒᆞ야 이러나 안졋다

## 1918년 11월 17일 (三)

양첨지와 졂은 녀인의 이약이 소리ᄂᆞᆫ 졈々 나즉ᄒᆞ여지며 소군々々ᄒᆞ던
말소리도 뚝 쓴어지고 잇다금 계집의 늣기어 웃는 목소리만 들닌다
알니지 안ᄂᆞᆫ 일은 더 알고 십고 보이지 안ᄂᆞᆫ 것은 더 보고 십흔 것이 사람
의 자연ᄒᆞᆫ 졍일다 쥬먹술 피셔방은 굼々증이 나셔 못 견디겟고 더구나 이
야기 쇼리 쓴쳐진 후로ᄂᆞᆫ 얼골이 우럭 취ᄒᆞ면셔 귀만 졈々 영민ᄒᆞ게 발거
간다 참다못ᄒᆞ야 피셔방은 방문을 종용히 열고 박그로 나아가셔 길가로
향ᄒᆞ야 터진 양첨지 집 들챵 압헤 이르러 들챵 한 모통이를 손쏘락에
침[1034]을 칠ᄒᆞ여 감안히 쑤렷다 양첨지와 계집은 들챵을 등을 지고 안져
잇는 고로 얼골은 자셔히 보이지 안이ᄒᆞ나 뒤밉시로 보던지 옷 모양을 보
던지 이십이 넘지 안인 녀인이라 윤티[1035] 잇는 머리쪽지에는 은잠두[1036]
가 번득이고 빅셜 갓흔 귀쑤리와 도탐흔 볼에는 도화식이 질니엇는디 머
리카라 멧 줄기가 훗터져 나리어셔 귀쑤리를 덥흠도 쏘흔 밉지 안인 운치
일다 반신을 양첨지에게 실니어 안졋는디 양첨지의 팔 한아ᄂᆞᆫ 계집의 허

---

**1032** '』'의 오류.
**1033** '르'의 글자 방향 오식.
**1034** '침'의 오류.
**1035** 윤태(潤態). 광택에 윤기가 있음.
**1036** 잠두(簪頭). 비녀의 머리.

리를 감어 잇다

희미흔 등불은 문틈 바람에 그러홈인지 벽에 더진[1037] 두 사람의 그림즈를 잇짜금 흔든다 두 사람은 아모 말 업시 안져 잇고 들니는 것은 굴쏘 가는 슘쇼리쑨일다

쥬먹슐 피되[1038] 셔방은 침을 흘니며 드리다 보다가 어나 집에서 컹々 짓는 가이소리에 졔발이 졀이어셔 다시 자긔 집으로 드러갓다

자리에 드러누은 피셔방의 눈에는 괴괴흔 텬디쑨일다 이리 뒤척 져리 뒤척 잠을 이루지 못ㅎ다가 동녀집 여기져기에서 길게 우는 닭의 소리를 듯고야 어언간 잠이 드럿다

    ●    ●    ●    ●
      ●    ●    ●


잇흔날 아침이 되엿다

쥬먹슐이 피셔방은 이러나는 길로 벽을 두다리며

『양첨지 이러나셧슴니까』

 피셔방인가 잘 잣나』

피셔방은 혼자말로

『잘 잣나가 다 무에야 염톄업시』

『이러낫거든 놀너 오게 그려』

『그러지 안어도 가랴고 ㅎ든 중이올시다』

ㅎ고 피셔방은 방글々々 우스면셔 양첨지 집 문간에 드르스더니 뒤보고 안져 잇는 놈이 갓가히 오는 사람의 발자최 소리 듯고 안이 나오는 헷기침ㅎ듯

---

1037 던지다. 그림자를 나타내다.
1038 문맥상 '되' 불필요.

『에헴 에헴』

ᄒ며 안으로 드러간다

『앗다 이 사람 오늘은 졔법 졈잔을 쎄네그려 어서 올너오게』

피셔방은 고기를 쑥 쎄어 방안을 기웃ᄒ며

『드러가 관게치 안슴니짜』

『앗다 이 사람 밋쳣네그려 언졔는 안이 드러오든 방인가』

『아―니 글셰요』

ᄒ며 피셔방의 속셰음에는

『일즉어니 보닛고나』

ᄒ엿다

『무얼 물쓰럼이 셔셔 잇ᄂ 어셔 드러오게』

『네―』

ᄒ며 그졔야 마음을 턱 노코 방안으로 드러간다

『담빅 틔게 이 사롬아』

『네―』

『딕답만 말고 담빅 틔게』

　담빅로만』

『무어?』

『으흥』

『앗다 이 사롬 밋쳣ᄂ 왜 사롬의 얼만골[1039] 치어다보며 으흥々々ᄒ고 웃고만 안졋스니 왼일인가』

양쳡지도 마조 우스면셔 뭇는다 피셔방은 더욱 코우슴을 치면셔

---

[1039] '골만'의 글자 배열 오류.

『시침을 싹 쩨이심니다그려』

『무얼』

『이것 웨 이리세요 얼골에 그리엇는더요 하로밤 스이에 눈두덩에셔 눈속으로 드러가랴며 요스이갓치 기인긴 희에도 변쏘밥을 싸가지고 가야ᄒ겟슴니**1040**다』

『에이 이 밋친 사롬』

『아—니 그건 롱담이지오마는 그게 무슨 짓임니ᄭ 엽방에 졺은 홀아비가 잇는 줄 아시며 여늬 으르고 짜고 울고 웃고 이게 사롬이 견딜 슈 잇슴니ᄭ 잠 한슴 못 쟈고 오늘은 아죠 파김치가 되엇슴니다』

『아 쟈네 잇섯든가』

『잇섯든가가 무에요 져것 좀 보십시오』

ᄒ고 둘**1041**챵을 가르킨다

## 1918년 11월 18일 (四)

양첨지가 들챵을 치어다보니 시로히 발는 들챵에 구녕이 쑤러져 잇다

『아 저것 누가 작란을 힛셔』

『누가 히요 니가 힛지』

『여보게 바늘구녕으로 황소바람이 드러온다네 그게 무슨 짓인가』

『앗다 웨 그리심니ᄭ 여간히야 참고 잇지요 궁금히 견딜 수 잇ᄂᆞ요 드러올 슈는 업고 허다못ᄒ여 구녕을 쑬코 드러다 보앗지오 쟈아 들킨 바에야 인졔 감츄면 무얼 ᄒ셔요 그러ᄂᆞ 너머 졺어셔 쌀 갓흔 녀인을 아이 맙시오』

---

**1040** '니'의 글자 방향 오식.
**1041** '들'의 오류.

『쉬이 여보계 피셔방 너머 쩌들지 말게』

『그럼 이야기를 흐십시오그려』

『그러게 쟈네가 눈으로 본 이상에야 엇지홀 수 잇ᄂ 그러ᄂ 이야기를 듯고 놀닉지ᄂ 말게 어졔밤에 왓든 것이』

『워[1042]든 것이』

흐며 피셔방은 이야기를 최촉혼다

『어졔 왓던 계집이 귀신일셰』

『에?』

『귀신이야』

『이건 웨 이리십니까 — 셰 살 먹은 어린 아히로 아심니까 어셔 진담을 흐십시오』

『아 — 이 사람 거짓말 안일셰 이왕 토셜흐ᄂ 바에야 거짓말을 흘리가 잇ᄂ』

『에 — 그 어엽분 계집이 귀신이란 말이야 귀신인 줄은 엇더케 아심니까········· 암만히도 닉가 넘지』

『안일셰 닉 이약이를 듯게』

흐며 양쳠지는 엄슉혼 얼골을 지으며 기침 한 번을 『에헴』 흐고 곰방담비디를 지쩌리에 쌱々 털며

『셰상 리치라는 것은 알 수 업ᄂ 것이데 닉가 낙시질흐러 단이는 쥴은지[1043]네도 알지 안나 어졔도 낙시디를 들네메이고 쑥셤으로 나간네그려 직슈가 업스랴면 할 수 업셔 엽헤 안진 사람은 낙시줄을 집어 느키만 흐면 손바닥 갓흔 부어가 꼬랑지로 디가리를 툭탁々々 치면셔 걸니어 오르ᄂ디 웬수에 닉 낙시에는 이짜금 걸닌다는 게 피리미 식기일셰그려 종일

<hr>

**1042** '왓'의 오류.
**1043** '자'의 오류.

을 그 모양이니 화가 안이 나겟나 가지고 갓든 슐도 먹지 안코 그디로 쏭
문이에 챠고 집으로 도라오는디 날은 임의 져무러셔 저녁 안기는 원산에
씨이엇고 소슬흔 가을 바람은 략엽을 직촉ᄒᆞ는디 까마귀 울고 가는 소리
야 쳐량도 ᄒᆞ데』

『이!』

『왜 그러나』

『바로 그 말슴ᄒᆞ시는 게 그럴쯧ᄒᆞᆸ니다그러』

『거짓말홀 까닭이야 잇나 진담이니싸 그럿치』

『그리셔요』

『조금 오너라니싸 강물가 갈디밧 속에서 까마귀 한 쎄가 우 ― ᄒᆞ고 날녀
셔 까막々々 울면셔 나라가는디 얼쯘 싱각ᄒᆞ니 갈디밧 속에는 필연코 무
에 잇길네 그런 듯ᄒᆞ데그러 그리 갈디밧 갓가히 가셔 발을 쎼고 드러가
헤쳐보지 안앗나』

## 1918년 11월 19일 (五)

『그리셔』

『헤쳐보니싸 왼 히골 한아이 잇는디 살점이 좀 부터 잇는 것을 본즉 죽은
지 얼마 안이 된 것 같데』

『그리셔』

『마음에 측은ᄒᆞ데그러 죽어셔 빅골이 되여도 어디 파뭇칠 곳 업시 까마
귀 먹이 되여셔야 죽은 귀신인들 엇지 슯흐지 안겟나』

『그러고 말고요』

『그리셔 낙시디로 히골을 쓰러닌여 마른 쌍에 올녀노코 쏭무니에 차고

잇던 슐을 흑골에 부어 쥬고 『남무아미타불』을 합장흑여 셰 번 볼<sup>1044</sup>너
쥬고 아모쏘록 조흔 데로 가라고 그곳에 파뭇어 쥬엇네그려
『젹션을 흑셧슴니다그려』
『젹션이랄 것은 업스나 엇지 되얏던지 마음에 유쾌흑여 그 길로 집으로
도라오는 길에셔 슐 몟 잔을 먹고 아홉 시가 넘어셔 집에 드러오니싸 엇
지 곤흑든지 옷을 입은 치 정신업시 고라쩌려져셔 한숨을 느러지게 자고
씨니 목이 컬々흑셔 물을 먹으랴 나갈가 말가 홀 즈음에 왼 계집이 차져
온 모양인데 넌들 자네 알듯키 밤중에 나를 차져올 계집이 어디 잇나 한
두 번은 다른 집에 온 사람인 줄 알고 디답을 안이 흑엿드니 문 여러달나
는 목소리가 암만힉도 니 집일데그려 그러셔 나아가본즉 밉지 안인 졂은
계집인데 덥허노코 좀 잇주을 이야기가 잇다 흑네그려』
『너머도 됴와셔 황숑흑셔 방으로 불너 드리셧지오』
『이 스롬 밋친 소리 말고 이야기나 듯게』
『네 ─ 어셔 이야기흑십시오』
『방으로 드러오드니 흑는 말이 자긔는 오날 져녁 써에 영감이 파뭇어쥬
신 흑골의 쥬인인디 죽어셔도 뭇칠 곳이 업시 공중에 방황흑엿드니 마른
쌍에 파뭇어쥬으셔셔 인졔는 죽은 귀신이라도 원통흑 마음이 업게 되엿
슨즉 그런 은혜가 업셔々 싱각다 못흑야 은혜를 몸으로느 써일싸 결심흑
고 왓사오니 미위흑시지 말고 것혜 노아주시되 밤에만 올 터이니 그리 아
시고 사랑흑야 달나고 간곡흑게 말을 흑는디 쳐음에는 귀신이란 말울 듯
고 마음에 션쯧흑드니 몟 시간을 엽혜 노코 보니 이 셰상 사롬이나 죽은
혼이나 무어 달는 것이 어디 잇든가

니가 보아도 달느기까장 사롬의 간장을 살살 녹이것든데요』

『안인 게 안이라 젼싱의 무엇을 ᄒ고 잇든 계집이엇던지 무러보지는 못

ᄒ엿스ᄂ…… 니가 어듸 싱젼에 그런 간드러진 계집을 맛나보앗ᄂ 사

롬의 간장을 살살 녹이데그려』

『여보시오 양첨지 잔사셜은 고만두고…… 꼭 졍말이지오』

『이 사롬아 웨 그리 사롬을 못 밋ᄂ 거짓말ᄒ는데 돈 싱기ᄂ』

『그러면 양첨지 한아 쳥홀 일이 잇습니다』

『무엇을』

『낙시디 좀 빌니어 쥬십시오』

『무얼 ᄒ게』

『낙시질 가지오』

『누가』

『너가』

 아 자네가 낙시질 간단 말인가』

『왜 못 감니까』

『안이 못 간다는 게 안이라 낙시질 히 본 일이 잇나』

『낙시질은 못 히보앗지만은 별슈 잇슴니까 고기 잡으러 가는 것은 안이

니까』

『그러면 무얼 잡으러 가ᄂ』

『히골 어드러 가지오』

『앗다 이 사람 그런 게 구히셔 될 일인가 우연히 인연이 잇셔야지』

 인연이 잇든지 업든지 간에 가보것습니다』

『가보게그려』

『지끔 얼는 좀 니여주십시오』

『급ㅎ기도 ㅎ여이』

『착ㅎ 일은 속히 ㅎ야지요』

『아리웃집에셔 귀신만 다리고 노을 모양일셰그려 하ㅅㅅ』

『허ㅅㅅ』

ㅎ고 피셔방과 양첨지는 목소리를 함끠 ㅎ야 썰ㅅ 우셧다.


## 1918년 11월 20일 (六)


피셔방은 낙시디를 들너메이고 쑥셤으로 나왓다

쑥셤에 나와본즉 강가에 늘비ㅎ게 죠직들이 느러안져 낙시줄을 강물에

느리고 찌만 바라보고 안졋다 갓가히 이르러 이 광경을 바라본 피셔방은

큰 목소리를 질너

『앗다 이것 굉장ㅎ게 뫼혓네 히골이 열아문 기 잇셔도 모자르겟다 이놈

들이 모두 홀아비들인가』

낙시질ㅎ고 잇든 사람들은 등 뒤에셔 써드는 소리에 쌈짝 놀나셔 일시에

도라다보니 웬 헙수룩ㅎ 쟈 한아이 낙시디를 메이고 써들고 셧다 그 중에

어늬 사람 한아이

여보 낙시질ㅎ러 왓거든 얼는 자리를 잡고 낙시질이나 ㅎ 것이지ㆍㆍㆍㆍㆍㆍㆍㆍ

여보 고기가 나 놀너 다라나겟소』

『써들거나 지랄을 ㅎ거나 무슨 상관이란 말이오ㆍㆍㆍㆍㆍㆍㆍㆍ 고기가 다라나면

엇더탄 말이오 날만 져물고 까마귀만 나르면 일이 다 되엿는데ㆍㆍㆍㆍㆍㆍㆍㆍ』

낙시질ㅎ든 사람들은 셔로 눈짓을 ㅎ면셔 나즉ㅎ 목소리로

『밋친놈 왓네』

『무슨 소리인지 알어드를 수가 업네그려』

『그러키에 밋친놈이지』

쥬먹술 피셔방은 헉휘 둘너보고 셧더니 덥허노코 어나 두 사롬 안진 틈으로 쒸어 드러와셔 다른 사롬이 눈을 휘동그러케 쓰고 보는 것은 도라다본 톄도 안이ᄒ고 먹이도 끼이지 안이혼 낙시줄을 강물에 던지어 느러트리고 휘々 너어저며 망측혼 목쇼리를 닉질너

　우수 경칩에 ― 딕동강 폴리고 졍든 님 말삼에 ― 닉……

홀 즈음에 엽헤 안졋든 사롬은 참다 못ᄒ야

『아 여보 이건 졍신이 잇소 업소 낙시질을 왓거든 종영히 잇서야지…… 남의 혜방을 노라도 분수가 잇지 안소』

『앗다 이 량반 날만 져물고 까마귀쎄 날기만 기다리는데 좀 쩌들기로 엇더탄 말이오

　인싱 앗차 죽어지면 만수……

『여보게 여긔 어듸 안져잇것노』

『글셰 다른 데로 가셰』

『밋친놈ᄒ고야 말홀 수 잇노』

『직수가 업스려니까 별놈이 다 오는군』

ᄒ며 한 사람 두 사람 어나 틈에 모다 홋터져 바리엿다 독판을 차리고 안진 피셔방은 연히 희만 치어다보면셔 아는 노러라고는 한아 쎄지 안코 강을 혼다 삼사월 기인긴 히도 어언간 뉘웃々々 넘어가고 넓은 벌판에 셕양빗이 졈々 가득히오미 조긱들도 졔각금 귀로를 밧부히 ᄒ고 쌋々혼 보금자리를 차자 셔로 날아가는 날김셩들은 동무를 불너 슯히 운다

만물이 다 셕양의 슯홈을 먹음엇다 멀니 강물 우를 흘너 쩌드러오는 노러는 푸른 연긔 한줄기와 함께 랑만혼 사공들의 류수 갓흔 표랑의 노러인가 물빗은 졈々 검어가고 원산의 노란빗은 자지빗으로 변ᄒ여간다

피셔방은 낙시더를 한 손에 들고 고기를 이리져리 둘느면셔 까마귀떼 날
으기만 삷힌다

한참 동안을 삷히고 잇스러니 갈더밧 속에셔 까마귀 두어 마리가 까막까
막 울며 날아오른다

피셔방은

『올타 인졔 나왓다』

ᄒ며 쭝문니에 차고 잇든 슐병을 손에 ᄭᅳᆯ너 들고 다룸질ᄒ야 그곳에 이르
럿다

기다리고 기다리든 희골을 맛난 깃븜결에 옷도 것지 안이ᄒ고 흔겁ᄒ여
철부덕어리고 갈쩌밧 속으로 드러가셔 헤치고 본즉 과연 빅골 한 덩이가
잇는더 여러 달이 되엿는지 형상이 완연치 못ᄒ야 자셰히 알 수 업스나
엇지 되엿던지 희골은 분명ᄒ다

피셔방은 이것져것 헤아릴 여유도 업시 슐병을 ᄭᅥ구로 들어 슐을 쫠々 쏘
다부으며 『남무아미타불』을 셰 번 부르고

『여보시요 니 집은 삼쳥동 막바지 양첨지 집 웃집이오 잇지 마루 힝여 엽
집으로 오시리다 나는 별명이 쥬먹슐이고 본명은 피셔방이오』

ᄒ며 코를 벌늠々々 ᄒ면셔

『앗다 그 슐님시야‥‥‥‥ 납치[1045] 드린 셰음 집어라』ᄒ고 도라슨다.

언덕 우 나무가지에 까마귀 한 마리가 안져 피셔방을 나려다보며 『까막
々々『[1046] 우름 운다‥‥‥‥.

**1918년 11월 21일 (七)**

---

**1045** 납채(納采). 신랑 집에서 신부 집에 혼인을 구함. 또는 그 의례.
**1046** '』'의 오류.

『앗다 오날밤은 웨 이리 더듸 가나』

피셔방이 혼쟈말로 궁셩거리며 문구녕을 바르노라고 정신이 업다 한 달에도 멧 번밧게는 걸늬맛을 보지 못흔든 방도 오날은 말졍히 씨러늬고 걸늬질을 졍히 흐야 비록 쏘각々々 누덕이 쟝판이라도 오리간만에 윤터가 낫다

집에 도라온 피셔방은 혼쟈 방글々々 우스면셔 안박그로 들낙날낙흐며 분쥬흐게 쉬일 시 업시 이를 쓰고 힝여 술님시를 스려홀가 흐야 그러케 죠와흐는 술 한잔도 못 먹고 쵸져녁부터 기다린다

날은 션션치 안이흐야 불 싱각은 안이 나나 그리도 혹시 쟝국 한 그릇을 사다 먹거나 물 한 그릇을 데어 먹드리도 불이 잇셔야 흐겟고 불 업는 화로라니 듸관졀 방안에 화로불이 잇셔야 쓸쓸치 안인 것을 알엇던지 피셔방은 붉은 진흙으로 만든 사각 풍로를 압혜 노코 숫불을 피우노라고 열곰이 나셔 붓치질흔다

피셔방은 불을 피우면셔 가진 공샹을 다흔다

홀아비 된 지 삼 년 만에 계집을 맛날 싱각을 흐니 싱각만 흐여도 공연히 몸이 쩔닌다

밤이 이식히셔 자박々々 발자최 소리 나면 우리집 문 압혜 썩 와 셔셔『문 좀 여러쥬세요』흐럿다 멧 살이나 먹은 게 오꼬 앗가 히골을 보니 쐐 덩지가 큰 계집일 듯흐다 어리고 너무 졂은 것은 바라지도 안이흔다 계집이란 허위디도 됴코 나히도 지긋흐야 응셩깁흔[1047] 맛이 잇셔야 흐는 것이다

『문 열어쥬세요』흐거든 듸답을 안이흐고 잇스면 쏘『문 좀 여러쥬세요』흐럿다 이러케 두셰 번을 켱기다가『누구심니까 이리 드러오십시오 아—

---

1047 응셩깊다. 생각이나 뜻이 크고 넓다. 사물이 되바라지지 아니하고 깊숙하다.

니 드러오러셔는 안 되겟다 그냥 누구세요』 학고 나아가셔 보고 드러오란
말도 안이 학면 덥허노코 『잇[1048]쥬울 이야기가 잇세요』 학고 안으로 드러
오럇다 마지못학야 드러안치는 톄학고 연희 점잔을 쎼여야 학[1049]겟다
『무슨 일로 오셧셔요』

져—그런 게 안이라 좀 엿쥬울 이야기가 잇셔셔 왓슴니다…………』
엽집 양첨지가 벽을 격학야 피셔방의 즁얼거리는 소리를 듯고
『오늘 낙시터를 가지고 가드니 졍말 왓나보다』 학고 피셔방이 쑤러노은
구녕으로 드려다본즉 피셔방 혼챠 풍로에 붓치질을 학면셔 남녀의 목소
리를 갈너셔 고기를 흔들면셔 지졀거리는 경상이 우습고도 긔가 막힌다
피셔방은 졍신이 업시 지졀거린다
『나는 원리 아침잠이 심허셔 회사 시간에 일샹 늣는디 닉일부터는 마음
을 턱—노코 잠을 지[1050]고 잇셔도 시간만 되면 셤々옥슈로 닉 억기를
살々 흔들면셔 여보 어셔 이러나세요 학럇다 눈을 비々면셔 이러나면 벌
셔 셰슈물 비누 수건을 다 갓쵸아셔 압헤 갓다 노코 셰슈를 학고 나면 밥
샹이 드러오는디 쩌기 한아라도 입에 맛도록 쌉잘학게 만드러 노코 겸샹
으로 홀가 외샹으로 홀가 앗다 겸샹으로 만드러라 겸샹히셔 먹는디 나는
사나히니짜 김치 짝두기를 먹어도 엇쩍엇쩍 학고 함부로 먹지만 계집이
야 어디 그런가 연희 얌잔을 쎼고 어엿부게 뵈이느라고 짝두기를 먹어도
반쪽씩 베허먹는디 큰 소리가 날가 히셔 입을 오무리고 아삭아삭 먹으럇
다 그리 엇더케 되나 엇쩍엇쩍 아삭아삭 엇쩍엇쩍 아삭아삭 짝두기 먹는
디도 장단이 드러마진단 마랴…… 이것 윈일인가 암만 붓치질을 히도

---

**1048** '엿'의 오류.
**1049** '홀'의 오류.
**1050** '자'의 오류.

불이 피우지 안는다······ 이런 졔기 풍로 구녕을 저편으로 두고 붓치질을 ᄒ엿스니 싱젼 가니 불이 이러날 리 잇나 허〻 참 우습다······ ᄒ흔[1051] 자 썰〻 우슬 즈음에 벼란간 딕문을 거더차고 왼 바지랑썌[1052] 갓치 키 큰 놈 한아이 비틀거름을 치며 드러오더니 마루 우에 쿵 — ᄒ고 거러안지며 『이놈 피가야 어듸 갓늬』ᄒ다 피셔방이 골이 머리 끗까지 치미러셔 우루〻 마루로 니닥치며 아 이놈아 왼 놈이길네 늬 장놀임은 고사ᄒ고 남다려 이놈져놈 ᄒ니 응 이놈아』

『오 늬가 피가냐 이놈아 남이 일쩐 풍경 죠흔 강가에 잇셔셔 심심치 안케 몃 ᄒ를 지닉는듸 아 이놈아 웨 남을 ᄯ ㅏ 속에다 꼭 파뭇어셔 하늘 구경도 못 ᄒ게 ᄒ늬 — 그쑨이냐 이놈아 남이 먹지도 못ᄒ는 술을 막 드리퍼부어 먹이엿스니 두 번 죽임을 시키려느냐 이놈아』ᄒ고 소딍 갓흔 손으로 피셔방의 두 쌤을 겁허 두셰 차례 졀컥졀컥 니붓치고 바람갓치 문박그로 나아가버리엇다 피셔방은 졍신이 앗득ᄒ[1053] 앗다

덧업는 욕심을 니거나 야심 잇는 자션을 ᄒ랴면 피셔방 갓흔 욕을 당ᄒ 결심을 ᄒ여야 ᄒ다 (完)

---

**1051** '흔'의 오류.
**1052** 바지랑대. 빨랫줄을 받치는 긴 막대기.
**1053** 'ᄒ'의 오류.

# 誘惑

李碩庭

1918.11.11. 短篇文藝

松峴의 엇던 下宿屋에논, ○○學校 學生이 六七人이나 寄宿ᄒ고 잇다, 그
學生들은 모다 龍岡郡에서 멀리 京城으로, 留學ᄒ러 온 사롬들이다 其中에
吳萬壽라 ᄒ는 學生이 잇셧다 第五號室에 居處ᄒ고 잇다, 下宿의 各室은
모다 뷔엿고, 다만 五號室에만 燈火를 켜노앗다, 그리ᄒ고 萬壽가 홀노 안
져 冊張을 넘기는 소리만, 잇다금 들닌다 밤은 十一時쯤 되얏다, 冊을 닑
던 萬壽논, 고기를 들어, 天井에 달어느린 람프를, 물쓰럼히 바라보는 瞬間
에, 이러훈 生覺을 ᄒ얏다『이 사롬들이 今夜논 何處에셔 如何훈 行動을
ᄒ논고, 如前히 酒를 飮ᄒ며 歌를 唱ᄒ고, 興味잇게 놀고 잇겟지』이 生覺
끗헤 萬壽논『自己의 孤寂을 深切히 感ᄒ얏다, 萬壽논 上京훈 以後로, 今日
ᄭᆞ지 孤獨生活을 繼續ᄒ얏다, 그 生活을 질기여 홈은 안이엿스나, 그의 四
圍가 그로 ᄒ야금, 孤獨훈 生活을 ᄒ게 만던 것이엿다, 異土에 멀리 와셔,
同鄕사람을 맛나면, 格別히 親熟ᄒ야질 것인디, 더구나 갓흔 學校에 다니
며 갓흔 下宿에 逗留ᄒ는 同鄕 사람이면 더욱 親密ᄒ여야 홀 것이다, 그러
나 萬壽논 朴, 宋, 洪 等과 親密훈 交際를 ᄒ야볼 生覺은 업셧다, 안이다 쳐
음부터 업셧든 것은 안이다, 最初에는 사괴일 만훈 벗들로 알고, 갓가히
ᄒ랴고 훈 일도 잇셧다, 그것이 昨年 暑中休暇 以後로 萬壽의 彼等에게 向
意ᄒ든 것은 全혀 水泡에 歸ᄒ고 말엇다 그리ᄒ야 彼等에게 對ᄒ야논 所謂

敬遠[1054]主義를 守ᄒ기에 努力ᄒ얏다, 따라셔 彼等이 自己에 對ᄒ야 敬遠보다 차라리 蔑遠主義를 품고 잇슴도 씨다랏다, 그리ᄒ야 今日까지, 그 몃 사람은 日曜에 郊外散策을 ᄒ던지 夜間에 食後散步를 ᄒ던지, 五六人이 쪽갓치 몰녀다니되, 萬壽는 한번도 同伴ᄒ 젹은 업셧다, 그럼으로 그 사이는 漸々 멀어질 뿐이오, 그 사이가 멀어지는 디로 萬壽는 自己의 孤獨을 늣기엿다, 그리ᄒ야, 엇더ᄒ 씨는 그네와 自己의 生活方式을 比較研究ᄒ 일도 잇셧다, 比較ᄒ 結果는 勿論 自己의 生活方式이 淸淨ᄒ고 高潔ᄒ 優勝ᄒ 것으로 斷定ᄒ는 데로 도라갓던 것이다.

萬壽는 보던 冊을 슬그먼히 덥흐며, 前夜에 宋이 自己에게 醉談으로 嘲弄 비슷ᄒ고 勸告 비슷ᄒ게 ᄒ던 말의 一節을 生覺ᄒ얏다『여보게, 얼마나 살 人生이라고, 그다지 孤寂ᄒ게 無味ᄒ게 冷淡ᄒ게 지너랴 ᄒ는가, 生死의 分點이 어느 瞬間에 잇는지 모로는 우리는 興味잇게 快活ᄒ게 和樂ᄒ게 사는 날ᄭ지 사는 것이 當然치 안이ᄒ가, 우리는 이 所謂 享樂主義를 가지고, 될 수 잇는 디로 나의 主義를 實行ᄒ[1055]랴 ᄒ나, 物質의 不足으로 如意치 못홈을 恨ᄒ는 터일셰, 자네갓흔 사람은, 어디ᄭ지던지 滿足히 享홀 만ᄒ 資格을 具備치 안이ᄒ얏는가, 樂을 求ᄒ는 디로 享홀 수 잇는 자네가, 그것을 바리고, 앗가운 靑春을 讀書와 祈禱만으로 썩여바리는 것은, 미우 哀惜ᄒ 일일셰』이 外에도, 이약이는 만히 잇셧다, 宋이 이 말 ᄒ는 동안에, 朴 洪 等 녯 스룸은 마진북을 치며, 自己네의 生活을 힘씻 자랑ᄒ엿다 萬壽는 宋의 ᄒ는 말을 귀담어 듯지 안이ᄒ얏다, 그런디 그 말중에 一節이 自己의 頭腦에 박히엿다가 今夜에 그 生覺이 나는 것을 怪異ᄒ게 녁엿다, 그리ᄒ야 自己의 生活方式에 對ᄒ야 一點 疑心을 일이켯다, 自己는 幼時로

---

1054 경원(敬遠). 겉으로는 공경하는 체하면서 실제로는 꺼리어 멀리함.
1055 'ᄒ'의 오류.

부터 聖經을 닑고 祈禱를 올녀, 罪惡의 世界를 멀리ᄒ기에 努力ᄒ얏다 ᄯᅩ 恒常 自己의 父親에게 現世의 歡樂을 避ᄒ라는 敎訓을 밧아 今日ᄭᅡ지에 이르럿다 그러나 自己는 果然 罪惡의 世界를 멀리홀 可能性을 俱ᄒ얏는가 自己의 참된 感情이 果然 宋 等의 生活을 憎惡ᄒ는 것인가 自己는 아름다운 異性에게 對ᄒ야 冷然훈 態度를 執ᄒ야왓다 그러나 그것도 自己의 참된 感情에셔 소사는 것은 안이엇다 ᄯᅩ 送別宴이라던 즉 歡迎會에 參列ᄒ야 食卓 上에 노인 麥酒나 葡萄酒를 볼 ᄯᅢ에 一盃[1056]를 傾홀 마암이 업지도 안이ᄒ얏다, 그러ᄒ면 自己의 素質은 宋 等의 生活을 否定ᄒ고 增[1057]惡홀 수 업고, 도리혀 그것을 肯定ᄒ여야 ᄒ고 贊揚ᄒ여야 홀 素質이다, 自己가 果然 이러훈 素質을 有ᄒ고 ᄯᅩ 其素質에 基因ᄒ야 起ᄒ는 感情을 抑制ᄒ야왓다 ᄒ면 그는 分明훈 僞善的生活에 不過훈 것이다 여기ᄭᅡ지 生覺ᄒ야 오던 萬壽는 一種 무엇이라 形言홀 수 업는 厭抑이 自己를 侵犯훈 듯이 感ᄒ얏다, 其席에 靜坐ᄒ야 잇슬 수 업는 것처럼 벌덕 이러나셔 窓을 열고 밧갓을 니여 보앗다 四面이 캄々ᄒ야 아모것도 보이지 안이ᄒ얏다, 그들이 아직 도라오지 안이ᄒ야 無限히 쓸々ᄒ다.

萬壽는 무슨 마음인지 突然히 壁에 걸닌 帽子를 ᄯᅦ여 손에 들고 急히 室外로 나가랴 ᄒ다가 다시 문득 멈쳐 셔々 한동안이나 머리를 슉이고 셧々다 맛츰 그ᄯᅢ에 下宿門前에서 여러 사람의 ᄯᅥ드는 소리가 들엿다 그 學生들이 이졔야 도라온 것이라 萬壽는 窓을 닷고 손에 들엇던 帽子를 冊床에 던져바리고 슬그먼히 안젓다 여러 사람의 ᄯᅥ드는 소리로, 슐들이 醉훈 것을 推測ᄒ얏다, 그 종작업시 ᄯᅥ드는 소리는 하나도 귀에 들어오지 안이ᄒ나 잇다금 自己를 嘲弄ᄒ는 듯훈 소리도 셕겨 잇슴을 知ᄒ얏다

---

1056 '盃'의 오류.
1057 '憎'의 오류.

『淸敎徒가 아직도 안이 자나』ᄒᆞ는 소리도 잇엇고『世界에 第一不幸ᄒᆞᆫ 사람은 우리의 主義를 反對ᄒᆞ는 사람이라』써드는 자도 잇섯다, 甚至於 『나는 ᄯᅡᆯ을 어서 나서 다릴사위를 삼어야 ᄒᆞ겟다』ᄒᆞ는 말ᄭᅡ지 들엇다, 萬 壽는 자리를 ᄭᅡᆯ고, 이불을 얼골ᄭᅡ지 뒤집어쓰고 누어바렷다, 그리ᄒᆞ고 어 셔 잠들기를 心願ᄒᆞ얏다, 그러ᄒᆞ나 잠은 좀쳐럼 오지 안이ᄒᆞ얏다 漸々 눈 은 맑어가고 잠은 멀리 달아는다, 畢竟 그 밤은 ᄯᅳᆫ눈으로 시고 말엇다

그 잇흔날 밤부터는, 五號室에도 燈火를 켜놋치 안이ᄒᆞ얏다, 그리ᄒᆞ고 每 深夜에 短杖을 휘젓고 빗틀거름으로 下宿門에 들어오는 一行속에는 萬壽 도 셕겨 잇섯다

457

# 夢金

尹白南
1919.1.1

『一』

달포 동안을 일다운 일도 안이ᄒ고 버리다운 버리도 못 ᄒ고 허송세월ᄒ 는 중에도 돈쓰는 솜씨는 도로혀 느러가셔 쓸 돈 못 쓸 돈 홀 것 업시 다는 디로 써버리니 돈 열니는 나무가 업는 이상에는 아모리 돈이 궤 속에서 잉잉 울고 잇슬지라도 나머잇슬 슈가 업슬 것인디 더구나 싱션쟝사ᄒ는 유셔방이야 더 말홀 것도 업다

유셔방은 품쇽에 기어드러 오는 식벽바람에 옷깃을 염이며 지게를 한편 억기에 들너메이고 셔강을 향ᄒ야 셔딕문을 나셧다 여러 날 전부터 됴반 셕쥭[1058]도 끄려갈 슈 업다고 유셔방 마누라가 남편□[1059] 붓들고 눈물을 흘니며 간권[1060]ᄒ고 듯기 스린 소리도 ᄒ야 빅방으로 버리ᄒ기를 간권 훈 효험으로 몟칠을 벼르다가 오날이사 첫 식벽에 마누라가 흔들어 씨셔 보닌 것이라 유셔방은 셔강에 싱션비가 들어오기 전에 나아가 잇다가 비가 드러닷는 디로 펄쩍々々 뛰는 놈만 바더오자 ᄒ는 것이다

셔강에 이르러본즉 여염집[1061]은 고사ᄒ고 슐집 한아도 문 여은 집이 업

---

**1058** 조반석죽(朝飯夕粥). 아침에는 밥을 먹고, 저녁에는 죽을 먹는다는 뜻으로, 몹시 가난한 살림을 이르는 말.
**1059** 문맥상 '을'로 추정.
**1060** 간권(懇勸). 간절히 권함.

고 이졔것 사방이 훤흐든 시벽빗이 도로 스방만 희미흐고 캄캄흐야가니 유셔방은 긔가 막히여 하날을 치어다보앗다

하날과 쌍이 모다 검은 빗 가운데에 오즉 번득이는 벼을과 소리 업시 흐르는 기인 의닉[1062] 벼을빗에 비최이는 흰 얼골쑨이라

『이런 졔이기 시벽에 씌어준다드니 밤중에 씌어쥰 게로군 문안셔 여기까지 나오도록 시지 안는 시벽이 셰상에 어듸 잇드람 술집이나 열엇셔야 드라가 날싯기ᄂ 기듸리지『[1063]

유셔방은 혼자말로 즁얼거리며 지게를 강가에 버셔 노코 그 우에 거러안져셔 담비만 피이고 안졋더니 시벽 졸음이 솔솔 달녀들어 부지불식중에 코방아를 씨엇다 유셔방은 벌쩍 이러셔셔 강가로 밧삭 너려가셔 챠물에 얼골이나 씨스랴고 두 손을 물속에 집어느으미 무엇이 손가락에 탁 걸닌다

『이게 무엇인가』 흐며 쓰여닉보니 무엇이 들엇는지 묵직흔 가쥭 쥬머니일다 유셔방은 그것을 한 손에 들고 다시 자긔 안져잇든 자리로 와셔 쥬머니 속을 자셔히 드려다보니 밤에도 그 빗이 챤란흔 금젼투셩일다

유셔방은 잠시 동안을 아모 말도 못 흐고 금젼을 드려다만 보더니 별안간 무슨 싱각이 싱기엇는지 그 가쥭 쥬머니를 허리침에 단단히 붓드러미고 벌벌 쩔면셔 허동지동 지게를 들너메이고 셔을을 향흐고 다름질 흐엿다

어듸를 엇더케 자닉왓는지 어언간 루각동 자긔의 집에 도라왓다

얼골 팔 다리에 식은쌈을 흘닌 유셔방은 내문 빗장을 던딘히 걸고 방안으로 쒸어드러 왓다

마누라는 남편 드러오는 소리에 쌈싹 놀니 이러나며

**1061** 여염집(閭閻). 일반 백성의 살림집.
**1062** '닉의'의 글자 배열 오류.
**1063** '』'의 오류.

『에그여보 닉가 잘못 씨ᄭ려 나는 시벽이 쾌히 된 줄 알고 씨어드럿더니[1064]

『쉬 ―아모 말 말자』

『아 여보 그런데 방 속에ᄭ지 신발을 신고 드러온단 말이오』

『앗다 신발 좀 신고 드러오면 엇더 ― 이ᄭ진 방이야 ᄶ더곳쳐야지 ―지금 입고 잇는 옷은 다 ᄶ더셔 걸늬로 만드러버릴걸』

』[1065]이건 밋쳣소 왼소리요

 쉬 ―어셔 덧문 좀 닷쳐쥬우 남이 들어셔는 안 될 일이란 말이야』

『딕관졀 무슨 일이란 말이요 얼는 말 좀 ᄒ구려』

　　『二』

유셔방은 그 자리에 주져안져셔 궤침□ 들셕々々ᄒ더니 큰 가죽 주머니 한아를 ᄭ어늬여 거ᄭ□[1066] 드니 찬란ᄒ 금젼 수빅 입이 방바닥에 흐터져 두 눈이 부시어 바로 보지 못ᄒᆯ 지경이다

『에그머니 이게 왼일이오 이게 왼 돈이오』

『이 돈만 가져도 족하[1067] 평셩이야 이ᄭ진 월셰집에 드러잇슬 것 무엇 잇ᄂ 노략이 넙시와 굼벙이 쏘락션이와 지량물[1068] ᄶ러지ᄂ 것 보기 시려 ―져 ―아릿디에다 긔와집이ᄂ 한아 사고 여보 마누라의 평셩 소원이 무어요 모본단[1069] 쵸마든지 리화단 버션이든지 삼팔 힝주쵸마든지 무어든지 허구려 밤낫 든[1070] 안이 버은다고 박아치를 글거도 이러케 싱기ᄂ

─────────────

**1064** ‘』’ 누락됨. 이후 대화문에서 ‘『’, ‘』’ 누락된 부분은 따로 표기하지 않음. 단, 대화문 앞에 ‘『’ 누락된 부분은 원문 그대로 들여쓰기를 함.

**1065** ‘『’의 오류.

**1066** 문맥상 ‘로’로 추정.

**1067** ‘히’의 오류.

**1068** 지량물. 비가 온 뒤에 썩은 초가집 처마에서 떨어지는 검붉은 빛깔의 낙숫물.

**1069** 모본단(模本緞). 비단의 하나. 본래 중국에서 난 것으로, 짜임이 곱고 윤이 나며 무늬가 아름답다.

**1070** ‘돈’의 오류.

맛으로 산단 말이오』

『에그 그러케 되엿스면 작히느 됴켓소 한아님ᄒ고 절ᄒ리다 그러느져러
느 이 돈이 왼 돈이란 말이오』

유서방은 흐터진 돈을 쥬셔 너으며 자쵸지종의 이야기를 ᄒ얏다 자셔ᄒ
이야기를 드른 마누라는 방문을 열고 마루로 나아가더니 버리ᄒ고 드러
오면 남편을 먹이랴고 어려운 중에도 그윽ᄒ 졍셩으로 사두엇든 슐 한 병
을 가지고 드러오더니

『여보 이 슐이느 자시고 한잠 푹으니 쥼으시우 아직도 날이 시려면 한숨
느러지게 자야 ᄒ겟소』

『허々 돈을 보더니 졸느지도 안은 슐이 다 나오는군 어듸 그리보ᄼ』

『여보시우 요건 남겨 무엇ᄒ시랴우 다 마셔두구려 슐 사올 돈이 업슬까
바 그리우』

『앗다 돈이 싱겻스닛가 바로 션々ᄒ걸 앗다 먹어두지』

ᄒ고 유서방은 슐 한 병을 다 드려마시고 자리로 드러가셔 이불□**1071** 폭
쓰고 드러누으더니 다시 고기를 니여밀며

『여보 돈 좀 잘 간수ᄒ우』

『념려 말고 자구려』

쌋々ᄒ 이불 속에 더구나 쓰거운 슐긔운이 젼신에 도으미 막혓든 물이 일
시에 터져나오듯이 참고 잇던 피곤이 일시에 고기를 들어 맛참니 깁흔 잠
이 들엇다

어어간 날이 맑어지고 인왕산 셕벽에 붉은 힛빗이 빗쵀이더니 잠시 동안
에 힛가 미쥭々々 올나왓다

---

1071 문맥상 '을'로 추정.

마누라는 남편의 억기를 뒤흔들면서

『여보 오늘부터 정신을 드려서 싱화<sup>1072</sup>를 흔다더니 일고삼장<sup>1073</sup>토록
이러나지도 안이혼단 말이오 여보 —』

『이거 웨 이리 한잠 더 자고 이러날 테야』

『한잠 더 쟈고 싱션비 다 — 푸러버린 뒤에 나가면 무얼 흐우 어셔 이러나
우 어셔』

『맛잇게 한잠 더 쟈려닛가 이리는군 그러나져러나 능쳥스럽소』

『그건 쏘 웬 소리요』

『앗다 그만두우 이러나리다』

흐며 유셔방은 줄니운 눈을 부비면서 이러나드니 아모 말 업시 박그로 나
아가랴』<sup>1074</sup> 흔다

『여보 어디를 가우 싱화는 고만둘 터이란 말이오』

『언졔 고만 좀 두우 듯기 실소』 흐며 무슨 꿈을 어덧는지 혼쟈 싱글々々
우스면서 나아가드니 그 동릭 김지 리지 친흔 친구 집을 모조리 차져단이
며 즈긔 집에 무슨 경亽가 잇스니 술이나 한잔 먹으러 오라고 쳥흐얏다
무삼 경亽인지 그 연유는 가리키어 쥬지 안음으로 알 수는 업스나 슐이라
면 말만 드러도 목졋이 꿀덕々々 울고 침이 가득히 괴이는 사롬들인즉 먹
으러 오라는디 안이 갈 스롬 어디 잇스리오

　　『三』

유셔방이 집으로 도라오는 길에 단골 슐집에 들너셔

　여보 잇다가 져녁 쩐에 갑흘 것이니 술 삼 원엇치만 주시우 — 앗다 돈은

1072 생화(生貨). 먹고 살아가는 데 도움이 되는 벌이나 직업.
1073 일고삼장(日高三丈). 해가 세 길이나 떠올랐다는 뜻으로, 날이 밝아 해가 벌써 높이 뜸을 이
　　　르는 말.
1074 문맥상 ‘』’ 불필요.

집에 무척 싱겼소 그러치만 잇다가 져녁에나 풀□<sup>1075</sup>쓸 것이니 잇다가 그젼 것꼬지 바드러 오구려 여보 니가 엉벙□ᄒ고 외상술을 어더먹으랴면 두세 잔이나 그리지 무척 삼 원엇치나 달날리 잇소 나도 갑흘 턱이 잇길네 그럿치』

 져녁쩐에 풀어쓸 돈을 지금 풀어쓰지 못홀 것 무엇 잇소』

 이런 제기 갑々히 못 견디겟네 무슨 외상을 삼 원엇치나 무척 달날리 잇소 여보 돈은 집에 잇지만 공교히 마누라가 맛허가지고 잇구려 술 삼 원엇치 사오라면 사오겟소 먹고나야 엇졀 수 업시 니놀 것 안이오 웨 이러케 사정을 몰나주우』

『앗다 그럼 가지고 드러가시우』

ᄒ고 슐집 아희놈 식혀셔 술상을 만드러 드리고 집에 도라오니 벌셔 술친구들이 문깐에 웅긔웅긔 셔셔 잇다

•　　•　　•　　•

여보 좀 이러나우 참 긔가 막혀 못 살겟네 어셔 이러나오』

술이 잔득 취ᄒ야 ᄉ지를 묵거가도 세상을 모를 만치 코를 골고 잠쟈고 잇는 유셔방은 뒤흔드러 ᄶᆡ이다 유셔방은 불 켤 ᄯᆡ쯤 ᄒ야 부스스 이러나더니

『몰 한 그릇 쥬구려 그런데 지금이 멧 시나 되엿소』

『멧 시 된 것은 알어 무얼 ᄒ우 세상에 임ᄌᆞ갓치 집안을 모르는 사름은 업스리다 아 여보 어졔밤에 무에라 횟소 ᄂᆡ일 신벽부터는 싱화를 홀 것이니 술 한 잔 마지막 먹어야 ᄒ깃다 ᄒ길네 업는 돈에 엇더케 히셔 슐을 먹게 ᄒ지 안엇소 — 그리 오늘 신벽에 그게 무슨 일이란 말이오 압만 뒤흔들어

---

도 셰상에 이러나야지 홀 수 업시 그냥 닉버려 두엇더니 느진 아침쩌나 희셔 이러나셔 셰수도 안이호고 쮜어나가더니 어듸 가셔 왼 못된 슐친구만 모라가지고 와셔 그게 무슨 꼴이오 아침버터 슐쟝을 버리고 안졋스니 그리고 무슨 경사가 잇다고 바로 괴고만쟝희셔 쩌듭듸다그러 디관졀 그 슐이 얼마치오

　삼 원엇치야』

『그리 그 돈은 무얼로 갑흐시랴우』

『그걸로 갑지 무얼로 갑허』

『그계란이 무엇 말이오』

『앗다 그 응』

눈쩟 손쩟으로 가쥭 쥬머니 형용을 니인다

『그게 무어요 벙어리 흉니를 니는 셰음이요 무어요』

『에이 참 갑갑도 호다』

『에그머니 아 누가 더 갑갑홀 쯧호우 좀 시원스럽게 말 좀 호구려』

『앗다 그 가쥭 쥬머니 손[1076]에 잇는 금젼말이야』

『가쥭 쥬머니가 무엇이고 금젼은 다 무어요』

『앗다 인졔 고만 괘장부려 들을 사롬도 업스니』

『괘장을 누가 부린단 말이요』

『아 졍말이야 아 이런 —이거 웨이리우 어셔 닉어노오』

『아 이런 긔가 막힐 데가 잇나 무얼 니노란 말이오』

『아 오늘 식벽에 닉가 왜 그 강물에셔 어더가지고 온 금젼 너은 가쥭 쥬머니 말이야』

---

**1076** '속'의 오류.

『에그머니 에그 하나님 맙시요 아 임주가 언제 강에를 나갓드란 말이요 져것 좀 닉다보오 오늘버터 싱화□<sup>1077</sup>러 나간다길네 하도 고마워셔 집신을 시로 사다 노왓지 안소 왜 임자도 보앗지 그 집신이 흑 한졈 안이 뭇고 고디로 져기 걸녀 잇지 안소 웨 이러우 민발로 단여왓습듸가 올 — 치 밤낫 돈 돈 ᄒ드니 돈 어든 꿈을 꾼 것인 게구려

꿈 꿈이라니 닉가 졍녕 — 아 이것 졍신이 아름아름ᄒ여 알 수 잇나 — 여보 이건 사롬을 죽이지 마르오

『에그 참 긔가 막혀 말이 안이 나오는구려 그리셔 닉가 아침에 씨지 안이 ᄒ듸가 여보 좀 졍신을 차리우 오날뉘일 살다가 헤질 사롬이란 말이오 닉가 임자를 속혀셔 무얼 훈단 말이오 닉가 그 돈을 가지고 다랴를 난단 말이오 참 야속히도 남의 속을 모르는구려』

『아니 여보 감안이 잇소 졍신을 좀 차려야 ᄒ겟소 —』

ᄒ고 두 손으로 머리를 얼싸집고 한참을 싱각ᄒ더니 — 글셰 그게 꿈이더란 말인가 — 허々 참 우슨 일도 만타 — 이런 졔기 닉가 이 모양 되엿단 말인가』

　(四)

　꿈을 꾸고도 싱시인지 꿈인지를 모르는 사롬이 한두 스롬이 안이라우 그리니져러나 여보 슐갑 삼 원을 엇더케 훈단 말이오』

　여보 마누라 무에라 홀 말 업소 나도 인졔 졍말 꿈이 씨엿스니 엇더케 히셔라도 그것만 갑게 허오 뉘일부터는 닉가 병들어 눕기 젼에는 버러보겟소』

에그 그릿스면 작히나 됴켓소』

비가 오신 후에라야 쌍이 더 굿는다고 유셔방은 웃지 감격이 되엿던지 그

1077 문맥상 'ᄒ'로 추정.

잇흔날부터 아죠 싼 스름이 되야 불피풍우[1078]호고 싱화에 열심호 결과 점々 가산도 부러가고 주변도 느러가셔 어언간 삼 년 되는 시히를 맛게 될 써에는 누각동 오막사리집은 녯이약이가 되여바리고 지금은 면동 큰 길가 집을 사들고 밧갓치에는 유긔뎐을 버리게 되엿다 삼 년 전 싱션장스 가 오날은 훌융호 유긔뎐 쥬인이 되엿다

오날은 시히 원단일다 유셔방은 가々를 닷치 목욕을 호고 집으로 도라오 니 오날은 마누라가 쟝 속에 깁히 느어두엇던 고흔 옷을 쯔어니 입고 방 안도 씨끗호게 치어노왓다

  앗다 오날은 방안도 씨끗호려니와 마누라도 시 마누라가 되얏구려

  시히가 되엿스닛가 시 옷을 좀 입엇지오』

  아 그런데 여보마누라 몟 달만 잇스면 너가 소원을 풀게 되우 아마 □월 이 만삭이지』

  여보 부쯔럽소 고만두시우』

『앗다 여보 부쯔러홀 나히요 허々々』

『그런데 여보 영감 영감은 삼 년 동안에 모도 얼마나 버르셧소』

『보다 몰□[1079] 집 한 치 싱기엿스니 그만히도 쐐 벌지 안힛소』

  영감은 죽을 이를 쓰시고 그 됴와호시는 슐도 쯘코 삼 년 동안에 집 한 치를 버르셧거니와 나는 감안히 안저셔 몟 천 원을 버럿다우』

  여보 밋친 소리 하지 마시오』

  아々 좀 뵈아드리릿가』

□[1080]며 쟝 속을 뒤지더니 누런 빗 큰 □[1081]죽 쥬머니 한아를 쯔으니여

---

1078 불피풍우(不避風雨). 비바람을 무릅쓰고 한결같이 일을 함.
1079 문맥상 '누'로 추정.
1080 문맥상 '호'로 추정.
1081 문맥상 '가'로 추정.

남편 압헤 놋는다

유셔방은 그것이 무엇인지 씨닷지 못ᄒ고

　이게 무엇이란 말이오』

감안이 게시오』ᄒ며 그 가죽 쥬머니를 거꾸로 드니 그 속으로셔 황금빗

이 찬란ᄒᆫ 금젼이 방바닥에 흐터진다 유셔방은 눈이 번쩍 씌위[1082]셔

『이게 웬 돈이오』

　싱각이 안이 나신단 말이오 쑴에 어드신 돈이에요』

『아 이런 아』

ᄒ며 유셔방은 연희『아』소리만 지르고 한참을 말을 못ᄒ고 잇더니

　그린 사람을 아ᅳ니 남편을 그러케 속힌단 말이오』

　여보 영감 속히랴 히셔 그런 게 안이라 그쩌에 영감의 거동을 보니 그 잇

흔날로 돈 어덧다는 소문이 파다히 나겟고 몟칠 안 가셔 그 돈도 다 녹아

바리런이와 돈을 둘지치고 경찰셔에셔 감안히 둘 리치가 어디 잇소 그러

치만 그쩌 영감다려 그런 말을 흔들 드러줄 리도 업길네 할 수 업시 슐□

피를 써셔 쑴으로 만드러 버리고 곳 경찰셔에 그 돈을 가지고 가셔 신고

를 ᄒ여두엇더니 작년에 경찰셔에서 불느기에 드러가본즉 임자가 안이

나스는 고로 쥬셔온 사름에게 도로 니어준다고 ᄒ는구려ᅳ그리셔 그쩌

에 곳 영감흔테 말ᄒᆯ가 ᄒ다가 예라 아셔라 쏘 이 돈을 보고 마음이 풀어

지면 웃지ᄒ나 ᄒ고 오늘ᄭ지 감츄어 두엇든 것이라우 인졔는 임자도 마

음이 푸러질 염녀도 업슬 듯ᄒ고 쏘 시힉도 되엿길네 니여놋는 것이니 인

졔는 영감 마음더로 ᄒ구려 그러나져러나 영감 오늘부터는 반쥬 몟 잔식

은 자시게 ᄒ구려』ᄒ며 약쥬 한탕쎄를 쌋ᄉ ᄒ게 데워 남편에게 권흔다

1082 '위'의 오류.

유서방은 안히의 깁흔 지각에 감동ㅎ야 아모 말 업시 안저 잇다가 안히에 권홈을 싸라셔 무심코 슐잔을 붓드럿다 다시 무슨 싱각을 ㅎ얏는지 슐잔을 나려노으며

안이 먹겟소』

『인졔야 샹관잇겟소 한잔 잡수시우

『안—니 이 슐 한잔에 이 돈이 또 꿈이 되면 엇더케 ㅎ게』

ㅎ며 닉외는 셔로 목소리를 합ㅎ야 우셧다

사람으로 ㅎ야금 빈한ㅎ게 ㅎ고 타락ㅎ게 ㅎ는 마귀가 암만 발이 지다 홀지라도 열심으로 버으는 디는 뒤□지 못ㅎ리로다 (끚)

# 眞珠小姐

진 쥬 소 져

1919.1.1. 녯날이약이

넷젹 엇더흔[1083] 곳에 진쥬라 흐는 꼿갓치 어엿분 소져와 잇셧슴니다 이 시악시는 무남독녀인 까닭으로 져의 아버□[1084]와 어머니는 불면 날을가 쥐면 써질가 이지즁지 흐더니 소져의 나히 열일곱 되던 힉에 모친은 우연히 병을 엇어 만단으로 치료에 힘을 썻스나 빅약이 무효흐야 필경 세상을 하직흔지라 소져는 지극히 슬허흐야 쥬야 눈물□[1085] 셰월을 보닉고 잇 □[1086]슴니다 그후 미구[1087]에 소져의 부친은 다시 쟝가를 갓는데 그 후 취부인은 쌀을 둘이나 다리고 왓슴니다 그와 갓치 쌀을 다리고 와셔는 진 쥬 소져를 자긔의 소성과 구별을 심히 흐여셔 맛치 하인과 갓치 대접흐엿 슴니다 그리셔 진쥬는 계모의 학딕가 심홀 써마다 도라가신 어머니의 싱 각이 간졀흐야 눈물은 말을 날이 업셧고 틈만 잇스면 어머니의 산소에 가 셔 울고 십흔 딕로 울어 가슴속에 미친 셔름을 풀엇슴니다 소져가 그의 모친 산소 압혜 업디려 잇슬 써에는 언졔던지 흰 비닭기 한 쌍이 산소 엽 혜 셧는 나무가지에셔 물그럼이 나려다보고 잇셧슴니다

---

1083 '흔'의 오류.
1084 문맥상 '니'로 추정.
1085 문맥상 '로'으로 추정.
1086 문맥상 '엇'으로 추정.
1087 미구(未久). 얼마 오래지 아니함.

469

셰월이 여류ᄒ야 그러구러 소져의 나희도 이십 셰가 되던 ᄒᆡ에 그 나라의 인군이 텬하의 미인이란 □[1088]인은 모다 모아노코 굉장ᄒᆞᆫ 무도회를 열고 그 쟈리에서 왕자비를 간퇵ᄒᆞᆫ다고 각도 각군에 령을 나리엿숩니다 그 날이 됨이 동셔남북에서 녀쟈라는 녀자는 모다 남의게 지々 안이ᄒᆞ랴고 고은 의복을 입고 금은보셕으로 젼신을 쑴이고 궁셩을 향ᄒᆞ여셔 구름 모이듯이 챠져왓숩니다 소져도 엇더케든지 ᄒᆞ여셔 가고 십다는 ᄉᆡᆼ각이 간졀ᄒᆞ여셔 가슴속으로는 죠바슴을 ᄒᆞ얏지만은 심ᄉᆞ가 곱지 못ᄒᆞᆫ 계모는 쇼져에게 부엌이나 졍ᄒᆞ게 치우고 ᄲᆞᆯ닉를 라ᄒᆞ[1089]고 일을 식이고 자긔의 소셩의 ᄯᅡᆯ형뎨만 다리고 궁셩을 차져갓숩니다

진주 소져는 혼자 집을 보는듸 젹々도 ᄒᆞ고 슯ᄒᆞ기도 ᄒᆞ야 홀젹々々 울고 잇다가 셔러운 □[1090]포를 도라가신 어머니의 산소에 나가셔 진주ᄀᆞᆺᄒᆞᆫ 눈물을 ᄯᅥ럿트리며 산쳔초목이 다 스러지도록 울고 잇슬 ᄯᅢ에 머리 우에셔 무슨 이상ᄒᆞᆫ 쇼리가 들니는지라 우연히 머리를 들어본즉 나무가지에 흰 비닭기 두 마리가 잇셔 한 머리는 금으로 만든 신 한 켜례를 입에 물고 ᄯᅩ 한 머리는 금은보셕으로 셕거 ᄶᅡ 훌륭ᄒᆞᆫ 의복을 물고 잇다가 소져가 치어다볼 ᄯᅢ에 소져의 □[1091]해다 ᄯᅥ러트리고 어디로 날어가 버리는지라 소져는 미우 깃버셔 입엇든 더러운 옷은 버셔바리고 그 훌륭ᄒᆞᆫ 시 옷을 입고 그 신을 신은 후에 궁셩으로 갓숩니다

이날 궁중에셔 츔츄기를 시작ᄒᆞᆯ시 왕ᄌᆞ는 수쳔 명의 녀ᄌᆞ를 모죠리 훌터본 후에 진쥬의 □[1092]호로 거러가셔 그의 손을 잡고 갓치 츔을 츄엇슴니

---

1088 문맥상 '미'로 추정.
1089 'ᄒᆞ라'의 글자 배열 오류.
1090 문맥상 '회'로 추정.
1091 문맥상 '압'으로 추정.
1092 문맥상 '압'으로 추정.

다 그러나 진쥬의 게모와 그 딸들은 그것이 진쥬인 줄을 싱각지도 못ㅎ얏습니다 날이 저무러 츔츄기를 맛츄미 진쥬 소져는 왕즈에게 하직ㅎ고 집으로 도라가랴 흔즉 왕즈는 허락지 안는지라 홀 수 업시 왕즈의 손 쑤리치고 숨이 턱에 다아셔 도망을 □[1093]얏는디 그쎄에 신 한 짝이 버셔져 마당에 쩌러졋다 왕자는 진쥬를 놋치고 홀일업시 그 신 한 짝만 집어 들고 발을 돌녓더라

진쥬 쇼져는 도라오는 길에 그 어머니의 산소에 들너 거긔 버셔 노앗던 더러운 옷을 가라입은즉 어디셔 비들기 두 마리가 나라와셔 그 옷과 신 한 짝을 물고 나라가는지라 소져는 그 나라가는 모양을 한참 바라보고 셧다가 쌈짝 놀나 집으로 급히 도라갓슴니다 그 잇흔날 그 나라 임검은 쏘 명령을 나리여 텬하의 녀즈를 쏘 불녓슴니다 그리ㅎ야 왕즈는 마당에서 집은 신 한 짝을 여러 소져의 압헤 너여보이고 이 신이 발에 꼭 맛는 사롬은 나의 쳐를 삼으리라 ㅎ고 챠례로 신겨보앗스나 한 사롬도 꼭 맛는 사롬은 업셧슴니다 진쥬는 그날 가지 못ㅎ얏지만은 계모는 그 딸 둘을 다리고 갓셧는디 그 딸들의 발이 좀 커셔 신이 맛지 안이홀 줄을 알고 발가락을 칼로 자르고 그 신을 신어보게 ㅎ다가 피가 소스나셔 그 자리에셔 속이려든 일이 탄로되고 말엇슴니다

그리ㅎ야 왕쟈는 어제 왓던 쇼져는 엇지ㅎ야 오날은 오지 안이ㅎ얏는가 ㅎ야 여러 가지로 근심ㅎ다가 여럿에게 뭇기를 이 중에 딸을 더 가진 사롬은 업느냐고 무른즉 계모는 왕즈의 압흐로 나아스며 져는 딸 한아를 집에 두고 왓슴니다만은 그것은 보시나마나홈니다 이 말을 드른 왕자는 즉시 하인을 보니여 진쥬를 부르게 ㅎ얏슴니다 쇼져는 더러운 옷을 입은 치

---

1093 문맥상 'ㅎ'로 추정.

로 왕쟈의 압해 나아간즉 왕쟈는 한번 자세히 바라보더니 곳 그 신 한 짝을 신기여본즉 쓱 드러맛는지라 곳 진쥬 소져를 왕쟈비로 결뎡ᄒ고 셩대ᄒ 잔치를 비셜ᄒ 후 결혼식을 거ᄒᆼᄒ얏습니다 그 후 왕자는 진쥬 소져와 함ᄭᅴ 마차를 타고 유산쳐로 엇더ᄒ 곳에 일은즉 그ᄯᅢ에 어듸셔 두 마리의 흰 비들기가 츔을 츄며 나려와셔 소져의 두 억기에 한 마리식 안져 가장 깃분듯이 쑥々거리면셔 소져의 ᄒᆼ복을 축하ᄒ얏습니다

# 불힝혼 싱명

崔享烈 (開城南山町八六八)
1919.7.7. 短篇小說 三等

구름 하나 업시 맑은 하날에 『여름 맛은 이러ᄒ다』 ᄒ는 듯이 나려쏘는 히ㅅ발이 셔쪽으로 기우러지미 쐐 덥다고 말만 ᄒ든 일열『日熱』도 챠ㅿ 감ᄒ고 송악산 뒤에셔 넘어오는 바람은 더운 공긔를 몰아니니 션ㅿᄒ기가 이것도 여름날인가 홀 만ᄒ고 몟칠 전에 버셔논 겹옷 싱각이 날 만ᄒ다 풀무 속에셔 방금 쓰닌 달른 쇠쎗 갓흔 일륜『日輪』[1094]은 록림이 구름 갓치 협수룩ᄒ 지네산『蜈蚣山』과 비미산『灰昧山』의 간은 허리에 걸쳐셔 넘어갈낙 말낙 ᄒ는디 셕양쎗을 마죠 맛고 비미산을 힝ᄒ야 락셩동『落星洞』으로 들어가는 두어 머리의 가마귀가 슈음 속에 살아지고 얼마 아니ᄒ야 셔편 ᄒ날에는 『오렌지빗』 쟝막을 쳤슬 쑨이다 그 쟝막의 빗이 희미ᄒ야짐을 짜라 덜긋헤셔와 산골에셔는 연긔갓치 얄분 쟈지빗 쟝막이 퍼져 나오기 시작ᄒᆫ다, 급ᄒ 거름으로 오고가는 사람, 소 말, 긔, 모도다 쟈긔 집으로 돌아가는 것이다, 긔쳔에셔 괘ㄱㅿᄒ면셔 목을 늘이고 오는 오리도 집을 차쟈가는 것이다, 여긔에 로소의 남녀 두 사람이 비챵히 셔 잇는 것은 아마 갈 바 『나의 집』이 업는가보다, 남자는 열두 살이나 되엿슬가 싹근 머리는 귀를 덥헛고 엇던 분의 『눈물』인지 무릅ㅿ지 덥흔 겨을[1095]

---

1094 일륜(日輪). 태양(太陽)을 불교에서 이르는 말. 중생의 업력으로 일어나는 바람으로 항상 공중에 떠서 수미산의 허리를 돌면서 차례로 수미산의 사주(四洲)를 비춘다고 한다.

473

『사쓰』와 민발 우에 입은 겹바지는 더럽고 찌여젓스나 아즉은 홋것보다 는 나을 듯 아희의 손목을 잡은 녀인은 오십이 넘어보이며 민발에는 크고 희여진 집신을 신엇고 입은 옷은 더럽고 희여진 것이 압혜 섯는 아희와 한모양인디 사람의 약혼 감정을 사정업시 짜『搾』니는 것은 령『靈』보다 몬져 감은 다시 쓰지 못홀 움슉이 들어간 눈에셔 흘너나오는 눈물이다, 이 두 사람은 모자간이다,

　『부성아 희가 언으 찌나 되엿냐 어듭기 전에 아모 데나 가자!』

　모친의 어듭기 전에란 말을 듯고 비로소 졈々 짓허지는 야식『夜色』과 누르고 프른 홋날에 시로히 판격이는 처량혼 별울[1095] 바라본 부성『富成』은 갑작이 다만 무셔운 듯혼 성각만 나셔 모친의 손을 잡고

　『어머니 갑시다』 혼다

　『어디로 가잔 말이냐』

　『집에』 녀인은 길게 혼숨짓고 혼동안 멍々히 잇다가

　『우리 갈 집이 어디에………』 하며 녀인의 감은 눈에셔 넘처나오는 눈물은 셔로 마죠 잡고 잇는 손등에 써러진다, 모친의 눈물울 본 부성은 우는 목소리로

　『김쥬사 딕으로 가요』 호고 모친을 치여다본다

　『김쥬사집……거긔를 쏘 간단말이냐

　두 번이나 쫏겨……난……김쥬사……집……에……아—남의 집 문간마닥 가셔 어더먹는 거지……부성이 놈이……잇셧스면…… 이 모양은……볼효에ㅅ자식……아—여긔셔 이디로 민……민쌍 에셔 자더라도……김…김쥬사……집에는』

---

**1095** '울'의 오류.

혼쟈말갓치 ᄒᄂᆞᆫ 녀인의 말ᄂᆞᆫ 울음에 셕기여셔 도막々々 ᄭᅳᆫ어진다, 치마 압혜 얼골을 파뭇고 우는 아달의 억기를 두 손으로 쓰러안고 한업시 눈물을 흘린다, 이 년[1096]인은 십여 년 젼에 하날이 문어지는 듯ᄒᆞᆫ 마음으로 남편을 황쳔길에 리별ᄒᆞ고 한 간 집이나마 궁궐갓치 아는 『늬 집』에셔 아홉 살 된 북[1097]셩『福成』이와 셰 살 된 부셩을 다리고 것칠고 쓸々ᄒᆞᆫ 셰샹을 살아가게 되엿다, 낫에는 품파리ᄒᆞ고 밤에는 곤ᄒᆞᆫ 잠도 마음더로 자지 못ᄒᆞ고 ᄲᅧ가 ᄲᅡ지게 벌엇스나 슯흔 사졍 만코 연약ᄒᆞᆫ 녀인의 힘으로 엇은 『돈』은 셰 사람이 거지갓치 입고 굼다십히 먹기에도 부족ᄒᆞ얏다, 어대 의지ᄒᆞᆯ 만ᄒᆞᆫ 친척도 업고 사졍을 알아줄 만ᄒᆞᆫ 친구도 업는 녀인은 밋을 곳이 ᄒᆞ나님ᄲᅮᆫ이오 바라는 것이 어린 두 아달ᄲᅮᆫ이엿다, 그러나 슯흔 ᄯᅢ와 괴로운 ᄯᅢ에 하나님々々ᄒᆞ고 밋든 하나님도 무졍ᄒᆞ얏든지 도아줌이 업섯고 티산갓치 바라든 자식들의 비곱흔 ᄯᅢ에 무심ᄒᆞᆫ 『어머니』 소리에 얼마나 가삼이 쓰렷는가, 쟈식의 셰샹에 이러셔기ᄭᅡ지는 망연ᄒᆞ야 쳔만 리 갓고 싱명의 주림은 발등에 ᄯᅥ러지니 부쟈의 릉라금의[1098]갓치 알고 금귀갓치 알든 몟 가지 업는 의복과 몟 긔 아니 되는 항아리로 밥과 죽을 민집어먹고 나죵에는 궁궐갓치 알든 한 간 업[1099]도 셰 사람의 싱명으로 화『化』ᄒᆞ고 말앗다, 업시ᄒᆞ기는 흔이 업고 업시ᄒᆞᆯ 것은 흔이 잇다, 다 업시ᄒᆞ고 살 만 남은 셰 몸뎅이는 풍우와 한셔를 피ᄒᆞ기에 남의 집 힁랑을 찻게 되엿다, 그ᄯᅢ에 복셩의 나이 열다셧 살이 되야 죵일 나가셔 돌아다닌 것으로 졔 밥버리는 ᄒᆞ게 되엿다, 그러나 기다리든 달이 ᄯᅥ올느자마자 그것을 구름으로 덥는 일이 죵々 잇다, 열여셧 살 된 복셩이는 터질 듯ᄒᆞᆫ 모친의 가

---

**1096** '녀'의 오류.
**1097** '복'의 오류.
**1098** 능라금의(綾羅錦衣). 온갖 비단으로 지은 아름다운 옷들.
**1099** '집'의 오류.

삼에 사못친 쓰린 정울 다 아지 못ᄒ고 것친 셰샹과 ᄒ 몸에 닥처오는 괴로움을 견디지 못ᄒ고 어린 동ᄉᆡᆼ의 불샹ᄒ 신셰를 이져바리고 그만 ᄒᆡᆼ위 불명되야 바렷다, 그리ᄒ고도 년<sup>1100</sup>인의 이 불ᄒᆡᆼᄒ 운슈는 이여가랴 ᄒ는 그 ᄉᆡᆼ명과 병ᄒᆡᆼ『並行』ᄒ다, 녀인은 본릭 츙실치 못ᄒ든 안력이 여러 ᄒᆡ 동인<sup>1101</sup> 고ᄉᆡᆼ사리에 무정ᄒ게 졈々 더 소멸되얏다, 사람의 ᄉᆡᆼ명의 욕심이라는 것은 한이 업는 것이다 살아갈 욕심으로 눈쓸 약을 ᄒ 것이 아죠 감는 약이 되엿다, 집은 업셔졋다, 아달은 일어바렷다, 눈은 썩엇다, 다만 두 ᄉᆡᆼ명이 남아 잇다, 남아 잇는 두 목슘은 살아야 ᄒ다, 열 살 남짓ᄒ 부ᄉᆡᆼ의게 쓸니여 남의 집 문간마다 가셔 ᄉᆡᆼ명을 잇게 되엿다, 거지가 되엿다, 두 거지는 들어잇든 김쥬사 집에서 쫏겨낫다, 두 번직 져 ― 반작々々 ᄒ는 별이 마니 잇는 하날 아릭에 셔々 울고 잇는 두 ᄉᆡᆼ명은 갈 곳이 어딕인가? 아 ― 상졔『上帝』는 상졔의 『赤子』를 얼마나 사랑하시는가?

---

**1100** '녀'의 오류.
**1101** '안'의 오류.

# 人情

南泰熙 (利川郡邑內面倉前里一二二一)
1919.7.7. 短篇小說 選外佳作

신문지를 손에 들고 안져 잇는 귀부인은 고아원『孤兒院』의 특식이라는
제목으로 눈동ㅈ가 도라가며 일통을 너리보고 가마니 손을 쏘바 무엇을
세여보더니『아 — 발셔 아홉 살이 되엿구나 그것이』귀부인은 북그려운
모양으로 얼골이 붉어지며 신문지에 푹 업듸려 소리 업시 흙々 늣긴다 이
윽도록 잇다가 귀부인은 눈물을 씻고 이러나 한숨 한번을 너쉬고 무엇을
결심흔 듯이 어즈『御者』를 불너 마춧 탈것을 준비ㅎ라 ㅎ니 귀부인의 가
는 곳은 신문지에 계지된 고아원을 방문홈이라 이 귀부인은 엇던 귀족의
령양『貴族令孃』으로 녀학싱 시뎌에 부랑청년에 꾀임에 빠저 몸을 더럽힌
일이 잇셔 그 결과 공교히 빗가 볼너오며 빗속에서 무엇이 꿈틀꿈틀ㅎ고
논다 녀학교에셔 상당흔 교육을 밧앗슴으로 싱명이 지즁홈을 아는 귀부
인은 무슨 독[1102]약이라도 마시여 복중에 든 싱명을 업시버리는 것은 풍
속에 방희라 ㅎ야 임의 정죠를 끠트린 것만 후회ㅎ고 근심으로 십삭을 지
너다가 만삭『晚朔』이 됨이 다른 사룸 모르는 인젹이 고요흔 밤에 어느 고
아원 근처에 가셔 피덩어리 어린아히 남ㅈ를 나아가지고 몸을 더럽힌 사
룸의 셩을 좃ㅊ 셩명을 짓고 쏘 싱년월일을 써々 아모죠록 그 고아원 사

---

1102 '독'의 오류.

람의 눈에 얼는 씌이도록 노코 눈물을 쑤리고 집으로 도라왓는더 몃칠 후 신문에 셩명과 싱년월일이 분명흔 버린 아히라 쓰고 엇더흔 고아원에셔 슈양ᄒ게 되얏다고 게지되엿스니 세상에셔는 다 이상ᄒ고 고약흔 일이라고 써들엇고 귀부인은 그 셩명이 아직 부터잇슴을 만힝으로 아랏셧다 그 후 이 귀부인은 문벌이 갓흔 귀족의 집으로 시집을 가셔 원만ᄒ고 쾌락흔 가정의 쥬부가 될 쑨 아니라 부인사회에셔도 지식 잇고 졈자는 귀부인으로 명예가 자々ᄒ야 이러흔 사실이 잇셧슴은 아모도 모른다 오날 신문에 게지된 사실을 본 이 귀부인은 손을 쏘바 그 년령을 셰여보고 쏘 자긔가 지여준 셩명이다 몸을 더럽힌 자식이나 텬륜은 일반이라 한편짝으로 북그럽고 한편짝으로 보고도 십허 곳 마츠를 타고 이 고아원으로 갓다 고아원 문 압헤셔 마츠를 니린 귀부인은 곳 원댱『院長』의게 면회[1103]를 청ᄒ얏다 원댱은 유명흔 화족부인이 의외에 방문을 ᄒ얏슴으로 지극히 공경ᄒ는 뜻을 표ᄒ야 귀부인을 마저 응졉실에 마죠 안졋다 귀부인은 쳔々히 입을 여러 더강 원댱의게 무슈흔 불상흔 싱령을 위ᄒ야 진력[1104]홈을 치하ᄒ고 오날 신문에 게지된 사실울 보고 특별히 방문흔 뜻을 말ᄒ고 쏘 그와 갓치 특싴인 불상흔 고아의 얼골을 보기를 쳥ᄒ얏다 원댱은 한업시 깃분 얼골로 즉시 교실로 나려가 고아를 다리고 귀부인 압헤 와 인사를 식히며 손을 가르쳐 이[1105] 아히가 그 아히올시다 여러 고아 중에 뎨일 쏙々ᄒ고 영악ᄒ야 공부를 잘홈니다 근본은 아마 어려운 집에셔 나온 모양은 아니지오 본인이 져 아히 버린 것을 발견ᄒ얏지만은 다 죠흔 비단으로 졍셩스럽게 싸고 싱년월일 셩명ᄭ지 써々 너엇슴듸다 어느 힝

---

**1103** '회'의 오류.
**1104** '력'의 오류.
**1105** '이' 앞에 '『' 누락됨.

셰흐는 집에셔 그런 모양이지오』원쟝은 말흐고 귀부인의 얼골을 쳐다본다 귀부인은 그 고아를 보니 얼골이 동탕흐고<sup>1106</sup> 싱긔가 팔〻흐야 무의무탁훈 쳐량훈 어린아히 갓지 아니흐야 긔착<sup>1107</sup>을 흐고 압헤 셔 잇는 것이 눈에 미우 익어 꿈에라도 한번 본 것 갓다 귀부인은 문득 손을 너미러 고아의 손목을 잡고 눈물이 핑 돌며 아모 말 업시 한참 잇다가 슈건으로 눈물을 씻고 원댱의게 향흐야『참 아히가 미우 령리흐고 쏙〻흐야 쟝리도 죠흘 듯흡니다 고고<sup>1108</sup>아 갓지 안슴니다』귀부은<sup>1109</sup> 다시 고아의 손목을 잡고『너 그리 아버지 어머니 다 업구나 너 날더러 어머니라고 흐련⋯응⋯』말흐는 얼골은 웃는 듯흐나 심하<sup>1110</sup> 비챵훈 긔식을 씌엿고 고아도 역시 무슨 의미인지 머리를 슉이고 눈물을 쩌러트리니 아마 이것이 텬류의 즈연훈 리치인가보다 여러 힌를 두고 가련훈 싱□을 슈양흐는 원쟝의 마음 다만 착흐고 인쟈홀 뿐이라 기리 한심짓고 귀부인의게 디흐야『부모 업는 고아를 불상히 싱각흐시고 져와 갓치 언짜나흐시니 본인의 마음도 미우 감동이 됨이다』귀부인은『이러훈 아히를 보면 공연히 마음이 조치를 못흐여오』흐고 사션상에 노여 잇든 부인의 가지고 온 손가방을 집어 열더니 돈 쳔 원을 쓰너여 들고 원쟝의게 향흐야『이 돈 쳔 원이 얼마 되지 못흐나 이 사름이 오날 온 표젹으로 긔부를 흐오니 오빅 원은 경비에 보터여 쓰시고 쪼 오빅 원은 이 아히 공부홀 동안 지필묵이나 사셔 쥬시게 흐십시오』흐고 원쟝을 쥬니 원쟝은 무한히 감샤훈 뜻을 표흐며『이럿케ᄭ지 흐시니 본원의 영광이 일층 빗을 더흐고 쪼 져 고아도 쟝

**1106** 동탕(動盪)하다. 동요하다.
**1107** 기착(氣着). 기척. 구령어로서의 '차렷'을 이르던 말.
**1108** '고'의 중복 오류.
**1109** '귀부인은'의 탈자 오류.
**1110** '히'의 오류.

리가 미우 유망홀 듯홈이다』원쟝은 다시 고아를 보며『귀부인쯰셔 너를 특별히 사랑ᄒ셔셔 이와 갓치 ᄒ시니 아모죠록 공부를 잘ᄒ야 죠흔 사롬이 되야가지고 귀부인쯰 가셔 뵈와야지 응』이 말을 듯고 고아는 다시 머리 굽혀 귀부인의게 경례ᄒ고 ᄯᅩ 눈물을 흘닌다 귀부인은 고아의 머리를 쓰다듬으면셔『너 죵ᄉ 공일이면 션싱님쯰 엿줍고 우리 집에 오너라 그려고 날더러 어머니라고 히야지…』귀부인은 한참이나 고아를 압헤 셰고 미우 노키 어려워ᄒ다가 마지못ᄒ야 몸을 이러 원쟝의게 도라가기를 고ᄒ고 다시 마츠에 몸을 의지ᄒ야 집으로 도라와 예젼 녀학싱 ᄯᅢ를 싱각ᄒ고 ᄯᅩ 몸을 더럽히든 일 어린아히를 버리든 일 지금 고아를 방문ᄒ든 것을 싱각ᄒ고 다시 자긔의 지위를 도라보니 일국 명셩이 혁ᄉ혼 됴빅작의 부인『趙伯爵夫人』이러라 (完)

# 綠陰이 무르녹을 쌔

張載文 (兼二浦大正町 一四九)
1919.7.14. 短編[1111] 小說 三等

에그 츄어 에그 츄어 ᄒ든 쯰는 벌셔 멀니 북국으로 도쥬ᄒ고 사람사름은 더위에 못 견디여 록음을 차자들 쌔이다 록음은 무르녹아 미암이가 귀가 압흐게 우는디 그 아레셔 한가이 낫잠 자는 이도 잇고 급히 가던 힝인이 더위나 잠간 셔퇴히갈려고 안가슴을 헛치고 헐너ᄼᄼ 붓치질ᄒ는 이도 잇다 이쩌 십여 셰 된 아ᄒ를 힝낭어엄[1112] 갓흔 늙은이가 불르며 『여모 도령님 어머니가 불우 ─』 『날 불러 ─ 나 여긔셔 시원ᄒ게 좀 노라 응 미 암이도 잡고……』ᄒ는 문답이 들닌다 단도직입으로 이 아ᄒ는 엇더ᄒ 아ᄒ이냐 ᄒ면 이곳 살던 박진사라는 부호의 셔ᄌ 한룡이다 박진ᄉ는 금 츈에 고인이 되니 그럿틋 유명ᄒ던 집안도 한심ᄒ게 뒤죽박죽 악마의 셔 굴이 되얏다 그 악마의 두목은 지금 한용의 모 최씨이다
『도령님 안 됨니다 어머니쯰 쑤중 드러요 그리고 쏘 ᄒ라는 공부는 안이 ᄒ고 놀기만 ᄒ면 우리 갓흔 쳔ᄒ 사람이 됨니다 부끄럽지 안소』
『이 어멈의 말이라도 좀 드러요 그리야 도령님도 어머니ᄒ테 칭찬 듯고 나도 도령님 거둔 보람이 잇지요 자 ─ 집으로 갑시다』 한용은 예비ᄒ엿 든지 『올소 나는 이 어멈의 죠흔 말을 아니 잇겟소 그리도 나는 금 볼일이

---

1111 '篇'의 오류.
1112 '멈'의 오류.

잇스니 집으로 가오 잇짜 갈 테니』『알겟지 아마……』『몰나요 도련님
뜻은』한용은 도라서 한숨을 쉬이며『싹ᄒ오 어멈도 폭 우리 어머니 손아
귀에 드럿구려 고만두―』뒤도 안 도라보고 타박々々 어듸로 간다 어멈
은 무슨 소리인지도 모르고 황々이『도련님― 잘못ᄒ얏소 늙은 것이 정
신이 무뎌 모르겟스니……이리오 이리오 도련님 말은 무엇이던지 찬성
홀 터이니』한룡은 그졔야 찬성―ᄒ면서 도라스더니『그러면 저긔 져 아
히를 알겟소』ᄒ고 고목나무 밋흘 가라친다『네― 져 거지 이……』ᄒ
다가『쉬』ᄒ며 발□[1113] 구르난 한용의 소리에 끈첫다 과연 거긔는 거지
갓흔 칠팔 셰의 가련ᄒ 아히가 안쟈 잇다『어멈― 니가 자나 찌나 닛지 못
ᄒᄂ 것은 져 한봉이요― 한봉― 이 소리에 어멈은 놀닌다……놀닐 것
안이요 니가 기 이를 찻즈려고 어머니한톄 꾸종도 듯고 ᄒ얏소 불상치 안
우― 만금의 주인이라도 부모가 업ᄂ 싸닭의 거지가 된……악독ᄒ 셔
모 손에 걸녀셔……』긔탄업시 말ᄒᄂ 한용의 티도에 어멈은 쏘 놀넛다
그리고 하염업ᄂ 눈물이 핑 도라 한 방울 눈물이 풀 우에 쏙―『올소』한
마듸에 두 입이 막혀 묵々히 한봉을 건네다 본다 이쎠 한 졂은 녀인이 짜
라오며『어범[1114]― 그이 불너 가지고 오럇더니 무얼 ᄒ고 잇셔― 얼는
닁큼 불너 가지고 와―』ᄒ면서 두 사름 틈에 씨엇다『웨 안 드러오고 앙
탈ᄒ고 잇늬 어미 말을 웨 고러케 안 드러―』ᄒᄂ 디답에『어머니 말슴
보다 더 즁ᄒ 의리가 잇스닛가』ᄒᄂ 한용은 전에 보지 못ᄒ던 렁々ᄒ 기
운이 잇다 이 녀인이 최씨이다 최씨도 너무 의외의 디답이라『엇지―』
ᄒ고 눈을 동그리 쏘고 한용의 얼골을 디려다볼 쑨이다『그 의리ᄂ 우리
집에 즁대ᄒ 거요 텬하에 즁대ᄒ 의임니다 싱각ᄒ야 보시오 어머니ᄂ 속

---

**1113** 문맥상 '올'로 추정.
**1114** '멈'의 오류.

이 귀신보다도 더흥지 안은가요 ─』금철 갓흔 한마듸 말에 최씨도 이째
는 아모 말 업다『우리가 혼쟈 부귀를 취ㅎ드리도 하늘이 허락ㅎ겟슴닛
가? 하눌에셔는 텬벌을 너릴 거요 인간에셔는 손가락질을 홀 것이올시다
어머니 이쩌 회기치 안으면 텬하가 암만 넓어도 한몸둥이 부지흘 곳이 업
슬 거이이요 아바지가 도라가셧다고 그 정통아들을 니쏘챠 져와 갓치(고
목나무 아리 漢鳳을 가라치며) 불샹흔 인싱을 민드럿스니……그 젼은 엇지
되얏던지 지금이나 회기ㅎ야 더려다 잘 위합시다』말이 써러지자마쟈 최
씨의 말흘 틈이 업시『한봉아〻〻 이리 오나리』귀창이 써러지게 손질을
ㅎ야 부른다 그젼 갓흐면 민 한기라도 건스ㅎ얏스련마는 지금은 최씨가
그럿치 못ㅎ고『일업다』쓸데업셔[1115] 그런 소리 마라) 아 ─ 이 한마데의 그
긔운 업는 것을 볼진디 속은 벌셔 션심에 뎜령되얏스나 단지 그젼 악독흔
여력으로 소리칠 쑨인 게다 그럿치 안켓느냐 지금 그 참혹흔 형용을 보고
정당흔 말을 듯고 의리의 눈물이 흐르는 것을 보고 감동치 안으면 목셕이
다 한봉은 소리를 쳐『작은 어머니……형님』이쳐러운 어린 소리에 두
팔을 버리고 오는 모양 가긍ㅎ다[1116] 한룡은 그 손을 얼는 잡으며『자 ─
어머니 불샹치 안슴닛가 이 이는 오작 원통ㅎ겟슴니가 우리 쥬인을 우리
손으로 이 모양 민드럿스니………일을테면 우리는 역적이올시다』어
멈도 눈이 그렁〻〻흔 눈으로 최씨를 쳐다보며『이 도련님도 더불고 갑시
다』흔다 최씨는 아직도 묵〻ㅎ다 아마 복중에선 악싸홈이 흔참인 게다
흔참 잇더니 깁히 결심ㅎ얏던지 눌[1117]물이 핑 돌며『오 ─ 니가 잘못ㅎ
얏다 이 셔모를 용셔ㅎ야다오 그동안 아마 나를 무던이 원망힛지 인졔는

---

[1115] '쓸데업셔' 앞에 '(' 누락됨.
[1116] 가긍(可矜)하다. 불쌍하고 가엾다.
[1117] '눈'의 오류.

안심호야라 니가 이 모양으로 희<sup>1118</sup>기호니 아—불상호 우리 한봉—
<sup>1119</sup> 호며 자긔를 니져바리고 폭 쎠안는다 나무 입시 틈으로 도러오는 힛
빗이 최씨의 얼골에 빗최엿다 희<sup>1120</sup>기호니 가샹호다는 듯이 — 한용은
깃거움에 못익여 어머니의 얼골을 방그레 쳐다본다 이 광<sup>1121</sup>경이 쳔하
가 모도 인ᄌ희지는 듯호다

---

1118 '회'의 오류.
1119 '』' 누락됨.
1120 '회'의 오류.
1121 '광'의 글자 방향 오식.

# 落伍者

李盆相 (全北扶安郡東中里)

1919.7.14. 短篇小說 (選外佳作)

一個月을 지닉지 못ᄒ여, 自己數代傳來ᄒᄂ 住宅을, 毀撤치 아니못홀 運命에 當호 鎭華ᄂ, 冊褓를 겻헤 끼고, ○社正門을 나왓다, 門前에서, 한번 躊躇ᄒ며, 뒤에 잇ᄂ 玄關을 도라다보며, 이곳에 다시 발을 들여노흐면, 나ᄂ 사람이 아니라고, 중얼거리며 나왓다, 僞善者, 挾雜輩, 들이 假面을 쓰고, 權力下에셔 굽실굽실 阿諛ᄒᄂ 것을, 참아 볼 수 업다고 鎭華ᄂ 싱각혼다, 그ᄂ 머리를 들어, 街路에 紛走히 다니ᄂ 모든 사람 얼골을, 意味 잇게 치어다보앗다, 다 平和로운 듯ᄒ다, 너ᄂ 落伍者이다……嘲笑ᄒᄂ 것 갓다, 그의 머리에셔ᄂ, 한 달 지나면 집을 헐어! ᄒᄂ 것이, 間斷업시 울니어온다

그ᄂ 自己가, 病的神經을 가진 것이라고, 스스로 알지 못ᄒᄂ 것도 아니다. 엇더호 ᄯᅢ에ᄂ 行動을 힘껏 곳쳐보랴 決心도 ᄒ얏스나, 이것은 半分의 效驗이 업시 境遇에 當ᄒ면 自己의 病的맘이, 머리를 들고 나오는 것을 甚호 苦痛으로, 싱각ᄒ얏다. 그ᄂ 이와 ᄀᆺ치 生覺ᄒ얏다. 나ᄂ 生活을 根本的으로 곳쳐야 혼다. 局面을 打破ᄒ야야 혼다. 姑息的[1122] 生活을 그더로 ᄒ야가다가는 畢竟 發狂을 ᄒ고 말 것이다 街路上에로 활기를 벌니고, 춤을

---

[1122] 고식적(姑息的). 근본적인 대책을 세우지 아니하고 임시변통으로 하는. 또는 그런 것.

츄고 도라다닐 것이다. 그 뒤에는 뭇인들이 돌멩이질을 ㅎ며 쌀어다닐 것이다. 癲狂病院의 厄介物[1123]이 되고 말 것이다. 그 病院 鐵窓 안에서, 蓬頭亂髮[1124]을 ㅎ고, 시캄흔 얼골에 ㅎ헌 입발을 니노코 히—히—웃스며, 구멍에로 주는 밥을 바더 먹으렷다. 아—나는 都會에 아주 머리가 너둘닌다. 이 煤煙과 塵埃속에서 죽어가는 희슉흔 얼골를 가지고, 쑤무럭쑤무럭ㅎ는 것은 참아 훌 수 업다. 어셔 뒤에 山이 잇고 山에 樹木이 鬱ㅎ고, 압혜는, 맑은 시내가 渤々ㅎ게 흘느고, 거게는 고기 노는 데에⋯가셔 살어야 ㅎ겟다. 無邪氣흔 淳朴흔 農夫들과 홈쯰 슐을 먹고 밥을 먹고 쒸고 노는 것도 쏘흔 趣味가 잇슴즉ㅎ다. 새 갓을 쓰고 아침 벗헤 玲瓏ㅎ게 빗나는 이슬 밋친 풀을 밟고 도라다니는 것도 爽快ㅎ겟지—終日토록 쌈을 흘니고 일ㅎ다가 碧空에서 써오는 듯흔 둥근달을 쳐어다보고 광이를 쓸고 도라올 써에는 神聖ㅎ고 純潔흔 싱각이 가슴에서 무렁무렁 나오겟지! 家族이 團欒ㅎ게 모혀 食事를 맛치고 新刊書籍을 보면셔 이 世上의 모든 일의 形便을 推想홀 써에는⋯⋯⋯이와 갓흔 것을 超越흔 默想을 繼續홀 써에는 너의 압혜는 아무것도 업겟지⋯⋯나는 어셔 勇斷을 ㅎ여야 ㅎ겟다 ㅎ엿다. 鎭華는 苦憫을 忘却흔 것 갓다. 活路을 엇은 것 갓다. 全身에 活氣가 든[1125]드시 집에 도라왓다. 아무 말 업시, 衣服도 갈어입지 안핫다. ○○地方에 잇는 親友 M에게 편지를 썻다. M 自己의 至今에 當흔 形便과, 都會生活에 실증이 난 것이라든가, 田園生活에 憧憬흔 것이라든가를, 一々히 頭緖업시 써엇다. 이와 갓흔 말은 글쟈를 더 굵에 젹엇다. 그대의 地方에로 不可不搬移홀 터이니 그 地方에 適當흔 田莊[1126]이 잇스면 價格

---

1123 얏카이모노(厄介物, やっかいもの). 귀찮은 존재. 골칫거리. 애물단지.
1124 봉두난발(蓬頭亂髮). 머리털이 쑥대강이같이 헙수룩하게 마구 흐트러짐. 또는 그 머리털.
1125 '드'의 오류.
1126 전장(田莊). 개인이 소유하는 논밭.

의 高下를 勿論ᄒ고 살 터이라 ᄒ얏다. 鎭華는, 편지를 붓친 뒤에도 그 地方에 맛힘 田莊이 잇기를 바라고, 맘으로 빌엇다. 쏘□[1127] M이 自己를 病的 思想을 가젓다 論駁[1128]이나 아니ᄒᆞᆫ지 너는 都會生活을 無上ᄒᆞᆫ 誇張으로 알더니, 今日에 豹變[1129]ᄒᆞᆷ은 엇전 ᄭᆞ닭이냐고 嘲弄ᄒᆞᆯᄂ지도 알 수 업다 이와 갓치 싴[1130]각ᄒᆞᆯ 째에는 편지ᄒᆞᆫ 것을 도로혀 後悔ᄒᆞ얏다. 그러나 淳實ᄒᆞᆫ M의 性格을 아는 鎭華는, 그러ᄒᆞᆯ 理가 萬無ᄒᆞ겟지 ᄒᆞ고, 스사로 그러ᄒᆞᆫ 싱긱[1131]을 取消ᄒᆞ얏다. 豫想ᄒᆞᆫ 것과 다름업시 四五日 뒤에, M에게서 詳細ᄒᆞᆫ 回報가 왓다. 內容은 大槪 이러ᄒᆞ얏다. 그대의 卽今 境遇에 生活을 改良ᄒᆞᆷ은 勿論 大贊成이나 그대의 말과 갓치 그대가 地方에 와셔 農夫의 生活을, 달게 역이고 ᄒᆞᆯᄂ지 疑問이라 ᄒᆞ얏고 쏘ᄒᆞᆫ 그대의 體格이 能히 堪當ᄒᆞᆯᄂ지 알 수 업다 ᄒᆞ고, 그러나 勞働은 神聖ᄒᆞ다 ᄒᆞ니ᄭᅡ. 그ᄃᆡ의 決心 如何에 잇다 ᄒᆞ여 잇다. 이에 이르러는 自己를 小兒와 갓치 보앗나 ᄒᆞ고, 셩을 ᄂᆡ엿셧다. 鎭華는 自己 希望ᄃᆡ로 田莊의 잇는 것을 큰 多幸으로 알지 아니ᄒᆞᆯ 수 업셧다. 쏘ᄒᆞᆫ 田園生活의 對ᄒᆞᆫ 趣味도 若干 써어져 잇다. 그中에 鎭華가 가쟝 낫을 붉키도록 붓그럽게 感動ᄒᆞᆫ 것은 田園은 決코 落伍者의 收容所도 아니오, 隱遁者의 避亂處가 아니외다. 田園生活에는 田園生活의 精神이, ᄯᅡ로 잇셔야 ᄒᆞᆷ니다 特別ᄒᆞᆫ 覺悟가 잇셔야 ᄒᆞᆷ니다. ᄒᆞᆷ에다. 이와 것치 ᄒᆞᆫ 一月後에 鎭華의 家族과 什物[1132]을 실은 列車는, 南으로 向ᄒᆞ여 ᄂᆡ려갓다.

---

[1127] 문맥상 '훈'으로 추정.

[1128] '駁'의 오류. 논박(論駁). 어떤 주장이나 의견에 대하여 그 잘못된 점을 조리 있게 공격하여 말함.

[1129] 표변(豹變). 마음, 행동 따위가 갑작스럽게 달라짐. 또는 마음, 행동 따위를 갑작스럽게 바꿈.

[1130] '싱'의 오류.

[1131] '각'의 오류.

[1132] 집물(什物). 집 안이나 사무실에서 쓰는 온갖 기구.

# 虛榮

趙永萬 (金浦郡大串面巨□[1133]垈里一二一九)

1919.8.11. 短篇小說 (三等)

………셔울은 지금 곳이 滿發힛네 나는 이러케 여러 親舊와 作伴ᄒ야
牛耳洞 나가셔 곳노리를 ᄒ고 夕陽을 타셔 도라오니 참 愉快ᄒ기도 ᄒᄃᆌ
닉일 져녁은 黃金遊園을 가기로 約束을 ᄒ고로 지금 布木廛에 가셔 옷감
을 좀 끈어가지고 드러왓네 무어 곳노□[1134]니 演劇場이니 요사히 갓히셔
는 몸을 둘에닉도 시원치 안□ 모양일세 지[1135]랑이 아니라 나도 이져□
원만호 호강은 맛보며 지닉네 三年前 일을 싱각ᄒ면 참 꿈쇽갓희 그쌔에
닉가 만일 決斷性이 업셧썬덜 역시 쟈네와 갓치 무지렝이 農夫의 기집이
나 되야 지금쎳 그 고싱을 ᄒ며 잇슬 싱각을 ᄒ면 진져리가 쳐지네 玉粉이
쟈네는 지금이라도 혼번 奮發을 ᄒ야보게 그만콤 쏙쏙혼 얼골을 가지고
쓸쓸혼 그―시골구셕에셔 쎠를 뉘이잔 작정인가? 만약 셔울셔 무엇이던
지 희볼 마음이 잇거든 곳 올나오게 닉 일은 제치고라도 도아쥼셰 무슨
닉가 억지로 勸ᄒᄂ는 것은 안일셰마는 셔울이 죠키는 ᄒ거든 쌩―쌩ᄒᄂ는
自働車도 타며 光彩가 燦爛혼 金剛石 반지도 사 끼고………
아가시야 그늘 밋헤셔 一心으로 이 便紙를 보고 잇는 玉粉이는 무슨 感動

---

**1133** 문맥상 '物'로 추정.
**1134** 문맥상 '리'로 추정.
**1135** '쟈'의 오류.

이 되얏는지 가슴이 두근두근하며 들고 잇는 편지ᄭᅥ지 발ᄯᅥᆨ 썰임을 ᄭᅢ다
랏다 마음을 鎭靜코자 ᄒᆞ나 ᄯᅳᆺ을 이루지 못홀 ᄲᅮᆫ만 아니라 漸漸 온전ᄒᆞᆫ 精
神은 別乾坤으로 다라나며 니 몸ᄭᅥ지 업셔진 듯홀 ᄯᅢ에 삽연히 부는 셔늘
ᄒᆞᆫ 바람이 얼골을 시처 지나가며 비로소 空想의 꿈을 ᄭᅢ엿다 편지를 던지
고 먼 —산을 바라보며 강잉히 斷念코자 ᄒᆞ얏다 그러나 ᄯᅩᄒᆞᆫ 一分이 지나
지 못ᄒᆞ야 고기가 저절로 편지를 向ᄒᆞ야 슉으러지며 다시 집어보기를 躊
躇치 안이ᄒᆞ얏다 再三 닑기를 마지아니ᄒᆞ던 玉粉이는 三月이로 그러케 되
다니 아 —참 부럽구나…… 안이디 나도 이왕 마음니키는 잇ᄯᅥ에……』
ᄒᆞᄂᆞᆫ 말이 입밧게 나옴을 ᄭᅢ닷지 못ᄒᆞ며 連ᄒᆞ야 호습을 길게 쉬쟈 뒤에서
인ᄭᅵ척이 난다 ᄭᅡᆷᄶᅡᆨ 놀라 도라볼 ᄯᅢ에 광이를 메이고 凜凜히 셔 잇는 靑年
農夫는 곳 男便되는 李霞嶺이다 玉粉이는 편지를 ᄭᅮ□々々ᄒᆞ야 무릅 밋헤
늣코 天然시러운 貌樣을 지으며 『여보 ᄭᅡᆷᄶᅡᆨ 놀낫소 사람을 각금 그러케
……』『놀란 것은 次置ᄒᆞ ᄒᆞ[1136]고 무슨 秘密ᄒᆞᆫ 편지길니 그러케 苟且로
이 감쵸나 응 —』『말을 그러케 마오 비밀은 무슨 비밀이란 말이요 뎌 —
삼월이한테셔 온 安否편지라오』『무어 三月이? 그 못된 년이 편지는 무슨
편지야 ᄯᅳ닉게 어듸 보셰』玉粉이는 마지 못□[1137]야 편지를 ᄯᅳ니쥬며 붓
그러운 빗이 낫타난다 霞嶺이는 보기를 다ᄒᆞ더니 ᄶᅩ각々々 ᄶᅵ져져 옥분
이 입혜다 던지며『응 —네가 그년의 말을 고지듯고 장촛 ᄶᅩ쳐 올라갈 양
으로…… 그러나 너도 알거니와 삼월이로 말ᄒᆞ면 여기셔부터 品行이 不
正ᄒᆞ던 것으로 지금 셔울셔도 朝金暮李의 醜業을 ᄒᆞ고 잇는 그년이다 밋
을 말이 ᄯᅡ로 잇지 禽獸만도 못ᄒᆞᆫ 그년의 말을 밋어 이 못싱긴 년아………
네 맘ᄶᅡᆫ은 무엇이 그리워서 그ᄯᅡ위 穩當치 못ᄒᆞᆫ 마음을 먹ᄂᆞᆫ지는 모르것

---

1136 'ᄒᆞ'의 중복 오류.
1137 문맥상 'ᄒᆞ'로 추정.

다만은 너는 한번 깁히 싱각ㅎ야 보아라 萬樹에 입 퍼지고 長堤에 草綠호 데 봄비가 느져가며 杜鵑의 슯히 움과 金風이 蕭瑟호데[1138] 月色이 滿野ㅎ 며 蟋蟀[1139]의 읍죠림이 어느 □[1140]이 天然의 佳景이 안이며 종달시 아참 노러 玲瓏호 시벽이슬 芳草에 밋첫는디 바구니 엽헤 들고 山에 들어 나물 과 夕鳥는 날어들고 져녁 煙氣 이러나며 終日토록 일ㅎ다가 시 — 닉 차져 몸을 씻고 東嶺에 돗는 달이 두려시 빗츼인 海棠花 썰기 압헤서 麥飯茱 湯[1141]이나마 비불니 먹음이 이 어느 것이 田園의 趣味가 안이냐 우리는 純潔호 이 樂園에서 團樂호 生活을 질김이 오직 히[1142]날이 쥬신 運命이며 쏘호 우리의 幸福은 이에셔 끈칠 뿐이다 그밧게 安樂과 功名은 우리의 敢 히 바랄 바가 안인 쥴만 알어다 구네가 만일 닉 말을 귀넘어로 듯다가는 日後에 반드시 後悔홀 쩌가……』말쯧을 머무르고 밧그로 나가는 霞嶺 이는 怒호 것도 갓고 슯흔 것도 갓다 그러나 마음이 임의 物色이 □□□□ □□셔 徘徊ㅎ고 잇는 玉粉이는 一毫도 感動된 바이 업셧다

그후 스흘 되던 날 밤 옥분의 그림즈는 ○○村에셔 업셔져 바럿다

　　　　　●　　●　　●　　●

　　　　●　　●　　●

스무날쩨 달이 中天에 놉히 쓰니 셔울 텬디를 終日토록 요란케 ㅎ던 사람 의 오고 가는 발쟈국 소리 人力車 구루마의 박휘 소리 웃는 소리 우는 소 리 機械의 고등 소리 電車의 軌迫 갈니는 소리 長短高低가 不規則ㅎ게 셔 씨든 모든 소리는 쑥—끈치며 일만 草木ㅅ지 쟈는 듯ㅎ다 기둥에 걸인

---

1138 소슬(蕭瑟)하다. 으스스하고 쓸쓸하다.
1139 실솔(蟋蟀). 귀뚜라미.
1140 문맥상 '것'으로 추정.
1141 맥반채탕(麥飯茱湯). 보리밥과 채소를 넣고 끓인 국.
1142 '하'의 오류.

時計는 열두 번을 쌍―쌍 치는디 淸進洞 엇던 집 밧갓 다당[1143]에는 女子 하나이 팔로 턱을 괴이고 悽恨히 안져 잇더니 『너가 망훈 년이지…그러케 말리는 것을 무슨 호기에 쩨치고 올라와셔 오날 이 고싱을…』 말끗을 마춰지 못ᄒ고 흙々 늣겨 운다 이 녀쟈는 누구? 三年前에 佳麗훈 故鄕 多情훈 男便을 쩨치고 虛榮에 ᄲ진 玉粉이다 三年 동안 눈물로 歲月을 보니엿다 三月의 籠絡에 어느 찌는 工女으로 어느 찌는 酌婦도 되여 보앗다 그러나 모다 고싱과 싸울 ᄲᆫ이라 桃花色의 통통ᄒ던 兩頰 터질 듯이 소복ᄒ던 손등은 痕跡도 볼 수 업다 아―玉粉이는 自作之蘗이라 누[1144]구를 원망ᄒ리요 東嶺에 돗는 달과 西山에 지는 ᄒᆡ가 모다 눈물을 자아니며 스사로 歡[1145]息훌 ᄲᆫ이로다 過去의 뉘우침과 將來의 근심이 얼키여 일어날 찌에 쏘 훈 가지 玉粉의 좁은 가슴을 틔우는 秘密! 남의게 말 못훌 病? 바라지 아니ᄒ는 姙娠―私生子―날이 갈사록 비는 불너지며 모든 苦役은 堪耐키 어렵다 皎々훈 달빗 웃둑 섯는 쏘뿌라 四邊景色이 모다 『너는 소갓다 虛榮心의 열민는 그러ᄒ니라』 ᄒ며 嘲笑ᄒ는 듯ᄒ다 아―可憐훈 玉粉의 身勢! 위티훈 前途!

---